v. Hilde f. ?

Giulio Leoni
Das Grabmal der Päpstin

ROMAN

Aus dem Italienischen
von Karin Krieger

Paul Zsolnay Verlag

Die Originalausgabe erschien erstmals 2007
unter dem Titel *La crociata delle Tenebre*
bei Arnoldo Mondadori in Mailand.

1 2 3 4 5 14 13 12 11 10

ISBN 978-3-552-05494-3

Published in agreement with Piergiorgio Nicolazzini Literary Agency
Satz: Eva Kaltenbrunner-Dorfinger, Wien
Druck und Bindung: CPI – Ebner & Spiegel, Ulm
Printed in Germany

FÜR ANNA

Sie machte starrend mich vor Furcht erbleichen,
Dass ich, von ihres Blickes Dräun entsetzt,
schon gar verzagt, den Gipfel zu erreichen.

DANTE, »HÖLLE«, I. GESANG 52–54

I

FLORENZ, 21. OKTOBER 1301,
NACH MITTERNACHT

Verfluchte Florentiner! Aufgedunsen von den Blähungen des Neids, Natterngezücht im Garten des Kaiserreichs. Gemeine Feiglinge, die ihr Weisheit und Ehrbarkeit mit Füßen tretet; die ihr Waisen und Witwen verfolgt und euch lieber für die Werke Satans einsetzt; die ihr den sieben Todsünden eure Türen öffnet und sie den Gerechten vor der Nase zuschlagt; die ihr Menschen zu Verbannten und Vagabunden in allen Gebieten Italiens macht; ihr Hochmütigen, Vielfraße, Lügner ... Und nun wollten sie ihn als ihren Gesandten.

Wütend schlug er mit der Faust auf den Schreibtisch, so dass die kleine Kerze hochsprang. Die Flamme flackerte und erlosch. In der Dunkelheit, die sich plötzlich auf den Raum legte, rückten die Schatten der Großen aus der Vergangenheit, mit denen er im Gespräch war, noch näher heran. Farinata, Tegghiaio Aldovrandi und Mosca Lamberti drückten ihn mit eisernem Griff an seiner Schulter nieder, und ihre Flüsterstimmen in seinem Ohr schienen aus einem fauligen Tümpel aufzusteigen.

Er stellte seinen Blick scharf und betrachtete das Dokument vor sich auf dem Tisch. Er war allein in dieser von einem gelblichen Nebel vergifteten Herbstnacht, der die ganze Stadt einhüllte und in die engen Straßen rings um sein Haus quoll. In seinem Kopf hallte das Echo der Geisterstimmen. Vielleicht war es auch nur das Brummen eines nächtlichen Insekts, doch es hieß, die Toten kündigten sich mit einem Wispern an.

Er presste die Hände gegen den Kopf. In Kürze würde ihn

wieder der ständige Gefährte seiner Nächte heimsuchen, jener Schmerz, der hinter seinen Augen brannte. Er spürte die fernen Schritte, die dessen Ankunft ankündigten, das stärkere Pulsieren in den Schläfen. Sich die steifen Halsmuskeln massierend, richtete er sich auf und griff nach der vor ihm liegenden Schrift.

»Wer geht, wenn ich bleibe? Und wer bleibt, wenn ich gehe?« fragte er sich leise, während er die wenigen Zeilen des Dokuments nochmals überflog. Es war der Beschluss der Stadtregierung, eine Gesandtschaft nach Rom an den Hof von Papst Bonifatius zu beordern. Der Bescheid, dass er, Dante Alighieri, dabeisein sollte.

Er schüttelte den Kopf. Tage, Wochen. Vielleicht Monate fern von seiner Heimat – das war es, was sie von ihm verlangten. Einer Heimatsstadt, die kurz vor dem Zusammenbruch stand, verfolgt von Schwierigkeiten und vom widrigen Schicksal. Hinein in eine feindliche Höhle sollte er sich begeben, in den Rachen seiner Gegner.

Und wozu das alles? Um die Interessen einer Bande neureicher, feiger Kaufleute zu vertreten, die bereit waren, in allem nachzugeben? Sollte er es sein, der den Übergabeurkunden das Siegel aufdrückte?

Wütend zerknüllte er das Dokument und warf es auf den Boden. Das Bleisiegel der Stadt Florenz hüpfte dumpf auf den Dielen und rollte davon.

Plötzlich spürte er jemanden hinter sich, ein Lichtschein flackerte. Ein Hausdiener war lautlos eingetreten. Er wirkte unschlüssig. Er bückte sich, um die Lampe aufzuheben, und zündete sie mit der Kerze an, die er in der Hand hielt. »Herr, da ist eine Person, die zu Euch will. Sie bestand darauf, in Euer Zimmer zu kommen … obwohl zu dieser Stunde …«, sagte er mit einem Blick zur offenen Tür.

Dante sah eine hochgewachsene, schlanke Gestalt hereingleiten, von einem Umhang verhüllt, der sie mit dem Dunkel der Wand verschmelzen ließ. Auch das Gesicht war verdeckt, von einer Reisemaske gegen den Staub und den Schmutz der Straße, was ihr ein groteskes und zugleich unheimliches Aussehen verlieh.

Der Neuankömmling blieb an der Tür stehen. Er wartete darauf, dass der Diener ging, und trat beiseite, als fürchtete er sich davor, mit ihm in Berührung zu kommen. Dann erklang eine Stimme hinter dem Stoff, der den Mund bedeckte: »Ihr seid Dante aus Florenz?«

Eine Frauenstimme, jung, fest, mit einem leichten Akzent, der Dante aus Kampanien zu kommen schien oder vielleicht auch aus der Capitanata. Das Haar wurde von einer scharlachroten Haube zusammengehalten, die unter dem Kinn mit einer goldenen Nadel verschlossen war, auf der die grünlichen Reflexe eines Edelsteins schimmerten. Ohne seine Antwort abzuwarten, trat die Unbekannte einige Schritte vor und stand nun im Licht. »Der Sohn des Alighiero? Der frühere Prior der Stadt?«

Das war eher eine Feststellung als eine Frage. Doch da der verwirrte Dichter nicht reagierte, wiederholte sie nach einem kurzen Schweigen: »Ihr seid Messer Dante?«, wieder eher bestätigend als fragend und mit derselben furchtlosen Stimme, als wäre ihr die immer noch ausbleibende Antwort nicht so wichtig.

Endlich raffte Dante sich auf: »Ja, edle Frau. Ja, ich bin Dante aus Florenz, zu Euren Diensten.« Er sprang von seinem Stuhl auf und reichte ihr höflich die Hand, damit sie noch näher trat. Dann besann er sich und fügte hastig hinzu: »Florentiner von Geburt, edle Frau, und gewiss nicht den Sitten nach.«

»Dante, der Dichter, der geschrieben hat:

> Weinte mein Herz, ließ laute Klag erschallen,
> und meine Seele fühlte ich erbeben,
> und seufzen mußt ich tief bei dem Gedanken:
> – Auch deine Herrin ist dem Tod verfallen –.«

Ohne ihm die Zeit für eine Antwort zu lassen, fragte sie weiter: »Ihr seid also mit dem Tod sehr vertraut?«

Verträumt hatte der Dichter dem wohlklingenden Vortrag seiner Verse gelauscht, die ihm erneut zu Herzen gingen und eine Flut von Erinnerungen in ihm auslösten. Am liebsten hätte er gerufen, ja, er sei tatsächlich der Verfasser dieser Verse. Doch er stand starr und brachte kein Wort heraus, als hätte sich jede Silbe der Liebesklage in ein lähmendes Gift verwandelt. Und heraufbeschworen hatte diesen Zauber der Liebreiz dieser Stimme.

Die Frau schien auf eine Antwort zu warten. Gewiss sah sie ihn an, den Kopf leicht zur Seite geneigt, wie um seine Reaktion abzuschätzen. Doch hinter den Löchern in der Maske aus leichtem Stoff konnte er nichts erkennen als zwei dunkle, unergründliche Punkte. Er bemerkte, dass ein leichter Schauer sie überlief.

»Ihr seid also mit dem Tod vertraut?« wiederholte sie. »Man sagt, Ihr kennt das Wesen der Dinge. Warum sie sind, wie sie sind, oder warum sie gar nicht sind. Man sagt, Ihr seid an der Fakultät der freien Künste in Paris gewesen, Ihr habt Eure Vorlesungen deklamiert und Ihr habt die anderen, Euch abgeneigten Gelehrten verwirrt in ihrer Finsternis zurückgelassen. Man sagt, Ihr versteht Euch auf die Wissenschaft der Sterne.«

Dante schwieg noch immer, fasziniert von diesem verhüllten Körper, der in seiner Phantasie inzwischen konkrete Formen angenommen hatte. Er stellte sich ein sehr junges Gesicht mit gleichwohl schon markanten Zügen vor, so klar wie die der Elfenbeinwerke, die noch von den Römern erhalten waren. Umkränzt vielleicht von hellen Locken, deren Glanz genauso intensiv war wie der der vollen Lippen, die sich unter dem Stoff bewegten. Sie war so groß wie er, aufrecht ohne eine Spur von Furcht oder Scham, als wäre sie es gewohnt, auf gleicher Augenhöhe mit Männern zu verhandeln. Doch ihre über dem Schoß gefalteten Hände verrieten auch eine gewisse Scheu, als hegte sie ihm gegenüber eine sonderbare Ehrfurcht.

»Ja, ich … durchaus. Sagt man das?« stammelte er errötend. »Und wer sagt das?« fügte er hinzu, um das Feuer einzudämmen, das diese Lobreden in seinem Gemüt entfacht hatten.

»Jemand, der mir von Eurer grenzenlosen Kunst erzählt hat. Ich wende mich in einer Angelegenheit an Euch, die dieser Kunst bedarf. Man hat Euch gebeten, nach Rom zu reisen?«

Dante klappte der Kiefer herunter, und schnell fuhr sein Blick zu dem Dokument auf dem Boden. Wie konnte diese Frau davon wissen? Und wer war sie? Erst jetzt wurde ihm bewusst, wie unüblich die Anwesenheit einer Frau ohne Begleitung um diese Zeit im Haus eines verheirateten Mannes war und wie gefährlich dies werden konnte. Ihm schoss der Gedanke durch den Kopf, dies könne ein Komplott gegen ihn sein und im Dunkel hinter ihr könnten Männer auf der Lauer liegen, um ihn auf frischer Tat zu ertappen und ihn in einen öffentlichen Skandal zu verwickeln.

»Es ist weit nach Mitternacht und nicht üblich, dass eine edle Frau ihre Gemächer um diese Stunde verlässt. Das ist gefährlich in diesen Zeiten und an diesem Ort«, begann er vorsichtig. Doch die Unbekannte hob die rechte Hand und führte ihren Zeigefinger an die verborgenen Lippen, während sie die andere Hand auf das Herz des Dichters legte, wie um seine Rede zu unterbrechen. Daher fügte er nur noch hinzu: »Sagt mir, was Ihr wünscht.«

»Ihr müsst kommen«, antwortete sie. Und dann, ohne ihm Zeit für einen Einwand zu lassen: »Ihr werdet erwartet.«

»Von wem?« flüsterte der Dichter.

Statt zu antworten, griff sie mit einer Hand in ihren Umhang und zog eine Art Holzzylinder hervor, vielleicht zwei Spannen lang. »Dies ist ein Geschenk für Euch, Ihr seid der einzige, der seiner würdig ist. Es ist jedoch nur ein Teil. Der Rest ist in einem Versteck in Rom. Er wartet auf Euch.«

Verblüfft griff Dante nach dem Gegenstand, den die Frau ihm reichte. So etwas wie eine aus einem Olivenast gefertigte Dose. Er strich mit den Fingern über die glänzende Oberfläche: An einem Ende entdeckte er die feine Vertiefung eines Spaltes. Sie musste sich irgendwie öffnen lassen. Das Holz war mit feinsten Schnitzereien versehen, eine Szene mit meisterhaft gearbeiteten Figuren von der Hand eines Künstlers. Er hielt die Dose in die Nähe der Kerze, um sie besser betrachten zu können.

Im flackernden Licht schienen die Figuren zum Leben zu erwachen. Ein Mann und eine Frau in antiker Kleidung standen am Ufer eines kleinen Flusses. Auf der anderen Seite drängten sich schemenhafte Gestalten am Wasser und schienen auf die zwei zu warten. Doch irgend etwas hielt die beiden auf, etwas anderes als die schlichten, ruhigen Wellen, die sie von den anderen trennten. Auch die Landschaften waren unterschiedlich – hinter dem Paar die Äste eines Waldes, hinter den anderen Gestalten eine trostlose Wüste. Auf der ganzen Szene schien der unruhige Schatten eines Fluchs zu liegen: als wäre der Fluss nicht nur ein kleiner Wasserlauf, sondern die Grenze zwischen zwei Reichen …

Der Mann hielt etwas in der Hand, was wie ein blattreicher Zweig aussah. Mit einem Ausruf der Überraschung schaute Dante zu der Frau auf. Er glaubte verstanden zu haben. Der goldene Zweig, das Zeichen der Götter, das den Weg zur Unterwelt öffnet.

Die zwei Gestalten waren Aeneas und die Sibylle von Cumae am Ufer des Styx. Und die Schatten, die sich auf der anderen Seite wartend zusammendrängten, waren die Toten, die den Besuch der Lebenden sehnlichst erwarteten. Die Verse kamen ihm über die Lippen, als hätte er die Seiten des Buches vor sich:

»Blass auch wohnen umher Krankheiten und trauriges Alter,
Angst und schmähliche Not, und übelratender Hunger:
Grause Gestalten zu schaun! und der Tod und die ringende Mühsal« …

Wie oft wohl hatte er den sechsten Gesang der *Aeneis* gelesen? Er zog am Ende des Zylinders, und nach einem kurzen Widerstand gab der Verschluss nach, so dass der Inhalt zum Vorschein kam. Es schien eine Schriftrolle zu sein. Immer erregter schüttelte Dante den Zylinder, damit sie herausglitt.

»Vorsichtig«, sagte die Frau und umfasste zart sein Handgelenk, »zügelt Eure Ungeduld.«

Sanft nahm sie ihm das Behältnis aus der Hand und zog mit ihren langen, zarten Fingern die Rolle heraus. Mit größter Behutsamkeit entrollte sie ein Stück der Schrift auf dem Schreibtisch. Die Innenseite war mit sorgfältig aneinandergereihten Buchstaben in engen parallelen Spalten beschrieben.

»Nur wenige haben sie berührt, seit ihr Verfasser dies niedergeschrieben hat. Vor mehr als zwölfhundert Jahren.«

Dante verschlug es den Atem. Er musste sich auf den Schreibtisch stützen und tief Luft holen, um den Druck in seiner Brust loszuwerden.

Die brüchige und an manchen Stellen zerrissene Papyrusrolle schien tatsächlich von der Dürre vieler Jahrhunderte ausgetrocknet zu sein. Das Werk der Holzwürmer hatte den Text hier und dort zerstört und in die Vergessenheit gerissen. Doch Dantes gieriger Geist schloss jede Lücke mit dem genauen Wortlaut, den er aus seinem erstaunlichen Gedächtnis schöpfte wie aus einem nie versiegenden Brunnen.

Er hatte seine Hände nach dem Papyrus ausgestreckt, verharrte dann jedoch reglos und wagte es nicht, ihn zu berühren. Hatte wirklich Vergils Schreibrohr seine Spuren auf diesem hauchfeinen Material hinterlassen? Hatten wirklich seine göttlichen Hände es berührt, waren seine göttlichen Worte darauf geflossen? War in diesen alten, von der Zeit ausgewaschenen Zeichen wirklich seine persönliche Stimme zu erkennen? Dante ertappte sich dabei, wie er lauschte, um das Echo einzufangen, das von der Schriftrolle aufzusteigen schien wie ein Geist aus dem Grab, das ihn gefangenhielt.

Allmählich kehrten seine Sinne wieder und mit ihnen die Klarheit seines Verstandes. Und mit diesem auch der Zweifel, dessen

Feuer das Denken belebt. Das hässliche Gespenst der Täuschung kam ihm in den Sinn.

»Wie könnt Ihr so etwas behaupten …«, murmelte er. Die Frau hob die Hand und legte erneut einen Finger an ihre Lippen.

»Das Werk des Meisters, von seiner eigenen Hand.«

»Warum? Warum ich?«

»Es wartet ein Auftrag auf Euch. Führt ihn aus, und dies hier wird Euer Lohn sein. Im voraus entrichtet, als Unterpfand unseres Handels.« Rasch glitt sie zur Tür und verschwand im Dunkel hinter der Schwelle.

Dante hätte am liebsten laut nach den Bediensteten gerufen und wäre ihr gern zur Treppe nachgelaufen, auf der ihr leichter Schritt nun verklang. Doch er stand wie versteinert, und seine weit aufgerissenen Augen waren noch immer starr auf die Schriftrolle auf dem Tisch gerichtet. In diesem Moment gab es nichts Wichtigeres auf der Welt. Schließlich nahm er sie an einer Ecke, und der alte Papyrus knisterte sacht unter seinen Fingern, als hätte seine Berührung tatsächlich die darin verborgene Stimme wieder erweckt.

Der Schmerz in seinen Schläfen brach nun mit aller Macht los, als wollten die Götter ihn für die soeben erlebte Freude bestrafen. Behutsam hielt er seinen Schatz fest: Gab es auch nur die geringste Möglichkeit, dass die Frau die Wahrheit gesagt hatte? Dass dies wahrhaftig die Handschrift des großen Vergil war? Und dass sich der Rest seines Werkes in einem Versteck in Rom befand? Und auf ihn wartete?

An seinem Schuh spürte er das bleierne Gewicht des Siegels, das er auf den Boden geworfen hatte. Um wieviel erbärmlicher war doch diese andere Schrift, auch wenn sie in den Hochmut der Macht gekleidet war.

Doch vielleicht war auch sie wertvoll, sagte er sich, als er sie aufhob und, so gut es ging, glattstrich. Auf eine Weise, die er sich nicht hätte träumen lassen.

2

5. NOVEMBER, AUF DER STRASSE NACH ROM
BEI SONNENUNTERGANG

Ein weiterer Regenschauer ging auf das Dach nieder, begleitet vom Getöse eines Blitzschlags in unmittelbarer Nähe. Das Wasser drang bereits in Strömen ein und floss an den alten, strohbedeckten Balken entlang. Um nichts von dem Guss abzubekommen, rückte der Mann auf der Bank ein Stück weiter, so dass er mit der Schulter seinen Gefährten berührte. Dieser rückte seinerseits weg, da ihn die aufdringliche Nähe des massigen Körpers störte.

»Die Anhänger der Colonna sind in Aufruhr. Sie haben die Burg von Morlupo angegriffen und die Station von Fiano in Brand gesteckt. Von den Truppen, die aus Rom kommen sollten, fehlt jede Spur«, raunte der Mann seinem Gefährten ins Ohr, als fürchtete er, diese Nachricht könnte laut ausgesprochen die Situation noch zuspitzen. »Wie lautet Euer Entschluss?«

Der andere rückte näher ans Kaminfeuer heran, wo er versuchte, seine Kleider zu trocknen, die der Dauerregen der letzten zwei Tage ihrer Reise durchnässt hatte. Es dämmerte noch, aber er spürte an seinem Körper bereits die Signale der sich ankündigenden schrecklichen Nacht. Er wurde von Schauern geschüttelt, und seine Stirn glühte vom Fieber. Er starrte ins Feuer, wo er eher eine Antwort als Wärme zu suchen schien, und biss die Zähne zusammen, um den stechenden Schmerz loszuwerden, der ihm seit Stunden im Nacken saß.

»Ich weiß nicht. Lasst mich nachdenken.«

»Vielleicht sollten wir lieber warten …«, flüsterte hinter ihnen ein dritter Mann. »Oder vielleicht … umkehren?«

»Auf diesem Weg kehrt man nicht um, Messer Maso. Die freie Stadt Florenz zählt auf uns. Nichts darf uns aufhalten. Und nichts wird uns aufhalten«, erwiderte er mit einiger Mühe. »Fragt den Wirt, ob es noch einen anderen Weg nach Rom gibt. Und Ihr, Corazza, seht nach, ob die Maultiere für die Nacht untergestellt und gefüttert sind. Ich ... ich brauche Ruhe. Nur einen Moment«, fügte er hinzu und zog seinen Umhang fester um sich.

Er war allein. Mit zusammengekniffenen Augen wartete er reglos darauf, dass die Übelkeit und das Schwindelgefühl nachließen. Plötzlich spürte er jemanden hinter sich. Er wandte den Kopf leicht zur Seite und öffnete die Augen ein wenig.

»Verzeiht, Messere«, hörte er in der undurchdringlichen Dunkelheit jemanden neben sich sagen. »Seid Ihr die Gesandten aus Florenz?«

Mit einem Krachen zerbarst ein Holzscheit im Kamin und rollte funkensprühend auf den Backsteinboden. Der Mann, der gesprochen hatte, trug das schlichte Gewand des einfachen Volkes, einen grauen Kittel mit einer Kapuze, die seinen Kopf teilweise verhüllte. Ohne ihm Zeit für eine Antwort zu lassen, fuhr er fort: »Und Ihr seid ihr Anführer, Messer Dante Alighieri. Der Dichter. Ich höre, Ihr sucht einen anderen Weg nach Rom. Da kann ich Euch helfen.«

Dante horchte auf, während die Wut in ihm hochstieg und sein Unwohlsein für einen Augenblick verdrängte. Dieses Unternehmen hätte geheim bleiben sollen! Statt dessen schien jedermann davon zu wissen, selbst ihre Namen waren bekannt. Er schaute kurz zu Maso Minerbetti hinüber, der immer noch mit dem Wirt schwatzte. Vermutlich war dieser Trottel schuld daran, der sich vor aller Welt aufspielen musste und garantiert auch vor irgendeiner Dienstmagd aus dem Gasthaus. Oder der andere, Corazza Ubaldini da Signa. Die beiden waren ihm als Begleiter aufgenötigt worden, allerdings mehr als Bewacher denn als Beschützer.

»Wo ist denn dieser andere Weg?«

Der Fremde ließ die Kapuze auf seine Schultern fallen. Er war fast noch ein Kind und hatte dichtes, lockiges Haar. Dante begegnete einem lebhaften, offenen Blick. Noch ohne die Arglist des Alters. Irgend etwas an ihm weckte sein Vertrauen.

»Nur ein paar Meilen von hier entfernt. An der Festung von Turrita gibt es einen Anlegeplatz am Fluss. Ein Verwandter von mir ist Fährmann. Gegen einen kleinen Lohn könnte er Euch aber auch bis nach Rom bringen.«

Dante dachte kurz über das Angebot nach. Ja, das war durchaus möglich. Seit sie die Via Cassia verlassen hatten, um die Unruhen zu umgehen, hatten sie die Windungen des Tibers in der Ferne mehrmals gesehen. »Wir haben ein paar Maultiere dabei und Gepäck.«

Der Junge schüttelte den Kopf. »Das Boot ist klein. Es ist nur Platz für einen von Euch. Allerdings müssten wir sofort aufbrechen.«

Dante sprang auf. Er kniff die Augen zusammen, um das Schwindelgefühl loszuwerden. Das könnte die Gelegenheit sein, auf die er gewartet hatte. Er könnte die anderen abschütteln und vor ihnen in Rom eintreffen. Dort könnte er zunächst allein erkunden, was sie erwartete, und er hätte Zeit, sich einen Plan auszudenken, ohne auf etwas anderes Rücksicht nehmen zu müssen als auf die ihm anvertrauten Geschicke seiner Heimatstadt. Schlagartig fühlte er sich besser. Er griff sich einen Weinkrug vom Nachbartisch und tat einen langen Zug. Die Flüssigkeit durchströmte ihn warm und steigerte das unverhoffte Wohlbehagen, das ihm diese neue Möglichkeit bereitete.

Die beiden anderen hatten die Nachricht von seiner Abreise im Alleingang zwar argwöhnisch, doch auch erleichtert aufgenommen. Sie konnten mit all dem Gepäck und dem Proviant nun in Ruhe abwarten, bis der Regen nachließ. Und was könnte Dante allein schließlich schon anstellen? Außerdem führte der Fluss nach den heftigen Niederschlägen dieses Herbstes Hochwasser, und da konnte ja so einiges geschehen …

Was er beim Abschied in ihren Gesichtern gelesen hatte, waren gewiss keine Segenswünsche gewesen.

Der Junge hatte seinen raschen Vorbereitungen schweigend aus einer Ecke des Raumes zugesehen.

»Wäre es nicht besser, bis zum Morgengrauen zu warten?« fragte ihn Dante, von plötzlichen Zweifeln gepackt.

»Der Weg von hier bis zum Fluss ist nicht sicher. Und das Boot wartet nur bis Mitternacht auf uns.«

»Wie kommst du darauf, dass es auf uns wartet? Wie kann denn jemand wissen, dass wir kommen?«

Doch der Junge war bereits an der Tür und blieb die Antwort schuldig.

Das Unwetter schien sich beruhigt zu haben und war in einen eiskalten Nieselregen übergegangen. Dante wickelte sich fest in seinen Reiseumhang und versuchte, die Tasche, die er bei sich trug, vor der Nässe zu schützen. Das restliche Gepäck würde mit den beiden anderen nachkommen. Doch er machte sich keine Sorgen: Alles, was für ihn wertvoll war, führte er in dieser Ledertasche mit sich. Er hatte das Schreiben der Stadt Florenz, das ihn als Gesandten an den päpstlichen Hof auswies, darin verwahrt, außerdem einen kleinen Vorrat an Florins für die Reise, dann vor allem die Papyrusrolle des Vergil und das Bündel seiner letzten Schriften, von dem er sich niemals trennte. Jene Papiere, die er unentwegt mit Wörtern füllte, welche er dann doch wieder tilgte, immer auf der Suche nach dem vollkommenen Ausdruck, der sich ihm fortwährend entzog.

Kaum hatte der Junge die Türschwelle passiert, schlug er einen Grasweg ein, der im zuckenden Licht der Blitze nur schwer zu erkennen war. Er ging Dante mit flinken Schritten voraus, wobei er sich von Zeit zu Zeit umdrehte, um sich zu vergewissern, dass er noch hinter ihm war, und ihm einladend zuwinkte. Schon nach wenigen Schritten war jedes menschliche Lebenszeichen verschwunden. Die Natur wurde plötzlich unwirtlich, und stattliche Brombeersträucher säumten den Weg, der offenbar zu einem Hochwald führte. Sie gingen an den Bäumen vorbei, und der Boden unter ihren Füßen war nun abschüssig. Ein Zweig, der sich beim Vorübergehen des Burschen gebogen hatte, schlug Dante peitschend ins Gesicht.

Er unterdrückte einen Schrei, denn der Junge war stehengeblieben und schaute wachsam nach vorn. Er durchforschte die Finsternis und lauschte gespannt. Dann legte er einen Finger an die Lippen und bedeutete Dante zu schweigen. Auch dieser spähte aufmerksam in die Runde, konnte jedoch nichts Bedrohliches entdecken. Nur das schwache Rauschen des Regens auf dem Laub war zu hören.

Nach einem weiteren Wink des Jungen gingen sie auf dem steil hinabführenden Weg weiter. Die Vegetation hatte sich in ein dichtes, sumpfiges Röhricht verwandelt, das ihre Köpfe ein gutes Stück überragte und jeden Ausblick zu beiden Seiten verwehrte.

In das Rauschen des Regens mischte sich nun ein neues Geräusch. Das dumpfe Brausen einer strömenden Wassermasse. Offenbar befanden sie sich unmittelbar am Fluss. Er musste sich am Schilf festhalten, um nicht abzurutschen, und seine Schritte wurden durch den Schlamm gebremst, in den er immer wieder einsank.

»Ist es noch weit?« fragte er. Der Junge antwortete nicht, sondern zeigte nur nach vorn, wo sich im Röhricht eine Schneise auftat. Er ging noch ein paar Schritte weiter und blieb dann stehen.

Dante holte ihn ein. Vor ihnen schlängelte sich der reißende Strom in der Finsternis wie eine riesige, vom Regen angeschwollene Wasserschlange. Das andere Ufer war nicht zu erkennen.

»Da sind wir«, sagte der Junge. »Das ist der Tiber. Unser Boot liegt ganz in der Nähe. Aber wir müssen uns beeilen, es ist gleich Mitternacht!«

In diesem Augenblick zerriss der Wind die Wolken, und eine dünne Mondsichel erhellte mit ihrem schwachen Licht den schlammigen Strand. Dante sah versteckt im Schilf ein Boot liegen. Er folgte dem Jungen, der das steile Ufer hinabrutschte. Seine Schuhe versanken in dem eiskalten Fluss, und das Klatschen der Schritte übertönte für kurze Zeit das dumpfe Brausen des Wassers.

Am Heck des Bootes stand ein Mann, auf eine lange Stange gestützt, die in den Fluss getaucht war.

»Steigt ein, Messere«, sagte der Junge, nachdem er sich kurz wortlos mit dem Mann verständigt hatte. Dieser riss sogleich die Stange aus dem schlammigen Grund und stemmte sie gegen das Ufer, um den Kahn flottzubekommen. Dante konnte gerade noch rechtzeitig ins Boot springen, das nun unter seinen Füßen schwankte. »Bist du sicher ...«, murmelte er, von einer plötzlichen Unschlüssigkeit erfasst. Wieder beunruhigte ihn das Gefühl, in eine Falle geraten zu sein. Doch bevor er es sich anders überlegen konnte, löste sich der Kahn nach einem erneuten kräftigen Stoß mit der Stange um einige Armlängen vom Ufer. Unter dem Kiel war die Strömung zu spüren, die das Boot heftig erfasste und es auf den Fluss hinauszog.

»Ihr müsst es unbedingt nach Rom schaffen, Messer Alighieri. Ihr werdet erwartet.«

»Aber wer bist du?« rief der Dichter dem Jungen am Ufer zu, der in der Dunkelheit langsam unsichtbar wurde. »Wer bist du?« rief er noch einmal. »Wer erwartet mich? Wer hat dich geschickt?«

»Menschen, die auf Euch vertrauen«, hörte er es aus der Ferne, während die Gestalt vollends verschwand. Er wandte sich zum Fährmann am Heck. Der Mann schaute starr über seinen Kopf hinweg, während er mit kurzen Ruderstößen den Kurs korrigierte. Das Boot erreichte die Flussmitte, wo eine Reihe von Kräuselungen und kleinen Strudeln im Mondschein den Weg der Strömung markierte.

»Kennst du den Jungen?« fragte Dante.

Der Mann überhörte seine Worte und fuhr fort, mit dem Ruder kleine, nervöse Stöße auszuführen. Dante wiederholte seine Frage lauter, und diesmal schien er die Aufmerksamkeit des Mannes auf sich zu ziehen. Der Fährmann zeigte mit einem Finger auf sein Ohr und schüttelte den Kopf.

»Bist du taub?«

Wieder keine Antwort. Der Mann starrte ihn lediglich aus der Tiefe der Kapuze an, die seinen Kopf bedeckte, und ließ sich nicht von dem schweren Regen stören, der nun erneut einsetzte.

Auf dem Boden des Bootes lag eine zusammengerollte Decke aus grobem Filz. Dante breitete sie aus und warf sie sich schutzsuchend über.

Von diesem improvisierten Unterschlupf aus sah er die fernen Ufer, die immer schneller vorbeizogen, seit das Boot die Flussmitte erreicht hatte. Der Regen wurde nun von heftigen Windböen begleitet, die unter die Decke fuhren und an ihr zerrten. Hier und dort erstreckten sich im Schilf die letzten Ausläufer der umliegenden Wälder bis ins Wasser hinein, und unzählige Bäume reckten ringsumher ihre Äste. An den Stellen, wo sich der von den Wellen mitgeführte Schlamm zu kleinen Sandinseln verfestigt hatte, waren im Wasser Wäldchen entstanden, deren Äste sich vereinten und den Fluss mit Brücken und Triumphbögen überspannten.

Dieses Bild musste sich auch Aeneas geboten haben, als er die Gestade Latiums erreichte, dachte Dante, dessen Phantasie sich an den alten Versen Vergils entzündet hatte.

Plötzlich hörte er ein fernes Geheul, das entlang des Ufers lief. Gereizt durch die rauhe Witterung, waren offenbar die Wölfe der Gegend erwacht und folgten nun mit unsichtbarem Schritt aus irgendeinem mysteriösen Grund dem Boot.

Dante bekreuzigte sich. Der Wind hatte über ihm ein Loch in die Wolken gerissen. Er schaute gen Himmel und suchte im Osten nach einem Vorboten der Morgenröte. Doch das Fieber und die Strapazen der Reise hatten sein Zeitgefühl wohl durcheinandergebracht. Es war noch tief in der Nacht. Oben leuchtete das Haar der Berenike in seinem kalten Sternenstaub. Am fernen Horizont ging die

Jungfrau auf, während mitten am Himmel die hellen Zwillinge funkelten, angestrahlt vom großen, gelblichen Auge Jupiters. Gern hätte er darin ein günstiges Omen gesehen, doch etwas in ihm hielt ihn davon ab. Diese Sterne waren kalt, reglos und vom selben Fieber vereist, das auch seine Knochen bis ins Mark schüttelte.

So stumm, als hätte ihr Einfluss auf das Schicksal der Menschen in gewisser Weise ausgesetzt. Vielleicht rief ihm das unaufhörliche Heulen, das ihn unheilvoll auf seinem Weg begleitete, ja zu, er möge nur auf die eigene Kraft vertrauen. Er war allein, so allein, wie er sich noch nie gefühlt hatte.

In diesem Moment wurde das Boot von einem heftigen Stoß erschüttert. Der aufgedunsene Kadaver eines Pferdes trieb an ihm vorüber, die Hufe wie in einem makabren Galopp himmelwärts gereckt. Das ganze Wasser war mit Treibgut übersät, das, dem Ufer entrissen, demselben Ziel wie Dante entgegenstrebte.

3

6. NOVEMBER,
AUF DER HÖHE DES PONTE MILVIO

Der Tag war angebrochen. Dante fuhr aus dem kurzen, unruhigen Schlaf auf, in den er unbewusst gefallen war, kroch unter seinem provisorischen Schutzdach hervor und sog in vollen Zügen die frische Morgenluft ein. Der Regen hatte aufgehört und war einem kalten Licht gewichen, das die Landschaft mit einem Grauschleier trübte. Der Mann am Steuer verharrte noch immer in seiner Stellung, als wären er und das Boot aus einem Guss. Ohne seine Hand vom Ruder zu nehmen, schob er mit dem Fuß einen Schlauch herüber, der auf dem Boden des Bootes lag. Dante setzte ihn an die Lippen, nachdem er ihn mit den Zähnen entkorkt hatte, und sog den Geruch ein, der aus der Öffnung strömte. Wein, dachte er, und warf dem Mann einen dankbaren Blick zu. Dann nahm er einen kräftigen Schluck.

Er spürte, wie ihm die herbe, kühle Flüssigkeit durch die Kehle rann. Auch sein Körper schien nach der nächtlichen Schlaffheit und den schmerzenden Stichen, mit denen das Fieber all seine Glieder malträtiert hatte, nun endlich zu erwachen.

Er fuhr sich mit der Hand über die Stirn. Sie war nicht mehr so heiß wie in der vergangenen Nacht, und auch seine Lippen waren nicht mehr so ausgedörrt, wie am Tag zuvor. Erneut griff er zu dem Weinschlauch, um mit einem weiteren Schluck die Übelkeit zu vertreiben. Er wurde noch immer von gelegentlichen Schauern erfasst. Darauf bedacht, möglichst nicht zu schwanken, stand er auf und streckte seine eingeschlafenen Glieder. Er warf einen Blick auf die Ufer. Die dunkle Vegetation zu beiden Seiten des Bootes war noch weiter in die Ferne gerückt. Der Fluss war breiter geworden und hatte sich nun wirklich in den erhabenen Sitz des Gottes Tiberis verwandelt. Das vom Ufer abgerissene und von der Strömung fortgetragene Geflecht aus Ästen und Laub schien dem Dichter für einen Augenblick das im Wasser versunkene Haar des Gottes zu sein, wie es Aeneas erschienen war, als er ihn aus den Fluten auftauchen sah.

Hinter einer Biegung glitt eine große, wie durch Zauberei plötzlich aufgetauchte Steinbrücke über ihre Köpfe hinweg.

Nun waren die Anzeichen menschlicher Präsenz unübersehbar. Zwischen dem Grün der Waldungen erstreckten sich weite Freiflächen; bestellte Äcker und Weinberge hatten bis zu den Dämmen das Schilf abgelöst. An die Anhöhen in der Ferne schmiegten sich, markiert durch dünne Rauchfäden über den Dächern, große Hütten und hin und wieder ein Bauernhaus aus Stein.

Der Fluss beschrieb eine scharfe Kurve, so dass er aus dem Blickfeld geriet. Das Boot folgte der Biegung, und die Strömung nahm zu.

»Ist es noch weit bis Rom?« erkundigte sich Dante.

Der Mann am Ruder streckte die Hand aus und wies nach vorn. Das Boot hatte die Biegung hinter sich gelassen. Dante riss die Augen auf und stand auf.

An dieser Stelle wühlten Stromschnellen den Fluss auf. Die Hand eines Unterwassergottes packte das Boot und schüttelte es gründlich durch, als es eine Reihe von Strudeln passierte, die es gewaltvoll von seinem Kurs abbringen zu wollen schienen. Trotz des Schaukelns blieb Dante aufrecht stehen, und die Augen gingen ihm über vor der Pracht dessen, was sich ihm nun darbot. Eine riesige Stadtmauer zog sich, unterbrochen von majestätischen Türmen und marmornen Torbögen, im Licht der Morgenröte an der Flussbiegung entlang, soweit das Auge reichte. Für ihn sah es aus, als hätte ein Volk von Riesen sämtliche Steine und Ziegel der Welt aneinandergereiht, um mit seiner Kraft nicht nur eine Stadt, sondern ein ganzes Reich zu umschließen. Zahlreiche Flaggen und Banner wogten auf den Wehrgängen wie Flammen im Wind.

Das Boot glitt weiter. Für kurze Zeit verschwand das Panorama hinter einer neuen Kurve, dann tauchte die Stadt wieder auf, und weitere Einzelheiten wurden sichtbar.

Sie setzten ihren Weg fort und fuhren nun dicht an der Mauer entlang, die über ihren Köpfen aufragte und bis ans Wasser hinunterreichte. Am rechten Ufer war als gigantischer Rundbau aus dunklem Stein die Engelsburg erschienen, die den Horizont durchbrach wie eine der vier Säulen, auf denen das Himmelsgewölbe ruhte.

Dennoch lag etwas Ungesundes in diesem Glanz. Aus der Nähe betrachtet, offenbarte die Mauer ihre ganze Baufälligkeit, war sie doch übersät mit Rissen und mit sporadischen Ausbesserungen, die mit altem Baumaterial ausgeführt worden waren. An einer von der Strömung besonders angegriffenen Stelle, wo offenbar die Fundamente gefährdet gewesen waren, lag ein hastig aufgeschichteter Haufen aus Marmorblöcken und Erde. Zerbrochene Säulenschäfte, herausgerissen aus wer weiß welchen Tempeln vergessener Götter, waren auf dem Glacis aufgehäuft, und die Reste kunstvoll geschnitzter Balken dienten als Behelfsmole. Ein Dickicht aus Kletterpflanzen rankte empor und hielt sie fest umklammert, als ginge nach der Grausamkeit der Barbaren nun die umliegende Campagna zum letzten Angriff auf die Stadt über.

Die Fahnen auf den Türmen waren nicht mehr als abgenutzte Fetzen, die über menschenleeren Laufgräben wehten. Niemand schien die Bastionen zu bewachen.

Einen Moment lang hatte er den Eindruck, dass das, worauf er sich da zubewegte, eine ausgestorbene Stadt war. Nur der Fluss schien voller Leben zu sein.

Doch plötzlich nahm die Zahl der Boote ringsumher zu, und sein Fährmann musste ständig mit dem Ruder hantieren, um mit keinem von ihnen zusammenzustoßen. Breite, flache Lastkähne, schwerbepackt mit geernteten Früchten, und mit Baumstämmen oder Mauersteinen beladene Boote schienen auf eine Lücke im Dickicht der Dreieckssegel zu warten, um ihre Fracht zu entladen.

Der Fährmann hob den Arm und zeigte auf eine breite Treppe, die zum Fluss hinabführte und wie ein marmorner Wasserfall aus der Mauer quoll, die an dieser Stelle von der Uferlinie zurückwich. Das musste der Hafen sein, sagte sich Dante mit einem Blick auf das hektische Treiben von Menschen und Wagen am Ufer und an den beiden großen, gewundenen Zufahrtsrampen, die zu den Torbögen in der Stadtmauer hinaufführten.

Er sprang an Land. Ihm blieb kaum Zeit, um nach seiner Tasche zu greifen, denn der Fährmann legte schon wieder ab, indem er mit dem Ruder in den flachen Grund stieß.

»Was bin ich dir schuldig?« rief der Dichter ihm nach. Doch der Mann hatte bereits die Flussmitte erreicht und verschwand im Dickicht der Boote.

Verblüfft über dieses sonderbare Verhalten, schaute Dante ihm nach. Nur knapp entging er einem mit Wucht vorwärts gestoßenen Karren, und das plötzliche Durcheinander von Geschrei und hektischen Bewegungen, in das er nach der stillen Nacht und nach dem ersten Eindruck einer ausgestorbenen Stadt geraten war, verwirrte ihn.

Erstaunt schaute er sich um. Etwas an dieser Hektik war sonderbar und unterschied sich von dem üblichen Marktplatzgewimmel. Rufe und Schreie waren zu hören. Und Angst lag in der Luft. Der gleiche Geruch, den er auf dem Schlachtfeld kennengelernt hatte, jener kaum spürbare Geruch, der zunächst im Kopf und erst dann in der Nase zu spüren ist, der die Zähne zum Beißen treibt und die Beine zur Flucht.

Alles um ihn her schrie und zeigte auf etwas hinter ihm. Er drehte sich zum Wasser um, zu der Stelle, von wo er gekommen war. Wenige Armlängen vom Ufer entfernt näherte sich ein Boot und zog an einem Ruder etwas hinter sich her. Einen weißen, glitschigen Klumpen kurz unter der Wasseroberfläche, unförmig wie die Ungeheuer, die der Legende nach in der Tiefe lebten.

Jemand auf dem Damm beugte sich vor, um die weißliche Masse zu packen. Andere halfen, sie ans Ufer zu ziehen, wo sie reglos liegenblieb. Von einer bösen Vorahnung gepackt, drängte auch Dante nach vorn.

Auf den Steinen lag der Körper einer Frau. Sie musste lange im Wasser gewesen sein. Die Fische hatten ihr Gesicht fast bis zur Unkenntlichkeit zerfressen, und ihr aufgeweichter Körper wirkte wie eine knochenlose Masse, die, verformt durch das eigene Gewicht, platt wie ein leerer Weinschlauch auf dem Boden lag. Nur das lange schwarze Haar ließ keinen Zweifel an ihrem Geschlecht. Die umherstehende Menschenmenge war in heller Aufregung. Dante bahnte sich gewaltsam einen Weg, bis er nur wenige Schritte von dem Leichnam entfernt stand. Ungeachtet aller Unruhe, kniete er sich hin, um besser sehen zu können.

»Wo ist der Ertrunkene?« hörte er es hinter sich rufen. Einige Bewaffnete eilten herbei, wobei sie sich mit groben Lanzenstößen in den Rücken der Schaulustigen Platz verschafften. »Schickt nach den Brüdern vom Guten Tod!«

»Sie ist nicht ertrunken«, sagte Dante ruhig. »Seht«, fügte er hinzu und wies auf den Rumpf der Frau.

Jemand schien ein Kreuz in den Körper geritzt zu haben. Das Wasser hatte jede Spur von Blut abgewaschen, so dass der Bauch der Unglücklichen eine hauchdünne graue Linie aufwies. Nur ihre Hände und Füße schienen sonderbar gut erhalten zu sein, als hätte das Wasser diesen Teilen des unglückseligen Leichnams nichts anhaben können.

Der Dichter zog unter seinem Umhang den Dolch hervor, den er in einer geheimen Innentasche seines Gewandes bei sich trug, und hob vorsichtig den Rand der Wunde an. Er fuhr zurück, und aus der Menge ertönte ein erschrecktes Raunen. Die Brusthöhle war vollkommen leer. Nur wenige Rippenspitzen stachen schneeweiß aus dem Grau des verwesten Fleisches. Er hob die Wundränder etwas weiter an, indem er die Klinge in den Körper der Unglücklichen gleiten ließ. Auch in ihrem Bauch fehlten die Organe, er wimmelte von kleinen Flussfischen. Der Mörder hatte sich nicht darauf beschränkt zu töten: Wie ein Wüstling war er über die arme Frau hergefallen und hatte sie ausgenommen wie ein Tier.

Die Menschen bekreuzigten sich. Manch einer war auf die Knie gesunken und betete laut. Der Anführer der Wachen hatte jede Bewegung des Dichters aufmerksam verfolgt. Sein Blick wanderte entgeistert von dem Leichnam zu Dante, als wüsste er nicht genau, wem von den beiden er mehr Aufmerksamkeit schenken sollte.

»Wer bist du denn?« fragte er nach einem letzten Blick auf die Tote.

Der Dichter richtete sich mit einem Ruck auf und sah ihn fest an. »Ich bin Dante Alighieri aus Florenz. Ich leite die Gesandtschaft meiner Stadt am Hof von Bonifatius.«

Einen Moment wirkte der Mann unschlüssig. Er war hochgewachsen, stämmig und von so dunkler Hautfarbe, dass man ihn mit einem Sarazenen hätte verwechseln können, dazu kohlschwarze, schmale Augen zwischen zwei großen, mit goldenen Ringen geschmückten Ohren.

Er musterte Dante von oben bis unten, wobei sein Blick auf dessen schlammverschmutzter Kleidung und auf der schlichten Reisetasche verweilte, die der Dichter über der Schulter trug. Dann streckte er die Hand aus und befühlte einen Zipfel seines Gewandes. »Ein Gesandter. Aus Florenz. In so dürftigen Kleidern. Eure Stadt muss ziemlich arm sein, wenn sie nur dich als Repräsentanten schickt, noch dazu zu Fuß und ohne Gefolge. Dabei könnte man meinen, ihr da oben schwimmt nur so im Gold, nach dem Hochmut eurer Kaufleute zu urteilen.«

»Nicht der Handel gibt Auskunft über ein Volk. Sondern seine Sitten und Gesetze«, antwortete der Dichter kühl. »Und Gesetz und Sitten kommen nicht in goldenen Kleidern daher. Kümmert euch lieber darum, dass der Tod dieser unglücklichen Frau gesühnt wird. Sucht nach einem Mann, dem der Umgang mit Klingen vertraut ist. Doch nicht nach einem Soldaten, dieser saubere Schnitt stammt nicht von einem Schwert. Sucht nach einem Chirurgen oder nach einem Schlächter.«

»Was oft ein und dasselbe ist«, brummte der Hauptmann, während er sich erneut über die Wunde beugte, um sie genauer zu betrachten. »Wie ich sehe, verstehst du was davon, Messere. Bist du in deiner Heimatstadt vielleicht ein Wundarzt oder ein Zahnzieher?«

Dante knirschte mit den Zähnen und hielt nur mit Mühe die Antwort zurück, die ihm auf der Zunge lag. Dann schüttelte er ruhig den Kopf. »Ich gehöre der Zunft der Apotheker an, falls das von Interesse für Euch ist. Und Ihr seid dann wohl der Zollwächter«, fügte er giftig hinzu.

Der Mann starrte ihn an, seine Gesichtszüge verfinsterten sich. Dann brach er in schallendes Gelächter aus, das sofort auf die anderen Bewaffneten überging. Auch einige Schaulustige ließen sich von der Heiterkeit anstecken. Angesichts dieser ungehörigen Ausgelassenheit neben dem Leichnam der unglücklichen Frau erwachte Dantes Schamgefühl. Ihm war, als fügte man ihr noch ein weiteres Leid zu, womöglich ein noch grausameres als das, was ihren Körper zerstört hatte. Der Mörder hatte ihr Leben ausgelöscht, doch diese Menschen missachteten ihr Andenken.

»Ich bin Antonio Caffaro, der Dekurio der Burgwache. Und der Zoll, mit dem ich zu tun habe, besteht aus Strick und Seife, Herr Gesandter«, sagte er, während er einen Schaulustigen, der zu nahe gekommen war, mit einem Fußtritt vertrieb. »Manche nennen mich auch den ›Tanzmeister‹, denn die Zahl derer, die ich auf dem Innenhof der Burg tanzen ließ, ist beträchtlich. Leute, die auf die merkwürdige Idee verfallen waren, die Gesetze Seiner Heiligkeit, des Papstes, zu brechen.«

»Ihr seid der Henker!«

»Der Scharfrichter. Oder auch Mastro Canapa, Meister Galgenstrick, wie das gemeine Volk mich nennt. Natürlich nur, wenn ich es nicht höre.«

Der Hauptmann brach erneut in lautes Gelächter aus. Als wäre dies ein Signal, griffen die Bewaffneten zu ihren Lanzen und stießen die Schaulustigen beiseite. Sie nahmen den Leichnam auf, nachdem sie ihn notdürftig in Sackleinen gewickelt hatten, und wandten sich zur Treppe, die am Flussufer entlang von der Anlegestelle nach oben führte.

Als Dante allein war, schaute er sich noch einmal genauer um. Der Anlegeplatz wimmelte nur so von Lastenträgern, die die Frachtkähne be- und entluden, und von Zugtieren, die am Ufer an die Räder seltsamer Konstruktionen zum Heben von Lasten gespannt waren, dazu gab es Unmengen von aufgestapelten Waren. Zahlreiche Züge von Männern in Ketten schleppten sich unter der Peitsche der Aufseher die steile Rampe neben der Treppe hinauf und hinunter. Von Zeit zu Zeit knallte ein Peitschenhieb auf der Haut eines der Männer, ohne dass erkennbar war, warum dieser oder jener für diesen Schmerz ausgesucht worden war.

»Wer sind diese Leute?« fragte Dante einen Mann, der in der Nähe stand.

»Einwohner von Palestrina. Sie haben sich gegen den Papst erhoben und müssen jetzt in Ketten dienen. Jedenfalls die, die man nicht ermordet hat.«

Dante warf einen erneuten Blick auf die lange Reihe der Unglücklichen, unter denen hier und dort der graue Haarschopf eines Greises auftauchte. Palestrina war vor kurzem von Bonifatius' Armee zerstört worden und hatte so den Preis für seine Treue zur papstfeindlichen Familie der Colonna zahlen müssen. Dem Erdboden gleichgemacht wie das alte Karthago und ebenso wie dieses mit Salz bedeckt, damit selbst die Erinnerung an diese Stadt sich im Lauf der Zeit verlor.

Mit einem Schaudern wandte er sich wieder dem Fremden zu. »Wo kann ich hier in der Stadt ein Quartier finden?«

»Seid Ihr ein Pilger? Versucht es bei den Mönchen in Santa Maria del Popolo«, antwortete der Mann nach einem kurzen Blick auf Dantes nasse Kleidung und seine vom Flussschlamm verschmierten Schuhe.

»Nein, ich suche ein Haus«, erwiderte Dante, ohne seinen Ärger über die Anmaßung des anderen verhehlen zu können.

»Dann versucht es in Campo Marzio«, sagte der Mann mit einem Schulterzucken.

Dante ging die Treppe der steinernen Uferbegrenzung hinauf. Oben angelangt, stand er an einer langen, engen Straße, die sich nach beiden Seiten bis zum Horizont erstreckte und von Ziegelbauten gesäumt war, die, nach der ersten Mauer auf der Höhe des Tibers, eine zweite Stadtmauer bildeten. Er drehte sich um und schaute zum gegenüberliegenden Ufer. In der Ferne versperrte der kompakte erdfarbene Bau der Engelsburg den Blick auf die Peterskirche und ihre Paläste, doch ließ sich diese, aus einem Dickicht von Ziegeldächern aufragend, dahinter erahnen. Er konnte auch ein Stück der langen, schmalen Brücke erkennen, die genau hinter dem Bollwerk der Burg endete.

Er versuchte sich zu orientieren. In Florenz hatte er vor seiner Abreise in der Bibliothek der Franziskaner von Santa Croce einen Stadtplan studiert. Doch der einfache Kreis, vom Grundriss einer Stadtmauer eingefasst und übersät mit den Bildern von Kirchen, Palästen und Brücken, erwies sich als vollkommen unnütz, war er doch denkbar weit von der Realität entfernt. Dante befand sich offenbar auf einer Parallelstraße zur Via Lata, wie die Päpste die alte Via Flaminia genannt hatten. Wenn er ihr folgte, müsste er eigentlich ins Zentrum der Stadt gelangen.

Er machte sich auf den Weg. Eine warme Sonne brach unverhofft durch die Wolkendecke, aus der es die ganze Nacht ununterbrochen geregnet hatte. Er fühlte sich wie von einem guten Omen ermutigt. Seine Kleider begannen zu trocknen, und die Fieberanfälle waren abgeklungen. Eine dumpfe Mattigkeit überkam ihn. Die Straße wurde breiter und führte am Portikus einer kleinen Kirche vorbei. Eine römische Statue lag umgestürzt neben dem Säulengang, eine Frauengestalt mit einem Helm auf dem Kopf.

»Minerva …«, dachte er, als er sich unter die Arkaden schleppte und sich zu Boden fallen ließ. Hier, im schützenden Schatten, verwandelten sich das Licht und der Straßenlärm von Wagen und Fußgängern in ein undeutliches Rauschen, ähnlich der Brandung eines fernen Meeres. Niemand schien Notiz von ihm zu nehmen, als er in den Schlaf hinüberglitt.

Nur die antike Göttin schien ihn wohlwollend zu betrachten. Ob sie ihren Schutz in ihrer Verbannung wohl auf einen Dichter ausdehnte, der fern von seiner Heimat war?

Das Fieber bescherte ihm jedesmal Alpträume. Im Traum war ihm, als wäre er noch immer unterwegs, auf einer Straße mit losen Steinen. Die Häuser ringsumher waren verschwunden und blutroten Sanddünen gewichen, auf die er mit immer größerer Mühe kletterte. Er war erschöpft, seine Augen versengt von einem Sturm sprühender Funken. Das Sandmeer um ihn her wimmelte nur so von Giftschlangen, die sich im Kreis bewegten und sich zu Bündeln aus Mäulern und Schuppen verknäuelten, wie vom Wind fortgerissene Brombeersträucher.

Weiter vorn in der Wüste klaffte ein gigantischer kreisrunder Abgrund, der ihm den Weg versperrte, ohne dass Dante erkennen konnte, was dahinter lag. Aus der Tiefe stieg ein diffuser, unergründlicher Lärm auf. Wie die Brandung einer stürmischen See.

Als er den Rand erreicht hatte, legte er sich auf den Boden, um zu sehen, was sich in dem steinernen Schlund verbarg. Von Entsetzen gepackt, prallte er zurück. Eine riesige Menschenmenge wimmelte in der Leere, an den Wänden des Abgrunds klebend wie Würmer an einem Kadaver und die gekrümmten Hände nach ihm ausstreckend, wobei sie entsetzliche Schreie in einer unverständlichen Sprache ausstieß. Vom Grund drang ein rötlicher Lichtschein wie von einem Lavastrom herauf.

Starr vor Schreck versuchte Dante, sich diesem Schauspiel zu entziehen, und hielt sich die Hände vor die Augen. Doch Haut und Knochen schienen aus Glas zu sein. Nichts konnte den Anblick dieser Körper auslöschen, die sich eine unmögliche Rettung von ihm erhofften. Er verstand nicht, was sie riefen, doch aus einem unerfindlichen Grund wusste er, dass jeder ihm seinen Namen zuschrie, so als wären diese verzweifelten Wesen Männer und Frauen, denen er einst auf Erden begegnet war und die nun wiedererkannt werden wollten.

Ein grenzenloses Mitleid überkam ihn. Er musste etwas tun, um ihnen zu helfen, egal, wie gewaltig diese Aufgabe auch sein mochte. Erneut beugte er sich über den Abgrund und streckte den Menschen, die ihm am nächsten waren, seine Hand entgegen. Im Traum war ihm, als spürte er auf der Haut die Kälte der Finger, die ihn berührten, während die weißen, von schwärenden Wunden verunstalteten Gesichter näher kamen und die entstellten, wassersüchtigen oder vom Hunger klapperdürren Körper sich ineinander verknäuelten wie Schlangen.

Sein Entsetzen, das dem Mitleid gewichen war, gewann erneut die Oberhand: Plötzlich verstand er all die unaufhörlichen Schreie, die zu ihm heraufdrangen. Diese Wesen wollten nicht gerettet werden: Sie warteten auf ihn, riefen ihn, damit er sich zu ihnen gesellte. Er spürte, wie der Felsen unter seiner Brust zu bröckeln begann, spürte, wie alles, woran er sich klammerte, hoffnungslos wegbrach und unter seinem Gewicht nachgab. Er schrie verzweifelt, während er langsam in den riesigen Schlund hinabrutschte.

Da plötzlich merkte er, wie ihn von hinten eine Hand packte und festhielt. Eine Hand, an die er sich mit aller Kraft klammerte. Eine Hand, uralt und stark. Väterlich.

Er erwachte mit dem Schrei, der ihm noch im Kopf dröhnte. Die Sonne verschwand bereits hinter den hohen Bauten an der Straße, doch das Hin und Her der Leute, die ihm keinerlei Beachtung schenkten, hielt unvermindert an. Die Römer waren an den Anblick obdachloser Pilger wohl schon gewöhnt, dachte er. Hastig sah er nach der Tasche, auf die er zum Schlafen seinen Kopf gelegt hatte. Es schien noch alles dazusein, wie er mit einem Seufzer der Erleichterung feststellte. Er hatte Hunger, doch die Gliederschmerzen und das Fieber hatten nachgelassen. Er sah sich um und versuchte, sich zu orientieren.

Eigentlich müsste er sich mit den beiden anderen Männern in der florentinischen Gesandtschaft treffen. Doch eine innere Stimme riet ihm, sich von ihnen fernzuhalten: Der Gedanke, sie könnten ihm nur als Begleiter mitgegeben worden sein, um ihn zu überwachen, hatte ihn seit dem Beginn ihrer Reise nicht mehr losgelassen.

Am Hafen hatte man ihm geraten, es in Campo Marzio zu versuchen. Das musste hier sein, doch der Wald aus Wohntürmen und Steinhäusern, die sich in den Resten römischer Monumente eingenistet hatten, ließen mit ihren verriegelten Toren und den dicken Ketten, die den Zugang zu den Gassen versperren sollten, keine besondere Gastfreundschaft vermuten. Er reihte sich in den Menschenstrom ein und schaute sich unentwegt neugierig um. Immer neue Türme tauchten auf, manchmal dicht beieinander wie die Finger von Riesenhänden, die, aus der Erde ragend, nach dem Himmel griffen.

Nach einem kurzen Stück Weg gelangte er auf einen Platz, auf eine Art Lichtung in dem steinernen Dickicht. Vor ihm die imposante Säulenreihe eines antiken Tempels, gekrönt von einem Giebelfeld, an dem noch die Reste des Bronzereliefs hervortraten, das ihn einst verziert hatte. Köpfe, Arme und Beine von Menschen mit erhabenen Proportionen, in einen Faltenwurf gekleidet, der noch immer von einem göttlichen Hauch beseelt zu sein schien.

Erstaunt blieb er stehen, die Nase in die Luft gereckt. Hinter dem Tempel ragte eine riesige Kuppel in den Himmel, die das Baptisterium seiner Heimatstadt vier- oder fünfmal hätte aufnehmen können.

»So etwas hast du wohl noch nicht gesehen, was, Fremder?« hörte er jemanden neben sich sagen. Er wandte sich zu dem Mann, der ihn angesprochen hatte, einem Bauern mit einem großen Korb Gemüse unter dem Arm. Er schien sich über sein Erstaunen zu freuen, als fühlte auch er sich in gewisser Weise als der Schöpfer dieses Wunderwerks.

»Was ist das?« fragte Dante atemlos.

»Die Kirche Santa Maria ai Martiri. Doch die Gelehrten nennen sie auch das Pantheon. Gefällt sie dir?«

Ein Gefühl plötzlicher Armut und ohnmächtiger Trostlosigkeit überkam ihn. Wie hatten es jene Menschen ohne die Gnade Gottes und fern von der Offenbarung fertiggebracht, ein solches Wunderwerk zu schaffen? Diese brutalen, von Laster und Gier geblendeten Menschen, verlockt nur von weltlichem Ruhm und ohne den süßen Gesang der Heiligen Schrift. Und dennoch so majestätisch, so unendlich groß. Was für einen wahrhaft armseligen Anblick boten dagegen seine Zeitgenossen!

Unter den verblüfften Blicken des Bauern zog er den Zylinder mit seinem Vergil aus der Tasche, führte ihn an die Lippen und küsste ihn. Wer wäre heute wohl noch fähig, den formlosen Fluss der Sprache gefügig zu machen, sie mit poetisch erleuchteter Kraft zu schmieden, bis sie einen ähnlichen, schrecklichen Glanz erhielte wie diese große Kuppel?

Er raffte sich auf und verstaute den Zylinder sorgfältig wieder. »Kann man hier in der Gegend eine Unterkunft bekommen?« fragte er.

Der Mann wies auf ein Gebäude, das den Platz zur Linken begrenzte, ein dreistöckiges Haus mit einem großen Holzdach.

»Versucht es da drüben, im Palazzo von Papst Anastasius. Da

gibt es die Locanda del Sole. Sie ist sehr bekannt bei den Fremden. Guter Wein, gutes Essen und nie mehr als drei Leute in einem Bett.«

Dante schüttelte den Kopf. »Ich brauche ein Zimmer. Für mich allein.«

Spöttisch musterte der Bauer ihn von Kopf bis Fuß. »Für edle Herren gibt es hier kein Quartier. Und keine der hier herrschenden Familien«, fügte er mit einem Hinweis auf die ringsumher aufragenden Wohntürme hinzu, »nimmt Lumpenvolk bei sich auf. Ihr könnt es ja jenseits des Flusses versuchen.«

»Wo?«

»Direkt vor Euch. Geht über die Brücken von Isola. Vielleicht beherbergt Euch ja irgendein Bauer auf der anderen Seite, an den Wiesen von Castello.«

Der Dichter schlug den ihm genannten Weg ein. Er ging am Tambour des Pantheons vorbei, um sich erneut in das Gewirr der Gassen zu begeben, das hinter dem Platz begann. Mehrfach musste er umkehren und einen anderen Durchgang suchen, da er den Weg immer wieder mit Ketten versperrt fand oder mit Mauern, die als Barriere provisorisch aus Schutt und Marmortrümmern errichtet worden waren. Er überquerte eine weite Fläche, die noch mit den Resten großer Travertinplatten gepflastert war, auf denen sich die hohen Sockel zahlreicher verfallener Tempel erhoben. Er kletterte auf eine hinauf und versuchte, sich zu orientieren: Vielleicht war dies das antike Forum, überlegte er, auf das schon die Cäsaren und die ersten Märtyrer ihren Fuß gesetzt hatten. Doch dann müsste er den Palatin sehen. Statt dessen setzte sich das Geflecht der Bauten auf der anderen Seite fort, nur hier und dort von neuen Türmen und Trümmern unterbrochen.

Er musste sich verlaufen haben, dachte er, als er eine abgebrochene Säule wiederzuerkennen glaubte, an der er seiner Überzeugung nach bereits vorbeigekommen war. Doch dann stand er plötzlich am Ufer des Flusses. Der Tiber wurde an dieser Stelle breiter, und sein von Stromschnellen aufgewühltes Wasser umfloss eine kleine Insel von der Gestalt eines mitten in der Strömung gestrandeten Schiffes. Ein geneigter Obelisk in der Mitte der Insel verstärkte die Ähnlichkeit mit einem antiken Wasserfahrzeug noch. Er glaubte sogar, einen riesigen Rammsporn aus Marmor zu erkennen, der kurz vor der flussabwärts liegenden Spitze aus dem Wasser ragte.

Er ging über die erste Brücke, die sich mit ihrem Eselsrücken zur Insel hinüberbog, passierte einen schmalen Durchgang zwischen einem Turm und einem Gebäude, das wie ein befestigtes Kloster aussah, und betrat die zweite Brücke, die zum anderen Ufer führte. Oben auf dem Brückenbogen lehnten drei Männer lässig an dem steinernen Geländer. Sie trugen Kleider in ehemals grellen Farben, die nun jedoch verblichen und von Zeit und Schmutz zerfressen waren.

Ihm war, als hätten sie sich untereinander mit einem kurzen Blick verständigt. Unwillkürlich war er auf der Hut. Seine Muskeln spannten sich, und er vergewisserte sich mit einem schnellen Griff nach dem Dolch in der Geheimtasche seines Umhangs, dass die Waffe an ihrem Platz war.

Doch vielleicht waren das ja nur drei Müßiggänger, sagte er sich, während er weiter auf sie zuging und eine unbekümmerte Miene aufsetzte. Als er bei ihnen ankam, streckte einer der drei seinen Fuß aus, um ihm den Weg zu versperren.

»Halt, Fremder! Du hast den Brückenzoll vergessen«, sagte er in einem plumpen, unfreundlichen Ton.

»Den Zoll? Wie hoch ist der denn?« fragte Dante vorsichtig. Es war gut möglich, dass man für die Überquerung der Brücke ein Wegegeld zahlen musste. Am Ende des Aufgangs sicherte ein kleiner Wachturm den Zugang vom anderen Ufer, und vielleicht gab es so etwas wie eine Grenze zum Viertel jenseits des Flusses. Und diese Kerle sahen in ihren seltsamen Kleidern leider wirklich so verdächtig aus wie Zöllner.

»Das kommt darauf an.«

»Worauf denn?«

»Auf deine Tasche. Zeig her!«

Auch die beiden anderen waren näher gekommen. Dante trat einen Schritt zurück, um etwas Abstand zu gewinnen, doch die Männer rückten weiter an ihn heran. »Nein«, sagte er schroff.

Sein Gesprächspartner machte einen weiteren Schritt auf ihn zu, so dass er ihn fast berührte. Der Dichter spürte den schrecklichen Geruch, der von dessen faulen Zähnen ausging. Da bemerkte er eine rasche Bewegung hinter sich. Schnell wandte er den Kopf, gerade noch rechtzeitig, um aus den Augenwinkeln einen vierten Mann zu erkennen, der aus dem Nichts aufgetaucht zu sein schien. Er stand auf allen vieren hinter ihm wie ein Hund, der sich in seinem Schatten versteckte.

Noch bevor er den Zweck dieses seltsamen Verhaltens durchschauen konnte, spürte er einen heftigen Stoß gegen seine Brust und stolperte nach hinten. Behindert durch den kauernden Mann fiel Dante rückwärts und landete, mit den Füßen in der Luft, auf dem Boden.

Schnell wie ein Raubtier umklammerte der kauernde Mann ihn mit den Beinen von hinten an der Taille, während die beiden anderen seine Arme packten und ihn festhielten.

Dante glaubte sich verloren, ohne jede Möglichkeit, an seinen Dolch heranzukommen, um sich zu verteidigen. Dafür war in der Hand des mutmaßlichen Anführers der Männer ein Messer aufgetaucht. Er spürte das kalte Metall an seiner Kehle, während sich die schon bekannte Stimme, begleitet von dem unerträglichen Gestank, erneut hören ließ.

»Jetzt wirst du sehen, was es heißt, sich der Brückenwache zu widersetzen.«

Wehrlos in dieser Haltung gefangen, sah er aus den Augenwinkeln, wie einer der Männer die Hand nach seiner Tasche ausstreckte und darin herumwühlte.

Er zog zunächst den Zylinder mit der Papyrusrolle heraus, warf ihn jedoch achtlos fort, nachdem er ihn geöffnet und kurz darin herumgestöbert hatte. Das Behältnis prallte vom Pflaster ab und rollte unter dem verzweifelten Aufschrei des Dichters auf das Brückengeländer zu. Dante sah, wie es schaukelnd an einem Mauerspalt der Brüstung auf dem Brückenrand liegenblieb. Eine Handbreit weiter, und sein Schatz wäre von den Fluten verschlungen worden.

Trotz der immer noch auf seine Kehle gerichteten Klinge wand sich Dante mit aller Kraft, ohne sich jedoch aus der Umklammerung befreien zu können. Diese war sogar noch rabiater geworden, als der Mann mit einem triumphierenden Schrei die kleine Geldbörse aus der Tasche zog.

Plötzlich änderte sich die Lage. Der Mann mit dem Messer war aufgesprungen und hatte sich einige Schritte entfernt. Auch der Zangengriff um Dantes Arme war verschwunden. Nur der Mann hinter ihm, der ihn mit den Beinen festhielt, war noch da, doch Dante spürte, dass auch der sich bewegte, wohl um sich aus der unbequemen Haltung zu befreien und aufzustehen.

Mit einem heftigen Ruck machte sich der Dichter los, stürzte zu dem Zylinder und packte ihn, ohne sich um irgend etwas sonst zu kümmern. Erst als sich seine Finger um das geschnitzte Holz schlossen, drehte er sich zu seinen Angreifern um, während seine freie Hand endlich zum Dolch fahren konnte.

Die Situation war nun eine vollkommen andere. Seine Widersacher standen nebeneinander am Brückengeländer, umringt von einer Gruppe bewaffneter Männer, die sie mit ihren Spießen in Schach hielten. Gelassen an die Brüstung gelehnt, überwachte ein schwarzer Hüne die Szene.

Auch Mastro Canapa schien ihn wiedererkannt zu haben. »Der Herr Gesandte aus Florenz sollte seinem Schicksal wirklich dankbar sein. Und nicht nur dem«, sagte er grinsend, wobei er sich mit dem Daumen gegen die Brust schlug.

Dann gab er seinen Leuten ein Zeichen und wies auf die vier Gefangenen, die ihn entsetzt ansahen. Prompt kehrten die Soldaten die Lanzen um, die sie nun an den Spitzen fassten, und hieben brutal auf die Männer ein. Er hörte ein Schreien und Flehen, das immer schwächer wurde, bis die vier nur noch ein blutüberströmter Jammerhaufen waren.

Doch die Wachen hieben weiter auf die reglosen Körper ein. Dante hatte dem Walten der Gerechtigkeit zunächst mit Genugtuung zugesehen. Als ihm der Mann, der ihn mit dem Messer bedroht hatte, während dieser Prügelei vor die Füße gerollt war, hatte er die Gelegenheit genutzt und ihm einen Fußtritt versetzt, innerlich immer noch zitternd wegen der Gefahr, in die dieser Halunke Vergils Papyrusrolle gebracht hatte.

Doch nun begann er zu fürchten, dass die Wut der Schläger die Männer noch umbringen könnte. Er packte den Dekurio am Arm. »Haltet Eure Wachen zurück, oder Ihr könnt nur noch vier Leichen in die Zelle stecken.«

»In die Zelle? Die Unterkunft in der Burg behalten wir ganz anderen Leuten vor, Herr Gesandter aus Florenz. Vielleicht ist die Regierung deiner fettleibigen Stadt so reich, dass ihr es euch leisten könnt, sogar euren Dieben Brot zu schenken. Doch wir haben hier andere Gesetze«, sagte er und gab seinen Männern mit einem Fingerschnalzen ein Zeichen.

Die Bewaffneten legten ihre Lanzen beiseite und packten die noch immer jammernden Männer. Sie hoben sie unter großem Gelächter hoch und warfen sie ungeachtet des schwachen Flehens, das sie noch von sich gaben, nacheinander in den Fluss.

Dante hatte die Szene entsetzt mit angesehen. Er stürzte zur Brüstung und konnte an der Stelle, wo die Körper untergegangen waren, nur noch große Kreise im Wasser ausmachen. Nach einer kurzen Weile tauchten weiter flussabwärts einige schwarze Punkte wieder auf, doch nur, um sogleich von der Strömung fortgerissen zu werden.

Auch der Dekurio hatte sich vorgebeugt. Er warf dem Dichter einen spöttischen Blick zu, als erstaunte ihn dieses unerwartete Mitleid. »Das sind Kanalratten, zähe Gauner. Für zwei von ihnen ist es schon das zweite Mal. Mit etwas Glück erleben sie auch noch das dritte.«

Einer der Soldaten hatte sich gebückt, um die Tasche aufzuheben, und auch die Geldbörse. Er gab sie dem Dekurio, der sie in der Hand wog. Dann löste dieser die Bänder und schaute interessiert hinein.

»Du bist gut mit Gold ausgestattet, Messere. Es ist nicht klug, sich damit ohne Geleit auf unseren Straßen zu bewegen.«

»Das Geld gehört der edlen Stadt Florenz, es wurde mir für meine Mission anvertraut. Ich danke Euch dafür, dass Ihr es gerettet habt. Meine Kommune wird es Euch vergelten, solltet Ihr jemals zu uns kommen.«

Der Dekurio hatte bei diesen Worten schweigend genickt. Doch anstatt Dante die Geldbörse wiederzugeben, schüttete er ihren Inhalt in seine Hand. Rasch zählte er die Florins, nahm sich gut ein Drittel davon und steckte sie in einen Beutel, den er am Gürtel trug. Den Rest gab er Dante zurück. »Du hast nur das Licht der Sonne bezahlt, Messere. Das nun weiter auf dich scheinen kann.«

»Was soll das heißen? Ist das die Gerechtigkeit der großen Stadt Rom? Die Sonne scheint für alle und bestimmt nicht auf Euer Betreiben!«

Der Mann grinste. »Falsch. Jeden Morgen bittet die Sonne den Herrgott um die Erlaubnis aufzugehen. Um dann aber über den sieben Hügeln aufzugehen, bittet sie Seine Heiligkeit Papst Bonifatius um Erlaubnis.«

Er war dicht an Dante herangetreten, streckte die Hand aus und klopfte ihm mit dem Finger gegen die Brust. »Aber um diese Brücke zu passieren, bittet sie mich um Erlaubnis. Wie du siehst, herrscht hier durchaus Gerechtigkeit, und nicht zu knapp. Wo willst du überhaupt hin? Die Gegend jenseits des Flusses ist für Leute deines Standes nicht angemessen. Fuhrmänner und Schweinezüchter. Und Juden«, fügte er hinzu, wobei er das Gesicht verzog.

»Ich suche eine Bleibe.«

Der Dekurio warf ihm einen argwöhnischen Blick zu. »Nur Ratten verkriechen sich dort. Doch du wirst deine Gründe haben. Du kannst es bei der alten Domenica versuchen, dort hinten, am Turm«, sagte er und wies auf ein Haus aus Stein und Holz neben einem großen Turm, kurz hinter der Stelle, wo die Brücke sich zum Ufer des Tibers hinabsenkte. »Die Alte vermietet Zimmer und Mädchen an Pilger. Und ich glaube, sie hat jetzt wieder eines frei. Ein Zimmer«, ergänzte er anzüglich und zwinkerte ihm zu. »Spute dich, die Sonne geht bald unter. Und die Glocke des Kapitols wird gleich zur nächtlichen Ausgangssperre läuten. Du könntest erneut auf schlechte Gesellschaft treffen. Oder auf mich«, sagte er und brach erneut in sein rohes Gelächter aus.

Dante ließ die Brücke hinter sich. Ihr Zugang wurde am anderen Ufer von einem Backsteinturm mit einem hinfälligen Zinnenkranz bewacht. Wie Bettler drängten sich ringsumher Hütten und Holzbuden neben langgezogenen Viehställen. Im Gegensatz zu dem lebhaften Treiben auf der anderen Seite war hier in den Gassen kein Mensch unterwegs. Als lastete ein Fluch oder die Pest auf dieser Gegend. Er eilte zu dem empfohlenen Haus und klopfte an eine kleine Tür, die auf den Hof hinausging. Daneben wälzte sich unter einem Schutzdach aus Laubwerk eine dicke Sau, die eine Ferkelschar säugte. Starker Mistgestank lag in der Luft.

Niemand reagierte. Er wollte schon umkehren, als sich die Tür einen Spalt öffnete. Ein Junge lugte heraus. Blass und mit verweinten Augen.

»Ist dies das Haus der alten Domenica?« fragte der Dichter überrascht. »Man sagte mir, ich könnte hier eine Unterkunft finden … Ich brauche ein Zimmer. Ich heiße Dante Alighieri und bin ein Pilger aus Florenz.«

Er wollte nichts von seiner Mission verraten. Zumindest jetzt noch nicht. Besser, er war vorsichtig, stets und ständig. Der Junge weinte noch immer und zog die Nase hoch. Er trat wortlos beiseite, um ihn eintreten zu lassen.

Das Haus lag vollkommen im Dunkeln. Schon von draußen hatte Dante gesehen, dass sämtliche Fensterläden geschlossen waren. Nur vereinzelt drang ein Lichtstrahl durch die hölzernen Ritzen. Er folgte dem Jungen in die erste Stube gleich hinter der Tür. Im Hintergrund war eine schmale Steintreppe zu sehen, die wohl ins Obergeschoss führte. Daneben stand eine Tür offen, aus der ein flackernder Kerzenschein drang.

Der Junge winkte ihn heran und betrat den Raum. Dante blieb betroffen an der Schwelle stehen.

In der Mitte des Zimmers stand ein robuster Holztisch, umringt von vier brennenden Kerzen, die in groben Holzleuchtern steckten. Auf dem Tisch lag reglos unter einem weißen Tuch der Leichnam eines jungen Mädchens, deren offenes, langes schwarzes Haar das bleiche Gesicht umrahmte.

Unter ihren leicht geöffneten Lidern war ein Streifen der Hornhaut zu erkennen, und auch ihr Mund stand offen, die Lippen verzerrt über zwei Reihen kleiner, gleichmäßiger Zähne. Es sah aus, als hätte sie gerade etwas gesagt oder ein Lied gesungen, als der Tod sie so erstarren ließ und ihr den letzten Atemzug abschnitt. Dieses zarte, totenstarre Gesicht erinnerte Dante an eines der vielen Mädchen in seiner Heimatstadt, die mit ihren himmlischen Stimmen im Kirchenchor den Gottesdienst begleiteten.

Er bekreuzigte sich. Nach nicht einmal einem Tag in der Stadt des heiligen Petrus war er bereits zweimal dem Tod begegnet. Während er das Gesicht des Mädchens betrachtete, fragte er sich bedrückt, warum wohl niemand daran gedacht hatte, den Leichnam herzurichten, bevor der *rigor mortis* eingesetzt und ihre Gesichtszüge eingefroren hatte. Er trat näher, um ein Insekt zu verscheuchen, das über dem Antlitz der Toten schwirrte.

Eine kleine Gruppe von Menschen an der Wand war in die Totenklage vertieft.

»Das ist meine Schwester«, sagte hinter ihm der Junge. Bei diesen Worten unterbrach eine alte Frau, deren Kopf halb von einem Trauertuch verhüllt war, ihr Gebet und schaute zu ihm auf. Doch schmerzerfüllt setzte sie es sogleich wieder fort. Auch die anderen nahmen nach einem kurzzeitigen Interesse für den Neuankömmling ihre Klage wieder auf.

»Das ist meine Schwester«, wiederholte der Junge schluchzend. »Sie wurde ermordet.«

Dante starrte ihn verblüfft an und wandte sich wieder der Toten zu. Die verzerrten Gesichtszüge waren also nicht auf Nachlässigkeit zurückzuführen, sondern auf eine ruchlose Gewalt gegen diesen armen, unschuldigen Körper. Der offene Mund war nicht im Gesang erstarrt, sondern in einem verzweifelten Schrei.

»Wer hat sie ermordet?« fragte er den Jungen mit leiser Stimme.

»Ein Dämon, Messere. Er hat sie mit seinen Klauen zerrissen, bevor er sie wie Unrat weggeworfen hat. Arme Ninfa«, seufzte er kummervoll.

Der Blick des Dichters wanderte zurück zu dem toten Körper, den er bisher nur flüchtig betrachtet hatte, da sich seine ganze Aufmerksamkeit auf den dramatischen Ausdruck des Gesichts konzentriert hatte. Der dünne Stoff bedeckte die Gestalt wie ein barmherziges Leichentuch und verbarg ihre Konturen. Dante fiel etwas Merkwürdiges auf, ganz als ob …

Von unwiderstehlicher Neugier getrieben, trat er an den Tisch und streckte die Hand aus. Er hielt nur kurz inne, dann, nach einem letzten Zögern, hob er mit einer energischen Bewegung das Tuch an.

Seine Lippen verzerrten sich vor Entsetzen. Die ganze linke Seite der Unglücklichen war aufgerissen. Das Bein war kurz unter der Leiste abgetrennt, und aus dem gemarterten Fleisch ragte der Stumpf des Oberschenkels, wie nach einem sauberen Schnitt mit dem Messer eines Chirurgen. Der Arm reichte kaum noch bis zum Ellbogen und endete in einem fasrigen Klumpen aus Blut und unförmigem Gewebe. Das Messer hatte auch an der Seite gewütet, wo sich eine lange Wunde von der Achselhöhle bis zum Becken zog. Dieser ganze Teil wirkte zusammengefallen, als fehlten auf der Seite des Herzens die Lunge und alle anderen Organe.

Er ließ das Tuch sinken. Ein tiefer Schmerz durchfuhr ihn, als wäre sein von Neugier diktiertes Verhalten eine zusätzliche Schmähung und als wäre in gewisser Weise er für diese Metzelei verantwortlich, die er doch lediglich enthüllt hatte.

Die anwesenden Männer und Frauen protestierten nicht. Dieser grauenvolle Anblick mochte sie gelähmt haben. Oder sie waren die Anmaßung der Mächtigen gewohnt und wagten es nicht, sich den Handlungen eines Mannes zu widersetzen, der wie ein Edelmann auftrat. Nur der Junge regte sich, er trat näher, um das Leichentuch auf dem Körper zurechtzuziehen.

»Das scheint wirklich das Werk eines Dämons zu sein«, flüsterte Dante. »Wann wurde diese Bluttat verübt?«

»Es ist drei Monate her, seit meine Schwester in der Nacht verschwand. Sie war ausgegangen, um … um …«

Der Junge brach ab und wurde rot. Dante warf einen Blick in die Runde. Die Bescheidenheit des Hauses, die Ärmlichkeit der Einrichtung und auch dieser Zeremonie zeigten ihm deutlich, mit welchem Gewerbe die Unglückliche den Tod angelockt hatte.

Doch sie konnte nicht vor drei Monaten umgebracht worden sein. Ihr Körper, so zerstückelt er auch war, wies keinerlei Verwesungsspuren auf. Obwohl das Fleisch, oder was davon übrig war, eine grünliche Blässe aufwies, wirkte es frisch und saß fest auf den Knochen. Das war unmöglich.

Also hatte jemand sie entführt, sie lange gefangengehalten und dann erst ermordet. »Wo wurde der Leichnam gefunden?«

»Vor dem Tor, unten am Fluss hinter dem Monte Testaccio. In einen Graben geworfen, splitternackt. Selbst ihre ärmlichen Kleider sind verschwunden. Die Cappucci Rossi, die Brüder vom Guten Tod, wollten sie schon zum Friedhof der Unerwünschten bringen, doch durch Zufall kam gerade ein Bekannter von uns dort vorbei.«

Der rhythmische Singsang der Trauerklagen ringsumher ging stetig weiter. Doch Dante konzentrierte sich fieberhaft darauf, alle Einzelheiten zu einem Bild zusammenzufügen. Getreu den Lehren des großen Aristoteles versuchte er, einen logischen Schluss daraus abzuleiten.

Dann hielt er inne und verjagte seine Hirngespinste mit einer harschen Handbewegung. Ihn hatten ganz andere Ziele nach Rom geführt, als in einem weiteren Fall menschlicher Verruchtheit zu ermitteln. Trotzdem fesselte ihn hier etwas, was stärker war als seine Mission.

Das Geräusch von Schritten an der Tür übertönte die Gebete, dann erschien ein Trupp Bewaffneter und blieb auf der Schwelle stehen. Unter ihnen erkannte Dante den Dekurio: Der Mann schaute ihn spöttisch an und bahnte sich wortlos einen Weg zum Totenlager. Er warf einen verächtlichen Blick auf den Leichnam und wandte sich an die Mutter. »Ich bin hier, um mich zu vergewissern, dass du dich auch wirklich an das Gesetz hältst, Alte. In der Nacht und ohne Licht, vergesst das nicht. Und dass mir am Morgen keine Spur von der Leiche mehr zu sehen ist. Denk daran: Bei dem, was du gezahlt hast, verdankst du es nur meiner Großzügigkeit, dass du sie hier begraben kannst statt am Muro Torto!«

Dante schnellte unwillkürlich vor. Er schob sich zwischen den Dekurio und die Tote, wie um diese vor einer neuen Schmach zu schützen. Seine Hände zitterten. Doch der Dekurio schien sich durch sein Verhalten nicht aus der Ruhe bringen zu lassen. »Du hast meinen Rat also befolgt, Gesandter. Hier wirst du gut zurechtkommen, sobald man das Haus gesäubert hat.«

»Warum sucht Ihr nicht nach dem Verantwortlichen für diese

Bluttat und führt ihn seiner gerechten Strafe zu, anstatt diese Menschen zu beleidigen, die unter einem Verbrechen zu leiden haben, das Ihr hättet verhindern müssen?« fragte Dante voller Abscheu.

»Die Keller von Santo Spirito sind voll von Leichen, die wir bei jedem nächtlichen Rundgang in den Straßen auflesen. Was ist denn so Besonderes an diesem Mädchen?«

»Ihre Unschuld. Und dann das«, antwortete Dante, indem er einen Zipfel des Leichentuchs ergriff und das Grauen enthüllte. »Seht Ihr denn nicht, dass es einen Zusammenhang mit der verstümmelten Frau am Fluss gibt?«

Der Dekurio warf einen flüchtigen Blick auf den Leichnam. »Doch, sehe ich. Und weiter?«

Der Dichter zuckte mit den Schultern. »Findet Ihr das nicht merkwürdig?«

»Diese Huren werden sich wohl eine neue Mode ausgedacht haben, um Kunden anzulocken. Sie kommt bestimmt aus Frankreich, verlass dich drauf. Wie so viele andere Dummheiten, die die Pilger einschleppen, zusammen mit der Krätze und mit der Pest des Ketzertums. Und zusammen mit Mord und Totschlag: Nie hatten die Cappucci Rossi so viel zu tun wie im Jubeljahr. Doch zum Glück ist es vorbei, und auch die Mörder sind wohl wieder nach Hause zurückgekehrt, mit dem Segen der Kirche«, schloss er mit einem höhnischen Lachen.

»Gibt es viele ermordete Dirnen?«

»Wer weiß das schon? Seit Bonifatius die Erleuchtung durch den Heiligen Geist hatte und eine Abgabe von zwei Soldi für jede Vögelei erhoben hat, haben sich diese Damen verflüchtigt wie Nebel in der Sonne. Die halten sich versteckt, und wenn eine von ihnen vermisst wird, kommt man bestimmt nicht zu uns, um das zu melden. Doch genug jetzt mit dieser Geschichte, sonst muss ich noch annehmen, du bist nicht aus Florenz gekommen, um politische Verhandlungen zu führen.«

Der Dekurio schickte noch einmal einen drohenden Blick in die Runde, nickte seiner Eskorte zu und ging, gefolgt von seinen Männern, hinaus.

Dante kochte vor Wut, während das Zimmer nun wieder in tiefem Schweigen lag. Er fühlte sich gedemütigt, weil er dem Hochmut des Dekurios nichts hatte entgegensetzen können, und war zugleich beunruhigt über das, was er nun ahnte und befürchtete.

Die anderen im Raum hatten die Szene mit gesenktem Kopf über sich ergehen lassen, ohne sich zu rühren, ganz als wären sie solche Schikanen gewohnt. Gleichwohl schien die Warnung des Dekurios verstanden worden zu sein. Eine der Frauen ging zu der Toten und deckte ihr Gesicht mit einem Zipfel des Leichentuchs zu. Dann begann sie, die Tuchenden in groben Stichen mit einer großen Nadel zusammenzunähen. Je enger sich der Stoff um den Körper des Mädchens schloss, um so deutlicher wurde die Schmach, die ihr und ihrer von Gott gegebenen Gestalt zugefügt worden war. Der Eindruck eines übertretenen Gebots, der Plan Gottes, von einer ruchlosen Hand zerstört.

Als man das üppige Haar des Mädchens in einer Stoffalte verstaut hatte und das Tuch mit einem letzten Nadelstich am Kopfende vernäht war, stieß die Mutter einen entsetzlichen Schrei aus. Sie heulte ganz wie ein Hund und viel lauter als die Wölfe, die Dantes nächtliche Flussfahrt begleitet hatten. Lauter als jeder Schrei, den er in seinem Leben gehört hatte. Nicht einmal in Campaldino, nicht einmal inmitten der Wehklagen der von Schwertern verstümmelten Kämpfer hatte Dante die Stimme eines so schieren, absoluten Schmerzes gehört.

Umringt von den anderen Frauen, die vergeblich versuchten, sie zu trösten, war die Mutter aufgestanden, rang die Hände und warf sich in einer letzten Umarmung über den Leichnam.

Die beiden einzigen Männer im Raum, der Junge und ein Greis, kamen ebenfalls herbei, nahmen die Enden des improvisierten Bündels auf und hoben es an. Doch die traurige Last war offenbar zu schwer für sie. Dante sah, dass der Alte wankte und zu fallen drohte. Unwillkürlich trat er vor, packte einen Zipfel des Tuches und stützte den Alten mit dem Arm, damit er das Gleichgewicht wiederfand.

»Bitte, Messere, helft uns«, flehte der Junge ihn an. »Der Friedhof ist nicht weit. Gleich hinter dem Stadttor.«

Dante zögerte einen Augenblick. Dann nickte er und ergriff den Leichnam am Fußende.

Der kleine Trauerzug machte sich schweigend auf den Weg, passierte den großen Turm und bewegte sich zwischen Hütten und Gemüsegärten hindurch parallel zum Flussufer auf die Stadtmauer zu, die weiter vorn zu erkennen war.

Niemand hatte eine Kerze oder eine Laterne bei sich. Die hoch am Himmel stehende Mondsichel war gerade hell genug, um die Unebenheiten des Bodens auszuleuchten. Alle schienen dieses trostlose Begräbnis bei gelöschten Lichtern schnell hinter sich bringen zu wollen. Da war kein Geistlicher, der die Tote zu ihrer letzten Ruhe begleitete, und nicht einmal ein in schlechtem Latein gesprochenes Gebet, das jedes Priesters unwürdig gewesen wäre. Der Befehl der Obrigkeit sollte das bekräftigen, was ein alter, trauriger Brauch für Frauen dieser Art, die in der Sünde der Wollust gestorben waren, seit jeher vorschrieb. Nur einige unterdrückte Schluchzer unterbrachen hin und wieder die Stille, in der die raschen Schritte auf dem Kopfsteinpflaster kaum zu hören waren.

Die Stadtmauer war näher gerückt und wirkte nun wie ein düsteres Hindernis, das den Blick auf den Horizont versperrte. Sie erreichten das verschlossene Tor. Keiner bewachte es, als wäre niemandem an dieser Gegend gelegen.

Doch neben dem großen Tor stand eine Pforte offen. Ein kleiner Durchgang, gerade groß genug, um ihn mit gesenktem Kopf passieren zu können. Mit Mühe bugsierten sie ihre Last durch die enge

Öffnung und setzten ihren Weg dann auf der alten Römerstraße fort.

Sie mussten auf der Via Portuense sein, überlegte Dante. Trotz der beißenden, mit Regen durchsetzten Kälte standen ihm Schweißperlen auf der Stirn. Die Anstrengung wurde unerträglich, seine in das Tuch gekrallten Finger verkrampften sich schmerzhaft. Er spürte, wie ihm der Stoff aus der Hand rutschte, und musste fortwährend seinen Griff erneuern, um sicher zu sein, dass ihm die Last nicht entglitt. Für einen kurzen Augenblick fürchtete er, es nicht mehr zu schaffen, und wollte schon keuchend um eine Pause bitten. Doch der Anblick des Jungen und des Greises, die sich mit der Kraft der Verzweiflung vorwärts schleppten, veranlasste ihn, die Zähne zusammenzubeißen und durchzuhalten. Er war Prior von Florenz gewesen, und er hatte seine Kriegskameraden, seine Freunde sterben sehen. Da würde er doch jetzt nicht aufgeben.

Er spürte, dass die Straße unter seinen Schuhen holpriger wurde, als verschlechterte sich ihr Zustand zunehmend, je weiter sie sich vom Tor entfernten. Auf beiden Seiten zeugten umgeworfene Grabsteine und Säulenstümpfe von den antiken Grabstätten, die es hier einst gegeben hatte. Bescheidene Gräber, ohne jede Ähnlichkeit mit den pompösen Monumenten, die, wie man ihm erzählt hatte, links und rechts der Via Appia lagen. Dann führte die Straße an einer freien Fläche vorbei, die von einer niedrigen Mauer aus unverputzten Steinen umgeben war. Kleine, planlos verstreute Hügel gaben ihr eine unmissverständliche Bedeutung. Nur wenige Kreuze und nicht ein gemeißelter Stein, keinerlei Anzeichen von Mitleid. Ein Armenfriedhof, nur eine dünne Schicht Erde gegen das Nichts.

In einer Ecke des Friedhofs hielten sie an und legten ihre Bürde auf den Boden. Eine der Frauen hatte einen großen Holzlöffel dabei. Sie gab ihn dem Jungen, der mit aller Kraft eine Mulde zu graben begann. Nur wenige Handbreit tief, gerade ausreichend, um den Körper seiner Schwester dem Sonnenlicht zu entziehen, doch gewiss nicht, um ihm auf der langen Reise zum Tag des Jüngsten Gerichts Schutz zu gewähren, dachte der Dichter.

Sie betteten den Leichnam in die kleine Grube. Der Junge bedeckte ihn mit der Erde, die er ausgehoben hatte, während Dante und der Alte mit den Füßen noch mehr Erde auf dem Grab aufhäuften. »Möge dir die Erde leicht sein, so wie du es für sie gewesen bist«, stieß der Dichter leise zwischen den Zähnen hervor und bekreuzigte sich.

Da sah er, dass sich noch jemand zu ihnen gesellt hatte, aus dem Dunkel aufgetaucht wie ein Geist. Ein dünner Mann in einem schwarzen Umhang und mit einem steifen, hohen Hut auf dem Kopf. Auf der Brust aufgenäht trug er den gelben Kreis, der ihn als einen Sohn des Volkes von Juda auswies.

Der Mann hielt einen Stein in der Hand. Er trat an das Grab und legte ihn respektvoll am Kopfende ab. Dann ging er einen Schritt beiseite, und Dante hörte ihn ein leises Lied anstimmen.

Der Gesang erhob sich zunächst krächzend, als hätte sich ein Nachtvogel auf das Grab niedergelassen, um die Unglückliche zu beleidigen. Doch dann wurde das Lied klangvoller, die unverständlichen Laute fügten sich zu einer Melodie, die einen uralten Schmerz heraufbeschwor, und schlossen mit einem *Amen*, das angesichts des Nichts Trost spendete.

Das war kein wilder Schrei mehr: Jetzt schien ein Engel zu ihnen herabgestiegen zu sein, um den Mächten der Finsternis die Seele des Mädchens streitig zu machen. Der Gesang wurde ein Flüstern, ein Seufzen, ein Triumph. Er glitt über die Steine und Gräber und umfing diesen hoffnungslosen Ort mit seiner Barmherzigkeit.

»Das ist Manoello Romano«, flüsterte der Junge, der das Erstaunen des Dichters bemerkt hatte. »Er hat versprochen, das Kaddisch zu beten. Auch wenn es von den Ungläubigen kommt, wollte ich doch, dass wenigstens ein Gebet meiner Schwester das letzte Geleit gibt.«

Dante nickte. Doch welchen Gott hatte dieser Mann angerufen, fragte er sich. Und falls es auch der des christlichen Volkes war, wie konnte der Herr dann die Anrufung von jemandem erhören, der ihn in seinem Sohn verleugnet hatte? Er dachte an den zerstörten Körper unter der Erde: Halfen diese Klänge seiner Seele aufzusteigen, oder ketteten sie sie mit einer weiteren Schmähung ans Nichts?

In diesem Moment endete der Gesang mit einem letzten Höhepunkt. Manoello schaute zum Himmel auf, mit ausgebreiteten Armen reglos im Gebet. Nach einer langen Pause drehte er sich um, ging auf Dante zu und blieb in respektvoller Entfernung vor ihm stehen. Er neigte den Kopf und sagte ehrfurchtsvoll: »Darf ich dem Dichterfürsten meinen Gruß entbieten? Dem großen Alighieri?«

Verblüfft, weil er erkannt worden war, zuckte Dante zusammen. Wie konnte dieser Mann von ihm wissen? Bevor er antworten konnte, sprach Manoello weiter. »Die Ältesten unseres Volkes in Florenz haben uns unterrichtet, dass Ihr nach Rom gekommen seid. Ihr habt mein Volk verteidigt, als Ihr Prior wart. Ich habe Euch voller Ungeduld erwartet. Und als mir dieser junge Mann hier Euren Namen nannte, nahm ich dies als ein Zeichen des göttlichen Willens.«

Dante antwortete nicht. Er war erfreut, doch auch verlegen. »Die Eigensinnigkeit Eures Menschenschlags und Eures Glaubens setzt Euch der Einsamkeit und auch Verdächtigungen aus. Ich habe lediglich das Wahre vom Mutmaßlichen unterschieden, nach Recht und Gewissen.«

Manoello wollte etwas erwidern, doch die Mutter des toten Mädchens wankte mit letzter Kraft auf sie zu. Sie schien sich aus der Lethargie, in die sie gefallen war, aufgerafft zu haben und wandte sich mit tränenerfülltem Blick an den Dichter. Sie schaute ihn an, als sähe sie ihn in diesem Moment zum erstenmal. »Messere, helft mir«, stieß sie hervor. »Ich habe gehört, dass Ihr ein Mann der Gerechtigkeit seid. Bestraft den Mörder!«

Dante versteifte sich. »Ich bin ein Gesandter aus Florenz. Ich kann mich nicht um Euch kümmern. Ein weitaus höheres Amt lastet auf meinen Schultern«, rief er aus. Doch als er schon gehen wollte, hielt sie ihn am Eingang des Friedhofs zurück. »Wer soll mir denn Gerechtigkeit widerfahren lassen, wenn die Höherstehenden nicht zu mir hinunterschauen?« flehte die Frau schluchzend hinter ihm. Sie trocknete sich die Augen mit einem Zipfel ihres Schleiers und schaute zu dem ärmlichen Grab, als erwartete sie von dort eher eine Antwort als von den Menschen um sie her.

Dem Dichter war unbehaglich zumute. Mit seiner Ablehnung stellte er sich auf eine Stufe mit der gemeinen Söldnertruppe, die er kennengelernt hatte, und war genauso nichtsnutzig wie sie. Die alte Frau, in Tränen aufgelöst, und der kleine stumme Chor hinter ihr. Wo hatte er dieses Bild schon einmal gesehen? Wo hatte er schon davon gelesen?

Da fiel ihm die Legende von Kaiser Trajan wieder ein. Der Römer hatte seine Armee anhalten lassen, um einer Witwe zu helfen, die ihn um Hilfe gebeten hatte. Der Plan des Imperiums und dessen Schicksal waren allein wegen eines Aktes der Gerechtigkeit im Wald eines feindlichen Gebietes zum Stillstand gekommen. Die goldenen Adler der Legionen hatten sich gesenkt, und alles verharrte erwartungsvoll.

»Nun gut, Alte. Deine Tochter soll gerächt werden«, sagte er unwillkürlich. Noch ohne zu wissen, wie, noch ohne überhaupt irgend etwas zu wissen.

Er hörte die Stimme des Jungen, der seine Hand ergriff. »Ihr sucht eine Unterkunft. Dann bleibt bei uns. Wir haben, nunmehr, ein ganzes Zimmer frei.«

Auf dem Rückweg ging ihm der Junge voran, voller Sorge, dass er es sich noch einmal anders überlegen könnte. Als sie wieder im Haus waren, führte er ihn die Treppe hinauf. Die Atmosphäre dort oben war noch düsterer. Der Junge öffnete eine Tür und zeigte ihm einen kleinen Raum, kaum mehr als ein in die Mauer eingelassener Korridor. Doch es gab ein Bett, einen Wasserkrug und eine hohe Truhe neben dem schmalen Fenster. Bei Bedarf konnte er sie als Schreibtisch nutzen. Mehr brauchte er nicht.

Nachdem er seine Tasche in die Truhe geräumt hatte, ließ er sich ohne einen weiteren Gedanken und noch in Kleidern auf das Lager fallen. Zuvor hatte er jedoch den Holzzylinder an sich genommen. Er zog den Papyrus heraus und entrollte ihn behutsam ein kleines Stück. Er nahm die verblassten Buchstaben in sich auf, ohne sie lesen zu müssen. Das alles kannte er auswendig, und der Klang der alten Sprache hallte Vers für Vers in seinem Kopf wider, so süß wie der Gesang der Sirenen. Wie schon im Portikus der Kirche wurde er vom Schlaf übermannt. Diesmal jedoch traumlos.

4

7. NOVEMBER

Als er erwachte, war es heller Tag. Erschrocken hob er die Papyrusrolle auf, die vom Bett gerutscht war, und steckte sie in ihr Behältnis zurück, krümmte sich dann aber zusammen, von einem stechenden Schmerz in der Magengrube überwältigt. Die Natur erinnerte ihn eindringlich daran, dass er seit mehr als vierundzwanzig Stunden nichts gegessen hatte. Doch er hatte keine Zeit zu verlieren: Er musste zur Kurie, um sein Beglaubigungsschreiben vorzuweisen, und um eine Audienz bitten. Und zwar allein, noch bevor seine zwei Begleiter eintrafen. Er hatte beschlossen, sich in die Höhle des Wolfes zu wagen, und jede Verantwortung für eine Niederlage oder einen Triumph lag nun bei ihm.

Er nahm die Ernennungsurkunde und verließ die Kammer, nachdem er die anderen Schriften sorgfältig in der Truhe verstaut hatte. Zuvor hatte er den Zylinder mit dem Papyrus an ein Lederband seiner Tasche gebunden und ihn sich, unter seinen Kleidern verborgen, um den Hals gehängt. Er wandte sich zur Galerie, auf der Suche nach jemandem, der ihm den Weg zu den Vatikanpalästen weisen konnte.

Auf der Treppe stieß er auf den Jungen, der mit einem Wasserkrug und einem Laib Brot in der Hand heraufkam. »Ich dachte mir, dass Ihr gewiss Hunger habt, Messere«, sagte er.

Dante bedankte sich. Er brach das Brot und aß es gierig im Stehen, gleich dort auf den Stufen. Der Junge verfolgte jede seiner Bewegungen und beobachtete neugierig, wie er alles bis zum letzten Krümel hinunterschlang. Das Haus schien menschenleer zu sein, ohne die Geräusche, die die Wohnungen morgens für gewöhnlich beseelen. Vielleicht, so überlegte Dante, hatten sich die Frauen in ihre Zimmer zurückgezogen, um sich ganz ihrem Schmerz hinzugeben.

»Zum Vatikan«, sagte er schließlich, nachdem er einen kräftigen Schluck Wasser getrunken hatte. »Welches ist der kürzeste Weg dorthin?«

»Folgt dem Fluss stromaufwärts. Geht durch das Stadttor auf die Via della Lungara hinaus, die am Ufer entlang über die Felder zur Burg führt. Eine Meile weiter seht Ihr die Mauern der Leoninischen Stadt und das Dach von Sankt Peter vor Euch. Ihr könnt es nicht verfehlen.«

»Der Leoninischen Stadt?«

»Die Leoninische Mauer, von Papst Leo. Um die Festung, in der Bonifatius wohnt, beschützt von den Lanzen seiner Soldaten. Und vom Strick seines Henkers«, antwortete der Junge, verzog das Gesicht und spuckte auf den Boden. »Sie umschließt die Petersbasilika und den Turm der Engelsburg und dazwischen Bonifatius' Paläste und Gärten. Dorthin zieht er sich zurück, wenn es Aufstände gibt und er den Lateran verlässt.«

Zügig schritt Dante auf dem genannten Weg aus. Als er an einem Tor der Aurelianischen Mauer ankam, die noch immer das Stadtviertel Trastevere schützte, musste er sich in einer Schar von Bauern, die aufs Feld hinauszogen, in Geduld üben und Schlange stehen, bis er passieren durfte. Auf der Suche nach zu verzollenden Waren durchstöberten die Wächter in aller Gründlichkeit jede Kiepe und jeden Sack.

Endlich konnte er weiterziehen. Am Tiberufer lief ein Feldweg an einer dichten Reihe von Mühlen und Spinnereien entlang, die auf Pfahlbauten im Wasser standen. Davor pendelten in einem wirren Treiben, das an das Hin und Her eines Bienenstocks erinnerte, zahlreiche Boote mit ihrer Fracht. Er sah eine große, mit Travertinplatten verkleidete Pyramide, von denen ein Teil heruntergerutscht war und in Trümmern an ihrem Sockel lag. Das musste das antike Grabmal des Romulus sein, eine der zwei Pyramiden in der Stadt, von denen die Pilger immer fabulierten. Weiter hinten waren die Engelsburg und eine lange, hohe und gut befestigte Mauer zu erkennen, die sich in östlicher Richtung bis zu den Hügeln in der Ferne erstreckte. Je näher er kam, um so mehr Einzelheiten konnte er ausmachen, angefangen bei der Größe und Festigkeit dieses Bollwerks, das wesentlich stabiler war als die alte römische Mauer, die Trastevere umgab.

Als er auf etwa zweihundert Schritt herangekommen war, hielt er zum Nachdenken inne. Diese Festung schien wirklich uneinnehmbar. Auf den Wehrgängen standen Dutzende von Katapulten bereit, um ihre Steinladung auf jeden Angreifer hageln zu lassen. Und ebenso viele Ballisten ragten durch die Öffnungen zwischen den Zinnen, die den Laufgang der Verteidiger gegen jedes Geschoss von unten abschirmten. Von der Flussseite aus anzugreifen war unmöglich, ohne in dem Inferno zu enden, das von der Burg losbrechen würde. Und auf der Landseite war das Gelände hinter der Mauer absichtlich mit Gräben und Erdwällen verwüstet worden, um jegliche Belagerung zu verhindern.

Entmutigt schüttelte er den Kopf. Falls er in seinen Träumen je darauf gehofft hatte, Bonifatius auf gleicher Augenhöhe begegnen zu können, zerstörte der Anblick dieser unüberwindlichen Bastion nun jede Zuversicht. Nein, sagte er sich, während er weiterging, man kann den Kopf der Schlange nicht in ihrem Nest zerquetschen. Man muss sie herauslocken. Mit List und Geduld.

Die hohe Mauer wurde von einem mit Steinstreben verstärkten Tor unterbrochen. Dahinter waren das innere Befestigungswerk, die Quartiere der Wachen und die Löcher der Fallklappen zu sehen, hinter denen mit Sicherheit die Ölkrüge bereitstanden, um über einem möglichen Angreifer ausgegossen zu werden. Vor dem Tor waren einige Hellebardiere postiert, mit den gleichen farbenfrohen

Kostümen ausstaffiert, wie sie auch von Meister Canapas Eskorte getragen wurden, auf der Brust die blaue Doppelwelle auf goldenem Feld, das Wappen der päpstlichen Familie.

Der Dichter ging auf den offenbar ranghöchsten der Männer zu. »Ich bin Dante Alighieri aus Florenz. Gesandter der freien Stadt. Ich muss der Kurie mein Beglaubigungsschreiben überbringen.«

Der Hauptmann musterte ihn argwöhnisch. Dieser schlicht gekleidete Mann, der ohne irgendein Zeichen seines Standes, zu Fuß und ohne Geleit unterwegs war, musste auch ihm sonderbar vorkommen. Doch etwas im energischen Auftreten des Dichters gemahnte ihn wohl zur Vorsicht. »In Ordnung, Ihr könnt passieren. Begebt Euch zur Kurie, dort ist der Siegelraum. Geht an der Basilika vorbei.«

Der Mann wies auf eine Gasse zu seiner Rechten, die sich zwischen zwei hohen, schmalen Hütten hindurchzwängte. Hier sah die Leoninische Stadt wie eine beliebige Siedlung aus. Ein Gewirr aus Tuffsteinbauten, die sich ohne erkennbare Ordnung aneinanderlehnten und in der Luft oft durch Stege miteinander verbunden waren, auf die Fenster oder kleine Loggien hinausgingen. In die Mauer waren einige zwar nicht hohe, doch massive Türme eingelassen, so als wäre dieses ganze Areal nicht die Einfriedung eines heiligen Ortes, sondern eine Festung.

Als Dante jedoch auf den nächsten, etwas breiteren Platz kam, sah er den Anfang eines langen, geraden Laubengangs vor sich, dessen Ziegelgewölbe von einer Reihe kostbarer Marmorsäulen gestützt wurden. Manche dieser Säulen waren im Laufe der Zeit eingestürzt, und man hatte sie durch schnell hochgezogene Backsteinpfeiler ersetzt, doch an einer Stelle war auch das Gewölbe eingebrochen, was jede Ausbesserung zwecklos machte. Gleichwohl hatte Dante das Gefühl, auf einer antiken Triumphstraße zu stehen.

Er setzte seinen Weg fort. Durch den spärlichen Ausblick aus dem Säulengang konnte er den kleinen Platz lediglich erahnen, an dem, eingerahmt von der Flucht der Säulen, ein großes, nur teilweise sichtbares Gebäude mit einem stattlichen Glockenturm stand.

Als er die Piazza vor der Basilika erreicht hatte, blieb er stehen und schaute nach oben. Auf der anderen Seite des mit grauen Steinen gepflasterten Rechtecks stand ein großes Bauwerk, das wohl breiter als hoch war und dessen zwei Seitenteile durch einen Bogengang miteinander verbunden waren, zu dem man über eine lange Freitreppe gelangte. Hinter dem Gebäude ragte das Dach des Mittelschiffs der Basilika auf.

Durch die Bögen war der Innenhof zu sehen. Rechter Hand erhob sich ein imposanter Glockenturm mit mehreren Etagen zweibogiger Fenster, und weiter hinten, am Ende des Bogengangs, erstreckte sich neben der Kirche ein strenger Backsteinbau. Dante vermutete, dass dies die Kurie war und man durch den Gang dorthin gelangte. Nachdem er sich einen Weg durch die Menge der Pilger gebahnt hatte, die sich an den Durchgängen drängten, betrat er den Innenhof. In der Mitte des geräumigen, quadratischen Platzes stand eine große Kapelle, vor der Geistliche und Laien zwischen Pilgern ständig hin und her gingen, die in zwei geordneten Reihen standen und das Gebäude durch verschiedene Tore betraten und verließen.

Im Atrium wurde emsig gebaut. Die Fassade der Basilika mit ihren drei Portalen war komplett von einem Gerüst verdeckt, auf dem ein halbes Dutzend Arbeiter am Werk war. Große Stoffbahnen hingen an dem Gerüst, als wollte man das, was dahinter geschah, den Blicken entziehen. Doch hier und dort schimmerten leuchtende Farbflecken durch die Ritzen der Verhüllung. Neugierig trat Dante näher. Ihm war, als hätte er jemanden wiedererkannt, einen untersetzten Mann, der mit einem Korb Kalk in der Hand gerade die anderen anschnauzte.

Er stellte sich an den Fuß des Gerüsts. »Giotto, was schreist du denn sogar im Hause Petri noch herum?«

Der Mann trat an den Rand des Gerüsts. Er schaute nach unten, um zu sehen, woher diese Worte gekommen waren, und sein Gesicht mit den markanten Zügen hellte sich zu einem Lächeln auf. »Dante, du alter Schurke! Komm herauf, und dir werden die Augen übergehen, wenn du meine Figuren siehst!«

Dante ergriff sogleich die Sprossen, die an einen der Pfosten genagelt waren, und zog sich hoch. Während er hinaufkletterte, glitten die Farbtupfer des Mosaiks, das an der Wand entstand, an seinen Augen vorbei: Er sah die Türme einer Stadt, Wellen im Sturm, den Kiel eines Bootes in der Brandung einer schäumenden See, windgepeitschte Gesichter und Körper.

Die Mosaiksteine schimmerten im Sonnenlicht hinter dem Gerüst, das gefährlich unter seinen Bewegungen schwankte, als könnte es jeden Augenblick zusammenstürzen.

Als Dante die Plattform der Arbeiter erreicht hatte, klammerte er sich an einen Pfosten, um sein Gleichgewicht zu halten, bevor er mit seiner freien Hand den Mann umarmte, der auf ihn zugeeilt war.

Erneut spürte er ein heftiges Schwanken, während das Gerüst besorgniserregend ächzte.

»Mein Freund, du solltest bei deiner Arbeit nicht allzusehr am Bauholz sparen. Nun, da du an Bonifatius' Geldbeutel hängst, könntest du dir ruhig etwas Besseres leisten, du alter Geizkragen!« sagte Dante lachend, löste sich aus der Umarmung des Mannes und hielt sich wieder am Pfosten fest.

»Bonifatius ist mit seinen Scudi so spendabel wie der Arsch einer Henne. Hier in Rom geht es meinem Geldbeutel nicht gerade besser. Dafür habe ich jetzt aber höhere Ausgaben«, sagte Giotto mit einer Geste zu den Arbeitern auf dem Gerüst.

»Lässt man dich wenigstens die schönen Frauen malen, die du im Sinn hast?«

Der Maler brach in schallendes Gelächter aus. »Zum Teufel, nein! Nur Heilige und Apostel! Ich habe gehört, oben im Norden haben sie eine nackte Eva gemalt«, fügte er mit gesenkter Stimme hinzu. »Kannst du dir das vorstellen, Dante? Leute, die in Holzschuhen herumlaufen, sind weiter als wir!«

»Oder weiter zurück. Vielleicht nehmen sie sich nur ein Beispiel an den alten Römern.«

»Tja ... Aber wenigstens die Hochzeit zu Kana hätten sie mich machen lassen können! Ich hätte sie mit hübschen Mädchen bevölkert. Doch sieh dir nun statt dessen das hier an! Der heilige Petrus wandelt übers Wasser! Wie ist das nur möglich?«

Dante beugte sich vor, um sich das große Wandbild noch einmal anzuschauen. »Mein Freund, du klebst deine Steinchen da gerade an das Grab des Kirchenfürsten. Was würdest du denn hier anbringen wollen? Und dann hast du ihn ja auch in einem gewissen Alter dargestellt, nach dem Weiß zu urteilen, das du in den Bart getan hast. Du hättest ihn bestenfalls mit Matronen umgeben können ...«

»Ach, man könnte mir immerhin den Auftrag für eine schöne Versuchung des heiligen Hieronymus geben ... Zum Glück gibt es in Rom immer noch Leute, die sich für Frauen interessieren! Aber klingende Carlini sind da nicht viel!«

»Merkwürdig. In Florenz glaubt man, Bonifatius habe mit den Einnahmen aus dem Jubeljahr seine Kassen gefüllt. Seit einem Jahr strömen sämtliche Kaufleute aus Florenz unentwegt her, um Geschäfte zu machen.«

»Geld dürfte er in rauhen Mengen eingenommen haben, das ist wahr. Doch der Gauner hält es gut versteckt. Vielleicht will er seine Familie in Anagni reich machen. Oder er führt etwas anderes im Schilde. Fest steht jedenfalls, dass von diesem Goldregen hier nicht einmal ein paar Tropfen spürbar sind. Aber jetzt zu dir, was führt dich her?«

»Unser erlauchtes Volk hat mich zu Friedensverhandlungen mit Bonifatius entsandt. Ich bin auf dem Weg zur Kurie und möchte um eine Audienz bitten. Ist sie das?« fragte Dante und wies auf das

Gebäude neben der Basilika, das mit seiner massigen Gestalt aus rötlichem Backstein den Bogengang überragte.

Giotto nickte und wurde plötzlich ernst. »Zur Kurie? Nimm dich in acht!«

»Warum?«

Der Maler machte eine unbestimmte Handbewegung. »Neulich fiel dein Name. Man erwartet dich bereits.«

Dante ballte die Fäuste. »Ihre Spione in Florenz! Doch was soll's, um so besser. Sehen wir uns noch einmal?«

»Ich wohne gleich an der Säule, in Campo Marzio. Über der Taverna dell'Angelo. Der Wein ist ganz passabel, und der Wirt hat außer den Bottichen mit dem Weißen auch ein paar stramme Bauernmädchen aus den Albaner Bergen kommen lassen. Besuch mich doch an einem der nächsten Abende. Ich bin immer da. Wo sollte ich auch hingehen?« fügte er hinzu und wies mit schiefem Gesicht auf einen Zug von Geistlichen, die psalmodierend aus der Basilika kamen. »Nach Sonnenuntergang sind nur noch Meuchelmörder, die päpstlichen Wachen und die Patrouillen der reichen Familien unterwegs.«

»Und wie erkennen sie sich?« fragte Dante mit einem Anflug von Ironie. Dann umarmte er seinen Freund und machte sich an den Abstieg, wobei er sich sorgfältig festhielt.

Der Eingang zur Kurie wurde von einem weiteren Trupp Bewaffneter bewacht, auch sie in Gold und Blau gekleidet. Sie machten einen wesentlich gepflegteren und schlagkräftigeren Eindruck als die Torwächter. Die Klingen ihrer Hellebarden und das Metall ihrer Helme blitzten in der Sonne, ihre Leibriemen und Beinschienen waren sauber und ordentlich. Dante musste seinen Namen mehrfach wiederholen, das Schreiben der Kommune vorweisen und den Grund seines Besuchs ausführlich darlegen, bevor zwei von ihnen sich bequemten, ihn über die Treppe zu den oberen Geschossen zu begleiten.

Einer der Wachposten ging ihm auf der Treppe voraus, während der andere ihm folgte und seine Lanze nur knapp über seiner Schulter schwingen ließ. Dante hatte eher das Gefühl, ein Gefangener denn ein Gast zu sein. Dieser Eindruck verstärkte sich noch, als man ihn in einen Saal mit hoher Decke führte, der nur durch ein schmales Fenster im Hintergrund erhellt wurde.

Ein langer Holztisch auf einem Podest nahm fast die ganze hintere Wand ein. Dahinter saß auf einem Stuhl mit ausladender Lehne ein Geistlicher im schwarzweißen Gewand des Dominikanerordens und musterte ihn schweigend. Dante trat näher, während die beiden Wachen sich links und rechts von der Tür postierten.

»Was wollt Ihr?« fragte der Mann schließlich.

»Ich bin Dante Alighieri, Gesandter der freien Stadt Florenz. Hier ist mein Beglaubigungsschreiben«, erklärte der Dichter und zeigte das Dokument nun zum wiederholten Mal vor. Obwohl er dem Mann das Pergament hinhielt, machte dieser keine Anstalten, es zu nehmen. Er verharrte reglos, die Hände in den weiten Ärmeln seiner Kutte verborgen. Dante wartete noch einen Augenblick, dann ließ er es auf den Tisch fallen. Das kurze Poltern des Bleisiegels zerriss die Stille. »Ich bitte um eine persönliche Audienz beim Papst.«

Der Mönch verharrte weiter in seiner gleichgültigen Pose. Er reckte nur ein wenig den Kopf, um einen Blick auf das Schreiben zu werfen. »Wir wussten, dass Ihr kommt. Wo sind die anderen?«

Dante wurde wütend. Für einen Moment vergaß er, wo er war, vergaß die bewaffneten Wachen an der Tür, vergaß auch Bonifatius' hinterhältige Macht, die jeder Stein dieses Palazzos auszuschwitzen schien. Energisch trat er einen Schritt vor und stieg auf das Podest. Seine Augen waren nun auf gleicher Höhe mit denen des Mönchs. »Die anderen? Früher oder später werden sie schon eintreffen. Doch es ist mein Wort, das den Willen von Florenz kundtut, mein Urteil, das über Einwilligung oder Ablehnung entscheidet. Also kümmert Euch um meine Audienz, und möglichst schnell.«

Anstatt zu antworten, war der Mönch aufgestanden, mit einem bedrohlichen Funkeln in den Augen. Er öffnete den Mund, um etwas zu erwidern, hielt sich aber zurück, während sein Blick an dem Dichter vorbeiglitt. Dante fuhr ruckartig herum, aus Angst, die Wachen an der Tür könnten sich auf ihn stürzen. Doch die zwei Bewaffneten standen unverändert auf ihrem Posten: Zwischen ihnen war allerdings eine neue Gestalt aufgetaucht. Ein hochgewachsener, stattlicher Mann in einem prunkvollen Gewand mit Purpurbesatz.

Ein Laie, dessen breite Stirn mit feinen Falten durchzogen war. Sein kurzgeschnittenes, graumeliertes Haar umrahmte ein Gesicht mit markanten Zügen, aus dem eine kräftige Nase hervorstach. Er ging rasch durch den Saal, wobei sein Umhang über den Steinboden fegte. Als er vor dem Dichter stand, musterte er ihn mit seinen dunklen Augen, dann entspannten sich seine Lippen zu einem herzlichen Lächeln. Er breitete die Arme aus, als wollte er ihn an seine Brust drücken. »Messer Alighieri! Also stimmt es, was mir die Palastwachen erzählt haben! Übt Nachsicht mit Bruder Raimondo. Als Mann des Glaubens ist er mit der Heiligen Schrift vertrauter als mit der Poesie.«

Der Mönch hatte die Szene verblüfft mit angesehen. Nach einem erneuten Blick zu Dante griff er endlich nach dem Pergament.

»Bringt die Urkunde ins Archiv, Bruder. Und was die Audienz angeht, kümmere ich mich persönlich darum«, sagte der Neuankömmling. »In fünf Tagen in der Patriarchalbasilika San Giovanni. Dort könnt Ihr Seine Heiligkeit treffen. Auch dem Papst liegt viel daran, die Beziehungen zwischen der Kirche und Eurer Stadt zu verbessern.«

»Ja, Ihr könnt gehen«, sagte der Mönch kurz angebunden und senkte den Blick vor dem Mann. Dieser verfolgte aufmerksam, wie das Dokument in ein Kästchen gelegt wurde, dann wandte er sich liebenswürdig wieder dem Dichter zu. »Doch in der Zwischenzeit lasst die politischen Angelegenheiten ruhen und erlaubt mir, Eure unverhoffte Gesellschaft zu genießen. Falls Ihr keine anderweitigen Geschäfte zu erledigen habt, gestattet es dem römischen Senator Saturniano Spada, Euch ein wenig Gesellschaft zu leisten.«

Dante neigte den Kopf leicht zum Gruß. »Denn wie den Gruß, so kann man auch das Wissen tauschen: mein bescheidenes gegen Euer höchst umfangreiches«, sprach der Senator weiter. »Mit Euch, dem Dichterfürsten.«

Dante wehrte mit einer unbestimmten Geste ab. »Ich glaube, Ihr übertreibt, was den Umfang meines Wissens angeht. Ich bin nur ...«

»Nein, nein!« unterbrach ihn der Senator. »Ich weiß sehr wohl, wer Ihr seid. Und besser noch als ich weiß man es in der Kurie. In den vergangenen Tagen wurde viel über Euch gesprochen, seit bekannt wurde, dass Ihr es seid, den die Kommune von Florenz zu ihrem Repräsentanten ernannt hat.«

Dante zögerte mit der Antwort und versuchte, den Sinn dieser Worte zu deuten. Spada nutzte die Gelegenheit, um weiterzureden. »Ich habe einige Freunde in Florenz, die mich über das, was in Eurer Stadt erdacht und dann geschrieben wird, auf dem laufenden halten. Und nur wenige Dinge waren so anregend für meinen Verstand und so erquicklich für meinen Geist wie einige Eurer Schriften. Ganz zu schweigen von Eurem außergewöhnlichen Gedicht *Die Liebe, die im Geist ich höre singen*!«

Der Senator war verstummt und schaute Dante eindringlich in die Augen, als wollte er dort die Fortsetzung der Verse lesen. »Die Liebe, die im Geist man singen hört! Ja, darin besteht die göttliche Beschaffenheit der Liebe, in diesem Gespräch, das Gott mit unserer Seele führt. Und in dem jedes Wort die Gestalt eines Seufzers annimmt ...«

»Eure Hochachtung ist schmeichelhaft«, sagte Dante vorsichtig. Doch der Senator schien die kühle Antwort nicht zu bemerken. Er sah ihn nach wie vor bewundernd an. »Wenn mir die Regierungsgeschäfte von Rom mehr Zeit ließen, hätte ich Euer gesamtes Werk im Kopf und nicht nur diese eine bescheidene Huldigung.«

»Die Regierungsgeschäfte? Ich dachte, Papst Bonifatius ist es, der die Zügel der Stadt in der Hand hält«, erwiderte der Dichter.

»Seine unmittelbar vom Heiligen Geist erleuchtete Person ist vollkommen von ihrer wichtigsten Aufgabe in Anspruch genommen, der universalen Unterordnung der Herrschergewalten unter den Stuhl Petri. Ein Vorhaben, das angesichts der Weigerung zahlreicher Herrscher, ihr hochmütiges Haupt vor seinem Wort zu beugen, in der Tat all seine Kraft und den Beistand der göttlichen Vorsehung erfordert. Und manchmal wagen es nicht nur die regierenden Dynastien, sondern auch erbärmliche Gemeinden, sich seiner Macht zu widersetzen, mit der blinden Treulosigkeit eines tollwütigen Hundes, der die Hand beißt, die ihn streichelt.«

»War etwa Palestrina einer dieser tollwütigen Hunde?« zischte Dante, dem die jammervolle Szene mit den Gefangenen in Ketten am Hafen von Ripetta plötzlich wieder vor Augen stand.

Der Senator zuckte verlegen mit den Schultern. »Die Furcht vor dem zu nahen Wolf bewaffnet zuweilen auch die Hand des guten Hirten.«

Dante antwortete nicht. Er blieb auf der Hut. Trotz des liebenswürdigen Tons und der bekundeten Bewunderung war dieser Mann doch immer noch einer von Bonifatius' Knechten. Und es war keineswegs gesagt, dass ihre Begegnung wirklich zufällig war. »Ihr gehört dem ruhmreichen römischen Senat an?« fragte er mit sanfter Stimme.

»Ja. Seit jeher stellt meine Familie Mitglieder für diese Versammlung. Und die Gunst des Papstes hat mich in den Rang des Administrators erhoben, des ersten Senators. Ein schweres Amt, das zahllose Aufgaben mit sich bringt. Unter anderem die, für Sicherheit und Ordnung in der Stadt zu sorgen. Unter meiner Führung stehen die Männer, die Verbrechen und Sünden bekämpfen. Es ist das Amt, das früher, im Rom unserer Väter, der Präfekt innehatte.«

»Die Wachen, die ich an der Stadtmauer gesehen habe, unterstehen also Euch«, sagte der Dichter. »Dann wisst Ihr also bereits von den schrecklichen Verbrechen, die unter Eurem Volk verübt wurden.«

Der Senator warf ihm einen unschlüssigen Blick zu, als hätte er seine Worte nicht verstanden. »Die kürzlich ermordeten Frauen«, insistierte Dante.

»Ach so, ja. Der Dekurio der Stadtwache hat mir davon erzählt. Es ist wahrhaftig unwürdig, dass in der Stadt des heiligen Petrus das Dirnenwesen noch immer üblich ist. Offenbar lässt sich diese Schwäche aus den menschlichen Sitten nicht ausmerzen, leider. Und die Unzucht bringt auch alle anderen Formen von Verderbtheit mit sich, bis hin zum Mord.«

Für den Senator schien die Sache erledigt zu sein. »Auch wenn sie Dirnen sind, haben diese Frauen gewiss kein so grausames Schicksal verdient«, beharrte der Dichter. »Man sollte ihnen Gerechtigkeit widerfahren lassen, auf die einzige Art, die unserer schwachen Natur gegeben ist: indem man den Schuldigen verurteilt und bestraft.«

»Messt Ihr der Gerechtigkeit eine so große Bedeutung bei, Messer Alighieri? Wo sie doch nur eine unserer vielen Unvollkommenheiten vor dem Auge Gottes ist.«

»Gerechtigkeit ist das höchste Gut der Gemeinschaft, das Ziel, dem alles Handeln des Menschen entgegenstreben sollte. Was wären Ruhm, Reichtum und Wissen, wenn sie nicht von Justitias Waage und Schwert gezügelt wären?«

»Glaubt Ihr, Gerechtigkeit sei ein Zweck, Messer Alighieri? Ist sie denn nicht nur ein Mittel, um ein harmonisches Zusammenleben der Menschen zu erreichen, die doch nur einer Macht gehorchen? Und sollte sie nicht, wie die Peitsche beim Pferd, in kluger Dosierung eingesetzt werden, um jedes Extrem zu vermeiden? Sie ist eine wertvolle Münze, die mit Bedacht ausgegeben werden muss. Doch lassen wir dieses Thema«, sagte der Senator liebenswürdig. »Stimmt es eigentlich, was man sich von Euch erzählt? Ihr habt mit einem Epos über das Reich der Lebenden und der Toten begonnen?«

»Ja«, antwortete Dante. Er hätte gern noch weiter über die Morde geredet, doch er fühlte sich durch dieses Interesse geschmeichelt. »Es ist noch ganz am Anfang und hat in meiner Vorstellung noch keine konkrete Form angenommen.«

»Habt Ihr es bei Euch?« erkundigte sich der Senator erwartungsvoll.

»Nur wenige Seiten«, antwortete der Dichter ausweichend. Ein Anflug von sogleich unterdrückter Enttäuschung schien in den Augen des Senators aufzuglimmen. »Natürlich, ich kann Eure Zurückhaltung verstehen. Kein Autor spricht über ein noch nicht abgeschlossenes Werk. Die Lebenden und die Toten, also ... Dann gibt es vielleicht etwas, was Euch interessieren könnte«, sagte er, und sein Gesicht hellte sich auf. »Habt Ihr Zeit, um mir Gesellschaft zu leisten? Ich möchte Euch etwas zeigen. Interessiert Ihr Euch für die Spuren unserer Väter?«

»Selbstverständlich«, sagte der Dichter. »Ihre Lehren sollten in unserem Denken stets an oberster Stelle stehen. Wären Geist und Sinnesart unserer Herrscher stärker von den Lehren der Alten geprägt, hätten Freiheit und Gerechtigkeit eine bessere Heimstatt in unseren Tempeln.«

Der Senator sah ihn von der Seite an. »Ihr habt die Nächstenliebe vergessen, Messer Alighieri. Die alten Römer waren gewiss bedeutend, doch da sie der göttlichen Gnade entbehrten, gaben sie der Welt eine Ordnung, die der menschlichen Vernunft entsprang, zwar der grausamen Ordnung der Barbaren überlegen, doch gleichwohl so hart und hochmütig, wie die Vernunft nun einmal sein kann. Sie blieben auf der Schwelle zur Vollkommenheit stehen. Zumindest ist es das, was jeder gute Christ glauben sollte«, sagte er bedächtig.

Dante wandte den Blick ab. In der Stimme des Mannes war ein zweideutiger Unterton zu hören, als wäre darin eine Anspielung oder eine Provokation verborgen. Er hatte das Gefühl, auf die Probe gestellt zu werden. »Oder meint Ihr nicht?« bedrängte ihn der Senator.

»Die Römer wussten nichts von der Erlösung, das ist wahr«, antwortete der Dichter schließlich. »Doch ihr Imperium ist gleichwohl die Frucht eines höheren Plans, der das Werk der Erlösung der Welt vorbereitet und ermöglicht.«

»Demnach ist das römische Imperium die Vermittlung von Gottes Reich auf Erden?« fragte der Senator weiter. Dieser Gedanke schien ihm zu gefallen.

»Nein, doch es hat ihm die Tore geöffnet.«

»Ich glaube, Ihr habt recht. Doch ich wollte Euch von meinen Nachforschungen erzählen. Nicht weit von hier, an den Bastionen der Engelsburg. Seit einiger Zeit finden dort Ausgrabungen statt, auf der Suche nach Reliquien des wahren Grabes des ersten Petrus.«

»Des Apostels? Aber befindet sich sein Grab denn nicht in den Kellergewölben der Basilika? Erbitten die Pilger nicht dort seinen Segen?«

Der Senator nickte. »Das ist die Tradition. Und wahrscheinlich wurden dort die Riten der alten Kirche zelebriert. Früher war dort eine Nekropole, die nahezu den ganzen Vatikanischen Hügel einnahm, und unsere Vorfahren suchten für die Kommunion oft Zuflucht zwischen den Gräbern.«

»Zwischen Gräbern, von denen sie nichts zu befürchten hatten, da sie an die Auferstehung und an ein neues Leben glaubten.«

»Ganz recht. Doch als der Apostel starb, wurde sein Leichnam dem Presbyter Gaius zufolge an der Via Cornelia beigesetzt, dort, wo sich das Grab des Romulus befindet, die große Pyramide am Tor des Borgo, die Ihr gewiss gesehen habt. Genau dort, wo später Kaiser Hadrian sein Mausoleum errichtete, die Engelsburg.«

»Und Ihr glaubt, das Grab liegt eigentlich dort?«

»Ich bin fest davon überzeugt. Und ich habe von Seiner Heiligkeit die Erlaubnis erhalten, an jenem Ort zu graben, um die wahren Überreste zu finden. Ich hatte gehofft, anlässlich des Jubeljahrs fündig zu werden: Es wäre eine würdige Krönung dieses bewundernswerten Werkes gewesen. Doch die Arbeiten erwiesen sich als schwieriger und langwieriger als vorhergesehen.«

Während ihres Gesprächs waren sie die Treppe zur Kurie hinuntergegangen und hatten das Atrium der Basilika durchquert. Als sie auf den Vorplatz hinaustraten, führte der Senator ihn nach links. Sie legten etwa dreihundert Schritt entlang der mächtigen Mauer des Borgo zurück, bis sie zum Tiberufer kamen, dann wandten sie sich zur Bastion der Burg, wobei sie sich einen Weg durch Schilf und Brombeersträucher bahnten, die vom Ufer bis hinauf zur Rückseite der Mauer wuchsen.

»Kommt, hier ist es«, sagte der Senator. Neben der Bastion gähnte eine breite Grube, umgeben von einem Palisadenzaun und bewacht von bewaffneten Männern. Über der Grube hielten vier gekreuzte, stabile Pfähle eine Rolle, von der ein Seil herabhing, das in der Tiefe verschwand. Von unten drang Stimmengewirr und das Geräusch von Schaufeln herauf.

»Setzt den Seilzug in Bewegung!« befahl der Senator. Unten betätigte jemand einen unsichtbaren Mechanismus, und die Rolle begann sich zu drehen. Kurz darauf tauchte aus der Tiefe eine primitive Holzplattform auf, die an dem Seil befestigt war.

»Nehmt Platz, Messer Alighieri«, rief der Senator und sprang behende vor ihm auf die Plattform, die sich nach seinem erneuten Ruf sogleich wieder in die Finsternis hinabsenkte. Zuvor hatte er einem der Wächter noch eine brennende Laterne aus der Hand gerissen.

Die Grube senkte sich viele Ellen tief in den Boden und ließ die Spuren einer dicken Trümmerschicht erkennen, die sich im Lauf der Jahrhunderte am Flussufer abgesetzt hatte. Hier und dort tauchten Ziegelreste und Marmorbrocken auf, Bruchstücke glorreicher Statuen, durchsetzt mit Steinschutt und dicken Wurzeln. Das flakkernde Lampenlicht erfüllte dieses unförmige Material auf dem Weg in die Tiefe mit Leben, riss es aus dem Schlaf und verwandelte es in ein schauriges Schattentheater.

Dante hatte an einer Stelle den Eindruck, dass sich auch menschliche Überreste darin befanden. Der Lastenaufzug hielt mit einem Ruck an. Quer vor ihnen verlief ein Tunnel, der zum Flussbett abzufallen schien. Der Senator ging darauf zu und betrat vor Dante eine kleine, kreisrunde Höhle, an deren unregelmäßigen Wänden noch die Spuren der Schaufeln zu erkennen waren. Der Raum hallte von wirren Rufen wider. Sogleich wurden sie von einer Gruppe von Arbeitern umringt, die aufgeregt nach vorn wiesen. Der Senator bahnte sich einen Weg durch die kleine Schar und brachte sie mit einer gebieterischen Geste zur Ruhe. Dante folgte ihm neugierig. Erstaunt über das, was er sah, beschleunigte er jäh seinen Schritt.

In der Mitte der Grube stand ein Marmorsarkophag, dessen vier Wände mit einem umlaufenden Relief geschmückt waren.

Aus der Nähe wirkte der aus einem einzigen weißen Marmorblock gemeißelte Sarg noch prächtiger. An den Längsseiten befanden sich zwei Reliefs mit Bankett- und Schlachtszenen. Dutzende kleiner Figuren waren beim Tanz und beim Kampf ineinander verschlungen. Der Deckel in Form eines abfallenden Daches mit vier rituellen Masken an den Ecken war ein wenig verschoben.

Unter dem erfreuten Blick des Senators trat Dante schnell an den Sarkophag heran. Seine Finger fuhren wie die eines Blinden, der den Stein befragen will, vorsichtig über das Relief.

Der Senator stellte sich neben ihn. Er packte den Rand des Deckels und versuchte vergeblich, ihn wegzurücken. »Vielleicht hat Gott uns erhört! Meint Ihr nicht auch, dass dieses Grab des Apostelfürsten würdig wäre? Endlich können wir vor seinen echten Gebeinen niederknien!«

Seine Stimme bebte vor Erregung und Anstrengung. Dante unterbrach seine Untersuchung des Reliefs für einen Moment und warf ihm einen skeptischen Blick zu. Saturniano Spada ließ von seinen Bemühungen ab und wandte sich erneut zu ihm.

»Spricht denn dieser Stein nicht auch zu Euch? Es heißt doch, Ihr könntet die Stimmen der Toten verstehen!«

Bei diesen Worten fuhr Dante auf, denn sie erinnerten ihn an den Satz, mit dem die geheimnisvolle Frau in Florenz ihn begrüßt hatte. »Nicht die Stimme des Todes, sondern die des Ruhms schreit aus diesem Marmor«, sagte er, als er seine Verblüffung überwunden hatte. »Gewiss ruhen hier die Gebeine eines großen Mannes. Obwohl ich gehört habe, dass es bei den alten Römern Sitte war, ihre Grabstellen an den Straßen des Imperiums anzulegen. Ich bezweifle auch, dass der Anführer einer verfolgten Glaubensgemeinschaft, der wie ein Räuber an einer Straßenecke hingerichtet wurde, mit soviel Prunk bestattet werden konnte. Es sei denn, dass ... In Florenz habe ich Gräber von ähnlicher Schönheit gesehen. Manchmal wurden sie im Laufe der Jahrhunderte für neue Beisetzungen verwendet.«

»Ja, so ist es! Womöglich hat ein *in abscondito* konvertierter Patrizier dem Apostel den für sich bestimmten Sarkophag zur Verfügung gestellt, so wie auch Joseph von Arimathia Jesus das Grab der eigenen Familie gab. Lasst uns nachschauen!« rief er den Arbeitern zu. »Öffnet das Grab!«

Dante packte ihn am Arm. »Wartet. Vielleicht sollten wir seine Ruhe nicht stören, egal, wer er zu Lebzeiten gewesen ist! Wenn es Gottes Wille war, dass er hier geduldig auf die Auferstehung des Fleisches wartet, wäre es eine Sünde, ihn in das Zeitliche zu zerren, das er verlassen hat!«

Doch Saturniano Spada schien von einer unbezähmbaren Erregung erfasst zu sein. Er riss sich von dem Dichter los, während sich die Arbeiter um den Sarkophag drängten. Einer von ihnen schob die Spitze einer Eisenstange in die Ritze unter dem Deckel und stemmte sich, unterstützt von den anderen, aus Leibeskräften dagegen. Mit lautem Knirschen bewegte sich der schwere Stein ein wenig und gab nach einem noch energischeren Stoß einen Spalt von etwa einer Spanne frei. Der Mann schrie auf und ließ die Stange fallen, während seine Gefährten mit erschreckten Ausrufen hastig zurückwichen.

Ein Lichtstrahl drang aus der Öffnung, schwach und flackernd, als würde im Innern des Grabes eine kleine, vom Wind bewegte Flamme brennen. Ohne auf die allgemeine Verwirrung zu achten, stürzte Dante vor und bahnte sich mit heftigen Stößen den Weg, um besser sehen zu können. Er beugte sich über den Spalt, konnte jedoch nichts erkennen. Ein kaltes, bläuliches Strahlen, das den Hohlraum ausfüllte wie ein leuchtender Nebel, blendete ihn. Ohne seinen Blick von dem Licht abzuwenden, tastete er nach der Stange, die neben den Sarkophag gefallen war. Als seine Finger das Eisen spürten, packte er es und schob es wieder in die Öffnung, um den Stein noch weiter zu verrücken.

Wie ein Besessener stemmte er sich mit von der Anstrengung gekrümmten Schultern dagegen und setzte seine Knie als Stütze für den Hebel ein, während sich das Leuchten weiter ausbreitete und nun auch ihn umfloss, so dass er einer phosphoreszierenden Statue glich. Mit einem Krachen fiel die Steinplatte endlich zu Boden, und eine der Eckmasken ging unter dieser Wucht zu Bruch.

Nun war das Innere des Sarkophags kein unergründlicher Hohlraum mehr, er offenbarte seinen Inhalt. Zum Vorschein kam ein zweiter, hölzerner Sarkophag, der mit einer dicken Staubschicht bedeckt war, unter der Farbspuren hervorschimmerten. An seinem Fußende stand eine versiegelte Ampulle, von der das Licht ausging. Ihr Strahlen schien noch stärker zu werden. Dante hob sie auf.

Fasziniert betrachtete er das Gefäß. Es war ein Glaszylinder, vielleicht einen Fuß hoch, im Lauf der Zeit trübe geworden und von einer sonderbaren Skulptur gekrönt, die an eine Hundeschnauze mit einer dreieckigen Haube erinnerte und offenbar der versiegelte Verschluss war. Durch das dicke Glas war ein zähe Flüssigkeit zu erahnen, die es gut zur Hälfte füllte. Und diese ölige Substanz leuchtete in einem flammenlosen Licht.

Durch die Bewegung des Fläschchens tanzten die Schatten auf dem Holzsarg, und die Malerei an seinem Ende trat deutlicher hervor. Unter der Staubschicht sah Dante das wunderschöne, leicht längliche Gesicht einer Frau aufscheinen, mit einer feinen, doch an der Wurzel energischen Nase und grünen, halbgeöffneten Augen. Sie schien seelenruhig vor sich hin zu schauen, als wäre sie soeben aus einem langen Schlaf erwacht, ohne Furcht und ohne Hoffnung. Der Blick eines Menschen, der den Tod betrachtet oder vom Tod zurückkehrt.

Für einen Moment hatte Dante das Gefühl, dieses Gesicht schon einmal gesehen zu haben, in einer fernen Vergangenheit oder vielleicht im Traum, doch seine ganze Aufmerksamkeit galt nun der Lichtquelle. Wie war es möglich, dass dieses Licht unversehrt über den Abgrund der Zeit gekommen war und nach wie vor strahlte? Gab es tatsächlich eine *lux perpetua*, ein ewiges Licht, wie es die Totengebete verhießen? Dicht neben ihm schaute auch der Senator zunächst auf das gemalte Bild und dann auf die Ampulle, die Dante noch immer fest in der Hand hielt. Dann konzentrierte sich sein Interesse auf das Gemälde. Unter dem Gesicht war eine Schriftrolle abgebildet, und darauf standen die Worte: *Virgo pulcherrima ex Anglia Johanna Pont. Max.*

»Johanna … die Päpstin …«, stammelte der Senator. Auch Dante starrte auf die Schrift, mit ungläubigen Augen. »Das ist doch nicht möglich …«

Die Arbeiter hinter ihnen schienen ihre Angst besiegt zu haben und drängten sich aufgeregt zusammen. Natürlich verstand keiner von ihnen Latein, doch sie hatten die Worte des Senators gehört, und jeder von ihnen kannte die Legende. Unsicher standen sie da und wechselten besorgte Blicke. Einige fielen auf die Knie, andere bekreuzigten sich entsetzt, als wäre ihnen der Teufel erschienen. Die strahlende Ampulle, die der Dichter noch in der Hand hielt und die der erste Anlass für die allgemeine Verwirrung gewesen war, schien nun vergessen zu sein.

»Wir müssen wissen, wer in dem Sarg liegt«, stieß Dante aufgeregt hervor. Jede Unschlüssigkeit und alle Bedenken wegen der Totenruhe waren verflogen. »Lasst ihn öffnen!«

Nun zögerte der Senator. Er wirkte bestürzt, und all seine Sicherheit und seine Begeisterung, die er gerade noch gehabt hatte, waren verschwunden. »Wir sollten die Inquisition verständigen ...«

Er schien noch etwas hinzufügen zu wollen, doch der Dichter rückte vor, ohne noch länger zu warten. Er warf den Arbeitern einen hilfesuchenden Blick zu. Doch sie rührten sich nicht vom Fleck und tuschelten betreten miteinander. »Dann helft Ihr mir eben«, befahl er dem Senator barsch, während er das Licht am Fußende des Sargs abstellte und sich bückte, um mit den Fingern die Verschlussränder der Kiste zu untersuchen.

Bei diesen Worten fuhr der Senator überrascht auf. Sein Gesicht verhärtete sich. »Ich bitte Euch«, fügte Dante hastig hinzu, als er merkte, dass er in seiner Erregung vergessen hatte, dass er nicht in seiner Heimatstadt war und keinerlei Befehlsgewalt besaß.

»Nun gut, vielleicht ist es wirklich besser, wenn die erste Nachricht den Heiligen Vater erreicht, nachdem Augen, die sehen können, und Köpfe, die begreifen können, sie gedeutet haben«, sagte der Senator besänftigt und hob eine Eisenstange vom Boden auf. Er stemmte sie in die Holzfuge zwischen Sarg und Deckel und setzte den Hebel an.

Der Sarg splitterte und brach an der Stelle auf, wo die Stange saß, widerstand dem Angriff ansonsten jedoch. Dante kam dem Senator zu Hilfe, indem auch er nun gegen das Brecheisen drückte. Langsam und knackend begann sich der Deckel zu lösen. Dann gaben mit einem dumpfen Krachen die verborgenen Holzpflöcke, die ihn mit dem Unterteil verbanden, an der Seite nach, die ganze Platte schlug um und fiel zu Boden.

Zum Vorschein kam eine liegende Gestalt in weißen Gewändern, die das Licht der Fackeln reflektierten. Auf dem Kopf trug sie eine hohe, ebenfalls blendendweiße Tiara, und ihre kleinen, zarten, auf der Brust gekreuzten Hände schienen sich gerade erst zum Gebet vereint zu haben, so geschmeidig wirkte die Haut und so weich die zarten Muskeln der Finger. Die sorgsam modellierten Fingernägel wiesen noch eine leicht rosige Färbung auf, als wollten sie an die Sanftheit erinnern, mit der die Frau die Dinge in ihrem Leben berührt hatte. Denn es war wirklich eine Frau, wie der Dichter verblüfft feststellte.

Das Gesicht, das aus dem Brustschleier heraustrat wie eine Blüte aus ihrem Kelch und das unter der Tiara von einer Kaskade blonder, noch weicher Haare umrahmt war, hatte große Ähnlichkeit mit dem Gemälde auf dem Sarg. Nur die trockenen Züge, dort, wo sich der Schädelknochen unter der Haut an den Schläfen und an den Jochbögen abzeichnete, wies darauf hin, dass dies die sterblichen Überreste eines Menschen waren, der aus der Blüte seines Lebens gerissen worden war.

Unter den Arbeitern lief ein lebhaftes Raunen von Mund zu Mund. Die Erregung des Senators nahm zu. »Es ist wirklich die Päpstin …«, entfuhr es ihm, bevor er allen barsch befahl zurückzutreten. Dann fasste er sich und wandte sich an einen der Ausgräber. »Lauft, Meister Pietro, und benachrichtigt die Inquisition, damit sie ihre Männer schickt. Was hier entdeckt worden ist, verlangt die ganze Aufmerksamkeit und Umsicht der Kirche. Und wir, Messer Alighieri, decken diesen Leichnam wieder zu. Schon zu viele Augen haben ihn gesehen.«

Er legte den Deckel wieder auf den Sarg. Dann beschloss er zu warten. Dante neben ihm untersuchte noch immer die Einzelheiten der Grabstätte. Sein Erstaunen wuchs: Die Mauerreste, die im Boden zum Vorschein kamen, schienen uralt zu sein und stammten gewiss aus der Zeit, als das alte Mausoleum für Hadrian erbaut worden war. Wenn nicht sogar aus einer noch früheren Epoche. Auf jeden Fall mussten sie irgendwie zum Fundament des großen Grabrundbaus gehören, aus dem spätere Generationen die Engelsburg gemacht hatten. Für einen kurzen Augenblick beunruhigte ihn der Gedanke an die enormen Steinmassen, die sich über seinem

Kopf türmten. Doch wenn dies hier wirklich die sterblichen Überreste der Päpstin Johanna waren, was der größte Skandal in der gesamten Geschichte des Papsttums wäre, warum waren sie dann ausgerechnet an diesem Ort beigesetzt?

»Die Päpstin Johanna …«, wiederholte der Senator, als könnte auch er seinen Augen nicht trauen. »Kennt Ihr ihre Geschichte? Glaubt Ihr, dass dies möglich ist, Messer Alighieri?«

Dante kannte die Legende, wie sie unzählige Male erzählt worden war, jedesmal um neue Details bereichert, mit denen die morbide Phantasie des Volkes sie schließlich in eine seltsame Sage verwandelt hatte. Von einem für seine Schönheit und Gelehrsamkeit berühmten Mädchen, das im fernen Land der Angeln schon in jungen Jahren von dem wahnwitzigen Wunsch gepackt worden war, sich in der Wissenschaft des Glaubens hervorzutun. Sie begnügte sich nicht damit, einem Frauenorden beizutreten, sondern verbarg ihre Gestalt in der Verkleidung eines jungen Pagen und wurde bei den Franziskanern aufgenommen. Dort stieg sie, noch immer ihr Geschlecht verheimlichend, dank ihres Wissens und ihrer okkulten Künste zu immer höheren Würden auf, bis sie nach Rom kam und dort zum Papst gewählt wurde.

»Selbst wenn sie es wäre«, antwortete Dante, »wie ist es dann möglich, dass es sie hierher verschlagen hat? Mehr als ein Jahr lang lenkte sie die Geschicke der Christenheit, doch dann konnte sie dem Ruf des Fleisches nicht widerstehen, dem ihr schwaches Geschlecht folgte; sie verliebte sich in einen Edelmann, der ihre wahre Identität entdeckt hatte, und empfing die Frucht dieser verbotenen Liebe. Während einer Prozession zwischen dem Kolosseum und San Giovanni setzten plötzlich die Wehen ein, und sie brachte zur Bestürzung des Volkes und der Prälaten auf offener Straße ein Kind zur Welt. Und das Volk, das sich betrogen fühlte, steinigte sie auf der Stelle in bestialischer Wut zu Tode. Ich habe gehört, ihre Überreste seien zerstreut oder bei gelöschten Lichtern am Ort ihrer Ermordung verscharrt worden. Wie ist es dann aber möglich, dass sie sich hier befindet, nur wenige Schritte vom Stuhl Petri entfernt, und mit allen Ehren beigesetzt, die sonst nicht einmal den Märtyrern vorbehalten waren, sondern höchstens den Adligen des Altertums?«

»Vielleicht entspricht die Legende nicht der Wahrheit …«

»Und wie kommt es, dass ihr Leichnam nicht von der Wut des Volkes zerfetzt und dann zu Staub zerfallen ist, wie die Natur es gebietet?«

Der Senator senkte den Blick. »Vielleicht ist der schlechte Ruf, der ihr anhaftet, nicht gerechtfertigt … Wenn Gott in seiner Herrlichkeit beschlossen hat, dass ihr Leichnam unverwest bleiben soll wie die der Heiligen, war die Päpstin vielleicht wirklich ein Muster an Tugend … Vielleicht ist die Überlieferung von ihrer Unkeuschheit nur eine Verleumdung, die später von jemandem in Umlauf gebracht wurde, der die Tatsache unterschlagen wollte, dass eine Frau zur legitimen Nachfolgerin Petri wurde …«

Dante schüttelte den Kopf. »Wenn es so wäre, würde dies den Thron des ersten Bischofs bis in seine Grundfesten erschüttern …«

»So ist es, Messer Alighieri. Daher ist es um so wichtiger, dass all dies geheim bleibt.«

Erneut gab es eine große Unruhe und Stimmengewirr am Eingang der Grube. Von Lanzenträgern begleitet, waren einige Männer in der Kutte der Dominikaner erschienen.

»Nun wird die Inquisition ihr Urteil sprechen«, sagte der Senator besorgt, während er den Neuankömmlingen entgegenging.

Die Gruppe der Mönche wurde von einem hochgewachsenen Mann angeführt, so hager und blass wie ein Gespenst. Mit gesenktem Kopf hörte er sich den kurzen Bericht an, mit dem der Senator ihm die Lage schilderte, und gab seinen Begleitern, nachdem er einen raschen Blick auf Dante geworfen hatte, einige knappe Befehle. Sofort beugten sich die Mönche über den Holzsarkophag und verschnürten ihn mit den Seilen, die sie mitgebracht hatten. Als sie ihr

Werk beendet hatten, luden sie ihn sich auf die Schultern und bewegten sich rasch auf den Ausgang zu, während einer von ihnen die Ampulle aufhob, die noch immer ihren sonderbaren Glanz ausstrahlte, und sie unter seiner Kutte verbarg. Die Bewaffneten sorgten inzwischen dafür, dass die Arbeiter auf Distanz gehalten wurden, unter denen eine Erregung herrschte, die fast schon einem Aufruhr gleichkam.

»Ihr da!« sagte der Senator kurz angebunden zu den sich zusammendrängenden Männern. »Setzt die Grabungen fort. Ich will, dass ihr noch weiter vordringt. Sollte es noch andere antike Zeugnisse geben, will ich, dass sie unbedingt gefunden werden!«

Etwas leiser fügte er, zu Dante gewandt, hinzu: »Vergesst nicht, dass Johanna der Legende nach gerade Mutter geworden war. Sollte das Kind mit ihr zusammen begraben worden sein, möchte ich nicht, dass dies einen weiteren Skandal auslöst.«

Mit Hilfe der Männer wurde der Sarg an das Seil der Hebewinde gebunden und ins Freie gehievt. Hier formierte sich der kleine Zug aufs neue, und nachdem die Mönche den Sarg auf ihre Schultern gehoben hatten, setzten sie sich mit Kurs auf die Mauer der Leoninischen Stadt und die nahe gelegene Petersbasilika in Bewegung.

Dante hatte das sonderbare Schauspiel interessiert mit angesehen, inmitten der wachsenden Neugier der Zuschauerschar, die sich am Flussufer und an den Aufgängen zur Engelsbrücke drängte. Die Zahl der Leute nahm rasch zu, als wäre eine unsichtbare Stimme durch die Straßen des Borgo gezogen und hätte die wunderbare Entdeckung verkündet. Alle, die herbeigelaufen waren, schienen über die Ereignisse vollkommen im Bilde zu sein, tauschten rufend und schreiend ihre Kommentare aus und machten so aus der Angelegenheit eine Art Wundermärchen.

»Ein Wunder! Ein Wunder!« rief es von allen Seiten. Viele Leute fielen auf die Knie, als der Sarg vorbeizog, und lagen geradezu auf dem Boden, als wären sie Zeugen einer Christuserscheinung. Die

Nachdrängenden stiegen rücksichtslos über sie hinweg und traten sie mit Füßen, während sie versuchten, nach vorn zu gelangen, um den hölzernen Sarg zu berühren und um Gnade und Fürbitte zu flehen.

Der Senator verfolgte das Zusammenströmen des Volkes mit besorgter Miene. Das Erstaunen verwandelte sich zunehmend in Aufsässigkeit, und nun drängelten sich alle gegenseitig beiseite, um besser sehen zu können, nur mit Mühe von den Hieben der Lanzenträger zurückgehalten, die die Beine und die Köpfe der Wagemutigsten trafen.

»Endlich hat Papst Bonifatius seine Braut gefunden!« brüllte plötzlich jemand, der von der Barriere der Körper verdeckt wurde. »Wer weiß, ob ihm Johanna nicht lieber ist als die Heilige Römische Kirche!«

»Dass das römische Volk davon erfährt, hat gerade noch gefehlt«, murmelte der Senator. Sein Gesicht hatte sich bei diesen Worten plötzlich zu einem Lächeln aufgehellt. Er betrachtete die begeisterten Mienen der nächsten Umstehenden. »Unser Volk ist großzügig, Messer Alighieri. In ihm setzt sich die wenn auch schwache Spur seiner Vorfahren fort. Doch es lässt sich leicht für Märchen und sogar für einen Gotteslästerer begeistern.«

»Manch einer scheint den Fund jedoch auch mit Humor zu nehmen«, erwiderte Dante. Erneut war die spöttische Stimme erklungen und hatte auf Bonifatius' sexuelle Gier angespielt. Das schien Anklang zu finden, denn viele der Knienden standen wieder auf, und während sich einige Leute noch trostsuchend um den Sarg drängten, antworteten andere dem lachenden Einzelgänger, indem sie seiner verschmitzten Bemerkung andere hinzufügten.

Das Lächeln des Senators wurde breiter. »Denkt an unsere Vorfahren. Ist das Volk Cäsar nicht in all seinen Unternehmungen gefolgt, ist es nicht in seinem Namen zu den Waffen geeilt, und hat es nicht in der halben Welt sein Blut vergossen? Und doch beschimpfte ebendieses Volk ihn im Vorübergehen als *moechus calvus*!«

»Als kahlköpfig und invertiert, ja«, bestätigte Dante.

»Ganz genau, Messer Alighieri. Dieses Volk hat den Witz und das Hohngelächter erfunden, ein Volk, dem nichts zu niedrig oder zu hoch ist. Menschen, die von den Göttern berufen sind, die Welt zu regieren, brauchen solche Eigenschaften.«

»Die Welt hat sich seither sehr verändert. Im Norden sind neue Völker entstanden und haben das Schwert aufgehoben, das die Euren fallen ließen. Franken und Teutonen: Auf ihren Schultern lastet nun der kaiserliche Adler.«

Der Senator schüttelte den Kopf. »Glaubt mir, Messer Alighieri: Es gibt nur ein Volk, das die Kraft hätte, die verwüsteten Länder der Christenheit wieder zu vereinen und erneut das Banner mit der Wölfin zu erheben, das jahrhundertelang das Zeichen des Friedens und der Gerechtigkeit war. Zu keiner Zeit hat man eine Stadt wie diese gesehen, und niemals wird man eine zweite wie diese sehen. Und wenn ihr Glanz sich auch für kurze Zeit getrübt hat, so doch nur, weil ein Führer fehlte, der fähig war, jene unsterblichen Vorzüge wiederzuerwecken.«

»Genügt der Heilige Stuhl denn nicht? Er ist stets in ihren Mauern geblieben, seit der Apostel Petrus ihn bestiegen hat. Ein neues Reich ist daraus entstanden, als Erbe des antiken. Doch offenbar hat es dieses Gesindel nicht so geprägt, wie man es erwartet hätte ...«

Inmitten des anwachsenden Lärms zog der Trupp der Inquisition, von einer immer größer werdenden Menge umringt, mühsam davon.

Der Senator hatte sich eilig verabschiedet.

»Wir werden uns wiedersehen, Messer Alighieri«, rief er ihm zu, während er dem Leichenzug folgte und in Richtung des Ospedale del Santo Spirito verschwand. Dante blieb allein zurück, beunruhigt von der Aufregung, die im nach wie vor herbeiströmenden Volk brodelte. Er überlegte, dass ihm wohl nichts weiter übrigblieb, als zu seiner Unterkunft auf dem gleichen Weg zurückzukehren, der ihn hergeführt hatte.

Diesmal entschied er sich, das Gebiet der Mühlen zu meiden und durch die bebauten Felder zu ziehen, die sich zwischen den beiden Stadtmauern drängten. Doch das Geflecht der Wege, die die verschiedenen Grundstücke trennten, war verworrener als vermutet: Dante verlief sich mehrmals und stand erst in der Dämmerung vor dem Tor in dem Mauerdreieck, das Trastevere schützte.

Er kam gerade noch rechtzeitig, bevor der Eingang zur nächtlichen Ausgangssperre verschlossen wurde. Kurz vor dem Haus der Witwe begegnete ihm in der Gasse der Jude, der bei dem Begräbnis das Gebet gesprochen hatte. Er trug nicht das schlichte Gewand wie in der Nacht zuvor, sondern war mit einer langen, bestickten Tunika und einem Mantel bekleidet, der an den Enden mit im Wind wehenden Quasten verziert war. Ein weißer Hut, hoch wie eine Mitra, bedeckte seinen Kopf. Auf seiner Brust fiel ein gelber Kreis auf.

Der Mann hielt einen verzierten Holzzylinder in der Hand, der den Dichter für einen Moment an das Behältnis erinnerte, in dem sich Vergils Papyrus befand.

»Seid gegrüßt, Messer Manoello«, sagte Dante und ließ seinen Blick über dessen Gestalt gleiten. »Ich wusste nicht, welches Amt Ihr bekleidet.«

Der Mann erwiderte den Gruß mit einer höflichen Verbeugung. »Ich bin der Rabbiner dieser Gemeinde«, sagte er und wies auf eine Kuppel, die die umliegenden Dächer knapp überragte.

»Ist dies der Ort, an den Eure Gemeinde verbannt wurde?«

»Seit der Zeit, als noch die Cäsaren regierten, fand mein Volk jenseits des Tibers Zuflucht. Damals mussten wir nicht eingesperrt leben, und auch heute müssen wir das übrigens nicht. Obwohl das Laterankonzil ein Gesetz erlassen hat, das uns befiehlt, dieses Zeichen hier zu tragen«, sagte er leise mit einem Hinweis auf den gelben Kreis auf seiner Brust, »und zu nächtlicher Stunde unser

Haus nicht zu verlassen. Ganz abgesehen von weiteren Pflichten, die nicht alle so leicht zu ertragen sind …«, fügte er bekümmert hinzu. »Unsere Bräuche und unser Glauben veranlassen uns, dicht zusammen zu wohnen, und dieser Teil der Stadt war immer gastfreundlich zu uns. Kommt Ihr zufällig von der Burg?« fragte er dann mit einem Blick an dem Dichter vorbei.

»Ja, von dort komme ich gerade.«

»Dann wisst Ihr vielleicht etwas über den außergewöhnlichen Fund?«

»Gerüchte verbreiten sich hier ja genauso schnell wie in einer Kleinstadt«, stellte Dante erstaunt fest. »Ich war zufällig dabei.«

»Und ist es so, wie man behauptet? Hat man wirklich den Leichnam der Päpstin Johanna gefunden?« bestürmte Manoello ihn sonderbar erregt. »Wurde der Leichnam wirklich so gefunden, als wäre er erst gestern unter die Erde gekommen?«

»So schien es mir. Und ich weiß noch immer nicht, ob ich meinen Augen trauen soll.«

»War der Körper wirklich ganz und gar unverwest?«

»Ja«, antwortete der Dichter. »Es hatte zumindest den Anschein.«

Die Neugier des Mannes verwunderte ihn zusehends. Womöglich war dies ein typischer Wesenszug sämtlicher Bewohner dieser Stadt, und die Juden bildeten da keine Ausnahme. Doch Dante hatte das Gefühl, dass hinter Manoellos Ungeduld noch etwas anderes steckte.

»Auch seine Organe? Waren die Eingeweide noch genauso erhalten wie die Muskeln?« bedrängte ihn der Jude weiter. Dann, als hätte er im Gesicht des Dichters die Verblüffung gelesen, die er mit seinem Verhör hervorgerufen hatte, unterbrach er sich. »Verzeiht, Messer Alighieri. Doch mein Beruf als Arzt macht mich auf alles neugierig, was die Gesetze der Natur, die über Leben und Tod walten, zu verletzen scheint. Meine Religion spricht nicht so klar wie die Eure von der Auferstehung der Toten und auch nicht von ihrer unversehrten Erhaltung als Zeichen der Heiligkeit. Ich hoffe, ich habe Euren Glauben mit meiner Aufdringlichkeit nicht beleidigt.«

»Das habt Ihr nicht, Messer Manoello. Auch ich bin verwirrt, und dies vor allem wegen des Lichts, das dieses Wunder überstrahlte.«

»Ein Licht? Was für ein Licht?« fragte der Jude und verfiel wieder in seine zudringliche Art. »Kein Mensch hat von einem Licht gesprochen ...«

Dante erzählte ihm kurz von der erstaunlichen Erscheinung, die er gesehen hatte. »Und wo ist diese Ampulle jetzt?« fragte Manoello weiter.

»Die Mönche der Inquisition haben sich ihrer bemächtigt, ebenso wie des Leichnams. Es ist unglaublich, doch alles deutet darauf hin, dass die Flamme seit der Beisetzung ununterbrochen brannte.«

Manoello versank in ein plötzliches Schweigen. »Ein Licht ... das seit Jahrhunderten brennt ...«, murmelte er.

»Habt Ihr eine Idee, was das sein könnte?« fragte nun Dante, dem ein Einfall gekommen war. Doch Manoello schüttelte nach einem weiteren Augenblick des Schweigens den Kopf. Er schien es auf einmal sehr eilig zu haben. Dante sah ihn einen kurzen Blick auf die Synagoge werfen, dann ging der Jude nach einer raschen Verbeugung fort, wobei er den hölzernen Zylinder fest an seine Brust drückte. Dante öffnete den Mund, um ihn noch etwas zu fragen, doch der Mann hatte bereits die nächste Hausecke erreicht und verschwand hinter der Kreuzung der Gassen, die sich im Dunkel verlor.

Die Worte des Rabbiners hallten in seinem Kopf nach. Er fragte sich, ob der Ruf okkulter Weisheit, der das verfluchte Volk stets umwehte, der Wahrheit entsprach. Oder ob nicht vielmehr nur der Anschein von Unverständlichkeit und Heimlichkeit, der ihren Riten anhaftete, dazu führte, dass sie als Hüterin eines unglaublichen Wissens angesehen wurde.

Er schüttelte den Kopf. Wenn dieses Volk tatsächlich einen Pakt mit Gott geschlossen hatte, so hatte es ihn doch auch verraten, da es sich weigerte, seinen Sohn als den Messias anzuerkennen. Es schien Dante unmöglich zu sein, dass Gott die Gabe der Weisheit, die einzige, die den menschlichen Scheusalen Ähnlichkeit mit ihrem Schöpfer verlieh, ausgerechnet diesen Ausgestoßenen zuteil werden ließ. Dennoch waren viele davon überzeugt. Er dachte an Brunetto Latini, den Lehrer aus seiner Jugendzeit in Florenz. Daran, wie begeistert er stets von seinen Erfahrungen erzählt hatte, die er als Gesandter am Hof von König Alfons mit den jüdischen Gelehrten der Schule von Toledo in Kastilien gemacht hatte. Und von der Herrlichkeit des antiken Denkens, das er durch jene kennengelernt hatte.

Ein Lächeln huschte über seine Lippen. Wer weiß, welche Rolle bei diesem Urteil die schmachtenden Blicke, das lockige Haar und die olivbraune Haut der jungen Männer gespielt hatten, die sich über die fein ausgemalten Handschriften gebeugt hatten. Diese starken Schultern und diese Rücken, schlank wie Schilfrohr, die unter dem Vorwand, eine Seite umzublättern, von seiner Hand gestreift worden waren. Wäre dieser Mann nicht ein feinsinniger Denker und der große Friedensstifter zwischen Guelfen und Ghibellinen in der Stadt gewesen, wäre er wahrscheinlich in den Flammen des Scheiterhaufens gelandet, statt in Ehren in Santa Maria Maggiore beigesetzt zu werden.

Und wo war seine Seele heute? In einem Feuerregen, so glühend, wie auch seine Leidenschaften gewesen waren. Ja, vielleicht war gerade Brunetto die ideale Gestalt, um in seinem Buch die entsetzliche Päderastie darzustellen. Die aus Gewalt und Zärtlichkeit, aus Liebe und Verzweiflung bestehende Sünde eines Menschen, der mit seinem Körper die Ordnung der Natur verzerrte und zum Ausgleich versucht, sie auch bei anderen umzukehren. Die Leser sollten vor allem die Lehre daraus ziehen, dass ein vortrefflicher Verstand allein als Schutz vor der Sünde nicht ausreichte. Er würde demnach wirklich seinen Lehrer in die Hölle verbannen und nicht einen der verderbten Invertierten, von denen es in den Tavernen von Florenz nur so wimmelte.

Seine Gedanken waren nun wieder bei den Schriften, die er mitgebracht hatte. Obwohl sein Kopf schwer von der Müdigkeit war, hatte ihn doch eine neue Unruhe erfasst. Er war dabei, ausgerechnet das Werk zu vernachlässigen, von dem er sich unsterblichen Ruhm erhoffte und das eine Darstellung von Himmel und Erde werden sollte. Das dem Umherirren der Menschen einen Sinn geben sollte, diesem krampfhaften Jagen, das ein Jagen auf den Tod zu war.

Hektisch öffnete er die Truhe am Fußende seines Bettes und zog ein Bündel abgeschürfter Pergamente hervor, Bögen aus alten Urkunden der Kommune, mit Kalk gereinigt, damit man sie wiederverwenden konnte. Geradezu heimlich aus den Räumen des Stadtrats entwendet. Er verfluchte seine kümmerlichen Geldmittel, die ihn nötigten, seine Verse auf diesem billigen Material zu verfassen, und zog nun auch die Wachstafeln hervor, die er verwendete, um die Verse so festzuhalten, wie Liebe, Gerechtigkeit oder Empörung sie ihm eingaben.

Er hatte das Gefühl, dass die Papiere nicht mehr genauso angeordnet waren, wie er sie zurückgelassen hatte, ganz als hätten sich seine jüngsten Erlebnisse auch mit seinem Werk vermischt. Doch vielleicht irrte er sich, denn er war erschöpft und stand noch immer unter dem Eindruck eines Strudels von Bildern, in denen die Ereignisse des Tages durcheinanderwirbelten und andere Situationen, andere Gesichter und andere Stimmen zum Leben erweckten. Und auf allem das schwache Mondlicht, das kalt ins Fenster schien. Ein bläulicher Schimmer, der auf den Papieren und auf seinen Händen lag und sich überall ausbreitete.

5

8. NOVEMBER,
KURZ NACH SONNENAUFGANG

Von einem Lichtstrahl geweckt, der auf seine Wange fiel, öffnete er die Augen. Er fuhr hoch, erstarrte jedoch sogleich wieder, weil ihm ein heftiger Schmerz in den Rücken gefahren war und ihn daran hinderte, vom Schreibtisch aufzustehen, an dem er die Nacht verbracht hatte. Verkrampft hielt er auf halbem Weg inne.

Er stützte sich mit aller Kraft auf den Tisch und rang nach Luft. Mit winzigen Bewegungen gelang es ihm schließlich, sich aufzurichten. In einer Ecke des Zimmers stand ein Krug mit einer Schüssel. Er goss Wasser ein, tauchte seine Hände hinein und wusch sich energisch Gesicht und Augen.

Das eiskalte Wasser tat ihm gut. Als er die Prozedur gerade wiederholte, hörte er draußen Lärm. Jemand kam mit schwerem Schritt die Treppe herauf und rief etwas. Die Schritte und die Stimme machten vor seiner Tür halt, dann nach einer kurzen Pause ein gebieterisches Klopfen.

»Messer Alighieri, öffnet!«

Dante schob den Riegel zurück. Vor ihm stand, die Fäuste in die Seiten gestemmt, der Dekurio. »Gesandter, Senator Spada schickt nach dir. Er erwartet dich zu einer Zeremonie auf dem Kapitol. Ich habe Order, dich hinzubringen.«

»Eine Zeremonie?« fragte Dante erstaunt. »Und ich bin geladen?«

»Saturniano Spada meint wirklich dich«, fuhr der Dekurio konsterniert fort, als wäre er nicht sonderlich überzeugt von seinem Auftrag.

Dante fasste sich wieder und richtete sich hoch auf. Schnell trocknete er sich mit einem Stoffetzen ab, der neben der Schüssel lag, und ordnete seine von der Nacht zerdrückten Kleider. Eine Zeremonie, und man wünschte seine Anwesenheit. Auf dem Kapitol. Er atmete tief durch, wie im Rausch.

Sicherlich hatte der Senator einen offiziellen Empfang für ihn vorbereitet. War das nicht schließlich der Hügel, auf dem der Ruhm der Waffen ebenso gefeiert wurde wie der von Wissenschaft und Kunst? Vielleicht wartete dort der Lorbeerkranz auf ihn, jene Krone, die ihm die verfluchten Florentiner noch immer vorenthielten. Dieses Gesindel. Doch wenigstens gab es nun eine Stadt, die seine Verdienste zu schätzen wusste. Er würde im Zentrum der Welt und nicht in der Höhle des Lasters zum Ruhm des Parnass aufsteigen.

»Gehen wir«, sagte er entschieden. Das einzige, was er bedauerte, war die Ärmlichkeit seiner Kleidung und die ungepflegten Bartstoppeln, die unter seinen Fingern kratzten. Doch die großen Herren würden die Schlichtheit des Pilgers schon verstehen und entschuldigen, und der Glanz des Lorbeers würde alle Armut des Fleisches überstrahlen.

Vor der Haustür wartete ein zweirädriger Karren, gezogen von einem Paar rotbrauner Pferde. Der Dekurio ließ Dante kaum genug Zeit, um ihm zu folgen, sprang auf den Wagen und nötigte den Tieren mit einem Peitschenhieb ein schmerzvolles Wiehern ab.

Das Gefährt stürzte los, so dass Dante sich mit ganzer Kraft an einem Griff am Rand festhalten musste. Im Stehen wie ein antiker Wagenlenker ließ der Dekurio mit einem geschickten Ruck an den Zügeln den Karren fast ganz um die eigene Achse kreisen, bevor er ihn zum Ufer lenkte, ohne auf die Hindernisse zu achten, die während seiner rasanten Fahrt auf dem schmalen Weg auftauchten, der zur Brücke an der Tiberinsel führte.

Dante kauerte sich auf seiner Seite des Wagens zusammen und

versuchte, die Stöße abzufedern, die ihn fortwährend zu Boden zu schleudern drohten. Der Dekurio hieb weiter unerschrocken auf die Pferde ein und trieb sie mit energischen Rufen an. Er schien vollkommen in seinem Element zu sein, und in seinem höhnischen Blick, den er Dante hin und wieder von oben herab zuwarf, lag ein belustigtes Funkeln.

Der Dichter konnte nicht anders, als ihn für seine Geschicklichkeit in gewisser Weise zu bewundern: Die Wagenlenker, die an den Mauern von Troja gekämpft hatten oder die an den Rennen im großen Zirkus der Cäsaren teilgenommen hatten, konnten nicht viel anders gewesen sein als er.

Da er seine Gesellschaft ohnehin ertragen musste, nutzte er die Gelegenheit auch. »Was gibt es Neues über die Morde?«

»Welche Morde?« fragte der Dekurio, ohne ihn anzusehen.

»Die ermordeten Frauen. Am Hafen und die Tochter der Witwe in Trastevere. Habt Ihr eine Spur gefunden, die zum Täter führt, so dass er als Mörder für seine Taten büßen muss?«

»Ach, die ... was geht dich das an? Sie sind in guter Gesellschaft. Futter für die Ratten, wie die anderen.«

»Welche anderen?« fragte Dante.

Der Dekurio ließ einen Augenblick verstreichen, weil er gerade versuchte, den Karren durch einen Engpass zwischen zwei zerbrochenen Säulen zu lenken, die an den Häusern am Straßenrand hervorragten. Nachdem er mit der Achse mehrmals gegen den Stein gestoßen war, einen an eine Mauer gelehnten Karren mitgerissen und wieder Fahrt aufgenommen hatte, schien er rasch nachzurechnen. »Bah, vielleicht zehn, mit der Tochter der Witwe. Allein fünf in den letzten Monaten. Die erste am vergangenen Weihnachtsfest, am Ende des Jubeljahrs. Wahrscheinlich wollten sie so den Abschluss der großen Prozession feiern.« Er brach in ein vulgäres Lachen aus.

»Zehn Morde ... in kaum einem Jahr? Und alle so grausam wie die, die ich gesehen habe!« rief Dante.

»Grausam oder nicht. Die Huren wurden alle auf die gleiche Art ausgeweidet.«

»Und Ihr habt nichts unternommen?« fragte Dante entrüstet. »Wie ist es möglich, dass die Justiz der Heiligen Stadt ...«

»Das sind keine Fälle für die Justiz, Florentiner. Die Justiz greift ein, wenn ein Haus geplündert wird oder die Messer wegen einer Flasche Wein fliegen. Wenn ein Geistlicher beschimpft oder ein Kaufmann verprügelt und ausgeraubt wird. Aber die Huren sind tot, sobald sie mit ihrem Gewerbe beginnen, es ist nur eine Frage der Zeit. Früher oder später werden sie von ihren Kupplern oder von einem unzufriedenen Kunden ermordet, oder sie bringen sich gegenseitig um. Sie sind sowieso verlorene Seelen, kein Mensch schert sich um sie. Von irgendwo tauchen sie auf und verschwinden irgendwann wieder. Ein paar von ihnen werden von den Cappucci aus dem Fluss gefischt, aber wen juckt es schon, ob sie ertrunken oder zerstückelt aus dem Wasser kommen?«

Ein erneuter Stoß hätte Dante fast zu Boden geschleudert, so dass er die Antwort schuldig bleiben musste. Außerdem hatte ihn eine Bemerkung des Dekurio aufhorchen lassen. »Ihr habt gesagt, alle Leichen seien ausgeweidet worden? Wie die, die ich am Hafen gesehen habe?«

»Ja ... scheint so. Aber da musst du die Cappucci fragen, die sind für die Entkleidung der Toten zuständig.«

Wie durch Zauberei war von der wilden Fahrt nichts mehr zu spüren. Für alles ringsumher unempfänglich, kreisten die Gedanken des Dichters nun in den Tiefen seines Gedächtnisses um einen noch unklaren Punkt.

Er wurde aus seinen Überlegungen gerissen, da der Dekurio einen Fluch ausstieß und erneut in Gelächter ausbrach. »Ich habe da eine Idee, Florentiner! Wenn der Täter nun einer unserer Schankwirte ist, der sie wie Kapaune gespickt in seinem Laden auftischen wollte? Man sagt, die Heiden in Afrika essen an Festtagen Menschenfleisch. Und Rom ist voller Afrikaner wie mir! Hast du mein schönes Gesicht noch nicht gesehen?« sagte der Dekurio, wobei er sich mit einer Grimasse zu ihm wandte und seine Ohrringe schaukeln ließ.

»Man könnte Euch wirklich für einen Sarazenen halten. Habt Ihr auf einer Galeere am Ruder gesessen?«

»Was soll das heißen, Florentiner?« Der Dekurio warf ihm einen drohenden Blick zu.

»Auch in Florenz gibt es gefangene Sarazenen, die abgeschworen haben und ihre Freiheit wiedererlangten.«

»Mein Geschlecht hier in Rom ist älter als das von Papst Bonifatius!« sagte der Dekurio pikiert. »Doch als die Sarazenen vor ein paar hundert Jahren Rom überfielen, muss wohl einer von ihnen bei einer meiner weiblichen Vorfahren ein kleines Andenken hinterlassen haben. Eigentlich bin ich ihm dankbar dafür, denn wie viele Gauner habe ich allein dadurch zu einem Geständnis gebracht, dass ich sie mit meiner schönen Visage angesehen habe!«

Da ein neuer Engpass aufgetaucht war, konzentrierte sich der Dekurio wieder darauf, die Pferde zu lenken. Und Dante spann den Faden seiner Schlussfolgerungen weiter. Natürlich war die Vermutung des Dekurio lächerlich, aber er war sich trotzdem sicher, dass hinter den grausamen Verletzungen etwas steckte, was über bloße Niedertracht hinausging.

Weshalb sollte ein Mörder mit einer ebenso abscheulichen wie sorgfältigen Operation Zeit vergeuden und zudem riskieren, dabei Spuren zu hinterlassen? War sein Geist durch eine obszöne Verirrung getrübt, oder gab es einen anderen Grund für seine Taten?

Konnte es sich um ein Ritual handeln? Um eine Serie von Verbrechen, die durch eine Regel vorgegeben waren?

Mit einem letzten, kräftigen Ruck an den Zügeln hatte der Dekurio die Pferde zum Stehen gebracht, die sich wiehernd aufbäumten. Der Wagen schob die schäumenden Tiere durch den eigenen Schwung noch einige Armlängen vorwärts, bevor er in einer Staubwolke an einer Steintreppe anhielt, die zum Himmel aufzusteigen schien.

Noch ganz benommen von der Fahrt stieg Dante aus. Er stand am Fuß eines Hügels, an dessen Hängen sich große und kleine Bauwerke drängten. Er entdeckte eine kleine Kirche, die auf dem Dach eines mehrstöckigen, nahezu verfallenen Gebäudes zu stehen schien. Alle anderen Bauten waren voller Leben. Aus den unzähligen, dicht an dicht liegenden Fenstern tönten die Rufe von Frauen und Kindern, und Wäsche und Tücher in allen Größen hingen wie Fahnen an sämtlichen Öffnungen. Der Dichter hatte so ein Schauspiel nur ein einziges Mal gesehen, nämlich als die festlich beflaggte pisanische Flotte den Arno heraufgekommen war und die florentinischen Armbrustschützen aus dem Heiligen Land in die Heimat zurückgebracht hatte.

Vielleicht war dies die Art des römischen Volkes, die neuen Triumphe zu feiern. Am oberen Ende der Treppe war die Fassade einer großen Kirche zu erkennen. Er vermutete, dass der Dekurio ihn dorthin bringen wollte, doch anstatt die Treppe zu nehmen, wandte dieser sich nach links, ging zwischen zwei Häusern hindurch und schlug einen Weg ein, der sich an der Seite des Hügels hinaufschlängelte.

»Na los, Florentiner!« rief der Dekurio, der sich von Zeit zu Zeit umdrehte, um sich zu vergewissern, dass Dante noch dicht hinter ihm war. Auch dieser steilere Nebenaufstieg wurde zu einer steinernen Treppe, war jedoch nicht so imposant wie die andere. Der Dichter atmete schwer, als sie endlich oben ankamen. Vor ihnen lag ein unregelmäßiger Platz mit einem massiven Gebäude aus Tuffstein und Ziegeln im Hintergrund, das an den Ecken von starken Wachtürmen begrenzt wurde. Ein fünfter Turm erhob sich hoch über dem Ziegeldach und trug eine kleine Glocke an der Spitze.

Dante blieb stehen und genoss den Anblick, der sich ihm bot. Das Kapitol! Dies war einst der Gipfel der Welt, der Ort, von dem die erhabenste Macht ausgegangen war, die der Mensch je gekannt hatte. Auf der linken Seite zeugten die Reste einiger abgebrochener Säulen noch von den antiken Herrschern, und die Kirche, die er von unten gesehen hatte und die hier an der Seite des Platzes in ihrer ganzen Größe prangte, schien ihm in ihren rauhen Backsteinmauern die gleiche Feierlichkeit zu bergen, die auch die alten Tempel gekennzeichnet hatte.

Am Portal des türmebewehrten Gebäudes stand jemand oben auf der kurzen Treppe, die es mit dem Platz verband, und wartete auf sie. Dante erkannte Senator Spada, der ein langes weißes Gewand unter einem prächtigen, rotgesäumten Umhang trug, der über dem linken Arm in unzählige Fältchen gelegt war.

Als der Senator sie sah, kam er ihnen auf den Stufen entgegen. Er streckte dem Dichter in einer herzlichen Begrüßung die Hand hin, während der Dekurio sich diskret zurückzog.

»Kommt, Messer Alighieri! Solange Ihr noch auf Eure Audienz warten müsst, möchte ich Euch in die schönen Dinge der Stadt und in ihre Zeremonien einführen. Gerade in diesem Moment findet eine im Senatorenpalast statt, und sie wird ganz sicher Euer Interesse finden.«

»Es tut mir leid wegen meines Aufzugs, der der mir zuteil werdenden Ehre gewiss nicht angemessen ist …«

»Oh, nur keine Sorge, Messer Alighieri«, erwiderte der Senator und würdigte ihn nur eines kurzen Blickes. »Als mein Gast benötigt Ihr nichts weiter. Ihr werdet diskret zugegen sein, und niemand wird Euch bemerken.«

Dante verbarg seine Enttäuschung. Zu früh hatte er sich seinen Träumen hingegeben. Es ging also um etwas anderes, dachte er bitter. Doch er tröstete sich sogleich wieder: Vielleicht war der Senat zusammengekommen, um über den wundersamen Fund zu debattieren, und man verlangte seine Anwesenheit als außerordentlicher Zeuge. Ja, so musste es sein.

Er folgte dem Senator durch das Portal in einen langen Gang mit hohen, von Gewölben überdachten Steinpfeilern. An seinem Ende führte ein letzter Bogen in einen großen Saal.

Irgendwoher ertönte ein Raunen, das immer lauter wurde, je näher sie kamen. Dante warf seinem Begleiter, der entschlossen auf den Raum zusteuerte, zuweilen einen Blick zu und fragte sich besorgt, was ihn wohl erwartete.

Der Senator hatte von einer Zeremonie gesprochen. Und die Hoffnung auf die Lorbeeren war noch nicht erloschen. Doch wenn dies wirklich der Grund war, weshalb man ihn gerufen hatte, hätte man vom Senator irgendeine Erklärung erwarten können. Statt dessen ging dieser wortlos weiter und schenkte ihm nur hin und wieder ein flüchtiges Lächeln, das seine Zweifel nicht zerstreute.

Als sie nur noch wenige Schritte vom Eingang entfernt waren und das Stimmengewirr zu einem regelrechten Geschrei angeschwollen war, entschloss sich Dante, ihn zur Rede zu stellen.

»Was geht hier vor?« fragte er energisch. »Vielleicht wäre es besser, wenn ich wüsste, ob ich …«

»Oh, Messer Alighieri, vertraut mir. Ihr werdet die Zeit, die Ihr in meiner Gesellschaft verbringt, gewiss nicht bereuen. Ihr hattet ja auch gestern schon die Gelegenheit, etwas Überraschendes mitzuerleben, und das heutige Schauspiel wird zwar anders, doch nicht weniger interessant sein!«

Das große Rechteck des kapitolinischen Saales war voller Menschen. Auf den Rängen drängten sich in einer sonderbar ausgelassenen Stimmung sämtliche Honoratioren der Stadt. Unten auf der Freifläche standen in einer langen Reihe Männer mit einer Kopfbedeckung, jeder von ihnen mit einem Bündel in der Hand. Ihr Anblick beeindruckte Dante sehr. Die kleine Schar war seltsam, doch würdevoll gekleidet. Sie schienen weder Bettler noch Lumpenkerle zu sein. Trotzdem verrieten ihre leisen, fast bebenden Stimmen und ihre unruhigen Mienen eine Angst, die sich der Dichter zunächst nicht erklären konnte. Erst einen Moment später, als er den aufgenähten gelben Kreis auf ihrer Brust sah, begriff er. »Sind dies

Juden?« fragte er seinen Begleiter. Noch bevor dieser antworten konnte, drehte sich der erste Mann in der Reihe um, der bis dahin mit dem Rücken zu ihnen gestanden hatte, und gab Dante so Gelegenheit, ihn zu erkennen. Es war Manoello, in den zeremoniellen Gewändern, die er bereits an ihm gesehen hatte.

Der Senator begnügte sich mit einem Nicken. »Kommt, Messer Alighieri. Nehmt bei den Honoratioren Platz, und seht Euch an, wie Rom mit diesem Gesindel abrechnet.«

Dante setzte sich abseits auf einen freigehaltenen Platz, den der Senator ihm wies. Dieser stieg auf die Tribüne in der Mitte und wandte sich von dort aus im Stehen an den Mann, der das Oberhaupt der Gruppe war.

»Rabbiner, habt Ihr Euer Pfand dabei?« fragte er in einem Tonfall, der feierlich sein sollte, jedoch die Heiterkeit nicht verhehlen konnte, von der offenbar alle angesteckt waren.

Der Mann verneigte sich, ohne zu antworten, und reichte das Bündel, das er in der Hand hielt, zur Tribüne hinauf. Die anderen taten es ihm gleich und gaben ihre Sachen ab.

»Öffnet es.«

Der Rabbiner löste die Zipfel des Bündels. Die Gegenstände, die er mitgebracht hatte, ein paar silberne Kelche und Becher, funkelten im Licht.

»Ist das alles? Mit diesem ärmlichen Obulus bestätigt Ihr nur einmal mehr, wie raffgierig Euer Volk ist.«

Der Mann zuckte mit den Schultern. »Es war kein gutes Jahr für den Handel. Und die Kriegskosten, die Ihr uns aufgebürdet habt …«, begann er in entschuldigendem Ton. Der Senator schnitt ihm mit einer schroffen Handbewegung das Wort ab. »Nun gut. Wir werden Euch ein weiteres Jahr ertragen.«

Dante sah, wie der Rabbiner die Augen schloss und sich umdrehte, den Rücken leicht gebeugt. Der Senator hob einen Fuß und stieß den obersten Rabbiner mit einem kräftigen Tritt in den Hintern von sich. Als wäre seine Geste ein vereinbartes Signal, setzte sich die kleine Abordnung der Juden unter dem Gelächter, der Verachtung und den Fußtritten der Senatoren geordnet in Bewegung.

Der Rabbiner war nun bei Dante angekommen. Dieser zögerte einen Moment, doch unter dem strengen Blick des Senators hob auch er den Fuß und streifte damit sacht Manoellos Hinterteil.

»Auch Ihr, Messer Alighieri?« murmelte der Rabbiner vorwurfsvoll.

»Nicht Euer Wissen, vor dem ich mich verneige, sondern die Anmaßung und die Starrköpfigkeit, mit der Euer Volk die Heilsverkündigung verleugnet, bestrafe ich mit diesem Tritt«, erwiderte der Dichter und warf den Kopf zurück, um seine Verlegenheit zu überwinden.

Der Rabbiner seufzte, dann richtete er sich zu voller Größe auf und rückte seine Kopfbedeckung zurecht, die bei den Tritten verrutscht war.

Der Senator hatte die Szene mit einem ironischen Lächeln verfolgt. Er schaute dem Rabbiner nach, der auf die Treppe zuging, und wandte sich wieder Dante zu. »Auch ich finde das Wissen dieses Mannes bemerkenswert, Messer Alighieri. Bemerkenswert und vielleicht gefährlich.«

»Gefährlich? Aber weshalb? Wissenschaft und Gelehrsamkeit gereichen dem Menschen zur Ehre und lassen Gott nachsichtig mit seinen Sünden sein. Ich bin überzeugt davon, dass Gottes Gericht nicht nur unseren Vorvätern die Flammen der Hölle erspart hat, sondern auch allen Weisen des Altertums, die bei der Erforschung seiner Geheimnisse bis auf den Grund gegangen sind.«

»Ihr glaubt also nicht, dass Gott ein eifersüchtiger Herr ist und seinen Knechten misstraut, die in seinen Weinberg eindringen?«

»Gab er diesen Knechten denn nicht ganz im Gegenteil eine Reihe von Talenten, damit sie diese fruchtbringend einsetzten? Und lobte und strafte er nicht je nachdem, ob dies getan worden war oder nicht? Für die Seele eines Menschen, dem die Gnade des Glaubens an die Offenbarung nicht zuteil wurde, ist Wissen eine Form des Gebets.«

Der Senator kaute nachdenklich auf seinen Lippen. »Vielleicht habt Ihr recht«, sagte er nach einer Weile. »Wenn Ihr Euch den Zustand der Ungläubigen nach ihrem Tod vorstellen müsstet, würdet Ihr also alle, die nach Wissen strebten, vor den Flammen retten? Aber sind sie nicht vielleicht schuldiger als die einfachen Seelen, denen nicht der leiseste Zweifel an der eigenen Unwissenheit kam?«

Dante wollte etwas erwidern, doch der Senator kam ihm zuvor. »Wie dem auch sei, wir werden noch Gelegenheit haben, darüber zu sprechen. Wollt Ihr mir die Ehre Eurer Gesellschaft erweisen? An einem vielleicht weniger ruhmreichen, doch gewiss diskreteren Ort als diesem hier?«

»Und wo?«

»In meinem privaten Domizil auf dem Pincio. Ich möchte Euch jemanden vorstellen. Bei mir ist nämlich ein bedeutender Mann aus einer fernen Gegend zu Gast.«

Als er das erstaunte Gesicht des Dichters sah, wedelte er mit der Hand in der Luft, als wollte er dessen Vorbehalte beiseite wischen. »Der Mann, von dem ich spreche, ist, wie Ihr feststellen werdet, vor allem ein Gelehrter, auch wenn dies nicht der Hauptgrund für seinen Besuch in Rom ist. Doch ich möchte Euch mit ihm in seiner Eigenschaft als Mann des Wissens bekanntmachen. Kommt mit, ich bitte Euch.«

Zum Zeichen der Zustimmung neigte Dante höflich den Kopf. Er glaubte, in der Stimme des Senators eine gewisse Erregung zu spüren, als wäre dem Mann außerordentlich daran gelegen, ihn bei sich zu haben. Er folgte ihm durch den langen Gang zurück zum Tor. Unterwegs grüßte der Senator huldvoll viele Leute, die mit einem zuweilen an Angst grenzenden Respekt beiseite traten und den Dichter neugierig betrachteten. Dante ging schweigend und wachsam weiter, wobei er bisweilen einen raschen Blick auf das edle

Profil des Senators warf. Das Ungeheuer Geryon mit seinem Menschengesicht und seinem Drachenkörper kam ihm in den Sinn.

Er spürte, dass Bonifatius' Mann seine Anwesenheit aus Motiven wünschte, die er noch nicht offenbart hatte. Ihm fielen die ungewöhnlichen Umstände ihrer ersten Begegnung wieder ein. Der Senator war, wie es schien, zufällig hinter ihm aufgetaucht. Doch gab es in Bonifatius' Stadt überhaupt etwas, was wirklich zufällig geschah? Der Dekurio unterstand dem Senator unmittelbar, konnte also er ihn über Dantes Wege informiert haben? Und warum? In Rom war das Amt des Administrators schon seit Jahrzehnten kein gewähltes mehr, es wurde von den Päpsten direkt an Leute ihres Vertrauens vergeben. Womöglich verbargen sich hinter dieser so hervorgekehrten Bewunderung für ihn, Dante, Pläne, die irgendwie mit ihm zu tun hatten. Pläne, die von Bonifatius persönlich geschmiedet waren.

Er bezwang seine Neugier, die ihn drängte, unverzüglich die Fragen zu stellen, die ihm auf den Nägeln brannten. Schon bei seinem ersten Eintritt in die Stadt hatte er bemerkt, dass die Zeit in diesen antiken Mauern anders floss und dass auch die Wörter sich diesem Rhythmus der Dinge anpassen mussten. Falls Spada die Aufgabe hatte, noch vor der offiziellen Audienz seine Absichten zu ergründen, sollte er sich als erster offenbaren.

Der Dekurio wartete auf dem Vorplatz und brüllte gerade einige Wachmänner an. Als er die beiden sah, kam er rasch auf sie zu. »Der Wagen wartet unten auf Euch, Senator«, sagte er unterwürfig.

Kurze Zeit später stand der Dichter wieder in dem Gefährt. Der Dekurio reichte Saturniano Spada ergeben die Zügel und trat beiseite. Der Wagen fuhr seitlich am Hügel entlang, vorbei an der Treppe zur Ara Pacis und steuerte durch einen schmalen Korridor an den Resten dessen vorbei, was wohl einmal ein großer Tempel gewesen war. Dann ging es bergauf in nördlicher Richtung auf einer langen, geraden Straße weiter. Die Gegend wirkte nahezu menschenleer, doch nach etwa einer Meile tauchte ein riesiges Bauwerk mit vielfältigen Formen auf, dessen Backsteinmauern im Sonnenlicht leuchteten.

Der Wagen hielt vor dem großen Halbrund einer Exedra, die den ganzen neuen Priorenpalast hätte aufnehmen können, der gerade in Florenz entstand.

»Ich wollte, dass Ihr die Spuren vergangener Größe aus der Nähe seht. Das sind die Thermen des Diokletian.«

Dante schaute sich unruhig um und ließ seinen Blick über die eindrucksvollen Ruinen schweifen, ohne bei irgendeinem Detail zu verweilen.

»Ihr wirkt zerstreut, Messere«, bemerkte der Senator, der ihn aufmerksam ansah. Der Dichter hörte auf, an seiner Unterlippe zu nagen, und wandte sich seinem Gesprächspartner zu, als kehrte er von weit her zurück. »Ich frage mich, was wohl gerade in Florenz geschieht. Worüber man spricht und entscheidet und was für Reden man in unserem Tempel hält.«

»Nicht einmal vor den prächtigsten Relikten aus der Zeit unserer Vorväter könnt Ihr Euer Dorf vergessen? Euer ganzer Tempel, wie Ihr es nennt, und dazu eine stattliche Zahl von Brücken und Türmen und vielleicht auch noch ein Stück des Arno fänden unter diesen Gewölben Platz!« schnaubte der Senator spöttisch.

Der Dichter war stehengeblieben, um sich die imposanten Ruinen der Thermen genauer anzusehen. Er ging einige Schritte zur Seite, um den ganzen Bogen der Exedra mit einem Blick zu erfassen, dann schaute er zur Kuppel des *calidarium* hinauf, die auf den großen Backsteinpfeilern noch vollständig erhalten war.

»Woran denkt Ihr, Messer Alighieri?« fragte der Senator, der ihn nicht aus den Augen gelassen hatte. Er musterte ihn mit der gleichen Wissbegier, mit der Dante die Ruinen des antiken Roms betrachtete.

»Daran, wie launisch das Schicksal der Welt ist und wie spielerisch Fortuna einmal dieses und einmal jenes Volk erst emporhebt und dann niederwirft. Und ich fragte mich, ob sie nach einem Plan handelt oder ob der Lauf des Ruhms von einem Ende der Welt zum anderen nur das Resultat eines blinden Zufalls ist.«

»Ich glaube, für die Völker gilt die gleiche Regel, die auch in den Familien herrscht. Eine Generation folgt auf die andere, und manchmal sind die Söhne weiser und tugendhafter als die Väter, so dass sich der Reichtum und der Glanz des Geschlechts vermehren und ihre ruhmreichen Namen in die Welt hinausgetragen werden. So war es bei Cäsar und bei Scipio, die zweifellos größer waren als ihre Väter. Doch manchmal neigt sich die Straße, und was nachfolgt, reicht kaum an das nur wenige Jahre zuvor Geschehene heran. So war es bei Tiberius nach Augustus und bei Nero nach Claudius.«

Dante schwieg nachdenklich. Dann wandte er sich mit einer plötzlichen Kopfbewegung seinem Gesprächspartner zu. »Oder wie bei Bonifatius nach Cölestin«, sagte er frostig.

Der Senator antwortete nicht sofort. Die Bemerkung seines Begleiters schien ihn zu verwirren. »Wenn Ihr meint«, stieß er schließlich zwischen den Zähnen hervor. »Es gibt viele, die dem Einsiedlerpapst nachtrauern. Gehört Ihr auch dazu?«

»Er hätte besser daran getan, dem Caetani nicht mit seinem großen Verzicht den Weg zu ebnen«, antwortete der Dichter schroff. Nach einer kurzen Pause fuhr er fort: »Man kann wirklich kaum glauben, dass Menschen, die so etwas hier vollbracht haben, in der Finsternis verschwunden sind und nur Ruinen und die unsterblichen Worte ihrer Dichter zurückgelassen haben.«

»Anderen ist es auch so ergangen. Es heißt, die Ruinen von Theben in Ägypten oder von Babylon oder von Persepolis in Medien seien nicht weniger eindrucksvoll. Und auch diese Völker sind, nachdem sie mit ihren Schwertern bis an die Grenzen der Welt vorgerückt waren und jeden Feind, der ihnen in die Quere kam, mit den Füßen zerstampft hatten, nun kaum mehr als eine Erinnerung, den Gesängen ihrer Nachfahren anheimgegeben. Länger als die anderen widerstanden nur die Römer dieser Macht, die offenbar alles zu Boden reißen will, was versucht, sich aus dem Elend unseres Zustands zu erheben.«

»Ein Elend, das sich der Mensch selbst ausgesucht hat, und zwar an dem Tag, als unsere Ahnen es im Garten Eden wagten, sich dem Willen Gottes zu widersetzen. Jede Beschränktheit, die das Fleisch geerbt hat, jeder Schmerz, sind nur die Frucht dieser ersten Lästerung.«

»Und doch gleicht gerade der Schmerz unsere Schwäche aus, Messer Alighieri. Gerade der Schmerz gibt den Anstoß zu unseren Handlungen und hält uns am Leben. Wehe dem, der davon träumt, sich von der Mühsal zu befreien, der stolz auf seine Pflänzchen blickt und sagt: Na also, ich habe gut gesät, und meine Ernte wird reich und dauerhaft sein, auch in den kommenden Jahren. Dieser Traum vermindert die Kraft der Völker und führt sie langsam in jenes Nichts, in dem dann eines nach dem anderen verschwindet.«

»Was wollt Ihr damit sagen?« fragte Dante erstaunt.

»Müßiggang, Wollust und Habgier. Diese drei Bestien fressen den Menschen auf. Und die Völker, so groß sie auch sein mögen, sind nichts anderes als die Summe von Menschen. Und wie diese werden sie geboren, wachsen heran, erkämpfen sich einen Weg und sind wachsam auf der Suche nach Ruhm. Und wie diese geben sie sich, wenn ihr Lebensabend anbricht, ihren Träumen hin. Sie träumen davon, all das zu besitzen, was ihnen noch fehlt. Seht, Messer Alighieri, in der Geschichte eines Reiches kommt der Moment, da die satte Zivilisation sich ihrem größten Traum hingibt, der Verbannung von Schmerz und Mühsal aus dem Leben. Und genau dann tun diese Völker den ersten Schritt auf dem Weg zu ihrer Niederlage. So geschah es den Ägyptern, als die schmachtende Kleopatra sich der Liebe Cäsars hingab, und den großen Griechen, als sie sich in Alexanders Fußstapfen mit der Unzucht des Orients vereinigten.«

»Doch das war das Schicksal der nicht durch die göttliche Gnade erleuchteten Völker. Und es ist richtig, dass das, was dem Menschen anvertraut ist, mit Schicksalsschlägen einhergeht. Doch weshalb sollte der Thron Petri, den Gott selbst errichtet hat, denselben Gesetzen gehorchen, denen die hinfälligen Bauten der Heiden unterworfen sind, und der Gefahr unterliegen, von einem Windstoß hinweggefegt zu werden wie ein schwankendes Nest auf einem Ast?« fuhr der Dichter düster fort. »Warum hat Rom, von der Vorsehung als Herold und Schwert des neuen Bündnisses auserwählt, in seiner Kraft nicht wie ein fester Turm widerstanden, um als Schild für die Ausdehnung des Christentums zu wirken? Hielten seine Legionen an den Grenzen der Welt noch immer Wache, hätten die aus dem Sand Arabiens hervorgepreschten Räuber sich niemals Jerusalems, der heiligsten aller Städte, bemächtigen können.«

»Rom hat für seine Schwäche gebüßt. Auch Ihr konntet deutlich sehen, mit welchem Elend seine Nachfolger zu kämpfen haben. Und doch ist nicht alles verloren: Ein großer Plan, der die Geschicke der Stadt retten wird, ist in Vorbereitung«, sagte der Senator geheimnisvoll. »Die Begeisterung, die unsere Adler bis nach Gallien und Afrika trug, wird bald wiedererwachen. Doch darüber werden wir zu gegebener Zeit reden. Wollt Ihr jetzt nicht das prächtige Werk des Diokletian bewundern? Wartet, ich zeige Euch etwas, was Euch überraschen wird!«

Dante und der Senator waren weitergegangen, hatten das Halbrund der äußeren Exedra durchquert und waren durch eines der Eingangsportale getreten. Sie befanden sich nun in einem Korridor mit sehr hohen Wänden, der vollständig mit großen bunten Marmorplatten gepflastert war und von dem in regelmäßigen Abständen säulengeschmückte Durchgänge abzweigten. »Kommt, Messer Alighieri«, sagte der Senator und ging ihm durch eine dieser Passagen voran.

Hinter der Mauer lag ein großer Raum mit einem Tonnengewölbe und starken Wänden, in die halbkreisförmige Nischen eingelassen waren. In jeder Nische zeugte eine riesige Statue vom Glanz der antiken Götter und Helden. Die meisten waren beschädigt, und von mancher waren nur noch die Beine erhalten, die vom Sockel in die Höhe ragten wie die makabren Reste nach einem Kampf der Titanen. Doch einige waren unversehrt: Nie zuvor hatte Dante eine solche Schönheit der Formen und eine solche Erhabenheit gesehen.

Er dachte an die Bilder, die sein Florenz schmückten, an die römischen Statuen, die noch aus den Resten der Sarkophage rings um das Baptisterium aufragten. An die Hingabe, mit der sie von den Steinmetzen seiner Heimatstadt studiert wurden; an die Anstrengungen, die unternommen wurden, um nach der barbarischen Zwischenzeit der Goten zur Schönheit der Antike zurückzukehren. Was würde nun entstehen, da die Künstler wieder diese unglaublichen Formen studierten? Zu welchen Höhen würde die Kunst im neuen Jahrhundert zurückfinden?

Seine ganze Aufmerksamkeit war von den Statuen in Anspruch genommen, so dass er nun erst bemerkte, was sie eigentlich bewachten: ein riesiges Becken mit einer Länge von mehr als einhundertundfünfzig Schritt, zu dessen noch immer prächtigem Marmorboden eine prunkvolle Treppe hinabführte.

»Das war das Becken für die Waschungen. So groß, dass es wohl Platz für zehn Galeeren bieten könnte. Ach, wäre es doch möglich, die Boote zum Tiber zu transportieren, dann könnte man hier eine ganze Flotte ausrüsten … doch seht, dort oben. Folgt mir, Messer Alighieri.«

Dante ging mit nach oben gerichtetem Blick neben dem Senator her. Sie umrundeten das große Becken und traten durch ein weiteres Säulendickicht hinaus auf die andere Seite. Hier öffnete sich ein achteckiger Raum. Über ihren Köpfen erhob sich die Kuppel, die Dantes Aufmerksamkeit schon von außen gefesselt hatte. Sie spannte sich über ein weiteres Becken. »Wer dieses Bauwerk studiert hat, sagt, hier sei das *tepidarium* gewesen, der Ort, wo die Römer das warme Wasser genießen konnten, bevor sie zum *calidarium* hinter den Bögen hinübergingen. Dort stärkte der aus den Bodenöffnungen tretende Dampf, der unterirdisch von großen Kesseln mit siedendem Wasser erzeugt wurde, die müden Glieder und regte zu neuen Taten an.«

Der Senator blieb stehen, um Dante Zeit zu lassen, das soeben Geschilderte zu bewundern. »Bedenkt die Weisheit unserer Vorfahren«, fuhr er dann fort. »Das wunderbare Gleichgewicht, das die Stadt ihren Bürgern zudachte, indem sie deren Gemüter mit den grausamen Schauspielen im Zirkus zunächst erhitzte und sie dann mit der Sanftheit des entspannenden Wassers wieder beruhigte.«

»Ja. Doch es war Blut, was dort für Ausgleich sorgte. War es wirklich weise, die Menschen erst in Bestien zu verwandeln und dann zu versuchen, sie wieder zu besänftigen? War das nicht eher ein tragisches Spiel mit unserer Natur? Tausende Märtyrer bezahlten das Bedürfnis, einer großen Menge von Müßiggängern die Zeit zu versüßen, mit dem Leben, bevor die göttliche Gnade kam und deren Sitten verfeinerte.«

Sie waren zum Ausgang zurückgekehrt. Der Senator ging auf den Wagen zu, machte jedoch keine Anstalten einzusteigen. Er schien auf etwas zu warten. Hin und wieder reckte er den Hals zum Wald, der sich in östlicher Richtung erstreckte, und klopfte nervös mit dem Fuß auf den Boden.

»Endlich!« rief er, als in der Ferne Hufgetrappel erklang. Aus dem Wald sprengte eine Reiterschar, ein halbes Dutzend Bewaffnete, und kam auf sie zu.

»Das sind meine Knechte, die uns zu meinem Haus eskortieren werden. Es ist nicht klug, in dieser Gegend bis hinter den Quirinal allein unterwegs zu sein.«

Der Senator bedeutete Dante, in den Wagen zu steigen, während die Bewaffneten sich nach einem ehrerbietigen Gruß mit einer Wende zu beiden Seiten des Fahrzeugs postierten.

Die kleine Kolonne setzte sich in Bewegung und ließ die Ruinen der Thermen hinter sich. Es ging auf einem Weg bergauf, der sich durch den Wald aus wildwachsenden Bäumen und Brombeersträuchern zog und bisweilen über ein Feld führte, auf dem die ordnende Hand des Menschen zu erkennen war. Nur hin und wieder unterbrach eine einsame Köhlerhütte die vollkommene Einöde.

Plötzlich holperten die Wagenräder über ein Stück Pflasterstraße. Dante beugte sich aus dem Karren und erblickte eine lange, gerade Straße aus Basaltsteinen, die nach Norden lief, wo am Horizont die Stadtmauer zu sehen war. »Wir haben die Via Nomentana überquert«, erklärte der Senator, der ihm zugeschaut hatte. »Jetzt fahren wir ins Tal hinunter.«

Der Wagen folgte den Serpentinenstufen des Hügels abwärts in eine schluchtenreiche Landschaft voller Sumpfpflanzen. Unten floss ein kleiner Wildbach, und um die Überquerung zu erleichtern, hatte man dicke Bretter in die Furt geworfen, auf denen der Wagen nun wankend sein Glück versuchte.

Hinter der Furt stieg das Gelände steil an. »Wir sind fast da«, sagte der Senator. »Hier auf dem Plateau bis hin zur Stadtmauer hatte einst Lucullus seine Gärten. Vielleicht residiert meine Familie seit jeher in einer seiner Villen.«

An dieser Stelle des Hügels befand sich eine Hochebene. In der Ferne versperrte der große Bogen der Aurelianischen Mauer mit ihren in regelmäßigen Abständen angeordneten viereckigen Türmen den Blick auf den Horizont und schützte wie in einer Umarmung das Bauwerk, auf das sie nun zuhielten.

Der Weg endete an einer Exedra, in deren Mitte ein steinerner Springbrunnen seinen Wasserstrahl in die Höhe sandte. Zwischen Säulen standen schneeweiße Statuen, ein Volk aus Stein, von den Besitzern aus der Antike wie zur Bewachung ihres Anwesens zurückgelassen. Hinter dem prunkvollen Eingang dehnte sich die restliche Anlage, ein weitläufiger quadratischer Backsteinkomplex, dessen schräge Dächer mit Ziegeln bedeckt waren.

Der Wagen des Senators war offenbar schon von weitem bemerkt worden, denn als sie näher kamen, sah Dante beidseits des Eingangsbogens je eine Reihe Diener stehen, die ihren Kopf zu ihnen reckten. Einer der Männer in der Dienstkleidung des Hauses kam ihnen als erster entgegen und griff nach den Zügeln, um das Pferd zum Stehen zu bringen.

»Ist alles bereit?« fragte der Senator, während er aus dem Wagen stieg und sich zuvorkommend zu Dante umdrehte. Doch der Dichter war schon auf den Boden gesprungen und warf, fasziniert von dem prunkvollen Ort, einen Blick in die Runde.

»Wie Ihr befohlen habt. Der Perser wartet im roten Saal auf Euch.«

»Gut. Kommt, Messer Alighieri. Ich möchte Euch unbedingt meinen außergewöhnlichen Gast vorstellen«, sagte der Senator und trat ins Innere des Gebäudekomplexes.

Gleich hinter der Umfassungsmauer fand sich Dante in einem großen Peristyl wieder, das ringsum von einem Bogengang mit zierlichen Marmorsäulen eingefasst war. Der freie Innenraum war mit üppigen Zitronenbäumen geschmückt, um deren Stämme sich in einer farbenfrohen Umklammerung dornige Rosenzweige wanden. Die Luft war von einem zarten Duft erfüllt, der sich gänzlich von dem Geruch nach Staub und Stall unterschied, welcher in den Straßen der Stadt vorherrschte. Der Dichter folgte dem Senator durch die Tür an der gegenüberliegenden Wand und gelangte in einen großen, mit rotem und gelbem Marmor ausgelegten Saal, dessen Farben mit denen von draußen harmonierten.

Auch hier kamen dem Hausherrn beflissen zahlreiche Diener entgegen. Eine Frau brachte eine silberne Schüssel mit Wasser. Der Senator lud Dante ein, sich die Hände zu erfrischen. Dann bat er ihn noch weiter in das Haus hinein. Nach dem ersten Saal öffnete sich der nächste Hof, auch dieser von einem Laubengang umgeben, unter dessen weniger hohen Gewölben die Türen zu unzähligen Zimmern abgingen. Der Senator führte den Dichter zu einer davon. »Kommt, Messer Alighieri, wir sind da.«

Sie betraten den Raum. Auf einer der niedrigen, mit Kissen bedeckten Holzbänke, die darin standen, saß ein Mann und las in einem kleinen Kodex.

Dante betrachtete ihn genauer. Er trug prächtige, orientalisch geschnittene Gewänder und auf dem Kopf ein Seidengebilde, das zu einem ausladenden, kuppelähnlichen Turban gewickelt war. Er schaute zum Senator auf und deutete ein höfliches Lächeln an, dann drehte er sich zu Dante, stand auf und neigte respektvoll den Kopf.

Dante erwiderte den Gruß. Doch stärker noch als die ungewöhnliche Erscheinung dieses Mannes erregte ein niedriger Tisch seine Aufmerksamkeit, auf dem einige Kodices und ein halbes Dutzend Papyrusrollen durcheinanderlagen.

»Das ist Kansbar ibn Talib«, sagte der Senator und wies auf den Mann. Doch als er Dantes Interesse an den Schriften bemerkte, fügte er mit scheinbarer Gleichgültigkeit hinzu: »Nur einige Werke, die ich im Laufe der Jahre gesammelt habe. Doch das eine oder andere gehört zu den wertvollsten Schmuckstücken meines Hauses.«

Der Blick des Dichters wanderte noch immer zwischen dem Mann und den Büchern hin und her, als könnte er sich durchaus nicht entscheiden, wo er seine Neugier zuerst befriedigen sollte. Instinktiv trat er einen Schritt vor und streckte die Hand nach einem der Kodices aus. Er strich mit den Fingern sacht über den Rücken des Bandes, zog seine Hand jedoch sofort wieder zurück, da er das Gefühl hatte, eine Kostbarkeit zu entweihen. Er nahm sich zusammen, drehte sich um und schaute nun wieder den Orientalen an.

Der Mann hatte seine Bewegungen mit einem Anflug von Sympathie in seinem Gesicht verfolgt, das durch einen langen schwarzen Schnauzbart auffiel, dessen Enden von den Seiten des schmalen Mundes bis fast auf den Kragen des Gewandes hinunterreichten.

»Messer Alighieri, der Senator hat mir erzählt, dass ich die Ehre haben würde, Eure Bekanntschaft zu machen«, sagte er langsam und deutlich. Sein Tonfall verriet die Anstrengung, sich korrekt in einer fremden Sprache auszudrücken, die er mit einem südlichen

Akzent sprach, als hätte er sie bei Leuten aus dem Königreich Neapel gelernt.

»Vielleicht ist Euch der Name Kansbar nicht so bekannt, wie er es verdient hätte«, sagte nun der Senator. »Doch Ihr werdet bald Gelegenheit haben, ihn besser kennenzulernen.«

Dante wandte sich höflich wieder dem Gast zu. Dieser hatte den kleinen Kodex auf den Tisch gelegt. »Der Senator schmeichelt mir mehr, als recht ist. Ich bin nur die bescheidene Stimme anderer, höherer Würdenträger.«

»Kansbar ist der Gesandte von Gasan Khan, dem Herrscher des edlen Khanats Persien. Er ist an Bonifatius' Hof gekommen, um mit der Kirche über ein Bündnis gegen die Türken zu verhandeln, die mit ihrem Hochmut sowohl unser Heiliges Land als auch die persischen Besitztümer der Mongolen schwächen.«

»Ein Bündnis mit den Tataren gegen den Islam?« fragte Dante ungläubig.

»Ein großes Vorhaben, das die Geschichte unseres Zeitalters verändern kann. Seht!« Der Senator griff nach einer Schriftrolle, die in einem Fach seiner Bibliothek lag.

Er entrollte das Pergament auf dem Tisch. Eine Vielzahl von Zeichen und Farben erstrahlte auf der Tischplatte. Bilder von Flüssen und Bergen, von nie gesehenen Bäumen, Blumen und Tieren, das Blau der Meere und das Weiß des Schnees wechselten mit dem Ockergelb des Festlands und mit dem Grau kleiner, von Mauern umgebener Türme. Dante beugte sich fasziniert vor, um alles besser betrachten zu können. Nach einem kurzen Zögern glaubte er, auf der Karte die äußerste Grenze Europas mit den Symbolen des großen Konstantinopels auszumachen, an der Meerenge, die sein spärlicher Schutz vor dem Angriff Asiens war. Dahinter die Küste Palästinas mit den Mauern von Akko, Tyros und Sidon. Und in der Mitte die einhundert Türme des heiligen Jerusalems. Dann das Gelb des Wüstensandes und das stolze Damaskus und Bagdad, in der Flamme der Äquatorsonne versunken, und Babylon, die Stadt der hundert Tore. Und am Rand der Karte Persepolis mit seinen großen Löwen aus Stein.

Dante schaute voller Verwunderung auf. Bevor er etwas sagen konnte, sprach der Senator weiter. »Jawohl, Messer Alighieri. Das ist ein Blatt aus der großen Planisphäre des Ptolemäus, angefertigt von den Geographen Alexandrias. Doch ich zeige Euch dies nicht, um mit meinen Schätzen zu prahlen. Ich möchte Euch lediglich den Vorschlag der Mongolen verdeutlichen.« Er ermunterte den Orientalen, seine Rede fortzusetzen.

»Gasan Khan kämpft an der persischen Grenze, um diese Gebiete von der arabischen Invasion zu befreien. Er hat ein mächtiges Heer rings um die Ruinen von Persepolis aufgestellt, und mit seinen Scharen verbünden sich jeden Tag neue Truppen der Goldenen Horde, die aus dem Norden der russischen Steppe einfallen, um sich dem Unternehmen hier anzuschließen.« Kansbar wies mit dem Finger auf die dünne bläuliche Linie, die den Lauf des Euphrats markierte. »Er schlägt vor, dass sich die fränkischen Völker bereithalten, um die Türken aus westlicher Richtung in Jerusalem anzugreifen. Gegenwärtig sind seine Gesandten auch in Konstantinopel, um mit dem römischen Kaiser über seinen Einfall jenseits des Bosporus von Norden her zu verhandeln.«

Während er sprach, zeigte der Orientale die Richtungen der künftigen Offensiven auf der Karte. »Durch einen Angriff von drei Seiten in die Zange genommen, wird die Streitmacht der Türken zerschlagen und ihre fanatische Gier für immer ausgemerzt. Und in einem Viertel der Welt wird Frieden herrschen.«

»Begreift Ihr, was für eine großartige Gelegenheit sich uns hier bietet, Messer Alighieri? Ein Kreuzzug, endlich. Doch nicht einfach eine militärische Expedition, die sich auf die Rückeroberung Jerusalems beschränkt. Das haben Könige und Kaiser bereits versucht. Der große Richard von England und der Staufer Friedrich erreichten trotz ihres Heldenmuts das gesteckte Ziel nicht, denn zu gering waren ihre uneinigen Kräfte. Doch jetzt …«

»Jetzt glaube ich nicht, dass der König von Frankreich bereit ist, Bonifatius Truppen zu überlassen«, unterbrach ihn Dante.

»Gewiss. In seiner habgierigen Kurzsichtigkeit wird Philipp der Schöne zunächst ablehnen. Doch wenn er durch seine Spione Wind davon bekommt, dass der große Feldzug im Gange ist, werdet Ihr sehen, wie sich auf dem Schlachtfeld auch seine Lilien zu den Kreuzen gesellen. Und mit ihm der Löwe von England und der schwarze Adler des Kaiserreichs. Doch diesmal wird Rom bei diesem Werk, das ihm vom Schicksal und von der Gerechtigkeit auferlegt wird, die Führung übernehmen und herrschen. Hier in Rom wird der Kreuzzug beginnen, und hierher wird er zurückkehren, um die siegreichen Feldherren auf dem Kapitol mit Lorbeer zu bekränzen. Gloria mit Pferd und Wagen wird zurückkehren und die Hügel Roms erstrahlen lassen.«

Dante war noch immer über die Karte gebeugt, den Blick auf die Orte der kriegerischen Unternehmung geheftet. Nun schaute er zum Senator auf. »So ist es also wahr, was man auch in Florenz munkelt, dass nämlich Bonifatius einen neuen Kreuzzug plant.«

Die Augen des Dichters verengten sich plötzlich. »Auch wenn der Papst ja bisher nur in der Romagna gewütet, Latium zerstört und Komplotte in der Toskana geschmiedet hat. Alles christliche Gebiete, die weit von dem entfernt sind, was Euch zufolge nun sein Ziel ist.«

Der Senator zuckte mit den Achseln. »Das ist doch nichts im Vergleich zum eigentlichen Feldzug. Auch das Rom der Cäsaren ging nicht immer zimperlich mit seinen Untergebenen um. Auch der Recke in der Arena muss, bevor er zum Sprung ansetzt, all seine Kräfte sammeln und sich vergewissern, dass der Boden, auf den er seine Füße setzt, fest und ohne Senken ist. Dem Patrimonium Petri wieder zu Recht und Respekt zu verhelfen ist eine notwendige und vorherbestimmte Voraussetzung für die Durchführung des größeren Plans«, antwortete er.

»Vermutlich wird man Tausende Männer brauchen …«

»Wenn die Schiffe ihre Segel setzen, wird das römische Volk herbeilaufen, um sich zum Kampf zu melden, und stehen wie ein Mann«, rief der Senator begeistert.

»Doch das Volk scheint von dem großen Vorhaben, das Ihr im Sinn habt, nicht das geringste zu wissen. Die Stadt erstickt in ihrer Unwissenheit und in Gewalttätigkeit«, entgegnete Dante.

Die Lippen des Senators kräuselten sich kaum merklich zu einem dünnen Lächeln. »Das sind die Steine, aus denen Imperien errichtet werden. Die Männer, die bei Zama gegen die Karthager kämpften, kamen gewiss nicht aus der Akademie. Ihr werdet schon sehen, Messer Alighieri, ob sie ihrer Aufgabe nicht doch gewachsen sind!«

»Doch dieses Unternehmen wird Unmengen an Geld kosten«, hielt Dante dagegen. »Dutzende oder vielleicht Hunderte von Schiffen auszurüsten, dann der Lohn für die Ritter und der Sold für das Fußvolk. Der Tross, Zelte und Waffen, Pferde und Esel für den Transport ... die Ausgaben für das Wegegeld und für das Erkaufen der Gunst der Völker, deren Gebiete durchquert werden müssen ... selbst die Kassen eines großen Reiches könnten all das nicht leisten.«

Der Senator wechselte einen raschen Blick mit Kansbar. »Ihr vergesst das kürzlich zu Ende gegangene Jubeljahr. Die Großzügigkeit der Pilger, die in Scharen in die Stadt strömten, füllte die Staatskassen mit Geld aus allen Teilen des Reiches. Und das restliche Vermögen wurde nach Abzug der für religiöse Zwecke benötigten Summen in den Geldtruhen der Engelsburg verwahrt, wo es bereitliegt, um allein für diesen edlen Zweck ausgegeben zu werden. Nein, Messer Alighieri, wenn der Wind der göttlichen Vorsehung zu unseren Gunsten weht, so wird es uns an Geld gewiss nicht mangeln.«

Dort also war Giottos Lohn gelandet, dachte Dante, dem die Worte seines Freundes noch im Ohr klangen. Er zögerte, mit unzähligen Fragen beschäftigt, die ihm auf der Zunge lagen.

Der Senator sah ihn forschend an, als wollte er in den Falten seines Gesichts seine geheimen Gedanken lesen. »Quält Euch irgendein Zweifel, was dieses Vorhaben angeht?«

Dante biss sich auf die Lippen. »Was die ersten Kreuzritter bestärkte, war nicht nur ihr Eroberungswille oder der Hass auf die Heiden oder der Wunsch, die heiligen Stätten ungehindert zu betreten. Hilfreich für den Sieg war, noch vor Feuer und Schwert, der tiefe Glaube, der sie beseelte. Aber welcher Gott soll Euren Verbündeten beistehen?« fragte er mit einem Blick zu dem Perser.

Kansbar lächelte. »Der mongolische Herrscher verehrt die Götter des Windes und des Wassers und kümmert sich nicht um den Glauben seiner Untertanen. Was mich betrifft, so habe ich, wie viele Menschen meiner Heimat, mein Herz dem Wort Zarathustras geöffnet. Darauf vertraue ich, darauf verlasse ich mich, und ich bete zum Gott des Lichts, der uns am Ende aller Zeiten von der Last des Seins befreien wird.«

»Kansbar ist ein Anhänger des mächtigen Gottes Ahura Masda, der jene Völker seit Jahrtausenden beschützt.«

»Ihr sprecht davon, als wäre er ein Teil der Dreifaltigkeit«, bemerkte Dante düster. »Doch die Lehre Zarathustras mit dem Glauben, dass die Welt und das Fleisch eine Schöpfung der Finsternis seien, ist verwandt mit vielen Ketzereien der Gnostiker und der Bogomilen und Katharer! Wie kann Bonifatius die christlichen Waffen nur mit jemandem vereinen, dessen Glaubenslehre in der Provence erst vor wenigen Jahren mit den schrecklichsten Verwüstungen ausgerottet wurde?«

Eine plötzliche Unruhe an der anderen Seite des Säulengangs lenkte ihn ab. Eine Dienerschar war herbeigelaufen, um das Tor zu öffnen, und drängte sich nun um einen Reiter, der hereingaloppiert war und mit einem Ruck an den Zügeln in der Mitte des Hofes anhielt.

Einer der Männer hatte das Pferd an der Kandare gepackt und versuchte nach Kräften, es zu bändigen, während der Reiter ihm immer weiter die Sporen gab. Das Gelächter, das zu ihnen herüberdrang, verriet, wie sehr sich der Mann mit diesem spontanen Spiel zu amüsieren schien, bei dem der unglückliche Diener fast unter den Hufen zermalmt worden wäre. Schließlich schien der Reiter genug von seinem Heldenstreich zu haben, schwang sich geschickt aus dem Sattel und lief rasch auf sie zu.

Dante sah, wie er sich stürmisch in die Arme des Senators warf und erneut in ein fröhliches Lachen ausbrach. Nachdem er sich aus der Umarmung gelöst hatte, wandte er sich den beiden Gästen zu, als bemerkte er ihre Anwesenheit erst jetzt. Sein gebräuntes Gesicht war vom Ritt in Sonne und Wind gerötet, und unter dem Rand einer schweren Reisekappe, die seine Wangen verdeckte und sich unter dem Kinn schloss, standen ihm winzige Schweißperlen auf der Stirn. Der Dichter fing das dunkle Aufblitzen der Augen auf, die wie zwei tiefschwarze Seen unter den feinen, gebogenen Brauen die Anwesenden neugierig musterten.

»Ihr habt Gäste, Vater.«

Die Stimme des jungen Mannes war wohlklingend. Er war für die Jagd gekleidet und trug ein fellgefüttertes Lederwams mit einem breiten Gürtel, der die zarte Taille betonte. Seine langen, schlanken Beine steckten in engen, ebenfalls ledernen Strümpfen, und an den Füßen hatte er schwere Stiefel mit ungewöhnlich langen Spitzen. Achtlos warf er die zwei blutgetränkten Kaninchen, die er an den Ohren hielt, auf einen der steinernen Sitze und legte den kurzen Bogen ab, den er über der Schulter trug. Bei dieser Bewegung verfing sich die Sehne in der Verzierung der Kappe, die seinen Kopf umschloss, und riss sie herunter.

Eine Woge rabenschwarzes, bläulich schimmerndes Haar ergoss sich schweißnass und wie ein Schlangenknäuel in Spiralen geringelt über Hals und Schultern. Der junge Mann strich sich diese lebendig wirkende Masse mit einer ungeduldigen Geste aus dem Gesicht und brach erneut in sein silberhelles Lachen aus, wobei er zwei schneeweiße Zahnreihen zeigte.

»Messeri, gestattet mir, dass ich Euch meine Tochter Fiamma vorstelle«, sagte der Senator, während er die Hand des Mädchens ergriff und es zu den beiden Männern zog, die sich respektvoll erhoben hatten.

Dante schaute rasch zu seinem Gefährten hinüber, um zu sehen, ob dieser genauso überrascht war wie er selbst. Dann musterte er wieder das Mädchen, das nach einem kurzen, prüfenden Blick zu dem Perser vor Dante stehengeblieben war und ihn neugierig betrachtete. Ohne die Kappe, die soviel verhüllt hatte, zeigte sich das Gesicht, das Dante für das eines Jünglings gehalten hatte, nun in seiner wahren Natur. Das Gesicht einer Frau, die kaum älter als zwanzig Jahre war, in seiner vollen Blüte. Das Schwarz der Augen und des Haars wurde durch das Rot des breiten, vollen Mundes gemildert und durch die Linie des Kinns abgerundet, auf dem unter der Unterlippe ein Grübchen saß, so als hätte die Hand des Gottes, der sie geschaffen haben musste, hier ein abschließendes Zeichen gesetzt, dachte der Dichter.

Die junge Frau, die ihn noch immer ansah, begann die Schnürbänder zu lösen, die ihr Wams am Hals zusammenhielten, anscheinend aus dem Bedürfnis heraus, ihre zarte Brust aus der Enge dieser Männerkleidung zu befreien. Hoch aufgerichtet nahm sie die Huldigung entgegen, die die Gäste ihres Vaters ihr bezeigten, indem sie ehrerbietig den Kopf vor ihr neigten, und streckte die rechte Hand aus, offenbar ohne sich an jemand Bestimmtes zu wenden, doch Dante glaubte, dass diese Geste vor allem ihm galt. Für einen Augenblick war er versucht, diese Hand zu ergreifen und mit den Lippen zu berühren, doch aus Angst, im Haus seines Gastgebers taktlos zu erscheinen, hielt er sich zurück. Eigentlich wusste er nur wenig über die Sitten und Gebräuche dieser Stadt: In seiner Heimatstadt Florenz hätte nur eine verheiratete Frau so unbefangen mit erwachsenen Männern umgehen dürfen. Und dies auf jeden Fall auch nur in Gegenwart ihres Ehemanns. Ein unverheiratetes Mädchen dagegen hätte sich von ihren Blicken ferngehalten und als

Zeichen ihres Familienstandes ein Gebände auf dem Kopf getragen. Und nie wäre es in einem solchen Aufzug erschienen. Unwillkürlich glitten seine Blicke zu ihren Beinen hinunter, die er sich unter dem engsitzenden Leder der Strümpfe fest und kräftig vorstellte, und wieder hinauf zu ihren Hüften, die nur knapp vom Saum des kurzen Wamses bedeckt wurden. Nun, da er aus der Falle heraus war, in die sein vom ersten Eindruck getäuschter Verstand getappt war, schien es ihm unmöglich, dass er die wahre Natur des jungen Mädchens nicht sofort erkannt hatte, denn zu offensichtlich und zart waren die Merkmale ihres Geschlechts.

Als er merkte, dass er errötete, wandte er hastig den Blick ab und konzentrierte sich wieder auf ihr Gesicht. Er hatte das Gefühl, einen Funken Ironie in ihren ebenholzschwarzen Augen zu entdecken, als hätte sie seine Gedanken erraten und amüsierte sich darüber, anstatt entrüstet zu sein.

»Ich bitte um Verzeihung, Messeri«, sagte sie, trat einen Schritt zurück und wandte sich zu der halbgeschlossenen Tür am Säulengang. »Ich werde in einer meinem Stand angemessenen Kleidung wiederkommen, falls mein Vater mir erlaubt, Eure Gesellschaft zu genießen.«

Sie griff nach Bogen und Köcher, ging rasch hinaus und war schon ihren Blicken entschwunden. Der Senator hatte ihre Bewegungen mit einem zärtlich vorwurfsvollen Blick verfolgt. »Sie ist einfach ein Wildfang, widerspenstig und launisch. Mit einem Gemüt, das ständig von Träumen heimgesucht wird, die durch das Elfenbeintor kommen«, sagte er liebevoll.

»Falls das so ist, hat die Weisheit wohl Euren Blick so abgekühlt und geschärft, dass er unter die Oberfläche der Dinge dringt. Meine stumpferen Augen sehen lediglich eine erstaunliche Schönheit, die jeden Mann entzücken muss«, sagte Dante leise.

Der Senator stieß einen tiefen Seufzer aus. »Sie ist das Licht meiner Augen«, sagte er, ohne seinen Stolz noch länger verhehlen zu können. »Doch kommt. Ich habe Euch noch viel zu erzählen, bevor sie sich wieder zu uns gesellt. Ihr habt gefragt, wie es möglich ist, dass Völker mit so unterschiedlichem Glauben das Unternehmen zu Ende führen können, von dem ich Euch berichtet habe.«

Dante riss sich aus den Gedanken, in die er beim Anblick des jungen Mädchens versunken war, und wandte sich wieder dem Perser zu. »Ihr habt über Euren Glauben gesprochen, Messer Kansbar. Ich dachte, alle Gebiete östlich von Konstantinopel seien nunmehr dem Glauben des schismatischen Mohammed zum Opfer gefallen.«

Der Perser schüttelte energisch den Kopf. »Ihre Truppen haben den Islam nach Mesopotamien gebracht und ihn mit Feuer und Schwert durchgesetzt. Doch jenseits des Meeres von Bassora wurde ihrem Ansturm Einhalt geboten: In Persien herrscht der Khan, und er schickt sich an, dem Angreifer und seinem Propheten auch Babylon streitig zu machen. Im Schutz seiner Fahnen gedeiht mein Glauben.«

»Doch das Kreuz steht für einen Weg, der Euren Überzeugungen ebenso zuwiderläuft. Wie könnt Ihr …« Von leichten Schritten in seinem Rücken abgelenkt, verstummte Dante abrupt. Er musste mehrmals mit den Augen zwinkern, als er das eintretende Mädchen erblickte. Fiamma hatte ihr Jagdgewand abgelegt und trug nun eine lange weiße Tunika mit einer scharlachroten Stickerei am Saum, dazu um die Taille einen goldenen Gürtel, der aus einem Kranz kleiner, verflochtener Lorbeerblätter bestand. Auf dem Kopf hatte sie eine leichte Seidenhaube, die das sanfte Profil ihres Kinns wie eine Liebkosung umschloss und mit einem Band am Hals zusammengehalten war, das seine Schlankheit ebenso betonte wie seine Kraft. Ein Turm, der den gebieterischen Kopf trug, während sie auf die Männer zukam und ihre tiefschwarzen Blicke nach rechts und links sandte. Die über dem Nacken offene Haube ließ die Ringellocken auf die Schultern fallen, die von dem ungestümen Ritt nicht länger zerzaust, sondern sorgfältig verflochten in einem goldenen Haarnetz zusammengehalten waren, dessen Maschen anmutig über die Schultern glitten und bei jeder Bewegung des Kopfes aufschimmerten.

Sich der Wirkung ihres Auftritts durchaus bewusst, schaute das junge Mädchen die Anwesenden an. »Ich habe befohlen, dass man Euren Gästen etwas zur Stärkung bereitet, Vater«, sagte sie zum Senator. Dann klatschte sie in die Hände, und an der Tür erschienen einige Diener mit großen Bronzetellern. Lautlos stellten sie sie auf den niedrigen Tisch in der Mitte des Raumes, und während sie schnell wieder hinausgingen, postierte sich ein Diener mit einer großen Amphore hinter ihnen, um Wein einzuschenken.

Fiamma hatte auf einer der Speiseliegen Platz genommen und sich anmutig ausgestreckt, gefolgt von ihrem Vater, der die Gäste einlud, es ihm gleichzutun.

Dante erstaunte das Verhalten des Mädchens immer mehr. Fiamma benahm sich, wie es in Florenz nur eine ältere Matrone hätte tun dürfen. Sie hatte Platz genommen, ohne auf die Männer zu warten und sogar noch vor ihrem Vater, ein mit Anstand und Sitte nicht zu vereinbarendes Betragen. Offenbar war sie hier die Hausherrin, und Saturniano Spadas nach wie vor zärtlicher, wohlwollender Blick bestätigte diesen Eindruck.

Das junge Mädchen wies den Mundschenk an, Wein in die bereitstehenden Kelche zu gießen, und hob den ihren unverzüglich an die Lippen. Sie nahm einen langen Zug, lächelte dann unbeschwert und fuhr sich mit der Zunge über die Lippen.

Dante starrte sie weiter fasziniert an. In dieser kindlichen Geste lag eine unverhoffte Anmut, als versteckte sich hinter der erwachsenen Gestalt noch die Seele eines verschmitzten kleinen Mädchens, das stets zu Spielen und Streichen aufgelegt war. Im Gegensatz dazu kamen ihm die Verse in den Sinn, die er viele Jahre zuvor in Florenz für Beatrice geschrieben hatte: *So hold zum Gruß sich ihre Augen hoben*, und dieses neue Bild löste einen Zwiespalt in seiner Seele aus. Nein, er würde nicht behaupten, dass Fiamma ein Sinnbild der Holdseligkeit war und ebensowenig eines der Sittsamkeit, die an die Tugend des Altertums anknüpfte, an die Zeit, bevor der Verfall der Sitten die Welt in ihren Niedergang geführt hatte.

Doch warum spürte er dann bei ihr die zarte Anziehungskraft der Liebe? Beinahe wütend verjagte er dieses Wort aus seinen Gedanken und warf einen verstohlenen Blick auf den Senator. Er fürchtete, dieser könnte in seinem Gesicht gelesen haben, welchen Gefühlen er zum Opfer gefallen war. Doch Spada wandte den Blick nicht von seiner Tochter und schenkte dem, was ringsumher vorging, keinerlei Beachtung.

Und doch lag etwas Vertrautes in ihren Gesichtszügen, etwas, was ihm irgendwie bekannt vorkam ... und plötzlich wusste er es wieder. Es war diese Erhabenheit, die Art, die Hände an den Hüften zu lassen, statt sie im Schoß zu verschränken. Als könnte nichts auf der Welt ihr etwas anhaben. Nicht die Stimme, deren Klang von der Reisemaske gedämpft gewesen war, wohl aber der unbefangene Tonfall und die Bestimmtheit der Rede waren dieselben wie die der geheimnisvollen Frau, die ihn mit dem Blendwerk seines Vergil nach Rom gelockt hatte.

»Deine Gäste kommen von weit her, Vater«, sagte Fiamma und wies ohne Scheu mit dem Finger auf Kansbars exotische Gewänder. »Endlich können wir einmal eine Geschichte aus fremden Ländern hören. Erzählt uns, was Ihr gesehen und gehört habt, Messere. Eine schöne Geschichte von fremden Ländern und mysteriösen Tieren.«

Der Perser räusperte sich verlegen. »Vielleicht könnte ich von einem meiner Reiseabenteuer erzählen. Doch ich fürchte, sie sind für die zarten Ohren eines Mädchens nicht geeignet, denn die in den Sand gegrabenen Wege sind viel elender als die in den Romanen erträumten. Aber wenn Ihr wirklich wollt, dass ich dieses Gastmahl mit einer Geschichte versüße, erzähle ich Euch von den Abenteuern eines großen Seefahrers aus meiner Heimat. Eines Mannes, um den sich die Legenden ranken und der vielleicht in Bassora lebte, zur Zeit des großen Kalifen Harun, des Rechtgeleiteten. Sein Name war Sindbad, und es wird erzählt, er habe siebenmal den großen Ozean befahren und sei siebenmal heimgekehrt. Ärmer und reicher. Jünger und älter. Weiser und unwissender.«

»Habt Ihr beschlossen, in Rätseln zu sprechen, Meister Kansbar?« fragte der Senator.

»Lasst ihn reden, Vater«, warf Fiamma dazwischen und brachte ihn mit einem Wink ihrer kleinen Hand zum Schweigen. »Der große Aristoteles lehrt uns, dass die Dinge sind oder nicht sind, doch vielleicht kennt der Geist der Menschen im fernen Orient auch dazwischenliegende Zustände, und die Gesetze unseres Verstandes gelten dort nicht.«

»Doch wovon nur wenige Texte berichten, ist die Geschichte seiner letzten Reise«, fuhr der Perser fort, nachdem er die Bemerkung des Mädchens mit einer anerkennenden Verneigung gewürdigt hatte. »Von der er nicht mehr zurückkehrte.«

»Starb er auf der Fahrt?«

Der Perser schüttelte den Kopf. »Nach jeder Reise ergriff die Langeweile Besitz von ihm. Weder die Pflichten seines Hauses noch die zärtlichen Arme seiner Gefährtinnen vermochten ihn zu zerstreuen. So ging er noch einmal zum Hafen von Bassora, rüstete ein Schiff aus und segelte in die Gewässer des Südens, über den großen Kreis hinaus, den wir Äquator nennen. Dann kämpfte er unter Sternen, die kein Mensch je gesehen hatte, mehrere Tage mit den Wellen und fuhr an den Küsten des unermesslichen Afrikas entlang bis hin zu dem Felsen, der die Grenze zwischen den beiden Meeren markiert. Hier sah er die frei treibenden Eisinseln und den großen Fisch, der dort seit undenklichen Zeiten schwimmt. An den Ufern sah er die Spuren unbekannter Völker und wundersame Tiere. Noch immer von seiner Unruhe getrieben, steuerte er das Schiff schließlich in Richtung Sonnenuntergang, bis er eine Insel erblickte, die sich einsam aus den Wellen erhob.«

»Eine Insel mitten im westlichen Ozean?« fragte Fiamma neugierig.

»Ja. Die Insel leuchtete schon von weitem mit ihren Wassern und dichten Wäldern, die durch den Gesang von bunten Vögeln lieblich wirkten. Sindbad warf die Anker und ging allein an Land, während seine Männer zur Bewachung des Schiffes zurückblieben. Er drang in den Wald vor und begegnete auf seinem Weg glücklichen Menschen, die ihn in einer unbekannten Sprache einluden, sich an ihre Tafel zu setzen, damit er sich von den Strapazen der Reise erholte. Während er an Milch und Honig nippte, erfuhr er, dass dies die Insel der Seligen war, wo sich die Sorgen und Stürme des Lebens ein für allemal legten und wo die großen Geister der Menschheit nach dem Tod Aufnahme fanden. Ein sinnliches Mädchen bot ihm Lotosblätter dar, damit er vergaß. Und so verschwand wie durch Zauberei jede Spur der Unruhe, die ihn sein Leben lang begleitet hatte.«

Nach diesen Worten verstummte der Perser. Dante wartete darauf, dass die Geschichte weiterging, doch Kansbar beschränkte sich darauf, die Zuhörer schweigend anzusehen, als wäre er gespannt auf ihre Reaktionen. Dante öffnete schon den Mund, um zu fragen, was weiter geschah, doch Fiammas silberhelle Stimme kam ihm zuvor.

»Und dann? Was geschah danach?«

»Der König der Insel öffnete ihm seine Schatzkammern, damit er sich dort nach Herzenslust bediente.«

»Und weiter? Was dann?« rief das Mädchen und klatschte mit kindlicher Freude in die Hände.

»Durch die Befreiung von seinen Wünschen hatte er die Vollkommenheit erreicht. Er blieb dort, glücklich und zufrieden, umgeben von Gold und Kindern. Und mehr erzählt die Geschichte nicht über ihn.«

»Was haltet Ihr davon, Alighieri? Könnte die Gestalt dieses antiken Helden nicht auch für unsere Völker ein Gegenstand der Bewunderung sein?« fragte der Senator. »Ich glaube nicht, dass die Hartnäckigkeit, mit der er die ihn umgebenden Länder erkunden wollte, hinter der Alexanders zurückstand, der durch die ganze Welt zog und nach ihren Grenzen suchte. Oder hinter der der alten Römer, die in Waffen zu diesen Grenzen zurückkehrten, um jede Handbreit der Welt in eine Handbreit ihres Herrschaftsgebiets zu verwandeln.«

Die Hände unter dem Kinn gefaltet und die Lippen nachdenklich zusammengepresst, hatte Dante sich die Erzählung noch einmal durch den Kopf gehen lassen. Als sein Gastgeber ihn ansprach, fuhr er auf.

»Als ich diese wundersamen Dinge hörte, tauchte der Schatten eines großen Griechen in meiner Phantasie auf, des Odysseus aus dem rauhen Ithaka. Und ich fragte mich, ob nicht eine vage Erinnerung an seine Heldentaten auch bis in die Heimat des Gesandten gelangt war.«

»Ganz recht, Messer Alighieri«, unterbrach ihn Fiamma. Auch ich musste beim Zuhören unweigerlich daran denken. Vielleicht kennt jedes seefahrende Volk die gleichen Helden.«

»Oder zu jedem Volk kommen die gleichen Träume«, sagte der Senator. »Auch die Bibel erzählt von einem großen Fisch, der Jonas verschlang.«

»Das war vielleicht der, den jener Mann gesehen hatte!« rief Fiamma in dem fröhlichen Tonfall, der den Dichter bereits zuvor erstaunt hatte. Er fragte sich, ob sie sich nicht über sie alle lustig machte, indem sie sich naiver stellte, als sie war.

»Dann hätten also alle Völker dieselben Geschichten?« fragte der Senator.

Dante schüttelte den Kopf. »Nein, die Unterschiede sind beträchtlich. Der Orientale wird vom Verlangen nach Reichtum getrieben, und hinter seiner maßlosen Abenteuerlust steckt nur die widerliche Gier nach Gold, die dem Menschen nichts als Kummer bringt. Jeder seiner Schritte wird von Habsucht geleitet, und er misst Gut und Böse nur mit der Waage des Wucherers. Ganz anders ist da die Wesensart des Griechen.«

»Meint Ihr wirklich, Messer Alighieri? Auch Odysseus begab sich vom Verlangen nach Kriegsbeute getrieben nach Troja.«

»Der Gehorsam seinem König gegenüber zwang ihn dorthin. Doch wurde dieser Befehl ihm zur Gelegenheit, Erfahrungen zu sammeln. Und vor allem ist sein Schicksal vollkommen anders. Sindbad suchte am Ende die unbeschwerte Ruhe des Genusses seiner angehäuften Reichtümer in Bagdad, der Wiege aller Pracht und Herrlichkeit. Odysseus kehrte heim in sein bescheidenes Königreich, zu seinen Schweinen und Hunden, in seinem tiefsten Innern unbesiegt. Und er suchte den Tod auf dem Meer.«

»Woher wisst Ihr das?«

»Ich stelle es mir so vor. Seine einzigen Schätze waren sein Sohn und die Gesellschaft seiner treuen Frau. Doch nachts quälte ihn ein unermüdlicher Tatendrang wegen eines Werkes, das noch nicht vollendet war. Ich glaube nicht, dass er, wie die Legende berichtet, fern vom Meer in einem Land starb, das die Kunst der Seefahrt nicht kannte. Nein, Odysseus fuhr am Ende wieder aufs Meer hinaus, mit Kurs auf das Land, das hinter dem Ozean der Toten liegt.«

»Aber es gibt nichts hinter diesem Wasserschlund! Selbst der große Ptolemäus verzeichnet westlich der Säulen des Herkules auf seinen Karten nichts als Wasser!«

Dante zögerte kurz. »Das ist nicht wahr. Hinter diesen Wassern erhebt sich ein riesiges Gebirge, der Sitz unserer unbefleckten Vorfahren. Dort wohnten Adam und Eva vor dem großen Sündenfall. Und ich glaube, dass dort noch immer unbefleckte Menschen leben.«

Während er sprach, war er von der Liege aufgestanden und nervös ein paar Schritte hin und her gegangen. »Ihr lästert Gott, Messer Alighieri«, sagte der Senator leise und drohte ihm ironisch mit dem Finger. »Doch zum Glück versteckt sich in meinem Haus kein Ohr der Inquisition. Unbefleckte Menschen! Es soll also Völker geben, die der Erbsünde entgingen und für die Jesu Opfertod und die Erlösung vergeblich waren?«

Saturniano hatte einen scheinbar entrüsteten Ton angeschlagen. Doch dem Dichter kam es so vor, als freute er sich im Grunde über seine Ansichten. Auch seine Tochter wandte kein Auge von ihm. Dem Senator entging dieser interessierte Blick nicht.

»Ihr habt die Neugier meiner Tochter geweckt. Ich glaube, sie hat den Wunsch, noch einige Gedanken mit Euch auszutauschen. Mit Eurer Erlaubnis nutzen Messer Kansbar und ich die Gelegenheit, um uns in einen anderen Raum zurückzuziehen. Ich möchte mir die Schriftstücke, die er uns mitgebracht hat, genauer ansehen. Und besonders die neue Methode der Geometriekundigen aus Babylon, die Krümmung der Erde auf eine Karte zu übertragen«, sagte er und lächelte dem Mädchen zu, während er dem Gesandten den Arm bot und sich zur Tür wandte.

Dante war nun mit Fiamma allein. Er spürte den Blick des Mädchens auf sich, das ihn noch immer forschend betrachtete. »Ihr seid ein seltsamer Mann, Messer Alighieri. Kommt und setzt Euch zu mir«, sagte sie nach längerem Schweigen und streckte die Hand nach ihm aus.

Dante beugte sich über diese Hand und küsste sie ergeben. Dann richtete er sich verlegen wieder auf. Vielleicht sollte sich ein Gesandter der Stadt Florenz einem Mädchen gegenüber zurückhaltender zeigen, das kaum mehr als halbwüchsig war und sich, gemessen an dem, was sich für eine Edelfrau schickte, allzu zwanglos benahm.

Doch etwas an ihr entwaffnete ihn.

Nicht nur ihre Schönheit, wie der Morgenstern unter ihren dünnen Gewändern aufscheinend, die nichts von ihren Formen verbargen. Sondern gewiss auch ihre Stimme, in der eine verborgene, geheimnisvolle Musik schwang. Und vor allem ihre Art, sich zu bewegen und die Luft um sich her erzittern zu lassen, als würde sie schwerelos den Raum durchschreiten. Eine Lichtgestalt, wie sie ihm nur einmal begegnet war, vor vielen Jahren in seiner Heimatstadt …

»Woran denkt Ihr, Messer Alighieri?« fragte sie unvermittelt, mit einem ironischen Lächeln auf den Lippen. Sie schien sich mit jenem Hochmut über seine Verwirrung zu freuen, der jungen Menschen stets eigen ist, wenn sie entdecken, dass sie einen älteren beeindruckt haben.

»An nichts«, antwortete er hastig. »Für einen Augenblick habt Ihr mich an jemanden erinnert, den ich in meiner frühen Jugend gekannt habe.«

»Jemand, der Ähnlichkeit mit mir hatte?«

»Nein … mag sein …«, murmelte er undeutlich.

Doch das Mädchen musterte ihn weiter mit unergründlicher Miene. Sie schwieg einen Moment lang, dann rezitierte sie mit wohlklingender Stimme:

»Gedanken nur der Lieb und ihre Schmerzen
sing ich, sie sind in sich so sehr verschieden,
dass oft ich mein': hätt ich sie doch gemieden,
und oft ich Recht auch geb dem töricht Herzen.

Oft flammen auf der Hoffnung süße Kerzen,
oft raubt mir Liebe weinend meinen Frieden.
In einem nur ist Liebe stets entschieden:
Zu flehn um Mitleid sie voll Angst im Herzen.«

Das Mädchen hatte die beiden Vierzeiler in einem Atemzug aufgesagt wie eine erfahrene Schauspielerin. Bei der letzten Zeile war ihre Stimme schwächer geworden und mit einem Seufzer auf dem Wort *Herzen* verklungen, als hätte sie die in den Versen geschilderten Gefühle während ihres Vortrags tatsächlich empfunden: den Sturm der Liebe, der das Herz des Verliebten in die Wirrungen von Ungewissheit und Erwartung stürzt.

Dante hatte mit offenem Mund zugehört, während eine Sturzflut von Erinnerungen jeden Widerstand durchbrach und sich in seinem

Kopf entlud. Er wollte ihr für diese Huldigung seiner Dichtkunst danken.

Doch sie kam ihm zuvor: »Habt Ihr denn das große Werk für Eure Herrin schon geschrieben, Messer Alighieri?«

»Nein … welches …«

»Jenes, auf das Ihr in Eurem Buch anspielt«, fuhr sie fort, während sie die Hand zum Tisch ausstreckte und einen kleinen Kodex aufnahm. »*Das neue Leben*«, sagte sie und zeigte ihm die Titelseite. Rasch blätterte sie die Seiten um, fuhr mit dem Finger die handgeschriebenen Zeilen entlang, als wäre ihr der Inhalt bestens vertraut, und verweilte dann an einer Stelle gegen Ende. »Hier … *so verhoffe ich von ihr zu sagen, was von keiner anderen noch je gesagt worden.* Was wolltet Ihr von Eurer Beatrice noch sagen?«

»Ich weiß nicht … damals hatte ich konkrete Vorstellungen. Doch inzwischen ist viel Zeit vergangen. Das Schicksal hat mein Boot an andere Ufer getrieben«, antwortete der Dichter. »Die Geschicke der Kommune von Florenz haben all meine Kräfte gebunden«, fuhr er ausweichend fort. Er wurde missmutig, denn diese Fragen riefen eine längst vergangene Zeit in ihm wach. Eine Zeit, die er verdrängt hatte, die jedoch einen Teil seiner Seele mit sich fortgenommen hatte.

Das Mädchen setzte sich auf einen der niedrigen Stühle. Sie hielt das Buch noch in der Hand, als wollte sie es gleich wieder aufschlagen. »Habt Ihr nichts so Wunderbares mehr geschrieben?« fragte sie nach einer weiteren kurzen Pause. »Seid Ihr kein Dichter mehr?«

»Ich habe noch ein paar Gedichte geschrieben … nichts Besonderes.«

»Wusste ich es doch. Wer einmal aus der Quelle des Parnass getrunken hat, kann es nicht mehr lassen, für den Rest des Lebens nicht. Ich weiß, wovon ich spreche. Auch ich schreibe Gedichte.«

»Ihr?« Dante wurde neugierig. Doch auch skeptisch. Die Dichtung war eine männliche Kunst. Obwohl es zuweilen vorkam, dass auch eine Edelfrau sich die Zeit damit vertrieb, Gedichte zu verfassen, wie etwa Maria von Aquitanien. Oder wie man es sich von der antiken Sappho erzählte. Doch das waren vereinzelte Ausnahmen. Poesie erwuchs niemals aus der verworrenen Rührseligkeit der Sinne, sondern aus dem Wunsch, sich zu erheben, aus dem Verlangen des Geistes, sich dem anzugleichen, was er als erhaben erkannte. Platon hatte gesagt, unsere Seele trachte vor allem danach, sich wieder mit Gottes erhabener Welt zu vereinen: Mit der Dichtkunst bereitete sie sich auf diese Erhebung vor. Vermittels der Frau, die im Mann den Wunsch nach Verklärung weckte. Wenn sie von Liebe entfacht wäre, statt diese selbst zu entfachen, wäre dies wie eine Flamme, die nach unten strebte. Eine Absurdität.

»Ja, seit langem. Möchtet Ihr einige meiner Verse hören?« sprach sie weiter, während er noch seinen Gedanken nachhing. Erst jetzt wurde ihm bewusst, wie durchdringend sie ihn aus dem dunklen Winkel anschaute, in den sie sich gesetzt hatte. Ihr Gesicht wirkte nun anders, reifer und zugleich zeitlos. Ein Engel wie einer von denen, die auf den Wegen der Menschen in Sodom gewandelt waren, dachte er mit einem Anflug von Abscheu. Dann drangen wohlklingende Laute an sein Ohr.

Das Mädchen hatte zu sprechen begonnen. Aus ihrem Mund ertönten rhythmische Silben. Sofort erkannte Dante das unverwechselbare Versmaß des lateinischen Hexameters. Der sanften Sinnlichkeit Ovids nachgebildet, besang das Gedicht den Schmerz einer fernen Liebe, einer ersehnten Rückkehr. Verblüfft verfolgte er das sich in den Versen entwickelnde Thema: Die Liebe schien die einer Frau zu ihrem Sohn zu sein, der seltsamerweise zugleich auch ihr Ehemann war. Er spitzte die Ohren, um das genauer zu verstehen, was ihm anfangs wie eine Absurdität oder wie eine extravagante Anstößigkeit vorgekommen war.

Doch schon wechselte die Sprache, und die Verse erklangen nun auf Provenzalisch. Sofort stellte sich der Dichter darauf ein, denn er beherrschte diese Sprache ebensogut, doch bevor er sich über das, was er da hörte, im klaren war, wechselte die Sprache erneut. Der Rhythmus der Dichtung schien zum Hexameter zurückgekehrt zu sein, doch zunächst verstand er rein gar nichts. Dann glaubte er, noch immer ohne den Sinn zu erfassen, den Klang des Gehörten wiederzuerkennen: Während seiner Ausbildung bei den Franziskanern von Santa Croce hatte er hin und wieder einige Mönche sprechen gehört, die im Orient Griechisch gelernt hatten und in dieser Sprache zitierten, um ihre Argumente zu begründen.

Noch ganz verwirrt von diesem sonderbaren Metrum, empfand er eine immer größere Bewunderung für diese Frau, die offenbar das Griechische beherrschte. Doch bevor er dies auch nur mit einer Geste zum Ausdruck bringen konnte, änderte sich die Sprache erneut.

Diesmal waren die Laute, die aus dem Mund des Mädchens sprudelten wie Wasser aus einem Brunnen, wahrhaftig nicht zu verstehen. Sie klangen weder wie eine der Sprachen des Kaiserreichs noch wie die borstige Mundart der Alemannen oder wie die nicht weniger holprige Redeweise der Angeln, die er manchmal auf den Märkten von Florenz gehört hatte. Und auch nicht wie die entsetzliche, barbarische Sprache der Heiden Syriens oder wie die abgehackte Redeweise der Juden, die zwar vielleicht der Sprache der ersten Menschen am ähnlichsten war, doch uns so fern wie die kalten Sterne des unbewegten Himmels.

Fassungslos hörte er dem Mädchen zu, das weiter ungezwungen seine Verse vortrug und deren Unverständlichkeit mit dem entzückenden Wohlklang der Laute überdeckte. Für einen kurzen Augenblick kam es Dante so vor, als wohnte er einer Wiedererwekkung der himmlischen Sprache bei, so wie sie gewesen sein musste, bevor das Schwert des göttlichen Zorns über den anmaßenden Turmbau zu Babel herabgefahren war, um sie zu zerstreuen.

Inzwischen hatte er alle Hoffnung fahrenlassen, etwas davon zu verstehen. Doch die geweiteten Augen des Mädchens, in denen Tränen glitzerten, gaben ihm die Gewissheit, dass auch hier die

Liebe besungen wurde. Eine verzweifelte Liebe, zu etwas Unerreichbarem.

Dann verstummte die Stimme plötzlich auf einem letzten, qualvollen Ton.

»Was habt Ihr da rezitiert?« stammelte der Dichter verwirrt.

Das Mädchen erwiderte nichts. Ein Schatten in seinen Augen gab ihm das Gefühl, dass es sich fragte, ob er in der Lage sei, die Antwort zu verstehen. »Eine Hymne«, sagte es schließlich. »Die die Herrlichkeit der Mutter der Völker preist.«

»Ihr habt einen Lobgesang auf die Heilige Jungfrau verfasst?«

»Auf die, die jungfräulich einen Sohn bekam, die Allmutter Natur, Beherrscherin der Elemente, erstgeborenes Kind der Zeit, Königin der Manen«, antwortete Fiamma begeistert. »Die, die mit einem Wink über des Himmels lichte Gewölbe, die heilsamen Lüfte des Meeres und der Unterwelt klägliche Schatten gebietet.«

Dante hatte einige Stellen aus den Litaneien erkannt, vermischt mit Elementen, die er nie zuvor gehört hatte. »*Regina maris* ... gewiss. Herrin der drei Reiche?« flüsterte er erstaunt.

Er wartete darauf, dass sie ihm eine Erklärung gab, doch mit einem plötzlichen Stimmungsumschwung brach Fiamma in ein unbändiges Lachen aus. Sie schaute auf die Wand hinter ihm. Als wäre ihr eine neue Idee gekommen, sprang sie auf und lief zu einem kleinen Tisch, auf dem Schreibinstrumente lagen. Mit einem Bronzegriffel in der Hand kehrte sie zurück.

Dante hatte ihr verblüfft zugesehen. Das Mädchen kam auf ihn zu, bis es ihn fast berührte, und hob die Metallspitze gefährlich nahe an sein Gesicht. »Haltet still. Ruhig!« rief es.

Dante sah sich nervös um.

»Nein, haltet den Kopf still!«

Das Mädchen hatte den Griffel an die Wand geführt. Es begann mit der Spitze etwas in die Kalkmauer zu ritzen. »Ich halte Euren Schatten fest«, sagte es, während es das Profil des Dichters nachzeichnete. »So wie er sich in den Stein gräbt.«

Nachdem Fiamma ihr Werk in wenigen Augenblicken beendet hatte, trat sie einige Schritte zurück, um es zu betrachten. Auf der Wand war nun eine weiße Furche zu erkennen, die ein markantes menschliches Profil zeigte. Fiamma schien über die skizzierten Gesichtszüge nachzudenken.

»Was reizt Euch an einem Bild, wenn Ihr mich doch unmittelbar betrachten könnt?« fragte Dante. »Als würdet Ihr in der Höhle Platons das verzerrte Schattenbild dem wahren Eindruck vorziehen!«

Das Mädchen wandte sich ihm abrupt zu. »Ihr habt diese erstaunlichen Seiten gelesen? In dieser außergewöhnlichen Sprache?«

Dante zögerte betreten. »Nein. Ich verstehe kein Griechisch. Doch ich habe anderswo viel darüber gelesen ...«, erklärte er ausweichend. Sie schien ihm nicht zugehört zu haben. Schnell zeichnete sie das Bild mit dem Griffel noch einmal nach. »Was für eine außergewöhnliche Sprache, Messere! Die Väter unserer Religion sind der Ansicht, dass das Hebräische die Sprache sei, mit der Gott am Anfang zu den ersten und bedeutendsten Menschen unserer Art gesprochen habe. Das mag sein. Doch ohne Zweifel war es dann die griechische Sprache, in der diese bedeutenden Menschen untereinander zu sprechen begannen, um in die Geheimnisse der Natur einzudringen und die Stufen der Leiter zu bauen, die sie in jenen Himmel zurückbringen sollten, aus dem sie verbannt worden waren.«

Sie hielt inne, um die lange Kratzspur zu betrachten, die über die Wand lief. Die gerade, an der Wurzel kräftige Nase, die hohe, breite Stirn, das ausgeprägte Kinn. »Es ist nur ein Umriss, ein undeutlicher Schatten«, beharrte der Dichter.

»Das ist nicht wahr, Messer Alighieri. In Eurem leibhaftigen Gesicht liegt die ganze Wandelbarkeit und Unbestimmtheit einer von der Zeit geprägten Form, eine Flut von auf Wasser geschriebenen Mienen. Doch in der geometrischen Schlichtheit des Kontrastes von Licht und Schatten reduziert sich der ganze Umfang des

Buches Eurer Seele auf den Kern. Dieses Porträt liefert Euch mir aus, es nimmt Euch jede Möglichkeit, Euch zu verändern.«

»So erzählt man es sich auch von Perseus, der die Gorgo Medusa besiegte, weil er sie nur in der glänzenden Wölbung seines Schilds betrachtete. Fürchtet Ihr, mein Blick könnte Euch erstarren lassen, da auch Ihr Euch darauf beschränkt, mein Bild anzusehen?«

»Es ist keine Furcht, sondern das Bestreben, hinter Euer Geheimnis zu kommen.«

Dante verschlug es für einen Augenblick die Sprache. Dann schüttelte er den Kopf. »Mein Geheimnis. Niemand kann so tief dringen.«

»Glaubt Ihr das wirklich?« fragte sie verschmitzt lächelnd. »Dass es in einem Mann einen so tiefen Abgrund gibt, dass eine Frau ihn nicht erreichen kann?«

Erst jetzt bemerkte der Dichter, dass Senator Spada wohl schon vor einer Weile den Raum betreten hatte und ihnen reglos zuhörte, seine Miene war sichtlich erregt. Er ging zu seiner Tochter, die schnell atmend verstummt war, und legte ihr die Hand auf den Kopf wie jemand, der seinen Segen erteilt. Dann wandte er sich an Dante.

»Habt Ihr gehört, Messer Alighieri? Ich hoffe, die süße Aufdringlichkeit meiner Tochter hat Euch in unserer Abwesenheit nicht allzusehr gestört. Sie ist dem jugendlichen Ungestüm geschuldet, das sich bei ihrem Geschlecht häufig in endlosem Reden äußert«, sagte der Senator.

Dante verneigte sich respektvoll vor dem Mädchen, das die Bemerkung ihres Vaters mit einem verständnisvollen Lächeln zur Kenntnis genommen hatte. »Wenn ich nicht mit eigenen Augen sehen und mit eigenen Ohren hören würde, wäre auch ich Eurer Meinung, Senator. Doch es gibt den seltenen Fall, dass die Reize der Natur und die Gunst Gottes sich in einem einzigen Wesen vereinen, dem die Sterne als alleinige Bestimmung aufgetragen haben, das Wunder der Schöpfung zu offenbaren. Und ich glaube, Eure Tochter ist ein solches Wesen. In ihr ist die Schwäche ihres Geschlechts ausgelöscht.«

Während er sprach, hatte er aus dem Augenwinkel beobachtet, welche Wirkung seine Lobrede auf das Mädchen hatte. Er war enttäuscht, weil es ihm nur mit halbem Ohr zuzuhören schien, die Gedanken auf etwas Fernes gerichtet.

»Ihre Verse haben Euch also gefallen?«

Dante zögerte, bevor er antwortete. »Zu dem, was Eure Tochter mir offenbart hat, wären nur wenige Menschen der gesamten Christenheit fähig oder sogar keiner. Eine meisterhafte Dichtung in einer Mischung aus den wichtigsten Sprachen. Ich beklage allerdings meine geringe Bildung, die mir den Genuss der meisten von ihnen vorenthielt. Besonders im letzten Teil, verfasst in einer Sprache, die wohl nur die Engel verstehen.«

Der Senator verneigte sich leicht zum Zeichen des Dankes. »Die letzte Sprache war nicht die der Engel, ist ihr jedoch vielleicht am ähnlichsten. Das war Koptisch.«

»Koptisch?« wiederholte Dante verblüfft.

»Die Sprache der alten Ägypter. Die in den Ländern des Nils gesprochen wurde, bis das Wüten der Mohammedaner hereinbrach, um sie auszulöschen. Vor ein paar Jahren kamen einige Mönche, die überlebt hatten, aus jener Gegend nach Rom, und ich persönlich nahm sie für die Dauer ihres Aufenthalts auf, bevor sie ihren Weg in die Länder des Byzantinischen Reiches fortsetzten. Damals hatte ich Gelegenheit, etwas von ihrer alten Sprache zu lernen und einiges über die von ihnen überlieferten Sitten und über das Wissen aus uralter Zeit zu erfahren, das sie gehütet hatten. Das wenige, was ich lernte, gab ich an meine Tochter weiter, einer ausgezeichneten Schülerin, wie Ihr gehört habt, und besser als ihr Lehrer.«

»Was hat Eure Tochter vorgetragen?« fragte Dante, der noch immer Zweifel an dem hegte, was er da vernommen hatte.

Der Senator schaute kurz zu dem Mädchen hinüber, wie um es zum Sprechen aufzufordern. Doch da es sich mit einem Lächeln begnügte, sagte er: »Eine alte Geschichte. Vielleicht die erste überhaupt. Aber habt Ihr inzwischen über das, was ich Euch erzählt habe, nachgedacht? Über den neuen Kreuzzug, diesen letzten und entscheidenden. Kann die Vorstellung, daran teilzunehmen, Euer Gemüt nicht begeistern?«

Bei dieser direkten Frage fuhr Dante auf. »Wünscht Ihr, dass ich meine Landsleute aufrufe, daran teilzunehmen? Die Kommune von Florenz …«

»Immer führt Ihr diese Stadt im Mund!« unterbrach ihn der Senator. »Eure Talente sollen uns ganz anders helfen als damit, in den Gebieten der Toskana eine Handvoll Florins zusammenzukratzen!«

Dante war sich nicht sicher, ob er verstanden hatte. Er sah, wie Vater und Tochter einen raschen Blick wechselten. »Vater, wir werden sein Wort haben, ich weiß es. Für alles«, sagte Fiamma geheimnisvoll.

»Ja, meine Tochter. Ich weiß es auch.« Der Senator schaute wieder zum Dichter. »Wenn er alles gesehen und erfahren hat.«

»Meint Ihr den Kreuzzug?« fragte Dante. »Ihr sprecht davon, als würde er unmittelbar bevorstehen. Doch die damit verbundenen Schwierigkeiten …«

»Die Vorbereitungen sind viel weiter gediehen, als Ihr annehmt. Damit der Papst jedoch ruhigen Herzens den Befehl zum Aufbruch geben kann, muss zunächst das Patrimonium Petri befriedet und beherrscht werden.«

»Was in Palestrina geschah, soll also eine Station auf dem Weg nach Jerusalem sein?«

»Das war ein Nest voller Schurken und Ghibellinen, Messer Alighieri. In dem sich die Colonna verschanzt hatten und sich bis an die Tore der Stadt als Herren aufspielten. Und Bonifatius hat recht daran getan, sie zur Vernunft zu bringen. Leider ist die Widerspenstigkeit einiger Adelsfamilien für Seine Heiligkeit Anlass zu nicht geringer Sorge. Doch nach und nach wird man sie unterwerfen und ihre Burgen erstürmen. Übrig geblieben ist auch die wohl größte und stärkste von ihnen, und in der kommenden Nacht wird sie an der Reihe sein. Ich möchte, dass Ihr dabei seid, Messer Alighieri. Damit sich die große Stadt Florenz mit den Augen ihres bedeutendsten Bürgers ein Bild davon machen kann, wie in Rom die Ordnung regiert. Denn in ihren Mauern seid Ihr derjenige, der am besten über Gut und Böse urteilen kann.«

In was wollte Bonifatius' Mann ihn da verwickeln? Gut und Böse: Instinktiv erkannte er in der neuen Aufforderung die Anzeichen für ein Ränkespiel, dessen Zusammenhänge ihm noch immer nicht klar waren. Mit einem kurzen Nicken stimmte er zu und wartete darauf, dass das verborgene Gewebe jenes Plans irgendwann zum Vorschein kam.

8. NOVEMBER, GEGEN ABEND, IN DEN RÄUMEN DES VATIKANISCHEN PALASTS

Ein Geistlicher trat zaghaft näher und verneigte sich bis zum Boden. Bonifatius saß auf seinem Thron und schaute aus dem Fenster, das auf die Felder zum Tiber hin zeigte. Rechts versperrte der imposante Bau der Engelsburg mit seinem Bollwerk den Blick nach Osten, wo die Strahlen der untergehenden Sonne die Spitzen des fernen Quirinals vergoldeten.

»Eure Heiligkeit, der Inquisitor wünscht, empfangen zu werden.«

Der Papst stand mit einem knappen Wink der Zustimmung ruckartig auf. Der Geistliche zog sich nach einem raschen Kniefall zurück und wurde kurz darauf von der schwarzweißen Gestalt des Dominikaners abgelöst.

»Was bringt Ihr mir von diesem Mann?« fragte Bonifatius begierig und starrte auf das Schriftenbündel, das der Inquisitor in der Hand hielt.

»Eine Dichtung. Die der Florentiner über alle Maßen zu schätzen scheint, verwendet er doch eine große Sorgfalt darauf, sie zu verstecken und überallhin mitzuschleppen.«

»Eine Dichtung?« fragte der Papst ungläubig. Er sah enttäuscht aus. »Ich dachte ... ich dachte an etwas anderes ... in Florenz hat man sich meinem Willen vehement widersetzt: Ich glaubte, er führte etwas gegen unser Vorhaben im Schilde, um der schändlichen kaiserlichen Lehre Gehör zu verschaffen, die unsere Autorität in die weltlichen Reiche zurückverweist. Ein Gedicht! Auf unseren Straßen ist ein Dichterling unterwegs!«

Sein Gesicht war wutverzerrt. »Doch er hat sich in unsere Fänge begeben und wird ihnen nicht mehr entkommen!«

Der Inquisitor streckte die Hand aus. »Ja, es ist ein Gedicht. Doch keines wie die üblichen Albernheiten von seinesgleichen. Es ist etwas darin verborgen.«

Bonifatius sah ihn ungeduldig an. »Was denn?«

»Das wissen wir nicht. Noch nicht. Er hat irgend etwas vor.«

Der Papst riss dem Inquisitor die Schriftstücke aus der Hand und hielt sie sich dicht vor die Augen. »Wenigstens wird er jetzt damit aufhören«, murmelte er, während er die ersten Zeilen überflog und dabei versuchte, seine kurzsichtigen Augen scharfzustellen.

»Das ist nur eine Kopie, Eure Heiligkeit. Ich habe sieben unserer Schreiber beauftragt, damit sie sie in nur einer Nacht fertigstellen. Es ist besser, wenn der Mann nicht erfährt, dass wir in ihrem Besitz sind. Er hat ein erstaunliches Gedächtnis und wäre ohne jeden Zweifel in der Lage, den Text jederzeit neu zu verfassen, wenn wir ihn ihm entwendeten. Doch so wird er nicht argwöhnen, dass wir über das, was er tut, im Bilde sind, und wir können seine Gedanken ergründen, ohne dass er das geringste davon ahnt.«

»Doch warum soviel Aufhebens, wenn es doch nur um ein paar Verse geht?«

»Vielleicht solltet Ihr mich anhören. Eure vom Licht des Höchsten erleuchtete Weisheit wird Verständnis für meine Befürchtungen haben. Es ist die Geschichte einer Höllenfahrt.«

»Schon wieder?« stieß Bonifatius hervor. Er drehte sich rasch um, wobei er die Schriftstücke wütend auf den Boden warf, und ging zum Fenster. »Warum nur ist die Welt mit Schwachköpfen verseucht, die behaupten, die Zukunft und die Gestalt der Erde, das Warum und den Sinn der Dinge zu kennen, anstatt sich fromm der großen Umarmung der Kirche anzuvertrauen, die alles ordnet und versteht?« schrie er, als erwartete er eine Antwort vom Bleidach der Vatikanischen Basilika. »Und nun wollen sie mit ihrem Geschwätz auch noch bis ins Jenseits vorstoßen? Als wären das Himmelreich und die Gruben der Hölle mit ihrem Licht und mit ihren Flammen nicht schon klar und in aller Ausführlichkeit von der Heiligen Schrift geschildert worden, so dass es keiner weiteren Schriften mehr bedürfte. Allein schon für dieses Tändeln mit den Tatsachen der Offenbarung hätte der Florentiner den Strang verdient. Und anschließend am eigenen Leib die Bekanntschaft mit jenem Feuer, das er anderen zuteil werden lassen möchte, dessen bin ich mir sicher.«

Der Inquisitor bückte sich geduldig, hob die Blätter auf und ordnete sie. Er begann, den ersten Absatz zu lesen. Zunächst wandte ihm Bonifatius weiter ostentativ den Rücken zu, drehte sich dann jedoch verblüfft in einer langsamen Bewegung um. Er blieb noch einen Augenblick zögernd am Fenster stehen, kehrte dann zu seinem Stuhl zurück und ließ sich wortlos darauf fallen. Er kniff ein wenig die Augen zusammen, während die klangvollen Worte seines Feindes allmählich den Raum erfüllten.

Über eine Stunde lang trug der Mönch mit farbloser Stimme die Verse vor, bis er zur letzten Seite gelangte:

»… So zwischen Moor und Fels, in weiter Runde
Umgingen wir des trüben Pfuhles Rand,
Vor uns die Brut, der Schlammflut troff vom Munde,
Bis ich an eines Turmes Fuß uns fand.«

Der Inquisitor brach ab. Die Stille der Nacht schien das Echo der letzten Worte verschlungen zu haben. Bonifatius riss die Augen auf. »Und weiter?«

»Hier endet das Gedicht, Eure Heiligkeit. Offensichtlich ist es nur der erste Teil eines viel umfangreicheren Werkes. Wie bei den Ruinen aus der Antike, von denen diese Stadt umgeben ist, kommt unter der Oberfläche wie bei den Trümmern der alten Römer etwas zum Vorschein, was Gefahr bedeutet …«

»Was ist es? Abgesehen von den Beleidigungen des Klerus, die wir von diesem Mann bereits reichlich gewohnt sind.«

»Etwas noch Verderbteres. Diese Fahrt hinab zu den Dämonen ist nur die Verschleierung seines geheimen Wunsches, sie zu uns hinauf zu rufen!«

Bonifatius ballte die Fäuste. »Glaubt Ihr, auf diesen Seiten ist der Anfang eines *Grimorium* niedergeschrieben? Eine schreckliche Beschwörung unter dem Deckmantel einer Reise?«

»Davon bin ich überzeugt. Ihr habt ja gesehen, wer sein Führer ist: der Magier Vergil. Soll ich ihm das Handwerk legen?«

Bonifatius zögerte einen Moment. Dann trat ein boshafter Glanz in seine Augen. »Nein. Lasst ihn gewähren. Falls er wirklich in der Kunst der Geisterbeschwörung bewandert ist, soll sie nicht zusammen mit seinem Kopf verlorengehen.«

Der Inquisitor schaute überrascht zum Papst auf. Doch der sah wieder aus dem Fenster zu den fernen Hügeln. »Vielleicht kann unter bestimmten Umständen auch die schwarze Magie zur höchsten Ehre Gottes und seiner Kirche gewendet werden«, sagte Bonifatius leise. »Besonders jetzt, da meine Stadt von einem Ansturm der Ketzerei erschüttert wird. Finstere Zusammenkünfte werden an geheimen Orten abgehalten, doch die Klauen des Teufels dringen sogar in meine Räume ein!«

Der Inquisitor nickte. »Auch wir, Heiliger Vater, haben Hinweise darauf, dass einige Mitglieder der Kurie ein geneigtes Ohr für die Stimme Satans haben. Wie wohl auch einige Mitglieder des

Senats. Wer sie sind, ist noch nicht bekannt, doch Senator Spada ist wachsam, und früher oder später bekommt er sie zu fassen.«

»Saturniano … leider hat Gott uns nur wenige Männer wie ihn geschickt …«

6

9. NOVEMBER,
GEGEN SONNENUNTERGANG

Der Senator hatte sich zum Sonnenuntergang am Turm der Tiberinsel mit ihm verabredet. Dante vertrieb sich die Zeit bis dahin mit der mehrmaligen Lektüre der kostbaren Schrift von Vergil. Er las, doch er hätte auch blind sein können, so getreu kamen ihm die Worte über die Lippen, noch bevor seine Augen sie in den auf dem Papyrus verblassten Zeichen erkannten.

Jeder Vers des großen Poeten war in seinem Gedächtnis eingegraben wie in eine Marmortafel, so dass er sich häufig dabei ertappte, mit seinen eigenen Worten zu denken und zu schreiben. Zum wiederholten Mal verweilte er an derselben Stelle:

Ibant obscuri sola sub nocte per umbram
perque domos Ditis vacuas et inania regna …

Dunkel gingen sie in einsamer Nacht durch die Schatten, durch leere Behausungen und Dis' ödes Reich. Ja, besser konnte man es nicht ausdrücken. So war die Hölle der Vorväter gewesen: ein ödes, leeres Reich, bevor die Ankunft von Jesus Christus den Schmerz der Menschheit für immer linderte, da er die Hoffnung auf ein neues Leben weckte. Ein wüstes Land, in dem der Tod weder Sinn noch Erlösung bot. Ein Wald von Schatten, in dem die des Körpers beraubten Seelen nicht in ihrer Reinheit erstrahlten, sondern in der Finsternis, verwirrt in einem sinnlosen Warten, umhergingen.

Er ließ die Schrift sinken und starrte ins Leere. Das war der

Schmerz der Heiden, der Verlust des Lebens. Doch seine Hölle musste noch schrecklicher sein.

Er musste seinen Lesern die Gestalt des Bösen zeigen! Es gab keinen anderen Weg, wenn er wollte, dass seine Lektion in die Köpfe fuhr wie ein schwerer Hammer, auch auf die Gefahr hin, dass er Gott dabei auf den Rang eines höhnischen Peinigers verwies. Er dachte an den persischen Gesandten: Gewiss, wenn er die Existenz eines boshaften Gottes annähme, dem man die Verantwortung für jede Schandtat aufbürden konnte, wäre es ein leichtes, ihm auch die sonderbarsten Erscheinungsformen des Jenseits und die schrecklichsten Strafen zuzuschieben. Feuerfontänen und heißglühende Wege, wie er es in Florenz in dem Buch des Arabers *Mohammeds Vision* gelesen hatte. Doch der war ein Heide gewesen, auch er.

Er zuckte mit den Schultern und warf einen Blick aus dem Fenster. Die zehnte Stunde war schon eine Weile vorüber, und der Schatten der Dämmerung glitt auf die Mauern des Hauses herab. Da ertönte in der Ferne ein Glockenschlag, der sofort von anderen Glocken aufgenommen wurde. Die Patarina im Turm des Kapitols läutete zur nächtlichen Ausgangssperre, und die anderen Glocken der Stadt stimmten ein.

Bald würde es Nacht sein, Zeit, sich auf den Weg zu machen. Wer weiß, was für ein Schauspiel der Gerechtigkeit der Senator ihm da versprochen hatte.

Er kam über den Ponte Cestio zum Turm auf der Tiberinsel. Die gesamte Piazza von Isola, eingezwängt zwischen dem Turm an der Brücke und der Kirche und dem Kloster auf der anderen Seite, wimmelte von Bewaffneten, die sich um kleine Pyramiden aus aufgestellten Lanzen gruppierten. Der Platz war vom Mond nur schwach erhellt, doch das Licht genügte, um auch einige große Munitionswagen zu beleuchten, die schon mit angespannten Ochsenpaaren auf der gegenüberliegenden Brücke aufgereiht standen.

Es mussten mindestens einhundert Mann sein, schätzte Dante mit einem Blick auf das Geschehen. Eine viel zu große Zahl für den harmlosen Einsatz der Miliz, den der Senator angedeutet hatte. Offenbar waren die letzten Vorbereitungen vor der Aktion im Gange: Geflüsterte Befehle liefen von Gruppe zu Gruppe, und die Hauptleute hielten Ansprachen an ihre Männer, wobei sie ihre Schwerter schwenkten und hinter die dunkle Masse des Palatins deuteten, die jenseits des Flusses die Sicht versperrte. Im Turm der Caetani, der sich wuchtig vor dem Kloster erhob, schien ein wildes Treiben zu herrschen. Immer wieder hetzten Lichter an seinen Schießscharten vorbei, als liefen in seinem Innern zahlreiche Männer mit Fackeln treppauf und treppab.

Kaum hatte er die Brustwehr der Brücke hinter sich gelassen, verstellten ihm zwei Wachposten mit gekreuzten Lanzen den Weg und befahlen ihm barsch stehenzubleiben. Erstaunt setzte er zu einer Entgegnung auf ihren immer bedrohlicher werdenden Druck an, als er erleichtert hörte, dass ihm eine vertraute Stimme zu Hilfe kam.

»Messer Alighieri! Wir haben nur noch auf Euch gewartet, um mit diesem Akt der Gerechtigkeit zu beginnen! Kommt unter mein Kommando.«

Vor ihm stand der Senator. Er hatte seine Festkleidung abgelegt, um nun einen Brustpanzer aus stählernen Bändern und Schulterstücke aus demselben Material über einem Kettenhemd zu tragen, das ihm bis zu den Knien reichte. Unter dem Arm hielt er einen altertümlichen Helm, einen robusten Eisenzylinder mit einem schmalen Schlitz in Höhe der Augen, und in der rechten Faust einen Zweihänder. Dicht hinter ihm folgte mit einer Blendlaterne in der Hand ein Hauptmann der päpstlichen Truppen, auch er von Kopf bis Fuß in Eisen. Der Mann öffnete die Laternenklappe und ließ einen Lichtstrahl auf das Gesicht des Dichters fallen, um festzustellen, wer der Fremde war, auf den der Senator da gewartet hatte.

Saturniano bedeutete den Wachen mit einer schroffen Handbewegung, sich zurückzuziehen, dann trat auch er in den schmalen

Kegel des Lampenlichts. Er gab seinem Untergebenen die Waffe und fasste mit einem festen Griff seiner freien Hand die Schulter des Dichters. »Heute nacht werdet Ihr erleben, wie Bonifatius' Majestät mit den Aufsässigen in seiner christlichen Stadt umgeht. Das kann Euch auch für die Parteien, die Euer Florenz plagen, eine Lehre sein.«

»Rom war schon immer die Lehrmeisterin der Völker. Und könnte es auch weiterhin sein«, antwortete der Dichter nur knapp.

Der Hauptmann, der einen Schritt entfernt stehengeblieben war, trat nun vor und nahm seinen Helm ab. Damit kein Zweifel an seiner Identität blieb, hob er kurz die Laterne, um sein Gesicht zu zeigen. Dante erkannte die finsteren Züge Mastro Canapas, dessen gelbliche Zähne in einer Mimik aufschienen, die ein Lächeln sein sollte.

»Hör auf den Senator, Florentiner! Aus so einer Blutnacht lässt sich mehr über die Geschichte lernen als aus all deinen Büchern zusammen!«

»Wollt Ihr etwa ein paar deftige Kapitel dieser Geschichte schreiben?« entgegnete der Dichter spöttisch, während er mit einem Blick in die Runde die Bewaffneten musterte. Im schwachen Mondlicht kamen sie ihm weniger wie eine geordnete Truppe vor als vielmehr wie ein Haufen Meuchelmörder, der kurz davor war loszuschlagen. Der Senator hatte seine Gedanken offenbar erraten, denn er brachte den Dekurio mit einem frostigen Blick zum Schweigen, bevor er sich in liebenswürdigem Ton wieder ihm zuwandte. »Lasst Euch von dem Ungestüm meiner Untergebenen nicht stören, Messer Alighieri. Diese Männer sollen mit dem niederträchtigsten Teil des Menschen kämpfen, und das verleiht ihrem Gemüt einen wilden Zug, der einen gelehrten Mann gewiss verstören muss. Doch auf diesem Schlamm werden Imperien gebaut, und das Schwert der Gerechtigkeit ist nicht weniger scharf als die Sense eines gemeinen Bauern. Nach dem Tag der Adler kommt die Nacht der Wölfe, und diese ist eine davon.«

»Wohin werden die Wölfe ziehen?«

»Es gibt einen Ort, der sich gegen den heiligen Willen von Bonifatius erhebt wie eine Eiterbeule auf dem Leichnam eines Pestkranken. Die Burgfeste der Frangipani hinter den Ruinen des alten Forums. Sie haben sich mit ihren Familien und ihren Bewaffneten unter den Bögen des Kolosseums verschanzt. Ihr Geschlecht hat jede Aufforderung zur Vernunft zurückgewiesen, geschützt durch die Mauern ihrer Festung, die sie für uneinnehmbar halten. Wir haben lange versucht, mit ihnen zu verhandeln, und ihnen versprochen, sie könnten die Burg behalten, wenn sie eine Wachmannschaft mit Bonifatius' Leuten bei sich akzeptierten. Sie haben hochmütig abgelehnt, weil sie auf den fernen Schutz vertrauen, den ihnen das Bündnis mit den Colonna angeblich gewähren kann. Doch heute nacht werden sie ihre gerechte Strafe bekommen, und ihre Unverschämtheit wird sich im Staub winden. Die Burg wird wieder der Herrschaft des römischen Senats unterstellt, und ein weiteres Steinchen unserer Stadt wird sich wie die anderen ins Mosaik des Friedens einfügen.«

»In Bonifatius' Frieden?« fragte Dante, ohne den bissigen Unterton in seiner Stimme verbergen zu können.

»In den Frieden Roms. Der einst der der ganzen Welt war. Und es wieder sein wird.«

Dante zuckte mit den Schultern. Rings um ihn her griffen die Männer des Senators zu ihren Waffen und stellten sich gruppenweise auf, während die Spitze des Zuges bereits losmarschierte und den Ponte Fabricio überquerte, vorbei an den viergesichtigen Büsten, die seine Brüstung zierten. Auch die Wagen hatten sich in Bewegung gesetzt, und die von den Lenkern angetriebenen Ochsen zogen mit aller Kraft, wobei sie, gereizt wegen der ungewohnten nächtlichen Arbeit, ihren Kopf mit den langen Hörnern schwenkten.

Dante sah die Umrisse von zwei großen Ballisten und die gedrungene Form eines Mauerbrechers, den ein Dach aus festen

Eichenbrettern überragte. Der Senator war seinem Blick gefolgt. »Die Burg ist, wie gesagt, gut geschützt. Der massive Bau ist enorm und kann es in seinen Ausmaßen selbst mit der Engelsburg aufnehmen. Doch im Gegensatz zu dieser hat er kein umlaufendes Bollwerk, und die große Zahl der Öffnungen bietet, obwohl sie gemauert sind, mehr Möglichkeiten, ihn zu erstürmen. Wir werden versuchen, eines der Tore mit dem Mauerbrecher einzureißen, um ins Innere des Amphitheaters vorzudringen. Sind wir erst einmal drinnen, wird die Truppe die Aufrührer schon zur Vernunft bringen. Die ganze Familie zählt nicht mehr als drei Dutzend Leute, und sie sind durch ihre Frauen und Kinder behindert.«

»In der Burg sind Frauen und Kinder? Und Ihr gebt Ihnen kein Quartier, bevor Ihr angreift?« fragte Dante entsetzt.

Im Licht der inzwischen entzündeten Fackeln setzten sich die verschiedenen Gruppen in Bewegung und marschierten über die Brücke. Dante und der Senator waren im vordersten Trupp, der nun an den Arkaden des alten Marcellus-Theaters vorbei auf einem schmalen Pfad weiterzog. Dann wandte sich die Kolonne zunächst zum Kapitol, das hoch oben im Licht der Fackeln der Wachposten vom Senatorenpalast erstrahlte. Als sie am Fuß des Tarpejischen Felsens ankam, einem Tuffsteinüberhang steil über dem Weg, passierte sie die Reste einer Freitreppe, die zum Kapitol hinaufführte, und bog zum Forum ab, dessen noch stehende Säulen einem verkümmerten Wald ähnelten, durch den ein Sturm gefahren war.

An der tiefsten Stelle durchschnitt eine schmale, gepflasterte Straße die Masse der Monumente. Viele der alten Bauwerke waren nur noch Trümmerhaufen, zwischen die kleine Ställe und elende Hütten gebaut worden waren. Aufgeschreckt von den vorbeimarschierenden Männern, stimmten die dort eingesperrten Tiere ein plötzliches Gebrüll an, das sich mit dem Rumpeln der Wagenräder und mit dem Gleichschritt der Soldaten mischte.

Immer weiter drangen die Truppen auf diesem riesigen Marmorfriedhof vor, der rechts von der Anhöhe des Palatins begrenzt wurde und links von der Maxentius-Basilika, deren große Gewölbe sich dunkel vom Himmel abhoben.

Als sie auf der Höhe der Basilika waren, erblickte Dante hinter der Stadtmauer oben auf dem Viminal ein gigantisches Feuer, das bis in den Himmel zu lodern schien. Er blieb verblüfft stehen und schaute sich das unglaubliche Schauspiel mit offenem Mund an, als hätte ein über ihren Köpfen fliegender Engel direkt am Mondhimmel eine riesige Fackel entzündet. Der blasse Mond leuchtete weiter unten, und sein Licht wirkte viel schwächer als jenes andere am Horizont.

»Seht, Messer Alighieri, der Neroturm gibt das Signal zum Angriff!« sagte der Senator, der sein Erstaunen bemerkt hatte. »Der Papst hat diese Festung vor kurzem durch Verhandlungen von den Annibaldi erworben. Jetzt ist sie in der Hand seiner Truppen, und auch von dort stößt eine Schar als Verstärkung zu uns. Ja, sie haben sogar schon mit dem Angriff begonnen. Seht nur!«

Dante spähte in die Finsternis. Unter den Flammen entdeckte er die dunklen Umrisse des Hauptturms: ein riesiger, rechteckiger Block, auf dem sich unter der brennenden Spitze zwei wuchtige Stockwerke erhoben. So unermesslich groß, dass es wirklich so schien, als berührten sich dort Himmel und Erde. Anders konnte auch der berühmte Leuchtturm bei Alexandria nicht aussehen, eines der sieben Weltwunder, von denen er gelesen hatte. Rings um den Hauptturm stand eine solide Mauer, von deren Wehrgängen prasselnde Funken aufstiegen, über ihren Köpfen durch den Himmel flogen und hinter der Maxentius-Basilika niedergingen.

»Die Katapulte der Festung beschießen das Kolosseum.«

»Wollen sie es zerstören?«

»Nicht einmal die Geschosse der gesamten Christenheit könnten auch nur einen Block in diesem Bauwerk verrücken, Messer Alighieri«, antwortete der Senator, während er seine Männer mit weit ausholenden Handbewegungen immer wieder zum Vormarsch aufforderte. »Die Schleudermaschinen werfen Gefäße mit brennendem

Öl gegen die Arkaden, um die Verteidiger zu irritieren und sie mit der Brandbekämpfung abzulenken, während wir mit dem Mauerbrecher anrücken. Unsere Männer sind schon auf dem Titusbogen postiert und werden bei unserer Ankunft das Signal zur Feuerpause geben.«

In diesem Augenblick geriet die Kolonne ins Stocken, so dass die Männer stolpernd aufeinanderprallten.

Dante sah Mastro Canapa rasch auf sie zukommen. »Die verdammten Mistkerle haben die Straße mit einer Kette versperrt. Die Wagen kommen nicht weiter!«

»So etwas habe ich erwartet«, sagte der Senator gelassen. »Lasst uns nachsehen. Wo sind die Schmiede?«

Gefolgt vom Dichter, hastete der Senator an die Spitze des Zuges. In einem Engpass zwischen zwei Gebäuden war eine dicke Metallkette gespannt. Dahinter war unter dem Geschosshagel der Wurfmaschinen das weite Rund des Kolosseums zu erkennen. Unentwegt stürzten die brennenden Leuchtspuren nieder, und mehrere Bögen hatten Feuer gefangen, so dass im Wind hohe Flammen aufloderten.

Hinter Dante kamen zwei Männer mit langen Brecheisen in der Hand angelaufen. Schnell rammten sie die Stangen in die Kettenringe und setzten mit ganzer Kraft den Hebel an. Das Metall verbog sich langsam, bis schließlich einer der Ringe mit einem Schlag nachgab, die Kette zu Boden fiel und der Weg für die Wagen frei war.

»Los jetzt!« rief der Senator und wies auf den Vorplatz der alten Basilika Julia, der wie eine Terrasse zum Talkessel des Kolosseums zeigte. »Stellt die Ballisten dort auf und beschießt die Mauer.«

Während die dafür zuständigen Männer die Belagerungsmaschinen in Stellung brachten, setzte der Rest des Zuges seinen Marsch fort und drängte sich hinter dem Ochsengespann, das den Mauerbrecher zog. Nachdem man die Tiere ausgespannt hatte, zogen ihn die Männer mit bloßer Armkraft weiter zu dem großen, mit einem Eichenportal verschlossenen Bogengang, ohne sich um die Steine und die anderen Geschosse zu kümmern, die von oben auf das Dach des Gefährts prasselten. Mastro Canapa lief allen voran und trieb die Untergebenen mit Schreien und flachen Hieben auf den Rücken an.

Als die Männer das Tor erreicht hatten, packten sie den schweren Baumstamm, dessen Vorderteil mit Bronze verstärkt war, und begannen ihn an den Seilen, an denen er aufgehängt war, zu schwingen. Je mehr Schwung der Mauerbrecher erhielt, um so näher kam sein Kopfende dem Holztor, bis er schließlich mit einem dumpfen Schlag aufprallte und den ganzen Bau erschütterte. Gleich darauf folgte ein zweiter Stoß, und ein trockenes Krachen verriet, dass es nun einen Riss in der Barriere gab.

Oben auf der Basilika Julia stießen die Truppen zwischen den Säulenstümpfen begeisterte Schreie in Richtung des Feindes aus, überzeugt davon, dass seine Verteidigung in Kürze zusammenbrechen würde. Auf Befehl des Senators stiegen sie in den sumpfigen Talkessel hinunter, der das Bauwerk umgab, und schwärmten auf der Böschung aus, sich dabei an den Flammen orientierend, die in den Bögen dieses überdimensionalen Fackelhalters loderten.

Vom Eifer des Gefechts mitgerissen, rückte Dante gemeinsam mit den anderen vor. Er rutschte auf dem feuchten Boden, der unter seinen Füßen nachgab, den Abhang hinunter und wäre beinahe gefährlich gestürzt. Angestrengt versuchte er, das Gleichgewicht zu halten, und fand sich plötzlich bis zu den Knien im fauligen Wasser wieder, umringt von Dutzenden Männern, die, unter dem Gewicht ihrer Rüstungen planschend, zu dem Mauerbrecher drängten. Wenige Schritte neben ihm erhob sich eine Säule aus Schlamm und Wasser, verursacht durch einen gewaltigen Steinbrocken, der, gefolgt von vielen anderen, von den Wehrgängen des Kolosseums geschleudert worden war. Zahlreiche Schmerzensschreie gellten Dante in den Ohren. Von den Geschossen, die nun zu Dutzenden folgten, trafen mehrere ihr Ziel und zerquetschten die unglücklichsten Angreifer.

Vor Dante erhob sich dreckverschmiert ein Mann aus dem Morast und spuckte keuchend den Schlamm aus, den er geschluckt hatte. Doch bevor er sich erholen konnte, warf ihn der nächste Stein nieder. Dante versuchte, sich vor dem nächsten Brocken zu schützen, indem er beiseite sprang, da brach zu seiner Rechten ein lautes Geschrei los.

Alarmiert schaute er auf. Vom Caelius-Hügel stürmte ein Reitertrupp mit gezogenen Schwertern auf sie zu. Eine Welle der Angst breitete sich unter seinen Gefährten aus. Die Gruppe zerfiel und lief nach links durch das Röhricht auseinander, um sich im Sumpf in Sicherheit zu bringen.

Unwillkürlich wandte sich auch der Dichter dorthin, darauf hoffend, dass der schlammige Boden die Angreifer behinderte.

»Bleibt zusammen!« schrie er den Kämpfern in seiner Nähe zu. Er hatte seinen Dolch aus der Geheimtasche gezogen und hielt ihn fest in der Hand. »Wartet, bis das Pferd heran ist und ihr unter ihm seid! Dann schlitzt ihm den Bauch auf!«

»Wartet, bis ihr unter ihm seid, ihr Dummköpfe!« schrie er den Schatten nach, die ringsumher davonstoben. Jetzt war er allein. Inzwischen hatte der Reitertrupp den Rand des Röhrichts erreicht und schwärmte auf der Suche nach dem Feind fächerförmig aus. Einer von ihnen schien Dante entdeckt zu haben, denn er bewegte sich genau auf ihn zu. Verzweifelt schaute sich Dante nach jemandem um, der ihm helfen konnte, sich zu verteidigen, doch da war niemand. Er kauerte sich in das Schilf, um sich zu verstecken, und wartete. Wenn das Pferd in gerader Linie kam und seinen Lauf fortsetzte, konnte er einen Schritt nach rechts ausweichen, um nicht überrannt zu werden, und dann angreifen.

Behindert von seinen nassen Kleidern, verhedderte er sich im Gestrüpp. Hinter ihm schwoll das Hufgetrappel beängstigend an, und schon war das massige Tier über ihm.

Er drehte sich gerade noch rechtzeitig um, um einen Streitkolben herabsausen zu sehen, der auf seinen Kopf zielte. Mit einem Hechtsprung wich er dem Schlag aus, ohne viel von dem Schmerz in seiner Schulter zu spüren, wo ihm eine Spitze ins Fleisch gefahren war. Er fiel gegen die Flanke des Pferdes und klammerte sich an den Steigbügel, um sich auf den Beinen zu halten. Sein Verfolger, der ihm nun den Rücken zuwandte, taumelte nach dem verfehlten Schlag.

Das angespornte Tier stampfte weiter durch den Morast. Sein Reiter nötigte es mit einem Ruck an den Zügeln zu einer halben Drehung, um den Dichter erneut anzugreifen. Es bäumte sich wild wiehernd auf und ließ den Schlamm aufspritzen, als es mit den Füßen auf den Sumpfboden zurückfiel. Dabei kamen seine Hufe Dantes Kopf gefährlich nahe, doch da das Tier durch sein Gewicht tief in den Morast eingesunken war, schienen seine dünnen Beine nun für einen Moment in den Bewegungen behindert zu sein.

Dante wich zur Seite, um nicht niedergetrampelt zu werden, dann schnellte er mit dem Dolch vor und traf das Tier kurz hinter dem Lederriemen des Sattels. Er zog die Klinge mit einer brutalen Drehung seines Handgelenks heraus, um die Wunde noch zu vergrößern, und schnellte erneut vor, wobei er auf den ungeschützten Oberschenkel des Reiters zielte. Er fuhr mit aller Kraft nach vorn, doch dieser zweite Angriff war weniger genau. Die Klinge drang in die Wade des Reiters, zerriss den Muskel und streifte dann am Steigbügel entlang. Das laute Wiehern des Pferdes und der gequälte Aufschrei des Mannes bestätigten ihm, dass er getroffen hatte, doch sein Gegner saß noch immer hoch über ihm und zerrte hektisch an den Zügeln, damit das Tier sich zum Dichter umwandte und er ihn mit dem Streitkolben attackieren konnte.

Dante nutzte die Gelegenheit, um dem Pferd ein weiteres Mal in die Flanke zu stechen, wobei sein Dolch zwischen dem Bauch und dem Ansatz des Hinterbeins eindrang. Ein starker, warmer Blutstrahl ging auf ihn nieder und verriet ihm, dass er eine Schlagader getroffen hatte.

Mit einem schmerzvollen Wiehern bäumte sich das Tier abermals auf und schien mit den Vorderhufen in der Luft nach dem Halt zu suchen, der ihm auf dem Boden abhanden gekommen war.

Dante befand sich fast vollständig unter dem Bauch des Pferdes. Aus dieser Position konnte er die Klinge in die hinteren Sprunggelenke rammen, so dass das Tier erneut gequält wieherte, während der Reiter versuchte, ihn mit dem Streitkolben zu treffen. Die Metallspitzen blitzten auf und streiften Dantes Stirn. Blut rann ihm ins linke Auge und behinderte seine Sicht. Er merkte jedoch, dass sich die eindrucksvolle Gestalt erneut über ihn beugte. Mit der Kraft der Verzweiflung hechtete er zur Seite, stürzte auf den Rükken und rutschte mit hektischen Beinbewegungen aus dem Weg.

Wieder fiel das Pferd mit den Hufen zurück auf den Boden. Doch seine Hinterbeine trugen es nicht länger, da die Sehnen vom Dolch durchtrennt waren. Es stürzte nieder und warf sich auf die Seite, den Kopf in die Höhe gereckt, während es mit seinem entsetzlichen Wiehern den Tod herbeiflehte.

Der aus dem Sattel geworfene Reiter war mit einem Bein unter dem Tier eingeklemmt. Er versuchte verzweifelt, sich zu befreien, hatte die Waffe fallen lassen und stemmte sich mit den Händen krampfhaft vom Boden ab. Als Dante ihn so wehrlos sah, sprang er auf, um ihn zu töten. Er stürzte sich auf ihn und packte ihn von hinten an der Schulter, während er ihm mit der anderen Hand den Halsschutz abriss, um seine Kehle für den Dolch zu entblößen.

Er sah das Gesicht eines brünetten Burschen vor sich, dessen Augen vor Angst geweitet waren. Keuchend unter dem Gewicht des Pferdes, das ihn bewegungsunfähig machte, und dem des Dichters, der ihm auf der Brust saß und ihn mit den Knien zu Boden drückte, versuchte er, sich aus der Umklammerung zu befreien. Dante spürte den brennenden Schmerz von Fingernägeln auf der Wange und würgte den Jungen, der verzweifelt um sich schlug. Er hieb ihm mit dem Ellbogen brutal auf die Nase, so dass sein Gegner vor Schmerz aufschrie, dann setzte er ihm den Dolch an die Kehle.

Und hielt erschrocken inne. Wie im Traum sah er plötzlich diese

Szene vor sich, wie er sie schon einmal in der Ebene von Campaldino erlebt hatte, die gleiche tierische Wut, den gleichen Schrecken, mit dem gleichen süßlichen Blutgeschmack im Mund, er sah die gleiche Angst in den Augen des Feindes, die sich, nachdem er zugestoßen hatte, in Erstaunen verwandelt hatte, in die plötzliche Blässe des zerstörten Gottesplans.

Entsetzt über das, was er da gerade tun wollte, lockerte er seinen Griff. In den Augen des Jungen blitzte Überraschung auf, dann spürte Dante, wie er zappelnd versuchte, sich aus der Umklammerung zu lösen. Als der Junge sich von der Last des Pferdes befreit hatte, ließ er ihn durch den Schlamm entkommen.

Der Dichter sah sich verwirrt um. Er musste sich diesem sinnlosen Krieg entziehen, in den er nur zufällig geraten war, diesem blindwütigen Streit, mit dem er nichts zu tun hatte. Er stellte sich, so gut es ging, auf die Zehenspitzen, um im Schilf die Orientierung wiederzufinden. Doch er konnte nichts sehen. Plötzlich erzitterte der Boden erneut, und etwa einhundert Schritt hinter ihm tauchte eine weitere dunkle Gestalt auf. Verzweifelt lief er los.

Er glaubte sich verloren, als das Wiehern des Pferdes hinter ihm losbrach. Zweimal war er bereits gestürzt und wieder aufgestanden, doch das Gewicht seiner nassen Kleider war nun unerträglich. Als ragten die Hände unzähliger Geister aus dem Boden und zögen ihn hinunter. Die nackte Angst packte ihn und trübte ihm den Verstand. Er glaubte, das heftige Schnauben des Tiers im Nacken zu spüren, und in seinen Ohren dröhnten Hufgetrappel und die Schreie von Männern, die bei diesem zweiten Angriff rings um ihn her überrannt wurden.

Er glitt aus und landete mit dem Kopf unter Wasser. Keuchend stand er auf und spuckte den Schlamm aus, der ihm in den Mund gedrungen war. Das Pferd war nun über ihm, die aufblitzenden Hufe drohten ihm den Schädel zu zertrümmern. Doch bevor der Angreifer ihn mit der Lanze durchbohren konnte, tauchte ein Schatten aus dem Nichts auf und fuhr dazwischen.

Dante sah ein Schwert glänzen, das durch die Luft sauste. Er hörte einen Schrei. An der Seite getroffen, stürzte der Reiter aus dem Sattel und fiel neben Dante in das sumpfige Wasser. Mit einem raubtierhaften Sprung war der Retter bei dem Gefallenen, riss ihm den Halsschutz herunter und schnitt ihm mit einer glatten Bewegung die ungeschützte Kehle durch. Dann beugte er sich über Dante. Dieser erblickte ein eiskaltes Gesicht, dessen Züge in Stein gemeißelt zu sein schienen. Der Mann packte ihn am Arm und hob das Schwert, wie um auch ihn zu töten, ließ ihn dann aber mit einer verächtlichen Miene wieder los. Dante sah, wie er, zum Kolosseum gewandt, in der Dunkelheit verschwand.

Mühsam richtete er sich auf und setzte seine Flucht blindlings fort. Er merkte, dass er sich vollkommen verirrt hatte. Hektisch fuhr er sich mit dem Ärmel über die Augen, um sich den Schlamm aus dem Gesicht zu wischen. Im spärlichen Mondlicht konnte er nur dunkle Schatten erkennen, manche davon bewegten sich, und manche waren reglos und riesengroß. Da entzündeten sich in der schwarzen Masse vor ihm Lichter wie Sterne, die hinter einer fortziehenden Wolke aufschienen. Die Arkaden unten am Kolosseum waren nun hell erleuchtet, als hätte jemand die Tür eines Ofens aufgerissen, so dass die Flammen darin sichtbar wurden.

»Dorthin!« hörte er jemanden neben sich rufen, der im Schilf unsichtbar war. »Die Frangipani verlassen die Burg und kommen uns entgegen!«

Dante hielt direkt auf die Lichter zu und hoffte, damit die richtige Entscheidung getroffen zu haben. Von den Bögen her näherten sich die Verteidiger mit einem Meer von flackernden Fackeln, begleitet vom Zischen der Armbrustschüsse, die von weiter oben auf die Angreifer abgegeben wurden.

Um ihn herum wurde es plötzlich leer. Er war von Schatten umgeben, die, durch den Schlamm watend, zum Konstantinsbogen fortstrebten, um sich in Sicherheit zu bringen. Hinter dem Monument stiegen die hohen Stufen des Sockels der Basilika Julia auf, wo vielleicht noch die Männer des Senators postiert waren. Doch die Truppe aus den Bögen des Kolosseums kam genau dorthin, offenbar um ihnen den Fluchtweg abzuschneiden.

Ihm blieb nichts weiter übrig, als es auf der anderen Seite zu versuchen, durch die Senke zwischen Palatin und Caelius, wo der Sumpf in einen Bach überzugehen schien. Er stürzte in diese Richtung los, versank im Morast und bahnte sich einen Weg durch das Schilf, ohne darauf zu achten, dass ihm die scharfen Blätter bei jedem Schritt in die Hände schnitten.

Auf diese Weise legte er etwa einhundert Schritt zurück, bevor die Atemnot und der Schmerz in der Seite unerträglich wurden. Er musste stehenbleiben und niederknien, um Luft zu schöpfen. Mit zusammengebissenen Zähnen verfluchte er die deutlich spürbare Last der Jahre. Schon sechsunddreißig, mehr als des Lebens halber Weg. Wie lange würde er wohl noch in der Lage sein, ein Schwert zu halten?

Die Lungen taten ihm weh, doch nach und nach kehrten seine Kräfte zurück. Er stand auf und setzte seine Flucht durch das Röhricht fort. Vielleicht war es leichter, sich an dem ansteigenden Hügel zu seiner Rechten oberhalb des Sumpfes entlangzubewegen, überlegte er. An den Schilfbüscheln Halt suchend, die sich zu lichten begannen, zog er sich auf festen Boden und stieg den Abhang zur Hälfte hinauf. Über sich sah er den Vorbau einer türmebewehrten Anlage, vielleicht eines Klosters oder einer Abtei. Er zögerte, sich noch weiter zu nähern, da er nicht wusste, ob sie bewohnt war und von wem. So beschloss er, einigen Abstand zu der gerundeten Mauer zu halten, die womöglich zur Apsis einer Kirche gehörte oder das Fundament eines gestutzten Wachturms war. Nachdem er eine Art Pass gefunden hatte, gelangte er auf ein Feld mit Weinstökken, die in regelmäßigen Reihen an Stützen aus Schilfrohr standen.

An dieser Stelle war das Gelände wieder abschüssig und verlor sich unten im Dunkel der Nacht, das von der Mondsichel kaum erhellt wurde. Dante blieb erneut stehen und lauschte auf jedes Geräusch, um herauszufinden, ob ihm seine Verfolger auf den Fersen waren. Doch nur der ferne Ruf eines Nachtvogels fiel in die Stille.

Er dachte nach, um sich alles ins Gedächtnis zu rufen, was er von der Stadt wusste. Wo war er nur? Wenn er seine Unterkunft wiederfinden wollte, musste er zunächst in die bewohnte Gegend zurück. Was er bisher von Rom gesehen hatte, hatte ihm gezeigt, dass ein riesiges Gebiet der Stadt praktisch unbewohnt war, während sich die meisten Häuser am Fluss konzentrierten. Also musste er zum Tiber zurück. Doch wo war der Fluss?

Wieder spitzte er die Ohren in der Hoffnung, das Rauschen von Wasser zu hören, doch es war nach wie vor still um ihn her. Besorgt stellte er fest, dass er wirklich jede Orientierung verloren hatte. Wenn er umkehrte und sich zum Kolosseum aufmachte, wäre er wahrscheinlich in der Lage, sich an den Weg zu erinnern, den er von der Tiberinsel aus zurückgelegt hatte. Doch er hatte nicht die leiseste Ahnung, wie die Kämpfe ausgegangen waren. Bei einer Rückkehr zum Amphitheater riskierte er, wieder mitten in die Auseinandersetzungen zu geraten und als Fremder die Zeche eines unverständlichen und ihm gleichgültigen Krieges zu bezahlen.

Also entschloss er sich, aufs Geratewohl weiterzugehen. Das einzige, was er genau wusste, war, dass er sich noch immer innerhalb der Aurelianischen Mauer befand. Egal, wie lange er unterwegs sein würde: Wenn er immer geradeaus ging, musste er früher oder später auf den Fluss oder auf die Stadtmauer treffen. Von dort aus brauchte er nur noch von Tor zu Tor an der Mauer entlang dem Pomerium der Stadt zu folgen, bis er an einen Ort kam, den er wiedererkannte. Die Nacht würde dafür vielleicht nicht ausreichen, sagte er sich missmutig, als er an den gigantischen Mauerring dachte, der bei seiner Ankunft in Rom vor ihm aufgetaucht war.

Das Gelände unter seinen Füßen war wieder abschüssig. Mehrmals gab der regennasse Boden unter seinem Gewicht nach, so dass er beinahe bergab gestürzt wäre. Beharrlich setzte er seinen Weg fort, wobei er versuchte, den geraden Kurs zu halten, den er sich vorgenommen hatte. Doch allmählich verließ ihn der Mut: Die Landschaft ringsumher wurde immer trostloser. Auch jedes Anzeichen von Ackerbau war verschwunden und kahlem Gestrüpp gewichen, aus dem hier und dort eine hohe Baumgruppe aufragte. Nach den ausladenden Kronen zu urteilen, die wie dunkle Wolken am Himmel standen, waren es Pinien.

Er kreuzte einen ungepflasterten Weg und entdeckte in der Ebene am Fuß des Hügels von weitem die gleichmäßigen Umrisse eines großen Bauwerks.

Unruhig blieb er stehen. Wenn das eine Festung war, wie die hohen Mauern vermuten ließen, konnte sie es in ihrer Stattlichkeit durchaus mit der Engelsburg aufnehmen. Doch in Florenz hatte niemand je von einem solchen Bollwerk erzählt. Dabei könnte sein Besitzer selbst Bonifatius die Herrschaft über die Stadt streitig machen.

Seltsamerweise sah er kein Licht und auch kein anderes Lebenszeichen auf dem, was wohl die Wehrgänge der Außenmauer waren. Sie schien vollkommen unbewacht zu sein, nirgends war ein Mensch zu sehen, und es gab keine Zugangstore. Er zögerte noch einen Augenblick, ging dann jedoch entschlossen darauf zu, um jemanden zu finden, den er nach dem Weg fragen konnte.

Nach einigen hundert Schritt stand er direkt vor dem, was er in der Dunkelheit für ein Bollwerk gehalten hatte. Es war so etwas wie eine prunkvolle Einfriedung, eine lange Mauer, in die Nischen eingelassen waren und die von einem Portikus mit unzähligen schlanken Marmorsäulen überragt wurde.

Falls das eine Festung war, dachte er, konnte nur ein Gott der Schönheit ihr soviel Anmut verliehen haben. Ein Stück der Mauer war eingestürzt und bot einen Zugang, durch den er ins Innere vordrang.

Hinter der Mauer erstreckte sich ein freier Platz, der auf der gegenüberliegenden Seite von einem großen Bauwerk begrenzt wurde, über dem sich eine Kuppel wölbte. Wieder blieb er verwirrt stehen. Auf dem gesamten Gelände schimmerten weiße Grabsteine und Kreuze, die meisten davon geneigt oder ganz aus dem Boden gerissen. Vorsichtig bewegte er sich auf diesem unerwarteten Friedhof vorwärts, wobei er über uralte, kaum noch erkennbare Grabhügel stieg. Wenn auf diesem Platz so viele Gräber waren, musste das eine Kirche sein: Grabsteine ringsumher, so weit das Auge reichte, bis hin zu diesem Bauwerk. Doch warum war ein so prächtiges Gotteshaus mitsamt seinen Gräbern verlassen und dem Verfall preisgegeben?

Neugierig ging er zwischen den zerstörten Gräbern weiter, bis er zu einem der großen Bögen kam, deren Licht von hohen Säulen unterbrochen war, die ins Innere des Bauwerks führten.

Er fand sich in einem geräumigen, marmorverkleideten Atrium wieder, von dem im hinteren Teil strahlenförmig eine Reihe von großen Innenräumen abging, die sich im Dunkel verlor. Als er seinen Weg fortsetzte, knirschten unter seinen Schuhen lose Steinchen antiker Mosaike, die er bei jedem Schritt zertrat. Er gelangte in eine Art Basilika und hob den Kopf. Ein Teil der Decke war eingestürzt, und dicke Mauerbrocken lagen auf dem Boden. Durch die Öffnung fiel schneidend das Mondlicht herein und ließ die mächtigen Pilaster, die einst das Gewölbe getragen hatten, scharfkantig hervortreten. Er schaute nach rechts zu einem weiteren Raum. Dort sah es aus, als wäre ein Boot gestrandet, das nun mit dem Kiel im Zentrum seines neuen Hafens lag. Er trat näher und stellte fest, dass das vermeintliche Boot ein wuchtiger Block aus rotem Porphyr war, in den ein riesiges Wasserbecken gehauen war. Ihm fielen die Taufbecken seines heimatlichen Baptisteriums ein und wie imposant sie ihm stets erschienen waren. Wenn dies wirklich ein Taufbecken war, konnte nur ein Titan es gemeißelt haben. Und nur ein Gott hätte die Kühnheit besessen, es zu benutzen.

Die Stille ringsumher wurde nur durch das gedämpfte Geräusch seiner Schritte unterbrochen. Doch langsam mischte sich ein fernes

Stimmengemurmel darunter, begleitet von einer kaum hörbaren Musik, einer Flötenmelodie, die sich über einen Rhythmus aus kleinen, metallischen Schlägen legte. Er lauschte, um herauszufinden, woher das kam. Doch die Klänge hüllten ihn ein, als kämen sie direkt aus den Wänden der Basilika.

Einen Moment lang glaubte er, sein Eintreten habe einen schwarzen Zauber entfesselt. Womöglich wirkten noch die hier vollzogenen antiken Rituale nach, so wie es der Legende nach auch auf den blutgetränkten Schlachtfeldern geschah, wenn sich ein Reisender des Nachts in ihre Nähe wagte. Unwillkürlich bekreuzigte er sich in der Hoffnung, das Zeichen des wahren Gottes möge das Heulen der Dämonen verjagen. Kalte Schweißperlen traten ihm auf die Stirn, und er wurde von dem Verlangen gepackt, vor dieser nicht greifbaren Gefahr zu fliehen, so wie er kurz vorher auch vor den Schwertern geflohen war.

Das Zeichen des Kreuzes hatte die Geräusche tatsächlich verstummen lassen, bemerkte er erleichtert. Doch sogleich ertönten die unverständlichen Worte und die Musik erneut und diesmal lauter. Auch das metallische Rasseln hatte an Lautstärke zugenommen. Als hätte Dantes Anrufung von Jesus Christus seine Heftigkeit noch verstärkt.

Während er sich entsetzt umschaute, gewann er den Eindruck, dass die ringsumher nun deutlicher auszumachenden Geräusche nicht aus der Luft kamen, sondern aus einem der großen Portale, die zu weiteren Räumen führten. Es war wie von einem starken Feuer erleuchtet. Dante nahm all seinen Mut zusammen und ging darauf zu. In der Mitte des angrenzenden Raumes stand ein riesiges Steinbecken, das dem ersten, das er gesehen hatte, vollkommen glich.

Er blieb abrupt stehen und glitt lautlos in den Schatten einer Mauereinbuchtung. Vor Staunen stand ihm der Mund offen. Auf der gegenüberliegenden Seite wurde eine halbkreisförmige Nische fast vollständig von der Statue einer auf einem Thron sitzenden

Frau ausgefüllt. Dutzende Fackeln um sie her ließen ihre Marmoroberfläche grell aufscheinen.

Die Figur saß aufrecht, hielt ein Kind auf dem Schoß und war in ein Gewand gehüllt, dessen seidenzarter Faltenwurf unter dem Meißel eines außergewöhnlichen Künstlers entstanden sein musste.

Dante schaute zum Gesicht der Statue auf. Doch ihr Kopf war bis zu den Schultern mit einem schwarzen Schleier verhüllt.

Ihm blieb keine Zeit, sich einen Reim auf diesen merkwürdigen Kult zu machen, der weit von jeder ihm bekannten Marienanbetung entfernt war. Vor der Statue stand reglos eine Frau aus Fleisch und Blut, auch sie verschleiert, die Arme beschwörend zum Himmel erhoben. Ihr zu Füßen knieten einige Dutzend Männer und Frauen und warfen sich zu Boden, wobei sie sich mit der Faust unrhythmisch gegen die Brust schlugen und mit der anderen Hand eine kleine Rassel schüttelten, von der die Laute herrührten, die er schon von weitem gehört hatte. An der Wand entlockten einige Flötenspieler ihren Instrumenten eine sanfte Melodie, als wollten sie das Rasseln der Sistren in eine edlere Harmonie überführen, und begleiteten so die stumme Beschwörung der verschleierten Frau.

Dante zog sich noch weiter ins Dunkel zurück. Diese Fremden hatten zwar nichts Bedrohliches an sich, doch er wollte erst ergründen, was da vor sich ging, bevor er sich zeigte und um Hilfe für seinen Rückweg bat.

In diesem Augenblick drehte die verschleierte Frau der Statue den Rücken zu und begann zu singen. Dante verstand nichts vom Inhalt des in einer ihm unbekannten Sprache vorgetragenen Liedes. Die Frau schien ein und denselben Satz ständig zu wiederholen, denn die einzelnen Vokale kehrten in regelmäßigen Abständen wieder, herausgeschrien mit einer Intensität, die sonderbarerweise sowohl höchste Freude als auch tiefstes Leid auszudrücken schien. Dann plötzlich waren ihre Worte zu verstehen. Sie sprach Latein.

»Im Namen des unbekannten Allvaters! Im Namen der Wahrheit, Allmutter, die die Welt als die Eine kennt, die läutert und zu neuem Leben erweckt! Im Namen der Einen, die Leben zu Leben fügt! Kommt zur Läuterung!«

Bei dieser Aufforderung schienen die knienden Gestalten wie von einem Peitschenhieb getroffen. Ihre Sistren schüttelnd, die die Luft nun mit einem rasanten Rasseln erfüllten, standen sie auf und drängten sich um die Frau, die gerufen hatte. Diese lief zu dem Steinbecken, schöpfte eine Handvoll Wasser und besprengte die Stirn der herandrängenden Menschen, die ihre Gesten mit ekstatischen Freudenschreien begleiteten.

Wer am weitesten von der Priesterin entfernt stand, versuchte, sich einen Weg durch die Menge zu bahnen, um auch in den Genuss des Wassers zu kommen, dem alle offenbar eine wundertätige Kraft zuschrieben. Einige stürzten sich auf die Finger der Frau und leckten sie ab wie Hunde, dann verteilten sie begeistert jeden Tropfen, den sie erbeutet hatten, auf ihrem Gesicht. Andere, die von der Menge behindert waren, bedeckten das Gesicht ihrer erfolgreicheren Gefährten mit Küssen, um wenigstens mit den Lippen etwas von der wundertätigen Flüssigkeit einzufangen.

Fassungslos beobachtete Dante von seinem Versteck aus dieses unerwartete Ritual. Offensichtlich handelte es sich um eine Art Taufe, die die Beteiligten mit einer blinden Hingabe empfingen, wie sie auch die vielen Sekten von Fanatikern, die durch das Kaiserreich zogen, zu wecken wussten. Seit das Jahr tausend mit seiner Bürde von Legenden und Aberglauben vergangen war, hatte es unzählige Gruppen und Geheimbünde gegeben, die eine Palingenese und eine neue Taufe predigten. Fast alle von ihnen waren in die Ketzerei abgedriftet oder reuevoll unter die großen Fittiche der Kirche zurückgekehrt. Doch welche Sekte ließ denn in ihren Reihen Frauen als Priesterinnen zu? Und wie konnte ein derart abweichender Kult ausgerechnet in der Stadt des heiligen Petrus Fuß fassen? Vielleicht, so dachte er grimmig, war dies der beste Beweis für die Übeltaten des simonischen, verkommenen Bonifatius, dieses schlechten Hirten, der Rom in eine Kloake verwandelt hatte!

Er war unschlüssig, was er tun sollte. Die Taufzeremonie schien sich inzwischen dem Ende zu nähern. Nach ihrer Läuterung stellten sich die Gläubigen erwartungsvoll auf der freien Fläche vor dem Becken auf. Als letzte Handlung tauchte die Priesterin die Hand noch einmal ins Wasser, hob sie über ihren Kopf, spreizte die Finger und benetzte ihren Schleier.

Sie verharrte reglos, während sich der nasse Stoff wie eine Maske an ihr Gesicht schmiegte. Im Licht des Mondes sah Dante deutlich, wie sich der Mund der Frau öffnete, als wollte auch sie durch den Schleier genussvoll von dem Wasser trinken. Dann richtete sie ihren Blick wieder auf die Anwesenden.

»Jungfräuliche Mutter, Tochter deines Sohnes!« rief die Priesterin plötzlich.

»Nun ist der Geist des wahren Gottes unter uns. Möge der Segen über euch kommen, und mögen sich eure Seelen mit denen der himmlischen Engel vereinen, die an der Tafel des wahren Gottes sitzen!«

Die Priesterin hatte von dem als Altar dienenden Stein einen Kelch genommen, schöpfte damit Wasser aus dem Becken und hielt ihn in die Höhe. Zwei Adepten an ihrer Seite entzündeten währenddessen mit kleinen Fackeln eine Mixtur, die auf ringsum im Raum verteilten Tellerchen lag. Sofort stiegen von diesen kleinen Feuerstellen bläuliche Rauchfäden auf, deren herber Duft auch bis dorthin strömte, wo sich der Dichter versteckt hatte.

Wie auf ein Signal hin gerieten die Anwesenden erneut in Aufregung. Zunächst langsam, doch zunehmend zügelloser näherten sich Männer und Frauen an, berührten sich wie in einem seltsamen Tanz und glitten schließlich in wirren Umarmungen zu Boden. Ein Wispern und Stöhnen, ekstatische Schreie und Seufzer gingen von den Menschen aus, die sich ihrer Kleider entledigten, um sich auf dem nackten Stein ungehemmt zu vereinigen, während sich das Rasseln der Sistren wie in einem Sturm steigerte.

Entsetzt hatte Dante der Szene beigewohnt. Die sündige Erregung, die ihn erfasst hatte, als sich die Körper in diesem erotischen Tanz ineinandergeschlungen hatten, war einem Gefühl des Abscheus gewichen.

Dies war nicht mehr die Verherrlichung der Freiheit und der Sinne: Dieses fleischliche Getümmel zeugte nur noch von Schamlosigkeit, bei der der Geschlechtsakt, den Gott als höchstes Ziel der Erkenntnis der Seelen und als ihre Besiegelung bestimmt hatte, zu einer obszönen Zurückweisung der Schöpfung selbst und ihrer Ordnung wurde. Die Faszination, die die Enthüllung der schönen Körper zunächst auf ihn ausgeübt hatte, war in Fassungslosigkeit umgeschlagen und in den Drang davonzulaufen, als wären jene Arme und Beine, die sich in einer Erforschung und zugleich Verherrlichung des Schmutzes, aus dem der Mensch bestand, ineinander verknäuelt hatten, lediglich ein Ausdruck der verderbten Suche nach Lust in jeder Faser des Körpers, den Gott doch eigentlich als Tempel der Seele errichtet hatte.

Er löste sich aus der Starre, die ihn bis dahin am Eingang festgehalten hatte, hastete zurück in den angrenzenden Raum und lief die Strecke zurück, die er gekommen war.

Doch auf seiner Flucht war er sich nicht mehr sicher, ob er den richtigen Weg eingeschlagen hatte. Er kam nicht dort in dem großen Hof an, wo er eingetreten war. Die hell schimmernden Gräber lagen nun auf der anderen Seite und so auch die Bresche, die ihm den Zutritt ermöglicht hatte. Vom Höllenwind der Wollust vertrieben, den er noch immer um sich spürte, lief er auf die Marmorsteine zu. Seinen Kleidern haftete der Geruch jener Leiber an, und seine Haare und Hände rochen nach der sonderbaren Mixtur, die in dem Raum verbrannt worden war.

Er hatte den Rand des Friedhofs erreicht, als er unter dem Mond eine dunkle Gestalt erblickte, die plötzlich zwischen den Gräbern aufgetaucht war. Er zuckte zusammen und hielt etwa ein Dutzend Schritt vor dem Schatten an. Der Mann, der mit dem Rücken zum

Mond stand, war nicht zu erkennen, er schien von Kopf bis Fuß in einen schwarzen Umhang gehüllt zu sein.

»Wer bist du?« rief der Dichter entsetzt. »Im Namen Gottes, weiche zurück, wenn du ein Schatten aus dem Totenreich bist!«

Statt zu antworten, bewegte sich die Gestalt einen Schritt auf ihn zu, dann noch einen.

»Bleib stehen, du Dämon!« rief Dante mit angsterstickter Stimme. Er nahm all seinen Mut zusammen, zog den Dolch aus der Geheimtasche und richtete ihn gegen das näherkommende Wesen. Doch sein schweigendes Gegenüber rückte weiter vor.

Da drehte Dante sich um und lief los. Ein Stück weiter vorn entdeckte er einen Weg ohne Gräber, auf dem er womöglich leichter entkommen konnte. Er hastete auf diesen weißlichen Streifen zu, der zu den Resten einer antiken Pflasterung gehören mochte. Nebelschwaden stiegen dort auf und verbargen Teile der Umgebung. Er pries diese Hilfe, die die Natur ihm für seine Flucht gewährte, und erreichte die Stelle nach wenigen Sätzen. Doch statt des erwarteten festen Bodens spürte er etwas Weiches, Nachgebendes unter seinen Füßen.

»Bleibt stehen, Messer Alighieri!« hörte er eine vertraute Stimme hinter sich rufen, die er jedoch in der Hitze des Gefechts nicht wiedererkannte. »Bleibt stehen! Um Gottes willen!« schrie der Schatten noch einmal, während Dante bis zu den Knöcheln in etwas Glitschigem versank. Er hielt inne, um sich aus dem weißlichen Morast zu befreien. Als er, noch unschlüssig, wohin er sich wenden sollte, versuchte, die Füße anzuheben, spürte er, wie er kräftig zurückgezogen wurde. Er wollte um sich schlagen und sich losreißen, doch der Griff um seinen Arm war wie aus Eisen. »Kehrt um, bevor es zu spät ist!« rief erneut der Mann, der ihn zurückhielt. Der feste Griff um seinen Arm war der eines Lebenden und gewiss nicht der schattenhafte eines Geistes. So ermutigt, drehte Dante sich zu dem Mann um und versuchte, einen Blick auf dessen Gesicht unter der Kapuze zu erhaschen, die es fast völlig verdeckte.

»Messer Martino!« rief er erstaunt, als er ihn endlich erkannte. Auch die tiefe Stimme, mit der der Mann ihn unentwegt beschwor, doch umzukehren, erkannte er nun zweifelsfrei wieder. Der in einen dunklen Mantel gehüllte Martino da Vinegia zerrte ihn mit Entsetzen im Blick noch immer zurück.

»Ihr seid in die Kalkgrube geraten!« schrie er und riss wieder an Dantes Arm. Bestürzt schaute Dante auf den Boden unter seinen Füßen. Nun sah er das Weiß, das er von weitem für eine Straßendecke gehalten hatte, in seiner ganzen schrecklichen Bedeutung. Es war eine Grube voller gebranntem Kalk, der dort zum Löschen lag und weiter vorn noch brodelte und Dampfschwaden aufsteigen ließ, die Dante aus der Ferne mit Nebel verwechselt hatte. In der aufwallenden Lache waren noch die Reste einiger hineingeworfener Grabsteine zu sehen, die wie die Trümmer eines Schiffbruchs aufragten.

Schockiert trat er einige Schritte zurück, während Martino hinter ihm noch immer seinen Arm festhielt. »Schnell, Messer Alighieri! Ihr müsst Euch mit Wasser abspülen!«

Sein Gefährte hatte ihn zu einem Wasserbecken gestoßen. Mit einem Bottich schöpfte er hastig Wasser, goss es dem Dichter über die Füße und wiederholte diese Prozedur sofort. Dante, der die plötzliche Kälte wie einen Peitschenhieb spürte, erholte sich allmählich von der Wirkung der Düfte, die er in der Basilika eingeatmet hatte. Nach der Aufregung wurde sein Geist nun wieder wachsam. Ihm wurde das Sonderbare dieser Begegnung in seinem ganzen Umfang bewusst. Martino da Vinegia, der alte Gelehrte, der Gesandte der Serenissima, den er in den stürmischen Tagen kennengelernt hatte, als er Prior in Florenz gewesen war. Der Mann, der in seiner Jugend ein Gefährte des großen Kaisers Friedrich gewesen war und die Geheimnisse des Morgenlandes und des Abendlandes kannte. Immer noch so imposant, wie er ihn in Erinnerung gehabt hatte, mit seiner langen, auf den Schultern geteilten Mähne, die wie zum Hohn für die Angriffe der Zeit, die ihm offenbar nichts anhaben konnten, noch immer schwarz war.

»Was tut Ihr hier, Martino?« fragte er aufgeregt.

»Ich war unterwegs, um Studien zu betreiben«, antwortete der Venezianer ausweichend. »Doch lasst uns gehen. Nicht weit von hier gibt es ein Gasthaus. Wir werden den Wirt wecken, denn nach diesem Abenteuer braucht Ihr Ruhe und müsst Euch abtrocknen, sonst riskiert Ihr eine tödliche Krankheit.«

Martino machte Anstalten aufzubrechen, doch Dante hielt ihn energisch zurück. »Ihr wollt mir doch nicht weismachen, dass Euch Euer Wissensdrang hergeführt hat!«

»Dies sind die Ruinen der Thermen des Antonino, und hier haben die Römer ihre größte Anlage zur Kalkgewinnung gebaut. Nachdem sie die Steinverkleidungen von den Wänden gerissen und die Statuen zerschlagen haben, die sie schmückten, brennen sie die Marmorreste aus den Thermen zu Kalk. Dann löschen sie den Kalk in dem großen Becken, aus dem ich Euch gerettet habe. Es war früher vielleicht ein Schwimmbecken, in dem die letzten Senatoren badeten, bevor das Imperium unterging. In Venedig heißt es, der hier gewonnene Kalk sei von einer außergewöhnlichen Qualität und der einzige, der die notwendige Festigkeit aufweist, um das enorme Gewicht großer Kuppeln zu tragen. Unsere Republik erfährt gern alles, was nützlich sein könnte ...«

Der Venezianer wirkte noch immer verschlossen. Dante hätte gern etwas erwidert, doch er fror und verschob die Antwort auf später. »Lasst uns zu dem Haus gehen, das Ihr vorgeschlagen habt.«

Martino machte sich zielstrebig auf den Weg, den er anscheinend auch im Dunkeln leicht fand. Von Zeit zu Zeit warf er einen Blick zurück, um sich zu vergewissern, dass Dante noch hinter ihm war, und ging dann weiter durch das Brachland.

In der Ferne ragte kaum sichtbar in der Finsternis eine sehr lange, unzusammenhängende Mauer auf, die sich auf eine Reihe von Bögen stützte. Über den Bögen erhob sich eine fensterlose Wand mit eingelassenen Halbsäulen zum Himmel. Viele Bogenabschnitte waren eingestürzt, so dass große Lücken in dem verwahrlosten Bau klafften. Zunächst hielt Dante ihn für die Ruine eines eindrucksvollen Aquädukts, doch als er näher kam, sah er durch eine Öffnung in der Mauer die Reste einer Freitreppe und weiter hinten einen langgestreckten freien Platz, ein grasbewachsenes Oval, dessen zwei Enden jeweils von einem Monolithen begrenzt waren.

»Der Circus …«, sagte er leise. Er setzte seinen Weg fort, immer dem Venezianer nach, der sich gut auszukennen schien und an der Seite des Bauwerks wieder nach oben stieg. An dessen Ende hatte man Häuser gebaut, und dort stand auch ein kleiner Turm.

Dante war erschöpft und konnte sich kaum noch auf den Beinen halten, als sie die Taverne erreichten. Der Venezianer klopfte mit einer Folge von Schlägen, die dem Dichter wie ein verabredetes Zeichen vorkam, an eine verriegelte Tür. Nach kurzer Zeit sah er durch die Ritzen ein Licht aufscheinen, die Tür sprang auf, und ein Mann mit einer brennenden Kerze in der Hand stand vor ihnen. Der Unbekannte warf einen raschen Blick auf den Venezianer, dann durchforschte er argwöhnisch die Gesichtszüge des Dichters. Doch auf einen Wink Martinos trat er sofort beiseite.

»Das ist Vergils Taverne, Messer Alighieri. Geführt von einem Landsmann von mir, der vor vielen Jahren nach Rom kam, angezogen von der Heiligkeit, die in diesen Mauern wohnt. Er war ein besonders frommer Mann«, fügte er hinzu, ohne ein spöttisches Lächeln unterdrücken zu können.

Der Wirt führte sie zu einem geheizten Kamin. Während sich der Dichter ermattet auf eine Bank fallen ließ, schürte jener die Glut, wobei er die Kerze zu Hilfe nahm. Schon bald prasselte ein kräftiges Feuer in der Öffnung aus geschwärztem Stein. Dante entspannte sich. Nach und nach vertrieb die Wärme sein Unwohlsein. Und mit den Kräften des Körpers kehrten auch die des Geistes zurück.

Er drehte sich zu Martino, der ihn schweigend gemustert hatte und Wein aus einem Kelch schlürfte, den die Frau des Wirts gebracht hatte. Der Alte hielt Dante den Becher hin.

»Vergils Taverne?« fragte Dante, nachdem er einen kräftigen Schluck getrunken hatte. »Ist das der Name des Wirts? Sonderbar vornehm für eine so niedrige Arbeit.«

»Nein, Messer Alighieri. Er heißt Nicoletto. Doch er hat seiner Schenke den Namen des großen Dichters gegeben, weil sie neben dem Turm liegt, wo der Magier der Legende nach eine seiner Zaubereien vollführte. Gleich hier in der Nähe«, antwortete Martino und wies mit dem Daumen hinter sich. »Es heißt, in diesem Turm habe die Tochter des Kaisers gewohnt, in die Vergil unsterblich verliebt war. Und bei dem Versuch, zu ihr hinaufzuklettern, habe er eine ganze Nacht dort festgehangen, bis er schließlich im Morgengrauen unter dem Gespött des Volkes entdeckt wurde. So erzählt man es sich jedenfalls in Rom.«

»Ganz Rom scheint ein Fass voller Beleidigungen zu sein. Gegen die geistig Armen und gegen die Gelehrten«, sagte der Dichter leise und schaute seinem Gefährten fest in die Augen. »Gegen Gott.«

Er wartete darauf, dass der Alte seine wahren Gedanken offenbarte. Es war klar, dass die Geschichte vom Geheimnis der Kalkherstellung nur vorgeschoben war und dass auch er die anstößige Versammlung beobachtet hatte. Dante fragte sich, was ihn wirklich an diesen Ort geführt haben mochte. Doch der Alte schien seine Anspielung nicht aufgreifen zu wollen. »Rom ist noch immer in jeder Beziehung das Zentrum der Welt. Obwohl es nur noch aus einem Haufen Ruinen besteht, lebt in diesen Ruinen doch der Geist der großen Zeiten fort, von Zeiten, in denen die Menschen gleichberechtigt mit den Göttern sprachen. Und wenn der Kreuzzug, über den Ihr im Bilde seid, erfolgreich ist, könnten diese Zeiten wiederkehren.«

»Der Kreuzzug? Auch Ihr wisst davon?« – »Das Schicksal, das Euch in diesen Tagen hersandte, hat Euch vielleicht als Zeugen für das größte Ereignis Eures Lebens angerufen.«

»Nicht das Schicksal, sondern die Kommune von Florenz hat mich gesandt. Und nur dieser bin ich Rechenschaft schuldig.«

Martino seufzte tief. »Offenbar ist Euch entgangen, dass sich die Zeiten gerade ändern, Messer Alighieri. In Frankreich hat Philipp die Kardinäle fest im Griff, und die gesamte Kirche jenseits der Alpen ist bereit, ihn zu unterstützen, sie zahlt ihm Tribut. Er hat ein Auge auf die Reichtümer des Templerordens geworfen, und schon bald wird er seine Segel auch gegen ihn setzen. In Asien gewinnen die Türken an Macht: Nach Jerusalem und Akko steht nun Konstantinopel unter dem Beschuss seiner Armeen. Alemannien leidet unter dem Hochmut der Kurfürsten und der Eitelkeit Albrechts I., der nur darauf aus ist, Reichtümer und Land für sein Herrscherhaus zu sichern. In Italien zerbröckelt unter Bonifatius' Angriffen die alte, in Legnano eroberte Freiheit. Und Ihr seid hier, um Euch Gedanken darüber zu machen, ob in den Mauern Eurer Stadt die Cerchi oder die Donati regieren sollen«, sagte er spöttisch. »Das neue Jahrhundert wird Euch überrollen, und was Ihr für ein zweites Rom haltet, wird wieder das werden, was es war: eine Diebeshöhle. Die große Stadtmauer, die ihr zu bauen begonnen habt, wird kein ruhmreiches Volk schützen, sondern nur einen Haufen Hütten mit viel Gestrüpp ringsumher. In Spanien, in England, in Frankreich blasen die neuen Könige ins Horn, und sogleich formieren sich gewaltige, tatenhungrige Armeen. Doch was glaubt Ihr, wer herbeilaufen wird, wenn ihr in Florenz die Glocken läutet? Von schutzsuchenden alten Frauen und fetten Kaufleuten einmal abgesehen?«

Dantes Gesicht war rot angelaufen. »Die Freiheit der Stadt ist das oberste Ziel jedes Bürgers!« rief er. »Dieser Wunsch macht uns frei und des wohlwollenden Auges Gottes würdig! Was ist die Eroberung der Welt schon wert, wenn man die Herrschaft über das eigene Haus verliert?«

Martino schüttelte den Kopf. »Ihr werdet sehen. Ihr werdet verstehen«, sagte er nach kurzem Schweigen. »Wenn auch Ihr die Welt kennengelernt habt. Im Moment ähnelt Ihr einem jener wundersamen Wesen, von denen die Afrikareisenden erzählen. Man sagt, sie kämen mit einem rückwärts gewandten Kopf auf die Welt und lebten dann auch so. Wohlunterrichtet über alles, was hinter ihnen geschieht, doch vollkommen unwissend in bezug auf ihre Zukunft. Vielleicht durchaus fähig, der hinterlistigen Schlange zu entkommen, doch dazu bestimmt, vom stolzen Löwen zerfleischt zu werden. Und was nützen Euch Tugend und Gelehrsamkeit, wenn Ihr sie nicht darauf verwendet, in die Zukunft zu sehen? Vorsicht ist Voraussicht! Schaut Euch um in diesen erhabenen Ruinen. Was glaubt Ihr wohl, warum die Giganten, die sie errichten konnten, verschwunden sind wie Staub im Wind?«

Dante warf einen Blick in die Runde. Dann hob er das Kinn. »In meinem kleinen Florenz sind Männer am Werk, die diese hier nicht im geringsten beneiden müssen«, antwortete er hochmütig. »Ich habe die Pläne des großen Arnolfo für den künftigen Dom gesehen. Für eine Kirche, die alle anderen in der Toskana überragen wird!«

»Das mag wohl sein. Doch seht Euch allein die Kuppel des Pantheon, an. Wer von Euren Baumeistern wäre denn fähig, so etwas zu bauen? Wer von ihnen hat das Geheimnis ergründet, durch das ihr enormes Gewicht seit Jahrhunderten zwischen Himmel und Erde gehalten wird, ohne dass sie je eingestürzt wäre?«

»Ich weiß es nicht …«, murmelte Dante. »Auch Arnolfo hat eine Kuppel geplant, als Krönung seines Werkes. Gewiss nicht so majestätisch wie die des Pantheon …«

»Und gewiss auch nicht so eine, wie sie die Griechen in Byzanz errichtet haben. Doch wenn ihre Stadt in die Hände der Ungläubigen fällt, wird auch ihr Wissen verlorengehen. Ich hatte auf meinen Reisen das Glück, sie zu sehen, Messer Alighieri. Doch ich fürchte, in unserem Jahrhundert wird niemand mehr etwas Vergleichbares bewundern können.«

»Und deshalb interessiert Ihr Euch für gelöschten Kalk? Um Kuppeln zu bauen? Aber versteht Ihr denn nicht, dass die Hoffnung auf Freiheit nur zurückkehren kann, wenn Bonifatius verschwindet? Ihr hingegen unterstützt den Kreuzzug, ein Unternehmen, das, falls es seinen Ursprung wirklich in den Träumen von Senator Spada hat, den Papst noch stärken wird? Bonifatius muss gestürzt werden!«

Vielleicht lag es am Wein, der ihm allmählich zu Kopf stieg, dass er mit einer solchen Offenheit sprach. Er musste vorsichtiger sein, sagte er sich. Doch der Venezianer schien nicht entrüstet zu sein.

»Bonifatius ist wie ein altes Maultier, zäh und fest auf den Beinen. Und die vier Stützen seiner Macht sind die Herrschaft über die Engelsburg, die absolute Kontrolle über das Kardinalskollegium, sein Großgrundbesitz in Anagni und die heimliche Unterstützung der Templer, die in ihm ein Bollwerk gegen die Gier Philipps des Schönen sehen. Wenn Ihr ihn nur an einer Stelle trefft, wird er anfangen, in höllischer Wut auszuschlagen. Nur wenn man alle vier Beine gleichzeitig lahmlegt, wird er zu Boden gehen.«

»Das hieße, nur die Hand Gottes könnte Italien von dieser Pest befreien. Von den übrigen Quellen seiner Macht einmal abgesehen, würde schon allein die Engelsburg jedem Angriff trotzen. Ich habe sie mir aus der Nähe angesehen: Nicht einmal das schwarze Zauberpulver aus China, von dem Marco Polo und Bruder Bacon berichten, könnte seine Fundamente erschüttern. Doch der Papst ist alt, es wird genügen, den Lauf der Natur abzuwarten. Vielleicht wird sein Nachfolger ein gerechter Mann sein: Gott kann nicht länger zulassen, dass seine Kirche wankt.«

Der Alte schüttelte den Kopf. »Frankreichs König intrigiert schon fleißig, um jemanden aus seinem Herrschaftsgebiet in dieses Amt zu bringen. Jemanden, der ihm treu ergeben ist. Es heißt, im Norden, jenseits der Grenzen Italiens, stünde bereits ein neuer Kirchenthron bereit. Philipp arbeitet darauf hin, die Kontrolle über das Kardinalskollegium zu erlangen. Einige von ihnen hat er schon gekauft, andere schüchtert er ein, und manche wird er umbringen lassen. Die Zeit arbeitet für ihn.«

»Die Kirche von Rom trennen? Wo der Apostel Petrus höchstpersönlich sie gegründet hat? Ihr redet im Fieber. Und woher wisst

Ihr das alles?« fügte der Dichter, plötzlich argwöhnisch geworden, hinzu.

Der Alte lächelte. »Die Republik Venedig ist nicht nur tüchtig in der Seefahrt und im Bau von Galeeren. Die Sicherheit eines Staates, der stark auf dem verräterischen Meer ist, doch schwach auf dem Festland, kann nur gewährleistet sein, wenn er über die Pläne seiner Rivalen bereits im voraus genauestens unterrichtet ist.«

»Ihr habt das Kaiserreich mit Spionen übersät!«

»Mit Berichterstattern. Und zwar sehr fähigen.«

»Seid Ihr einer von ihnen? Und seid Ihr deshalb in Rom?«

Martino lächelte erneut. »Auch deshalb. Das ist der offizielle Grund, wie er der Serenissima bekannt ist. Doch jeder Mensch hat insgeheim mehr als ein Motiv für sein Handeln. Nehmen wir zum Beispiel Euch, Messer Alighieri. Ihr seid als Gesandter der Stadt Florenz hier«, sagte er mit einem durchdringenden Blick. »Doch nicht das ist es, was Euch beseelt. Ihr seid auf der Suche. Nach etwas, was Euch womöglich noch mehr am Herzen liegt als das Schicksal Eurer Heimatstadt. Auch ich bin auf der Suche, genau wie Ihr.«

»Und wonach?«

»Nach Wissen, Messer Alighieri. Wie Ihr. Das ist das Feuer, das in uns brennt. Doch kommt, ich werde Nicoletto anweisen, uns sein Zimmer oben zu überlassen. Wir wollen die verbleibenden Nachtstunden dem Schlaf widmen, und morgen wird Euch sein Wagen zurück nach Isola und in Eure Unterkunft bringen.«

Dante hätte gern noch etwas erwidert, doch der bestimmte Blick des Alten verriet ihm, dass dieser das Gespräch nicht fortsetzen wollte. »Lasst uns schlafen gehen«, sagte der Venezianer. Neben ihnen war der Wirt aufgetaucht und wartete mit einer Kerze in der Hand.

7

10. NOVEMBER,
AM SPÄTEN NACHMITTAG

Als Dante erwachte, war es bereits heller Tag. Er fühlte sich ausgeruht, doch das wilde Kampfgetümmel der Nacht und was danach geschehen war wirbelten ihm noch im Kopf umher. Er drehte sich im Bett zu der Seite, auf der Martino sich ausgestreckt hatte, doch dort war niemand mehr. Er verließ das Zimmer und stieß am unteren Ende der Treppe auf den Wirt, der gerade ein Fläschchen Wein abfüllte.

»Ist Messer Martino schon auf?«

»Schon lange. Messer Martino widmet dem Schlaf nie mehr als zwei Stunden. Er bat mich, Euch seine Grüße auszurichten. Er sagte, Ihr werdet Euch gewiss wiedersehen.«

»Er ist schon fort?« murmelte Dante überrascht.

»Seit dem Morgengrauen. Möchtet Ihr etwas essen?« sagte der Wirt und unterbrach seine Arbeit. Er reichte dem Dichter Brot und Eier, der beides sofort hinunterschlang. Als er seinen bohrenden Hunger gestillt hatte, fragte er den Wirt nach dem Rückweg zu den bewohnten Gebieten der Stadt.

»Das ist nicht schwer zu finden, Messere. Geht an der Mauer des Circus entlang hinunter bis zum Fluss. Haltet Euch links. In der Nacht hat es Kämpfe am Kolosseum gegeben, es ist nicht ratsam, sich dort aufzuhalten. In dieser Gegend treiben sich noch versprengte Bewaffnete herum.«

Plötzlich holte Dante die Erinnerung an die schrecklichen Ereignisse der vergangenen Nacht wieder ein. »Wisst Ihr, wie die Auseinandersetzungen ausgegangen sind?« fragte er beunruhigt.

»Man sagt, die Frangipani hätten sich Bonifatius ergeben. Ihre Festung ist an die Caetani gegangen.«

»Und was ist aus ihren Verteidigern geworden?«

Der Wirt zuckte mit den Schultern und antwortete nicht. Doch seine Miene war beredt genug. Wer wusste, wie viele Unglückliche nun zusätzlich in den Reihen der in Ketten gelegten Gefangenen am Hafen von Ripetta schufteten.

Dante wollte bezahlen, doch seltsamerweise weigerte sich der Wirt, sein Geld anzunehmen. So verabschiedete er sich und wandte sich zur Tür.

Dort stach ihm ein über dem Türpfosten hängendes Heiligenbild ins Auge. Ein kleines Gemälde mit der Jungfrau auf dem Thron, die ihr Kind auf dem Schoß hielt. Wie die vielen Bilder, die er in den ärmlichen Bauernhütten seiner Heimatgegend gesehen hatte, war auch dieses ohne jede künstlerische Grazie.

Ihm fiel die Statue in den Thermen wieder ein und die anstößige Zeremonie, die man ihr zu Ehren abgehalten hatte. Wie schon der Schleier, der den Blick auf das Standbild verwehrt hatte, war auch an diesem Gemälde etwas Merkwürdiges, das von der christlichen Tradition abwich. Die Jungfrau trug nicht die übliche Krone der *Regina Coeli* auf dem Kopf: Ihre Stirn wurde von einer Scheibe mit zwei Sicheln geschmückt, die eine große Ähnlichkeit mit zwei Hörnern hatten.

»Woher habt Ihr dieses Bild?« fragte der Dichter. Nicoletto schaute es kurz an, wandte den Blick jedoch scheinbar gleichgültig sofort wieder ab. »Die Heilige Jungfrau? Ich habe sie von einem Fremden, der seine Übernachtung nicht bezahlen konnte. Zwei Jahre mag das jetzt her sein.«

Dante trat näher, um es genauer zu betrachten. Es schien sehr alt zu sein. An mehreren Stellen fehlte die Farbe, so dass das darunterliegende Holz zum Vorschein kam. Was seine Ausführung betraf, musste er seine Meinung jedoch ändern. Aus der Nähe betrachtet, war dieses Gemälde außerordentlich fein und ausdrucksstark gearbeitet und stand den großen Altarbildern, die die toskanischen Kirchen zierten, in nichts nach. Die Kleider und der sonderbare Kopfschmuck machten es allerdings zu etwas Besonderem und verliehen ihm eine geheimnisvolle, exotische Note.

Er drehte sich wieder zu Nicoletto um. Die Taverne lag nicht weit von den Thermen entfernt. Wenn dieser Kult, wie durchaus zu vermuten war, in regelmäßigen Abständen stattfand, war es sehr wahrscheinlich, dass der Wirt davon wusste. Und vielleicht war dieses Bild an der Wand nicht nur ein zufälliges Geschenk, sondern ein Beweis dafür, dass auch er in diese Geschichte verwickelt war. Doch die Verschlossenheit des Mannes ließ nicht hoffen, dass dieser noch mehr preisgeben würde.

In Florenz hätte Dante die Mittel gehabt, ihn zu zwingen, alles zuzugeben, was er wusste. Doch hier hatte er keinerlei Handhabe, sagte er sich bitter. Er ballte die Fäuste und schüttelte den Kopf. Was hatte er eigentlich mit dem zu tun, was er da gesehen hatte? Vermutlich bargen die Ruinen noch ganz andere Schändlichkeiten, so als wäre zusammen mit den zu Staub zerfallenden Mauern auch die Grenze zwischen Gut und Böse ausgelöscht.

Er verließ die Taverne und schlug die Richtung ein, die der Wirt ihm beschrieben hatte.

Der Weg zum Fluss war sonderbar menschenleer. Nur hin und wieder stieß er auf vereinzelte Trupps bewaffneter Männer, die ihn zum Glück keines Blickes würdigten. Als das Haus der Witwe vor ihm auftauchte, blieb er alarmiert stehen: Vor der Tür stand eine Schar Bewaffneter und schien ihn zu erwarten. Vorsichtig ging er noch einige Schritte weiter, dann erblickte er unter ihnen erleichtert die Gestalt des Senators. Auch Saturniano Spada hatte ihn erkannt. Mit offenen Armen und einem Ausruf der Freude kam er auf ihn zu.

»Messer Alighieri! Wir haben uns schon Sorgen um Euch gemacht, weil Ihr in den Kämpfen verlorengegangen seid! Meine Männer sahen, wie Ihr Euch entfernt habt, wussten aber nicht, wo

Ihr geblieben seid. Also dachte ich mir, ich warte in Eurer Unterkunft auf Euch.«

»Gestern nacht war ich dem Tode nahe. Ich hatte nicht damit gerechnet, dass ein Einsatz der Stadtwache so blutig sein könnte. Wenn da nicht dieser Mann gewesen wäre, der mich gerettet hat …«

»Ja, man hat mir davon berichtet, doch vergessen wir diese schrecklichen Ereignisse. Nicht des Schwertes wegen bin ich bei Euch. Der Papst hat eine Untersuchung des Leichnams aus der Grabstätte befohlen, und ich habe darum gebeten, dass neben Männern des Glaubens auch Männer der Wissenschaft zugegen sind. In einer so heiklen Angelegenheit möchte ich auf den Zuspruch Eurer Gelehrsamkeit nicht verzichten. Ihr wart dabei, als der Leichnam gefunden wurde, und seid bereits im Bilde. Ich wünsche natürlich vor allem Eure Anwesenheit. Dazu die von Manoello, dem jüdischen Arzt. Und auch die des Gesandten des Khans, der der Wissenschaft der Sterne und der Mysterien kundig ist«, sagte der Senator und wies auf die zwei Männer, die bei den Soldaten warteten.

»Demnach wird das Volk Judas' an Bonifatius' Hof doch nicht nur verschmäht«, erwiderte der Dichter matt und wechselte einen Blick mit dem Rabbiner.

»Niemand bezweifelt ihre großen Fähigkeiten in der Heilkunst, von denen auch schon einige Kardinäle profitierten. Nur das törichte Beharren auf ihrem schändlichen Glauben macht sie zur Zielscheibe berechtigten Spottes. Und was den Perser angeht, so hielt man es für nützlich, dass er mit seinem Wissen aus dem Orient das der Inquisitoren ergänzt, obwohl auch er zu anderen Göttern betet«, antwortete der Senator mit ironischer Miene.

Sie machten sich über die Via della Lungara auf den Weg zum Ospedale di Santo Spirito. Als sie das Eingangstor passiert hatten, gingen sie durch den ersten Flügel des Bauwerks, ein langes Schiff hinter dem achteckigen Vierungsturm, der den inneren Säulengang unterbrach. An den Wänden zwischen den großen Bögen, die es begrenzten, drängten sich dicht an dicht die Lager leidender, verzweifelter Menschen.

Dante ging schnell. Mit dem Tuch seiner Kappe vor dem Gesicht versuchte er, sich gegen den Gestank zu schützen. Der ganze Raum war mit kranken Körpern übersät, zwischen denen sich wie Schatten die Mönche von Santo Spirito bewegten, denen die Leitung des Hospitals übertragen worden war, nachdem die ursprünglichen Besitzer, die Teutonen des Kaiserreichs, es verlassen hatten. Seufzer und Wehklagen stiegen aus den wahllos über den Kranken aufgehäuften Lumpen und blubberten wie Luftblasen in einer Schlammgrube. Einige Kranke hatten die Arme im Sitzen krampfhaft um ihre Knie geschlungen, als wollten sie sich vergewissern, dass sie noch einen Körper hatten. Andere lagen reglos und blass auf ihrem Lager, und die Gesichter unter den ungepflegten Bärten trugen bereits die Maske des Todes.

Die Mönche zwängten sich leise zwischen den langen Reihen der Lager hindurch und versuchten nach Kräften, die aufzurichten, die noch reagieren konnten. Als der Dichter sich umschaute, sah er, wie einige Mönche die vier Enden eines schmutzigen Betttuchs packten und einen darin liegenden Leichnam anhoben, um ihn wegzutragen. Schweigend schüttelte er den Kopf. »Denkt Ihr über das menschliche Elend nach, Messer Alighieri?« fragte der Senator, dem seine Regung nicht entgangen war.

»Ja, darüber, wie zerbrechlich der Nachen ist, der unseren Geist aufnimmt, und wie schon ein kleiner Sturm genügt, um ihn zu zerschmettern und in Treibgut zu verwandeln.«

»Man kann kaum glauben, dass diese Menschen die Nachkommen jener sind, die die riesigen Mauern errichtet haben, von denen die Stadt noch heute umgeben ist. Mauern, die zu sagen scheinen: Hier, auf diesen Straßen, wandelten einst Götter.«

»Unser Jahrhundert hat etwas Ungesundes. Als hätten Körper und Geist den göttlichen Einklang eingebüßt, der sie einst belebte.

Heißt es nicht von den Patriarchen, sie hätten sehr lange und im Vollbesitz ihrer Kräfte gelebt? Und sie hätten ihr Haupt in Frieden geneigt, als ihr letzter Morgen anbrach?

Heute hingegen verlischt der Körper oftmals schon vor dem Geist und wird zu dessen schmerzlichem Gefängnis. Und wir vereinen uns nicht im Licht mit dem Göttlichen, sondern in Erschütterung und Zorn. Für solche Menschen wäre es besser, nie geboren worden zu sein!« rief er in ohnmächtiger Wut. »Es wäre besser für alle!«

Der Senator warf ihm einen finsteren Blick zu. »Vorsicht, Messer Alighieri! Wiederholt diese Überlegungen nicht dort, wohin wir jetzt gehen, in Gegenwart der Inquisition! Eure Worte haben eine gefährliche Ähnlichkeit mit denen des Häretikers Marcion, dieses abtrünnigen Bischofs, den die Kirche exkommuniziert hat!«

»Viele seiner Forderungen sind nicht unberechtigt. Doch seine Schuld und die Wurzel seines Unglücks liegen in der Ablehnung der Hoffnung, die Christus uns gebracht hat.«

Sie hatten den achteckigen Raum durchquert, der die beiden Flügel des Gebäudes trennte. In der Mitte stand ein kleiner Altar aus Stein, vor dem ein Mönch, assistiert von zwei weiteren, für eine versammelte Schar die heilige Messe zelebrierte. Diese Menschen waren offenbar nicht so gebrechlich wie die anderen. Zwar waren ihre Kleider zerlumpt und ihre Gesichter ausgezehrt, doch zumindest konnten sie sich auf den Beinen halten.

»Das sind keine Kranken«, sagte der Senator und kam damit Dantes Frage zuvor. »Es sind Pilger, die ins Heilige Land aufbrechen wollen. Das Hospital kümmert sich auch um mittellose Reisende, die kein Dach über dem Kopf haben, und stärkt sie auf dem Weg ihres Gelübdes.«

Ringsumher häuften sich dürftig zusammengebundene Gepäckstücke und Bündel. In einer Ecke stand zahm und mit hängenden Ohren ein Esel, der einen schweren Packsattel trug. Der Mönch hielt einen Kelch in die Höhe, und auf seine Geste hin erhob sich ein stockendes Gebet. Dante blieb einen Augenblick stehen und bekreuzigte sich. Voller Anteilnahme betrachtete er die Menschen.

»Woran denkt Ihr, Messer Alighieri?« fragte ihn der Senator.

»An die Kraft, die sie beseelt. Sie haben ihr Haus und ihre Heimat verlassen. Für ein ungewisses Schicksal und mit einem Ziel vor Augen, das viele von ihnen wie König Moses nur aus der Ferne sehen werden. Sie schlafen auf kaltem Stein und steigen treppauf, treppab, um von ihren Nächsten ein Stück Brot zu erhalten, so dass sie ihren Weg fortsetzen können. Ich glaube, das ist das schlimmste Unglück. Sie haben sich ihr Schicksal frei gewählt und zahlen einen hohen Preis für den Glauben, der sie leitet. Abgesehen vom Martyrium kenne ich nur wenige Dinge, die erhabener und schmerzvoller sind.«

Der Dichter raffte sich auf und ging weiter durch das Schiff. Hier war der Gestank noch stärker, falls das überhaupt möglich war. Die Krankenbetten standen etwas weiter auseinander als in dem anderen Saal, und die Zahl der Mönche, die hier arbeiteten, war geringer. Einige Kranke lagen verlassen unter den Betttüchern, doch die meisten saßen auf ihrem Lager, vollkommen in Verbände gewickelt wie Tote, die am Tag des Jüngsten Gerichts wiederauferstanden waren.

Voller Ekel ging Dante weiter, sich dicht an der Seite seiner Begleiter haltend.

»Wer sind diese Menschen?« fragte er und deutete auf eines der Betten, in denen jeweils zwei Kranke lagen. Als sie näher traten, stützte sich einer von ihnen auf die Ellbogen und musterte sie durch den Schlitz in dem Verband, der sein Gesicht verhüllte.

»Bei ihnen besteht der Verdacht auf Lepra. Sie werden hier untergebracht, bevor man sie aus der Stadt verbannt.«

Als Dante an dem Bett vorüberging, stieß der Kranke einen Schrei aus. »Toskaner, halte an, dich kenne ich!«

Überrascht blieb Dante stehen. Durch eine heftige Bewegung war der Verband des Mannes verrutscht, so dass sein Gesicht zum

Vorschein kam. Dante stand starr vor Entsetzen. Die Krankheit hatte die Lippen des Mannes fast vollständig zerfressen und den Mund in eine unförmige, schwarze Höhle verwandelt, in der wie gelbliche Würmer noch die Splitter einzelner Zähne aufragten. Ein Auge war vollkommen zugeschwollen, doch in dem anderen, das weit aufgerissen war, funkelte eine Pupille, schwarz wie Ebenholz.

»Du bist Dante von den Alighieri! Jetzt versuch du, mich zu erkennen!« gurgelte er, wobei sich die Wörter direkt in seiner Kehle zu formen schienen.

Dante trat einen Schritt auf ihn zu, hielt jedoch Abstand. Etwas in dem zerstörten Gesicht des Mannes weckte eine ferne Erinnerung in ihm. Doch es gelang ihm nicht, diese Larve jemand ihm Bekanntem zuzuordnen. Dann plötzlich ging ihm ein Licht auf. Wutentbrannt ballte er die Fäuste. »Vanni Fucci!« rief er. »Du hast dich sehr verändert, seit du bei der Belagerung von Caprona gewütet hast!«

Im Nu hatte er die entsetzlichen Szenen dieser Schlacht wieder vor Augen, als die florentinischen Truppen zusammen mit ihren Verbündeten, den Guelfen von Pistoia, die ghibellinische Festung von Caprona belagert hatten. Nachdem die Belagerten sich unter der Bedingung ergeben hatten, dass man ihr Leben verschonte, waren sie angstvoll zwischen den zwei Flanken der Florentiner abgezogen, die ihrem Wort treu blieben. Doch weiter hinten hatten ihnen die Pistoiaer aufgelauert, die unter Vannis Führung ein Blutbad unter ihnen anrichteten und so Schimpf und Schande über das gesamte Heer der Guelfen brachten. Pistoia, du Mutter der Halunken, Diebe und Schurken.

Der Mann sah ihn mit dem verbliebenen Auge, in dem noch sein ganzer früherer Dünkel zu liegen schien, frech ins Gesicht. »Du bist ein Dieb«, sagte Dante kalt. »Du hast die Sakristei von San Jacopo ausgeraubt. Und dafür gesorgt, dass ein anderer an deiner Stelle verurteilt wurde.«

Vanni brach in ein gurgelndes Gelächter aus. »In Pistoia suchen sie immer noch nach dem Kirchengerät. Es hat mir ein Weilchen weitergeholfen, doch Gold ist schnell ausgegeben.«

»Du wirst in der Hölle enden. Und für deine Bestialität büßen.«

Wieder brach Vanni Fucci in sein blubberndes Lachen aus. »Ich bin schon drin, Gevatter. Deine Prophezeiung ist nichts mehr wert. Doch lass mich nun deine Zukunft vorhersagen!«

Der Pistoiaer hob die verbundene Hand und richtete sie auf den Dichter. »Die schwarze Partei wird siegen und dich und die deinen überwältigen. Ich bin aus freien Stücken geflohen, und nicht einmal der Zorn Gottes kann mich aufhalten. Doch du wirst, vom Feuer verfolgt, dein Haus verlassen. Und wirst Florenz niemals wiedersehen.«

Dante ließ sich zu einer Beschwörungsgeste hinreißen, packte eine kleine Lampe, die neben dem Lager brannte, und schleuderte sie ungestüm gegen den Kranken. »Halt's Maul, Verfluchter!« schrie er und konnte nur mit Mühe vom Senator zurückgehalten werden, der ihn am Ärmel festhielt. »Und verbrenne jetzt schon, da der Hades noch zögert, dich aufzunehmen!«

Die Lampe hatte Vanni voll an der Brust getroffen. Das Öl lief aus und durchtränkte seinen Verband. Der brennende Docht rutschte in eine Falte des Stoffs und entzündete das Öl. Hektisch schlug Vanni Fucci mit der Hand auf die Flammen, um sie zu löschen. Mit seinen umwickelten Fingern erstickte er das Feuer und lachte ununterbrochen, als könnten die Flammen seinem kranken Körper nichts mehr anhaben.

Verblüfft hatten der Senator und Manoello die Szene mit angesehen. Dante wandte sich an Saturniano, der noch immer seinen Arm umklammerte, und schrie außer sich: »Auch solchen Gaunern gewährt ihr also Unterkunft? Sogar seine Heimatstadt, die doch die Mutter der Verderbten ist, hat ihn zum Tod durch den Strang verurteilt!«

Saturniano, der den Dichter noch nicht losgelassen hatte, zog ihn einige Schritte fort. »Seit im vergangenen Jahr das Jubeljahr ausgerufen wurde, ist der Zustrom der Pilger unüberschaubar geworden. Die meisten von ihnen waren gute Christen, die nach Absolution und Ablass strebten. Doch mit ihnen kam auch der Abschaum des gesamten Kaiserreichs zu den sieben Hügeln. Die Wachen an den Toren tun, was sie können, doch es sind einfach zu viele Menschen, und die Verderbtheit ist nicht aufzuhalten. Sie bringen Geld, und sämtliche Huren, Weinhändler und Gastwirte der Stadt öffnen ihnen Tür und Tor, nur dass sie hinterher zur Burgwache gelaufen kommen, um sich zu beklagen, weil dieses Gesindel ihre Frauen geschändet, ihre Geldtruhen ausgeräumt und ihren Kindern die Kehle durchgeschnitten hat. Die Schurken verstecken sich in den Ruinen, wo sie sich leidlich eingerichtet haben, ihrer Herkunft entsprechend zu Banden zusammengeschlossen: in San Giovanni die Lombarden, unter den Bögen des Nerva-Aquädukts die Toskaner, hinter den Wiesen von Castello die Alemannen. Dazu noch die Franzosen und die Männer aus Apulien mit ihren schamlosen Frauen. Zum Glück haben die Regenfälle schon eingesetzt. Hoffentlich tritt der Tiber früher oder später über die Ufer und spült dieses ganze Pack aus den Kloaken fort, in die es sich verkrochen hat. Niemals hätte ich für möglich gehalten, dass Ihr einen davon persönlich kennt!«

»So eine Fratze vergisst man nicht mehr, wenn man sie einmal gesehen hat«, gab Dante dumpf zurück und drehte sich noch einmal zu Vanni Fucci um. Der Pistoiaer erwiderte den durchdringenden Blick des Dichters mit frecher Arroganz, während Fünkchen aus den noch glühenden Binden sein entstelltes Gesicht einrahmten.

»Lasst Euch von seinen Unkereien nicht beirren. Sie sind nur das Gewimmer eines Ochsen, der schon vor dem Schlachthaus steht.«

»Seine Prophezeiung fürchte ich nicht. Doch sein Gesicht hat mich an die vielen Gesichter erinnert, die mein Haus und die Freiheit von Florenz bedrohen.«

Inzwischen waren sie an eine Tür am Ende des Krankensaals gelangt. »Folgt mir«, sagte der Senator. »Hier geht es zur Kappelle des Hospitals. Man hat den Leichnam des Mädchens aus dem Grab hierhergebracht.«

Hinter der Tür lag, in Finsternis gehüllt, eine kleine Kirche. Vor dem Altar umgab eine niedrige Steinbalustrade den Zugang zur Krypta. Dante stieg hinter dem Senator einige Stufen zu einem kleinen, niedrigen und feuchten Raum hinunter. An den grünlichen Spuren in den Fugen des Steinbodens und an den dunklen Flecken an den Wänden war die Nähe des Flusses auch hier unverkennbar.

In der Mitte der Krypta stand ein steinerner Altar, getragen von zwei nach Art der Barbaren gemeißelten Greifen. Direkt davor hatte man auf vier Stützen den Holzsarkophag gestellt, umgeben von unzähligen eisernen Leuchtern, die den Raum in ein grelles gelbes Licht tauchten.

Ein halbes Dutzend Mönche in den schwarzweißen Kutten der Dominikaner und den fahlgrauen Kutten der Franziskaner beugte sich über den Sarg und tauschte mit leiser Stimme lebhafte Kommentare aus. Als Dante und Saturniano eintraten, richtete sich der Mann, der offenbar ihr Oberhaupt war, abrupt auf und kam auf sie zu. Dante hatte das Gefühl, dass der Mönch seinen Platz nicht verlassen hatte, um sie zu begrüßen, sondern, um ihnen den Weg zum Leichnam zu versperren. Als der Mann den Senator erkannte, rückte er mit einer Ehrfurchtsbezeigung sofort beiseite.

Die übrigen Besucher musterte er jedoch argwöhnisch. »Keine Sorge, Bruder«, beruhigte ihn der Senator und ging auf den Sarkophag zu. »Ich hatte Euch ja die Anwesenheit einiger Gelehrter angekündigt.«

»Euer Wille geschehe«, murmelte der Mönch wenig überzeugt.

»Der auch Bonifatius' Wille ist«, gab Saturniano kurz angebunden zurück. »Was habt Ihr inzwischen über den Leichnam herausgefunden? Ist es wirklich der Körper der … Päpstin? Sind ihre Gewänder wirklich die eines Papstes?«

Bei diesen Worten hatte der Senator etwas gezögert, als wäre ihm allein schon der Gedanke unangenehm, auf diesen vergangenen Skandal zu sprechen zu kommen.

Der Inquisitor zuckte mit den Schultern. »Es scheint so. Falls der Ornat, den sie trägt, bereits genügt, um dies mit Gewissheit zu sagen. Doch viel zu oft schon haben in der Vergangenheit Heuchler und Gegenpäpste die heiligen Gewänder angelegt!«

»Gleichwohl könnte sie es wirklich sein … seit Jahrhunderten erzählt man sich ihre Geschichte und dass sie auf der Straße zwischen Sankt Peter und Sankt Johannes begraben worden sei«, sagte der Senator.

»Aber das ist unmöglich. Nie hat eine Frau Petri Thron bestiegen. Das ist ein Schwindel. Eine Ausgeburt des teuflischen Geistes unserer Feinde. Lug und Trug, eine Nachahmung. Das ist kein echter Leichnam, dessen bin ich mir sicher. Das denken alle.«

Dante hatte schweigend zugehört, beeindruckt von dem Feuereifer, mit dem der Inquisitor gegen die bloße Möglichkeit gewettert hatte, dass es sich hier um den Körper einer Frau handelte. »Habt Ihr ihn gründlich untersucht?« fragte er nachdenklich. »Nach allen Regeln der medizinischen Kunst?«

Auch er hatte sich nun über den Sarg gebeugt und betrachtete den Gegenstand dieser großen Aufregung. Für einen kurzen Moment hatte er vergessen, dass er sich nicht in seiner Heimatstadt befand und auch nicht mehr das Amt eines Priors bekleidete. Dann spürte er unwillkürlich die Eiseskälte, die sich bei seinen Worten ausgebreitet hatte, und warf dem Inquisitor einen raschen Blick zu. Dieser musterte ihn geringschätzig, ohne Anstalten zu machen, ihm zu antworten. Die anderen Mönche hatten ihr Getuschel unterbrochen und sahen ihn ärgerlich an.

»Das ist Dante Alighieri aus Florenz. Dichter und Gesandter seiner Stadt an unserem Hof«, sagte der Senator und stellte sich neben ihn, als wollte er ihn mit der eigenen Autorität schützen.

Der Mönch hatte ihm ungerührt zugehört. Durch diese Worte bestärkt, beugte sich Dante wieder über den Leichnam. Nun, im hellen Licht, staunte er noch mehr als beim erstenmal. Natürlich hätte dies auch eine höchst kunstvoll gefertigte Wachsfigur sein können. Es war unmöglich, dass dies wirklich ein Leichnam war, denn nichts hätte so viele Jahrhunderte in dieser Form überdauern können. Für einen kurzen Augenblick kam ihm das Bild des Zerfalls wieder in den Sinn, das er im Krankensaal gesehen hatte. Das war die Bestimmung des Fleisches, das Erbe des Körpers.

Er streckte die Hand nach dem perlgrauen Gesicht aus, strich mit einem Finger über die Wange und zog ihn im selben Moment bestürzt wieder zurück. Er hatte etwas Unerwartetes gespürt: Das Gewebe der Haut hatte mit einer überraschenden Geschmeidigkeit auf den Druck reagiert, als hätte er einen Körper aus Fleisch und Blut berührt.

Verblüfft sah er die anderen an. »Wir waren ebenso erstaunt«, sagte der Inquisitor kühl. »Der Urheber dieses Streiches versteht sein Handwerk. Er muss gegerbte Haut für die äußeren Teile verwendet haben. Auch die Finger sind so biegsam, als wäre dies ein echter Körper. Doch in Rom gibt es mehr als einen Handwerker, der so etwas zustande bringen könnte. Ich habe meinen Männern bereits befohlen, sie aufzugreifen und zum Verhör ins Offizium zu bringen. Wir werden bald wissen, wer das war!«

Während Dante den Ausführungen des Mönchs zuhörte, ergriff er eine Hand der Toten und löste sie aus der Verschränkung über der Brust. Sie reagierte mit einer fließenden Bewegung und einem Widerstand, der kaum größer war als der eines natürlichen Körpers. Es musste sich um eine Art Gliederpuppe handeln, wie sie die besten florentinischen Handwerker für die Töchter der großen Patrizierfamilien anfertigten. Auch die Finger ließen sich biegen: Wer das geschaffen hatte, musste ein Meister seines Fachs sein. Von plötzlicher Neugier getrieben, hob Dante behutsam eines der Augenlider an und sah ein wunderschönes, blauschimmerndes Auge von vollendeter Form. Wenn es sich hier um einen Schwindel handelte, war es dem ausführenden Glasbläser gelungen, sämtliche

Äderungen in das Material einzubringen, die die Natur auch einem echten Auge verlieh.

»Was haltet Ihr davon, Messer Alighieri?« hörte er die Stimme des Senators hinter sich. Er wandte sich ihm zu.

»Ich kann kein endgültiges Urteil abgeben. Zweifellos hat das, was sich unseren Blicken offenbart, eine außergewöhnliche Ähnlichkeit mit einem wirklichen, vom Tod noch kaum ausgedörrten Körper. Um ganz sicher zu sein, müssen wir auch das untersuchen, was sich unter dem Ornat verbirgt. Ich fürchte allerdings, dass es sich tatsächlich um einen menschlichen Leichnam handelt.«

»Ihr fürchtet? Warum so vorsichtig? Falls dies wirklich der Leichnam der Päpstin ist und er durch Gottes Wille zum Erstaunen unseres Zeitalters unversehrt geblieben ist, müssen wir diese Äußerung seines Willens dann nicht als ein neues Wunder begreifen und ihm mit der gleichen Verehrung begegnen, die wir auch der sterblichen Hülle anderer Heiliger und Märtyrer entgegenbringen?«

Dante presste die Lippen aufeinander. Von Anfang an hatte ihn nicht so sehr der wundersame Leichnam beschäftigt, sondern das Bild auf dem Sarkophag. Doch er wollte seine Bedenken nicht äußern, bevor er sich seiner Sache nicht sicher war. Daher beschränkte er sich auf eine unbestimmte Handbewegung. »Ich dachte an die Erschütterung, die so eine Nachricht, wenn sie erst einmal bestätigt ist, in der gesamten Christenheit auslösen wird. Doch wie ich schon sagte, wir sollten den Leichnam vollständig untersuchen. Auch unter den Gewändern und unter der Oberfläche.«

»Was wollt Ihr damit sagen, Florentiner?« schaltete sich der Inquisitor barsch ein. »Unter der Oberfläche?«

»Es gibt nur einen Weg, auf dem wir zu absoluter Gewissheit gelangen können, und der besteht darin herauszufinden, ob dieser Körper auch alle inneren Organe aufweist, die die Natur vorgesehen hat.«

»Ihr wollt ihn aufschneiden? Das ist ein sträflicher Akt, verboten von den Gesetzen der Natur und von Gott! Der Mensch soll nicht aufdecken, was Gott verborgen hat! Was erhofft Ihr Euch von der wundersamen Komposition von Flüssigkeiten und Organen zu erfahren, die das Strömen des Geistes für die Zeit aufrechterhält, die Gott uns bestimmt hat?«

»In Bologna habe ich von den Anatomikern angefertigte Tafeln gesehen, mit denen die Studenten der Medizin lernen. Tafeln, die heimlich hergestellt wurden, nachdem man Leichname von den Schlachtfeldern geraubt hatte. Was habt Ihr eigentlich gegen diese Untersuchung? Wenn Ihr, wie es den Anschein hat, fest davon überzeugt seid, dass es sich um eine Puppe handelt, um eine jämmerliche Nachahmung, welcher Schaden könnte ihr dann durch das Messer eines Chirurgen zugefügt werden?« erwiderte der Dichter scharf.

Der Inquisitor verlieh seiner wütenden Ablehnung noch einmal Nachdruck, spürte dann aber den Blick des Senators auf sich und senkte den Kopf. »Nun gut, man hole einen Wundarzt!«

»Meister Manoello, der Arzt, ist bei uns«, sagte der Senator und winkte den Mann heran, der sich bisher abseits gehalten hatte.

»Ein Jude? Ihr wollt zu diesem möglichen Skandal ein Mitglied des verfluchten Volkes hinzuziehen?« rief der Inquisitor entrüstet und wies auf den gelben Kreis.

»Manoello ist in erster Linie Arzt. Wir brauchen seine Kunst. Und er achtet unsere Gesetze. Wir haben ihn zum Schweigen über das, was er sehen wird, verpflichtet, und ich bin davon überzeugt, dass er sein Wort hält. Auch deshalb, weil er genau weiß, dass sein Volk dafür büßen müsste, falls er es nicht tut, und zwar hundertfach. Bedenkt doch, Bruder: Ein christlicher Wundarzt wäre weitaus weniger zuverlässig. Falls er redete, könnten wir höchstens gegen ihn und seine Familie vorgehen. Und vielleicht gegen seine Freunde. Bei einem Juden hingegen könntet Ihr Euch an seinem ganzen Volk rächen und Bonifatius' Zornesblitze gegen sie schleudern.«

Manoello hatte diesem raschen Wortwechsel gleichmütig zugehört. Er zeigte unter dem verächtlichen Blick des Senators keinerlei

Regung. Doch bei dem Mönch hatten die Worte des Senators ihre Wirkung nicht verfehlt. Er wiegte den Kopf, dann sagte er: »Vielleicht ist etwas Wahres in Euren Worten. Tretet also heran, wir wollen sehen, was sich im Innern verbirgt!«

Manoello stellte die Tasche, die er bis dahin fest unter dem Arm gehalten hatte, auf den Boden, öffnete sie und entnahm ihr eine Reihe von Instrumenten, wie sie Dante noch nie gesehen hatte. Einige hatten Ähnlichkeit mit einem Zirkel, andere mit sonderbar geformten Zangen. Schließlich kamen Messer in verschiedenen Größen zum Vorschein, die der Arzt sorgfältig am Rand des Sarges aufreihte. Dann wandte er sich Dante zu.

»Möchtet Ihr mir in dieser Angelegenheit assistieren, Messer Alighieri?«

Dem Dichter lief ein Schauer über den Rücken. In Bologna hatte er, wie bereits offenbart, viele Nächte über den Tafeln von Mondino dei Liuzzi verbracht und die Geheimnisse des menschlichen Körpers studiert. Und später, auf dem Schlachtfeld von Campaldino, hatte er abgeschlagene Gliedmaßen gesehen und Gedärme auf dem blutdurchtränkten Boden. Doch das war in den Wirren des Kampfes gewesen oder in der Stille des Studierzimmers: in zwei entgegengesetzten Situationen, in denen sich jedoch sein Gewissen nicht gemeldet hatte, gedämpft durch zu große Begeisterung oder zu große Verzweiflung. Nun allerdings sollte er bei einem Unterfangen helfen, gegen das sich alles in ihm sträubte. Er nahm sich zusammen und fuhr mit der Hand über die ungewöhnlichen Instrumente.

Manoello hatte seine Regung beobachtet und seine Gedanken erraten. »Erfüllt es Euch mit Ekel zu sehen, wie unser Körper beschaffen ist?«

»Nein. Doch ich bin mir nicht sicher, ob es statthaft ist, einen Leichnam anzutasten. Ich glaube, die Inquisition erlaubt es, weil sie davon überzeugt ist, dass es sich hier nur um eine Fälschung handelt.«

»Gut. Das werden wir gleich sehen«, antwortete der Arzt, nahm ein Messer zur Hand und prüfte seine Schärfe mit dem Zeigefinger. Er führte es an die Schnürbänder des Ornats und zerschnitt sie vorsichtig, zunächst an der Haube und am Kinnband, das den langen, wohlgeformten Hals fest umschloss. Dann begann er langsam, die Kleider von den Schultern zu lösen.

Je weiter er mit seiner Arbeit vorankam, um so mehr wurde von dem Körper sichtbar. Dante biss sich auf die Lippen und versuchte, die verworrenen Empfindungen, die ihn plagten, zurückzudrängen. Trotz der Jahrhunderte, die seit dem Tod der Frau vergangen waren, schien sie ihre Gestalt nahezu unversehrt bewahrt zu haben, und zu ihren Lebzeiten hatte sie ihr in den Kämpfen der Liebe gewiss Triumphe geschenkt. Ihre vollen, jugendlichen Brüste mit den rosigen Spitzen standen so aufrecht, als hätte sie sich gerade erst von den Küssen ihres Geliebten losgerissen. Entsetzen und Wollust kämpften in Dantes Seele. Er stieß einen tiefen Seufzer aus, als Manoello neben ihm das Messer zu dem Körper führte. Unwillkürlich schnellte die Hand des Dichters vor, packte das Handgelenk des Juden und hinderte ihn an der Bewegung, zu der er angesetzt hatte.

Manoello hielt inne. Dante, der ihn immer noch festhielt, zögerte. Mechanisch schüttelte er den Kopf. »Wozu diese Pracht zerstören ...«, flüsterte er. Manoello löste sich sanft aus seinem Griff und entblößte den Bauch der Frau, indem er die Gewänder weiter beiseite schob. Dantes Zähne schlugen so heftig auf seine Lippe, dass sie blutete. Kurz unter dem Brustbein der Frau waren die makellosen Formen unnatürlich verändert. Ihr Körper wirkte zusammengedrückt, als hätte eine teuflische Hand ihn voller Wut zerquetscht. Ein langer Riss zog sich vom Bauchnabel bis zum Schambein. Sie sah aus wie eine leere, zerknitterte Puppe.

»Seht Ihr?« rief der Inquisitor freudestrahlend. »Es ist nur eine Puppe!«

Tatsächlich erinnerte der Leichnam an eine Flickenpuppe, und ähnlich wie bei diesen Mädchenspielzeugen hatte jemand wohl nur den Kopf und die Hände sorgfältig ausgearbeitet und sich für den Rest des Körpers auf eine Art Sägemehlsack beschränkt. Mit der Zeit hatte sich ein Riss gebildet, und die Füllung war verschwunden.

Vorsichtig hob Manoello mit der Messerspitze einen Rand des langen Risses an, so dass die Bauchhöhle sichtbar wurde. Die Klinge drang tiefer und stieß auf ein weißliches Hindernis unter der Öffnung. Abrupt zog er die Hand zurück und schaute in die Runde.

»Das ist keine Puppe. Jemand hat die inneren Organe entfernt, doch die Knochen sind intakt. Das ist die Wirbelsäule, und das sind die Rippen«, erklärte er. Zornig beugte sich der Inquisitor über den Leichnam und richtete sich rasch wieder auf. »Das ist eine Fälschung!« schrie er. »Diese Knochen sind falsch!«

Schweigend führte der Arzt das Messer zu den Wirbeln und schob es in einen Spalt zwischen den noch von bräunlichen Fasern umgebenen Knochen. Dann hob er es leicht an, um zu prüfen, wie der Körper darauf reagierte. Die Wirbel bewegten sich kaum. Manoello schüttelte den Kopf. »Das ist keine Fälschung.«

Der Inquisitor schäumte vor Wut. Er drehte sich zu den Bewaffneten um, die die Szene aus einiger Entfernung beobachtet hatten. Einen Moment lang war Dante sicher, dass er ihr Eingreifen befehlen würde. Schnell überlegte er, was nun weiter geschehen könnte. Falls die Inquisition beschließen sollte, jede Spur dessen zu beseitigen, was sie für eine Beleidigung der Papstwürde hielt, wären alle Zeugen in höchster Gefahr. Er schaute trostsuchend zum Senator, doch auch der wirkte bestürzt, und sein Gesicht war kreidebleich.

Dante hatte alle Muskeln angespannt und schwankte innerlich zwischen einer Flucht und einer Gegenwehr mit Waffen. Doch wie sollte diese möglich sein, wo doch das ungleiche Kräfteverhältnis keinerlei Hoffnung auf Erfolg ließ?

Zum Glück gab der Inquisitor den befürchteten Befehl nicht. Ohne die anderen Anwesenden zu beachten, wandte er sich mit düsterer Miene an den Senator. »Dieser Schandfleck muss in die

Finsternis zurück, aus der er gekommen ist. Ich hatte Euch gesagt, dass Euer Unternehmen riskant ist, doch ich ahnte nicht, wie sehr, und auch nicht, zu welchen Abscheulichkeiten es führen würde. Über all das muss unbedingt Stillschweigen bewahrt werden; niemand soll auch nur ein Wort darüber verlieren. Ich werde meinen Männern befehlen, diesen … Körper wieder in den Vatikanischen Grotten zu begraben, damit er für immer aus der Welt verschwindet. Und Ihr tragt gründlich Sorge dafür, dass jedes diesbezügliche Gerücht schon im Keim erstickt wird. Die Kirche kann in so schwierigen Zeiten keine Skandale gebrauchen. Vielleicht wäret Ihr besser beraten gewesen, wenn Ihr keinen Fremden und keinen Ungläubigen dazugerufen hättet. Doch nun ist der Schaden da: Es obliegt Euch und Eurer Verantwortung als Administrator der Stadt, ihn nicht irreparabel werden zu lassen.«

Der Inquisitor hatte Dante und Manoello ostentativ den Rücken zugekehrt, während er sprach, so als wären sie seiner Aufmerksamkeit nicht würdig. Doch der Dichter war sich sicher, dass er sie aus den Augenwinkeln unentwegt beobachtete und auf ihre Reaktionen achtgab.

Der Jude hatte, offenbar ungerührt von der Aufregung, die ausgebrochen war, keinerlei Regung gezeigt. Doch in Dante stieg nach der anfänglichen Besorgnis nun Wut auf. Ohne auf den verstohlenen Blick zu achten, mit dem der Senator ihn zur Vorsicht mahnte, trat er entschlossen vor, so dass er beinahe die Brust des Inquisitors berührte.

»Sollte ich der Fremde sein, der Euch stört, so bekenne ich mich durchaus zu meiner Herkunft. Doch ich möchte Euch daran erinnern, dass es für die römische und universale Kirche unter dem Himmel, den Gott über unseren Köpfen errichtet hat, keine Fremden gibt. Seit der ersten Predigt des Paulus an die Völker ist jedes von der göttlichen Gnade erleuchtete Volk das Kind ein und desselben Vaters. Und was bedeutet es schon, wer um ein Geheimnis weiß, wenn es doch die Universalität der Kirche betrifft?«

Der Inquisitor musterte ihn von Kopf bis Fuß. Nach einem langen Schweigen, in dem er seine Antwort sorgfältig abzuwägen schien, zischte er: »Euer Ruf, ein logischer Denker zu sein, ist wohl nicht übertrieben, Messer Alighieri. Es ist wahr, in den Augen der wohlwollenden Kirche gibt es keine Fremden. Doch es gibt Fälle, in denen auch die universale Kirche gezwungen ist, in die Welt hinabzusteigen, und dies ist so ein Fall. Wo sich selbst die Herrlichkeit einer göttlichen Ordnung mit dem Schlamm des Irdischen messen muss. Und aus der Tiefe dieses Schlammes sage ich Euch, Messer Alighieri, dass Ihr den Zorn des Arms Gottes kennenlernen werdet, wenn auch nur ein Wort über das, was Ihr gesehen habt, diesen Raum verlässt.«

»Ihr vergesst offenbar, mit wem Ihr es zu tun habt«, erwiderte Dante mit hochrotem Gesicht. »Mit einem Mann, der die freie Stadt Florenz repräsentiert! Ich, ich bin Florenz! Wenn ich der Meinung bin, dass diese Nachricht dem Wohl meiner Stadt dient, wie könnte ich sie dann jemandem verschweigen, der sein Vertrauen in mich gesetzt hat, indem er mich herschickte, um ihn zu vertreten?«

»Messer Alighieri …«, hörte er den Senator leise hinter sich sagen. Doch ohne ihn zu beachten, fuhr er fort. »Ihr verlangt von mir, dass ich Bonifatius' Interessen über die meiner Heimatstadt stelle!«

»Messer Alighieri …«, beschwor ihn der Senator. »Beruhigt Euch! Ich bin sicher, der Inquisitor wollte es Euch gegenüber nicht an Respekt mangeln lassen. Niemand möchte Eure Handlungsfreiheit als Gesandter einer Stadt einschränken, die mit der Heiligen Römischen Kirche befreundet und ihr ergeben ist. Doch gewiss werdet auch Ihr einräumen, dass eine solche Nachricht, wenn sie unversehens an die Öffentlichkeit gelangt, die gleiche Wirkung hat wie ein Fluss bei Hochwasser, wenn die geeigneten Dämme fehlen, die die Besonnenheit überlegener Köpfe zum Schutz der einfachen Gemüter errichtet. Mit anderen Worten …«

»Mit anderen Worten, Bonifatius will selbst entscheiden, ob und wann das Geheimnis gelüftet werden darf?«

Der Mönch antwortete mit einem hochmütigen Schulterzucken. Dante, nicht gewillt, die Sache auf sich beruhen zu lassen, riss den Mund auf, die Lippen wutverzerrt. Doch dann hielt er inne.

Auf dem Weg zur Tür war der Inquisitor dicht am Holzdeckel des Sarkophags vorübergekommen, den man beiseite gestellt hatte. Der Blick des Dichters fiel nun auf das gemalte Bild der Reliquie. Durch die Bewegungen hatte sich die Staubschicht vom Sarg gelöst, und die Züge jenes Gesichts aus vergangener Zeit waren nun deutlich zu sehen.

In seinem Kopf bahnte sich eine plötzliche Erinnerung ihren Weg, so dass er alles andere ringsumher vergaß. Das war doch nicht möglich ... Aber er hätte geschworen, dass er dieses Gesicht kannte! Bevor er es jedoch näher betrachten konnte, wurde er zusammen mit den anderen weggedrängt.

Sie waren ins Freie getreten. Über ihren Köpfen hatten sich die Wolken zu einer dichten Decke zusammengezogen, und ein feiner Regen hatte eingesetzt. Als der Senator gegangen war und sie allein waren, schaute Dante dem Rabbiner forschend ins Gesicht. Dieser schien beunruhigt zu sein.

»Nun, Meister Manoello, was haltet Ihr von dem, was wir gesehen haben?« fragte er beiläufig. Während der Untersuchung des Leichnams war ihm etwas am Verhalten des Rabbiners aufgefallen, was sein Interesse geweckt hatte. Als ob sich hinter der Gewissheit des Arztes, es hier mit den sterblichen Überresten eines Menschen zu tun zu haben, noch etwas Dunkles verbarg, etwas Ungesagtes, was Manoello nicht hatte offenbaren wollen.

»Glaubt Ihr nicht, dieses *mirabilium* könnte ein Beweis dafür sein, dass Gott einem einzigartigen Wesen, das durch die Ordnung der Natur zur Auflösung verurteilt gewesen wäre, seine Gunst zuteil werden ließ? Ein Beweis für die Heiligkeit der Donna Johanna, wie man es schon jetzt auf den Straßen Roms ruft?« bedrängte er ihn.

»Sie ist tot, doch nicht verwest«, bestätigte der Jude. »Als wäre sie in ihren Urzustand zurückgekehrt, ein toter Klumpen Lehm, ein Golem in Erwartung von Gottes belebendem Wort. Oder …«

»Ein *Golem*? Was ist das?« unterbrach Dante ihn, erstaunt über dieses unbekannte Wort.

Der Rabbiner zögerte. »Es gibt bei uns eine alte Überlieferung. Von Dingen, die für das Ohr eines Christen womöglich blasphemisch klingen. Jenseits der Schwelle zur Häresie.«

Der Rabbiner zog sein Gewand enger um sich, als hätte ihn ein eisiger Wind angeweht. Er trat einen Schritt zurück, wie um sich zu entfernen. »Erklärt Euch«, beharrte Dante, der ihn nicht gehen lassen wollte. »Ihr sagtet: Oder … Was meintet Ihr? Ist, was wir gesehen haben, denn nicht ein Leichnam, dessen Auflösung aus unerklärlichen Gründen verhindert wurde?«

Manoello sah ihn lange an. Für einen Moment schien es Dante, als suchte er in seinem Gesicht nach den Zeichen des Gerechten, die Gott der Heiligen Schrift zufolge den Menschen aufprägte, damit sie seine Werke erkannten. »Sagt schon, Meister Manoello«, ermunterte er ihn. »Auch wenn ich Euren Glauben nicht teile, würde ich Eure Geheimnisse nicht der Inquisition verraten. Ich glaube, die Schuld am Tod von Christus liegt bei Kaiphas und gewiss nicht bei Eurem Volk.«

»Der Talmud berichtet dort, wo an die Taten der alten *rabbi* erinnert wird«, begann Manoello, der seine Unschlüssigkeit überwunden hatte, »von den Rabbinern Rava, Hanina und Oshaya, die in den frühen Zeiten des Exodus mit ihren magischen Künsten Lebewesen erschufen. Kälber, um den Hunger ihres Volkes zu stillen und den Höchsten würdig zu ehren. Und … Menschen.«

»Menschen?«

»Ja, Menschen. Oder besser: Lebewesen, Nachahmungen der wahren Schöpfung. Zum Leben erweckt, indem man mit okkulten Künsten die Kraft des göttlichen Wortes raubte.«

Dante wartete vergeblich, dass Manoello weitersprach. »Aber

das sind Legenden, wie sie jedes heidnische Volk erzählt, zur Unterhaltung oder Belehrung«, platzte er schließlich enttäuscht heraus. »So wie auch die griechische Geschichte von Deukalion und Pyrrha, die wie der Stammvater Noah als einzige eine große Flut überlebten. Das sind Geschichten für Kinder, auch die von den Steinen, die die zwei über ihre Schulter warfen, wodurch ein neues Menschengeschlecht entstand, nachdem das alte durch den Zorn des Zeus vernichtet worden war.«

»Die griechischen Geschichten sind das sicherlich. Doch nicht das, was im Buch der Schöpfung geschrieben steht.«

Dante horchte auf. In Florenz hatte er von einem mysteriösen Text gehört, den die Kabbalisten für heiliger noch als die Thora hielten. Sein Lehrer Brunetto Latini, der gerade aus Spanien zurückgekehrt war, hatte ihm hinter vorgehaltener Hand davon erzählt wie jemand, der über Verbotenes spricht. Es hatte mit der Zauberkraft des jüdischen Alphabets zu tun, mit der Kraft der Laute und mit der Heiligen Schrift, in der sich die Macht Gottes irgendwie widerspiegelte. Doch Dante hatte nicht so genau zugehört, überzeugt davon, dass es sich lediglich um eines der vielen »Grimori« handelte, die heimlich in den zahlreichen magischen Geheimbünden kursierten. Ein Buch mit Zaubersprüchen und Formeln, das allenfalls Dummköpfe täuschen und falschen Propheten das Tor zur Hölle öffnen konnte. Nie hätte er für möglich gehalten, dass ein in den Naturwissenschaften so bewanderter Mann wie Manoello an so etwas glauben könnte.

Dante bemerkte auf dem Gesicht seines Gefährten eine große Anspannung. »Denkt Ihr wirklich, dass man einem leblosen Körper Leben einhauchen kann?« fragte er. »Und dass die Gestalt, die wir gesehen haben, nicht den Tod sonderbarerweise überdauert hat, sondern erst davor ist, den Lebenshauch zu empfangen?«

»Ja, Messer Alighieri. Genau das befürchte ich: Die Frau aus dem Grab wartet vielleicht noch darauf, dass sie leben wird, wenn erst die fehlenden Organe vollständig ergänzt sind.«

»Das ist unmöglich!«

»Es heißt, in Jerusalem sei so etwas schon gelungen und Titus habe von der Plünderung nicht nur den Tempelschatz, sondern auch einen dieser Körper mitgebracht.«

Dante kaute auf seiner Lippe. Manoellos Worte bestätigten seinen Verdacht im Grunde. Er wollte den Rabbiner schon ins Vertrauen ziehen, hielt sich dann aber zurück. Zunächst musste er abwarten, ob sich seine Ahnung als richtig erwies. Und falls sie sich wirklich bestätigte, wie konnte er ausschließen, dass nicht ausgerechnet Manoello hinter dieser ganzen Inszenierung steckte? Vielleicht waren die Anspielungen auf das geheime Buch nur ein Winkelzug, um ihn auf eine falsche Fährte zu locken. Obwohl er eine große Hochachtung für diesen Mann hegte, musste er auf der Hut sein.

»Im Grab der Frau strahlte ein Licht aus einer Ampulle mit einer leuchtenden Flüssigkeit«, sagte Dante unvermittelt.

Die Reaktion des Juden überraschte ihn. Manoello war aufgefahren. Er trat dicht an ihn heran, als wollte er sich vergewissern, dass er richtig gehört hatte. »Ein Licht? Seid Ihr sicher?«

»Ja, ich habe es mit eigenen Augen gesehen.«

»Und wo ist es jetzt?« erkundigte sich Manoello aufgeregt.

»Die Inquisition hat es mitgenommen, als der Leichnam weggebracht wurde.«

»Was ist mit den anderen, haben sie es auch gesehen?« fragte er weiter. Er schien fieberhaft nach einer Bestätigung für Dantes Worte zu suchen.

»Nicht einmal ich selbst bin von der Wahrhaftigkeit dessen überzeugt, was ich gesehen habe. Als der Sarkophag geöffnet wurde, ging ein blaues Licht von ihm aus. Es kam aus einer Ampulle und erhellte das Innere des Sarkophags.«

»Seid Ihr sicher, dass es bereits brannte, als das Grab geöffnet wurde?«

»Vollkommen sicher. Doch Ihr gebraucht nicht das richtige Wort.

In dem Fläschchen brannte nichts: Es strahlte ein kaltes Licht aus, wie einen milchigen Schatten. Es erinnerte weniger an eine Lampe als vielmehr … habt Ihr eine von Glühwürmchen erhellte Sommernacht vor Augen? Oder jenes Leuchten, das zu bestimmten Zeiten im Jahr an die Meeresoberfläche steigt, wie die Seeleute berichten?«

Der Jude hatte aufmerksam zugehört und strich sich nervös über seinen langen Bart. Dante musterte ihn ebenfalls aufmerksam und versuchte, in seinem Gesicht zu lesen. »Wisst Ihr, was ich meine?«

»Vielleicht … Es gibt eine Legende, die sich mein Volk erzählt, von den Lichtern Salomons …«

»Erklärt Euch.«

»Es heißt, der große König Salomon habe hinter dem Vorhang des Allerheiligsten zwei ewige Lichter aufgestellt, die das Heiligtum der Bundeslade bewachen sollten. Lichter, die weder Öl noch Wachs brauchten und jahrhundertelang brannten, bis zur Zerstörung des Tempels durch die Babylonier. Ein Geheimnis, das der König durch die Geheimschriften aus der Zeit der ägyptischen Gefangenschaft erfahren hatte.«

»Die Ägypter waren es, die dieses Geheimnis entdeckten?«

»Die Zauberkraft ihrer Priester war mächtig. Mein Volk hat viel von ihnen gelernt, angefangen bei unserem Gesetzgeber. Manche Stimmen behaupten sogar, er habe auf ihr Wort mehr gehört als auf das Wort Gottes.«

»Und was ist aus diesen Wunderlampen geworden?«

»Es heißt, die babylonischen Eroberer hätten sie mitgenommen, um sie König Nebukadnezar zum Geschenk zu machen.«

»So kam ihr Geheimnis also in den Orient …«, sagte Dante nachdenklich. »Um dann nach Rom zu gelangen und für ein Wunder zu sorgen …«

»So erklärt Ihr Euch das, Messer Alighieri? Die Hand Gottes in jenem Grab?«

Dante ließ einige Augenblicke verstreichen. »Nein. Und ich glaube, auch Ihr denkt an etwas anderes.«

»Jawohl.«

»Und woran?« bedrängte ihn der Dichter.

»An etwas, was schon unseren Vorvätern bekannt war. Ein Geheimnis, das von dem, der sich als erster in die Mysterien der Natur vorgewagt hatte, sorgfältig gehütet wurde: die *spongia lucis* …«

»Luzifers Stein?« rief Dante. »Der Stein, den Satan auf der Stirn trug und der bei seinem Sturz hinunterfiel! Ich hielt dies stets für eine Legende. In Florenz erzählte man sie in der Zunft der Apotheker. Doch so, als wäre sie eine Narrheit, ein Traum ohne Substanz!«

»Nein, er existiert wirklich! Er ist ein Salz, gewonnen aus der Destillation von Harnstoff. Aus irgendeinem rätselhaften Grund zieht es das Licht an und strahlt es anschließend über eine sehr lange Zeit wieder ab, still leuchtend wie ein kaltes Feuer ohne Flamme.«

»Folglich verbirgt sich kein Wunder, sondern Wissen hinter der Ampulle aus dem Sarkophag. Nicht Gottes Herrlichkeit, sondern die Hand des Menschen …«, murmelte Dante, in Gedanken versunken. »Auch Ihr seid also dieser Ansicht.«

»Ja. Es steckt jemand dahinter, der möchte, dass man an ein Wunder glaubt. Und es lauthals überall herumerzählt.«

8

II. NOVEMBER, AM MORGEN

Er hatte die ganze Nacht zurückgezogen in seinem Zimmer über seinem Poem verbracht. Hin und wieder hatte er einige Worte hinzugefügt, sie jedoch wütend wieder gestrichen, bevor sie sich auch nur zu einem einzigen Vers formen konnten. In seinem Kopf spukten noch immer die Bilder der vergangenen Nacht herum: das Kampfgeschrei und mehr noch das obszöne Gewirr der Leiber.

Er versuchte, die Gedanken daran zu verjagen, doch jene weißlichen Gliedmaßen gingen ihm einfach nicht aus dem Sinn. Bisweilen mischte sich Fiammas Gesicht darunter, und die Formen ihres Körpers, die er unter der Jagdkleidung hatte erahnen können, verwandelten sich in die der Frauen, die sich in dem Gewölbe in einer lüsternen Ekstase hingegeben hatten. Unvermittelt klappte er die Schreibtafeln zu und räumte alle Schriften in die Truhe. Er musste sich auf die Gesandtschaft konzentrieren und seine Rede vorbereiten. Auf sein Wort hatte Florenz alle Hoffnung gesetzt.

Sein Blick fiel auf den am Rand abgewetzten Ärmel seines Gewandes. Auch der Samt am Saum war nicht im besten Zustand, und die Strümpfe waren zerrissen und fleckig. Er blieb kurz vor dem Bild stehen, das ihm ein kleiner Wandspiegel zeigte: ein mehrere Tage alter Bart auf eingefallenen Wangen, dazu von der Müdigkeit kleine Augen und die schweren Lider eines Fieberkranken.

Etwas Schlaf und das Werk eines Rasiermessers würden seinem Gesicht guttun. Doch in diesem Aufzug vor Bonifatius zu erscheinen war unmöglich, auch für die Kommune von Florenz wäre das eine Blamage gewesen.

Er schaute sich um: Im Zimmer befand sich nicht einmal eine

Kleidertruhe, auf die er hätte hoffen können. Doch vielleicht war anderswo im Haus ein Männergewand zu finden, das er ausleihen konnte. Er ging zur Tür und rief den Sohn der Vermieterin.

Kurz darauf kam der Junge die Treppe herauf. »Braucht Ihr etwas, Messere?«

Dante erklärte ihm sein Anliegen. Während er sprach, musterte ihn der Junge kritisch. »Sie sind wirklich ganz anders gekleidet als die Leute, die zum Patriarchenpalast im Lateran ziehen. Wir sind arm, in unserem Haus gibt es nichts, was Euch dienlich sein könnte. Aber ich kenne einen tüchtigen Schneider am Marktplatz, Meister Giuseppe. Er kann Euch innerhalb weniger Tage alles liefern, was Ihr braucht. Seine Werkstatt liegt im Theater.«

»Im Theater? Es gibt ein Theater in Rom?«

»Die Gelehrten nennen es so. Meister Manoello hat gesagt, es ist das Pompeius-Theater. Pompeius muss zu seiner Zeit ein großer Schauspieler gewesen sein, wenn man bedenkt, wie prächtig sein Haus ist.«

»Das Pompeius-Theater … Dort wurde Cäsar ermordet. Und heute wohnt dort ein Schneider …«, murmelte der Dichter vor sich hin. »*Sic transit gloria mundi.*«

»Was?«

»In wenigen Tagen … ich brauche aber sofort etwas.«

»Meister Giuseppe verkauft auch gebrauchte Kleider. Ich bin sicher, er kann Euch weiterhelfen.«

Sie gingen über die erste Brücke von Isola und mussten kurz vor der Auffahrt zur zweiten Brücke warten, bis ein Trupp Bewaffneter in den Wachturm eingezogen war. Dante entdeckte auf dem Waffenrock, den sie über der Rüstung trugen, das Wappen der Caetani. Auch der Junge war stehengeblieben und betrachtete die Wachen mit wütendem Blick.

»Die Männer des Papstes«, sagte Dante. »Isola scheint fest in Bonifatius' Hand zu sein.«

Der Junge spuckte auf den Boden. »Er bringt alles in seinen Besitz, Stück für Stück. Der Turm gehörte früher den Pierleoni. Es heißt, sie seien Juden gewesen, bevor sie konvertierten. Später hat der Papst ihren Turm erworben; besser gesagt, er hat sie gezwungen, ihn für ein paar Scudi abzutreten. Das hat er auch mit den Annibaldi auf dem Caelius-Hügel getan. Auch ihren Wohnturm hat er zu einer seiner Festungen gemacht. Wie auch den Turm am Hügel hinter den Märkten des Trajan. Der war zwar bereits im Besitz seiner Familie, doch er ließ umfangreiche Befestigungsarbeiten an ihm ausführen.«

Dante versuchte, den Worten des Jungen zu folgen, doch dessen Ortsangaben blieben ihm ein Rätsel. Sicher schien nur, dass der Papst beabsichtigte, seine Festungen möglichst über die ganze Stadt zu verteilen, und die Wohntürme waren ihm am wichtigsten. Als wollte er von ihrer Spitze ein Netz ausbreiten, um ganz Rom unter Kontrolle zu haben.

»Nachdem es ihm gelungen ist, sogar die Colonna zu verbannen, wagen es nur noch wenige Familien, ihm Widerstand zu leisten«, unterbrach der Junge Dantes Gedanken. Inzwischen war die Miliz in den Turm gezogen, und die schwere Eichentür hatte sich mit einem dumpfen Krachen hinter den Bewaffneten geschlossen. Der Zugang zur Brücke war wieder frei, und Menschen, Esel und Karren, die sich auf dem kleinen Platz vor der Kirche gestaut hatten, setzten sich zwischen Rufen, Flüchen und Eselsgeschrei wieder in Bewegung.

Endlich gelangten Dante und sein Begleiter ans andere Ufer. Der letzte Brückenbogen überspannte zahlreiche Holzhütten, die sich am Kiesufer des Flusses zusammendrängten und zum Schutz vor Hochwasser zumeist auf hohen Pfählen standen, und reichte bis an die Reste einer antiken Mauer heran, in der eine Reihe von Bögen mit Tuffsteinquadern aufgefüllt war und das Fundament für die darauf stehenden Häuser bildete. Dante vermutete, dass dies die Ruinen einer alten Ringmauer waren oder eines Aquädukts. Auf jeden Fall waren auch diese Spuren des Römischen Reiches fast völlig verschwunden, verdrängt von den Bedürfnissen der neuen Stadt.

Wenige Schritte entfernt erstreckte sich ein Netz von Gassen zwischen Häusern, die offensichtlich aufs Geratewohl gebaut worden waren und deren Anordnung keinem logischen System folgte außer dem, die schon bestehenden Fundamente zu nutzen. Im Mauerwerk der schmalen, dunklen Fassaden waren hier und dort Säulenstümpfe und Balken mit kostbaren Schnitzereien zu sehen, von denen manche wie Ecksteine eingesetzt waren, um die Aufbauten zu verstärken. Doch die meisten dieser Trümmer waren willkürlich angeordnet, als hätten die Menschen, die sie nun benutzten, sich gar nicht erst die Mühe gemacht, sie von der Stelle zu entfernen, wo sie durch das Werk der Zeit oder der Barbaren eingestürzt waren. Es schien sogar, als hätten die Bewohner ihre Häuser ganz bewusst auf diese Reste gebaut, so wie der große Homer es von Odysseus erzählte, der seinen Palast um einen Baum errichtet hatte, auf dessen Wurzeln sein Ehebett stand.

Von dem Jungen geführt, schlüpfte Dante durch den niedrigen Bogen einer Brücke, die über die Gasse hinweg zwei sich wie Betrunkene stützende Häuser verband. Am Fuß des Bogens streckte sich Dante in der Dunkelheit ein Arm mit einer wohlgeformten Hand entgegen, deren Finger jedoch entsetzlich von einer Art Lepra zerfressen waren.

Nach der ersten Verblüffung erkannte er, dass die Hand zu einer Marmorstatue gehörte, die ebenfalls im Mauerwerk steckte. Es sah aus, als wäre dieser antike Stadtbewohner von einem Schlammstrom überwältigt worden und versuchte unter den gleichgültigen Blicken der Vorübergehenden verzweifelt, wieder ans Tageslicht zu gelangen. Dante war, als hörte er dessen Verzweiflungsschrei, den Schrei einer ganzen Stadt, erstickt im Geröll der Zeit.

Sein Gefährte ging achtlos an dem Hindernis vorbei und bog

kurz hinter einem engen Trivium, das auf die Brücke folgte, nach rechts ab. Hier verstopften die Verkaufsstände von Stoffhändlern die gesamte Gasse und standen wie kampfbereite Streitwagen vor den Ladentüren. Primitive Planen waren über die Straße gespannt, um sowohl die Verkäufer als auch die Menge der Käufer vor den gelegentlichen, eisigen Regengüssen zu schützen.

»Wir sind da, Messer Alighieri«, rief der Junge und wies nach vorn. Die Straße beschrieb eine weite Kurve, deren Ende sich hinter den Mauern eines Bauwerks verlor. Eine Reihe großer Arkaden markierte den Weg, an dem weitere ungleichmäßige Gebäude standen. Nur an einer Stelle war das Dickicht der Bauten unterbrochen und ließ Raum für eine unbeschädigte Marmortreppe, die in den Himmel zu führen schien, am obersten Ende des Bauwerks jedoch plötzlich abbrach. Mit offenem Mund blieb Dante vor dieser unerklärlichen Treppe stehen.

Die Stufen bestanden aus riesigen schneeweißen Marmorblökken, denen der Lauf der Jahrhunderte nichts hatte anhaben können: Sie waren noch so fest und glatt wie zu der Zeit, als die großen Römer sie hinaufgestiegen waren, um … ja, wohin zu gelangen? Was konnte es Größeres geben als das, was er hier sah?

»Sind wir am Pompeius-Theater?« fragte er unvermittelt.

»Gewiss, und dort ist Meister Giuseppes Laden«, antwortete der Junge, ohne anzuhalten, und zeigte auf einen Bogen weiter vorn. Doch Dante war stehengeblieben und starrte fasziniert auf die Steine vor ihm und rings um ihn her. Diese Treppe hatte einst vielleicht zur alten Kurie geführt, und auf ihren Stufen hatten die Verschwörer Cäsar erwartet. Vielleicht hatte dieser weiße Marmor das kostbare Blut des ersten der Cäsaren aufgesogen, des Menschen, den die Vorsehung zur Erde gesandt hatte, um den Weg für das große Reich der Christenheit zu bahnen.

Ein Schwindelgefühl überkam ihn, und in seinen Ohren dröhnte es dumpf. Er riss sich zusammen, ging zu den Arkaden und versuchte, mit den Händen die erste Stufe zu erreichen.

Ohne auf die Rufe des Jungen zu achten, begann er, sich mit aller Kraft hochzuziehen. Auch er wollte diese Treppe emporsteigen, bis zu ihrem höchsten Punkt, und dann sehen, was die Augen Cäsars ganz zuletzt erblickt hatten.

Er keuchte vor Anstrengung und versuchte, sein Ziel zu erreichen. Doch etwas zog am Saum seines Gewandes und hielt ihn fest. Mit wütenden Fußtritten versuchte er, sich zu befreien, hielt jedoch inne, als er die besorgte Stimme des Jungen erkannte.

»Um Gottes willen, Messer Alighieri, haltet ein! Habt Ihr den Verstand verloren? Das ist die Festung der Marozzi! Sie ist voller bewaffneter Wachen!«

Dante schaute zum höchsten Punkt der Treppe hinauf. Er meinte, am Horizont einige dunkle Gestalten zu sehen, die seine von der Anstrengung getrübten Augen jedoch nicht genau erkennen konnten. Die Gestalten bewegten sich hektisch und formierten sich zu einer immer größer werdenden Gruppe. Dann plötzlich sah er die auf ihn gerichteten Armbrüste und glitt unwillkürlich zurück, während ein Pfeil nur wenige Spannen entfernt über seinen Kopf hinwegzischte, eine Plane durchschlug und einen Verkaufsstand traf.

»Kommt herunter, ich bitte Euch!« hörte Dante die beschwörende Stimme des Jungen. Er lockerte den Griff, mit dem er sich an der untersten Stufe festgehalten hatte, und fiel auf die Straße zurück. Dort geriet er in ein Chaos schreiender und flüchtender Menschen, die um sich traten, sich zwischen den Ständen drängten und unter dem Geschrei der Händler, die sich in ihren Läden in Sicherheit gebracht hatten, Unmengen von Stoffwaren niederrissen. Dante warf sich zu Boden, mit dem Rücken gegen die Wand, als ein weiteres Bündel von Pfeilen über die kurze Strecke heranflog. Neben ihm lag der Junge und beobachtete aus der Deckung heraus vorsichtig, was über ihren Köpfen vor sich ging.

»Die Marozzi liegen mit den Renzi von der anderen Straßenseite im Streit«, erklärte der Junge außer Atem. »Sie beschützen alle

Läden auf dieser Seite und lassen den Gegnern die gegenüberliegende Seite. Doch seit neuestem wollen die Renzi den gesamten Tuchhandel an sich reißen, und es kam bereits zu Kämpfen zwischen den beiden Familien. Als die Marozzi Euch gesehen haben, werden sie geglaubt haben, jemand wollte ihre Häuser angreifen!«

»Und die Stadt lässt das alles zu? Der Papst und seine Bewaffneten! Warum schreitet er nicht ein und macht diesen privaten Gefechten ein Ende? Sie sind die Lepra, die unsere Städte zugrunde richtet!«

»Die Stadt hat auf den Hügeln das Sagen, und der Papst kümmert sich nur um seine Besitztümer. Hier in Campo Marzio gibt es nur einen König, den Tiber, solange er sein Volk verschont. Nur dem Tiber gelten die Gebete der hier wohnenden Menschen. Doch lasst uns jetzt gehen, folgt mir.«

Der Junge schlich mit eingezogenem Kopf an der Mauer entlang, um nicht in die Schusslinie der Armbrustschützen zu geraten. Dante folgte ihm geduckt und stützte sich immer wieder mit den Händen am Boden ab, um den Schwung zu bekommen, den er brauchte, um Schritt zu halten. Auch die Menschen rings um ihn her, die noch nicht geflohen waren, bewegten sich vorsichtig zwischen den umgestürzten Verkaufsständen, eine kleine, verängstigte Schar, die auf allen vieren kroch und es nur hin und wieder wagte, den Kopf zu heben. Der Dichter biss sich wütend auf die Lippen, während er, von seinem langen Gewand behindert, vorwärts stolperte: Das also war aus den Quiriten geworden, eine Meute erschreckter Hunde, und er mitten unter ihnen.

Ohne auf die Gefahr zu achten, richtete er sich unwillkürlich auf. Keinen Moment länger wollte er diesen Anblick bieten, ganz gleich, was passierte. Niemand sollte es wagen, auf den Gesandten von Florenz zu schießen. Er stand kerzengerade auf der Straße, ordnete mehr schlecht als recht seine schmutzigen Kleider und steuerte dann ruhig auf den Jungen zu, der bereits den letzten Bogen erreicht hatte und Dante besorgt heranwinkte. Unter den erstaunten

Blicken der anderen ging der Dichter, die Hände zur Faust geballt, Schritt für Schritt auf sein Ziel zu.

Jeden Augenblick rechnete er damit, den Stich eines Pfeils in seinem Rücken zu spüren. Doch glücklicherweise hatte sich die Wut der Angreifer gelegt. Unversehrt kam er bei dem Jungen an.

»Da bin ich«, war alles, was er sagte.

Aus dem hinteren Teil des Ladens beobachtete ihn, schwankend zwischen Bestürzung und Bewunderung, ein kahlköpfiges Männchen mit gelblicher Haut. Lebhaft kam es Dante entgegen, trat jedoch wohlweislich nicht aus dem Bogen heraus.

»Willkommen, Messere!« rief es erfreut und ließ seinen Blick von ihm zu dem Jungen schweifen.

»Meister Giuseppe«, sagte dieser, »hier ist ein bedeutender Mann, der Eure Dienste in Anspruch nehmen will. Messer Dante Alighieri, Dichter und Gesandter der freien Stadt Florenz. Er benötigt angemessene Kleider für eine Audienz beim Papst.«

Der Schneider warf Dante einen kritischen Blick zu. Offensichtlich ließ sich das, was er sah, nicht mit seiner Vorstellung von einem Gesandten vereinbaren. Doch der Junge hatte auch von einem Dichter gesprochen, und das konnte den kläglichen Aufzug des Mannes erklären, der da mit verärgerter Miene vor ihm stand.

»Ihr habt eine gute Wahl getroffen, Messere!« rief er fröhlich. »In meiner Werkstatt findet Ihr alles, was Euer Herz begehrt! Ich habe die schönsten Stoffe der gesamten Christenheit, ganz zu Eurer Verfügung! Wollstoffe direkt aus dem fernen England, Brokat aus der Lombardei und Baumwolle aus Flandern! Schaut Euch dieses Tuch an«, fügte er hinzu, während er geschmeidig wie eine Katze an einem der Regale hochkletterte, die von einem Durcheinander von Stoffen überquollen, und mit einem Ballen unter dem Arm wieder herunterkam. »Fünfzig Ellen genuesisches Tuch, direkt von einer Galeere, die vor Civitavecchia von den Pisanern überfallen wurde! Achtet nur einmal auf seinen Duft«, fuhr er fort und hielt Dante die Rolle ungeniert vor das Gesicht. »Hier, spürt Ihr an diesem Gewebe nicht noch den Duft der Frauenhände, die es anfertigten? Ich kann Euch ein Gewand nähen, so prunkvoll, dass es eines Königs würdig sein wird! Verlasst Euch auf mich, ich mache Euch schöner als den schönen Philipp von Frankreich!«

Dante wich zurück, um sich dieser Probe zu entziehen. Von dem Stoff ging nicht der Duft nach sinnlichen Frauenhänden aus, sondern ein starker Schimmelgeruch, doch er wollte keine Auseinandersetzung darüber beginnen. Er räusperte sich. »Meister Giuseppe, mir fehlt die Zeit, um in den Genuss Eurer Kunstfertigkeit zu kommen. Die Audienz findet schon morgen statt, und ich brauche etwas Passendes, was Ihr bereits fertig im Laden habt. Außerdem … stellt die Kommune keine Mittel für Prunk zur Verfügung, auch nicht ihren höchsten Amtsträgern, deshalb …«

Ein Schatten lief über das Gesicht des Mannes, wurde jedoch sogleich von einem spöttischen Lachen verdrängt. »Euch fehlt es an Geld? Keine Sorge, Meister Giuseppe hat ein Herz für alle, vom Ritter bis zum Pilger. Ich habe das Richtige für Euch. Hier entlang.«

Mit seinen katzengleichen Bewegungen führte er sie tiefer in den Laden hinein. Hier waren die Regale nicht mit Stoffballen vollgestopft, sondern mit bereits genähten Kleidern, die teils in großen Weidenkörben, teils kreuz und quer in den Fächern lagen. Der Schneider wühlte rasch in dem Durcheinander, fischte prüfend Kleidungsstücke heraus und räumte sie wieder weg. Wenn er etwas Passendes entdeckte, legte er es beiseite, um seine Suche dann erneut zu beginnen.

Endlich schien er zufrieden und wandte sich mit einem Armvoll Kleider wieder dem Dichter zu.

»Ich habe hier alles, was nötig ist. Nun denn, Ihr habt von einer Audienz bei Papst Bonifatius gesprochen. Mit Euch werden Senatoren, das Kardinalskollegium und hohe Prälaten der Kurie anwesend sein. Wäret Ihr ein Pilger, könntet Ihr mit Kutte und Pilgerstab erscheinen und sogar barfuß, wie es bei den Franziskanern üblich ist. Doch als Gesandter braucht Ihr ein stattliches Aussehen, denn ein Mann ist seine Stadt. Und ein Mann ist auch die Kleidung, die er trägt. Aus diesen Prämissen folgt, dass Eure Kleidung zeigen wird, wie Florenz ist.«

Während Dante noch über diesen gewagten Aristotelischen Schluss nachdachte, sah er, wie ihm etwas Grünes auf die Schulter gelegt wurde.

»Vor allen Dingen braucht Ihr ein Hemd, mit einem schönen, bauschigen Kragen, der das Kinn einrahmt. Und es muss bis zu den Knien reichen, mit Schnürbändern, um die Strümpfe daran festzubinden. Nichts ist entwürdigender für einen Mann, als wenn er sich in der Öffentlichkeit bücken muss, um sich die Strümpfe hochzuziehen. Erst recht vor dem Papst! Nein, das Hemd muss unbedingt sein, und mit Bändern, nicht mit Knöpfen, dieser verstiegenen Erfindung, die seit einiger Zeit aus Frankreich herüberkommt. Nein, Bänder, Messer Alighieri!«

Dante nahm das Hemd und musterte es kritisch. Es war an mehreren Stellen durchgescheuert und hatte auffällige bräunliche Flekken. »Oh, macht Euch wegen seines Aussehens keine Gedanken!« sagte der Schneider rasch, als er Dantes unschlüssige Miene sah. »Der Mann, der es getragen hat, starb an keiner schlimmen Krankheit, sondern nur an den Strapazen einer langen Reise. Und die Flecken werden unter den übrigen Kleidern ja nicht zu sehen sein! Das wäre also das Hemd, und dann das Gewand, schön eng in der Taille, wie es sich gehört. Achtet nur einmal auf die Goldstickereien. Ein Traum. Der Mann, der dies trug, kam aus Apulien, und nicht einmal, wenn Ihr ganz genau hinschaut, werdet Ihr den Flicken erkennen, mit dem ich den Riss von dem Messerstich verdeckt habe. Und die Schuhe, herrlich gegerbtes Leder aus der Lombardei. Ihr Besitzer dürfte nicht viele Meilen damit zurückgelegt haben, bevor er im Ospedale di Santo Spirito endete. Die Mönche geben mir immer nur beste Ware.«

»Wollt Ihr mich in eine Epitome von Toten verwandeln?« knurrte der Dichter und versuchte, sich von den Kleidern zu befreien, mit denen der Schneider ihn überhäufte.

»Oh nein, Eure Gestalt ist eines ganz anderen Glanzes würdig«, antwortete der Schneider sanft, der die Bedeutung des Wortes *epitome* nicht verstanden hatte, die Anspielung auf die Toten jedoch sofort aufgriff. »Ihr seht einfach wunderbar aus, und das Beste habe ich Euch noch gar nicht gezeigt! Wartet, schaut Euch im Spiegel an, ich besitze einen ganz wunderbaren, venezianisches Handwerk.«

Der Schneider eilte davon und kehrte kurz darauf mit einem kleinen glänzenden Spiegel wieder, der mit Messing eingefasst war. Er stellte ihn in einigem Abstand zu Dante auf. »Schaut selbst, Ihr seht aus wie ein Gemälde. Und jetzt noch diese Kappe!«

Dante spürte, wie ihm etwas Hartes in die Hand gedrückt wurde. Eine Art bläulicher Kegel mit grauem Pelzbesatz, von dem zwei große, durchsichtige Schleier herabhingen. »Eine Kappe nach alemannischer Art. Der kostbarste Besitz eines Ritters auf der Durchreise, der sich nach dem Heiligen Land einschiffen wollte. Dieses Stück hätte den Neid und die Begierde aller ungläubigen Türken geweckt, wenn es dem armen Kerl gelungen wäre, je dort anzukommen. Es scheint wie für Euch gemacht!«

Dante drehte die Kappe um, die innen voller Schweißflecken war. Doch immerhin schien sie keine Blutspuren aufzuweisen und der Kopf ihres früheren Besitzers nicht darin zerschmettert worden zu sein. »Wie viele Katzen habt Ihr denn für diesen Fellbesatz getötet?« erkundigte sich Dante sarkastisch.

»Katzen? Ihr beleidigt mich, ich habe Euch doch gesagt, dass dieses Stück aus Deutschland kommt. Dort gibt es keine Katzen, viel zu viel Frost. Das ist echter Biber aus den Wäldern! Doch nun das Beste zum Schluss!«

Wieder verschwand der Schneider und kam diesmal mit einem blauen Kleidungsstück zurück, das in einem besseren Zustand zu sein schien als die übrigen Sachen. »Das ist der krönende Abschluss, ein Umhang, der Eure Persönlichkeit exzellent herausstreicht. Echtes französisches Tuch, die Borten kann ich Euch in wenigen Stunden festnähen, rechtzeitig, ganz nach Euren Bedürfnissen. Beachtet die Stickereien! Wenn das keine florentinischen Lilien sind!«

Dante sah sich die Verzierungen aus der Nähe an. Es waren kleine Rauten, die sich leicht vom Gewebe abhoben. »Das sind keine Lilien«, sagte er.

»Ganz recht, Ihr vergesst allerdings die Täuschung des Auges! Ihr seid doch Florentiner, nicht wahr? Also wird von weitem jeder glauben, Lilien an Euch zu sehen! Ich habe Euch schon gesagt, ein Mann ist die Kleidung, die er trägt, doch die Kleidung ist auch der Mann! Nicht einmal Bonifatius wird den Unterschied bemerken, wenn Ihr Euch feierlich vor ihm verneigt! Und Eure Strümpfe werden aufrecht stehen wie Hellebardiere, so dass Ihr Eure Anliegen mit aller nötigen Sicherheit vortragen könnt. Und wenn Ihr Eure Kappe abnehmt, wird der Schleier elegant bis zum Boden gleiten und der Welt zeigen, dass Ihr nicht kleinlich seid, ebensowenig wie Eure Stadt!«

»Lasst den Umhang weg«, sagte Dante entschieden. Was die übrigen Kleider anging, waren sie zwar recht verschieden von der Mode in Florenz, doch vielleicht nicht allzusehr. Auf jeden Fall waren sie in einem besseren Zustand als das, was er auf dem Leib trug. »Was wollt Ihr für alles zusammen haben?«

»Der eigentliche Preis wären zwanzig römische Scudi. Doch bei einem so vornehmen Kunden wie Euch tun es auch fünfzehn und die Ehre, Euch bedient zu haben.«

»Wie viel ist das in toskanischem Geld?«

Der Schneider versank in mühseligen Berechnungen, wobei seine Finger durch die Luft huschten und einmal seine Nase, einmal seine Lippen berührten. Schließlich verkündete er das Ergebnis: »Zwei silberne Popolini, und ich versichere Euch, dass ich auf jedes Aufgeld für den Wechsel verzichte.«

Dante kramte in seiner Geldbörse, die er an der Seite trug, und der Junge rollte die Kleider zu einem Bündel zusammen, verschnürte es und lud es sich auf die Schultern. Dann wandten sie sich zum Ausgang, während sich der Schneider in endlosen Verbeugungen erging.

12. NOVEMBER,
AM MORGEN, IM LATERAN

Dante erkannte seine beiden Gefährten schon von weitem. Sie warteten auf der Treppe zur Basilika auf ihn, vor der großen Backsteinfassade, die über den fünf Eingangstoren von hohen Fenstern aufgehellt wurde.

Maso kam mit ängstlicher Miene sogleich auf ihn zu. »Endlich, Messer Alighieri. Habt Ihr Eure Rede vorbereitet? Ihr werdet doch sprechen, nicht wahr?« fragte er besorgt.

Der Dichter nickte nur kurz und trat durch das Haupttor in das große Mittelschiff, das in dem hellen, durch die Seitenfenster einfallenden Licht lag. Staunend blieb er vor der Fülle von Bronze und Gold stehen, die die Wände bedeckte. Trotz der Verwüstungen, die die Basilika im Lauf ihrer Geschichte erlebt hatte, bis hin zu dem Erdbeben, bei dem sie fast vollständig zerstört worden war, hatte Dante für einen kurzen Moment den Eindruck, unter diesem riesigen Dach seien sämtliche Schätze der Welt zusammengetragen worden, um die Macht und die Herrlichkeit der Kirche zu preisen.

Weiter hinten, im Zentrum der marmorverkleideten Apsis, die das Langhaus abschloss, prangte der gemeißelte Steinthron, auf dem während der religiösen Zeremonien der Papst saß. Selbst leer flößte dieser Stuhl noch Ehrfurcht und fast schon Furcht ein, dachte Dante.

Während er, in die Betrachtung all dieser Schönheit versunken, auf den Thron zuging, hörte er das undeutliche Geflüster seiner Gefährten, die sich ununterbrochen in Ratschlägen ergingen.

Etwa auf halber Strecke öffnete sich im rechten Schiff ein Bogen, der zu einer Treppe führte. Das musste der Zugang zum Patriarchenpalast sein, wo sie erwartet wurden, sagte Dante sich, atmete tief durch und ging hinauf.

Die Treppe endete im oberen Stockwerk des Gebäudes, das neben der Basilika lag. Dante ging langsam weiter, auf die riesige Tür des Audienzsaales zu. Er hielt den Kopf starr geradeaus gerichtet, während er auf diesem vorgeschriebenen Weg die zwei Reihen bewaffneter Männer abschritt, die rechts und links postiert waren. Doch zugleich erfasste er mit schnellen Blicken nach beiden Seiten den ganzen imperialen Prunk, der die Wände des Palastes zierte. Fresken und Wandteppiche folgten dicht aufeinander und zeigten abwechselnd Szenen aus der heiligen Geschichte und ruhmreiche Ereignisse aus der römischen Kaiserzeit, ganz als sollte besonders herausgestrichen werden, dass die Macht Roms und die der Kirche hier bis in alle Ewigkeit vereint waren.

In den Apsiden der Seitenwände blendeten prächtige Mosaiken aus feinstem Gold das Auge des Betrachters.

Auf einer Tribüne im Hintergrund saß im Messgewand und mit der Tiara auf dem Kopf reglos wartend Bonifatius auf seinem steinernen Thron. Rings um ihn her standen die Mitglieder des Kardinalskollegiums und färbten den Raum mit ihrer Kleidung scharlachrot. An den Seiten die Diakone und Gehilfen aus den Amtszimmern der Kurie, viele von ihnen mit den großen Registern der Audienzen und Bittschriften in der Hand. Weiter unten bestätigte die Anwesenheit der römischen Senatoren in ihren wallenden Gewändern die Vermutung, dass ganz Rom fest in Bonifatius' Hand war.

Dante bemühte sich, den restlichen Weg langsam zu gehen. Er warf einen kurzen Blick auf das beunruhigende Bild einiger halb hinter dem Thron versteckter Mönche in den schwarzweißen Gewändern des Dominikanerordens. Sie hielten ihr Gesicht unter der Kapuze verborgen, so dass es nicht zu erkennen war, doch es gab keinen Zweifel an ihrer Funktion: Das waren die Mitglieder der Inquisition. Gefährlich, wenn man bedachte, wie nahe sie den Ohren des Papstes waren.

Hinter sich spürte er die immer lästiger werdende Gegenwart der beiden anderen Gesandten, die sich schutzsuchend an ihn drängten. Er kam sich vor wie ein Hirte an der Spitze einer verstreuten Herde, die er bereits dem Wolf überlassen hatte. Währenddessen wandte er den Blick nicht von dem mächtigen Mann, von diesem Gesicht mit den vom Alter eingefallenen Wangen, in dem jedoch zwei Augen wie Kohlen glühten. Als wäre das Lebenslicht des Papstes nur noch auf diesen schrecklichen Blick reduziert und als läge seine Fähigkeit, zu lösen und zu binden, die durch die Schlüssel in seiner Hand symbolisiert wurde, in ebendiesen Augen, die abmaßen, was da auf seinem Boden wandelte.

Dieser Blick durchfuhr Dante wie ein Messerstich und schien nach den Geheimnissen in seinem Innersten zu forschen.

Doch als er am Fuß der Tribüne ankam, sah er, wie plötzlich ein Lächeln die erloschenen Züge erhellte und das Gesicht des Alten wie von einem frischen Lebenshauch beseelt wurde. Auch seine Augenlider wirkten nicht mehr so schwer. Der Papst streckte ihm die Hand mit dem riesigen Ring entgegen.

Dante war bis hierher gelangt, ohne ernstlich darüber nachgedacht zu haben, was er eigentlich tun würde. Er wusste nur, dass er all seinen Scharfsinn benötigen würde, wenn er dem großen Feind von Angesicht zu Angesicht gegenüberstand.

Nun hatte er die Gelegenheit, ihm ins Auge zu schauen, in ein von einer Krankheit gezeichnetes Gesicht, die ihn, wie es hieß, aufzehrte. Der Papst war dem Tod vielleicht schon sehr nahe, doch war er um so gefährlicher, da er nun nicht mehr wie ein kräftiger Körper von den Schwächen des Fleisches regiert wurde. Eine leere Hülse, doch härter als der Marmor seiner Monumente, mit denen er Italien überzog, so dass das ursprüngliche Land Schritt für Schritt zerstört wurde.

Wie um Dante den Weg zu versperren, kam ein Diakon rasch zu ihm herunter. Er blieb einen Schritt von ihm entfernt stehen, drehte sich um, kniete nieder und bedeutete ihm mit einem Blick, es ihm gleichzutun. Dann verkündete er laut Dantes Namen und den seiner Gefährten.

Bonifatius hatte die Huldigung gleichgültig entgegengenommen und nur den Kopf ein wenig zu einem der Mönche an seiner Seite geneigt. Der Mann schien ihm etwas zuzuflüstern, was den Papst veranlasste, das Gesicht zu verziehen, bevor er sich wieder Dante zuwandte.

»Nun, Messer Alighieri. Welche Kunde bringt Ihr uns aus der Stadt Florenz, unserer geliebten Tochter? Herrscht bei Euch endlich der Frieden, den wir in unseren Wünschen und Gebeten seit jeher herbeisehnen? Wir haben keine Mühen gescheut, um die Eintracht zwischen Euren Bürgern wiederherzustellen, und wir erwarten eine ebensolche Hingabe von jenen, die der Himmel zu den Lenkern dieser Kommune berufen hat.«

Dante atmete tief durch. »Der Frieden ist das höchste Geschenk des Himmels. Und nicht immer kann der Mensch in seiner Schwäche das Unkraut der Zwietracht besiegen. Das Volk von Florenz und seine Regierung tun alles, was in ihrer Macht steht, um den Wünschen Eurer Person entgegenzukommen, die die eines jeden Menschen guten Willens sind.«

»Und doch haben diejenigen, die behaupten, das Gemeinwohl anzustreben, ohne zu zögern, zwei Eurer Mitbürger unter der falschen Anklage ermordet, zu unseren Gunsten konspiriert zu haben. Als könnten sich der Vorteil und der Willen der Kirche auch nur einen Hauch von denen des letzten Schäfleins der christlichen Herde unterscheiden. *Extra ecclesiam nulla salus! Contra ecclesiam perditio est!*«

»Die zwei Verurteilten verloren ihr Leben nach einem gründlichen und gerechten Prozess. Sie hatten sich gegen die Kommune von Florenz verschworen. Nicht ihre Treue zur Kirche, sondern ihr

Hass auf Florenz hat sie das Leben gekostet«, erwiderte der Dichter energisch.

Bonifatius hatte die Lippen zusammengepresst, so dass sie sich in den zahnlosen Mund zogen und die Spuren des Alters in seinem Gesicht noch betonten, die Dante schon zu Beginn aufgefallen waren. Doch seine Augen glühten noch immer grimmig. »Und auch Kardinal von Acquasparta, ein rechtschaffener Mann, den wir entsandten, damit er Frieden zwischen Euren Parteien stiftet, wurde ein keineswegs wohlwollender Empfang zuteil«, zischte er. »Warum, Messer Alighieri? Warum ist Eure kleine Stadt so hochmütig gegen uns und beugt sich nicht einmal den redlichen Worten frommer Männer? Warum habt Ihr die Unterstützung mit Männern und Waffen verweigert, die wir zur Verstärkung unseres eigenen Schutzes von Euch verlangten?«

»Weil die Männer, die Ihr angefordert habt, unsere eigene, ohnehin dürftige Abwehr ungedeckt gelassen hätten, und dies nur, um das Latium noch grausamer zu verwüsten. Ohne Gewinn, ohne Nutzen und ohne Ruhm für die Stadt Florenz.«

»Lasst Euren Geist nicht so verkümmern, Messer Alighieri. Die Heilige Römische Kirche strebt die allumfassende Rettung der Seelen durch die weise Regelung des Lebens der Körper an. Und Ihr erniedrigt Euch dermaßen, dass Ihr eine elende Stadt verteidigt, die sich nur dadurch von tausend anderen unterscheidet, dass Ihr dort geboren seid. Als hätte die Herkunft des Körpers etwas mit der unsterblichen Seele zu tun und als wäre diese nicht vielmehr die Tochter des Heiligen Geistes, egal, unter welchem Himmel sie Aufnahme in einem Leib findet! Was kümmert es Euch, ob ein paar Stückchen Mauer von diesem oder jenem errichtet wurden? Der Leib Christi ist es, der von den giftigen Windungen der französischen Schlange umschlungen wird, und der Kaiser ist ein Feigling, von dem wir keinerlei Hilfe erwarten können. Also küsst die Hand, die ich Euch reiche«, zischte Bonifatius. »Ich reiche sie niemandem ein zweites Mal.«

Statt sich über den dicken Ring zu beugen, den der Papst ihm hinhielt, trat Dante ostentativ einen Schritt zurück. Bonifatius, dessen Gesicht rot angelaufen war, wartete nur einen Moment, bevor er die Hand ärgerlich zurückzog, während ein empörtes Raunen durch die Reihen der Anwesenden lief. Ein heftiger Gefühlssturm spiegelte sich auf dem verzerrten Gesicht des Papstes, dann verfiel er schlagartig wieder in seine kaltblütige Pose. »Die Audienz ist beendet. Ihr werdet vom Kämmerling erfahren, ob und wann sie fortgesetzt wird. Bis dahin dürft Ihr Rom nicht verlassen.«

Dante neigte nur knapp den Kopf und ging noch zwei Schritte rückwärts, wobei er Maso Minerbetti, der wie gelähmt vor Entsetzen dastand, auf die Füße trat.

»Was habt Ihr getan …«, flüsterte er Dante ins Ohr.

»Was angemessen war.«

Der Diakon, der sie vorgestellt hatte, eilte an seine Seite und geleitete ihn zur Tür. Und wie um die Beleidigung wettzumachen, die in diesen heiligen Hallen stattgefunden hatte, stimmte der Chor der Novizen hinter Dante laut einen Psalm an, in dessen engelsgleichen Klängen das allgemeine Stimmengewirr unterging.

Auf dem Platz vor dem Lateran stürzte sich Corazza Ubaldini auf ihn, während Maso Minerbetti vergeblich versuchte, Frieden zu stiften.

»Das habt Ihr absichtlich getan! Ihr wolltet, dass die Mission scheitert, damit Ihr Eure verrückten aufständischen Ideen durchsetzen könnt! Doch die Kommune wird von Eurer Dreistigkeit erfahren! Ihr seid ein Verräter, Ihr und Eure ganze verfluchte Familie!«

Dante ging die Treppe hinunter, den Kopf zwischen die Schultern gezogen, den Blick auf den Boden geheftet. Das hysterische Geschrei umschwirrte ihn, ohne dass er Notiz davon zu nehmen schien. Aufgebracht packte Corazza ihn am Gewand und zerrte wütend daran.

Dante ging weiter und zog seinen Gefährten hinter sich her. Plötzlich ließ der Widerstand nach.

Er drehte sich um und sah den Dekurio, der Corazza am Genick gepackt hatte und ihn ohne viel Federlesens schüttelte. »Florentiner, brauchst du Hilfe? Seit du hier bist, läufst du andauernd Schurken in die Arme.«

Maso trat schüchtern vor und erklärte die Situation.

»Dann sind das also Freunde von dir?« grinste der Dekurio, ohne Anstalten zu machen, den Griff um Corazzas Nacken zu lockern. Nachdem er ihn kurz hochgehoben hatte, ließ er ihn plötzlich auf den Hintern fallen. »Na schön. Aber macht einen großen Bogen um meinen florentinischen Freund. Er steht unter dem Schutz von Rom.«

Während die beiden Florentiner bestürzt das Weite suchten, schickte der Dekurio ihnen eine unverständliche Beschimpfung nach, dann wandte er sich lässig wieder dem Dichter zu. Er gähnte laut und hemmungslos und rieb sich ausgiebig seine Genitalien. »Ich habe gehört, Ihr seid ein Dichter, Herr Gesandter aus Florenz«, sagte er und hielt zufrieden inne.

Dante warf ihm einen angewiderten Blick zu und schwieg.

»Was hast du denn geschrieben, um so berühmt zu werden?«

»Dinge, die Eurer Aufmerksamkeit aller Wahrscheinlichkeit nach entgangen sind«, erwiderte er schroff. »Ich danke Euch für Eure Hilfe, doch sie war nicht nötig. Im übrigen dürft Ihr es nicht wagen, die Diener meiner Stadt so zu beleidigen, egal was für Trottel sie auch sein mögen.«

Mit höhnischer Ehrerbietung nahm der Dekurio seinen Hut ab und verbeugte sich so tief, dass seine Hand den Boden streifte. Dante unterdrückte einen Fluch.

Doch womöglich konnte ihm das Auftauchen dieses Mannes ja nützlich sein. »Ich möchte noch einmal auf die unerhörte Geschichte der Morde an den Frauen zurückkommen, in der bisher weder Gerechtigkeit noch Rache geübt wurde«, erklärte er entschieden.

»Was interessieren dich diese Weibsbilder? Früher oder später enden die alle so. Die hier hatten es bloß besonders eilig, einen zu finden, der ihnen eine Lektion erteilt. Normalerweise halten sie ein paar Jahre länger durch, aber früher oder später landen sie alle am Muro Torto, und dann gute Nacht.«

»Am Muro Torto?« fragte Dante nachdenklich. Er erinnerte sich, diesen Namen schon einmal gehört zu haben. Im Haus der Witwe, in der Nacht des Begräbnisses bei gelöschten Lichtern.

»Ja, hinter der Porta Flaminia. Auf dem Friedhof der Unerwünschten. Schauspieler, Diebe, Dirnen. Fremde und Findelkinder.«

»Was für Findelkinder?«

»Willst du mich auf den Arm nehmen? Ich verzeihe dir nur, weil du ein Dichter bist. Ich bin nämlich auch einer.«

»Ihr auch?« fragte Dante, ohne den Sarkasmus in seiner Stimme verhehlen zu können.

»Aber gewiss. Oder glaubst du, man könnte nur in Florenz in Reimen sprechen? In Rom wird jedes Jahr während des Karnevals bei einem Dichterwettstreit der beste Erzähler gekrönt. Und ich gehöre zu denen, die jedesmal besser abschneiden, und wenn ich Pfarrer oder Kardinal wäre statt ein Waffenträger, hätte ich schon viele Lorbeeren geerntet.«

»Wirklich?« fragte Dante ungläubig. »Und was schreibt Ihr?«

»Schreiben? Diese Kunst ist nichts für mich. Das ist was für Notare und Apotheker. Ich schreibe im Kopf und trage meine Gedanken laut vor.«

»Und wie wird dieser Wettstreit ausgetragen?«

»Der Meister gibt einen Anfangsvers vor, und reihum setzt jeder den Reim fort. Wer am längsten durchhält, hat gewonnen. Ich bin einer der Besten, Herr Poet.«

»Ach, wahrhaftig«, gab Dante eisig zurück. Er öffnete den Mund, um wieder auf die Morde zu sprechen zu kommen, doch der Dekurio kam ihm zuvor. »Glaubst du mir nicht? Dann gib mir mal einen Anfang. Sag mir einen Vers, der mich in Stimmung bringt!«

Dante warf ihm einen vernichtenden Blick zu. Dann sagte er schnell: »*Liebe, die edlem Herzen rasch gebeut …*«

»*Meine Frau jauchzet, wenn sie ihn schaut, und wenn sie ihn schaut, macht sie den Arsch weit auf!* Na, was hältst du von dem Liedchen?« fragte er und versetzte ihm hochzufrieden einen Stoß mit dem Ellbogen.

Dante atmete tief durch. Er ballte die Fäuste. »Wenn diese Geschichte vorbei ist und das Schicksal es will, dass sich unsere Wege noch einmal kreuzen, werde ich Euch gründlich meine Meinung über Eure Begabung sagen.«

»Also trifft meine Kunst bei Euch wohl nicht auf Gegenliebe, Herr Gesandter. Sei's drum, lieber in Rom anerkannt und außerhalb unbeachtet.«

»Ich bin überzeugt davon, dass Ihr hier ein großer Mann seid. Könnten wir jetzt wohl auf unsere Angelegenheit zurückkommen?«

»Welche Angelegenheit?«

»Die ermordeten Frauen!« antwortete der Dichter gereizt.

»Ach, die. Immer hast du nur Frauen im Kopf, Messere. Na, meinetwegen. Was willst du wissen?«

»Was habt Ihr unternommen, um den Schuldigen zu finden?«

»Nichts.«

»Was soll das heißen: nichts? Seid Ihr nicht der Scharfrichter? Senator Spada hat Euch doch dieses Amt übertragen!«

Wieder gähnte der Dekurio ausgiebig. Mit dem Gebaren eines Menschen, der schließlich all seine Kraft zusammennimmt, um sich mit einer lästigen Person auseinanderzusetzen, erklärte er: »Wer auf diese Weise tötet, besitzt mit Sicherheit die Verruchtheit eines Teufels. Früher oder später wird er wieder töten, und früher oder später wird er es zu nahe an meinen Krallen tun. Dann werde ich ihn packen wie ein Bussard, der ein Kaninchen erwürgt.«

»Kurzum, Ihr wartet, bis sich der Täter in Eure Hände begibt!« sagte der Dichter verärgert. »Dabei müsste man das suchen und finden, was die Morde miteinander verbindet. Die Leichen, zum Beispiel. Etwas an ihnen ist sonderbar …«

»Warum beschäftigt dich das so, Herr Gesandter? Rom ist groß, und es wurde nicht an einem Tag erbaut. Alles braucht seine Zeit«, antwortete der Dekurio und kratzte sich wieder in aller Ausführlichkeit. »Und falls es jemanden gibt, der etwas darüber weiß, dann bestimmt nicht ich und auch meine Männer nicht.«

»Wer dann?«

»Vielleicht die Leute, die die Toten bergen, die Cappucci Rossi. Diese Bruderschaft kümmert sich um die Bestattung von Menschen, die ohne Angehörige oder in den Fluten des Tibers sterben. Komm, wir fahren zu ihnen, wenn dir so viel daran liegt. Mach dich auf ein gutes Stück Weg gefasst, wir müssen hinunter bis zum Fluss. In dieser Stadt endet alles im Fluss. Früher oder später.«

Nachdem der Dekurio seine Männer kurz angewiesen hatte, weiter auf dem Platz zu patrouillieren, brach er auf. Dante folgte ihm wortlos und kaute an dem Ärger, der in ihm hochgekrochen war. Ein bitterer Geschmack stieg ihm vom Magen in den Mund, und die Feuerkreise an seinen Schläfen machten sich wieder bemerkbar. Doch trotz der Müdigkeit, die ihn drängte, sich in seiner Unterkunft auszuruhen, schritt er zügig aus, um nicht zurückzubleiben.

Er stieg nach dem Dekurio in den Wagen und wurde wieder von dem wilden Galopp mitgerissen, der diesmal hügelan und dann hinunter durch Stadtviertel führte, die er noch nie gesehen hatte.

Endlich erreichten sie das Flussufer und folgten ihm in südlicher Richtung. Sie überquerten den Ponte Cestio und die Tiberinsel und fuhren über eine weiter entfernte Brücke Richtung Via Ostiense. Sie kamen an Hütten und Holzbuden vorüber, zwischen denen hier und dort Wassermühlen zu sehen waren und Fährboote, die an langen, aus dem sumpfigen Grund ragenden Pfählen lagen. In der Ferne versperrte der Monte Testaccio den Blick nach Süden, ihm gegenüber der einsame Ausläufer des Aventins, auf dessen Gipfel Kirchen und Glockentürme thronten.

»Wir sind gleich da«, sagte der Dekurio und wies auf einen niedrigen Ziegelbau, der neben einer kleinen Kirche unmittelbar am Ufer stand. Ein klappriger Steg, an dem ein langes, schmales Boot festgebunden war, ragte auf das Wasser hinaus. Vor dem Gebäude standen, auf ihre Deichsel gestützt, zwei Handkarren mit einer Art großem Weidenkorb obenauf, der Dante an die Wagen erinnerte, mit denen die Gemüsehändler ihre Waren vom Umland auf die Märkte von Florenz brachten. Eine Gruppe von Männern lungerte vor der Kirche herum, in lange Umhänge gehüllt, die wohl einmal scharlachrot gewesen waren, sich jedoch durch Nachlässigkeit und Schmutz zu einem undefinierbaren Braun verfärbt hatten.

Offenbar war ein Streit im Gange, denn die Schar wirkte sehr erregt, und grobes Geschrei erfüllte die feuchte Luft.

»Diese Taugenichtse streiten sich um die Kleider irgendeines Ertrunkenen«, zischte der Dekurio. Dann sagte er mit lauter Stimme: »Brüder, wir haben mit Eurem Oberhaupt zu reden.«

Beim Anblick des bewaffneten Mannes waren die Cappucci schlagartig in ein schuldbewusstes Schweigen verfallen. Mit einem süßlichen Lächeln trat einer von ihnen vor. »Mastro Canapa, was führt Euch zu den Brüdern vom Guten Tod?«

»Nicht das, was du Spitzbube dir erhoffst. Es dauert noch ein Weilchen, bis Ihr mein Gerippe in die Klauen bekommt. Bring mich zu Titta di Nicola, falls er zu dieser Morgenstunde nicht schon zu betrunken ist.«

Der Mann wich unterwürfig zurück und ging den beiden voraus durch den Eingang, nicht ohne zuvor einen argwöhnischen Blick auf Dante geworfen zu haben. Dieser ignorierte ihn und richtete seine Aufmerksamkeit statt dessen auf das, was er ringsumher sah. Von innen wirkte der Sitz der Bruderschaft eher wie der Lagerraum eines Lumpensammlers und nicht wie eine Kirche, denn er war gerappelt voll mit bunt durcheinanderliegenden Kleidungsstücken und Schuhen, die kaum noch mehr als Fetzen waren. Weiter hinten, wo sich, dem Ort geziemend, der Altar hätte befinden müssen, stand ein grober Schreibtisch aus alten Brettern. Daran dämmerte, die Ellbogen schwer auf die Tischplatte gestützt, ein fetter, vom Saufen aufgedunsener Mann vor sich hin.

Auch er fuhr beim Anblick des Dekurio besorgt zusammen, setzte aber sogleich ein Begrüßungslächeln auf. Doch seine Augen, die zwischen den fetten Falten der schweren Lider kaum auszumachen waren, blieben kalt wie die eines Fisches.

»Was kann ich für den Vertreter der Gerichtsbarkeit Roms tun?« fragte er eilfertig.

»Du solltest deinen Hals in die Schlinge stecken. Doch vorher entrichte deinen Obolus an die Engelsburg: Der Samstag ist schon eine Weile vorüber, und der Opferstock knurrt wie ein Bauch, der seit drei Tagen leer ist.«

Missmutig verzog der Anführer das Gesicht. »Aber Ihr habt doch erst in der vorigen Woche Geld bekommen ...«, wandte er ein.

Der Dekurio beugte sich über den Tisch und packte ihn mit seinem eisernen Handschuh am Hals. Nur mit Mühe bekamen die wuchtigen Finger die fleischige Masse zu fassen, da der Mann seinen Kopf vor Angst eingezogen hatte wie eine alte Schildkröte.

»Ich habe nicht weniger als sieben von der Brücke geworfen«, zischte der Dekurio.

»Wir haben aber nur vier herausgefischt ...«, antwortete der Anführer und schluckte.

»Ihr seid selbst schuld, wenn ihr sie euch durch die Finger gehen lasst. Bonifatius zahlt zwei römische Soldi für jede Bergung. Und dann sind da noch die von dem gekenterten Boot vor Isola, das macht wenigstens zehn. Und so viel schuldet ihr mir. Doch greift später in Eure Kasse.« Mit veränderter Stimme fuhr er fort: »Der

Mann hier ist ein großer Herr, ein Dichter und Gesandter aus Florenz.« Dante hörte den spöttischen Unterton, schwieg jedoch und beschränkte sich darauf, die Fäuste zu ballen und einen Fluch zu unterdrücken. »Er will wissen, was es mit den ermordeten Frauen auf sich hat, mit denen, die mit aufgeschlitztem Bauch gefunden wurden.«

»Ach, die. Die sind alle am Muro Torto. Außer der Tochter Domenicas, von der anderen Seite des Flusses; die Mutter hat die Tote freigekauft. Ihr habt sie gesehen, Ihr wart ja auch bei dem Begräbnis.«

»In welchem Zustand waren sie, als Ihr sie gefunden habt?« fragte Dante dazwischen.

»Wie der Dekurio gesagt hat, mit aufgeschlitztem Bauch und ausgenommen wie ein Flusshecht.«

»Alle?«

»Alle, ohne Ausnahme.«

»Wo hat man sie gefunden?«

Der Mann kniff die Augen zusammen und rechnete im stillen nach. »Zwei im Fluss ... die anderen irgendwo auf den Feldern ...«

»Die anderen?«

»Jawohl, das ist die zehnte, seit letztem Jahr.«

»Die zehnte?« Dante sah ihn fassungslos an. Dann glitt sein Blick ins Leere, als wäre ihm plötzlich ein Gedanke gekommen. »Und in welcher Verfassung waren die Leichen?«

Der Mann zuckte mit den Schultern. »Was spielt das für eine Rolle? Alle waren aufgeschlitzt, das habe ich Euch doch schon gesagt, und manch eine war regelrecht zerstückelt.«

»Wie viele?« drang der Dichter weiter in ihn. »Wie viele Leichen waren so zugerichtet?«

»Wie soll ich mich denn daran noch erinnern!« stieß der Anführer der Bruderschaft hervor. »Vielleicht drei oder vier. Wozu wollt Ihr das wissen? Macht Ihr Euch über mich lustig?«

»Also zehn ...«, murmelte der Dichter. Dann wandte er sich an den Dekurio: »Macht Euch keine falschen Hoffnungen. Der Mörder wird nicht verschwinden, nicht bevor er ein weiteres Mal zugeschlagen hat. Macht Euch auf ein elftes Opfer gefasst. Wisst Ihr, ob noch eine dieser Unglücklichen vermisst wird? Und trugen sie Kleider, als Ihr sie gefunden habt? Ist noch irgend etwas davon übrig?«

»Glaubt Ihr etwa, ich führe Buch über die Dirnen?« Der Mann brach in Gelächter aus. »Und was die Kleider angeht, waren sie, falls überhaupt vorhanden, so alt und zerschlissen, dass sie keinen Pfifferling wert waren. Und auch nicht die Mühe, sie ihnen vom Leib zu reißen.«

»Ihr habt gesagt, dass sie an der krummen Mauer liegen, wo ist das?«

»Am Muro Torto, auf dem Friedhof der Unerwünschten«, erklärte der Dekurio. »Wir in Rom wissen nicht, was wir mit denen machen sollen, die nicht nach den heiligen Geboten der Kirche leben.«

Dante nickte nachdenklich. »Ja, das sehe ich.«

Ein Mann mit Kapuze kam eilig herein. Ohne auf die Anwesenden zu achten, stürzte er auf den Schreibtisch zu, prallte dagegen und schrie aufgeregt: »Auf, zum Fluss! In den Stromschnellen am Ponte Rotto hat man einen Leichnam entdeckt!«

»Dann macht schnell und holt ihn euch, ihr Trottel! Bevor die Strömung ihn bis hinter Testaccio trägt! Am Mühlgraben von Magliana entwischt er uns und treibt ins Meer!«

»Die von Buon Riposo sind schon unterwegs; sie haben das Boot zu Wasser gelassen und rudern schnell wie der Blitz.«

»Verdammte Hurensöhne, sie wissen doch genau, dass das Gebiet von Isola bis zum Scherbenberg unser Revier ist!« schrie der Anführer wütend. Er war aufgesprungen und lief zur Tür, während Dante und der Dekurio verblüfft zurückblieben. Dante warf seinem Begleiter einen fragenden Blick zu, erhielt als Antwort jedoch nur ein Schulterzucken.

»Die Cappucci Rossi sind nicht die einzigen, die sich um die Bestattung der Armen kümmern. Sie betreiben dieses Geschäft zwar am längsten von allen und stehen in Bonifatius' Gunst. Doch seit mit dem Jubeljahr die Zahl der plötzlichen Todesfälle gestiegen ist, haben sich auch andere Bruderschaften auf dieses Gewerbe verlegt. Kommt mit, Herr Gesandter, es gibt etwas zu lachen.«

Draußen drängte sich die Gruppe der Cappucci auf dem Steg. Unter der Leitung ihres Anführers waren einige bereits ins Boot gesprungen, während andere noch eifrig bemüht waren, es loszubinden. Als alle an Bord waren, postierte sich der Anführer auf Knien am Bug. Die anderen ergriffen die Riemen, um nun, heftig gegen den Strom rudernd, auf die Mitte des Flusses zuzuhalten. Dante folgte dem Dekurio auf den Landungssteg, von wo aus man den Fluss bis zur Tiberinsel überschauen konnte.

Die Männer ruderten mit aller Kraft im Stehen, so dass sie sich ihrem Ziel schnell näherten. Der ganze Tiber war mit Booten übersät, von denen manche bunte Segel gesetzt hatten, doch in der Flussmitte, kurz hinter den Resten eines Brückenbogens aus der alten Römerzeit, war eine leere Fläche, von der sich die Wasserfahrzeuge absichtlich fernzuhalten schienen. Nur ein Boot lag dort wie eine dünne schwarze Linie flach auf dem Wasser.

»Da sind sie«, sagte der Dekurio und wies mit dem Finger darauf. Die beiden Boote steuerten rasch aufeinander zu. Von ihrem Anführer mit Rufen angespornt, die wie Steine über das Wasser hüpften und deutlich zu hören waren, stemmten sich die von der Strömung behinderten Cappucci Rossi kraftvoll gegen die Ruder. Das andere Boot hatte inzwischen angehalten, und seine Insassen stocherten an der Seite mit ihren langen Rudern nach einem Gegenstand im Wasser. Dante sah, wie einer der Ruderer hineinsprang, wohl um den Leichnam an einen Strick zu binden. Während er noch damit beschäftigt war, kamen die Cappucci heran.

Die zwei Boote stießen heftig zusammen. Dante sah mehrere Männer ins Wasser fallen und dann die Ruder hochschnellen wie die Flügel zweier großer Wasservögel, die sich in die Luft erheben wollten.

Mit einem gewaltigen Krachen, das selbst auf diese Entfernung noch zu hören war, und begleitet von Schreien und Flüchen schlugen die Ruder gegeneinander und trafen auch die Körper der Männer. In einem wilden Kampf umklammerten sich die Kontrahenten, ohne auf das Schwanken der dünnen Planken unter ihren Füßen zu achten, und sprangen in der Hitze des Gefechts bald in den einen Kahn und bald in den anderen. Die Boote waren einmal halbleer und im nächsten Moment so überfüllt, dass sie unterzugehen drohten. Was nur deswegen nicht geschah, weil sie kurze Zeit später erneut unter der Last von nur einem oder zwei Kämpfern schaukelten. Währenddessen schäumte der Fluss unter den wild gestikulierenden Armen der Männer, die ins Wasser gefallen waren und versuchten, wieder an Bord zu gelangen, abgewehrt von den Glücklicheren oder Geschickteren, die sich in den Booten gehalten hatten.

Der Kampf wurde erbarmungslos weitergeführt, als ginge es nicht um die ärmlichen Kleider eines Ertrunkenen, sondern um die Eroberung einer Grafschaft. Angelockt vom Lärm, hatten sich in der Zwischenzeit an beiden Ufern immer mehr Schaulustige versammelt, die die Kämpfer lauthals anfeuerten. Diese schienen durch die Anwesenheit so vieler Zuschauer, die ihr gutes Recht unterstützten, noch beflügelt zu werden, denn sie setzten ihren Streit mit doppeltem Eifer fort. Für einen kurzen Moment war der Anführer der Cappucci am Bug eines der Boote von seinen Gefährten abgeschnitten und schwang sein Ruder wie eine Keule, um die heranrückenden Gegner auf Distanz zu halten.

»Es sieht schlecht aus für die Cappucci«, sagte der Dekurio mit einem amüsierten Lächeln auf den Lippen, ohne einen Blick von dem Schauspiel zu wenden.

Dante konnte die Lage nicht mit der gleichen Sicherheit überblicken wie sein Gefährte. Doch er sah, dass eines der beiden Boote in Bedrängnis war und die meisten seiner Insassen über Bord gegangen waren. Deutlich hörte er das Triumphgeschrei der gegnerischen Mannschaft, deren Anhänger am Ufer ebenfalls in Jubel ausbrachen und sich gegenseitig auf die Manöver der Helden und das Schicksal der Besiegten hinwiesen. Und während die Cappucci rings um das verlassene Boot sich bemühten, wieder hineinzuklettern, fuhr das andere davon und zog ein kaum erkennbares dunkles Bündel im Wasser hinter sich her.

»Das heißt, ich muss wieder die von Buon Riposo abkassieren«, sagte der Dekurio seelenruhig und wandte sich von der Szene ab.

»Wenn dieses Gesindel an den Rudern der christlichen Galeeren auch soviel Kraft eingesetzt hätte, würden die Türken heute nicht über Jerusalem herrschen«, sagte Dante düster.

»Das ist Flussvolk, Herr Gesandter. Die Leute sind so. Ist das in deiner Stadt anders?«

Dante biss sich auf die Lippen. Nein, es war nicht anders. Diese Pest schien ganz Italien befallen zu haben. Sich selbst und dem Streben nach schnellem Gewinn überlassen und ohne die Kandare und die Zügel einer guten Regierung ließ sich der Abschaum der Menschheit überall auf demselben Weg in die Hölle treiben – ein Fluss bei Hochwasser, der alles mit sich fortriss. Auch die Mauern der Adelsburgen vermochten es nicht, ihn aufzuhalten. Selbst die Hochburg der Gelehrsamkeit war nicht gefeit gegen das Prinzip des Handels. Und auch die Gesetze waren nicht mehr unantastbar, ebensowenig wie das Geld der Königreiche. Falschmünzer prägten den Florin, und Gianni Schicchi fälschte Testamente. Nein, es war nicht anders. Nur die Methoden unterschieden sich. In Florenz war es der Tuchhandel, der den Weg zur Verderbtheit geebnet hatte, in Rom war es die Leichenfledderei.

Erneut erregten Schreie in der Ferne seine Aufmerksamkeit. Unter dem Beifall des Publikums glitt das Boot der Sieger am Ufer entlang, die Ruder hochgestellt, wie um den Himmel zu grüßen. Es sah aus, als kehrten sie von einem ruhmreichen Unternehmen zurück, dabei führten sie nur den Beweis für ihre Schändlichkeit mit sich. Voller Bitterkeit dachte er an den armen Körper, der am Heck schwamm. Er hoffte, dass seine unsterbliche Seele schon weit fort war, unter Gottes großem Schutz. Damit sie von alldem nichts mehr spürte, dachte Dante weiter und schloss unwillkürlich die Augen.

»Ich möchte zu diesem Muro Torto, auf den Friedhof«, sagte er unvermittelt.

»Warum denn?« fragte der Dekurio.

»Dort sind doch die ermordeten Frauen begraben. Ich möchte etwas über sie in Erfahrung bringen.«

»Und warum?« fragte der Dekurio erneut. »Sie waren schon lebendig nichts wert und sind es jetzt als verfaultes Fleisch erst recht nicht. Was gibt es da noch zu erfahren?«

»Ich möchte sie mir gern ansehen. Und mit dem Friedhofswächter sprechen.«

Der Dekurio lachte schallend. »Mit dem Friedhofswächter? Da gibt es keinen. Da gibt es nämlich auch nichts zu bewachen, Florentiner!«

»Beschreibt mir den Weg, dann gehe ich allein.«

Verärgert über die Hartnäckigkeit des Dichters, schnaubte der Dekurio unüberhörbar. Dann ließ er resigniert die Hände gegen die Hüften fallen. »Ich komme mit: Man muss ganz Campo Marzio durchqueren, dann durch die Porta di Francia hinaus ins Umland. Die ganze Via Lata hinunter bis zur Kirche, zur Chiesa del Popolo. Und auf diesen Straßen sollte man nicht allein unterwegs sein, Florentiner. An den Märkten des Trajan nehmen wir einen Wagen. Doch zunächst fahren wir mit einem Boot der Cappucci flussaufwärts bis zum Tempel der Vesta. Dort finden wir an den Märkten einen Wagen.«

Das Boot setzte sie hinter Isola am Ufer ab. Von dort gingen sie zu einem kreisrunden Tempel hinauf und mit schnellen Schritten weiter in Richtung Kapitol. Als sie am Tarpejischen Felsen ankamen, bog der Dekurio jedoch nicht nach rechts ab, sondern in einen Weg, der linker Hand in ein kleines Tal zum Forum hinunterführte. Neben ihnen erstrahlten die weißen Säulen der antiken Tempel im Licht der Mittagssonne. Fasziniert von den breiten Bögen, die sich über ihren Köpfen erhoben und über denen der Senatorenpalast aufragte, schaute Dante auf. Aus diesem Blickwinkel schien das Bauwerk direkt aus dem Hügel zu wachsen, als hätten die Vorväter die Bögen gar nicht gebaut, sondern unmittelbar aus dem Felsen geschlagen. Gern hätte er jetzt den Senator bei sich gehabt oder einen anderen gebildeten Mann wie etwa Manoello, um mehr darüber zu erfahren. Er bat den Dekurio um Auskunft, doch der warf nur einen zerstreuten Blick darauf.

»Altes Zeug, Rom ist voll davon. Wieso interessiert dich das?«

»Weil man die Pflanze an der Wurzel erkennt und das, was vorangeht, das Schicksal dessen bestimmt, was folgt«, antwortete er und ging mit in die Höhe gerichtetem Blick weiter über das holprige Gelände. Da spürte er die Hand des Dekurio, der ihn am Ellbogen gepackt hatte und von einem Loch wegzog, das größer war als die anderen.

»Wenn die Leute nicht zurück oder nach oben schauen würden, sondern nach vorn, wäre es viel besser um die Welt bestellt«, sagte sein Begleiter grinsend. Dante, dessen Gesicht rot angelaufen war, hatte schon eine geharnischte Antwort in Cicerolatein auf den Lippen, um ihn in die Schranken zu weisen, besann sich dann aber eines Besseren. »Wir sind Zwerge auf den Schultern von Riesen«, murmelte er nur wie zu sich selbst. »Wie Bernhard von Chartres, der große Philosoph, sagt …«

In diesem Augenblick stellte sich der Dekurio an einen Lorbeerbusch und begann sich die Hosen aufzuschnüren. Dante wandte sich peinlich berührt ab, während sein Begleiter mit zufriedenem

Grunzen urinierte. Schließlich bemerkte er, wie der Dekurio zurück an seine Seite hüpfte und dabei seine Kleider ordnete.

»Doch selbst auf den Schultern der Großen ist unser Blick wahrlich beschränkt …«, sagte Dante düster.

»Riesen? Redest du von den Alten? Auch heute gibt es noch Riesen: Bei der Burgwache sind zwei, die sind länger als sechs Fuß.«

Dante nickte nur schwach und ging weiter bergab. Sie waren nun auf der Höhe des Daches eines schlichten Bauwerks neben einem Triumphbogen, auf dessen Zinnen einige Fahnen wehten. Das musste ein Posten sein, der hier eingerichtet worden war, um den äußersten Punkt dieses großen Trümmerhaufens zu bewachen, in den die Zeit das alte Kaiserforum verwandelt hatte. Oben waren die dunklen Umrisse einiger Männer zu erkennen, die träge an den Zinnen lehnten. Er wollte fragen, wer sie seien, als der Dekurio ihm zuvorkam und auf den quadratischen Bau wies, der zuvor Dantes Aufmerksamkeit erregt hatte.

»Das war früher die Kurie der Senatoren«, sagte er stolz und freute sich, zeigen zu können, was er wusste. Überwältigt blieb Dante stehen: Er betrachtete die Schäden in der Umfassungsmauer, die großen Löcher im Dach, die Brombeersträucher, die rings um das Bauwerk wucherten und es wie in einer grünen Umklammerung hielten. Das also war der Ort, wo man einst über die Geschicke Roms entschieden hatte! Kopfschüttelnd ging er weiter. Nach einer engen Kurve blieb ihm vor Staunen der Mund offenstehen: Weiter unten, dort, wo der Weg am Fuß des Hügels in die Ebene auslief, ragte eine riesige Säule in den Himmel, so hoch wie der andere Hügel hinter ihnen. Es hatte den Anschein, als wären ihre Erbauer mit der Natur des Ortes in Wettstreit getreten, um die Höhe dieser Bodenerhebung zu erreichen. Neben dieser Säule begrenzte eine gleichmäßige Reihe kleinerer, doch nicht weniger majestätischer Säulen einen Platz und endete an einer nur wenig verfallenen Basilika. Auf der Rückseite der Anlage zog sich ein großer, mehrstöckiger Halbkreis, dessen zahlreiche Öffnungen direkt in den Felsen zu führen schienen, am Hang des Hügels entlang.

»Da sind die Märkte!« rief der Dekurio. »Und da sind auch die Fuhrleute!«

Rings um die große Säule drängte sich wie eine Schar von Bettlern ein Durcheinander von Hütten, und im Labyrinth der engen Gassen, die sich zwischen die Häuser gruben, waren unzählige Wagen unterwegs, manche vollbeladen mit den verschiedensten Waren, manche leer und ladebereit. Durchdringendes Pferdewiehern und Eselsgeschrei erfüllten zusammen mit dem beißenden Geruch des Tiermists die Luft und drangen bis zu den beiden herüber.

Kurz entschlossen steuerte der Dekurio auf einen zweirädrigen Wagen zu, vor den ein feingliedriges rotbraunes Pferd gespannt war. Sein Besitzer wollte ihm gerade aus einem an die Radachse gebundenen Sack Futter geben.

Als er den Dekurio sah, zuckte er zusammen. Dante verstand nicht, was jener zu ihm sagte, doch der zerknirschten Miene des Fuhrmanns war deutlich anzumerken, dass Mastro Canapa in dieser Gegend nicht unbekannt war. Der Kutscher sprang in den Wagen und winkte ihnen, es ihm gleichzutun.

»Komm, Florentiner. Ich habe das Richtige für uns gefunden. Und es kostet nichts, weil unser Freund ohnehin zur Porta di Francia muss, um eine Ladung abzuholen.«

Der Wagen setzte sich schnell in Bewegung und holperte über das Pflaster. Der Fuhrmann schien es sehr eilig zu haben. Das Gefährt ließ die Säule hinter sich und bog nach rechts, wie um den Hügel vor ihnen zu erklimmen. Doch nach einem kurzen Stück bergauf schwenkten sie nach links und umfuhren ein großes Bauwerk, das den Weg nach Norden versperrte. Nach einer erneuten Linksbiegung gelangten sie auf eine Straße, die die antike Via Lata sein musste.

Sie verlief schnurgerade bis zum Horizont und bahnte sich wie ein Schwertstreich einen Weg durch die Häuser. Der Kutscher peitschte auf das Pferd ein, hielt rücksichtslos auf die Menschenmenge zu, die den Weg versperrte, und verschaffte sich mit lauten Rufen freie Bahn. Schnell fuhren sie an einer zweiten Säule vorüber, die ebenso eindrucksvoll war wie die an den Märkten, dann lichteten sich die Bauten plötzlich, und vor ihnen tauchte ein steinerner Tambour auf, gekrönt von einem grasbewachsenen Kegel, auf dessen Spitze wiederum Zinnen und Fahnen zu sehen waren. Obwohl er etwas kleiner war, erinnerte seine Form an die Engelsburg. Doch alles schien in Trümmern zu liegen, der Zinnenkranz war zerstört, und mehrere zerbrochene Säulen lagen kreuz und quer unter den Wehrgängen.

»Die Burg der Colonna«, sagte der Dekurio. »Nach dem letzten Aufstand wurde sie ganz ordentlich wiederhergerichtet. Früher befanden sich die Kaisergräber darin, auch Nero soll dort begraben sein.«

Der Wagen fuhr auch an dieser Ruine vorbei und weiter geradeaus. Vor ihnen waren nun deutlich die hohe Ringmauer und das Stadttor mit seinem Doppelbogen zu erkennen, der den Endpunkt der Straße markierte. Sie erreichten das Tor, und ohne aus dem Wagen zu steigen, gab sich der Dekurio den Wachen zu erkennen, die den Durchgang kontrollierten. Da die nächtliche Ausgangssperre bevorstand, hatte man die großen Tore bereits geschlossen. Nur zwei kleinere Seitendurchgänge waren noch offen. Nach einem raschen Wortwechsel wurde eines der Tore wieder geöffnet, und die Wagenräder rollten ein kurzes Stück über die breiten Pflastersteine der Via Flaminia. Doch wenig später hörte Dante das Knirschen eines Sandwegs unter sich, da das Gefährt nach rechts abbog und an der Stadtmauer entlang bergauf fuhr.

Der neue Weg kletterte zwischen unbebauten Feldern, Gräben und Brombeersträuchern hinauf, durch eine Ödnis, die mit der untergehenden Sonne noch trostloser wurde. Das Pferd schnaufte vor Anstrengung, wieherte und schüttelte trotz der Peitschenhiebe und der Befehle seines Antreibers gereizt den Kopf.

Vor ihnen lag ein düsterer Acker ohne Vegetation, von vereinzelten Dornbüschen abgesehen. Auf dem Gelände waren Grabhügel verstreut, manche kaum sichtbar, andere breiter und höher. Hier und dort sah man offene Gräber, aus denen bisweilen Lumpen und die formlosen Reste dessen hervorragten, was einmal ein menschlicher Körper gewesen war.

Zwischen den Erdhügeln bewegten sich Gestalten, deren zerrissene Kleider sich kaum von den Leichentüchern unterschieden, die sie zusammentrugen und, um schreckliche Bündel gewickelt, mit sich schleppten. Ein unerträglicher Fäulnisgestank lag über der ganzen Stätte.

»Florentiner, müssen wir wirklich noch näher heran?« fragte der Dekurio und rümpfte die Nase. Auch der Dichter hatte Mühe, gegen den Ekel anzukämpfen. Er hatte das Tuch von seiner Kappe abgenommen und presste es an seine Nase.

»Wo liegen sie?« fragte er mit erstickter Stimme. Er schaute sich um, bedrückt angesichts all dieser Trostlosigkeit.

Der Dekurio zuckte mit den Schultern, sah sich ebenfalls um und hob gebieterisch den Arm, um einen der Schatten heranzuwinken, die in der Nähe umherhuschten.

»Die Grube mit den Huren! Wo ist die?«

Der Schatten wies auf eine Stelle weiter vorn, wo ein tiefer Riss den aufgewühlten Boden durchzog. Dante ging voran. Je näher er kam, um so stärker wurde der Leichengeruch.

Am Rand der Grube blieb er stehen und rang nach Luft. Der Gestank verschlug ihm den Atem, und er fühlte sich einer Ohnmacht nahe. Er nahm all seine Kräfte zusammen und beugte sich über das Loch: Darin lag aufgehäuft ein halbes Dutzend nur mit ein paar Fetzen bekleideter Leichen.

»Da haben wir sie ja«, sagte der Dekurio hinter ihm. »Nicht dass sie lebendig viel sauberer gewesen wären, aber jetzt sind sie wirklich verkommen. Und was sollen dir diese Knochenhaufen nun verraten?«

»Warum hat man die Frauen denn nicht begraben?« fragte Dante entrüstet.

»Es kommen dauernd welche dazu. Es hat keinen Sinn, die Grube zuzuschütten, bevor sie voll ist. Beeil dich lieber, damit du bald findest, was du suchst, in diesem Gestank rollen sich einem ja die Fußnägel auf.«

Der Dichter ballte wütend die Fäuste und unterdrückte die Schimpfwörter, die ihm schon auf der Zunge lagen. Er sprang in die Grube und landete neben einer der Leichen. Für einen Augenblick fürchtete er, die schrecklichen Ausdünstungen nicht aushalten zu können. Ein heftiger Brechreiz würgte ihn, so dass er sich hinkauern musste und sich übergab.

»Was ist los, Florentiner? Hast du einen schwachen Magen?« zog der Dekurio ihn auf. Dante war nahe daran, aufzugeben und wieder hinaufzusteigen, als ihm trotz der Krämpfe etwas auffiel. Eine der Toten hatte die gleiche Wunde, wie er sie bei der Ertrunkenen am Hafen von Ripetta und bei der Tochter der Witwe gesehen hatte.

Von dieser Entdeckung vollkommen in Anspruch genommen, spürte er den grauenerregenden Gestank nun kaum noch. Er sah sich die anderen Leichen an: Auch sie wiesen die entsetzliche Verletzung auf. Und bei allen gähnte die gleiche erschreckende Leere im Bauch, wo zu ihren Lebzeiten ihre Organe gewesen waren.

Er dachte kurz darüber nach, ob dieses Fehlen nicht vielleicht den Ratten, Krähen und anderem Getier zuzuschreiben war, das zusammen mit dem Tod kam, doch auch hier war der Schnitt präzise ausgeführt und die Wundränder so glatt, wie nur eine geschliffene Klinge es verursacht haben konnte.

Um sich dessen zu vergewissern, musste er näher an die Toten heran und einige von ihnen beiseite rücken. Dabei fiel ihm etwas auf, was ihm in der anfänglichen Verwirrung entgangen war. Die Leichen waren in einem Zustand fortgeschrittener Verwesung und lagen in einer Regenlache, in der die Jauche der Fäulnis sich mit dem Schlamm vermengte. Doch dieser Prozess schien sonderbar ungleichmäßig zu verlaufen, als hätte die Natur beschlossen, manche Teile dieser kläglichen Überreste vor dem Zerfall zu bewahren.

Hier schien ein Bein unversehrt zu sein, dort ein Arm und bei einem dritten Leichnam beide Beine und beide Hände, im Gegensatz zum restlichen Körper, so als lebte ein verzweifelter Lebenswille in ihnen fort. Es sah aus, als hätten diese armen Geschöpfe bis zum Letzten gegen den Tod angekämpft wie eine Festung, von der erst ein Turm, dann ein Bollwerk, dann ein Tor den feindlichen Truppen zum Opfer fiel. Bis die verbliebenen Kräfte sich schließlich im letzten Winkel verschanzten und ihn bis zum bitteren Ende verteidigten.

Besonders eine Tote verwirrte Dante, da vor allem ihr Gesicht diese sonderbare Unversehrtheit bewahrt hatte: ein Gesicht, dessen Haut noch straff auf den zarten Knochen lag und dessen Lippen trotz der Totenblässe ungewöhnlich fleischig waren. Auch die Augen, die unter den halbgeschlossenen Lidern glänzten, waren erstaunlich gut erhalten.

Unversehens kam ihm der besondere Kontrast zu dem unergründlichen Gesicht der Päpstin Johanna in den Sinn: Es war, als hätte die Natur hier mit weitaus weniger Kraft versucht, das zu wiederholen, was das Wunder und der Schutz des Sarkophags bei der Usurpatorin des Throns Petri vollbracht hatten. Womöglich hätten diese Unglücklichen nach einem ähnlichen jahrhundertelangen Warten den gleichen Schein von Unsterblichkeit erlangen können …

»Bist du endlich fertig, Florentiner? Was hast du denn herausgefunden?«

Der Ruf des Dekurio rüttelte Dante auf. Mühsam kletterte er aus der Grube, wobei er die Hand ignorierte, die sein Begleiter ihm hinhielt. Nach einem letzten mitleidigen Blick zurück wandte er sich zum Gehen, begleitet von einem Seufzer der Erleichterung seines Gefährten.

»Nun, was ist? War es wirklich nötig, diesen widerwärtigen Mist über sich ergehen zu lassen?«

»Ich brauchte eine Bestätigung für das, was ich vermutet hatte. Diese Unglücklichen sind alle von ein und derselben Hand ermordet worden und zweifellos immer aus demselben Grund. Es ist so etwas wie ein Ritual, davon bin ich überzeugt.«

Während sie den Friedhof verließen, dachte Dante fieberhaft nach und versuchte, alle Einzelteile des Mosaiks zusammenzusetzen, über die er verfügte. Immer wieder kam er zu dem gleichen Ergebnis: Jemand hatte die Absicht gehabt, eine Seite des Evangeliums mit Fleisch und Blut nachzubilden.

Jemand, der Gottes Wort so sehr hasste, dass er es auf diese grausame Weise verhöhnte.

»Lass uns zurückfahren, Florentiner«, drängelte der Dekurio ungeduldig hinter ihm.

Der Dichter nickte. »Setzt mich an jenem großen Tempel ab, am Pantheon.«

»An der Rotonda? Sie liegt direkt auf dem Weg.«

9

12. NOVEMBER,
AM SPÄTEN NACHMITTAG

Dante überquerte den Platz vor dem Pantheon, der wie üblich voller Marktstände war. In kurzen Abständen gingen eisige Regenschauer nieder und trieben jedesmal die Menge auseinander, die im Säulengang des Tempels Schutz suchte und dabei ihre bis obenhin mit Waren gefüllten Karren mitzog.

Die florentinische Gesandtschaft konnte nicht weit sein. Er bat einen Mann um Auskunft, dessen Gesicht ihm vertrauenswürdiger erschien als das der anderen Aasgeier ringsumher.

Der Mann wies auf eine schmale, nach rechts abbiegende Straße. »Eure Landsleute haben hier keine Kirche«, erklärte er freundlich. »So wie die Teutonen oder die Lombarden. Doch ich weiß, dass die Florentiner sich an der Navona treffen. Ihr könnt es dort versuchen.«

»An der Navona? Einem Schiff?«

»Ja, Ihr werdet es schon erkennen. Ihr könnt es gar nicht verfehlen.«

Dante folgte der Wegbeschreibung. Nach etwa einhundert Schritt mündete die Straße auf einen großen, langgezogenen Platz, dessen Längsseiten von zwei Reihen unterschiedlich hoher Häuser gesäumt wurden. Er warf einen Blick in die Runde. Der Platz hatte wahrhaftig Ähnlichkeit mit dem Rumpf eines großen Schiffes. Gewiss rührte daher sein merkwürdiger Name, dachte er, während er weiter nach seinem Ziel Ausschau hielt. Er fragte noch einige Passanten nach dem Weg, erntete jedoch nur Schulterzucken oder gleichgültige Blicke, bis ihm endlich eine Frau, die mit einem Krug auf dem Kopf Wasser holen ging, eine unscheinbare Gasse zwischen zwei Häusern zeigte.

»Dort hinten, Messere. Dort ist die Piazza dei Fiorentini.«

Am Ende der Gasse lag ein kleiner Platz mit einem bescheidenen dreistöckigen Palazzo, an dessen Fassade eine ohne große Meisterschaft gemeißelte Lilie auffiel. Dante ging zum Eingang, der von zwei Warenstapeln flankiert war.

Der schmale Flur des Hauses war mit Kisten und Stoffballen verstellt. Einige Lastenträger versuchten, Ordnung zu schaffen, indem sie die Waren bis zur Decke stapelten. Dante bahnte sich einen Weg durch die Packen und steuerte auf einen gutgekleideten Mann zu, der die Qualität eines Stücks Seide zwischen den Fingern prüfte.

»Ist dies die florentinische Gesandtschaft?« fragte er. Der Mann ließ sich nicht stören und würdigte Dante kaum eines Blickes. »Florentinische Gesandtschaft? Ihr meint wohl das Handelshaus für Tuche. Aber Euch kenne ich doch!« rief er kurz darauf aus und schaute ihn nun aufmerksam an. »Seid Ihr nicht Messer Dante, von den Alighieri?«

Dante nickte. »Ja natürlich, ich habe Euch in Florenz gesehen!« fuhr der andere fort. »Ihr seid im Stadtrat, ein Mann der Weißen Partei! Seid Ihr zum Verkaufen oder zum Kaufen in Rom?«

Der Dichter zuckte mit den Schultern und überlegte seinerseits, wer der Mann sein könnte. Ihm war, als hätte er dieses Gesicht schon einmal gesehen, konnte im Dämmerlicht jedoch nicht viel erkennen, und so kam er nicht auf den Namen. Vielleicht spielte ihm aber sein Gedächtnis auch einen Streich: Noch vor wenigen Jahren, als Florenz noch abgeriegelt hinter seiner alten Stadtmauer gelebt hatte, bevor sich die Flut der Bastarde und Glücksritter aus dem Umland in die Stadt ergoss und sie verdarb, hätte er fast jeden seiner erwachsenen Mitbürger beim Namen nennen können. Verkaufen oder Kaufen! Das war also das Brandmal, das jeder verfluchte Florentiner auf der Stirn trug, so flammend wie die Zeichen, die man in die Lumpenballen ringsumher eingebrannt hatte. Nicht die

Lilie, nicht Johannes den Täufer, nein, einen Haufen Lumpen sollte man als Banner der durch Zwietracht geteilten Stadt auf die neuen Türme setzen, die allenthalben gebaut wurden!

»Das, worüber ich hier verhandeln will, unsere Freiheit, kann man weder kaufen noch verkaufen.«

»Die Freiheit? Hat Euch die Zunft der Calimala geschickt? Erst kürzlich haben sie beschlossen, jemanden wegen der Steuern zu entsenden! Nach jeder unserer Einnahmen stehen wir vor höheren Ausgaben! Allein im vergangenen Monat zwei Carlini pro Saum, und gestern am Stadttor haben sie mir drei abgenommen! Wenn das so weitergeht, gibt es bald keinen Grund mehr, die lange Reise bis nach Rom zu machen. Wenn es wenigstens gelänge, Pisas Widerstand zu brechen, könnten wir seinen Hafen nutzen, um die Tuche direkt ins Königreich Neapel zu verschiffen. Also, was soll mit Pisa geschehen? Was hat Eure Partei beschlossen?«

»Maso Minerbetti und Corazza da Signa. Die beiden Gesandten, wohnen sie hier?«

Der Mann schien die Frage nicht verstanden zu haben. Er fuhr mechanisch fort, die Seide zwischen den Fingern zu reiben. Dann wandte er ärgerlich den Kopf zu einer Treppe am Ende des Ganges. »Im ersten Stock wohnen zwei von der Kommune aus Florenz. Sie haben sich die besten Zimmer genommen, mit wer weiß was für Dokumenten. Das werden wohl die sein, die Ihr sucht.«

Dante drehte sich wortlos um und ging in die bezeichnete Richtung. Als er die Hälfte der Stufen hinaufgestiegen war, stieß er auf einen der beiden Gesuchten. »Messer Alighieri!« rief Corazza. »Endlich geruht Ihr, Euch blicken zu lassen! Wir wussten nicht mehr, wo wir Euch noch suchen sollten!«

»Ich habe Euch gefunden.«

»Die Kommune will, dass wir in der Gesandtschaft zusammenbleiben! Wir lassen uns nicht wie räudige Hunde behandeln. Vor allem nicht nach dem, was vorgefallen ist!«

Der Dichter warf ihm einen giftigen Blick zu und öffnete den

Mund, um ihm zu antworten. Im letzten Moment unterdrückte er die höhnische Bemerkung, die ihm schon auf der Zunge lag, und er fragte nur: »Ist Messer Maso bei Euch?«

»Er ist oben, und nicht weniger ungeduldig. Kommt, schnell!«

Corazza wandte sich um und ging zügig vor ihm die Treppe hinauf, wobei er sich jeweils nach zwei, drei Stufen vergewisserte, dass der Dichter noch hinter ihm war.

Sie gelangten in ein geräumiges Zimmer, an dessen Ziegelmauern kleine Wandteppiche mit Szenen aus dem Alten und Neuen Testament hingen. Auch die Möbel waren gepflegt: ein großes Bett mit Baldachin und Vorhängen, dazu mehrere Kleidertruhen, die an den Wänden standen. Im Hintergrund sogar ein kleiner Tisch mit schräger Platte und eine Schreibbank, auf der Dokumente lagen. Mit einem raschen Blick entdeckte Dante in einer Ecke den Sack mit seinen persönlichen Sachen, den er in der letzten Nacht ihrer Reise im Gasthaus zurückgelassen hatte.

Während Maso Minerbetti vom Bett aufstand, auf dem er gelegen hatte, beugte sich der Dichter über sein Gepäck und kontrollierte, ob es noch vollständig war. Zumindest beim nächsten Mal würde er nicht wie ein Hanswurst gekleidet, sondern in seinen eigenen Gewändern vor Bonifatius treten können, dachte er erleichtert. Falls es überhaupt ein nächstes Mal gab.

»Gut, dass Ihr da seid!« rief Maso hinter ihm. »Wir müssen den Bericht für die Stadtregierung schreiben ... Wir haben auf Euch gewartet, denn Ihr als Mann der Schrift ...«

»Obwohl es ja nicht viel zu schreiben gibt«, warf Corazza giftig dazwischen.

»Ja ... es verlief nicht so wie erhofft«, sagte Maso in versöhnlicherem Ton.

»Was, zum Teufel, erwartet Ihr eigentlich, Minerbetti? Herkules dürfte in der Höhle des Cacus eine freundlichere Aufnahme gefunden haben als wir bei Bonifatius. Ich bin aus meiner Stadt gekommen, um zu verhandeln, nicht, um auf die Knie zu fallen.«

»Warum sagt Ihr ›ich‹, Messer Alighieri, als wäret Ihr in dieser Angelegenheit ganz allein unterwegs?« fragte Corazza grimmig. »Florenz hat uns zu dritt entsandt, weil auch die Rede und die Meinung dreifach sein sollten. Und dreifach auch das Urteil und die Bewertung. Ihr dagegen habt uns das Wort abgeschnitten und Euch eine Vorrangstellung angemaßt, die Euch niemand zugestanden hat.«

»Die Drei ist eine vollkommene Zahl, wie schon die göttliche Dreifaltigkeit bezeugt. Doch wenn von dreien zwei nur müde Säcke sind, reduziert sich die Dreifaltigkeit eben auf einen.«

Corazza war purpurrot angelaufen. Er ballte die kleinen Fäuste, bis sie weiß wurden, und Dante sah Speicheltropfen von seinen Lippen spritzen. Auch Minerbetti war wütend. »Ihr lästert Gott!« stieß er gurgelnd hervor.

Vielleicht hätte er lieber nicht so drastisch sagen sollen, was er dachte, überlegte Dante. Zumal der eine wie der andere einflussreiche Freunde in Florenz hatte, in seiner Partei, doch auch in der gegnerischen. Was hatte es für einen Sinn, die Liste seiner Feinde zu verlängern, die ohnehin schon so viele Namen aufwies? Er machte eine unbestimmte Handbewegung über seine Schulter, wie um den Vorfall zu begraben. Minerbetti beeilte sich, dieses Friedensangebot anzunehmen. »Wir müssen eine neue Audienz erwirken. Natürlich werdet weiterhin Ihr das Wort führen. Doch versucht beim nächsten Mal, weniger schroff zu sein … Florenz ist in großen Schwierigkeiten, wir brauchen diese Aussöhnung. Es gibt Neuigkeiten aus der Stadt …«

Es war offensichtlich, dass er den Streit keinesfalls weiterführen wollte. Später würde noch genügend Zeit für seine Rache bleiben, glaubte Dante in den schwarzen Augen zu lesen.

»Was für Neuigkeiten?« unterbrach er ihn.

»Von Messer Pino del Monte, dem Kaufmann, der gestern hier angekommen ist. Er berichtet, dass es Kämpfe am Markt gegeben hat. Die Männer von Messer Corso haben den Geleitzug der Prioren auf dem Weg nach San Piero angegriffen. Man konnte sie abwehren, doch die ganze Nacht über wüteten Brände und Unruhen in der Stadt. Die französischen Reiter Karls von Valois griffen erst im letzten Moment ein und stellten den Frieden wieder her, doch die Gemüter sind nach wie vor in Aufruhr. Die Schwarzen kann nun nur die Autorität des Papstes noch ohne Blutvergießen zur Vernunft bringen.«

Dante hatte die Nachricht mit düsterer Miene und verkniffenem Mund angehört. »Nun, meinetwegen!« stieß er hervor, als Minerbetti fertig war. »Bonifatius sitzt verschanzt im Vatikan. Ich werde ihn aufsuchen und um eine zweite Audienz bitten. Wir werden zusammen gehen. Doch nur ich werde sprechen.«

Er nahm seinen Reisesack und wandte sich zur Tür. »Wo wollt Ihr jetzt hin?« fragte Minerbetti und verstellte ihm den Weg. »Bleibt bei uns in der Gesandtschaft. Wir müssen uns über Eure Rede abstimmen. Hier ist Platz genug, das Bett ist groß, wir können auch zu dritt darin schlafen.«

Dante warf einen Blick auf das Lager und brach in ein höhnisches Lachen aus. »Nicht, dass ich die Gastfreundschaft von Florenz nicht gern in Anspruch nehmen wollte, Messer Maso. Doch mich rufen andere Verpflichtungen. Meine Schriften, die in meiner Unterkunft auf mich warten. Und noch anderes ... Ich werde Euch über den Erfolg unseres Ersuchens unterrichten.«

»Andere Verpflichtungen?« dröhnte Corazza. »Ihr seid Gesandter der Kommune von Florenz! Welche anderen Verpflichtungen könnten Euch wichtiger sein als dieses Amt?«

»Eine Frage der Gerechtigkeit.«

»Welche Gerechtigkeit?« schrie Corazza ihm noch nach, als er längst auf der Treppe war. »Welche Gerechtigkeit?«

Er ging über die Brücke von Isola und weiter die Via della Lungara entlang bis zur Mauer des Vatikans. Bei Sonnenuntergang erreichte er das Tor unweit der Pyramide. Auf dem letzten Wegstück vor und hinter dem Ospedale del Santo Spirito hatte er seinen

Schritt beschleunigt, um noch vor der nächtlichen Ausgangssperre anzukommen.

Kurz vor dem Tor geriet er in eine Gruppe von Pilgern, die offenbar ziellos umherirrte.

»Die Tore des Vatikans sind geschlossen. Man kommt nicht hinein«, erklärte ihm ein Mann, den er um Auskunft über dieses ungewöhnliche Treiben gebeten hatte.

Er ging weiter und bahnte sich einen Weg durch die sich am Eingang drängenden Menschen bis ganz nach vorn. Das große Tor war versperrt, so wie man es ihm gesagt hatte.

Den Blick nach oben gerichtet, blieb er stehen, während die kleine Menge rings um ihn her enttäuscht abzog. Kurz darauf war er wie durch Zauberei vollkommen allein, so dass in der Einsamkeit sogar das Plätschern der Tiberwellen zu hören war.

Auf den Türmen hatte man offenbar Feuer entzündet, denn der Mauerring begann rötlich zu schimmern, als wären die Türme selbst Fackeln in der hereinbrechenden Nacht. Vielleicht war dies ein Signal für weit entfernte Truppen, überlegte er. Oder so wurden heimliche Machenschaften gemeldet, die sich innerhalb der Mauern abspielten. Zwischen den Zinnen sah man die Schatten der Wachposten, die gleichgültig auf und ab gingen. Dante wurde vom unbändigen Drang gepackt, zu erfahren, was dort vor sich ging, und auch von der Entrüstung, ausgeschlossen zu sein.

Er stolperte über einen großen Stein und hob ihn auf. Heftig pochte er damit gegen die Bretter des Tores. Nach dem dritten Schlag rührte sich etwas. Hoch über seinem Kopf brach eine hektische Unruhe aus. Die Schatten vermischten sich in einem lebhaften, tanzähnlichen Treiben, und Warnschreie, Flüche und Zurufe liefen an der ganzen Mauer entlang. Ihm schien, als tauchte jemand zwischen den Zinnen auf, um nachzusehen, was los war.

»Öffnet dieses verdammte Tor, ich bin der Gesandte von Florenz!« schrie Dante und trat einige Schritte zurück, um die Wirkung seines Befehls besser abzuschätzen. »Ich muss zu Bonifatius!«

Seinem Ruf folgte ein Augenblick der Stille. Weitere Gesichter tauchten zwischen den Zinnen auf. Eine durchdringende Stimme erklang von oben. »Auf Befehl Seiner Heiligkeit ist der Borgo geschlossen, heute nacht darf niemand hinein. Verschwinde, wenn du nicht was erleben willst!«

»Ich bin der Gesandte von Florenz! Ich befehle Euch zu öffnen!«

»Versucht es am Karfreitag noch einmal«, hörte er dieselbe Stimme, diesmal jedoch an einen Nebenstehenden auf dem Wehrgang gerichtet. Wenig später sah Dante drei Gestalten auf den Giebel des Tores klettern. Die drei wandten ihm den Rücken zu, schnürten sich wie in einem besonderen Ritual die Hosen auf und zeigten ihm zeitgleich ihren nackten Hintern, wobei sie sich obszön in den Hüften wiegten. »Diese drei Monde sind für dein Horoskop, Gesandter!« rief die Stimme unter dem Gelächter der anderen Männer auf der Mauer. »Und schau sie dir nicht zu lange an, denn sie lassen dich schlimmer erstarren als der Blick der Medusa!«

Kurz darauf hörte er ein Poltern. Jemand musste die Klappen der Latrinen in den Türmen geöffnet haben, denn an den Seiten des Tores flossen zwei Jaucherinnsale die Mauer herab, zwei stinkende Zungen, die auf ihn zukamen. Mit einem Sprung nach hinten brachte er sich in Sicherheit.

»Ihr verfluchten Schweinehunde! Ihr römisches Diebespack!« schrie er und wich unter dem Gelächter und den Beschimpfungen der Männer wutentbrannt zurück.

»Was hast du denn, Florentiner? Du führst dich ja auf wie ein vergifteter Hund«, hörte er eine Stimme hinter sich.

»Ihr schon wieder, Mastro Canapa!« rief der Dichter außer sich. »Ihr scheint in dieser verdammten Stadt allgegenwärtig zu sein!«

Der Dekurio folgte dem Blick Dantes hinauf zum Wehrgang, wo der Spott keine Grenzen kannte. »Die Mauern des Borgo? Aber das ist doch nicht das ganze Rom; nur der Sitz für den Hintern von Päpsten und Kardinälen. Komm, ich lade dich zum Essen in Anacletos Taverne ein. Dort wirst du das vernünftige Rom des Volkes, das auf mich hört, finden. Dann können wir auch über deine Leichen reden, an denen dir ja soviel gelegen ist. Und ich erkläre dir, wer in dieser Stadt wirklich regiert.«

Der Dichter schleuderte eine letzte Beschimpfung nach oben, die erneut ein schallendes Gelächter auslöste, begleitet von einer weiteren Jaucheladung, dann drehte er sich um und schlug den Weg ein, den der Dekurio ihm wies, durch eine enge Gasse zwischen zwei unverputzten Mauern, die in die Felder abbog.

Sie kamen an den Resten eines kleinen Rundtempels mit schlanken Säulen vorüber, deren Kapitelle mit gemeißelten Tierfiguren verziert waren. Zwischen die Säulen hatte man vor langer Zeit Ziegelwände gemauert, vielleicht um den antiken Tempel in eine christliche Kirche zu verwandeln. Doch nun erfüllte er auch diesen Zweck nicht mehr und schien nur noch ein gewöhnlicher Heuschuppen zu sein.

Dante blieb einen Augenblick stehen, um sich das Bauwerk genauer anzusehen. Auch in Florenz hatten die Symbole des christlichen Gottes die der alten Götter verdrängt, indem sie in deren Stätten eingezogen waren und ihre Schatten verjagt hatten. Erschauernd schob er die Erinnerung an die Legende beiseite, der zufolge der Zorn des Gottes Mars seine Heimatstadt getroffen hatte, nachdem dessen Statue vom Ponte Vecchio durch die von Johannes dem Täufer ersetzt worden war.

Seit jenem Tag schienen sich die Pforten des Kriegstempels nicht mehr geschlossen zu haben, und die Stadt hatte keinen einzigen Tag mehr im Frieden erlebt. Was musste da erst Rom durchlitten haben, wo nicht nur ein Gott, sondern der gesamte Olymp durch den Nazarener vom Sockel gestoßen worden war. Auch hier hatte er die deutlichen Zeichen der Rache der Alten gesehen, die durch den Bürgerkrieg verursachten Wunden auf dem riesigen Körper der

Stadt. Gleichwohl schien Rom standzuhalten, als erwüchse gerade aus der fortwährenden Zerstörung von Mensch und Stein die Kraft, die die Stadt zusammenhielt, einen Ort, an dem niemand so stark war, dass er siegen konnte, und niemand so schwach, dass er unterging.

Nach einer Wegbiegung stand er plötzlich am Eingang einer Schenke, vor der sich eine Gruppe von Müßiggängern drängte.

Anacletos Taverne befand sich im Erdgeschoss eines Bauwerks, das einmal imposant gewesen sein musste und auf nunmehr zugemauerten Arkaden ruhte. Darüber erhoben sich zahlreiche weitere Stockwerke, mit den Spuren der Fußböden, die in den gleichmäßigen Reihen der Löcher für die Balken in der Wand noch sichtbar waren. Die Balken waren eingestürzt, so dass nur noch die eine Wand übrig war, trostlos wie eine Theaterkulisse, in der die antiken Fenster wie blinde Augenhöhlen gähnten.

Sie stand neben dem noch funktionstüchtigen Strang eines Aquädukts. Jemand hatte ein Loch in die Hauptleitung geschlagen und eine Abzweigung aus miteinander verbundenen Tonzylindern gebaut, um das kostbare Wasser nach unten zu führen. Aus der improvisierten Röhre ergoss sich ein Wasserstrahl gurgelnd in ein großes Steinbecken, das an die Mulde eines Säulenkapitells erinnerte. Das überlaufende Wasser versickerte im Boden.

Dante stieg vorsichtig über die Schlammpfütze hinweg, wobei er versuchte, den Saum seines Gewandes nicht zu beflecken, und folgte dem Dekurio, der entschlossen auf die Schenke zuhielt, ohne auf den Dreck und auf die Frauenschar zu achten, die Wasser aus dem Becken holte. Sein Begleiter musste in dieser Gegend wohlbekannt sein, dachte der Dichter, nach den raschen Blicken und dem Kichern zu urteilen, die sein Erscheinen ausgelöst hatten. Mastro Canapa schien geschmeichelt zu sein, die Brust unter dem Waffenrock mit dem Zeichen der päpstlichen Schlüssel stolz geschwellt.

Die Gäste waren einfache Leute in den schlichten Kleidern von Arbeitern und warteten offenbar darauf, zur Arbeit gerufen zu werden. Einige tranken aus groben Tonbechern, doch die meisten schienen in eine lebhafte Diskussion vertieft zu sein, die oft von Rufen und Lachsalven unterbrochen und übertönt wurde, so dass sie kaum zu verstehen war.

Dante begriff jedoch sofort, dass es in diesem Wortgefecht um die aufgefundene Leiche der Päpstin Johanna ging.

Die Menge schien in zwei Lager gespalten zu sein: Diejenigen, die draußen standen, beteuerten vehement die Echtheit der Reliquien und widersprachen ihren unsichtbaren Gesprächspartnern in der Taverne mit Argumenten, die reichlich mit phantastischen Details ausgeschmückt waren.

»Und ein schöner Frauenarsch wäre doch wohl besser auf diesem Thron!« schrie einer der Außenstehenden und löste mit einer anstößigen Gebärde großes Gelächter bei seinen Anhängern aus. »Zumindest wäre es geschmackvoller, wenn wir mit einer tiefen Verbeugung unseren Arsch in die Luft reckten, während dieser Gauner von Bonifatius in der Prozession nach San Giovanni davonzieht!«

»Was zum Teufel erzählst du da?« schrie einer von drinnen und kam mit einem Messer in der Hand herausgerannt. »Der Papst muss ein Mann sein, und man muss seine Glocken gut sehen können, wenn er in Sankt Peter auf den Thron gesetzt wird!«

»Was sollen wir denn mit all den Männern in Weiberkleidern, die sämtliche Novizinnen in den Klöstern für sich behalten? Da kann uns auch eine von ihnen regieren! Was haltet ihr von Marta und Maria, den beiden Huren vom Ponte Mollo? Meint ihr nicht, sie könnten die Messe besser halten als viele Kardinäle? Während sie beim Gottesdienst mit offenem Mund singen und beten, könnten sie uns doch auch gleich einen kleinen ganz besonderen Dienst erweisen!«

»Das könnte einem Kuppler wie dir so passen!« schrie der herbeigelaufene Mann und fuchtelte dem anderen mit dem Messer unter der Nase herum.

Unverzüglich hatte auch dieser sein Messer gezogen, eines mit einer langen Klinge, das Dante wie eine Mischung aus einem Werkzeug für die Feldarbeit und einem kleinen Reiterdolch vorkam. »Es wäre auch für die Huren besser, wenn sie uns von diesen Mistkerlen von Priestern befreiten!« schrie er und wollte auf seinen Gegner einstechen. Der entging dem Angriff mit einem Schritt zur Seite, verlagerte sein Gewicht nach vorn und versuchte seinerseits, den anderen zu treffen.

Auch dieser wich seitlich aus. Der Angreifer verlor durch seinen Schwung das Gleichgewicht und stürzte unter dem Gespött der Umstehenden hart zu Boden. Mit einer schnellen Bewegung aus der Hüfte drehte er sich katzengleich auf den Rücken, ein grimmiges Funkeln in den Augen. Er wollte gerade wieder auf die Füße springen, als die Hand seines Gegners sich ihm entgegenstreckte und ihm aufhalf.

»Richetto, mir dröhnen schon die Ohren von deinem dummen Geschwätz. Wenn ich dir den Bauch aufschlitzen muss, dann doch lieber wegen Marias schönen Augen und nicht für jemanden, der Papst sein will. Egal, wer da kommt, Hauptsache, er hat die Taschen voller Geld. Und wenn es eine Frau sein muss, dann sollen wenigstens ihre Carlini männlich sein!«

»Hoch leben die Carlini!« grölte das Gesindel im Chor. Dann drängte es wie auf ein Zeichen in die Schenke, wobei es den Namen der aus dem Grab zurückgekehrten Päpstin Johanna pries.

Dante hörte drinnen ein wirres Kampfgetümmel, das allmählich schwächer wurde, nachdem sich einige Gäste mit Schmerzen und Stichwunden ins Freie geschleppt hatten. Innerhalb kürzester Zeit hatten die Anhänger der Päpstin die Schlacht gewonnen und die Stellung erobert. Die Verse eines Gassenhauers, den jemand lauthals angestimmt hatte, drangen an Dantes Ohr:

»Alte Spelunke Zum Vatikan
Bonifaz hält in der Hand seinen Hahn
Und er schreit: ›Verdammter Brauch,
eine Feige will ich auch …‹«

Der Dekurio hinter ihm brach in ein unflätiges Lachen aus. »Ich vermute, diese Sänger gehören zu Euren Dichterkumpanen«, sagte Dante. »Bei den Wettstreiten, von denen Ihr mir erzählt habt.«

»Oh ja, und zwar zu den besten! Doch gehen wir hinein, ich sterbe vor Hunger!«

Hinter der mit einem Eichenzweig markierten Tür erstreckte sich ein niedriger großer Raum, der von Rauch und vom schweren Dunst fetter Speisen durchzogen war. Auf den ersten Blick unterschied er sich kaum von den üblichen Tavernen in Dantes Heimatstadt. Es gab das gleiche Stimmengemurmel, das hier nicht von der wohlklingenden Sprache der Toskana bestimmt war, sondern von einem Gemisch aus harten, meist vulgären Klängen, aus denen zuweilen die Geschmeidigkeit der französischen Sprache und die kratzenden Kehllaute der alemannischen Mundart herauszuhören waren. Und es gab die gleichen schmierigen Oberflächen, die für die Mahlzeiten und die Gäste bereitstanden. Und die gleiche Feuerstelle in einer Ecke des Raumes, über der ein Kupferkessel brodelte und große und kleine Spieße brieten, die von davor kauernden Kindern gedreht wurden. Der auffälligste Unterschied war die häufige Verwendung von Stein und Marmor für die Möbel, ganz als wären in dieser Stadt selbst Bänke und Tische für die Ewigkeit gemacht.

An den Wänden waren die Reste antiker Fresken zu sehen, deren verbliebene Bildausschnitte hier und dort Farbspuren in kräftigem Gelb und Rot aufwiesen: Teile von nackten Körpern, männliche und weibliche, dargestellt in einer Art Schäferstündchen, soweit man dies erkennen konnte. An einer Stelle, dort, wo das Fresko besser erhalten war, widmete sich ein Paar hinter der naturgetreuen

Darstellung eines Lorbeerbuschs unzweideutigen und keinesfalls weniger naturgetreuen Handlungen.

Vor dieser Darbietung von Genitalien becherten die gleichgültigen Gäste Wein aus Tongefäßen oder löffelten eine dünne Brühe aus Holznäpfen, wobei sie Schwarzbrotscheiben zu Hilfe nahmen, die jeder an seinem Platz hatte.

Ein Detail stach besonders ins Auge: Eine Wand war von einer langen Reihe hoher Marmorstufen durchbrochen, die hinter einer ebenfalls marmornen Rinne lagen. Sie wiesen in regelmäßigen Abständen runde Öffnungen auf, in die nun vereinzelt Bottiche von unterschiedlicher Größe eingelassen waren. Nach einem kurzen Moment der Ratlosigkeit zuckte Dante zusammen, denn er hatte den Ort erkannt, an dem er sich befand.

»Meister Antonio! Ihr habt mich zum Essen in eine Latrine geführt?«

»Ach was!« antwortete der Dekurio. »Das war zur Zeit unserer großen Vorväter! Sie ist in hervorragendem Zustand, viel besser als die dreckigen Löcher der Engelsburg. Doch keine Angst, Herr Gesandter: Nico erlaubt nur seinen vornehmsten Gästen, sie zu benutzen, um sich bei Bedarf zu erleichtern, nachdem sie seine Dienste in Anspruch genommen haben. Er will bestimmt nicht, dass man hier überall herumkackt, das würde den Ruf seiner Küche beeinträchtigen.«

Dante öffnete den Mund, um etwas zu erwidern, doch da stand ein Gast vom Tisch auf und ging zu einem der Sitze. Er wollte gerade seine kurze Tunika bis zu den Hüften hochraffen, als ein dickbauchiger Mann wie der Blitz bei ihm war und ihn am Schlafittchen packte. Trotz der halb heruntergelassenen Hosen des Unglücklichen versetzte er ihm einen kräftigen Tritt in den Hintern und stieß ihn so lange unsanft zur Tür, bis der andere draußen verschwunden war.

»Was habe ich dir gesagt? Alles in Ordnung«, bemerkte der Dekurio mit anerkennender Miene. Der Dickwanst drehte sich um und warf den Gästen in der Taverne einen herablassenden Blick zu. Dann entdeckte er die beiden Neuankömmlinge, und ein erfreutes Lächeln breitete sich auf seinem Gesicht aus.

»Mastro Canapa! Ihr habt mir ja schon seit langem nicht mehr die Ehre erwiesen! Und Ihr seid nicht allein, sondern habt einen fremden Edelmann mitgebracht, damit er in den Genuss meiner Küche kommen kann?« rief er mit einem kritischen Seitenblick auf Dante und seine Kleider.

»Keinen Geringeren als den Gesandten aus Florenz! Also blamiere mich nicht mit einem allzu starken Stück«, knurrte der Dekurio und machte es sich auf der Bank bequem. »Bring uns vom Besten.«

»Für Euch habe ich immer nur das Beste.«

Der Wirt verneigte sich respektvoll und lief zur Feuerstelle. Kurz darauf kehrte er mit einem großen Zinnteller zurück, auf dem ein dicker gebratener Hahn dampfte. Dann kam ein junger Bursche und stellte einen Krug Wein auf den Tisch.

Der Dekurio schob mit dem Arm die Gläser beiseite, um Platz für den Teller zu schaffen, griff ohne Umschweife nach dem Krug und nahm einen langen Schluck. Dann reichte er ihn dem Dichter, damit er ebenfalls trank. Dante wehrte mit einer höflichen Geste ab und streckte die Hand nach einem Glas aus.

»Ich merke schon, ihr Florentiner seid ziemlich umständlich, mein Herr Gesandter«, sagte der Dekurio und wischte sich mit dem Handrücken die Lippen ab. Dann entschloss er sich, den Wein einzuschenken. »Sieh dir nur diesen Hahn an. Habt ihr auch solche dicken Vögel?«

Dante räusperte sich. »Meint Ihr denn, diese Tiere unterscheiden sich in den verschiedenen Gebieten des Kaiserreichs voneinander?«

»Keine Ahnung. Man erzählt sich Wunderdinge von den Ländern im Norden. Und von den Ländern jenseits des Mittelmeers und von den Seidenstoffen Indiens. Doch das ist wohl alles Unfug, wenn man bedenkt, dass am Ende doch alle nach Rom wollen. Sie kommen mit der Ausrede, wegen des Jubeljahrs oder der Gräber der Heiligen hierzusein, wegen eines Gelübdes oder einer Buße. Und dann verstopfen sie die Straßen mit ihren Lumpen, auf der Suche nach Gottes Barmherzigkeit. Wenn meine Männer sich nicht darum kümmern würden, sie auf die Felder hinauszuprügeln, würdet ihr sie noch im Bett dabei erwischen, dass sie eure Taschen durchwühlen. Ich für mein Teil bin nie weitergekommen als bis nach Mentana. Erzähl mir von deinen Reisen.«

»Erzählt Ihr mir lieber von dem, was Ihr mir versprochen habt. Wer herrscht in Rom und wie«, fragte Dante, ohne den Blick von dem Braten zu wenden. Sein Duft war ohne Zweifel köstlich, er musste mit Oliven und Kapern gespickt sein.

»Richtig«, sagte der Dekurio. Er hatte sein Messer aus dem Gürtel gezogen, stach in das Tier und begann es zu zerschneiden. »Rom ist wie dieser Hahn. Oben die saftige Brust, das sind die Festungstürme und die Engelsburg in der Hand des Papstes. Dann die beiden Flügel, die er auf der Suche nach Futter braucht, das sind die Colonna und die Orsini, beide mit ihren schützenden Fittichen. Im Ganzen wird das Tier von seinen Keulen gehalten, also vom römischen Senat und von dem nach seinen Berufen zusammengeschlossenen Volk.«

Während dieser Erläuterungen zerlegte der Dekurio das Tier und schob die einzelnen Teile mit der Messerspitze auseinander. Mit einer energischen Bewegung drehte er es um, so dass der Rücken zum Vorschein kam. »Und dann haben wir da noch die *Romana Fraternitas*, die Gesellschaft der frommen Rektoren der Kirchen. Bruderschaften, die Templer und die Deutschritter. Und schließlich die verschiedenen Mönchsorden, vor allem Franziskaner und Dominikaner. Sie sind in ihren Klöstern verschanzt, und jeder von ihnen erbittet und bewaffnet Milizen, wenn nötig.«

Der Dekurio spießte ein Stück Fleisch mit dem Messer auf, schob es sich in den Mund und kaute prüfend. »Ja, Meister Anacleto hat ganze Arbeit geleistet. Und dann sind da noch die Milizen der Engelsburg unter der Führung von Senator Spada, meinem Herrn.«

»Spada ist Senator der Stadt. Er ist also den Bürgern verpflichtet, wenn ich das recht verstehe.«

Der Dekurio schlang das Fleisch hinunter, spießte ein zweites Stück auf, legte es auf eine Scheibe Brot und reichte es dem Dichter. »Das war vielleicht zur Zeit der alten Römer so. Es heißt, früher hätte es einen Senat gegeben, der tatsächlich regierte. Wusstest du das?«

Dante nickte ärgerlich schnaubend. »Doch schon seit langem besteht der Senat nur noch aus einer Parade hochmütiger Namen, so leer wie eine Eierschale ohne Küken. Das Volk schaut zu und applaudiert, und dann macht es sich wieder daran, die Almosen aufzusammeln, die man ihm aus den Fenstern des Kapitols zuwirft.«

»Aber noch gibt es einen Senat! Ich habe ihn doch gesehen, beim Empfang der Juden!«

»Ja, sie nennen sich Senatoren, unter sich, so zum Spaß. Es müssen etwa achtzig sein, doch abgesehen von der Ehre, den Papst bei seinen Prozessionen begleiten zu dürfen, zählen sie einen Dreck. Es gibt nur einen bedeutenden Senator, den Administrator, und der wird vom Papst ernannt. Er ist der einzige, der Macht hat, Saturniano Spada. Solange er Bonifatius die Treue hält oder bis Bonifatius ins Gras beißt.«

Dante trommelte mit den Fingern auf den Tisch, ohne auf die Gesten zu achten, mit denen der Dekurio ihn zum Essen einlud. »Aber das Beste habe ich ja vergessen, Gesandter«, sagte der Dekurio unvermittelt.

»Was denn?«

»Das beste Stück, nämlich das hier«, fuhr der Mann fort, während er mit dem Messer in den Unterleib des Tieres stach und das Dreieck zwischen den Schenkeln herausschnitt. »Den Kardinalshappen, wie wir hier sagen. Und das bin ich mit meiner Truppe.

Beständiger als die Engelsburg und der Senator. Sogar beständiger als der Papst.«

»Wieso das?«

»Päpste und Senatoren kommen und gehen. Stirbt einer, kommt der nächste. Doch wer immer sich an jenem Fenster zeigt, um für die Stadt und den Erdkreis Papst zu werden, ist auf drei Dinge angewiesen: die Hilfe des Herrgotts, Geld, um den Pöbel bei Laune zu halten, und, falls dies nicht ausreichen sollte, die Arbeit des Henkers. Weihrauch, Carlini und Strick: Damit wird Rom regiert. So war es, und so wird es sein.«

Dante hatte aufmerksam zugehört und in den Zeichen dieser seltsamen Kartographie der Macht nach den Spuren einer tieferen Wahrheit gesucht. Mastro Canapa schien sich gut mit den untersten Schichten der römischen Gesellschaft auszukennen, so wie sich der Senator offenbar mit deren Spitzen auskannte. Währenddessen machte sich die Leere in Dantes Magen immer stärker bemerkbar. Er überwand seinen Ekel vor diesem Ort, nahm ein Stück des Hahns und führte es zum Mund.

Es schmeckte wirklich köstlich, dachte er. Doch vielleicht sprach hier nur sein Körper, der sich, überwältigt von Hunger und Müdigkeit, von den Fesseln des Geistes löste.

Er entspannte sich, da sich sein zufriedener Bauch dehnte und dem ganzen Körper ein wohliges Gefühl der Fülle bescherte. Sogar der kreisrunde Schmerz in seinen Schläfen schien sich gelegt zu haben. Neugierig warf er nun einen Blick in die Runde.

Die Tische hatten sich allmählich mit Gästen gefüllt, die aus billigen Humpen tranken, noch miserabler als die Gläser, die man den beiden gebracht hatte. Besonders ein Tisch ganz in der Nähe erregte seine Aufmerksamkeit, weil von dort lebhaftes Rufen und Lachen herüberdrang. Im Unterschied zu den anderen Leuten trug die dort versammelte Schar nicht die Kleidung von Arbeitern, die gerade aus ihrer Werkstatt kamen. Die Gewänder verrieten im Gegenteil einen gewissen Reichtum, geschmälert allerdings durch die Plumpheit der

Farben und den wenig städtischen Schnitt der Untergewänder, die so kurz waren, dass sie kaum die Schamteile bedeckten. Man schien so etwas wie einen heidnischen Kult zu zelebrieren, bei dem Wein nach einer Regel, die Dante nicht verstand, von Mund zu Mund gereicht wurde. Statt reihum von einem zum nächsten zu wandern, ließ der Krug manchmal jemanden aus oder blieb länger bei einem, der viel zuviel daraus trank, was Gelächter oder Wut bei den anderen auslöste. Die jedoch die unbekannte Regel trotz ihres gewaltigen Durstes respektierten. Von der hinuntergestürzten Flüssigkeit getrieben, sprang zuweilen einer der Männer auf und lief zu einem der Marmorlöcher, um sich zu erleichtern, wobei er den Kopf umwandte, damit er sah, was hinter ihm vor sich ging.

»Wer sind diese Leute?« fragte Dante mit einem Blick auf das Schauspiel. »Was machen sie da?«

»Das sind die Stutzer des Bezirks. Sie spielen Passatella.«

»Passatella?«

»Sie leeren Meister Nicos Bottiche. Der *Conta* hat zunächst den *Padrone* und den *Sotto* ernannt, und jetzt findet das Trinkgelage statt. Der da«, sagte der Dekurio und wies auf einen Gast, der reglos und mit finsterer Miene in der Ecke saß, »ist der *Ormo*, er geht leer aus. Schauen wir doch mal, wie er den Streich verkraftet.«

Der Krug ging weiter von Hand zu Hand, vom Bitten und Flehen der Trinker weitergezerrt, doch stets so, dass der als *Ormo* bezeichnete Mann unter dem Hohngelächter der anderen absichtlich übergangen wurde.

Das groteske Ritual erinnerte Dante an etwas, was er irgendwo einmal gelesen hatte. »Aber das ist doch das *Regnum vini*, die Weinzeremonie, von der schon Horaz berichtet!« rief er aus, als er plötzlich die Grundzüge dieses antiken Brauchs erkannte. »Eine edle Sitte, verkommen zu einer schäbigen Parodie ...«

Der Dekurio packte ihn am Handgelenk und schnitt ihm so das Wort ab. »Sieh mal, Florentiner! Der *Ormo* hat die Nase voll!«

In der Hand des schweigenden Mannes war ein Messer aufgetaucht, als er von der Bank aufgesprungen war und sich nach vorn gebeugt hatte, um nach dem Krug zu greifen. Der *Padrone*, der das Gefäß gerade in der Hand hielt, hatte diese Reaktion offenbar erwartet, denn er zog sich blitzschnell zurück. Die freie Hand des *Ormo* griff ins Leere, bevor sie durch den Schwung auf dem Holztisch aufschlug. Sofort stach der Gast, den der Dekurio als *Sotto* bezeichnet hatte, unter den anfeuernden Rufen der anderen mit dem Messer zwischen seine Finger und ritzte die Haut an.

Mit einem Knurren drehte sich der *Ormo* seinem Angreifer zu.

»Ich glaube, wir sollten versuchen, die Rauferei zu beenden …«, rief Dante und wollte schon aufstehen. Doch der Dekurio drückte ihn mit der Hand zurück auf den Sitz. »Halt, Florentiner.«

»Seid Ihr nicht der Scharfrichter?«

»Aber dazu spielt man doch Passatella. Jetzt kommt das Schönste.«

Der *Ormo* und sein Herausforderer hatten begonnen, sich gegenseitig Dinge zuzuschreien, die der Dichter nicht verstand, die jedoch, aus den hasserfüllten Blicken und aus dem Gelächter zu schließen, das sie bei den Zuschauern hervorriefen, wohl besonders beleidigend waren.

Ringsumher war es leer geworden. Die beiden Kontrahenten setzten sich zu gleicher Zeit wieder einander gegenüber und legten die linke Hand mit gespreizten Fingern auf den Tisch, während sie die Messer zum Zustechen erhoben hatten.

»Ihr seid dran, Sor *Sotto*!« knurrte der *Ormo*. Sein Gegner spuckte herausfordernd auf den Tisch, dann sauste sein Messer nieder und stach genau zwischen seinen kleinen Finger und den Ringfinger seiner Hand. Dieses Bravourstück wiederholte er zwischen allen Fingern wohl dreimal. Dante sah das Messer mit atemberaubender Geschwindigkeit immer wieder aufblitzen: Unter den Rufen der Zuschauer stach die Klinge zu wie der Kopf einer Schlange, für das Auge kaum sichtbar. Doch das Hämmern auf dem Holz und die Einstiche offenbarten die ganze Gefährlichkeit des Spiels.

Als der *Sotto* die zweite Runde beendet hatte, hielt er triumphierend inne und schrie seinem Gegner eine Herausforderung zu. Dieser begann nun seinerseits auf seine Hand loszugehen. Er versuchte, die Prozedur noch schneller zu wiederholen als der andere. Vermutlich war es die Geschwindigkeit der Übung, die über den Sieg entschied, überlegte Dante, während er erneut vergeblich versuchte, den rasanten Bewegungen der Klinge mit den Augen zu folgen.

Ein Schmerzensschrei, begleitet von einer Lachsalve, machte dem unablässigen Aufblitzen ein Ende. Der *Ormo* hatte danebengestochen und einen Finger am Tisch festgenagelt. Fluchend führte er die verletzte Hand zum Mund, um das Blut zu stillen, während der *Sotto* aufsprang und den Beifall der Zuschauer entgegennahm. Jubelnd umringten ihn die anderen Stutzer, hoben ihn auf die Schultern und trugen ihn mit Triumphgeschrei und ein Trinklied grölend um die Tische.

Dante zog sich in seine Ecke zurück, um nicht von den Beinen des Mannes getroffen zu werden, der in diesem Augenblick an ihnen vorbeigetragen wurde.

»Meinst du nicht auch, dass das den alten Heroen alle Ehre macht, Florentiner?« fragte der Dekurio, der kein Auge von der Szene ließ.

»Das ist ein Zeichen der Zeit und ihres Niedergangs. Ein Schimmelpilz auf den alten Tempeln, wie die Bauwerke, die ihr auf den grandiosen Ruinen errichtet habt.«

»Ja, grandiose Bauwerke, gewiss. Hast auch du deinen Pilgerweg zu den sieben Kirchen absolviert und die Wunderwerke Roms gesehen?«

»Wunderwerke habe ich gesehen, und sie haben all meine Erwartungen übertroffen«, murmelte Dante gedankenverloren. »Besonders eines hat mich in seiner Merkwürdigkeit beeindruckt. Weshalb umschließt die große Stadtmauer überwiegend unbewohnte Gebiete, und warum drängen sich Menschen und Häuser vornehmlich an der Flussbiegung, wo das Gelände sehr flach und Überschwemmungen ausgesetzt ist, anstatt dass sie sich in höheren Lagen ansiedeln, wie die ersten Herrscher der Stadt es taten? Rom scheint ein Chaos zu sein, wie die Heilige Schrift es vom Land und vom Wasser berichtet, bevor das Wort Gottes kam, um zu scheiden und zu ordnen. Wie aber scheidet und ordnet der Papst, wenn sich offenbar alles jeder Ordnung und jedem Maß entzieht?«

Der Dekurio brach in schallendes Gelächter aus. »Du gefällst mir, Florentiner. Du begreifst nicht die Bohne, so wie sonst die Barbaren aus dem Norden. Doch du versuchst es wenigstens und verdienst daher eine Erklärung. Und da du auch ein Dichter bist, will ich dir mit einem Gleichnis antworten. Rom ist wie eine große Kloake.«

»Eine Kloake? Ihr meint eine Latrine? Wie diese hier? Aber habt Ihr nicht gesagt, es sei wie ein Hahn?«

»Das ist das Rom der Priester und der Edelleute. Doch für die Hungerleider gelten andere Gesetze. Für Gesindel wie das, das Aeneas mit Fußtritten von den Hügeln verscheuchte. Und war denn nicht Latrinus Roms erster König? Pass auf, ich erkläre dir das, dann wirst du sehen, ob da Ordnung ist oder nicht. Alles in dieser Stadt geht bergab. Die Fürsten mit ihren Untergebenen und den Familien verschanzen sich auf den Hügeln, und das niedere Volk möchte ihnen gern nacheifern. Doch sosehr es sich auch an die Tuffsteinfelsen klammert, es fällt immer wieder herunter, weil es in der Natur des einfachen Mannes liegt, den geebneten Weg zu suchen. Und genauso liegt es in seiner Natur, Schutz vor Feinden bei dem zu suchen, der am stärksten erscheint. So kam es, dass sie einer nach dem anderen nach Campo Marzio hinunterzogen, in den Schutz der Engelsburg. Weil sie meinen, dass das Schwert der Feinde mehr zu fürchten sei als die Hochwasser des Tibers. Seit der Zeit der Barbareneinfälle kam das Volk stets beim ersten Windhauch angelaufen, um sich in den Schutz der Leoninischen Mauer zu flüchten. Und am Ende hat es sich an diese Mauer geklammert wie Flöhe an den Hals eines Hundes. Auch die Pilger landen auf der Straße zum Grab des Apostels, nachdem sie auf ihrem Kirchenrundgang von Fremdenführern ordentlich ausgenommen worden sind. Und das alles endet schließlich in der Senkgrube der Engelsbrücke, der großen Kloake, in der alles zusammenfließt.«

»Aber gibt es denn keine Zünfte für die verschiedenen Gewerbe in Rom? Niemanden, der das Volk vertritt, der ihm verschiedene Bezirke zuweist und sich um seine Bedürfnisse und Wünsche kümmert?«

Der Dekurio schien verblüfft zu sein. »Zünfte? Gewerbe? Natürlich gibt es so manches Gewerbe in Rom. Und ob! Auch sorgfältig nach Revieren getrennt. Nehmt nur die Kuppler, die verlassen nie das Gebiet um den Campo dei Fiori, andernfalls droht ihnen die Strafe des Handabhackens. Die Huren sind ganz in ihrer Nähe anzutreffen, während die Invertierten weiter entfernt unterwegs sind, unter den Bögen des Aquädukts an der Porta Maggiore. Die Taschendiebe haben ihr Quartier rings um den Corso herum, auf der Via del Ponte, verteilen sich dann aber auf vier Reviere an den größten Kirchen. Kleine Gauner für gewöhnlich. Doch hüte dich vor denen von Santa Maria, das sind Leichenfledderer, sie begnügen sich nicht mit der Geldbörse. Die zuverlässigen Zeugen sind hinter der Kanzlei und am Gerichtsgebäude zu finden. Die Einbrecher hausen zwischen den Säulen des Forums, die Viehdiebe auf den Weiden von San Giovanni, wo sie auf die Herden warten, die auf dem Rückweg von den Wiesen an der Via Appia bei der Porta Asinara vorbeikommen. Die Juden wohnen in Trastevere, aber die hast du ja schon kennengelernt; während sich Patarener und Schismatiker mehr in Richtung Isola verstecken, in der Gegend um den Vesta-Tempel. Die Falschmünzer trifft man hinter der Via del Banco, in der Nähe von Bonifatius' Münzprägestelle. Bei ihnen werden die schönsten Carlini der Welt geprägt, besser als die echten. Kartenspieler und Gaukler teilen sich die beiden Seiten der Piazza Navona, während im Säulengang des Pantheons Wahrsager und

Astrologen stehen und rings um das Mausoleum des Augustus die Messerwerfer und die in Frauenkleidern, die sich nicht mit den Invertierten vom Aquädukt vertragen.«

Dante hatte entgeistert zugehört. »Und mehr gibt es nicht?« fragte er.

»Aber natürlich! Es gibt noch mehr, aber die sind ohne festes Revier. Weinpanscher und Giftmischer findet man in jeder Taverne. Solche, die Wagen ausrauben, sind vor allem in der Via Lata zu finden, und solche, die Pilger ausplündern, hausen in der Campagna. Einige wagen sich bis an die Stadttore heran, womöglich noch als Zöllner verkleidet, doch um die kümmert sich die Stadtwache, die nicht die geringste Lust hat, sich das Geschäft verderben zu lassen.«

»Und gibt es viel von diesem Gesindel?« fragte Dante noch immer entrüstet.

»Reichlich, ein gerüttelt Maß von jeder Sorte.«

»Ein gerüttelt Maß?«

»Ja, ein Haufen, ein Sackvoll … wie nennt ihr das?«

»Einen Höllengraben voll?«

»Von mir aus. So könnte man das sagen.«

Als sie ins Freie traten, regnete es wieder, unaufhörlich und kalt.

10

13. NOVEMBER, AM MORGEN

Der Sohn der Witwe war an der Tür erschienen. Er wirkte unruhig und schien darauf zu warten, dass der Dichter das Wort an ihn richtete. Dante schaute von den Schriften auf, in die er vertieft gewesen war.

»Der Senator ist unten. Er will Euch sehen!«

»Senator Spada?« brummte Dante und stand auf, wobei er sein Gewand ordnete. »Lass ihn sofort heraufkommen.«

»Er wünscht, dass Ihr herunterkommt. Er ist zu Pferd«, antwortete der Junge verlegen wie jemand, der einen Befehl ausrichtet und keine Bitte. Dante suchte seine Kappe und seinen Umhang zusammen, zog sich rasch an und wandte sich zur Treppe.

Vor der Haustür wartete der Senator im Sattel eines prächtig aufgezäumten Pferdes auf ihn. Ein zweites Pferd, auch das in tadellosem Zustand, hielt er am Zügel. Der Dichter schaute sich verwundert um, weil das übliche Geleit fehlte, mit dem er diesen Mann inzwischen stets in Verbindung brachte.

»Ich möchte, dass Ihr auch heute mein Gast seid, Messer Alighieri«, sagte Saturniano Spada mit einer liebenswürdigen Verneigung. »Doch zunächst will ich sehen, wie die Vorbereitungen zum Bau der Flotte vorankommen. Möchtet Ihr mir Gesellschaft leisten?« fügte er hinzu und reichte ihm die Zügel des zweiten Pferdes.

Dante ließ sich sein Erstaunen nicht anmerken. »Ich begleite Euch gern«, sagte er nur, während er in den Sattel sprang. »Wo werden die Schiffe ausgerüstet? Ich bin neugierig auf Eure Methoden.«

»Wir reiten nicht zur Werft. Ich möchte sehen, wie weit die Beschaffung des benötigten Holzes gediehen ist. Im Norden der Stadt, flussaufwärts, in den Wäldern. Kommt, ich zeige Euch eine Gegend, die Ihr mit Sicherheit nicht kennt.«

Der Senator gab seinem Pferd die Sporen und lenkte es zur Via della Lungara, die zur Leoninischen Stadt führte. Doch als sie an einer Pyramide vorbeigekommen waren und die Mauer in Sichtweite war, schwenkte er nach links, statt auf das Tor zuzuhalten, und beschrieb so einen Bogen um die Festung. Sie ritten an der Mauer entlang durch Sümpfe und unbebaute Felder und bogen nach Nordosten ab, wo sie erneut dem Lauf des Tibers folgten und einige Meilen stromaufwärts zurücklegten. In der Ferne tauchten die Bögen einer Brücke und die Umrisse einer einsamen Kirche auf.

»Das ist der Ponte Mollo«, sagte der Senator und wies auf die fernen Brückenbögen. »Und das hier ist die Kirche San Valentino. Ich habe befohlen, dass man das auf den Hügeln geschlagene Holz hier aufstapelt. An dieser Stelle ist der Fluss breit und kann ungehindert fließen: Es wird ein leichtes sein, die Baumstämme von hier zu ihrem Ziel zu befördern.«

Einige hundert Schritt flussabwärts vor der Brücke lagen schon riesige Stapel von Baumstämmen bereit, um der Strömung anvertraut zu werden. Nur stabile, in den Boden gerammte Pflöcke hielten sie noch in ihrer Position. Mehrere Männer waren dabei, die Haltevorrichtung mit Stricken zu verstärken, andere luden frisch geschlagene Stämme von den Wagen ab. Dante bemerkte, dass die Männer untereinander in einer fremden Sprache redeten, und glaubte, darin die harten deutschen Laute zu erkennen.

Er schaute zu den kahlen Gipfeln der nahe gelegenen Hügel. »Ihr habt Eure Ländereien vollkommen abgeholzt?« fragte er, erstaunt über das, was er sah.

Der Senator beobachtete seine Reaktion mit stolzer Miene. »Hinderlich für den Aufbruch ins Heilige Land war bisher nicht, dass es an Männern fehlte, die gibt es reichlich, und auch nicht, dass es ihnen an Entschlossenheit mangelte, die ist unerschütterlich.

Sondern die Gier venezianischer Kaufleute und die Gemeinheit genuesischer Piraten. Kräfte, die aus Eigeninteresse stets beide diesen einzigen Werkstoff zurückgehalten haben, der für das Unternehmen, sich nach den Ländern jenseits des Mittelmeers einzuschiffen, fehlte. Mit diesem Holz können zweihundert Galeeren gebaut werden, und es werden römische sein. Wie die unserer Vorväter, deren Name im ganzen Mittelmeerraum gefürchtet war.«

Unschlüssig betrachtete Dante die riesigen Holzstapel. Er kaute auf seiner Unterlippe, und der Senator musterte ihn aufmerksam.

»Glaubt Ihr etwa nicht, dass das ausreicht?«

»Gewiss ist dies der größte Holzvorrat für den Schiffbau, den ich je gesehen habe. Nicht einmal das Arsenal von Venedig verfügt über so viel Material. Allerdings …«

»Allerdings?«

»Ein Schiff wird nicht nur mit Holz gebaut. Sondern auch mit dem Wissen der Nauarchen und mit der Kunst der Zimmermänner, der Kalfaterer, der Seiler, der Segelmacher. Und um es zu lenken, braucht man Steuermänner, Handlanger, freiwillige Ruderer und Galeerensklaven. Rüstzeug, das nicht auf den Hügeln sprießt wie Eure Bäume. Wo wollt Ihr das alles hernehmen? Zweihundert Galeeren steuern … und an welcher Anlegestelle wollt Ihr sie ausrüsten, wenn schon sämtliche Möglichkeiten der Serenissima bestenfalls ausreichen, um vielleicht zwanzig Schiffe gleichzeitig zu bauen?«

Der Senator warf ihm einen hochmütigen Blick zu. »Ihr vergesst, dass Ihr Euch im Zentrum der Welt befindet, Messer Alighieri. Und dass Rom seit vielen Jahrhunderten zur See fährt, auf einem Meer, das unseres war und es wieder sein wird. An Werften fehlt es uns gewiss nicht. Und dorthin werden die Stämme gebracht, flussabwärts mit der Strömung. Diese Methode kannten schon unsere Vorfahren, und sie wird auf den großen Flüssen im Norden, in Frankreich und Deutschland, noch immer angewandt. Von dort habe ich die Männer kommen lassen, die Ihr hier seht; sie sind für diesen Zweck gewiss besser geeignet als unsere Zimmermänner.«

Dante ging beeindruckt zwischen den imposanten Holzstapeln umher, und der Senator ließ ihn allein, um mit den Arbeitern zu sprechen. Wenig später kehrte er mit zufriedener Miene zurück.

»Alles verläuft nach Plan. Wir können uns wieder auf den Weg machen, dann sind wir noch vor dem Mittag in meiner Villa.«

Sie stiegen auf die Pferde, und der Senator steuerte auf die Brücke zu, die er als Ponte Mollo bezeichnet hatte. Das musste der antike Ponte Milvio sein, der sich schon seit der Zeit des Römischen Reiches auf seinen stattlichen Steinpfeilern hielt. Sie passierten den Turm, der den Brückenbogen auf der rechten Seite des Flusses bewachte, und gelangten auf das Brückenfeld, wo ein Verbund großer Balken den ersten, zur Zeit der Antike eingestürzten Bogen ersetzt hatte. Auch der letzte Bogen auf der anderen Seite war aus Holz nachgebaut worden, ein Zeichen dafür, dass die Brücke im Lauf ihrer langen Geschichte wohl bis auf ihre drei Mittelbögen zerstört worden war. Vielleicht hatten die Römer sie deshalb Mollo, die Weiche, genannt, dachte Dante, während die Hufe seines Pferdes über die Holzbretter trappelten.

Sie kehrten durch die Porta Flaminia zurück. Dante ließ sein Pferd im Schritt hinter dem des Senators gehen und betrachtete neugierig die Umgebung. Der Weg, den sein Begleiter einschlug, führte in engen Serpentinen auf den Hügel hinauf, der an dem Platz gleich hinter dem Tor lag, und wenig später sah Dante die Mauer auftauchen, die das Anwesen des Senators umgab.

Er versuchte, sich einen Plan der Stadt vorzustellen. Rom hatte ungefähr die Form eines unregelmäßigen Kreises, doch dessen Größe machte es ihm schwer, die verschiedenen Gebiete zu einem geordneten Bild zusammenzufügen.

Als sie die Außenmauer passiert und die Pferde einem Diener übergeben hatten, der eilig herbeigelaufen war, führte ihn der Senator ins Haus, wo sie durch eine lange Zimmerflucht gingen, bevor sie vor einer verschlossenen Tür stehenblieben.

»Kommt, Messer Alighieri. Ich möchte Euch etwas zeigen. Es wird Euch interessieren«, sagte der Senator und wies auf die Tür. Er zog einen großen Eisenschlüssel aus seinem Gürtel, steckte ihn in das Schlüsselloch und schloss auf. Dann öffnete er die schwere Eichentür, die mit Eisenbeschlägen verstärkt war, trat ein und winkte dem Dichter, ihm zu folgen.

Sie standen in einem kleinen, fensterlosen Saal. Licht kam nur von einem eisernen Ring, der an einer Kette von der Decke hing und ein halbes Dutzend brennende Kerzen trug. Weitere Kerzen steckten in Leuchtern, die aus der Wand ragten wie die Arme stummer Sklaven, und auch eine offene Kiste auf dem Boden war voller Kerzen. Auffällige Wachsspuren überall auf dem Steinfußboden und die völlig verrußte Decke ließen ahnen, dass an diesem Ort ständig Licht brannte. Die Fresken an den Wänden waren von einer bräunlichen Schicht überzogen, die die Farben gedämpft hatte: Wieder waren es Rot und Gelb und auch ein erdiges Ockerbraun, mit denen eine unbekannte Hand die Episoden einer Geschichte gemalt hatte, die Dante sofort erkannte: ein prächtiger, mit Amphoren und Säulen geschmückter Thronsaal, ein Paar auf dem Thron und ein sich nähernder, nackter Jüngling. Dann ein Paar, das nachts auf ein stürmisches Meer hinausfuhr, und ein Schiff mit Kurs auf einen Felsen, auf dem eine Stadt mit hundert Türmen stand. Und tausend Schiffe, die die Anker lichteten, um die Verfolgung aufzunehmen, eine Armee, die eine Mauer umzingelte, Zweikämpfe und siegreiche und besiegte Helden. Götter, die den Heroen Waffen reichten und so am Spiel des Lebens und des Todes teilnahmen, mit einem unergründlichen Lächeln auf den fernen Gesichtern. Und dann das große Pferd vor den Toren der Stadt und die Flammen, die an den Mauern aufloderten, und das wütende Gemetzel der Sieger, das Leid der Besiegten, die Flucht der Überlebenden.

Vor ihm ausgebreitet lag die Geschichte der alten Stadt Troja. In einer Ecke des letzten Bildes ein kräftiger Mann auf dem Weg zum Meeresufer, auf seinen Schultern ein Greis und an seiner Hand ein Kind, während eine Frau, in deren Augen sich die Glut der Feuersbrunst spiegelte, mit einem traurigen Abschiedsgruß fortging.

Dante trat näher an das letzte Bild heran, streckte gerührt die Hand aus und fuhr zärtlich über das Gesicht des Mannes. »Ja, Messer Alighieri. Das ist Aeneas, der von dem großen Vergil besungene Held. Vielleicht verewigte der Meister, der diese Geschichte malte, auch seine eigenen Erlebnisse hier irgendwo im Haus. Falls es so war, ist das Werk allerdings verlorengegangen. Doch ich wollte Euch eigentlich etwas anderes zeigen.«

An den Wänden standen zwei große Regale voller dicker Kodizes, von denen der überwiegende Teil in Holztafeln eingebunden war. Es gab auch einige kleinere, doch die meisten waren große Pergamenthandschriften. Fasziniert riss Dante die Augen auf. In diesem Raum befanden sich annähernd zweihundert Bücher, eine ungeheure Zahl für die Verhältnisse eines Privatmannes. Nur an den Königshöfen, so erzählte man sich, gab es eine vergleichbare Menge. Oder in den berühmtesten Klöstern.

Verstohlen beobachtete der Senator Dantes Reaktion. »Ich wusste, dass Euch mein kleines Geheimnis die Sprache verschlagen würde. Diese Bücher gehören zu den anderen, die Ihr neulich gesehen habt.«

Nach einer einladenden Geste des Senators trat Dante an das erste Regal und zog vorsichtig einen Kodex heraus. Er hockte sich nieder und schlug die erste Seite der Handschrift auf seinen Knien auf. Aufgeregt schaute er zum Senator hoch.

»Das ist das Werk von Arnaldo Daniello … dem trefflichsten Schmied seiner Muttersprache …«

»Zusammen mit allen anderen Schriften der Dichter Frankreichs«, sagte der Senator und trat nun ebenfalls an die Bücher heran. Er streckte die Hand aus und zog ein Werk heraus, das schmaler war als das erste. Er schlug die erste Seite auf und begann laut zu lesen. »›… *In jenem Teil des Buches meiner Erinnerungen, vor dem nur weniges zu lesen sein würde, findet sich eine Überschrift, die da lautet:* Incipit vita nova (Hier hebt das neue Leben an). *Darunter finde ich die Worte geschrieben, die ich in diesem Büchlein, wo nicht vollständig, doch ihrem Inhalte nach zu verzeichnen gedenke …*‹, erkennt Ihr diese Sätze?«

Dante war die Röte ins Gesicht gestiegen. Er holte tief Luft. »Es ist eine große Ehre für mich, dass dieses Buch neben den Werken von Meistern steht, die um so vieles bedeutender sind als ich.«

»Ich glaube, es ist der Platz, der ihm gebührt. Unter den besten Versen unserer Zeit, und nicht nur unter diesen. Hier ist das Hauptwerk des Aristoteles und hier das von Platon, das auf einem Schiff aus Byzanz hierhergelangte. Leider bleibt mir die Tiefgründigkeit seiner Lehren in der Originalsprache verschlossen, doch meine Tochter hat diese außerordentliche Sprache mit Hilfe dieser Seiten erlernt.«

»Ihr habt hier das gesamte Wissen der Christenheit versammelt«, sagte Dante mit einem plötzlichen Anflug von Niedergeschlagenheit.

Sein Stimmungsumschwung entging dem Senator nicht. »Beunruhigt Euch der Anblick von soviel Wissen, Messer Alighieri? Statt diesen Reichtum zu genießen, scheint Ihr erschrocken darüber zu sein.«

Dante schüttelte den Kopf. Er wirkte betrübt. »Wer nur in unserer Zeit könnte diesen Geistern ebenbürtig sein? Wer nur könnte in seinem Leben all das lesen, was diese Großen uns hinterlassen haben?«

»Das ist wahr«, sagte der Senator und ließ seinen Blick über die Bücher schweifen. »Weder unsere Gelehrsamkeit, noch unser Gedächtnis können sich mit den großen Denkern der Vergangenheit messen. Oh, was waren das für glückliche Zeiten, als Platon und Aristoteles über ihre Gedanken diskutieren konnten, indem sie die Formen ihrer Argumentationen einfach in die Luft malten, ohne das geschriebene Wort zu Hilfe zu nehmen. Doch konnten sie dies nur, weil sie aus den Schätzen ihres Wissens schöpften, die im Buch ihres Gedächtnisses stets gegenwärtig waren.«

Dante nickte. »Nur was im Gedächtnis bleibt, ist wahres Wissen. So wie der Quersack des Wanderers, der ihn auf seinen Wegen nie im Stich lässt.«

»Vielleicht stimmt es, was man sich über den Gott Theut erzählt.«

Für einen kurzen Moment spiegelte sich Verblüffung auf Dantes Gesicht. Da er seine Unwissenheit nicht zugeben wollte, wartete er darauf, dass der Senator erklärte, was er meinte. Doch der schaute weiter verträumt auf das Regal. Dann besann er sich und bemerkte Dantes Verlegenheit. »Der Gott der Ägypter, von dem es heißt, er habe den Menschen die Kunst des Schreibens gebracht, damit keiner ihrer Gedanken mehr verlorenginge. Eine Geheimlehre, die er von seiner Gefährtin, der Zauberin Seschat, erlernt hatte, der Herrin der Papyri ...« Dante hörte aufmerksam zu. »... der Gott der Schnelligkeit, der Gewandtheit, des Wortes und der Intuition. Der Gott, der mit den Menschen spielt, der sie heilt und sie täuscht ...«

»Das klingt wie eine Beschreibung des griechischen Merkur.«

Der Senator brach ab und drehte sich zu ihm um. »Ihr habt recht. Doch dies ist nicht der einzige Gott, den die geheime Religion vom Nil uns gebracht hat. Vielleicht ist das gesamte griechische Pantheon nichts als eine Ableitung aus jener mysteriösen Religion, und nur unsere Unwissenheit hindert uns, klar zu erkennen, dass der Glanz der Griechen aus der ägyptischen Dunkelheit entspringt. So wie man sich auch erzählt, dass der große Alexander nicht der Sohn seines Vaters, Philipps II. von Makedonien, sondern des Pharaos Nectanebo gewesen sei. Und dass gerade dies der Grund für seine unglaubliche Größe gewesen sei, die in keinem Verhältnis zu den Gaben eines makedonischen Bergbewohners stand, wie sein mutmaßlicher Vater einer war.«

»Aber das ist nur eine Legende ...«

»Wahrscheinlich. Doch es ist auch eine wahrhaftige Allegorie, die aufzeigt, wie sehr die Griechen selbst, die sie verbreitet haben, sich bewusst waren, dass all ihr Wissen, ebenso wie die Gestalt ihrer Götter, von jenseits des Meeres kam. Was übrigens auch Platon in seinen Lehrfabeln einräumt, als er erzählt, wie der Weise Solon seine neuen Gedanken namentlich aus ägyptischen Quellen schöpft. Und nicht nur die Griechen, Messer Alighieri. Auch andere haben aus dieser Quelle geschöpft, andere, die dann einen alleinigen Gott priesen, wie der Jude Moses oder wie ...«

Der Senator brach ab und presste die Lippen aufeinander, als bereute er seine letzte Bemerkung. »Wie wer, Senator Spada?« fragte Dante nach.

»Nein, ich wollte Euch vom Gott Theut erzählen«, fuhr jener fort und überging die Frage. »Der Gott erschien dem Pharao Thamus und schenkte ihm die neue Kunst des Schreibens. Dieser wies das Geschenk jedoch zurück, überzeugt davon, dass die Möglichkeit, Wissen auf dem Papier statt im Gedächtnis zu bewahren, den Beginn des Niedergangs der Menschheit bedeuten würde.«

Dante nickte. »Heute könnte niemand von uns mehr auf die Schrift verzichten. Und im übrigen habt Ihr recht, vielleicht sind unsere Köpfe gar nicht mehr in der Lage, alles, was nötig wäre, zu behalten. Deshalb denke ich über ein großes Kompendium des Wissens nach, eine Art Gastmahl des Geistes, das den Menschen guten Willens das Brot der Engel bringt, die Wissenschaft.«

»Einige große Geister sind dazu noch imstande, Ihr zum Beispiel. Ihr kennt doch die ganze *Aeneis* auswendig, nicht wahr?«

»Ja«, bestätigte Dante mit einem Anflug von Stolz in der Stimme. »Doch das ist nicht weiter schwer, denn der süße Klang und die Harmonie der Verse des Mantuaners bewirkten, dass sich seine Worte in mein Gedächtnis gruben wie ein heißes Siegel in weiches Wachs. Schwieriger wäre es, sie wieder herauszureißen; zu groß ist die Liebe, die mich mit seiner Lehre verbindet.«

Bei diesen Worten hellte sich die Miene des Senators auf. »Ihr verehrt ihn also sehr?«

»Sein Wort hat aus mir das gemacht, was ich heute bin.«

Der Senator nickte, ein triumphierendes Funkeln in den Augen. Er ging zu einem niedrigen Kasten an der hinteren Wand, den der Dichter in der Aufregung bis dahin übersehen hatte. Mit einer theatralischen Geste schob Spada den Riegel zurück und öffnete die Truhe: Sie enthielt eine Reihe von Holzzylindern mit Schnitzereien, ähnlich dem, den die geheimnisvolle Frau Dante in Florenz überreicht hatte.

Von einer unbändigen Erregung gepackt, sprang Dante vor. Er schob den Senator beiseite, beugte sich über die Truhe und ergriff einen Zylinder. Erst als er ihn dicht vor sein Gesicht gehalten und aufmerksam die Schnitzereien betrachtet hatte, wurde er sich seines Benehmens bewusst. Mit rotem Kopf verneigte er sich vor dem Senator und entschuldigte sich. Er machte jedoch keinerlei Anstalten, den Zylinder zurückzulegen, denn seine Finger, die das Behältnis umklammerten, waren wie gelähmt. »Ist es das ... was Ihr mir geschickt habt? War es Eure Tochter, die ...?«

»Ja«, antwortete der Senator stolz. »Obwohl ich nicht weiß, wer von uns zweien zuerst auf diesen Gedanken kam, denn wir hegen beide gleichermaßen eine große Bewunderung für Eure Werke. Die meisterliche Beherrschung der Sprache und der Metrik, die Euch in meinen Augen zum Fürsten aller Toskaner macht, ist in unserer Zeit gewiss unübertroffen. Doch vor allem Eure hingebungsvolle Verehrung Beatrices und die Leidenschaft, mit der Ihr sie besingt, haben wohl großen Eindruck auf Fiammas Mädchenherz gemacht.«

Dante hatte die Lobrede mit gesenktem Kopf angehört und sie mit einer beinahe zu betonten Bescheidenheit abgewehrt. Doch bei der Erwähnung des Mädchens war ihm glühendheiß geworden. Seine Liebesgedichte hatten Fiamma also berührt. Um wie vieles mehr als ein Bild konnte der sinnliche Klang gereimter Worte das

Herz einer Frau schmelzen lassen. Vielleicht … »Und was erwartet Ihr von mir?« fragte er unvermittelt.

»Dass Ihr unseren Kreuzzug besingt. Wie Homer die Taten von Achill und Odysseus und wie Vergil die Fahrten des edlen Aeneas. Nur Eure Schreibkunst ist diesen Meistern ebenbürtig.«

»Ihr bürdet mir eine Last auf, die mich zu erdrücken droht.«

»Nur Mut, Messer Alighieri«, sagte eine tiefe Stimme hinter ihm. Dante fuhr herum und erblickte Martino da Vinegia und den persischen Gesandten. Offenbar waren sie schon vor einer Weile eingetreten, lautlos wie zwei Schatten. Verblüfft starrte er den Venezianer an, den er nicht an diesem Ort erwartet hatte. Doch bevor er etwas sagen konnte, ergriff der Senator wieder das Wort. »Guittone d'Arezzo ist tot, Guido Guinizelli ist tot, und auch Euer Freund Cavalcanti ist ins Grab gefahren, wer also könnte heute in Italien einen so hohen Auftrag ausführen, wenn nicht Ihr? Meint Ihr nicht auch, Messer Martino?«

Der Senator ließ seinen Blick von Dante zu dem Greis schweifen. Offensichtlich hatte er Dantes Erstaunen bemerkt, denn er fügte sogleich hinzu: »Messer Martino bringt den Schutz und die Unterstützung der Serenissima: Er ist ein Mann von Rang und Wissen, und Venedig hat gut daran getan, sich auf ihn zu verlassen. Aber vielleicht hattet Ihr ja schon Gelegenheit, seine Bekanntschaft zu machen, als man ihn nach Florenz entsandt hatte …«

Sowohl Martino als auch der Dichter nickten. Dann wandte der Alte seinen Blick ab und schaute ins Leere. »Wenn wir am Hof von Palermo wären und der große Kaiser Friedrich mit seiner Weisheit noch immer die klügsten Köpfe der Welt um sich versammelte, ließe sich in seiner Dichterschule vielleicht noch jemand finden, der dieser Aufgabe gewachsen wäre. Doch seither ist ein halbes Jahrhundert vergangen, und nur Ihr lasst heute noch jene poetische Flamme weiterbrennen, die unser Land einst erleuchtete. Ich bin überzeugt davon, dass er, wenn er noch lebte, der erste wäre, der Euch zu einem seiner engsten Getreuen erwählen würde. Der

Senator hat wirklich sehr gut daran getan, sich um Eure Dienste zu bemühen.«

Dante drehte sich zu ihm um. »Doch nicht Friedrich veranlasst dieses Unternehmen, sondern Papst Bonifatius. Und damit müsste meine Dichtkunst dieselbe Hand preisen, die die Freiheit von Florenz bedroht«, antwortete er schroff.

Die drei Männer wechselten einen raschen Blick. »Es gibt ein Sprichwort, das auch Ihr sicherlich kennt: *Aus einem kleinen Funken kann ein großes Feuer werden*«, sagte der Senator. »Mag sein, dass wirklich Bonifatius an der Spitze dieses Vorhabens steht, mit seinem Geld und mit seinem Ehrgeiz. Doch wenn sich die große Maschine erst einmal in Bewegung gesetzt hat, wird es nicht mehr von Bedeutung sein, welche Hand den Anstoß gegeben hat. Ebenso wie der Glanz der Himmelssphären und ihre ewigen und vollkommenen Bahnen keine Spur vom sie lenkenden, unsichtbaren Beweger aufweisen außer im übertragenen Sinn.«

»Aber ein Kreuzzug braucht einen leuchtenden Leitgedanken, der seinem Heer vorangeht!« erwiderte Dante. »Und das kann nur der feste Glaube an die Rechtmäßigkeit des Vorhabens sein. Wenn dieses jedoch durch eine simonistische Hand in Gang gesetzt wird …«

Der Senator schüttelte den Kopf. »Die Kraft des Christentums verkümmert, überall entsteht und verbreitet sich die Ketzerei. Die Fähigkeit der Kirche, zu den Herzen zu sprechen, scheint erloschen. Oh, natürlich, die Armen überzeugt sie noch immer, doch lag zu Beginn gewiss nicht darin ihre Stärke. Einst gewann sie die Herzen der Edlen und der Patrizier, und sogar Vergil gehörte, glaubt man den Überlieferungen, zu den heimlichen Eingeweihten. Doch heute folgt der Kirche nur noch das gemeine Volk, und zwar mehr wegen ihrer ignoranten Verkommenheit als wegen der Kraft ihrer Lehre. Da sie in ihren ursprünglichen Zustand einer Religion von Sklaven zurückgekehrt ist, wird es ihr Schicksal sein, im Dunkel der Vergessenheit zu versinken.«

Dante war fassungslos. »Wenn Ihr so denkt, welchen Sinn hat dann noch die Vorbereitung dieses Kreuzzugs?«

Der Senator streckte sich auf seiner Bank aus und schien auf eine geheime innere Stimme zu lauschen. Dann sprach er mit fast geschlossenen Augen weiter: »Als Israel aus Ägypten floh, war es die Hand Gottes, die die Wasser des Roten Meeres teilte, um den Exodus zu ermöglichen. Und gewiss war es sein kindlicher Glaube an die Heilige Schrift und an die Propheten, die das Volk dazu brachte, auf den Grund des Meeres hinabzusteigen, zu den Ungeheuern, die es in ihrem schrecklichen Aufruhr verwüsteten, und zwischen die wallenden Wasserwände. Die Menschen folgten dem Befehl Moses', doch es war Aarons Stab hinter ihnen, der sie antrieb und ihre schlimmsten Zweifel zerstreute. Nur die Kraft des Schwertes kann das Herz der Besten für das Wort Gottes zurückgewinnen. Darum ist es wichtig, dass der Kreuzzug gelingt.«

Dante wollte etwas antworten, wurde jedoch von einem eintretenden Diener unterbrochen, demselben, der sie am Tor empfangen hatte. Dieser ging zum Senator und flüsterte ihm etwas ins Ohr. Der Senator schickte ihn mit einem Wink fort und wandte sich wieder dem Dichter zu.

»Der dritte Gast, den ich erwartete, ist eingetroffen, Messer Alighieri. Ihr werdet womöglich überrascht sein«, fügte er mit spöttischer Miene hinzu.

An der Tür erschien Manoello. Der Rabbiner war wieder in die feierlichen Gewändern gehüllt, die er auf dem Kapitol getragen hatte, als wäre er auf direktem Weg von dort gekommen. Als Dante ihn erblickte, konnte er sein Erstaunen nicht verhehlen. »Ich habe Euch ja gesagt, dass Ihr überrascht sein werdet«, sagte der Senator.

»Ich dachte, Eure Beziehungen zum Volk von Israel seien nicht so freundschaftlich«, sagte Dante nur kurz angebunden und hatte sich sofort wieder in der Gewalt. Er wandte sich dem Juden zu und neigte zum Gruß leicht den Kopf. Der Rabbiner antwortete respektvoll, indem er mit ausgebreiteten Armen eine Umarmung aller Anwesenden andeutete. »Messer Manoello genießt zwar nicht die Gunst der Stadt«, fuhr der Senator fort, während er ihm entgegenging, »doch in meinem Haus gelten andere, vielleicht weniger gesetzestreue Regeln. Hier bestimmen Gelehrsamkeit und Wissen das Ansehen des Menschen: Herkunft und Religion zählen da wenig.«

»Der Glauben eines jeden von uns ist ein nicht unerheblicher Teil unseres Wissens«, widersprach Dante sofort.

»Wenn Ihr meint. Doch wie ich Euch bereits sagte, ist der Kreuzzug, für den wir uns rüsten, ein höchst ehrgeiziges Unterfangen. Der Rabbiner ist ein Vertreter jenes Volkes, das die Gebiete, in die wir fahren werden, besser kennt und auf dessen Hilfe wir unweigerlich angewiesen sind, wenn wir zu einem guten Ende gelangen wollen.«

Dante sah die Anwesenden verblüfft an. Diese Bibliothek, dieser Ort der Weisheit waren der lebendige Beweis dafür, dass das menschliche Wissen keinesfalls ausreichte, um die Geheimnisse Gottes eindeutig zu durchdringen und eine gemeinsame Auffassung daraus abzuleiten. Drei Kulturen mit unterschiedlichen Traditionen und drei verschiedene, miteinander grimmig verfeindete Schicksale. Und die sollten nun in einer gemeinsamen Unternehmung zusammenwirken? Er unterdrückte den Einwand, der ihm auf der Zunge lag. Ein viel simplerer und näherliegender Gedanke beschäftigte ihn.

»Falls Eure Bemühungen tatsächlich zum Ziel führen sollten und der islamische Furor besiegt und in die arabischen Wüsten zurückgedrängt wird, aus denen die Verruchtheit Satans ihn erst hat hervorkommen lassen, wie wollt Ihr dann eine Einigung der Sieger über den Besitz von Jerusalem erreichen? Einer Stadt, die von allen Völkern gleichermaßen begehrt wird. Besteht nicht die Gefahr, dass die Zwistigkeiten unter ihnen unmittelbar darauf wiederaufflammen und den Erfolg des Kreuzzugs zunichte machen werden? Schon zur Zeit des guten Königs Richard stellten die Christen wahrlich keinen Gemeinsinn und auch keine Einigkeit unter Beweis. Und damals stritten sie nur um eine Fahne oder um ein Kastell. Doch wie soll man heute, da an den Ufern des Jordans nicht nur Franzosen, Deutsche und Venezianer aufeinandertreffen, sondern Völker aus aller Welt, eine Einigung unter ihnen erzielen? Angesichts der Tatsache, dass sie sich durch ihre Rasse, ihre Sprache, ihr Erbe unterscheiden, wieviel Zeit wird wohl vergehen, bis sie die Schwerter gegeneinander erheben, an denen noch das Blut der Ungläubigen klebt?«

»Ihr habt recht, Messer Alighieri. Doch diesmal wird es anders sein, wenn es uns gelingt, den schlichten Besitz Jerusalems von unseren Zielen fernzuhalten. Denn wir wissen, dass seine Mauern und Türme nichts weiter umschließen als einen Haufen Felsen und dass auf seinen Straßen zwar berühmte Männer wandelten, doch keine Gesandten Gottes.«

»Was wollt Ihr damit sagen?« fragte Dante erstaunt.

»Wahrscheinlich bezieht sich der Senator auf eine antike Weisheit«, meldete sich plötzlich Martino, der aufgestanden war und zu einem kleinen Tisch in einer Ecke ging. Darauf stand ein rechteckiges Kästchen, das der vollends von der Bibliothek faszinierte Dichter noch nicht bemerkt hatte. »Ich habe hier etwas aus Venedig mitgebracht. Es trifft sich gut, dass auch Ihr zugegen seid, um Euer Urteil abzugeben.«

Martino streckte die Hand nach dem Kästchen aus. Mit einem kleinen goldenen Schlüssel, den er um den Hals trug, öffnete er es und klappte den Holzdeckel auf. Das Innere war sorgfältig mit schwerem Filz ausgeschlagen.

Vorsichtig nahm der Venezianer den darin liegenden Gegenstand heraus.

Es war ein zwischen zwei Tafeln aus bemaltem Holz gebundener Kodex. Martino zeigte ihn den Anwesenden, indem er ihn nur auf den Fingerspitzen hielt, als fürchtete er, etwas Heiliges zu entweihen. Die obere Tafel war fast vollständig mit einem goldenen

Wappen bedeckt, das einen schwarzen Adler mit ausgebreiteten Schwingen und gespreizten Krallen zeigte, den Schnabel geöffnet, als wollte er eine Beute packen.

»Ein Geschenk für Euch«, sagte der Greis zum Senator. »In Venedig ist der Reichtum Eurer Bibliothek wohlbekannt. Und auch, dass sie Bücher enthält, die nicht zum Kanon gehören und älter sind als er. Meine Regierung war der Ansicht, dieses Buch sei im Hinblick auf das, was Ihr vorhabt, das richtige Siegel für unser Bündnis. Und auch ich glaube, dass dieser Ort der beste ist, um es aufzubewahren.«

»Das ist das Wappen des großen Kaisers Friedrich!« rief Dante fasziniert, als er das Bild sah. Friedrich II., der Staufer, der Mann, der die Welt erst vor wenigen Jahrzehnten durch seine Bildung und seine Größe in Erstaunen versetzte und von dem man sich im ganzen Kaiserreich noch Geschichten erzählte. Ein Dichter, ein Gesetzgeber, ein erbitterter Rivale der Kirche. Der Mann, der vielleicht mehr als jeder andere in der neuen Zeit an die Größe der Vorväter heranreichte. »Stammt es aus seiner Bibliothek?«

Martino sah ihm in die Augen und schwieg einen langen Augenblick. »Ja.«

Nach dieser Antwort konnte Dante nicht mehr widerstehen. Er streckte die Hand aus und berührte den Kodex. Auf diesen Seiten standen vielleicht die anmutigen Liebesverse des Kaisers, die Metren und Rhythmen der süßen sizilianischen Sprache, auf der die gegenwärtige Dichtung fußte. Und der auch er mit Blick auf seine Anfänge als Dichter in Florenz viel zu verdanken hatte. Abrupt hielt er inne. »Wie kam das Buch nach Venedig? Friedrichs Beziehungen zu Eurer Stadt waren nicht immer die herzlichsten. Es heißt, ihr wolltet nicht einmal seine Krone von einem eurer Goldschmiede anfertigen lassen!«

»Ganz recht, Messer Alighieri. Das Ungestüm des Kaisers in den nördlichen Gebieten und sein langwährendes Bündnis mit dem Tyrannen Ezzelino wurden oft als eine Gefahr angesehen und kühlten die Beziehungen ab, wie es häufig zwischen Freunden vorkommt, die sich nicht bis ins Letzte verstehen. Doch seit seiner Erhebung auf den kaiserlichen Thron war Friedrich der Serenissima gegenüber stets großzügig mit Privilegien. Und genoss im Gegenzug jederzeit Respekt und heimlichen Schutz, wenn er in Schwierigkeiten war. So auch bei diesem Buch, das nach der Niederlage von Vittoria durch unsere Männer vor der Zerstörung gerettet worden war.«

»Niederlage ... Viktoria?« fragte Kansbar, der glaubte, sich verhört zu haben.

Der alte Martino, der ihnen noch immer den Kodex entgegenhielt, wandte sich zu ihm. »Vittoria ist der Name, den der Kaiser seinem befestigten Lager gegeben hatte, das er in der Nähe der von ihm belagerten Stadt Parma hatte errichten lassen. In wenigen Tagen aus Holz und Zeltplanen erbaut, in seinen Träumen jedoch bereits aus Stein und Marmor, sollte es seinen Hof im Norden beherbergen und ein Ebenbild des prächtigen Palermo werden. Ich habe die Pläne dieser neuen Hauptstadt gesehen: Wenn das Schicksal Friedrich günstig gewesen wäre, würde im Herzen der Poebene heute ein neues Rom stehen, so mächtig und strahlend wie das am Tiber.«

»Doch die Guelfen von Parma machten die Träume des Kaisers an einem einzigen Tag zunichte. Sie überrannten seine Truppen, zerstörten Vittoria, bemächtigten sich seiner Zelte und auch des kaiserlichen Schatzes«, ergänzte der Senator.

»Und dieses Buch hier war unter den Kostbarkeiten«, sagte Martino. »Ein Werk, das für ihn das wertvollste überhaupt war.«

»Die Zahlentafeln von Fibonacci aus Pisa? Oder der Traktat über die Himmelsmechanik von Guido Bonatti?« fragte Dante atemlos. »Oder der Text über die geheime Alchimie, die er, wie man sich erzählt, auf seinem Kreuzzug in Jerusalem kennengelernt hatte?«

Ein feines Lächeln erschien auf den Lippen des Greises. »Ein noch größeres Werk«, antwortete er und schüttelte den Kopf. »Von dem nur wenige behaupten können, es wirklich gelesen zu haben. Weil nur ein einziges Exemplar davon existiert, und das ist dieses hier.«

Er klappte die bemalte Tafel auf, so dass das Frontispiz des Kodex zum Vorschein kam.

Dante und der Perser beugten sich über das Buch, das Martino ihnen entgegenhielt. Auch Manoello reckte neugierig den Hals. Der Venezianer schlug behutsam die erste Seite um und zeigte ihnen das *incipit*. Dante las einige Worte, die mit dünnen Buchstaben geschrieben waren, ähnlich der üblichen karolingischen Schrift, jedoch mit einem nervösen Schwung, der sie wesentlich von den Buchstaben der gewöhnlichen Schreiber unterschied. »Aber das ist ja …«, stammelte er nach einer Weile fassungslos.

Eine gespannte Stille hatte sich auf den Raum herabgesenkt. Wieder war es Dante, der sprach. »Ich dachte immer, das sei nur eine Legende …«

»Es ist keine, wie Ihr sehen könnt. Dies ist die Schrift, die die vielleicht scharfsinnigsten Geister der Welt beschäftigt hat.«

»Oder die finstersten.«

Ein spöttisches Lächeln erschien auf den Lippen des Venezianers. »Abu Tahir, Averroes, Michael Scotus, Alfons VIII. von Kastilien. Ihre Stimme klingt hinter diesen Seiten auf. Sind das Männer, die aus der Finsternis gesprochen haben?«

»Ihr Geist strahlte zweifellos besonders hell. Und ihr Verstand kam jeder Frage auf den Grund, mit der sich die Menschen unserer Zeit auseinandersetzen. Doch es gibt eine tiefere Finsternis, eine Blindheit der Seele, die manchmal auch große Geister trübt«, erwiderte Dante und nahm Martino den Kodex energisch aus den Händen. Er überflog noch einige Seiten, wie um sich endgültig zu vergewissern, welcher Art diese Schrift war. Dann schloss er sie hastig, als würde ihm das Gelesene die Finger verbrennen. »Die Finsternis dessen, der das Wort Gottes und seine Fleischwerdung verleugnet. Dieses Buch missachtet Christus und auch den Propheten Moses vor ihm. Und er stellt beide auf eine Stufe mit dem Schismatiker Mohammed, indem er alle drei zu Straßenräubern erklärt.«

»Ist es vielleicht der Titel, *Die drei Betrüger*, der Euch so stört, Messer Alighieri?« fragte ihn Martino eindringlich. »Und wenn ich Euch nun verrate, wer sein wahrer Verfasser war, den ich mit meinen eigenen Augen diese Seiten schreiben sah? Ein Mann, dem Ihr, wie Ihr wiederholt betont habt, großen Respekt zollt.«

Dantes Augen verengten sich. Er wusste, auf wen der Venezianer anspielte. »Er?«

Martino bewegte kaum merklich den Kopf, doch das genügte. »Auf diesen Seiten hat Kaiser Friedrich all seine Überzeugungen dargelegt.«

»*Die drei Betrüger* ... der Traktat, in dem die ganze Blasphemie der Welt enthalten sein soll ...«, murmelte Dante ungläubig. »Den hat er geschrieben! Der Mann, der die Welt in Erstaunen versetzte. Der jedoch auch ihre Pein war ...«

Martino hatte das Buch wieder an sich genommen. Doch statt es dem Senator zu geben, drückte er es erneut Dante in die Hand. Offenbar in der Absicht, dessen Widerstreben entgegenzutreten. »Verspürt Ihr nicht den Wunsch, es zu lesen?« fragte er einschmeichelnd. Zögernd ließ der Dichter ihn gewähren. Die Buchstaben tanzten ihm vor den Augen, als versuchte eine verborgene Kraft, sie für ihn unverständlich werden zu lassen. Mit seiner freien Hand rieb er sich die Augen und beugte sich erneut über die Schrift.

»*Sosehr es auch der Wunsch eines jeden ist, die Wahrheit zu kennen, so ist es doch nur wenigen vergönnt, ihr auf den Grund zu kommen. Denn obgleich in ihrer Erkenntnis das vollkommene Seelenglück wohnt, tauchen auf diesem Weg, der beschwerlich ist und länger als das Leben selbst, zahlreiche Hindernisse auf. Zu den schlimmsten zählen die drei Gorgonen: Stheno, die Gewalt, dann Euryale, die Täuschung, und schließlich Medusa, der entsetzliche Aberglaube, ... von den dreien die jüngste und schrecklichste ...*«, las der Dichter. Er betonte jede Silbe laut und deutlich, wie er es für gewöhnlich auch in der Abgeschiedenheit seiner Kammer tat.

Rings um ihn her war es still geworden. Er brach ab und schaute auf. Durch seine Stimme schien die Stimme des alten Herrschers von den Toten zurückzukehren und mit ihr die Finsternis. »*Und drei an der Zahl sind auch die Betrüger, die die Freiheit des Menschen verletzen, da sie die Wahrheit verfälschen und seine Stirn zur Erde niederbeugen, die Stirn, die dazu bestimmt ist, sich zum Himmel zu heben: Moses, der Heuchler, Jesus, der Illegitime, und Mohammed, der Schächer …*«

Der Dichter klappte den Kodex zu und warf ihn auf den Tisch, so dass die Tafeln polterten.

»Lest weiter, Messer Alighieri«, drängte ihn Martino. »Es sind nicht viele Seiten, doch das darin enthaltene Wissen ist jeden Tropfen ihrer Tinte wert.«

Der flötende Tonfall des Greises klang ihm in den Ohren wie die Stimme, die Evas Ohren betört hatte. Dante erkannte dies deutlich, konnte dem Wunsch, ihm zu gehorchen, jedoch nicht widerstehen. Je weiter er las, desto stärker spürte er, wie seine Seele sich unter dem Eindruck dieser vollendeten Prosa auflöste, in der mit unerschütterlicher Präzision ein ausgeklügelter Gedanke nach dem anderen folgte. Das waren keine neuen Überlegungen, sondern dieselben, die er schon oft in der Schule der Franziskaner von Santa Croce gehört hatte, wo sie von den theologischen Lehrmeistern stets verächtlich als unflätiger Schmutz uralter Irrlehren widerlegt worden waren.

Doch in dieser Schrift begegneten sie ihm erstmals klar geordnet von einem überlegenen, luziferischen Geist: Das war nicht das oberflächliche Tönen von Ungebildeten und auch nicht die spöttische Rede, die Guido Cavalcanti ihm bei ihren Florentiner Wortgefechten so häufig entgegengeschleudert hatte, gewürzt mit höhnischen Späßen über die Sitten der Priester und Mönche. Dieses Buch hier kam mit großen Schritten auf einem Weg daher, den zu beschreiten er, Dante, sich stets entsetzt geweigert hatte, indem er die Augen geschlossen und sich jedesmal in die Festigkeit des Glaubens geflüchtet hatte, dieser einzigen Hoffnung auf Seelenheil. Doch dieses Buch schrie den Menschen zu, sie sollten Menschen sein und ihr Erstgeburtsrecht geltend machen, es brüllte wie ein stolzer Löwe.

Dante schaute von der Schrift auf. Ein heftiges Zittern hatte ihn erfasst, als hätte das, was er gelesen hatte, seine Nerven zutiefst erschüttert. Die anderen hatten schweigend zugehört und sahen ihn erwartungsvoll an. Doch seine Kehle war wie zugeschnürt. Seine Zähne schlugen aufeinander, als hätte sich plötzlich eine Eiseskälte auf den Raum herabgesenkt.

»Ich weiß nicht ... ich ...«, brachte er schließlich hervor. »Diese Schrift verwirrt das Gemüt ...«

Der Senator hob einen Finger. »Jedesmal wenn eine Tür zum Unbekannten aufgestoßen wird, halten unsere Sinne das nicht aus. Wir respektieren Eure Erregung, sie hat schon viele berühmte Männer ergriffen, wenn die Wahrheit zum Vorschein kam.«

»Die Wahrheit?« sagte Dante mit erstickter Stimme. Er wollte etwas entgegnen, doch ihm blieben die Worte im Hals stecken, wie blockiert von dem, was er gerade gelesen hatte. Er streckte sich lang auf seiner Bank aus, stützte das Kinn auf die vor der Brust gefalteten Hände und versuchte, die Fülle der Gedanken zu ordnen, die ihm durch den Kopf wirbelten. Durch die halbgeschlossenen Lider betrachtete er die Gesichter seiner drei Gesprächspartner, ihre rätselhaften Mienen, die die Ungeduld verrieten, mit der sie sein Urteil über etwas erwarteten, was an den Grundfesten jedes Glaubens rüttelte.

Drei Männer, die abseitigen Ideen verfallen waren und ihn als Gefährten in einem Unternehmen wünschten, das sich nur auf Stolz und Machtgier gründete.

»Wir werden noch Zeit haben, darüber zu reden«, sagte der Senator. »Messer Kansbar hat erfahren, dass Ihr in der Himmelskunde bewandert seid. Auch er hat etwas mitgebracht, was ohne Zweifel Euer Interesse wecken wird. Zeigt uns nun also, wovon Ihr mir erzählt habt.«

Kansbar nahm einen kleinen, zugeschnürten Ledersack vom Fußende seiner Bank. Er öffnete ihn und holte einen in ein scharlachrotes Tuch gewickelten Gegenstand heraus. Er entfernte das Tuch, und zum Vorschein kam ein Würfel aus blankem Ebenholz, dessen Seitenlänge etwa einen Fuß betrug. Auf der oberen Fläche fiel ein großer Kreis aus Messing auf, und an einer Seite befand sich eine kleine Metallkurbel.

Der Perser schob das Kästchen behutsam zum Dichter hinüber und bedeutete ihm, es sich genauer anzusehen. Dante beugte sich vor.

Auf dem Messingkreis war ein dichtes Netz winziger Buchstaben eingraviert, und in seiner Mitte waren einige Zeiger unterschiedlicher Länge befestigt. Der Dichter zählte sieben, dann schaute er auf und räusperte sich verlegen.

»Das ist Griechisch … das verstehe ich nicht.«

Kansbar deutete ein verständnisvolles Lächeln an. Dante ärgerte sich über diese Nachsicht, beschloss aber, seine vorübergehende Unterlegenheit hinzunehmen. »Was ist das?« fragte er nur knapp.

Statt zu antworten, drehte der Perser einmal energisch an der Kurbel. Sofort begannen die Zeiger mit unterschiedlicher Geschwindigkeit auf der Skala zu kreisen und hielten in einer Stellung an, die an einen unregelmäßigen Strahlenkranz erinnerte.

Dante hatte neugierig zugesehen, ohne zu begreifen.

»Wie lange ist es her, seit Ihr das Schicksal aus den Sternen gelesen habt, Messer Alighieri?«

»Das war kurz vor meiner Abreise aus Florenz«, antwortete der Dichter erstaunt.

»Ich kann mir vorstellen, dass das viel Arbeit war.«

»Die Bahnen der Himmelskörper sind vollkommen, doch auch kompliziert. Deferenten und Epizyklen erfordern höchste Aufmerksamkeit, und hinter jeder Messung kann sich ein Fehler verbergen, der selbst die genaueste Berechnung zunichte macht. Die Arbeit von Stunden, einer ganzen Nacht«, schloss der Dichter.

»Erinnert Ihr Euch, zumindest in groben Zügen, noch an die Winkelkonstellationen?«

»Gewiss«, antwortete Dante und kniff leicht die Augen zusammen. Er forschte in seinem Gedächtnis nach jenem unglückseligen Resultat, das ihm nun in seiner ganzen unheilvollen Pracht wieder einfiel. »Der Mond trat in den Steinbock, die Sonne in Konjunktion mit Venus stand in der Waage. Und Mars im treulosen Skorpion. Die Himmel schienen sich in einer Vielzahl von Widersprüchen verwirrt zu haben, die gewiss nicht günstig für die Vermittlungsarbeit waren, zu der ich mich aufmachte.«

Kansbar hörte ihm zu und nickte von Zeit zu Zeit. Der Stand der Sterne war aus dem Mund des Dichters nicht einfach eine kühle geometrische Schilderung: Sie war die Erzählung von Schicksalen, von Gefühlen. Von Leben.

»Nun gut, achtet auf die Stellung der Zeiger. Diese griechischen Buchstaben, die Euch nichts sagen, erklären, was sie bedeuten. Ein wundervoller Kranz, der hier beginnt«, sagte der Perser und wies mit dem Fingernagel auf einen der Teilstriche am Außenrand des Kreises. »Hier ist das Frühlingsäquinoktium, dann folgen die zwölf Tierkreiszeichen. Das ist der Zeiger für die Sonne«, fuhr er fort, während er mit dem Finger eine der Nadeln berührte. »Hier. Auf den letzten Graden der Waage. Und der Mond an der Spitze des Steinbocks. Und Mars auf dem achtundzwanzigsten Grad des Skorpions.«

Dante machte große Augen. »Das ist doch nicht möglich …«, murmelte er. Er traute seinen Augen nicht. Dieser Ungläubige hatte ihn zweifellos mit irgendeinem Zauber getäuscht.

Kansbar bemerkte sein Misstrauen. »Glaubt Ihr, das sei ein Zufall gewesen? Wollt Ihr die Bestätigung durch einen unanfechtbaren Beweis?«

»Gebt ihn mir, wenn Ihr dazu in der Lage seid.«

»Ich könnte mit diesem Instrument die Sterne Cäsars oder die des Kaisers Friedrich ermitteln.«

»Die sind doch bekannt, Ihr könntet die Zeiger bereits entsprechend präpariert haben. Auf irgendeine Weise«, erwiderte Dante skeptisch.

»Dann eben Eure.«

»Meine?«

»Gewiss. Ich weiß ja nicht, wann Ihr geboren seid, niemand in ganz Rom weiß das.«

Dante zögerte. Dem Ungläubigen sein Sternbild zu verraten hieße, ihm den Schlüssel zu seiner Seele in die Hand zu geben. Zumindest für jenen Teil, den der Himmel unmittelbar in das Wachs seiner Seele geprägt hatte. Doch nach dem, was er schon gesehen hatte, war die Versuchung zu groß. »Ich bin im Jahr des Herrn 1265 am 29. Mai um Mitternacht geboren.«

Kansbar machte sich an der Seite des Kästchens zu schaffen. Dann betätigte er wieder die Kurbel, und schon drehten sich die verschiedenen Zeiger, bis sie sich in einer neuen Anordnung auffächerten.

»Eure Geburt wurde mit einem glänzenden Schauspiel gefeiert, Messer Alighieri«, rief der Perser, nachdem er das Ergebnis aufmerksam studiert hatte. »Als hätten die Himmelssphären ihre Lichter versammelt, um die Nacht Eurer Ankunft auf Erden hell erstrahlen zu lassen. Hier, in Konjunktion mit dem Stier, trafen in jener Nacht der glorreiche Jupiter, der melancholische Saturn und der schnelle Merkur zusammen, in einer Konjunktion, die den ganzen Quadranten erleuchtete. Doch es ist schmerzlich, dass so viel Lichterglanz nicht von den Zeichen eines günstigen Schicksals begleitet wird. Denn Jupiter im Quadrat zum Aszendenten überschattet Euer ganzes Leben, und dieser Schatten wird Euch stets und ständig begleiten und mit seinen Pfeilen beschießen. Doch obgleich Euch das Schicksal Steine in den Weg legt, steht es Euch in gewisser Weise doch auch bei: Venus im Krebs wird zwar Eure Liebesgeschichten mit Schmerz versehen. Doch Mars im ruhmreichen Löwen ist Eure Stärke. Ihr werdet Euch ganz allein vor den Schlägen des Unglücks schützen.«

Dante streckte die Hände nach dem Räderwerk aus und entriss es dem Perser. Fieberhaft überprüfte er, was Kansbar ihm erläutert hatte. Die Einzelheiten der Maßeinteilung waren ihm noch immer nicht klar, doch das, was er verstanden hatte, genügte, um ihn zu verblüffen. Hier hatte er sein Horoskop vor Augen, mit einer unvorstellbaren Geschwindigkeit errechnet.

Er gab Kansbar den Mechanismus zurück. Sein Blick wanderte vom Gesicht des Persers zu dem Kästchen, und er fragte sich, was wohl außergewöhnlicher war – dieser Mechanismus oder der Mann, der ihn bediente.

»Wer hat dieses Wunderwerk gebaut?« fragte er schließlich. »Man könnte meinen, es sei tatsächlich wahr, was man sich über Euer Land erzählt, nämlich dass es dort Geister gibt, die zwischen den Steinen in der Wüste wohnen und den Menschen die Geheimnisse der Natur ins Ohr flüstern!«

»Nicht mein Volk hat es gebaut. Es waren die großen Griechen, sie haben es vor vielen Jahrhunderten erfunden. Ich habe in der Bibliothek von Bagdad nur seine Geschichte entdeckt. Einen alten Papyrus, der nach der Plünderung Alexandrias vom Kalifen dorthin gebracht worden war.«

»Und was erzählt diese Geschichte?« fragte Dante ungeduldig.

»Zu der Zeit, als der erste Cäsar seine Adlerstandarten in die Welt hinausführte, lebte auf der Insel, die Ihr Rhodos nennt, der Schöpfer dieses Mechanismus. Er baute drei Stück davon, bevor er starb und wieder zu den Sternen zurückkehrte, die er so gründlich studiert hatte. Dieses Exemplar hier kam nach Alexandria, das zweite wurde nach Athen verschifft und ging auf See verloren. Und das dritte gelangte nach Rom und wurde dem Kollegium der Auguren übergeben.«

»Aber nicht eine Chronik berichtet von diesem Wunderwerk.«

»Die Auguren waren Priester, die viel auf ihre Wissenschaft hielten. So mancher von ihnen wünschte sich die Zerstörung des Räderwerks: Denn es ermöglichte nun auch dem Volk, die Planetenbahnen zu berechnen, und es bewies zudem, dass all ihre Gewissheiten auf einem falschen Prinzip beruhten.«

»Falsch? Aber der Mechanismus gibt die exakte Position der Sterne an und bestätigt sogar noch ihre unvergängliche Ordnung!«

»Gerade deshalb. Was wisst Ihr über die Bewegungen der Himmelskörper, Messer Alighieri?«

»Alles, was der große Aristoteles gelehrt hat und was Ptolemäus aus Alexandria mit seinem Werk ergänzte.«

»Dass die Erde reglos im Zentrum des Universums der Schöpfung ruht und die Gestirne sie in Epizyklen umkreisen?«

»Genauso, seit Gottes erstem Werk, unveränderlich und gewiss.«

»Nicht auf diese Art bewegen die Himmelssphären die Gestirne. Habt Ihr je den Sinn der Natur erforscht, ihre wahrnehmbaren Erscheinungen?«

»Ich habe Vorlesungen zur Physik und zur Metaphysik gehört ...«, antwortete Dante zurückhaltend.

»Aber das sind nur die Worte von Gelehrten, zuweilen in den Mantel ihrer Vorurteile gehüllt. Habt Ihr die tiefsten Gesetze der Natur denn nie durch die Beobachtung ihrer sinnlich erfassbaren Erscheinungsformen ergründet, auch nicht ihr erstes Gesetz?«

»Und welches ist das?«

»Dass die Natur in allem, was sie tut, den kürzesten Weg sucht. Und da die Natur der Spiegel Gottes ist, zeigt sich in diesem Spiegel auch seine Bestimmung.«

Dante zögerte erneut. In den Worten des Persers lag etwas, was gefährlich in die Nähe der Ketzerei geriet, eine Andeutung, die Natur mit Gott gleichzusetzen, die Schöpfung mit dem Schöpfer. »Gott liebt also die Einfachheit?« fragte er daher nur.

»Ja. Sagt Ihr nicht in Eurer Religion, dass den Einfachen die Welt gehören wird? Auch der Himmelsplan folgt diesem Prinzip. Doch Aristoteles und Ptolemäus wählten nicht den einfachsten Weg. Ihr für Abweichungen empfänglicher Verstand schlug einen ausweglosen Kurs ein. Während andere den richtigen Weg fanden. Sogar der Kaiser in seinem hochmütigen Wahnsinn ahnte die Wahrheit. Ich meine den großen Nero.«

»Nero, der Rom angezündet hat? Ihn macht Ihr zu einem Heroen der Wissenschaft?« entgegnete Dante fassungslos.

»Gottes Wille folgt geheimnisvollen Wegen. Als fände sein unendlicher Geist Gefallen an Spott und Scherz«, sagte Kansbar.

»Seid nicht zu streng mit dem antiken Herrscher. Wusstet Ihr, dass das römische Volk ihm noch bis vor knapp einem Jahrhundert an seinem Grab zu huldigen pflegte?« schaltete Saturniano sich ein.

»Ihr führt lästerliche Reden! Er war der erste Verfolger der Christen und ließ Petrus hinrichten, nach dessen Grab Ihr noch immer sucht!«

Der Senator hob zum Zeichen der Kapitulation die Hand. »Vielleicht ändert Ihr Eure Meinung noch. Doch hören wir die Geschichte unseres Freundes«, fuhr er, auf den Perser deutend, fort.

»In Alexandria wurden viele Zeugnisse der Wissenschaft und der römischen Geschichte aufbewahrt, die Euch in Erstaunen versetzen würden, Messer Alighieri«, sprach nun Kansbar weiter. »Nach der Eroberung der Stadt durch das Heer des Kalifen wurden sie nach Bagdad gebracht. Die dortigen Gelehrten studierten sie höchst aufmerksam und machten sich diesen Schatz zunutze. Einen Schatz, der bis zu uns gelangte. Der Mechanismus, den ich Euch vorgeführt habe, verdankt seine Perfektion einem Prinzip, das sich wesentlich von dem unterscheidet, was Aristoteles und Ptolemäus glaubten und was auch Ihr glaubt. Ich kann es beweisen, wenn das, was ich in Mesopotamien erfahren habe, wahr ist. Und ich möchte, dass Ihr dabei seid. Auch Messer Martino, der in seinem langen Leben alle sieben freien Künste studiert hat, sollte uns begleiten.«

»Und wohin?« fragte Dante.

»An einen Ort hier in Rom. Wie ich Euch erzählt habe, hielten die Auguren den Mechanismus vor dem Volk verborgen, doch natürlich konnten sie ihn nicht auch ihrem Kaiser vorenthalten. Und er nutzte ihn, um seinen Prunk und seine Macht auszubauen, wie es in den Reisechroniken des Ermete Alessandrino heißt, der siebzig Jahre nach dem Beginn Eurer Zeitrechnung Rom besuchte. Es ist eines der wenigen Bücher, die nicht dem Brand der Bibliothek zum Opfer fielen. Morgen werdet Ihr mehr erfahren, falls Ihr es wünscht.«

Dante war sprachlos. Ihn beschäftigte noch immer, was er da gesehen hatte. Doch vor allem beunruhigte ihn, was er in Friedrichs Buch gelesen hatte. Der Schimpf, den der Kaiser all seinen, Dantes, Überzeugungen antat. Gleichwohl konnte er nicht darauf reagieren, der Zweifel nagte bereits in ihm, führte unzählige Risse zusammen, die es schon vorher in seinem Kopf gegeben hatte, und öffnete einen Abgrund. Verwirrt stammelte er ein paar Worte.

»Seid heute nacht mein Gast, Messer Alighieri. Ich habe bereits angewiesen, dass man Euch ein Cubiculum herrichtet, wo Ihr Euch ausruhen könnt. Und falls Ihr dies wünscht, in diesem Buch weiterlesen könnt.«

Dante zögerte und nickte dann. Seine Hand war unwillkürlich zu dem Kodex geglitten. Der Senator beobachtete seine Bewegung mit einem listigen Funkeln in den Augen.

Ein Diener hatte ihn durch einen Korridor zum Innenhof geführt und von dort in einen der Schlafräume, die an den Laubengang grenzten. Eine plötzliche Müdigkeit hatte Dante erfasst, und jeder Teil seines Körpers verlangte schmerzhaft nach Schlaf.

Doch das Buch, das er noch immer umklammerte, brannte in seinen Fingern. Der Diener hatte eine Kerze angezündet und sich zurückgezogen. Dante setzte sich auf den Bettkasten und hielt den Kodex für einen Moment noch geschlossen auf den Knien, dann schlug er wütend die Seite auf, die er den anderen vorgelesen hatte.

Im flackernden Kerzenschein, der jeden Buchstaben in den Krallenhieb eines Dämons zu verwandeln schien, begann er laut zu lesen. Wieder strömten ihm die Worte des Kaisers in den Kopf, zunächst wie das schmeichelnde Gurgeln eines Bachs und dann plötzlich mit dem ohrenbetäubenden Rauschen eines unaufhaltsamen, mitreißenden Wasserfalls. Ein Rauschen, das ihn verwirrte und in dem tausend Stimmen klangen und ihm eine Wahrheit ins Ohr schrien, gegen die er stets angekämpft hatte, die jedoch nun mit der Kraft des Lichts, das auf Luzifers Stirn gestrahlt hatte, vor ihm aufleuchtete. Eine war deutlich herauszuhören, spöttisch und triumphierend, die Stimme Guido Cavalcantis. »Gott gibt es nicht, Dante! Und auch du weißt das!«

Wusste auch er das? Hatte er es schon immer gewusst?

Er hörte auf zu lesen und klappte den Kodex hastig zu. Doch um sich her vernahm er noch immer ein fernes Stimmengemurmel. Im Haus war noch jemand, der etwas rezitierte, einen Text, den er nicht verstehen konnte. Dante glaubte, dieselben Laute zu erkennen, die er aus Fiammas Mund gehört hatte. Er sprang auf und schaute aus der Tür seines Zimmers. Auf der anderen Seite des Hofes sah er eine weiße Gestalt zwischen den Säulen hindurchschlüpfen und hinter einer Ecke verschwinden. Die Stimme war verstummt.

Kurz darauf war ihm, als sähe er die Gestalt erneut, die offenbar in der Dunkelheit wartete, und machte einige Schritte auf den weißen Fleck zu, der im gegenüberliegenden Säulengang aufschien.

Als er die Mitte des Hofes fast erreicht hatte und das Impluvium umrundete, drang ein silberhelles Lachen an sein Ohr, begleitet von einem raschen Klappern, wie von schnellen, leichten Schritten auf Metall.

Der weiße Fleck huschte den Säulengang entlang und blieb erneut stehen. Dante beschleunigte seinen Schritt, um ihn einzuholen. Wieder hörte er das Auflachen in der Dunkelheit: Das war ohne jeden Zweifel eine Frau.

Fiammas Bild blitzte vor seinen Augen auf: Der schlanke Arm, der ihn hinter einer Säule sanft herbeilockte, musste ihr Arm sein. Kopflos und voller Begehren stürzte er auf den Säulengang zu. Auch die Frau lief weiter, immer an den Säulen entlang, hinter denen sie sich versteckte, als wollte sie ein ständiges Hindernis zwischen sich und ihrem Verfolger aufrechterhalten. Währenddessen brach sie wiederholt in ihr wohlklingendes Lachen aus, das immer ausgelassener wurde, nur manchmal unterbrochen von der Atemlosigkeit des Laufs.

Die Entfernung zwischen ihm und der Frau nahm stetig ab. Mit einem letzten Sprung war er kurz hinter ihr und streckte die Arme nach ihr aus. Doch bevor er sie wirklich erreichte, hielt Fiamma an und drehte sich um.

Durch seinen Schwung kam er nur knapp einen Schritt vor ihrer erhitzten Gestalt zum Stehen. Er spürte den zarten Blütenduft ihres Atems auf seinem Gesicht.

»Was wollt Ihr von mir, Messer Alighieri?« hauchte sie. Das schelmische Funkeln ihrer Augen verwirrte ihn. Hinter Fiammas mädchenhaften Zügen verbarg sich eine Sinnlichkeit, die ihn vollkommen erregte.

Er riss sich zusammen. Dieses Mädchen war die Tochter seines Gastgebers, und sie befanden sich unter seinem Dach. Er musste von hier verschwinden, auf der Stelle. Wenn ihn jemand in dieser Situation ertappte, wäre es um seine Ehre geschehen. Und vielleicht müsste er seine Schwäche angesichts des berechtigten Zorns des Senators sogar mit dem Leben bezahlen.

Doch unvermittelt streckte Fiamma ihre Hand aus und fuhr zärtlich über seine Wange. Ihre Finger brannten auf seinem Gesicht wie glühendes Eisen. Er sank auf die Knie und umfasste ihre Beine. Lächelnd beugte sich das Mädchen zu ihm hinunter. Er streckte sich und suchte ihre Lippen, doch ihre Hand stieß ihn energisch zurück.

Dante stand verstört auf, während ihm abermals das helle

Lachen des Mädchens entgegenklang, die ihn weiter auf Distanz hielt. Dann wurde sie plötzlich ernst.

»Was Ihr wollt, ist mir verwehrt«, raunte sie. »Und was vielleicht auch ich will«, fügte sie mit einem Seufzer hinzu, der die Luft erneut mit ihrem himmlischen Duft erfüllte.

Dante verstand nicht. Doch er neigte respektvoll den Kopf.

»Ich werde es tun …«, flüsterte er. »Was immer Ihr verlangt …«

»Wirklich alles? Ein großer Auftrag wartet auf Euch.«

»Ich werde … über den Kreuzzug schreiben, werde ihn besingen. Ich werde es tun!« wiederholte der Dichter lebhaft, weil er ihren Wunsch zu kennen glaubte. Doch das Mädchen lachte wieder. »Vielleicht wird Eure Stimme berufen sein, etwas viel Größeres zu preisen«, sagte sie geheimnisvoll.

»Etwas Größeres?«

»Versprecht mir, dass Ihr dann bei mir seid. Dass Ihr mich nicht allein lassen werdet«, fuhr sie fort, ohne auf seine Frage zu antworten. Sie wirkte plötzlich traurig. Dann streckte sie die Hand nach dem Dichter aus, drehte sich abrupt um und verschwand durch eine Tür in der Ecke.

Dante ging langsam in sein Zimmer zurück und ließ sich auf das Bett fallen. Das schreckliche Buch lag neben ihm und schien ihn zu rufen.

II

14. NOVEMBER,
IN DER VILLA DES SENATORS SPADA

Die Sonne stand schon hoch am Himmel, als Dante erwachte. Ringsumher im Haus erklangen die Geräusche des Tages: die flinken Schritte der Diener, das gedämpfte Rumoren von Leuten, die in der großen Villa mit der Hausarbeit begannen, dazu in der Luft der herbe Geruch von Rauch und frisch gebackenem Brot.

Er hatte länger geschlafen als beabsichtigt, dachte er und sprang aus dem Bett. Jemand musste in seinem Zimmer gewesen sein, während er geschlafen hatte, denn seine Kleider lagen nun sauber und ordentlich neben seinem Lager.

Hastig zog er sich an und trat hinaus, um die anderen Hausbewohner zu suchen. Vor dem Nachbarzimmer stieß er auf Martino und Kansbar, die offenbar schon auf ihn warteten. Einen Moment lang schien es ihm, als hätten die beiden sich überhaupt nicht hingelegt und als wären es ihre Stimmen gewesen, die er zusammen mit der Rezitation der Tochter des Senators in der Nacht gehört hatte. Beide waren hellwach und ausgehbereit.

»Wir haben auf Euch gewartet, Messer Alighieri. Senator Spada lässt Euch grüßen und bittet, seine Abwesenheit zu entschuldigen. Wichtige Pflichten haben ihn bereits vor Tagesanbruch in den Senatorenpalast gerufen«, sagte der Perser kühl.

»Und Madonna Fiamma?« fragte der Dichter vorsichtig.

»Die Tochter des Senators ist ebenfalls schon ausgegangen. Ihr kennt ja ihre Vorliebe für die Jagd. Sie nimmt in der Nähe der Via Nomentana an einer Treibjagd teil. Ein Wagen steht bereit, um uns zu unserem Ziel zu bringen, wenn es Euch recht ist.«

»Und wohin?« fragte Dante.

»Das werdet Ihr sehen. Es ist etwas, was Ihr Euch nicht vorstellen könnt.«

Erstaunt folgte ihnen der Dichter durch das Labyrinth der Räume, in dem sich die beiden offenbar bestens auskannten.

Vor der Villa wartete ein Wagen mit einem Diener. Sie stiegen ein, und das Gefährt fuhr sogleich ab. Dante erkannte den Weg wieder, den er beim erstenmal zurückgelegt hatte, als er vom Kapitol gekommen war. Sie passierten die Thermen des Diokletian, durchquerten die Exedra und fuhren auf der geraden Straße, die auf dem Kamm des Quirinals entlangführte, weiter nach Campo Marzio hinunter. Doch vor dem letzten Abhang, auf dem sie zu den Foren gelangt wären, bog der Wagen nach links ab, vorbei an einem weiteren Hügel, hinter dem der obere Rand des Kolosseums zu sehen war, der über der gezackten Horizontlinie aufragte. Sie kamen durch ein Gelände voller Ruinen, die ähnlich imposant waren wie die, die sie hinter sich gelassen hatten.

»Was sind das für Mauern?« erkundigte sich Dante.

»Die Reste einer anderen Thermenanlage, erbaut von Kaiser Trajan. Wir müssten jetzt dasein.«

Die drei Männer gingen linker Hand an den Thermen vorbei. Auf der Böschung des Oppio schlängelte sich ein Feldweg hügelan, vorbei an Weinstöcken und Gemüsegärten, die hinter unverputzten Mäuerchen lagen. An manchen Stellen war die Steigung so stark, dass sogar die mit Bütten beladenen Packesel, die hier und dort zu sehen waren, kaum vorankamen.

Dante hatte sich schon mehrmals an dem ringsumher wachsenden Gestrüpp festhalten müssen, um nicht nach hinten wegzurutschen. Vor ihm stiegen der Perser Kansbar und der alte Martino wie von einer schier unerschöpflichen Kraft beseelt zügig den Hügel hinauf.

»Nur zu, Messer Alighieri!« ermunterte ihn der Venezianer, der sich mit einem unergründlichen Gesichtsausdruck zu ihm umgedreht hatte. »Was ihr in Kürze sehen werdet, wird Euch vollends für diese Mühe entschädigen.«

Dante fühlte sich verspottet und strengte sich noch mehr an, um Schritt zu halten. Jenseits des Hügelkamms lagen die Ruinen der Trajan-Thermen vor ihnen, die das gesamte sumpfige Tal zwischen Caelius und Palatin überragten. Große Bögen und Streben aus rötlichem Mauerwerk erhoben sich zum Himmel, umgeben von Türmen und Hütten, die im Schutz des antiken Bauwerks errichtet worden waren. Die Spuren der Römer erinnerten Dante an die Überreste eines großen Meerestiers, aus denen im Laufe der Jahrhunderte durch Schleimpilze und Parasiten neues Leben gesprossen war.

»Führt unser Weg dort hinauf?« fragte der Dichter, nach Luft ringend.

»Dorthin?« wiederholte Martino, auf die Mauern weisend. »Nein, die sind in der Hand der Milesi, die dort ihre Festungen errichtet haben. Es wäre nicht klug, so ohne Einladung in ihre Nähe zu kommen. Nein, nicht dort hinauf. Sondern hinunter, wir wollen hinunter«, fügte er auf seine rätselhafte Art hinzu.

Sie erklommen noch einige Serpentinen, bevor der Venezianer entschlossen nach rechts abbog und sich abseits des Weges durch die auf dem Hügel verstreuten Lorbeerbüsche und Brombeersträucher kämpfte.

Nach etwa einhundert Schritten gelangten sie zu einer Felswand aus Tuffstein.

»Wir sind da«, sagte Kansbar zum Dichter. »Nun werdet Ihr erkennen, dass Eure Wissenschaft falsch ist.«

Dante sah sich die Wand, auf die der Greis wies, genauer an. Das war kein natürlicher Felsen, sondern der Rest eines soliden Bauwerks aus großen Steinquadern. Aus Quadern, die durch den Einfluss von Wasser und Wind im Lauf der Zeit fest miteinander verschmolzen waren. Zwischen den Steinen hatten sich dornige Kletterpflanzen angesiedelt, was den Eindruck, es handele sich um einen Felsblock, noch verstärkte. Schaute man jedoch genauer hin, konnte man die Umrisse eines Bogens ausmachen, der von Erdmassen und vor ihm aufgehäuftem Geröll teilweise verdeckt war. Große Erdschollen, durchsetzt mit Wurzelwerk, hingen herab und verdeckten den oberen Teil.

»Diese Stelle war verschüttet, wie auch der übrige Hügel«, sagte Martino. »Doch die heftigen Herbstregen haben die steilsten Flächen abrutschen lassen und freigelegt, was darunter verborgen war. Das hat sich herumgesprochen, bis zu mir.«

»Was darunter verborgen ist? Was wollt Ihr damit sagen?«

Mit einer weit ausholenden Handbewegung umfing Martino die umliegende Landschaft. »So erstaunlich es Euch auch erscheinen mag, doch was wir hier erklommen haben, ist nicht einer der Hügel Roms, sondern es sind die Reste eines grandiosen Bauwerks, das unsere Vorfahren vor allen Blicken verbergen wollten, um selbst noch die Erinnerung an die Schandtaten auszulöschen, die hier begangen wurden. Dies ist ein Zugang zu Neros Kaiserpalast, jener berüchtigten Domus Aurea, die sein ganzer Stolz und zugleich die Ursache seines Untergangs war.«

Ungläubig schaute Dante auf und betrachtete das Terrain, das der Venezianer ihm zeigte. Zu seiner Rechten ragte das massige Kolosseum in den Himmel und versperrte den Blick auf den dahinterliegenden Hügel. Doch was er hier unter den Füßen hatte, war gewiss nicht kleiner, dachte er. Wenn das, was Martino erzählte, stimmte, und das erschien ihm eigentlich völlig ausgeschlossen, musste dieser Palast so groß gewesen sein, dass er eine ganze Stadt aufnehmen konnte. Doch wie hätte er da von der Bildfläche verschwinden können? Nicht einmal Titanen hätten soviel Erde anhäufen können, um ihn so zuzuschütten, wie es der Greis behauptete. In Florenz hatte man, als damit begonnen worden war, die zerstörten Wohntürme der Uberti für den neuen Palast der Stadtregierung einzuebnen, allein schon für die Abtragung der Trümmer Monate gebraucht und dazu Hunderte von Maultieren. Wie konnte das also möglich sein?

»Wollt Ihr damit sagen, dass man den ganzen Palast in der Erde verscharrt hat?«

Martino warf ihm einen spöttischen Blick zu. »Ich glaube, Ihr versteht nicht ganz, Messer Alighieri. Der gesamte Hügel ist nichts anderes als der zerstörte Hauptteil des Palastes von Kaiser Nero. Ich habe Euch hergeführt, um ihn Euch zu zeigen. Und außerdem, um mit Euch zu seinem höchst ungewöhnlichen Geheimnis vorzudringen.«

»Zu welchem Geheimnis?« fragte Dante gespannt. Auch der Perser neben ihnen trat unwillkürlich vor.

»Wartet nur ab. Lasst uns die Fackeln anzünden, die wir mitgebracht haben. Ihr Licht wird von nun an das einzige sein, über das wir verfügen.«

Mechanisch löste Dante die Bänder von den Bündeln und entnahm die harzigen Äste. Mit raschen Schlägen des Feuersteins auf den Feuerstahl entzündete er die trockenen Fasern des Zunders und kurz darauf die erste Fackel. Aus der knisternden Flamme stieg eine Spirale aus duftendem Rauch auf. »Ich bin bereit«, sagte er und gab dem Greis die Fackel, nachdem er seine eigene daran entzündet hatte.

Sie bahnten sich einen Weg durch Wurzeln und Erdhaufen und passierten den schmalen Eingang. Hinter dem Torbogen grub sich eine große Höhle mit mehr als zwanzig Ellen hohen Wänden in die Tiefe des Hügels, wo sie sich in der Dunkelheit verlor. Eine Pfütze mit abgestandenem Wasser versperrte den Weg. Dante versank bis zu den Knöcheln darin, als er, von Neugier getrieben und ungeachtet des Schlamms und der Kälte, vorwärts stürzte. Er hob die Fackel, so hoch er konnte, doch die qualmende Flamme ließ nur unscharfe Schatten erkennen. Über ihnen schloss der Gang in seiner gesamten Länge mit einem Tonnengewölbe ab.

Deutliche Farbspuren und die Reste von bunten Marmorplatten an den Wänden zeugten davon, dass dieser Ort einst reich geschmückt gewesen war. Auch der Boden wurde ebenmäßiger, nachdem sie einige Schritte gegangen waren. Als sie die Pfütze hinter sich gelassen hatten, bemerkte Dante unter seinen Füßen einen Boden aus Steinplatten, die lückenlos mit farbigen Rauten verziert waren.

Je weiter sie vordrangen, um so deutlicher wurden die Bilder an den Wänden. Ungeheuerliche, grauenhafte Gestalten schienen sich ihnen entgegenzustrecken. Tiere, zu anderen Wesen zusammengesetzt. Geschöpfe, die halb Tier, halb Mensch waren, widernatürliche Scheusale.

Welcher Geist mochte zu seiner Erbauung dieses abstoßende Schauspiel ersonnen haben?, überlegte der Dichter. Nero hatte in seiner Seele tatsächlich eine Grausamkeit gehegt, die weit über seine Verbrechen hinausging und sich jeglicher Vernunft entzog. Diese Räume waren vom Wahnsinn errichtet worden, so wie in grauen Vorzeiten die Angst dem Labyrinth auf Kreta seine Form gegeben hatte. Und dies um das Ungeheuer der Pasiphaes den Blicken zu entziehen, doch was sollten diese Gänge hier verbergen?

Ein weiteres Hindernis tat sich vor ihnen auf. Eine große Säule, die umgestürzt und zerbrochen war, hatte einen Teil des Gebälks mitgerissen. Die Trümmer versperrten einen großen quadratischen Eingang fast vollständig, der mit Lisenen aus Marmor gesäumt war.

Kansbar ging auf den Trümmerberg zu, während er unentwegt eine Karte studierte, die er bei sich trug. »Wir sind da, hier muss es sein«, rief er, ohne seine Erregung verbergen zu können.

Er stürzte zu dem Schutthaufen und begann ihn zu erklimmen, wobei er sich mit den Händen festhielt und auch Ellbogen und Knie zu Hilfe nahm, als wäre er auf der Flucht vor einem Feuer. Er scherte sich nicht mehr darum, ob ihm seine Gefährten noch folgten oder nicht, zu stark strebte er einem Durchgang weiter oben zu.

Kurz darauf begann auch Martino zu klettern und stellte dabei erneut seine außergewöhnliche körperliche Konstitution unter Beweis. Auch Dante setzte sich in Bewegung, hielt sich an einem Marmorvorsprung der Säule fest und stieg vorsichtig nach oben.

Er versuchte, nicht auf den Bruchstücken auszugleiten, die sich immer wieder unter seinem Gewicht lösten und drohten ihn abstürzen zu lassen. Seine Finger bluteten von den Steinsplittern und scharfkantigen Ziegeln, doch er setzte seinen Weg hinter den anderen beiden Männern fort, die den Durchgang inzwischen erreicht hatten und dahinter verschwanden.

Endlich kam auch er ans Ziel. Mit letzter Kraft umfing er eine festgeklemmte Steinplatte und zog sich hinauf, bis er über den Rand der Öffnung schauen konnte.

Verblüfft hielt er inne, keuchend und mit weit aufgerissenen Augen. Unter ihm erstreckte sich ein riesiger Saal, dessen Begrenzungen sich in der Dunkelheit verloren. Das einzige Licht rührte von einem Bündel Sonnenstrahlen her, das durch ein kreisrundes Fenster in der Decke fiel, ähnlich dem Auge, durch das die Pantheonkirche erleuchtet wurde. Doch es war hell genug, um das, was er dort sah, mit offenem Mund zu bewundern. Atemlos kämpfte er sich durch die enge Öffnung und ließ sich auf der anderen Seite hinuntergleiten, ohne sich noch in irgendeiner Weise um seine Sicherheit zu kümmern, nur darauf bedacht, so schnell wie möglich auf den Boden zu kommen. Mit einem letzten Sprung landete er am Fuß des Schuttbergs, ohne sich um den Schmerz des Aufpralls in seinen Gliedern zu kümmern.

Er befand sich an der Wand eines weiten, leeren Raumes, eines Achtecks, in dessen Seiten tiefe Nischen eingelassen waren, die gewaltige Kuppel schwebte über ihren Köpfen wie von einer unsichtbaren Kraft getragen. Der Raum war so groß wie das Baptisterium in Florenz, dachte Dante irritiert, und nicht viel kleiner als das Pantheon und diesem in der Bauweise der Kuppel sehr ähnlich. Unter seinen Füßen schimmerten im Sonnenlicht die Reste eines dunklen Marmorbodens, der einst von einem strahlenden Glanz gewesen sein musste.

In der Mitte des Raumes stand ein Steinblock, vielleicht der Sockel eines Thrones, dachte der Dichter. Die ganze Umgebung wirkte tatsächlich wie ein prunkvoller kaiserlicher Audienzsaal, wenn man sich vorstellte, wie er ausgesehen haben mochte, als jeder Zoll an den Wänden mit kostbarem Marmor und polierten Steinen verkleidet gewesen war. Und was die Kuppel anging …

Er schaute nach oben, um im Schatten hinter dem Lichteinfall Einzelheiten auszumachen. Erst jetzt fiel ihm etwas auf, was seiner Aufmerksamkeit bisher entgangen war: An der Decke hingen, offenbar seit der Zeit, als sie die Triumphe Neros in hellem Glanz erstrahlen ließen, die Reste antiker Lüster. Er sah sie sich genauer an: Sie mussten schon seit Jahrhunderten dort hängen und konnten ihnen jeden Augenblick auf den Kopf fallen, falls ihre Halterung die kleinste Erschütterung durch ihre Schritte erfuhr.

Doch wodurch wurden sie überhaupt gehalten? Er wandte sich seinen Gefährten zu, um ihre Aufmerksamkeit auf das zu lenken, was er entdeckt hatte. Auch sie hatten ihren Blick fest auf die Decke gerichtet.

»Seht nur, Messer Alighieri!« hörte er den Perser rufen. »Seht, wie außerordentlich kunstvoll die Handwerker des Kaisers die Lehren jenes Instruments umgesetzt haben, das zu studieren sie Gelegenheit hatten!«

Kansbar war ungeachtet der möglichen Gefahr in die Mitte des Raumes gelaufen und auf den Marmorsockel geklettert. Dort streckte er den Arm aus und wies nach oben. »Schaut Euch die wahre Bewegung der Gestirne an!«

Dem Ruf des Persers folgend und all seine Befürchtungen vergessend, stürzte auch Dante in die Mitte des Raumes. Nun sah er, dass das Gewölbe über seinem Kopf nicht aus Stein war, wie er angenommen hatte. Es schien vielmehr aus einem riesigen Gerüst aus Balken unterschiedlicher Länge zu bestehen, die durch Holzpaneele miteinander verbunden waren. Dieser Wechsel von Vertiefungen und Erhebungen und die Schatten, die diese Konstruktion auf die Decke zeichnete, hatten bei ihm den trügerischen Eindruck erweckt, eine Kopie der Kuppel des Pantheons vor sich zu haben.

»Schnell, lasst uns alle Fackeln anzünden!« schrie Kansbar aufgeregt.

Auch Dantes Erregung wuchs. Mit Martinos Hilfe packte er sämtliche Fackeln aus und entzündete sie rasch eine nach der anderen an der des Venezianers. Das flackernde Licht breitete sich überall in dem weiten Raum aus und gestattete ihnen endlich einen genauen Blick auf die Darstellung der unterschiedlich großen Planetenkugeln über ihren Köpfen.

Für einen kurzen Augenblick war Dante starr vor Staunen. An der Kuppel befand sich ein riesiges Abbild der Himmelssphären. Zu der Zeit, als man diesen Mechanismus gebaut hatte, mussten die Kugeln der verschiedenen Himmelskörper mit kostbaren Mosaiken verziert gewesen sein, von denen nur noch vereinzelte Fragmente übrig waren, die jedoch genügten, um sie zuzuordnen. Der Gott Mars, Venus, der schnelle Merkur. Der Mond mit seinem Silbergesicht, der majestätische Jupiter und der ferne Saturn mit seiner weiten und trostlos langsamen Bahn. Hinter ihnen waren in einer Phantasmagorie aus eingefasstem Glas auf den nunmehr fast unkenntlichen halbkreisförmigen Paneelen offenbar die fernsten Sterne abgebildet gewesen.

Doch wo war die strahlende Sonne? Er hätte eine goldene Kugel erwartet, eingefügt in die dritte Position, die Ptolemäus ihr in der Himmelshierarchie zugeordnet hatte. Doch an ihrer Stelle war ein dunkler Körper, mit dem Mond durch eine Art metallischen Arm verbunden.

»Ihr müsst zugeben, dass diese Konstruktion außergewöhnlich präzise ist«, sagte der Perser.

»Sie ist beispiellos … doch sie scheint das wichtigste Himmelslicht außer acht zu lassen, und auch die Anordnung der Himmel scheint mir nicht der Lehre des Aristoteles zu folgen …« Bevor er seinen Einwand zu Ende bringen konnte, fiel sein Blick auf den Marmorblock, der das Zentrum des Raumes markierte und zugleich den Mittelpunkt der komplizierten Maschinerie an der Decke.

Schlagartig verstand er. »Ist das hier etwa … die Sonne?«

»Ja, Messer Alighieri! Jetzt seht Ihr es selbst! Nero hatte in seinem Hochmut für seinen Thron und für sich selbst den Ort ausersehen, der in der Schöpfung als ewiges Gesetz der Sonne gebührt: den Mittelpunkt! Er bestieg diesen Thron als eine neue Sonne, um die Huldigung der Sterne und der Planeten entgegenzunehmen. Und besetzte so in seiner Eitelkeit das Zentrum des Universums.«

»Das kann nicht sein!«

»Und doch seht Ihr es vor Euch. Ebendiese Voraussetzung liegt der exakten Funktionsweise des Instruments zugrunde, das ich Euch gezeigt habe. Und dieses Werk hier ist nichts anderes als deren Bestätigung.«

Dante war wie vom Donner gerührt. »Aber selbst unsere Vorfahren, die diese Hypothese einst aufstellten, ließen sie nur als geometrische Möglichkeit gelten! Sie ist ohne jeden Sinn, wenn sie den Sitz des Menschen, des liebsten Geschöpfes Gottes, auf den Rang eines bedeutungslosen Satelliten eines leeren Flammenhaufens verweist! Diese Darstellung widerspricht der Heiligen Schrift, die eindeutig der Erde den Vorrang in der Ordnung der Schöpfung gibt und den zwei Himmelslichtern lediglich die Aufgabe, ihr zu dienen!«

»Eure Schrift … gewiss«, antwortete Kansbar. »Doch wenn Ihr jetzt sehen könntet, wie dieses Modell funktioniert, würde sich vor seiner kristallklaren Logik jeder Eurer Zweifel in Luft auflösen.«

Dante stand noch immer reglos da, den Blick nach oben gerichtet. Beharrlich schüttelte er den Kopf. »All das hat sich früher einmal bewegt wie die wirklichen Himmelssphären?«

»Ganz gewiss, so ist es überliefert.«

»Doch wer hätte das je in Gang setzen können? Es hätte einer unermesslichen Kraft bedurft, ähnlich der Kraft Gottes, der die wirklichen Himmel bewegt!«

»Ihr vergesst die Hunderte von Sklaven, auf deren Kraft der Kaiser zurückgreifen konnte und die in den abseits gelegenen Räumen hinter dem Saal verborgen waren. Oder auch …«

Der Perser brach ab. Er schien zu lauschen. »Erinnert Ihr Euch an die großen Wasserbecken, an denen wir vorübergekommen sind?«

»Ihr habt gesagt, es seien antike Zisternen der Thermen!«

»So ist es. Doch das bedeutet, dass es hier irgendwo eine Abzweigung des Aquädukts gegeben haben muss. Hört Ihr nicht auch ein fernes Plätschern?«

Dante spitzte die Ohren. In der vollkommenen Stille, die sich auf den Saal gesenkt hatte, nachdem das Echo ihrer Stimmen verklungen war, glaubte er tatsächlich, fern fließendes Wasser zu vernehmen.

Martino nickte und zeigte auf einen Punkt unter ihren Füßen. »Hier muss die alte Leitung liegen.«

»Wenn die Decke mit Wasserkraft bewegt wurde, wie ich es bei den wunderbaren Fontänen von Bagdad gesehen habe, muss es einen Mechanismus geben, der hier irgendwo in der Nähe mit einem Mühlrad verbunden ist. Vielleicht in einer der Mauernischen«, sagte Kansbar. »Lasst uns nachsehen, ob dort etwas zu finden ist.«

Dante und die anderen beiden gingen an der Wand entlang und leuchteten mit den Fackeln die großen Hohlräume aus. Ein Ausruf Martinos weckte ihre Aufmerksamkeit.

»Kommt, hier ist etwas!«

Gefolgt von dem Perser, eilte Dante zu der Stelle. Martino stand an der Mauer und senkte die Fackel zu etwas hinunter, was sich kurz über dem Boden erhob. Offenbar zwei Hebel aus verrostetem Metall, die aus dem Mauerwerk ragten.

Der Venezianer packte einen davon und prüfte mit ganzer Kraft, wie fest er saß. Das Eisen widerstand dem Druck, als hätte die Zeit es ein für allemal in die Mauer zementiert. Kansbar trat vor und rüttelte heftig an dem zweiten Hebel, doch ebenfalls ohne Erfolg.

Die zwei Männer wechselten einen entmutigten Blick. »Der Mechanismus scheint kaputt zu sein«, sagte Martino. »Nach so langer Zeit wäre es töricht, darauf zu hoffen, dass ...«

»Wartet«, unterbrach ihn Dante. »Falls dies der gleiche Antrieb ist wie der, der in unseren Mühlen die Wasserkraft auf den Mahlstein überträgt, müsste er auch ähnlich funktionieren. Dann gibt es zwei Räderwerke, die das Ganze in Gang setzen: Vielleicht müssen beide Hebel gleichzeitig gezogen werden, damit es sich bewegt. Drückt dieses Eisen zu mir, ich werde in die entgegengesetzte Richtung schieben, bis beide Stangen auf einer Höhe sind.«

Der Dichter stemmte sich mit aller Kraft gegen einen Hebel, und die beiden Männer taten es ihm gleich. Eine Weile schien sich nichts zu rühren, dann gaben die Stangen allmählich nach und bewegten sich in ihrer verborgenen Spur, während eine Staubwolke aus Rost und Ziegelstein, von einem fernen Quietschen begleitet, zu Boden rieselte.

Der Dichter stand noch immer über den Hebel gebeugt und keuchte ermattet. Steinstückchen regneten herab, so dass er sich mit dem Arm davor schützen musste, dann folgte der dumpfe Aufprall von etwas, was schwerer und gefährlicher war. Bevor Dante aufschauen konnte, sah er neben seinen Füßen einen Teil der Sternentafel liegen, die in tausend Stücke gesprungen war und den Boden mit farbigen Glassplittern übersät hatte.

Das ganze Gewölbe begann sich langsam, mit zunehmendem Krachen und Knarren zu drehen. Die größten Himmelskörper kreisten auf ihren Bahnen und verstreuten ringsumher feine Schuttpartikel, die auf ihrem Weg zur Erde die Sonnenstrahlen durchquerten und wie Meteore aufleuchteten.

Für einen Augenblick war Dante, als stünde er auf den Hügeln von Florenz, wo in den Hochsommernächten die Himmelssphären in einem Lichterregen erstrahlten. Doch Kansbars Stimme rief seine Gedanken sogleich in die Höhle zurück. Der Perser frohlockte.

Er streckte einen Arm zum Gewölbe aus. »Seht nur! So haben die *mechanici* des römischen Kaisers die Ideen von Pythagoras, Heraklit und Hipparch von Nikaia umgesetzt! Wie vollkommen die Himmelsgeometrie ist, die sich daraus ergibt, und wie geordnet und unkompliziert die verschiedenen Himmelskörper in Beziehung zueinander stehen, ohne dass man auf die endlosen Nachbesserungen angewiesen ist, die Ptolemäus in sein System einfügen musste!«

Dante schaute zu den Punkten, die Kansbar ihm zeigte. Seine Überzeugungen gerieten ins Wanken, obgleich er beharrlich an ihnen festhielt. Noch vor seinem Verstand waren es seine Augen, die ihn eines Besseren belehrten. Verwirrt wandte er den Blick ab.

Da ließ ein heftigeres Knacken sie erneut aufschauen. Die Himmelsmaschine hatte sich zur Seite geneigt, drehte sich, von der unterirdischen Wasserkraft angetrieben, jedoch weiter. Dante sah einige Himmelskugeln am Steingewölbe zerbersten, bevor sich die gesamte Konstruktion mit einer neuen Reihe von krachenden Geräuschen von der Decke löste und haltlos zu Boden stürzte.

Die drei Männer sprangen gleichzeitig in eine Mauernische, gerade noch rechtzeitig, um von der Maschinerie nicht zerschmettert zu werden, die nur wenige Schritte entfernt niederging und eine gewaltige Staubwolke aufwirbelte.

Das Echo des Einsturzes hallte im Saal und im Labyrinth der angrenzenden Räume lange nach und verklang nur allmählich. Kansbar war der erste, der ihren Schlupfwinkel verließ und zwischen den Trümmern umherstöberte. »Niemand wird dieses Wunderwerk noch einmal sehen können. Wir waren die letzten, denen das vergönnt war«, rief er mit glänzenden Augen.

»Vielleicht hätten wir das nicht sollen«, brummte der Dichter. »Wo ist Gott in diesem Moment?«

»Im Licht«, antwortete der Perser und wies auf die Sonnenstrahlen, die noch immer auf den Sockel des antiken Thrones schienen.

»In der Finsternis«, erwiderte Martino mit einer Handbewegung zu der Flucht dunkler Zimmer, die hinter einer der Nischen zu erkennen war.

Sie kehrten zum Eingang zurück. Dort trennten sie sich wortkarg voneinander.

Dante ging durch das Gewirr der Straßen, die zum Fluss hinunterführten, langsam zu seiner Unterkunft, ohne auf die Menschen rings um ihn her zu achten. Gedankenverloren versuchte er, das Gesehene in das dunkle Reich zu verdrängen, aus dem die Alpträume kamen.

Er wollte zurück zu seinen Schriften, ganz wie ein Schiffbrüchiger, der sich an das Wrack klammert. Gern hätte er sich in die Arbeit gestürzt, doch seine Seele war wie betäubt, und die Stimme der Liebe gab ihm nichts ein. Wie sollte er nun weitermachen? Die ganze Form dessen, was er sich vorgestellt hatte, löste sich in ihm auf. Er musste sich etwas vollkommen anderes ausdenken, doch was nur, fragte er sich verzweifelt.

Er ging weiter, schnell, mit gesenktem Kopf, das Gesicht halb verdeckt von dem Tuch an seiner Kappe, immer auf den Fluss zu. Vor ihm erstreckte sich ein großer Platz voller Karren und Gemüsestände, eingerahmt von den baufälligen Mauern alter, turmhoher Häuser. Doch auch hier hatten sich, ganz anders als in seiner Heimatstadt Florenz, Stein und Ziegel gegen das Holz durchgesetzt. Die rechteckigen Gebäude mit ihren gleichmäßig angeordneten Fensteröffnungen, die mit Stoff verhangen waren, ragten mehrere Stockwerke in die Höhe. Im Erdgeschoss standen die Türen zahlloser Läden, Wagenschuppen und Ställe offen, die zu einem unentwirrbaren, stinkenden Knäuel zusammengeballt waren. In ganz Rom schien es keinen einzigen Straßenverwalter zu geben, oder dieses Amt lag in den Händen eines Trunkenboldes.

Immerfort musste er sich einen Weg durch Gruppen von Menschen bahnen, von denen manche direkt auf der Straße kauerten, und an den Verkaufstischen vor den Läden vorbei, die dicht an dicht auf dem mit allem möglichen Abfall bedeckten Pflaster standen. Erstaunt schaute er sich um: Bisher hatte er den Eindruck gehabt, Rom sei nichts weiter als ein spärlich besiedelter, riesiger Friedhof von Erinnerungen. Doch nun schienen sich seine wenigen Einwohner allesamt ein Stelldichein auf diesem Platz und in den engen Straßen ringsumher zu geben, nach den vielen krakeelenden Leuten zu urteilen, die hier drängelten, schimpften und schrien. Oder in spontane Straßenraufereien verwickelt waren, die scheinbar grundlos ausbrachen.

Eine dumpfe Entrüstung stieg in ihm auf. Wo war das Volk, das Imperatoren krönen konnte? Er suchte in den Gesichtern, die sich um ihn her drängten, nach einer Spur des Glanzes, von dem er bei seinen Autoren gelesen hatte, doch er sah nichts als verrohte Fratzen, wie die oder vielleicht sogar noch schlimmer als die, die mit ihren derben Sitten vom toskanischen Umland in seine Heimatstadt gekommen waren. Es schien, als hätte die gleiche Lepra, die den Marmor der Thermen und Foren zersetzte, auch den lebendigen Organismus der Stadt befallen. Und so wie die Zeit hier ein Gesims und dort ein Kapitell fortriss, hier eine Säule und dort einen Torbogen zerbrach, ein Aquädukt austrocknete, ein Bollwerk zertrümmerte, so schien die gleiche Plage auch auf den Gesichtern aufzuflammen und ein Auge erblinden zu lassen, eine Lippe zu entstellen und einen Arm steif werden zu lassen. Nie in seinem Leben hatte er eine so große Zahl von Krüppeln, Missgestalteten und Bettlern gesehen, die wie ein Belagerungsheer in den Laubengängen der Wohnstätten hoher Prälaten und Kardinäle kampierten.

Läge die Verantwortung für die städtische Ordnung in seinen Händen, phantasierte er zur eigenen Überraschung, würde er den Befehl geben, dieses ganze Gesindel mit Peitschenhieben zu verjagen, nachdem man sämtliche Abzugskanäle der Brunnen geöffnet hätte, um die Stadt zu überschwemmen und ausnahmslos alles fortzuspülen. Vielleicht war diese Stadt ja zu erhaben, zu reich an Erinnerungen und Prunk, um noch bewohnbar zu sein. Und vielleicht hätten die alten Römer nach der ersten Plünderung der Stadt besser daran getan, ebenso wie die Einwohner des von Attila zerstörten Aquileja weit fortzugehen und anderswo eine Stadt der Menschen zu gründen, nachdem sie die Stadt der Götter und Helden hinter sich gelassen hatten.

Plötzlich spürte er eine Hand, die ihn am Ellbogen packte und versuchte, ihn aufzuhalten. Er fuhr herum, um zu sehen, wer das war. Ein halbnackter Arm ragte aus einem Torbogen und hielt ihn fest.

»Wohin so eilig, Messere? Wollt Ihr Euch nicht ein wenig Ruhe gönnen? Ihr seid nass vom Regen, und im Haus gibt es ein Feuer und Wein für Euch. Dort habt Ihr Zeit für Eure Einkehr, zusammen mit den anderen Pilgern.«

Er versuchte unwillkürlich, sich loszumachen. Doch der Griff, der ihn zurückhielt, war fest. Durch seine Reaktion wurde eine Frau aus dem Schatten des Torbogens gezerrt, deren grellbunte Kleider weit offen waren, so dass beinahe ihr ganzer Busen zu sehen war. Sie hatte ein von Alter und Laster gezeichnetes Gesicht, das auch die starke Schminke nicht glätten konnte.

»Kommt herein, wovor fürchtet Ihr Euch?« insistierte die Frau und hielt ihn weiter mit aller Kraft fest. »Ein stattlicher Mann wie Ihr? Wollt Ihr nicht Euren Durst löschen und Euch von den Strapazen der Reise erholen?«

»Lass mich los, du Hure!« rief Dante, als er sah, mit wem er es zu tun hatte. Er versuchte energisch, sie abzuschütteln, doch vergeblich. Eine zweite Frauenstimme drang aus dem Haus und übertönte das Geschrei der Megäre.

»Lass ihn gehen, Maria, zusammen mit seinen Gedanken. Das ist kein Mann, der sich mit uns abgibt.«

Überrascht von dem vertrauten Florentiner Akzent dieser Worte, hielt Dante inne. Doch vor allem wegen dieser Stimme, die er zu kennen meinte.

»Pietra ... bist du das?« stammelte er und riss vor Staunen den Mund auf. An der Tür war eine zweite, jüngere Frau aufgetaucht, mit rabenschwarzem, offenem Haar, das ihr auf die mageren Schultern fiel, und grünen Augen, die in dem schmalen Katzengesicht aufschienen. »Du bist es!« wiederholte er verdutzt. »Was, zum Teufel, machst du in Rom?«

Die junge Frau brach in Lachen aus. Es war ein rauhes, vulgäres Lachen, das der Dichter gut kannte. Ein Lachen, das nie eine Ehre für die Götter der Freude gewesen war, sondern aus den Tavernen und Nebengassen seiner Heimatstadt stammte. Ein Lachen, das sinnlich sein wollte, doch nur ein Ächzen der Erniedrigung war.

»Nach dem Jubeljahr kommen alle nach Rom. Hohe Herren und Dichter. Warum also nicht auch Huren? Aber du, Herr Prior. Hast du das saubere Bett deiner heiligen Gemahlin verlassen, um unter eine andere Decke zu schlüpfen?«

»Nein ... was redest du denn da?« sagte er und schaffte es endlich, sich aus der Umklammerung zu befreien. »Außerdem bin ich nicht mehr Prior, sondern Gesandter der Stadt Florenz.«

Wieder lachte die Frau, diesmal noch künstlicher und heiserer. »Ja, ich weiß. Wenn du wüsstest, was zwischen den Betttüchern so alles erzählt wird. Doch dies ist kein Ort für Gesandtschaften. Hierher kommt man nur wegen einem Stück Brot oder einem bisschen Liebe.«

»Ich suche weder das eine noch das andere«, erklärte Dante und wickelte sich fest in sein Gewand, als wollte er sich vor allem schützen, was ihn umgab.

Pietra musterte ihn aufmerksam. Durch diese Haltung, die Augen halb geschlossen und die Lippen zusammengepresst, wurde ihre Ähnlichkeit mit einer Wildkatze noch größer. Dante bemerkte den strengen Geruch, der sie schwach umwehte, jene Mischung aus menschlichen Ausdünstungen und billigem Parfüm, die sie immer begleitete.

»Du willst also nicht hereinkommen?« fragte sie gleichgültig.

»Nein!«

»Gut. Dann mach, dass du wegkommst, du vertreibst mir die Kunden.«

Gereizt machte sich Dante auf den Weg. Doch nach wenigen Schritten hielt er an. Er stand eine Weile reglos da und kämpfte mit dem Verlangen, das unversehens in ihm aufgeflammt war. Dann drehte er sich um und traf erneut auf diesen Blick, der sein Inneres zu verbrennen schien. »Wer hat dir von mir erzählt?«

»Irgendwer. Kaufleute.«

Dante ging zurück. Wenn Pietra jemanden getroffen hatte, der erst vor kurzem in die Stadt gekommen war, konnte sie wissen, was seit seiner Abreise in Florenz geschehen war. Er eilte auf sie zu, nicht ohne ein Aufblitzen von Zufriedenheit in den Augen der jungen Frau zu bemerken.

»Na, hast du jetzt wieder Lust?« fragte sie schroff.

»Nein, ich ... möchte wissen, was man sich erzählt.«

»In Florenz?« fragte sie. Ihr Gesicht war kalt, abweisend. Unvermittelt ergriff sie seine Hand. Dante spürte, wie ihre kräftigen Finger die seinen umklammerten und sie an ihren Körper zogen. Er zuckte zusammen, als er unter dem Stoff der Tunika die knochige Kurve ihrer Hüfte fühlte. Dann beugte sich Pietra vor zu seinem Gesicht. Er spürte eine feuchte Wärme aus Atemluft und Wörtern an seinem Ohr. »Dann komm herein«, sagte sie, und ihre Zungenspitze streifte seinen Hals.

Mit einem leichten Erschauern folgte er ihr ins Haus und über eine Holztreppe hinauf in einen kleinen Raum, der von einer Bettstatt aus groben Brettern fast vollständig ausgefüllt war. Ungeachtet der abgestandenen Luft, die einem den Atem verschlug, wandte sich die Frau mit der hochmütigen Miene einer Königin, die ihre

Gemächer zeigt, zu ihm um. »Das ist nicht schlechter als die Bordellzimmer im *Paradiso* von Monna Lagia, nicht wahr?« kicherte sie, ließ sich auf das Strohlager fallen und kauerte sich, mit dem Rücken an der Wand und die Arme um die Knie geschlungen, in eine Ecke.

Auch der Dichter setzte sich auf das ärmliche Bett, auf dem ein Tuch lag, das die unzweideutigen Spuren vom Besuch vieler Männer aufwies. Er spürte den Blick der grünen Augen, die kühl sein Gesicht musterten.

»Nun? Erzähl mir, was du über Florenz gehört hast«, platzte Dante gereizt heraus.

»Liegt dir immer noch soviel an dieser Stadt der Schurken?«

»Was erzählt man sich?«

»Dass bald alles besser wird.«

Besser? Was sollte das heißen? Sie setzten also ihr Vertrauen in ihn und in die Geschicke der Gesandtschaft. »Vielleicht ist es besser, wenn du nicht zurückkehrst.«

»Wie bitte? Und warum?«

Pietra zuckte mit den Schultern. »Erzählt man sich.«

Dante nagte unruhig an seiner Unterlippe. Doch dann zuckte auch er mit den Achseln. Wer wusste, was Pietra da verstanden hatte, wer wusste, mit wem sie gesprochen hatte.

»Wer ist Beatrice?« fragte sie plötzlich.

Dante zuckte zusammen. »Was?«

»Beatrice, die Frau, über die du geschrieben hast. Die von den Portinari.«

»Was weißt du denn darüber?«

Pietra brach wieder in ihr rauhes, flegelhaftes Lachen aus. Sie lachte mit offenem Mund, hemmungslos, um ihn zu verletzen. »Glaubst du vielleicht, nur deine gelehrten Freunde amüsieren sich hinter deinem Rücken? Im Haus von Monna Lagia in Florenz war eine, die lesen konnte. Und manchmal setzten wir uns morgens um sie herum und hörten zu, wenn sie aus einem Buch vorlas.«

»Bücher, im Haus der Lagia?« fragte er geringschätzig.

»Wörter wandern, und manchmal sehr weit. Und du redest immer zuviel, zu viele Wörter. Ist das wahr, was du geschrieben hast?«

»Was?«

»Der Traum, das verspeiste Herz, der Gott der Liebe. Ließ diese Frau wirklich die Luft erbeben, wenn sie vorüberging?«

Dante kniff die Augen zusammen und versuchte, den stechenden Schmerz zurückzudrängen, der ihm plötzlich wieder in den Schläfen saß. Er presste seinen Kopf zwischen die Hände. »Das ist ein poetisches Bild ...«, murmelte er mit zusammengebissenen Zähnen. Während der Schmerz immer heftiger wurde, packte ihn der Ärger. Warum, zum Teufel, sollte er einer Hure irgend etwas erklären? »Wie könntest du das verstehen?«

Statt einer Antwort führte die junge Frau ihre Hände zu den Knien und ergriff den Saum ihres Gewandes, das sie höher und höher hob, bis sie es über den Kopf streifte. Dann verharrte sie nackt auf dem Bett, die Tunika noch in der Hand.

In ihrer Geste hatte keinerlei Gefühl gelegen. Sie war lediglich die Vorführung ihres dünnen, von der Härte des Lebens abgezehrten Körpers. Der jedoch auf seine Art weiterhin triumphierte.

»Hast du wieder deine Schmerzen?« fragte sie, als sie das verzerrte Gesicht sah, mit dem er erneut die Augen zusammenkniff. Er spürte mit geschlossenen Lidern, wie ihre Hand über seine Stirn strich, dann zog Pietra ihn sanft an sich und drückte sein Gesicht gegen ihren Bauch. Dante spürte die weiche Haut der Frau auf seiner Wange und dazu den starken tierischen Geruch, der vom Flaum ihrer Leistenbeuge aufstieg.

Wirre Bilder gingen ihm durch den Kopf, während er gegen die Hände der Frau ankämpfte, die sich anschickten, ihn zu entkleiden. Schlagartig wurde ihm die unwürdige Situation in ihrer ganzen Hässlichkeit bewusst. Er wand sich und wehrte sich gegen diese Umarmung, doch seine Kräfte schienen sonderbar schwach zu sein, während sie ihn wild und lockend in sich lenkte, mit der erfahrenen Versiertheit eines uralten Gewerbes.

Dann gaben seine Kräfte mit der ganzen Verzweiflung einer allzulange verleugneten Liebe urplötzlich nach. Er schrie, dass er sie liebe, und während der Orgasmus all seine Empfindungen verschwimmen ließ, glaubte er noch ein fernes, wütendes Lachen zu hören.

»Du liebst mich nicht, Dante. Du liebst niemanden.«

12

15. NOVEMBER,
IN DEN SPÄTEN NACHTSTUNDEN

Dante stützte sich erschöpft auf einen Ellbogen. Durch das kleine Fenster drang kein einziger Lichtstrahl, nur das gleichmäßige Rauschen des unentwegt fallenden Regens.

Er lehnte sich leicht vor, gerade weit genug, um im Osten das schwache Aufscheinen der sich ankündigenden Morgenröte zu entdecken. Neben ihm schlief, zusammengerollt wie eine Katze und den Kopf unter einem Arm verborgen, Pietra.

Er drängte sich an sie und suchte in der Wärme ihres Körpers nach einem Funken jener Anziehungskraft, der er nur wenige Stunden zuvor nicht hatte widerstehen können. Doch er spürte nichts, sogar der Geruch, der ihn berauscht hatte, schien verflogen zu sein. Er rückte wieder ab und sank mit geschlossenen Augen gegen die Wand hinter sich.

Er fühlte sich leer. Wie war es möglich, dass er gar nichts mehr empfand, ganz als wäre die Erregung, die ihn mit übermächtiger Heftigkeit fortgerissen hatte, mit dem Samen seines Körpers verschwunden? Ihm kam eine Kanzone seines Freundes Cavalcanti in den Sinn und dessen Bild von der Liebe als blindem Trieb, als Leidenschaft, die den Willen des denkenden Geistes untergrub und zerstörte. Er dachte daran, wie er dessen Ideen bekämpft hatte, als er selbst noch glaubte, die Liebe sei ein Erwachen der edelsten Seite des Menschen, ein Ruf Gottes mit der Stimme jenes Geschöpfes, das ihm am nächsten ist: der Frau. Dabei war die Liebe nichts als ein Aufruhr des Körpers und die Feuchtigkeit der Betttücher, in denen der nächtliche Kampf ausgetragen wurde. Unvermittelt streckte er die Hand nach Pietras Körper aus, der schlaff neben ihm lag, und packte sie am Arm. Er wollte noch einmal ihr weiches Fleisch spüren und zugleich das Geheimnis jener Macht zu fassen bekommen, der er fortwährend unterlag.

Unter dem Druck seiner Hand regte sich Pietra mit einem Brummeln und schlug die noch traumverschleierten Augen auf. Er drängte sich an sie, doch sie schien ihn gar nicht zu erkennen. Sie warf ihm einen leeren, gleichgültigen Blick zu. Voller Seelenruhe.

Da wurde er wütend. Bestimmt war Pietra im Traum diesem Rattenloch entflohen und noch auf dem Weg, den ihre irrationale Seele, also jene Seele, die die Träume regierte, eingeschlagen hatte. Einen Weg, den zu gehen er niemals berufen sein würde. Er verstärkte seinen Griff, widerstand aber der Versuchung, sie zu schlagen. Er wollte ihren Traum zertrümmern, ihr weh tun. Denn sie hatte ihn auf der Straße des Todes ein Stück weitergestoßen.

In diesem Augenblick hörte er draußen eilige Schritte, dann das Knarzen der sich öffnenden Zimmertür. Im Handumdrehen war das Bett von Bewaffneten umstellt, und bevor er überhaupt begriff, was vor sich ging, packten ihn eiserne Hände, zerrten ihn heraus und zwangen ihn aufzustehen.

»Seid Ihr Messer Dante Alighieri aus Florenz?« wurde er, offenbar vom Anführer der Truppe, barsch gefragt. Mindestens fünf Männer hielten ihn fest. Pietra, nun ebenfalls hellwach, hatte einen kurzen Schrei ausgestoßen und kauerte mit einem schreckbleichen Gesicht im Bett.

Dante wehrte sich und versuchte, anhand der Kleidung der Männer eine Erklärung für diesen Überfall zu finden. Auf ihren Waffenröcken erkannte er die Doppelwelle der Caetani. Also waren sie Wachen aus der Engelsburg wie die, die dem Dekurio unterstanden. In der Hoffnung, diesen zu sehen, warf er einen raschen Blick in die Runde. Doch der sechste Mann, der an der Tür erschienen war, trug die schwarzweiße Kutte der Dominikaner.

»Seid Ihr Alighieri?« wiederholte der Mönch kalt.

»Ja. Was wollt Ihr von mir?«

»Die römische Inquisition möchte Euch befragen«, lautete die knappe Antwort. Der Mönch nickte den Männern zu, die Dante noch immer festhielten. »Gebt ihm Zeit, sich anzukleiden. Damit keine Spur mehr von der Unzucht zu sehen ist, der er sich hingegeben hat.«

Dante spürte, wie sich der Griff der Männer lockerte, doch ihren Blicken entging keine seiner Bewegungen. Erst jetzt bemerkte er, dass er vollkommen nackt war, und schämte sich. Unter den spöttischen Augen der Wachen klaubte er grimmig seine Kleider vom Boden und zog sich hastig an. Schlagartig wurde ihm die ganze Demütigung bewusst, die in der Nacktheit lag, und ihm ging durch den Kopf, dass sie vielleicht zu den Qualen gehörte, die den verdammten Seelen auferlegt waren.

Draußen wartete ein geschlossener Wagen auf ihn. Unter den neugierigen und boshaften Blicken der Passanten, die zu dieser Stunde bereits unterwegs waren, stieß man ihn hinein. Dante konnte die höhnischen Bemerkungen nicht verstehen, die sie austauschten, während sie ab und zu ängstlich zu den Bewaffneten schielten. »Macht, dass ihr wegkommt!« schrie einer der Wachleute und verjagte einen Schaulustigen, der zu nahe gekommen war, mit Fußtritten. »Oder wir lassen dich auch in der Cancelleria tanzen.«

Der Mann zog sich hastig zurück, während sich der Wagen, auf dem Kopfsteinpflaster holpernd, in Bewegung setzte. Als sie um die Ecke bogen, konnte Dante noch sehen, wie Pietra halbnackt an der Tür erschien und in seine Richtung schaute. Ihm war, als riefe sie ihm etwas zu, doch das mochte bloße Einbildung sein.

Der Wagen legte nur eine kurze Strecke zurück. Von dem Winkel aus, in dem Dante, zwischen den vierschrötigen Wachsoldaten eingezwängt, saß, konnte er nicht erkennen, wohin man ihn brachte. Er bemerkte lediglich, dass es viele Kurven gab und sich der Wagen nur mühsam einen Weg durch die Engpässe auf der Straße bahnen konnte. Bisweilen musste er so abbremsen, dass er beinahe stehenblieb.

Dann fuhr der Wagen über ein gleichmäßigeres Pflaster und hielt kurz darauf an. Dante wurde mit der gleichen Grobheit herausgezerrt, mit der man ihn in das Gefährt bugsiert hatte.

Er befand sich auf einem weiten, an allen vier Seiten von Kolonnaden begrenzten Platz. Offenbar im Innenhof eines großen Gebäudekomplexes.

Der Mönch strebte rasch auf den Säulengang zu und verschwand in dessen Schatten. Die Wachen folgten ihm und schleiften Dante über eine Treppe ins Obergeschoss und dort weiter durch einen Gang, der in gleichmäßigen Abständen von schmalen, rechteckigen Maueröffnungen erhellt wurde.

An seinem Ende führte eine offene Tür in einen mittelgroßen und vollkommen kahlen Raum. An der gesamten hinteren Wand erstreckte sich auf einem hohen Podest ein langes Katheder. Dort saßen fünf oder sechs Mönche, die, wie Dante an ihrer Kleidung sah, zu den Orden der Dominikaner und der Franziskaner gehörten. Nur einer von ihnen trug einen gewöhnlichen Talar ohne alle Insignien, abgesehen von einer Halskette mit einem kleinen goldenen Kreuz. Ein weiteres Kreuz, aus Holz geschnitzt und riesengroß, hing hinter ihnen an der Wand.

Dante wurde von hinten gewaltsam zu Boden gedrückt, so dass er vor den Mönchen niederknien musste. Doch sobald der Druck nachließ, sprang er wieder auf.

»Was wollt Ihr von mir? Ich bin der Gesandte von Florenz!« schrie er. Die Mönche reagierten nur mit einem raschen Blickwechsel untereinander. Dann zielte der Mann im Talar mit dem Finger auf ihn. »Vor diesem Gericht haben weltliche Attribute keine große Bedeutung. Nicht wegen Eures Amtes habt Ihr Euch hier zu verantworten. Sondern wegen der giftigen Pflanze, die Ihr in Eurer Seele herangezüchtet und mit dem üblen Wasser Eurer Ungläubigkeit, Eures Hochmuts und Eurer Wollust besprengt habt.«

»Wovon redet Ihr? Was wirft man mir vor?« erwiderte der Dichter.

Der Mönch griff nach dem Papierbündel, das er vor sich auf dem Tisch hatte, und wedelte damit geringschätzig vor den Augen des Dichters. »Uns liegt eine Kopie der Schriften vor, die Euch so sehr am Herzen liegen. Was habt Ihr mit Euren Versen bezweckt, Messer Alighieri? Wo befindet sich der von Euch erwähnte Wald des Todes? Was hat es mit den drei reißenden Tieren auf sich, die Euch den Weg versperren?«

»Es ist die Geschichte der Verirrung der Seele im Wald der Sünde. Die drei reißenden Tiere sind die lebendige Verkörperung der dunklen Mächte, die uns vom rechten Weg abbringen«, antwortete er, fassungslos über das, was er gerade gehört hatte.

»Und weshalb habt Ihr die drei edelsten Tiere als Sinnbild der Verirrung gewählt? Symbole, die nicht von ungefähr an das Herrschaftsgebiet Frankreichs und Roms erinnern, das die Sitten nicht verkommen lässt. Oder trifft es etwa nicht zu, dass Ihr mit Euren Verleumdungen auf die Majestät Roms und auf die Vortrefflichkeit der Könige zieltet?«

»Nein …«, widersprach er. Doch er konnte ein Zittern in seiner Stimme nicht verhehlen. Gewiss, die gierige Wölfin konnte wirklich für eine Allegorie der schlechten Regierung der Kirche gehalten werden, und der Löwe war das Wappentier der französischen Könige. »Das sollen sie nicht bedeuten …«

»Und warum habt Ihr dieses Märchen geschrieben, weitab von den gewöhnlichen Erfahrungen des einfältigen Volkes, dessen Vorstellung von den Lebenden und den Toten näher an der Quelle des Wissens, an der makellosen Stimme unserer Glaubensväter ist? Was wolltet Ihr ihrem Wort noch hinzufügen?«

»Man schreibt auf, was sich nicht sagen lässt. Weil die Wörter, wenn sie durch die Feder verbunden und vom rechten Metrum geführt werden, eine eigene erhabene Ordnung erlangen, durch die sie es überhaupt erst wert sind, die Wahrheit mitzuteilen. Dann erst offenbaren sie mit dem Siegel der ordnenden Vernunft jedes noch so verborgene Geheimnis der Natur, werden zum Spiegel der Stimme Gottes.«

»Ihr lästert Gott! Ihr, ein Laie, wollt Euch zum Nachäffer der Stimme Gottes aufschwingen! Als wäret Ihr einer seiner Propheten, erleuchtet von der schrecklichen Gnade des Herrn! In welchem Abgrund Eures Geistes habt Ihr soviel Hochmut genährt!« schrie der Inquisitor und klammerte sich an das Kreuz an seinem Hals wie an einen Anker. »Welcher teuflischen Lektion habt Ihr beigewohnt, ohne Reue, ohne Angst vor Strafe, ohne Entsetzen vor Euch selbst? Welchen unbekannten Meistern seid Ihr auf jener Straße der Verdammnis begegnet, die Ihr im *incipit* erwähnt und auf der Ihr von Euren unglückseligen Lesern begleitet werden wollt? Was habt Ihr *vollbracht*, Messer Alighieri, dass Ihr Euch erlauben dürft, Euch auf die Autorität der Vorväter und auf die Nachsicht der frommen Frauen zu berufen? Ihr, ein armseliges Korn in Gottes unermesslichen Sandmeeren, habt als Schutzherrin keine Geringere als die Mutter des Heilands! Als hättet Ihr einen Pakt mit der göttlichen Macht selbst geschlossen! Die unbeugsamen Juden glauben in ihrer törichten Verrücktheit wenigstens noch, Gott könnte unter allen Völkern ein ganzes auserwählt haben, das zu seiner Rechten weilt: Ihr aber glaubt, Gott wollte nur einen einzigen Menschen erwählen, Euch! Selbst die finsteren Anhänger Mohammeds werden demütig vor den Worten ihrer heiligen Schrift, Ihr aber brüstet Euch damit, sie sogar zu schreiben!«

Dante schüttelte den Kopf. »Das ist nur eine poetische Erfindung, geschrieben mit der Absicht, den Menschen vom Übel der Sünde zu befreien, zu der unsere Schwäche uns verdammt.«

»Unsere Schwäche … uns verdammt? Wollt Ihr behaupten, der Mensch sei ein unrettbarer Sünder? Dass ein lichtvoller Gott wie Jesus Christus nicht ein unvollkommenes Geschöpf hervorgebracht haben kann und dass demzufolge die Schöpfung zwangsläufig das Werk eines bösen Gottes ist, dessen Schändlichkeiten das Erbe unseres Fleisches sind?« fuhr der Inquisitor fort. Dante hörte aus seinen Worten plötzlich einen honigsüßen, arglistigen Ton heraus. Dieser Schurke legte ihm die Glaubensgrundsätze der ketzerischen Katharer in den Mund und hoffte, dass er darauf hereinfiel. Er ballte die Fäuste, während er darauf bedacht war, die Worte seiner Antwort höchst sorgfältig abzuwägen.

»Glaubt Ihr das, Messer Alighieri?« drang der Inquisitor in ihn. Die anderen Mönche hörten ungerührt zu.

Der Dichter hob ruckartig den Kopf. »Ich glaube an die Wahrheit der Offenbarung, wie die Kirche sie in ihrer jahrhundertealten Weisheit aufgenommen und geordnet hat. Und das Poem, das Ihr mir gestohlen habt, ist lediglich die poetische Darstellung des Weges, den die menschliche Seele gehen muss, um zum Heil zu gelangen, mit Betrachtungen über die Sünde und ihre Bestrafung, über das Gute und seine Lobpreisung. Dies in Form einer Reise in die Reiche des Jenseits, dorthin, wo uns die Hand Gottes mit größter Kraft zermalmt oder erhebt!«

Die Inquisitoren warfen sich einen raschen Blick zu, dann beugte sich ihr Oberhaupt wieder über das Katheder. »Und warum habt Ihr dieses Märchen in der Sprache des Volkes geschrieben, und noch dazu im Ton der Wahrheit? Wolltet Ihr Euch etwa direkt an die Ungebildeten wenden, auf ihre Einfalt vertrauen und ihnen vorgaukeln, diese Reise habe tatsächlich stattgefunden? So dass ihre dem Reiz des Bösen leicht zugänglichen Seelen verdorben werden? Und der Anschein erweckt wird, man könne sich den Geboten Gottes widersetzen? Wollt Ihr ein neuer Apollonios von Tyana sein oder ein zweiter Simon Magus?«

»Ich möchte, dass meine Worte verstanden werden, in einer Sprache, die nicht weniger edel ist als die der Kirchenväter, wenn man pfleglich mit ihr umgeht! Ich möchte der Poesie mit meinem Werk ein Denkmal setzen!«

»Und natürlich seid Ihr in der Lage, am besten mit ihr umzugehen? Und warum, wenn Euch wirklich der Ruhm der Dichtkunst treibt und nicht das törichte Verlangen, Euch zum Propheten aufzuschwingen, warum lasst Ihr Euren Geist dann mit einem Kindermärchen verarmen? Eine Höllenfahrt! Selbst auf den Kirchplätzen während des Jahrmarkts kämen heutzutage auch die schlimmsten Scharlatane nicht auf die Idee, ein so albernes, ordinäres Schauspiel aufzuführen. Es sei denn, Euer ganzes Werk wäre nichts anderes als eine ungeheuerliche Täuschung!«

»Was? Wieso eine Täuschung?« fragte Dante mit erstickter Stimme.

»Ein versteckter Gedankengang! Wo der Schrift anhand der in diesem Werk verborgenen dunklen Bedeutungen eine ganz andere, teuflische Botschaft anvertraut ist, verschleiert in Allegorien und Anspielungen, mit denen Ihr Eure Verse gespickt habt. Wie dieser verdammte Hund, der kommen wird, um der römischen Wölfin ein Ende zu machen! Auf wen spielt Ihr an, Messer Alighieri? Macht Ihr Euch zum Propheten einer Rückkehr des Kaisers oder, schlimmer noch, eines seiner Schergen, wie etwa des Colonna? Und warum wählt Ihr Euch den in den magischen Künsten bewanderten Heiden Vergil zum Führer, der Euch bei einem Abenteuer begleiten soll, bei dem wohl eher die väterliche Unterstützung eines Heiligen oder eines Gelehrten angeraten wäre?«

»Ich dachte an Vergil, weil ... weil ...«, begann der Dichter, doch die Worte blieben ihm im Hals stecken, erstickt von der Größe dessen, was er hätte erklären müssen. Er atmete tief durch und versuchte es erneut. »Weil uns in der Finsternis des Bösen einzig und allein die Vernunft Mut machen kann! Und Vergil steht wie kein zweiter in der Geschichte der Menschheit für die Kraft unseres Geistes. Doch wenn die Reise die Schwelle des Lichts erreicht, wird ein anderer Geist mich leiten!«

»Ein anderer? Und welcher?«

Dante zögerte einen Augenblick. Unentschlossen ballte er die Fäuste. »Ich weiß ... noch nicht. Vielleicht der heilige Bernhard ...«

Bei diesen Worten ließ der Inquisitor den Blick zu seinen Amtsgenossen schweifen, um sich wortlos mit ihnen zu verständigen. »Warum der heilige Bernhard?« erkundigte er sich kurz darauf skeptisch. »Warum nicht Petrus oder Johannes? Warum der Mann, der den Namen des Templerordens geprägt und dessen Regel verfasst hat? Ist es das, was Ihr, versteckt hinter seiner Heiligkeit, besingen wollt?«

Dante antwortete nicht. Wieder ballte er die Fäuste, dann hob er stolz den Kopf. Die Angst, die ihn soeben noch beherrscht hatte, schien plötzlich wie Schnee in der Sonne zerronnen zu sein. Er hatte das Gefühl, alles um ihn her brach nun zusammen und riss seine Vorhaben und Träume mit. Das einzige, was blieb, war die Aufgabe, mit der man ihn betraut hatte: Und der würde er bis zum Ende nachkommen.

»Ich bin Dante Alighieri, Gesandter aus Florenz. Und ich bin gekommen, um mit dem Papst über die Geschicke meiner Heimatstadt zu verhandeln, nicht über Allegorien oder literarische Gestalten. Übergebt diese Blätter, die Euch dermaßen beunruhigen, getrost den Flammen, meine Pläne sind nun andere.«

Der Inquisitor lehnte sich verwirrt zurück, während ein Raunen durch die Bank der Mönche ging. Er kaute auf seiner Unterlippe, doch dann bekam sein Gesicht allmählich einen triumphierenden Ausdruck. »Ihr gesteht also die Anmaßung und Torheit dessen ein, was Ihr da zu Papier gebracht habt?«

Dante bestätigte dies mit einem Kopfnicken. »Diese Verse hat ein anderer Mann geschrieben. Nichts davon wird bleiben.«

Erneut wechselten die Männer auf der Bank ratlose Blicke. Nach einer kurzen Weile raffte sich der Inquisitor auf. »Hat Euch das Gewicht unserer Anklagen erleuchtet?« Dante konnte die Verwirrung des Mannes deutlich spüren, ebenso wie das Misstrauen, das dieser hinter seiner zufriedenen Miene noch immer hegte.

Wieder nickte er schweigend.

»Ihr schwört also diesen blasphemischen Seiten ab?«

Dante zögerte einen Augenblick, dann hob er gleichgültig die

Schultern. Diese Geste schien den Inquisitoren zu genügen, denn ihr Oberhaupt bedeutete den Wachen mit einem Wink, ihn fortzuschaffen. Dante spürte, wie er hinausgestoßen wurde, während es in seinem Kopf noch wie Feuer brannte.

Er ging die Treppe hinunter, begleitet von zwei schweigenden Mönchen, die ihn vor dem Tor entließen. Wie um seine Freilassung zu begrüßen, zerriss in diesem Moment ein gewaltiger Donner die Wolken, und nach einem bläulichen Blitz setzte der Regen noch heftiger als zuvor wieder ein.

Benommen ging er einige Schritte und blieb mitten auf dem Platz in einer Pfütze stehen, die sich zwischen den Resten des antiken Steinpflasters gebildet hatte. Auch die eiskalten Rinnsale auf seiner Haut, die ihm in den Kragen seines Gewandes liefen, spürte er nicht.

Wieder ging in nächster Nähe ein Blitz mit Donnerschlag nieder. Seine Augen mit dem Handrücken abschirmend, schaute er zu dem bleiernen Himmel hinauf. Gab es noch irgend etwas dort oben, jenseits dieser Dunstschicht, die sich nun in dieser Sintflut auflöste? Waren diese Blitze wahrhaftig die Stimme Gottes?

Nein, da war nichts über ihm. Und auch in ihm war nichts. Er fühlte gar nichts mehr. Vielleicht war Jesus wirklich ein Betrüger und die Erde nur ein unbedeutendes Staubkorn, in den leeren Raum geworfen, um als Spielball viel älterer und anderer Götter zu kreisen. Und auch eine Seele gab es nicht, sondern nur einen Klumpen von Leidenschaften, fortgerissen von der blinden Plage der Wollust.

Er dachte an die Qual seiner antiken Lehrmeister, die bereits vor ihm an ebendiese Schwelle gelangt waren, vor der er nun zurückschreckte. Sie dagegen hatten sie überschritten, und der Ruhm besang noch immer ihre Hoffnungslosigkeit. Er war ein Feigling, ja, das war er. Er hatte seine Augen vor der Wahrheit verschlossen und sich mit einem Märchen geschützt.

Unter den starken Regenschauern verschwammen die Konturen der Dinge um ihn her, die Mauern und Straßen, immer mehr. Für einen kurzen Moment hatte er das Gefühl, zwischen den bleiernen Fäden das Gesicht Guido Cavalcantis zu sehen: Offenbar waren seine erregten Sinne vom Fieber beherrscht, doch dies schien wirklich die spöttische Miene Guidos zu sein. Aus dem Schatten des Todes nicht so abgezehrt aufgetaucht, wie er in seinen letzten Tagen gewesen war, sondern triumphierend wie zu den Zeiten seines irdischen Ruhms. Dante streckte die Hand nach ihm aus, um im Regen seinen Körper zu fassen.

»Endlich hast du verstanden«, hörte er die gurgelnde Stimme seines Freundes, die wie aus dem Meer zu ihm drang. »Endlich kehrst du zu uns Getreuen Amors zurück, die du damals verlassen hast. Zu spät, um dich in die Arme zu schließen ...«

Guido verschwand, sein Gesicht hinter dem Wasserschleier verblasste. Dante bewegte sich vorwärts, um ihn nicht aus den Augen zu verlieren. Er patschte durch die Pfütze und fand sich, durch den eigenen Schwung fortgerissen, im Portikus einer Kirche wieder, ohne recht zu wissen, wie er dorthin gelangt war. Seine Schläfen waren noch immer fieberheiß, doch unter diesem Schutzdach hatte der trommelnde Regen auf seinem Kopf unversehens aufgehört. Er kam wieder zu sich.

Ein Donnerschlag folgte auf den anderen, doch er war mit seinen Gedanken anderswo. War ihm da wirklich der Geist Guidos erschienen? Oder war sein Verstand verwirrt, und der Traum, der seine Klauen in die verlangende Seele schlägt, sobald die vernünftige Seele im Schlaf entflieht, hatte die Oberhand über ihn gewonnen?

Es war, als hätte Guido ihm etwas mitteilen wollen, etwas, was sich hinter seinen Worten verbarg. Ein Bild wie jene, die unser Geist im Schlaf zeichnet.

Doch er schlief nicht. Gleichwohl hätte er schwören können, dass er Guido gesehen hatte, hätte jedes ungesagte Wort aus seinem ironischen Lächeln lesen können, sich an jeden Spott erinnern können, an jede Frau, an die er sich mit seiner hochmütigen Verachtung gewandt hatte ... dann ging ihm ein Licht auf, greller noch als die Blitze ringsumher, und er verstand. Die Traumbilder fügten sich zu einer verschwommenen Erinnerung zusammen, die ihn seit dem Tag der Leichenöffnung beschäftigte. Ja, das war es, falls Guido ihm etwas hatte sagen wollen, so dies! Er musste Giotto einen Besuch abstatten.

Den Hinweisen der Passanten folgend, hatte Dante die Via dei Colorari schließlich gefunden. Er bog in die Gasse ein, in der sich ein halbes Dutzend Läden befand. Vor einem davon saß ein Junge mit einem Steinmörser zwischen den Beinen und zerrieb unter einer Plane, die ihn vor dem Regen schützte, ein rötliches Pulver.

»Weißt du, wo die Wohnung von Giotto ist?« fragte Dante ihn.

»Der Maler aus Florenz?« erwiderte der Junge, ohne von seiner Arbeit aufzuschauen. »Dort hinten, oben an der Treppe.«

Die Gasse endete an einem zweistöckigen Gebäude, das von einer steilen Treppe geteilt wurde, die wohl früher einmal zu einer dritten, nun verschwundenen Etage geführt hatte. Doch bevor die Stufen im leeren endeten, war das, was ursprünglich ein Fenster gewesen sein musste, in eine Tür verwandelt worden. Dante klopfte energisch.

Von drinnen antwortete ihm ein Grunzen, gefolgt von einem Fluch. »Ich bin bei der Arbeit, schert Euch fort!«

»Mach auf, ich bin es, Dante!«

Es folgte ein kurzes Schweigen, nur unterbrochen von dem Gepolter eines Menschen, der Dinge beiseite räumte. Dann öffnete sich die Tür, und die massige Gestalt des Malers tauchte auf. »Oh, Dante! Bist du gekommen, um ...«

Ohne ihm Zeit zu lassen, den Satz zu beenden, bahnte sich der Dichter einen Weg, indem er seinen Freund grob zur Seite schob. Er stand nun in einem großen Raum, der mit Arbeitsgeräten, zusammengerollten Kartons und Eimern mit Pulvern so vollgestopft war, dass man ihn fast nicht betreten konnte. Unter dieser Last bog sich der Dielenboden in der Mitte bedrohlich und gab dem ganzen Raum das Aussehen eines Kelchs, der kurz vor dem Überlaufen war.

»Du warst das!«

»Was meinst du?«

»Das Gesicht auf dem Sarkophag der Päpstin Johanna! Das hast du gemalt!«

Giotto starrte seinen Freund mit undurchsichtiger Miene an. Er schien abzuwägen, ob es sich lohnte, es zuzugeben. Schließlich deutete er ein Lächeln an, nickte und zwinkerte mit den Augen, als würde er die Szene erneut in sich aufleben lassen. »Wie hast du das herausgefunden?«

»Du hast ihr Vanas Gesicht gegeben, du Gauner!«

Der Maler wurde von einer zunehmenden Heiterkeit gepackt, die sich in einem spöttischen Gelächter entlud. »Die schönste Sängerin von Florenz! Sie ist mir im Gedächtnis geblieben, als wäre sie noch am Leben. Und in meinem Blut.«

Dante wandte kurz den Blick ab. Giotto bemerkte seine Betroffenheit. »Und auch in deinem, mein Freund«, beharrte er, »hast du doch ihre Gesichtszüge auf Anhieb wiedererkannt.«

Der Maler nagte an seiner Lippe, während sein Blick von Dante zu einem mit einem Tuch verhüllten Gegenstand in einer Ecke schweifte. Dann lachte er erneut, ergriff die Hand des Dichters und zog ihn dorthin. »Sieh dir das an!« rief er mit verschwörerischer Miene.

Mit einer resoluten Bewegung zog er das Tuch fort. Dante riss die Augen auf.

Dort stand auf einer Staffelei ein Gemälde, groß wie ein Altarbild.

Giotto fuhr mit der Rückseite seiner Finger über die Wange auf dem Bild, so gerührt, als streichelte er einen lebendigen Körper.

»Findest du nicht auch, dass sie aussieht, als würde sie gleich ihren Gesang anstimmen? Ich bin wirklich gut, mein Freund«, fuhr er fort. Doch er sagte dies nicht mit der üblichen Unverschämtheit des Meisters. Eher mit dem Gram über den Verlust dieser Schönheit, die von diesem Bild nur als blasser Schatten wiedergegeben werden konnte. »Und diese verfluchten Mönche wollen mich noch immer nicht bezahlen!« rief er dann mit einem plötzlichen Stimmungsumschwung.

Dante hörte ihm nicht zu. Die Genugtuung darüber, dass sich seine Vermutung bestätigt hatte, war verflogen, verdrängt von der Erinnerung an Vana del Moggio.

»Wer hat dir den Auftrag gegeben?« fragte er kurz darauf, als er sich wieder gefangen hatte.

»Irgendein Mann. Ich habe ihm nicht ins Gesicht gesehen, falls es das ist, was du wissen willst. Ich hatte nur seine Geldbörse mit den Carlini im Blick«, sagte Giotto grinsend. Doch als er sah, dass der Dichter todernst blieb, fügte er hinzu: »Ich dachte, das ist jemand, der es genau wie ich satt hat, immer nur heilige Frauen und Edeldamen zu betrachten!«

»Und wann hast du die Arbeit abgeliefert?«

»Er hat sie zusammen mit zwei Dienern abgeholt, und auch da hat er sich nicht zu erkennen gegeben. Ich vermutete einen Streich, wie damals, als ich die Eselsohren auf das Wappen der Tornaquirici malte … Aber wo willst du denn hin?«

In Gedanken versunken, streifte Dante ziellos umher. Und so wie es der Dekurio in bezug auf den Pöbel gesagt hatte, musste auch er in immer tiefere Schichten der Stadt hinuntersteigen. Je näher er an den Fluss kam, um so dichter wurde das Labyrinth der Gassen, die von Campo Marzio nach Castello führten. Scharen von Pilgern umdrängten Dante von allen Seiten, so dass er sich immer fester gegen die Wände der ärmlichen Behausungen drücken musste, um nicht überrannt zu werden. Mehrmals hatte er bereits den Saum seines Gewandes aufnehmen müssen, um ihn vor den schlammverschmierten Schuhen der Armen und vor den Wagenrädern irgendeines Edelmanns zu retten, der sich, ohne etwas von dem Gewirr von Engpässen in der Nähe des Flusses zu ahnen, mit seinem Gefährt auf den Weg zur Brücke gewagt hatte.

Obwohl das Jubeljahr inzwischen vorüber war, strömte noch immer eine stattliche Zahl von Menschen nach Rom, um am Grab des heiligen Petrus zu beten und Gnade zu erbitten oder die Vergebung der eigenen Sünden zu erflehen. Manche marschierten unbeirrt vorwärts, mit nichts weiter als ihren Kleidern, die sie auf dem Leib trugen. Andere schleppten Bündel und Pakete mit ihren Habseligkeiten und versperrten so den Nachfolgenden den Weg. Dort, wo die Straßen ineinandermündeten, gerieten die verschiedenen Gruppen in einer Art Rollbrandung brodelnd und tosend aneinander, bis die größte oder die frechste von ihnen die Oberhand gewann, nachdem sie sich mit dem Ellbogen einen Weg gebahnt und die Gegner in diesem Wettlauf zum Seelenheil nach hinten gedrängt hatte.

Aus der wogenden Menge erhoben sich Gesänge, Rufe und Psalmen, gemurmelt in einem von den zahllosen regionalen Dialekten verunstalteten Latein, die dem Dichter in den Ohren schmerzten wie Lanzenstöße. Eine unbändige Wut stieg in ihm auf, als er die barbarischen Laute hörte, die die edle Sprache der Kirchenväter in einem Mischmasch kaum verständlicher Krächzer verschandelten. Ein großes Gewebe aus Seide und Gold, zerkaut von Hunden.

Nachdem er mit knapper Not verhindert hatte, dass er gegen die Kante eines Hauses gestoßen wurde, das aus unerfindlichen Gründen aus dem Straßenverlauf herausragte, befand er sich endlich auf einer geraden, abwärts führenden Strecke. Vor ihm öffnete sich eine von Mauern freie Sicht: Er entdeckte die gerade Linie der Brücke und am anderen Tiberufer die Engelsburg, die mit ihrem unerschütterlichen Schatten die ganze Aufregung zu ihren Füßen zu überwachen schien.

Er blieb einen Augenblick stehen, um Atem zu schöpfen. Doch sofort schob ihn die drängelnde Menge von hinten wie eine Riesenhand weiter, und er musste sich wieder in Bewegung setzen, um nicht niedergetrampelt zu werden. So wurde er mitgerissen, immer schneller zwischen all den Leuten, die, beflügelt durch die abschüssige Strecke, ihre Schritte beschleunigten, ohne auf die Schwachen und Alten zu achten, die hinzufallen drohten. Genauso mussten sich auch die Juden auf der Flucht aus Ägypten bewegt haben, als sie das Ufer des Roten Meeres erblickten und die Wasser sich vor ihnen teilten, dachte er unvermittelt.

Und so, wie diese alten Stämme Hals über Kopf vor den Truppen des Pharaos geflohen waren, so drängten die Pilger rings um ihn her nun in dem Versuch vorwärts, den Angriff einer Flut von fliegenden Händlern abzuwehren, die ihnen, beidseits der Straße auf der Lauer liegend, wie ein Rudel Wölfe entgegenstürzten und eifrig bemüht waren, sich mit ihren Bauchläden voller Brot, unkenntlicher Stücke Fleisch und Fisch und Fässchen mit Wasser oder Wein unter die Leute zu mischen. Jeder Händler steuerte mit kundigem Auge auf die Pilger zu, die ihm am erschöpftesten erschienen, und versuchte, sie für einen schnellen Handel aufzuhalten, bevor er zur nächsten Welle weiterzog. Kleine Handkarren, beladen mit Trödel, Kleidungsstücken und Kruzifixen aller Art, aus Metall oder billigem Holz, waren bis hinauf zur Brückenauffahrt am Straßenrand postiert. Dutzende Hände streckten sich über diese improvisierten Ladentische hinweg vor und boten unter Marktgeschrei die Waren an.

Dante versuchte, die Händler loszuwerden, starrte verbissen vor sich hin und beschränkte sich darauf, mechanisch den Kopf zu schütteln. Mit einem Hüpfer war er gerade einem ausgewichen, der ihm ein Heiligenbild in die Hand drücken wollte, als er energisch an seinem Gewand gepackt und zur Seite in eine Mauereinbuchtung gezerrt wurde. Die Straße hatte an dieser Stelle ihren tiefsten Punkt erreicht, bevor sie zur Brücke hin wieder anstieg. Seine Füße glitten auf dem schlammigen Boden am Flussufer aus, und um nicht das Gleichgewicht zu verlieren, stützte er sich am Rand eines Karrens ab, der dort stand.

»Wartet, Messere«, tönte es in seinen Ohren. Sogleich fuhr er herum, um den erneuten Überfall abzuwehren. Er erblickte einen Mann mittleren Alters, der prüfend sein Gewand musterte, von dem er noch immer einen Zipfel in der Hand hielt. »Ihr seid in feinstes Tuch gekleidet, ein lombardischer Edelmann, ohne Zweifel. Kommt, ich habe etwas, was Euch sicher interessieren wird.«

Erst jetzt warf er einen Blick auf die Dinge, die auf dem Karren lagen, an dem er sich festgehalten hatte. Er sah die verschiedensten Gegenstände, überwiegend Gefäße aus Metall oder Ton, kleine Amphoren aus Alabaster, vollständige oder verstümmelte Statuetten, bunte Marmorstücke, einige menschliche Schädel unterschiedlicher Größe und den aus einem grünen Stein gemeißelten Körper eines Pferdes ohne seine vier Beine.

»Eure Gesichtszüge verraten Euer vornehmes Wesen«, hörte er den Mann sagen. »Ich bin sicher, dass Ihr nicht aus Rom heimkehren wollt, ohne eine greifbare Erinnerung an seine einstige Größe mitzunehmen. Ich kann Euch Dinge anbieten, die durch die Hände der großen Römer gegangen sind. Schaut Euch diese Ampullen an!« rief er und hielt Dante ein kleines Gefäß unter die Nase, das aus Alabaster zu sein schien. »Spürt diesen Duft! Riecht es nicht noch nach den erlesenen Aromen, die einst darin enthalten waren, zum Entzücken der vornehmen Matronen, die sich den Genuss solcher Kostbarkeiten leisten konnten? Habt Ihr nicht auch den Eindruck, am Flaschenhals noch die Berührung ihrer reizenden Finger zu erkennen?« fügte er mit einem schalkhaften Lächeln hinzu.

Dante drehte und wendete das Fläschchen hin und her, das ihm der Mann in die Hand gedrückt hatte. Nach einer kurzen Prüfung gab er es ihm verärgert zurück. Die Finger der großen Römer? Noch in der armseligsten Werkstatt seiner Heimatstadt Florenz wäre man in der Lage, etwas Besseres herzustellen. Außerdem war dies keineswegs ein Parfümfläschchen, sondern nur die Imitation eines Tränenkrugs aus einem billigen, gipsartigen Material, das wie Alabaster aussehen sollte. Er spürte die noch unangenehm klebrige Farbe, mit der man die Täuschung hatte bemänteln wollen. Er warf einen raschen Blick auf die übrigen Waren, die ebenso leicht als plumpe Fälschungen zu erkennen waren. Wie konnte es dieser Kerl wagen, auch nur daran zu denken, einen Mann zu betrügen, der aus einer Stadt kam, in der man die römischen Antiquitäten sehr gut kannte und schätzte? Wie konnte er es wagen …

Da fiel sein Blick auf einen Gegenstand auf dem Karren, der halb versteckt unter dem schrecklichen Kopf eines bärtigen Imperators lag. Er zuckte zusammen.

»Das da!« brachte er mit erstickter Stimme hervor und streckte die Hand nach einem Gefäß aus trübem Glas aus. Die gleiche ungewöhnliche Form und die gleiche Größe wie bei der rätselhaften Ampulle aus dem Grab der Päpstin Johanna. Auch der Verschluss mit dem Hundekopf war identisch. »Woher habt Ihr das?«

Unter dem zufriedenen Blick des Händlers drehte er das Fläschchen aufgeregt in seinen Händen.

»Ich wusste, dass etwas dabeisein würde, was den Beifall eines Kenners wie Euch findet. Eine antike Glasflasche, aus den Ruinen des Forums. Ein Gefäß, mit dem vielleicht Romulus persönlich Wasser aus der Quelle Veia schöpfte …«

»Hör auf damit, du Schurke! Woher hast du diese Ampulle?« fuhr der Dichter ihn an, zog barsch die Hand zurück, mit der er das Fläschchen umklammerte, und streckte die andere zum Hals des Verkäufers aus. Dieser stammelte etwas, wobei er suchend nach jemandem Ausschau hielt, der ihm zu Hilfe eilen könnte. Wahrscheinlich hoffte er auf einen der anderen Trödler, doch das Durcheinander und der versteckte Platz, an dem er sich befand, brachten ihn Dante gegenüber ins Hintertreffen. Drohend rückte der Dichter ihm auf den Leib.

Der Händler unternahm einen letzten, schüchternen Versuch,

eine weitere mysteriöse Herkunft zu erfinden, gab dann aber plötzlich auf. »Meister Antonio, der Glasbläser, hat sie gemacht, er hat seinen Laden in der Nähe des Campo dei Fiori ... aber sie sieht genauso aus wie die echten ...«

Dante ließ ihn los. In dem entsetzten Blick des Händlers lag etwas, was ihn von der Wahrhaftigkeit dieses Geständnisses überzeugte. Er kramte in seiner Geldbörse rasch nach einer Münze, wandte sich dann ab und tauchte, seinen Schatz fest in der Hand, wieder in den Strom der Pilger ein.

Während er eilig dem genannten Platz zustrebte, befühlte er das Glasfläschchen. Für ihn gab es keinen Zweifel: Es war das gleiche wie die rätselhafte Ampulle mit dem ewigen Licht im Grab der Päpstin. Wer war dieser Meister Antonio, und was hatte er mit dieser Geschichte zu tun?

Dante war noch in seine Grübeleien versunken, als er in der Ferne einen niedrigen Bau erblickte, hinter dem ein Schornstein aufragte, aus dem eine dichte weiße Rauchwolke aufstieg. Er trat ein und stand in einem überhitzten Raum, in dessen hinterem Teil die flammende Öffnung einer Feuerstelle zu sehen war. Darin loderte ein gewaltiges Feuer aus Eichenholzscheiten, umgeben von einer Art kleinen Backsteinmauer, auf der ein großer Schmelztiegel aus Metall stand. Aus diesem Kessel drang ein grünliches Leuchten, zusammen mit den fortwährenden Eruptionen glühender Steinchen, die ringsumher niedergingen. Ungeachtet des Feuerregens rührte ein Mann mit einer Metallstange in dem Tiegel.

»Seid Ihr Meister Antonio?« fragte der Dichter. »Habt Ihr das hier angefertigt?«

Der Mann schenkte ihm zunächst keinerlei Beachtung und fuhr mit seiner Arbeit fort. Als er mit seinem Werk zufrieden war, zog er die Stange heraus, an der ein langer Faden aus einer leuchtenden Substanz hing, den er aufwickelte.

»Was wollt Ihr, Messere?«

»Dieses Fläschchen! Habt Ihr das gemacht?«

Der Mann warf einen Blick auf das, was Dante ihm hinhielt, und schaute ihn dann argwöhnisch an. »Vielleicht. Wozu wollt Ihr das wissen, Fremder?«

»Es ist wichtig, Euer Werk steht mit dem Bösen in Verbindung. Doch es kann auch Gutes hervorbringen, wenn Ihr meine Frage beantwortet.«

Der Mann schien nicht zu verstehen. Er wirkte eingeschüchtert durch Dantes Erscheinung, durch seine Kleidung, durch sein energisches Auftreten. Als hätte er eine hohe Amtsperson vor sich, obwohl Dantes Aussehen ihn doch entschieden als Fremden auswies.

»Ich glaube nicht, dass ich etwas Schlimmes getan habe. Mein Auftraggeber hat mir nicht verboten, noch weitere Fläschchen anzufertigen ...«, sagte er zögernd.

»Jemand hat Euch beauftragt, dieses Fläschchen herzustellen? Wer?«

»Ich weiß es nicht ... ein Unbekannter. Sein Gesicht habe ich nicht gesehen, er trug eine Kapuze ... er hat mich gut bezahlt ...«

Dante ballte zornig die Fäuste. Schon wieder ein Phantom, zweifellos derselbe Unbekannte, der Giotto den Auftrag zu dem Bildnis gegeben hatte. Doch warum, warum nur?

Der Mann hatte ihn ängstlich beobachtet. Dantes Ungehaltenheit schien ihn zu beeindrucken. »Ich wusste nicht, dass das so wichtig ist, das schwöre ich Euch. Ich habe nur zwei oder drei nachgemacht, für den Verkauf an Pilger ... die Form hat mir gefallen ...«

»Zwei oder drei? Wieviel wurden denn in Auftrag gegeben?«

»Zwölf Stück. Alle sollten so sein wie das, welches er mir mitgebracht hatte. Ich sollte möglichst haargenaue Kopien herstellen. ›Meister Antonio‹, sagte er, ›ich weiß, dass Ihr der einzige Glasbläser in Rom seid, der mich zufriedenstellen kann‹, dann gab er mir das Fläschchen zum Kopieren.«

»Und Ihr habt es getan?«

»Nein ... nicht direkt ...«

»Was soll das heißen?«

»Wisst Ihr, das Fläschchen war zu kompliziert, um es exakt nachzumachen …«, antwortete der Mann mit gepresster Stimme, als müsste er sich überwinden, seinen Misserfolg einzugestehen. »Der untere Teil war in etwa so, wie Ihr ihn hier seht, doch der Verschluss … der ließ sich einfach nicht imitieren. Das Gefäß hatte ein Ungeheuer auf dem Verschluss.«

»Ein Ungeheuer?«

»Ja … eine merkwürdige Bestie, wie ich sie noch nie gesehen habe … einen Kopf, einen unglaublichen Kopf … ich habe es versucht, zehnmal, doch ohne Erfolg, das geschmolzene Glas weigerte sich, diese Form anzunehmen … schließlich gab ich es auf und machte den Verschluss, den Ihr hier seht.«

»Und was sagte Euer Auftraggeber dazu?«

»Anfangs war er völlig außer sich«, antwortete der Mann schaudernd, als hätte er das Bild dieses Zorns noch deutlich vor Augen. »Dann beruhigte er sich, und ich hörte, wie er etwas vor sich hin murmelte …«

»Und was?« rief Dante ungeduldig.

»Etwas wie: ›Die Götter werden auf die Form nicht achten‹ oder so ähnlich. Er packte die Gefäße ein, die ich gegossen hatte, und verschwand, nachdem er mir den vereinbarten Preis gezahlt hatte. Soll ich für Euch auch welche machen?« fragte er abschließend in hoffnungsvollem Ton.

Doch Dante war schon aus der Tür.

13

15. NOVEMBER, NACHMITTAGS

Er war auf dem Weg zur florentinischen Gesandtschaft. Nun musste er Zeit gewinnen, denn vielleicht konnte er dem Verbrechen auf den Grund kommen. Vor dem Eingang standen einige Maultiere, und mehrere Männer beluden sie mit Gepäck. Einer warf ihm einen zerstreuten Blick zu, erkannte ihn und lief ihm mit aufgeregter Miene entgegen.

»Messer Alighieri, endlich! Wir suchen Euch schon seit über einem Tag! Wo seid Ihr gewesen?«

Dante überhörte die Frage, ging zu den Tieren und prüfte rasch die an den Sätteln befestigten Säcke. Dann wandte er sich wieder dem Mann zu, der ihm gefolgt war. »Das ist unser Gepäck. Was macht Ihr denn hier, Messer Corazza? Wer hat Euch den Befehl zur Abreise gegeben?«

Hinter einem der Maultiere kam Maso Minerbetti, der andere Gesandte, hervor. »Habt Ihr denn nichts gehört? Von den Geschehnissen in Florenz?«

»Was ist passiert?« fragte Dante alarmiert.

»Es gibt neue Nachrichten aus der Stadt. Messer Corso Donati und seine Männer haben das Priorat gestürzt, die Weiße Partei ist auf der Flucht oder hält sich versteckt.«

»Und dieser verfluchte Franzose Karl von Valois! Sollte er mit seinen Truppen nicht eigentlich kommen, um Frieden zwischen den Parteien zu stiften? Hätten seine Lanzenträger nicht gerade das verhindern sollen?« rief Dante erbleichend. Dann wurde er wütend. Er packte Corazza an der Brust, und sein Gesicht war nun dicht vor dem des Gesandten. Er konnte den Geruch der Angst in dessen

Atem spüren. »Verdammte Trottel! Tagelang habe ich sie im Stadtrat beschworen, dem Franzosen nicht die Tore zu öffnen! Einem mit Bonifatius zweimal verbündeten Mann, der alles verraten und verkaufen würde, nur um in seinem Streben nach dem kaiserlichen Thron die Unterstützung des Papstes zu erhalten! Ausgerechnet ihm haben sie die Tore der Stadt geöffnet!«

»Vielleicht handelten sie in bester Absicht …«, wagte Minerbetti schüchtern einzuwerfen.

Dante schnellte wie eine Schlange zu ihm herum. »In bester Absicht! Sie haben den Wolf in den Schafstall geholt! Und jetzt, sagt Ihr, haben die Donati die Kommune in ihrer Gewalt?«

Corazza da Signa, der nicht länger von Dante festgehalten wurde, zog sich schnell zwei Schritte zurück. In dieser Entfernung richtete er sich mit katzenartiger Geschmeidigkeit wieder auf. »Ihr solltet Euren Ton wohl besser mäßigen, Messer Alighieri! Ein glühender Anhänger der Weißen zu sein mag Euch geholfen haben, als die Cerchi aus Eurem Klüngel regierten. Doch nun, da Donati an der Macht ist, solltet Ihr Eure Hahnenfedern langsam wieder glätten! Schon geht die Kunde von Plünderungen und Verwüstungen, also falls Euch daran liegt, Euer Hab und Gut zu retten, schnürt unverzüglich Euer Gepäck und kommt mit uns.«

Der Dichter schüttelte gereizt den Kopf. »Nein, reist nur ab, wenn Ihr wollt. Ich muss mein Werk noch zu Ende bringen.«

»Die Mission ist beendet«, knurrte Corazza. »Und allem Anschein nach erfolglos. Bonifatius hat Euch nicht einmal angehört. Die neuen Herrscher wollen, dass dies zur Kenntnis genommen wird. Und gerade Ihr, der Ihr Euch zum Anführer von uns allen aufgeschwungen habt und nach eigenem Gutdünken handeltet, gerade Ihr werdet besonders sehnsüchtig erwartet.«

»Nur zu, kommt mit uns«, sagte Minerbetti versöhnlich. »Mit etwas Unterwürfigkeit und einer kleinen Gabe für das Baptisterium werden auch die Donati Verständnis für Eure frühere Feindseligkeit haben. Ist denn nicht Eure Gemahlin eine von ihnen?«

»Soll ich mich unter den Kleidern meiner Frau verkriechen, um das vor Euch zu verhehlen, was ich bei hellem Tageslicht tat? Nein, ich bleibe hier. Wenn die Mission bei Bonifatius gescheitert ist, bleibt mir noch eine andere zu erledigen, die mir nicht weniger am Herzen liegt. Tut, was Ihr wollt und was der Rahmen Eurer Möglichkeiten Euch diktiert.«

Corazza hatte aufmerksam zugehört und versuchte, die Anspielung des Dichters zu entschlüsseln. Dann trat er mit einem Achselzucken erneut vor. »Ihr gebt also zu, dass Ihr auf keinen grünen Zweig gekommen seid. Und nun möchtet Ihr wohl Eure Hände in Unschuld waschen, wie Pilatus? Und uns vorschicken, damit wir die Sache ausbaden?« fügte er misstrauisch hinzu.

Dante drehte sich drohend zu ihm um, so dass Corazza erneut hastig zurückwich. »Schert Euch fort«, zischte er. »Und sagt den neuen Herrschern, dass alles, was möglich war, getan wurde. In Anbetracht von Bonifatius' Boshaftigkeit, der Kürze der Zeit und der Unzuverlässigkeit menschlicher Urteile.«

Der stechende Schmerz in seinen Schläfen war zurückgekehrt. Die plumpen Gestalten seiner Gefährten tanzten ihm vor den Augen, die ihm vom blutroten Widerschein des beginnenden Sonnenuntergangs schmerzten. Er hörte Corazzas bellende Stimme.

»Wozu bloß soviel Hochmut? Hättet Ihr nicht vor Bonifatius niederknien und ihm die verdammte Hand küssen können? Euer Vater Alighiero war da wesentlich umgänglicher, als die Ghibellinen unsere Truppen in Montaperti überwältigten!«

»Was wollt Ihr damit sagen?«

»Du liebe Güte! Es hat sich doch bis nach Vacchereccia herumgesprochen, dass er mit den Ghibellinen von Farinata degli Uberti verhandelte und als Gegenleistung für seine Unterwerfung Haus und Hof retten konnte. Und vielleicht auch ein paar Darlehenszinsen zusätzlich, war er doch damals schon ein Wucherer …«

Corazza hatte noch etwas hinzufügen wollen, doch die unerwartete Ohrfeige, die Dante ihm verabreichte, schnitt ihm das Wort ab. Er zuckte zusammen und versuchte, sein Gleichgewicht zu halten, doch der Schlag war so heftig gewesen, dass er sich an die Zügel des Maultiers klammern musste, das er gerade belud. Verletzt durch den plötzlichen Ruck am Zaumzeug, wieherte das Tier vor Schmerz, bäumte sich auf und schlug aus. Corazza taumelte und landete auf Händen und Knien.

In der Hektik rutschte Dante das Fläschchen aus der Hand und zerschellte auf den Steinen. Er starrte einen Augenblick auf die Scherben und ging wutentbrannt auf den Mann am Boden los. »Diese Haltung passt zu Euch, bei dem Tier, das Ihr seid!« knurrte er und versetzte ihm einen Fußtritt in die Nieren, so dass jener der Länge nach aufs Pflaster stürzte. Corazza versuchte aufzustehen, deprimiert und beschmutzt, während Maso Minerbetti wohlweislich hinter einem Maultier in Deckung ging. Mit einem Satz war Dante bei dem gestürzten Mann und erhob die Faust über ihm, als wollte er ihn noch einmal schlagen. Corazza winselte wie ein geprügelter Hund und stieß abwechselnd Wehklagen und Angstschreie aus.

In der Zwischenzeit hatte sich, vom Lärm der Rauferei angelockt, einiges Volk um sie versammelt. Die Schar der einfachen Leute wuchs zusehends, manche von ihnen hatten noch das Werkzeug in der Hand, mit dem sie aus ihrer Werkstatt gelaufen waren. Als wäre ein unsichtbarer Herold durch die Gassen gezogen und hätte das Ereignis angekündigt, waren die Menschen herbeigeeilt und bildeten nun einen fast vollkommenen Kreis um sie her. In diesem improvisierten Amphitheater wurden sie zur Zielscheibe von Lachsalven und Spottreden sowie von unverblümten, frechen Bemerkungen, die normalerweise die elenden Pilger abbekamen, die Rom heimsuchten.

Dante schaute in die Runde und wurde rot. Er beugte sich rasch zu Corazza hinunter, der ängstlich seinen Nacken mit den Händen schützte, packte ihn am Genick und zerrte ihn hoch.

»Steht auf und hört auf zu greinen«, stieß der Dichter zwischen den Zähnen hervor. »Wir sind die Gesandten des vornehmen Florenz, wir dürfen dem römischen Gesindel nicht so ein Schauspiel bieten«, fügte er hinzu, während er mit der Hand schnell die auffälligsten Schmutzspuren von Corazzas Gewand fegte.

»Mein Florenz ist nicht das Eure«, erwiderte der andere wütend und hielt sich die gerötete Wange. »Die Weiße Partei ist besiegt! Und für alle Anhänger der Cerchi bereitet man eine schöne Aufräumaktion vor!«

»Falls in dem Spielchen auch nur zwei Hunde übrig wären, die sich um einen Knochen streiten, könnten sie nicht missgünstiger sein als die Parteien, die sich da bekämpfen! Eure Missgunst, Eure Habsucht und der Hass auf große Taten haben die Stadt wie eine Wassermelone gespalten und werden ihr Untergang sein«, schleuderte Dante ihm als einzige Antwort entgegen. Er hatte den Blick erhoben, um auch Maso Minerbetti mit einzubeziehen.

Dieser lugte noch immer vorsichtig hinter dem Maultier hervor, ohne näher kommen zu wollen. »Jetzt befreien sich die niederen Zünfte jedenfalls von der Unterdrückung durch die Mächtigen!« warf er ein. »Und wenn die Herrschaft der Donati dazu beiträgt, soll es mir recht sein!«

Dante ließ die Arme sinken, während die Umstehenden weiterhin lauthals ihre Witze über sie rissen. Er fühlte sich plötzlich aller Kraft beraubt: Welche bessere Allegorie hätte ein Dichter finden können, um den Niedergang seiner Heimatstadt zu beschreiben? Wenn sie nicht einmal zu dritt in der Lage waren, mit nur einer Stimme zu sprechen, was würde dann wohl vor sich gehen, wenn sich der Rat der Hundert zusammenfand? Und würde es bei seiner Rückkehr überhaupt noch einen Stadtrat geben, in dem man seine Stimme erheben konnte?

Er wollte seiner Verdrossenheit schon gründlich Luft machen, als aus einer nahe gelegenen Gasse Lärm herüberdrang. Im selben Moment sah er eine Prozession von Betenden auf den Vorplatz strömen, in das Sackleinen der Buße gehüllt und von einer kleinen

Gruppe Mönche angeführt, die ein großes Holzkreuz auf ihren Schultern schleppten. Die Schar bewegte sich mit zum Himmel erhobenen Armen vorwärts und schrie wirr und aus dem Takt geraten durcheinander. Nur hin und wieder waren einige Worte des Gebets zu verstehen, das in Babel entstanden sein musste und wirklich nur von Gott verstanden werden konnte.

Die Prozession schob sich zwischen den Dichter und die zwei anderen Florentiner, so dass sie getrennt wurden. Auch der Kreis der Schaulustigen war zersprengt, und viele der herbeigelaufenen Zuschauer gesellten sich nun zu den Neuankömmlingen, um sie mit einem unsinnigen Gebrabbel nachzuäffen, das sie eigens anstimmten, um die Betenden noch mehr zu verwirren und sich über sie lustig zu machen.

Doch diese merkten offenbar gar nicht, was rings um sie her vor sich ging. Der vorgetäuschte Enthusiasmus, mit dem das römische Volk sie begrüßte, schmeichelte ihnen eher noch. Und sie ließen ihre Gesänge daher noch lauter erschallen.

Dante warf einen letzten Blick auf seine zwei davoneilenden Gefährten, die sich in der Menge verloren. Er war erschöpft, wollte nur noch in seine Unterkunft zurück und sich auf sein Bett fallen lassen. Zurück zu seinen Schriften und alles andere vergessen.

Er zögerte kurz, betrat dann die menschenleere Gesandtschaft, setzte sich auf einen Stoffballen und stützte den Kopf in die Hände. Ringsumher waren die deutlichen Spuren einer überstürzten Flucht zu erkennen, auf dem Boden liegende Papiere, zurückgelassenes Gepäck. Die Reste eines Schiffbruchs, ziellos dahintreibend. Alles brach zusammen. Das geordnete Gebäude aus Wissen und Studium, der Glaube, der ihn beseelt hatte, die Überzeugung, Teil eines Universums zu sein, das nicht die Frucht des blinden Zufalls war, sondern gelenkt von Gott in seiner Herrlichkeit, all das zerfiel nun zu Staub. Die Nachrichten aus Florenz hatten das Fiasko, das längst über ihn hereingebrochen war, nur noch verstärkt.

Er hätte nicht sagen können, wie lange er so dagesessen und seinen Gedanken nachgehangen hatte, als ihn die freundliche Berührung einer Hand aufrüttelte.

Er fuhr herum und erkannte Senator Spada. Neben ihm Kansbar mit seiner üblichen rätselhaften Miene. Auf dem edlen Gesicht des Römers lag ein liebenswürdiges Lächeln.

»Wie schön, Euch zu sehen, Messer Alighieri. Ich wollte gerade mit dem Gesandten ans Meer fahren, um ihm zu zeigen, wie sich Rom auf das Unternehmen vorbereitet, das uns verbinden wird. Dort knüpfen wir die Bande des neuen Bündnisses.«

»Des neuen Bündnisses ...?« warf Dante ein. Doch der Senator wischte die Bemerkung mit einer Handbewegung fort. »Ich dachte mir schon, dass Ihr hier sein könntet, und ich hatte recht. Gesellt Euch zu uns, es kann nur von Vorteil sein, wenn auch Florenz erfährt, wie eifrig die Vorbereitungen im Gange sind. Wenn Ihr in Eure Heimatstadt zurückkehrt, könnt Ihr davon berichten und Eure Mitbürger ermuntern, sich uns anzuschließen.«

»Ans Meer?« fragte Dante erstaunt. »Seid Ihr denn schon bereit, um in See zu stechen?«

»Nein. Die Ausrüstung der Flotte ist noch nicht ganz abgeschlossen. Doch auf einem Vorposten am Tyrrhenischen Meer sind die christlichen Truppen bereits einsatzbereit. Dort, wo einst das antike Ostia stand«, antwortete der Senator mit einer unbestimmten Geste zum Horizont.

Dante zögerte eine Weile. Vielleicht sollte er ablehnen und sich ebenfalls auf den Weg nach Florenz machen. Falls er die Einladung jedoch annahm, würde ihm dies den Schutz des Senators sichern, wenn sich die Ereignisse in seiner Heimatstadt überstürzten? Oder begab er sich damit nicht vielmehr rettungslos in die Hände eines von Bonifatius' Männern? Er beschloss, sein Glück zu versuchen, und ging zur Tür.

Vor der Gesandtschaft wartete ein geschlossener Wagen, der von zwei kräftigen rotbraunen Pferden gezogen wurde. Ringsumher hielten einige Berittene ihre Tiere am Zügel, als wollten auch sie sofort aufbrechen. Der Senator schob die Wagenplane aus Hanffasern beiseite und bat die anderen einzusteigen.

Behende sprang Kansbar hinauf, gefolgt von Dante. Als der Senator neben ihnen Platz genommen hatte, setzte sich die kleine Kolonne auf seinen knappen Befehl hin in Bewegung.

Sie hielten auf den Fluss zu und fuhren dann am Ufer entlang, vorbei an Isola bis zum Scherbenberg. Dort überquerte der Wagen mit seiner Eskorte einen Holzsteg, der neben den Resten einer alten Steinbrücke gebaut worden war, und fuhr an der Stadtmauer entlang weiter bis zur Porta Portese. Dann ging es eine Straße bergauf, die zum fernen Meer führte.

Ringsumher erstreckte sich, soweit das Auge reichte, eine Ödnis aus brachliegenden Feldern und Heideland. Da bemerkte Dante, dass unter den Wagenrädern wieder ein gleichmäßiges Kopfsteinpflaster begann.

»Wir sind auf der antiken Via Portuense, Messer Alighieri«, sagte der Senator. »Wir fahren noch ein Stück in Richtung Süden, bevor wir zu unserem Ziel abbiegen.«

Die Straße zog sich durch die Reste eingestürzter antiker Bauten, kleiner Votivkapellen und Grabmäler. Einmal kamen sie an der Ruine eines großen Bauwerks mit Bögen vorüber.

»Das war einst das Castello della Magliana, Messer Alighieri. Bevor es beim Überfall der Sarazenen zerstört wurde.«

Dante lehnte sich aus dem Wagen, um die Ruine besser zu sehen. Die Reste des antiken Mauerwerks waren von Brombeersträuchern überwuchert, die es in einer grünen Umklammerung hielten und den Blicken fast völlig entzogen. Ringsumher grasten Schafherden.

Seit sie aufgebrochen waren, hatte sie ein Donnergrollen begleitet, das nun immer stärker wurde. Während Dante die Landschaft betrachtete, spürte er die ersten Regentropfen auf seinem Kopf, die sich unversehens in einen heftigen Schauer verwandelten. Hastig schloss er die Wagenplane, und draußen erklangen die Rufe des Kutschers, der mit der Peitsche die Pferde antrieb.

»Es ist die Zeit der Regenfälle, Messer Alighieri. Rom ist bekannt für seine Unwetter im Herbst. Doch seid unbesorgt, in La Rocca werden wir etwas zum Abtrocknen und zur Stärkung finden.«

»In La Rocca?«

»Das ist unser Ziel, es ist ein Vorposten an der Küste. Kurz hinter dem Borgo Gregoriano, unweit der Ruinen der römischen Stadt. Was Ihr dort sehen werdet, wird Euch in Erstaunen versetzen, dessen bin ich sicher. Und Ihr werdet Gelegenheit haben, einigen Stoff für das Poem zu sammeln, das nur Ihr schreiben könnt.«

Sie setzten die Fahrt etwa ein Dutzend Meilen im prasselnden Regen fort. Die Landschaft rings um den Wagen und sein Geleit war unebener geworden. Die Felder waren einer unregelmäßigen Folge von Tuffsteinhügeln gewichen, in die die Straße durch kleine natürliche Schluchten und durch Einschnitte führte, die in grauer Vorzeit offenbar durch das Werk des Menschen entstanden waren. Auf den Anhöhen sah man die Schatten großer Öffnungen, auch sie teils natürlichen Ursprungs, teils von Menschenhand geschaffen. »Wir sind in Malegrotte, Senator«, hörte Dante es von draußen rufen.

Saturniano Spada kam unter dem Schutzdach hervor und schaute sich um. Er gab dem Kutscher eine kurze Anweisung und setzte sich zurück in den Wagen, wobei er sich den Regen aus den Kleidern schüttelte. »Die Straßen verwandeln sich allmählich in Schlamm. Wir müssen versuchen durchzukommen, bevor sie unpassierbar werden«, sagte er zu seinen Reisegefährten.

»Das kann auch im Heiligen Land vorkommen. Ihr solltet darauf achten, dass die Trosse nicht zu schwer werden, damit Ihr sie nicht in der Wüste zurücklassen müsst«, sagte Kansbar. »Dieser Fehler, so heißt es, habe Richard Löwenherz während des dritten Kreuzzugs scheitern lassen.«

Der Senator schüttelte den Kopf. »Ausschlaggebend für den

Erfolg der Ungläubigen waren die törichte Rivalität unter den christlichen Herrschern und ihre unterschiedlichen Ziele. Doch dazu wird es diesmal nicht kommen. Es gibt nur einen Plan, nur eine Führung, nur einen Willen. Was meint Ihr dazu, Messer Alighieri?«

Dante schob nun ebenfalls die Plane beiseite und warf einen Blick hinaus. Sie hatten die gepflasterte Straße verlassen und fuhren über einen festen Schotterweg, der etwas höher lag als das Sumpfgebiet ringsumher. Nach dem, was er sehen konnte, erstreckte sich bis zum fernen Horizont ein mit Schilfbüscheln und anderen Sumpfpflanzen durchsetztes Flachland. Er fragte sich, ob der Landstrich, zu dem die geplante Fahrt über das Mittelmeer führen sollte, wohl ebenso öde war. Nur vereinzelte Gruppen kümmerlicher Bäume und einige Erhebungen, die wenige Ellen aus dem stehenden Wasser aufragten, unterbrachen hier und dort die Gleichförmigkeit der Landschaft.

Der Senator wartete noch immer auf eine Antwort. Dante suchte nach höflichen Worten für seinen Gastgeber, ohne jedoch heuchlerisch dessen Begeisterung teilen zu wollen. Nach dem ersten Kreuzzug gegen die Ungläubigen waren zweihundert Jahre lang weitere gefolgt. Und außer dem ersten hatte keiner den erhofften Erfolg gebracht. Eine sinnlose Verschwendung von Geld und Menschenleben, vernichtet für den Traum von der Herrschaft über die Heilige Stadt, die jedes Mal im Orient aufschien wie die Fata Morganen, die sich, wie es hieß, im Sand entzündeten.

»*Gott will es …*«, murmelte er gedankenverloren, denn er erinnerte sich an das Motto, das sich die Kreuzritter stets auf ihre Banner geschrieben hatten. Auf Banner, die dann im Staub endeten, zusammen mit den Knochen derer, die sie getragen hatten.

»Gewiss, Gott will es!« wiederholte der Senator. »Doch nicht in dem beschränkten Sinn, wie es die ersten Verfechter des Kreuzzugs verstanden, als sie sich einen Gott vorstellten, der sich um seine Hauptstadt kümmert wie ein Gutsbesitzer um seine Pächter. Was wir vorhaben, ist zweifellos Teil einer übermenschlichen Ordnung, und unsere in ihrer menschlichen Natur zwar schwachen Anstrengungen werden, da sie vom höheren Willen Gottes geplant und vorherbestimmt sind, gleichwohl unbesiegbar sein! Dies ist es, wovon Euer Poem handeln soll und nicht von der Dürftigkeit unserer Größe!«

Dante nickte nur kurz. Er spürte seine Müdigkeit immer stärker, sie drang ihm in die Knochen, herb wie der Salzgeruch, der durch das Wagenfenster hereinwehte. Vielleicht gab es wirklich keinen Gott, der eifersüchtig über den Besitz der Felsen Jerusalems wachte. Vielleicht war diese Stadt nur ein beliebiger Ort auf Erden, dazu bestimmt, von einer Hand in die andere überzugehen, je nachdem, welche Macht gerade das Schwert schwang. Eine Felsenburg auf dem Weg in den Orient, entstanden, um die Karawanen zu verpflegen und zu erpressen, die sich vom Mittelmeer aus ins mysteriöse Asien vorwagten. Eine Etappe für die großen Römer, auf den Spuren Alexanders des Großen, bei ihrem letzten Sturm auf Asien, ein Grenzstein zwischen den mächtigen Ägyptern und den treulosen Persern, eine Stadt für alle und niemanden, nicht von ungefähr von einem Volk erbaut, das zu allen und niemandem gehörte …

Welche Notwendigkeit gab es, dieses aussichtslose Unterfangen erneut in Angriff zu nehmen? Und warum bemühte sich Bonifatius um dessen Gelingen und unterstützte die Überspanntheit des Senators? Noch dazu jetzt, da Rom durch das Jubeljahr endgültig zum Zentrum der Christenheit aufgestiegen war und die Pilgerfahrten zum Grab Petri genauso bedeutsam waren wie die zum Heiligen Grab?

Vielleicht lechzte der alte Heuchler in seinem maßlosen Hochmut wirklich danach, die Befreiung des Heiligen Landes mit seinem Namen in Verbindung zu bringen. Diesen Gedanken verwarf er sogleich wieder. So treulos Bonifatius auch war, hatte er doch die Listigkeit einer Schlange und hätte nie auch nur einen Pfifferling seines Reichtums für etwas geopfert, was nicht seiner Macht und seiner Familie genutzt hätte. Denn hätte die Rückeroberung Jerusalems nicht in erster Linie dem französischen Adel im Bündnis mit Bonifatius' Feind, Philipp dem Schönen, oder auch den kaiserfreundlichen italienischen Fürsten eine Atempause verschafft?

Es sei denn ... es sei denn, der alte Gauner führte etwas ganz anderes im Schilde. Dante konnte sich bei diesem neuen Gedanken eines Lächelns nicht erwehren. Falls es ihm mit Hilfe der schrecklichen Mongolen Gasar Khans tatsächlich gelang, die Türken niederzuwerfen, war sein wahres Ziel vielleicht nicht Jerusalem!

Verstohlen warf er einen Blick auf seine Gefährten. Die beiden schauten gedankenverloren aus dem Fenster. Besonders der Senator schien in eine seiner Visionen vertieft zu sein. Und falls die wahre Absicht nach einer Beseitigung der türkischen Bedrohung nun war, das Patriarchat von Konstantinopel in Angst und Schrecken zu versetzen, indem man den Krieg an dessen Grenzen brachte und es zwang, unter die schützenden Fittiche Roms zurückzukehren? War es Bonifatius' Traum, der Mann zu sein, der das Morgenländische Schisma beendete?

Im Grunde war das durchaus möglich. Von den ungläubigen Türken bedrängt, hatte die Ostkirche zunehmend Schutz beim Herrscher von Byzanz gesucht und war ihm als Gegenleistung treu zu Diensten. Wenn es nun aber ein Verbündeter Roms war, der sie bedrohte, und die Stadt ihr gütig die Hand reichte und Seelenheil statt Unterwerfung versprach, wäre dies nicht für Bonifatius der größte Sieg? Ein viel größerer als die schlichte Kapitulation des französischen Königs, ein Sieg, der seinen Geldtruhen den Weg zu den unermesslichen Reichtümern ganz Osteuropas öffnen würde. Im Jahr 1204 hatte eine Handvoll Venezianer und Franzosen in einer nur dreitägigen Plünderung in den Häusern und Kirchen Konstantinopels so viel Beute gemacht, dass sie ihre Städte mit Gold überschütten konnten. Wieviel könnte da erst seine ewige Unterwerfung einbringen?

Wieder schaute er den Senator an, sein Profil mit den edlen Gesichtszügen, das sich vom dunklen Hintergrund im Wageninnern abhob. Wie hatte sich dieser Mann blind in die Dienste eines simonischen Papstes begeben können? Hätten ihn seine heidnische Ungläubigkeit und seine Verehrung des alten Roms nicht vor der Versuchung bewahren müssen, Bonifatius' Helfershelfer zu sein? Gab es etwas, was er, Dante, nicht durchschaute?

Gleichwohl flößte ihm dieser Mann in gewisser Weise ein großes Vertrauen ein. Er spürte, dass hinter der förmlichen Ehrfurcht vor Bonifatius noch etwas anderes steckte, was ihn ihm näherbrachte. Falls sich die Ereignisse in Florenz tatsächlich zuspitzten, wäre Saturniano Spada der Mann, den er um Schutz bitten könnte und der ihm in der Not der Verbannung die Tore öffnen würde.

Draußen war weit und breit kein menschliches Lebenszeichen zu sehen. Keine Siedlung, keine ärmliche Hütte und auch kein Rauchfaden, der in den wolkenschweren Himmel aufstieg. Unerbittlich wehte der Westwind salzige Feuchtigkeit heran. Dante wickelte sich fest in sein Gewand, zog sich in seine Ecke zurück und lehnte den Kopf gegen seinen Mantel, den er zusammengerollt hatte, damit er die lästigen Stöße der Wagenräder dämpfte.

Er ärgerte sich zunehmend darüber, dass er diese Einladung angenommen hatte. Was auch immer sich hinter dem Kreuzzug verbergen mochte: Für ihn stand fest, dass nicht hier sein Platz war. Er hatte in Rom alles stehen- und liegengelassen, alle seine längst nicht abgeschlossenen Aufgaben, die gescheiterte Mission, seine unfertigen Schriften. Ihm war bewusst, dass er gleich zwei Pflichten vernachlässigte: seine amtliche gegenüber seiner Heimatstadt und seine persönliche den Musen gegenüber. Die erste betraf weltliche Dinge und das Schicksal der Menschen; die zweite und wesentlich wichtigere sollte ihm den Ruhm bringen, von dem er seit seinen jungen Jahren träumte, als er in San Giovanni gesehen hatte, wie die Gelehrten in Florenz feierlich geehrt wurden.

Auch er strebte nach dem Dichterkranz. Und wollte gleichermaßen, dass seine Landsleute seinen Dienst am Gemeinwesen würdigten. Wenn er mit der Nachricht von Bonifatius' Kapitulation heimkehrte, würde ein Herold in der Via Cassia seinem Wagen vorauseilen und den Leuten aus dem städtischen Umland verkünden, dass zusammen mit ihm auch das wiedererlangte Wohl seiner Heimatstadt aus Rom zurückkehrte. Und wenn er vorüberfuhr, würden die Frauen am Straßenrand stehen und Blütenblätter auf das antike Pflaster streuen, nachdem sie die schönsten ihrer bunten Tücher in die Fenster gehängt hatten. Männer und Jungen würden dem Wagen singend folgen und schattenspendende Olivenzweige schwenken, durch das gesamte Gebiet der Stadtrepublik bis hin zur Porta Romana, wo ihn die Oberhäupter der Kommune empfangen und bis ins Baptisterium geleiten würden. Und dort würde er jemanden sehen, der ihn erwartete, den Schatten einer Frau, die ihr Gesicht hinter einem Schleier verbarg, die Frau, von der er stets geträumt hatte, dieser Schleier würde sich lüften, und langsam würden die Züge jener zum Vorschein kommen, die er geliebt hatte, Beatrice und Pietra und Fiamma, und er würde zu ihnen eilen, um sie in die Arme zu schließen, und erst dann würde er das verzerrte Gesicht der Tochter der Witwe erkennen, deren weit aufgerissene Augen ihn anklagten – doch etwas hielt ihn zurück, stellte sich zwischen ihn und den Triumph: das gequälte Gesicht des Mädchens, inmitten der toten Frauen am Muro Torto, die sich aus ihrem Grab erhoben und die Fetzen aus Fleisch und Stoff schwenkten, die noch an ihren Knochen hingen …

Er schlug die Augen auf, durch einen Stoß, der heftiger war als die übrigen, aus seinem Schlummer gerissen. Er war wie betäubt. Bruchstücke des letzten Traumbilds geisterten ihm noch durch den Kopf, als er plötzlich unruhig wurde. Errötend warf er einen raschen Blick in die Runde, da er fürchtete, seine Reisegefährten könnten etwas von seinen eitlen Träumen und von seinem Schuldgefühl bemerkt haben. Doch die anderen schauten noch immer hinaus, als interessierten sie sich für das Nichts ringsumher.

»Da ist der Borgo Gregoriano!« rief der Senator und wies auf eine Ansammlung baufälliger Hütten entlang der Straße, die von einer an mehreren Stellen eingestürzten Mauer umgeben war.

»Dieser Ort ist scheinbar genauso verlassen wie der Rest der Gegend«, sagte der Dichter.

»Das ist er auch, Messer Alighieri, seit vielen Jahren schon. Früher war dies eine befestigte Vorstadt, errichtet von Papst Gregor dem Großen, als Vorposten in den Sümpfen und vorgeschobene Festung gegen mögliche Angriffe vom Meer aus. Doch es war stets schwierig, sie in diesem Sumpffiebergebiet bewohnt zu halten. Und seit sie von sarazenischen Piraten verwüstet wurde, hat sie keine Bewohner mehr. Heute ist sie nur noch eine Geisterstadt, doch ihre Türme sind auf dem Meer weithin sichtbar, so dass sie abschreckend wirkt.«

»Rom wird von einem Geisterposten bewacht?«

»Von Geistern und vom Schlamm und Wasser des Sumpfes. Unsere Vorfahren glaubten, von hier aus seien die Seelen über das Meer zu den Inseln der Toten aufgebrochen. Man erzählt sich, nachts würden zuweilen entsetzliche Schreie die Stille zerreißen und dann unversehens Flammen in der Finsternis leuchten.«

»Und ist das wahr?« fragte der Dichter, plötzlich hellwach.

»So erzählen es alle, die sich in diese Gegend wagen. Vielleicht werdet Ihr es ja selbst erleben, wenn wir in der Festung sind.«

»Ein Boot, das zum Land der Toten aufbricht … an der Mündung des Tibers«, sagte der Dichter vor sich hin. »Und wer bringt die Seelen dorthin? Was für ein Boot ist dazu nötig? Welchen Weg nehmen die Schatten, und wo bleiben sie vor der Reise?«

Der Senator brach in spöttisches Gelächter aus. »Dieses Märchen scheint Eure Phantasie ja wirklich angeregt zu haben, Messer Alighieri! Gut so, erinnert Euch daran, um Eure poetische Erfindungsgabe zu beflügeln, wenn Ihr über den Aufbruch der Kreuzfahrer schreibt. Denn hier werden sie in See stechen!«

»Hier?« rief der Dichter und schaute sich ungläubig um.

»In Trajans Hafen. Hier wird die Flotte ausgerüstet.«

»Im Hafen des antiken Roms? Ich dachte, der sei seit Jahrhunderten verödet, vom Lauf des Tibers versandet.« Er hatte irgendwo etwas über dieses Wunderwerk gelesen, dieses perfekte Sechseck aus Stein und kostbarem Marmor, das seinerzeit die gesamte Flotte des Imperiums aufnehmen konnte.

Der Senator schüttelte den Kopf. »Ihr habt zwar recht, und ganz Ostia folgte ihm in die Vergessenheit. Doch seine Marmorkais stehen noch, in tadellosem Zustand, wie an dem Tag, da ihre Erbauer sie vollendeten. Und auch die Rutschen und die Becken für das Kalfatern existieren noch. Diese Plätze sind vor den zudringlichen Blicken türkischer Spione geschützt, von denen es auch am päpstlichen Hof nur so wimmelt, wo sie sich unter Kaufleute und Pilger mischen. Die Bauten rings um die Kais, in denen früher die Ruheplätze der Mannschaften untergebracht waren, die in die fernsten Länder segelten, sind nun die Unterkünfte für die Hafenarbeiter. Das benötigte Holz und alle anderen Lieferungen kommen über den nahe gelegenen Fluss, unauffällig zwischen den zahllosen Waren, die tagtäglich auf dem Tiber transportiert werden. Glaubt Ihr nicht auch, dass solche Vorsichtsmaßnahmen den Erfolg unseres Unternehmens zuverlässiger gewährleisten, als dies bei den gescheiterten Kreuzzügen der Fall war?«

Die Temperatur im Wageninnern hatte mit dem Sonnenuntergang immer mehr abgenommen. Ein Kälteschauer lief Dante über den Rücken, und er unterdrückte ein Niesen. In der letzten Stunde waren seine Kopfschmerzen schlimmer geworden, und die ersten Anzeichen des Fiebers machten sich bemerkbar. Er biss die Zähne zusammen und versuchte, den stechenden Schmerz zu verdrängen, der ihm bereits in den Schläfen saß.

»Ich glaube …«, flüsterte er. Dann räusperte er sich und sprach lauter. »Ich glaube, dass Gott niemanden im Stich lässt, der einen Kampf in seinem Namen führt. Und wenn früheren Versuchen kein Glück beschieden war, so deshalb, weil in den Herzen jener Helden irdischere Leidenschaften das erste Ziel ihrer Pflicht verdrängten.«

Der Senator warf ihm einen spöttischen Blick zu. »Dabei müsste Euch die Geschichte doch eines Besseren belehren, Messer Alighieri. Rom herrschte jahrhundertelang über diese Gebiete, und dies nicht durch den Zuspruch der Götter, sondern durch die Kraft seines Schwertes. Unser Unternehmen wird gelingen, gerade weil es sich auf das Schwert und auf die Vernunft stützt. Und nicht auf die hohle Stimme von Propheten, die schon vor ewigen Zeiten zu Staub geworden sind.«

Der Dichter zuckte mit den Schultern. Er setzte zu einer Antwort an, doch ein erneuter Ruf von draußen unterbrach ihn.

»Senator, La Rocca ist in Sicht!«

In diesem Augenblick fuhr der Wagen auf einer schmalen Holzbrücke über einen schlammigen Bach. Dante schob die Plane beiseite, um nach dem Ziel Ausschau zu halten, das der Kutscher angekündigt hatte. Die Festung schien aus dem Nichts aufgetaucht zu sein wie eine der Geistererscheinungen, von denen der Senator gesprochen hatte. In der zunehmenden Dunkelheit erkannte er die düsteren Umrisse von vier Wachtürmen, die in den Himmel ragten und durch eine Mauer aus Felsbrocken und Ziegelsteinen miteinander verbunden waren. Der Bau schien zu unterschiedlichen Zeiten entstanden zu sein, ausgehend vielleicht von einem der Ecktürme und dann ohne Harmonie fortgesetzt, wie aus der Not des jeweiligen Augenblicks geboren. Doch auch so vermittelte er den Eindruck eines kleinen, schwer bezwingbaren Bollwerks, das den tückischen Angriff einer Schar von Piraten mühelos abwehren konnte.

»Endlich!« rief der Senator. »Das ist die Festung.«

Während die Wagenräder polternd über die Planken der Zugbrücke rollten, betrachtete Dante das sonderbare Schauspiel, das sich ihm bot. Der gesamte Hof der Festung war voller Bewaffneter, die in kleinen Gruppen um zahlreiche Feuer lagerten. Einige Dutzend Pferde standen eingezwängt dazwischen, und Gewieher drang auch aus der Reihe von Ställen, die eine ganze lange Seitenfront einnahmen. An der gegenüberliegenden Mauer stand ein niedriges, massiges Gebäude, auf dem sich ein Turm mit Zinnen erhob.

Nach Dantes Schätzung kampierten etwa einhundert Mann auf dem Hof. Ihre Waffenröcke in den verschiedensten Farben erinnerten ihn eher an eine Söldnerschar als an ein reguläres Heer. Er hätte das Weiß und das Rot der Kreuzrittertracht erwartet, doch gerade das Kreuz tauchte fast nirgends auf. Nur vereinzelt waren auf dem Rücken der Kämpfer schwarze, aufgestickte Tatzenkreuze in der Art der Deutschen zu sehen. Durch die Bedeutungslosigkeit des Ortes wirkten die Männer nur wie eine schwache Truppe: Wie könnten sie in so kleiner Zahl denn eine ganze Nation von Ungläubigen besiegen?

Es sei denn, dies war nur die Vorhut der eigentlichen Armee. Doch wo war dann der Rest? Den Worten des Senators glaubte er entnommen zu haben, dass bereits alles für das Auslaufen der Schiffe bereit sei. Doch er hatte nichts davon gesagt, dass andere Völker dazustoßen würden, sollte der Ruhm doch ausschließlich Rom gebühren. Dante hielt nach einem Anhaltspunkt Ausschau, der ihn das alles besser verstehen ließ, denn er wollte sich mit seinen Zweifeln nicht gleich direkt an Saturniano wenden.

Auf dem Hauptturm hing ein regennasses Banner, das er nicht deutlich sehen konnte. Dafür erkannte er die zwei Fahnen sofort, die jemand neben einem Feuer aufgepflanzt hatte. Die eine zeigte eine Säule auf rotem Grund, die andere goldene Lilien auf blauem Grund.

Abrupt wandte sich Dante an den Senator. Doch bevor er um eine Bestätigung dessen bitten konnte, was er gesehen hatte, war Spada aus dem Wagen gesprungen und winkte ihm, es ihm gleichzutun.

»Ist das nicht das Wappen der Colonna?« fragte er vom Wagen

aus und wies auf die Fahnen. »Und sind das nicht die Lilien Frankreichs?«

»Ja, Messer Alighieri. Wie ich sehe, kennt Ihr Euch mit Waffenzeichen gut aus.«

»Doch ich verstehe nicht, warum sie in einem Lager von Bonifatius zu finden sind. Ich dachte, beide seien seine erbitterten Feinde«, erwiderte der Dichter erstaunt.

Der Senator lächelte und warf dem Perser einen raschen Blick zu. Kansbar schwieg und schaute seinerseits Dante an, als wäre er neugierig auf dessen Reaktion.

»Ich verstehe Eure Verblüffung, Messer Alighieri«, sagte Saturniano schließlich. »Doch gerade dies sollte Euch die Größe des Unternehmens vor Augen führen und Euch Stoff für Euer Poem geben. Diejenigen, die in der Welt Feinde sind, werden sich die Hand reichen, wie Euer großer Vergil schrieb: … *und nicht fürchten das Rind den gewaltigen Löwen. Sterben wird Schlangengezücht und die täuschende Pflanze des Giftes. Sterben, und rings sich erheben Assyriens edles Amomum …«*

»Die Colonna und die Caetani haben sich versöhnt?«

»Wenn das, was vor uns liegt, vollbracht ist, wird selbst ihr blutigster Streit wie ein Windhauch in einem Orkan erscheinen. Doch nun kommt, wir wollen uns in den Zimmern der Festung stärken. Und ich möchte Euch mit jemandem bekanntmachen.«

Dante folgte dem Senator und Kansbar ins oberste Stockwerk der Festung. Am Ende der Außentreppe führte eine Tür in einen großen Raum mit einer Decke aus dunklen Balken. Die glatten Steinwände waren nur mit den Marmorwappen derer geschmückt, die die Festung im Laufe der Zeit verwaltet hatten. In einem großen Kamin, der die gesamte hintere Wand einnahm, brannte ein Feuer. Davor saß auf einer Holzbank ein Mann, dessen ausgestreckte Beine fast bis an die Flammen heranreichten.

Der Fremde sprang auf, als er ihre Schritte hörte, das Gesicht angespannt, die Hand fest am Knauf des Schwertes, wie um einen Angriff abzuwehren.

»Ruhig Blut, Giacomo!« rief der Senator, während er vortrat und beschwichtigend die Hände hob. »Sonst glauben meine Gäste noch, Ihr wäret wirklich der Raufbold, als den Euer Beiname Sciarra Euch ausweist!«

Zögernd war auch Dante vorgetreten. Er musterte den Unbekannten, einen jungen, athletischen Mann, der nicht älter als dreißig sein mochte. Dieser betrachtete ihn ebenfalls. Dante entdeckte in seinen forschenden Augen eine verhaltene Brutalität. Dann waren sich beide sicher, dass sie sich bereits kannten.

»Messer Colonna, das ist Meister Dante Alighieri, ein Philosoph und Dichter aus Florenz. Er wird ein Mitstreiter in unserem Unternehmen sein.«

»Mitstreiter? Ich hoffe, er kann mehr als das, was ich in den Sümpfen am Kolosseum gesehen habe«, antwortete der junge Mann, ohne den verächtlichen Ton in seiner Stimme zu zügeln.

Dante wurde rot vor Zorn, und er ballte die Fäuste, um seine Kaltblütigkeit zu bewahren. »Das Glück im Krieg ist launisch. Messt einen Mann niemals am Ausgang eines einzigen Kampfes.«

Er hatte in einem gelassenen Tonfall gesprochen. Doch innerlich kochte er vor Wut, da er Colonnas höhnischen Blick auf sich spürte, der ihm auf der Haut brannte wie ein glühendes Eisen. Was hätte er darum gegeben, noch einmal in den Sümpfen zu sein und diesem unverschämten Kerl zu zeigen, aus welchem Holz die Florentiner geschnitzt waren.

Doch Colonna schien sich nicht sonderlich für ihn zu interessieren. »Dichter und Philosoph?« sagte er obenhin. »Ja, ich glaube, ich habe von Euch gehört. Seid Ihr nicht als Gesandter an Bonifatius' Hof? Und seid Ihr nicht der, von dem es heißt, er habe in seiner Jugend zu den Getreuen Amors gehört? Ihr habt es weit gebracht, bis zum Knecht guelfischer Kaufleute!«

Dante zuckte düster mit den Schultern. Anstatt ihm zu antworten, wandte er sich an den Senator. »Ist das das neue Bündnis, von dem Ihr gesprochen habt?«

»Ihr seht nur einen Teil davon. Doch bald werdet Ihr alles erfahren. In der Zwischenzeit wollen wir uns zu Tisch setzen, es ist alles für uns vorbereitet, und uns für das stärken, was uns erwartet.«

Man hatte einen Tisch am Feuer gedeckt. Dante setzte sich, und in der Hoffnung, dass die wohltuende Wärme sein Unwohlsein vertreiben würde, versuchte er, seine steifen Glieder zu trocknen.

Man aß schweigend, als wäre alles Nötige schon gesagt. Vielleicht lag es aber auch an der Gegenwart Colonnas, dass der Senator und der Perser so wortkarg waren. Der junge Mann schaute kaum von seinem Teller auf. Nur hin und wieder warf er dem Dichter einen argwöhnischen Blick zu. Dann brach der Senator das Schweigen.

»Sciarra, Messer Alighieri hat sich uns als Beobachter angeschlossen. Er wird mit seiner edlen Stimme unseren Kreuzzug besingen, damit er in der Ewigkeit widerhallt.«

Colonna zuckte nur verächtlich mit den Achseln. »Was habt Ihr ihm von unseren Plänen erzählt?« zischte er feindselig.

»Alles, was er wissen muss.«

Der junge Mann sah den Dichter erneut schief an und zuckte nochmals mit den Achseln. »Soll er tun, was er will.«

»Ich bin überrascht, Euch hier zu begegnen, Messer Colonna«, sagte Dante angriffslustig. »Ihr, ein leidenschaftlicher Ghibelline. In ein Unternehmen von Priestern verwickelt«, fügte er giftig hinzu. Und ohne ihm Zeit für eine Antwort zu lassen, wandte er sich an Saturniano Spada. »Und Ihr, Senator, wenn Ihr nicht an die Offenbarung glaubt, warum wollt Ihr dann die Zeichen des Christentums in die Gebiete jenseits des Meeres bringen? Ihr solltet Euch lieber freuen, dass die Anmaßung der Heiden eine vergebliche Hoffnung zerstört hat, da sie mit Feuer und Schwert die Spuren jener göttlichen Gegenwart auslöschten, die Euch zufolge lediglich die Frucht der Leichtgläubigkeit der Menschen ist.«

Sciarra Colonna brach in schallendes Gelächter aus. »Ihr seid mit der Zunge geschickter als mit dem Schwert! Antwortet dem Florentiner, Senator. Was wollen wir im Heiligen Land?« sagte er spöttisch.

Der Senator zögerte einen Augenblick, als hätte ihn die Bemerkung sehr getroffen. Dann erschien ein feines Lächeln auf seinen Lippen. »Sicherlich habt Ihr etwas über den ersten Cäsar gelesen. Was meint Ihr, warum hat er seine Legionen nach Gallien geführt? In ein armes Land, bewohnt von ungebildeten, rauhbeinigen Barbaren, die Rom nichts weiter geben konnten als ihre Muskelkraft für ein paar Spiele in der Arena. Ohne Städte, außer der Anhäufung elender Hütten, ohne Sitten, außer den ungeschliffenen Gewohnheiten primitiver Stämme, ohne Schätze, außer dem einen oder anderen Plunder, der bestenfalls die Frauen in der verrufenen Subura schmücken konnte. Ohne ein Wissen, das man sich aneignen konnte, um ein noch größeres daraus zu entwickeln, wie es in den Ländern des Orients geschah. Eine Expedition in die Finsternis, so dunkel, dass man Gefahr lief, sich für immer zu verirren.«

Dante dachte einen Moment über diese Betrachtungen nach. »Weil es Menschen gibt, die ihre Bestimmung in der Eroberung sehen. Gajus Julius war so einer. Und vielleicht auch, weil die Gründung des Imperiums im großen Plan der Vorsehung enthalten war und den Römern eingegeben wurde.«

Der Senator schüttelte den Kopf. »Aus dem einzigen Grund, weshalb man in fremde Länder aufbricht, Messer Alighieri. Um zurückzukehren.«

»Zurückzukehren?«

»Ja. Nach Rom. Im Triumph.«

Der Dichter kaute nachdenklich auf seiner Unterlippe. »Ihr meint, er stellte sich die Zukunft bereits vor, den Triumph und das Reich, das daraus hervorgehen würde, während er mit seinen Legionen durch die Wälder des alten Frankenreichs zog?«

»Davon bin ich überzeugt. So wie ich auch davon überzeugt bin, dass es die Wirkung ist, die ihre Ursachen hervorbringt. Die zukünftigen Dinge rufen die vergangenen, damit sie sich ordentlich zusammenfügen, so dass das, was nur möglich ist, auch Wirklichkeit wird. So wie der große Aristoteles lehrt, dass in der Eiche das Glück der Eichel wohnt.«

»Also ist Rom das eigentliche Ziel des Kreuzzugs?«

»Ja, hier wird man am Ende ernten, was wir derzeit säen. Ein drittes Imperium nach dem der Cäsaren und der Alemannen wird auf den sieben Hügeln erstehen.«

Dante wollte etwas erwidern, doch der Senator wandte sich plötzlich an den Perser, der der Debatte bisher schweigend zugehört hatte. »Aber wenn das Korn nicht stirbt, kann es auch keine Früchte bringen. Kansbar, es ist nicht mehr lange bis Mitternacht. Ich bitte Euch, lest auf der Erde nochmals die Zeichen für das, was uns bevorsteht.«

Der Perser nickte und tastete in seinem Gewand nach einem Säckchen aus dunklem Leder, das er dann hervorzog. Er schnürte es auf und griff hinein. Dann streckte er die noch geschlossene Faust nach vorn, murmelte eine unverständliche Beschwörungsformel und öffnete rasch die Hand.

Kleine Gegenstände regneten herab und hüpften auf dem Boden. Sie sahen aus wie ungleichmäßige Steinchen.

»Hier haben wir das Orakel des Glücks!« rief der Senator und kauerte sich aufgeregt nieder. »Was sagen die Mütter? Und was die Töchter?«

Auch der Perser bückte sich, um besser zu sehen. Dante rückte neugierig näher. Endlich konnte er einmal dabei zuschauen, wie diese alte Kunst ausgeübt wurde, von der er bisher nur gehört hatte.

»Lest Ihr die Zeichen, Senator«, sagte Kansbar. »Ihr habt nun alles gelernt, was ich Euch lehren konnte. Die Geomantie birgt keine Geheimnisse mehr für Euch.« Der Senator wechselte einen raschen Blick mit dem Perser, dann streckte er die Hand nach den Steinchen aus. Mit dem Zeigefinger fuhr er von einem zum nächsten, als wollte er auf dem Boden das Muster der imaginären Verbindungen nachzeichnen, das die Steine gebildet hatten.

Unversehens verdüsterte sich sein Gesicht. Auch der Perser wirkte besorgt.

Sciarra hatte ihre Bewegungen mit süffisanter Miene verfolgt. Er brach in Gelächter aus und brachte die Steinchen mit einem Fußtritt durcheinander. »Nicht diese Steine werden über unseren Plan bestimmen, sondern die Schärfe des Schwertes!«

Der Senator stand abrupt auf, noch immer mit finsterer Miene. Doch nicht das rüpelhafte Benehmen Colonnas schien ihn so beeindruckt zu haben: Er starrte unverwandt auf den Boden, als suchte er nach einem neuen Muster.

In diesem Moment meldete ein Soldat, dass die Zimmer fertig seien. »Ja, vielleicht habt Ihr recht«, murmelte der Senator und forderte die Männer auf, sich zurückzuziehen.

»Für Euch steht ein Zimmer im Turm bereit, Messer Alighieri. Folgt meinem Diener, bei Tagesanbruch sehen wir uns wieder.«

Dante ging zur Treppe, die in den Hauptturm führte. Als er an einer Tür ankam, bat man ihn einzutreten. Dann schloss sie sich mit einem ungewöhnlichen Rasseln des Riegels hinter ihm.

Der kleine Raum hatte Wände aus Stein, und die einzigen Möbelstücke waren eine Pritsche mit einem Strohsack, ein Tisch und ein Hocker. Eine Filzdecke lag zusammengefaltet auf der improvisierten Bettstatt, als einziger Schutz vor der nächtlichen Feuchtigkeit, die durch das Fenster ohne Läden drang. Allerdings hatte jemand dafür gesorgt, dass auf dem Tisch einige Gänsekiele in Reih und Glied neben einem Tintenfässchen lagen. Und vor allem eine kleine Zahl kostbarer Bögen aus Leinenpapier von erlesener Qualität, wie er sie selbst in den besten *scriptoria* von Florenz nur selten gefunden hatte.

Wahrscheinlich hatte sich der Senator darum gekümmert. Es sah aus wie die stumme Aufforderung, mit dem Werk zu beginnen, das er von ihm erwartete, mit der Verherrlichung des Kreuzzuges.

Doch was könnte er schreiben? Als Orpheus dieser neuen Argonauten. Mit dem Ort der Abreise beginnen, mit einer Stadt, von antiken Mauern umgeben, die nur Trostlosigkeit und Tod in sich bargen? Einer Stadt, die das Abbild derjenigen war, die er als das Zentrum seiner Hölle erdacht hatte, die jedoch wahrhaftig existierte, tausendmal wahrhaftiger als die Stadt Dis, die sein, Dantes, Meister ersonnen hatte ... Vielleicht war Vergil ja wirklich ein Magier gewesen, hatte mit seiner Zauberkunst wirklich in die Zukunft gesehen, hatte wirklich vorausgeahnt, dass das von ihm ersehnte Goldene Zeitalter am Ende im Abgrund des Bösen landen würde, von der Niedertracht zerstört, so wie die Mauern der Stadt es von der Zeit waren? Ja, das würde er schreiben! dachte er, griff zur Feder und warf die ersten Verse aufs Papier, die glühend in ihm erwachten. Die Stadt Dis, das Ende seines Poems. Weil es nicht möglich war, aus der Tiefe wieder herauszukommen, die Sterne wiederzusehen. Zum Himmel aufzusteigen.

An dieser Stelle würde sein Werk enden, in der Finsternis und im Feuer. In jener Tiefe, in der alles landete, weil es die Natur des Menschen war, wie der Dekurio gesagt hatte. Und weder Weisheit noch Erkenntnis, noch Glauben konnten das verzweifelte, alle verderbende Abwärtsstreben besiegen.

Und auch er fuhr hinab, während er Vers an Vers reihte und auf dem Papier hinunterstieg wie sein Poem in die Tiefe der Erde. Gewiss, das würde das Ende sein: eine Begegnung. Doch nicht mit Gott, der mittlerweile von seinem Horizont verschwunden war. In Begleitung Vergils, des Mannes, der alles wusste, würde er die Tore der eisernen Stadt durchschreiten und dort seinem Schicksal begegnen.

Mit einem Ungestüm und einer Leichtigkeit, die er seit Jahren nicht mehr empfunden hatte, nahmen die Verse unter seiner Feder Gestalt an, sie entstanden schon geordnet in seinem Geist. Von einer übernatürlichen Kraft gelenkt, verflochten sich die Reime und klangen ihm mit der wohltönenden Stimme der Sirenen im Kopf. Der große Graben, in dem alles endete, erstrahlte unter seinen Augen im Licht der Poesie und wurde durch diese Schönheit noch bitterer.

So schrieb Dante, während die Nacht voranschritt, Zeile um Zeile, als bestiege er eine unendliche Treppe, wie vom Fieber gepackt den Gesang der Hölle.

16. NOVEMBER,
KURZ NACH MITTERNACHT

Erschöpft nach der langen Anstrengung schaute er vom Papier auf. Er konnte kaum noch die Blätter wenden, um der Versuchung zu widerstehen, das, was die Furien ihm eingegeben hatten, nochmals durchzulesen.

Er saß reglos da und starrte besorgt auf die Seiten. Ihm war, als hätte er sich ganz in den Worten aufgelöst, als existierte seine Seele nicht mehr.

Doch seine Sinne schienen noch hellwach zu sein, denn er bemerkte draußen Schritte und eine Hand an der Klinke. Dann hörte er ein leises, kaum wahrnehmbares metallisches Geräusch.

Langsam stand er auf und versuchte, das aufkommende Schwindelgefühl abzuwehren. Er streckte die Hand nach der Klinke aus, um sich Gewissheit über das zu verschaffen, was er bereits ahnte. Etwas blockierte nun die Tür, als hätte ihn jemand eingesperrt.

Jemand wollte ihm verheimlichen, was auf der Festung vor sich ging, dessen war er sich sicher. Doch wer? Den Senator schloss er sofort aus: Wenn Saturniano Spada ihn über seine Pläne hätte im ungewissen lassen wollen, hätte er ihn bestimmt nicht auf dieser Inspektion der Kreuzzugsarmee mitgenommen. Auch der Perser kam nicht in Frage. Blieb also nur Sciarra Colonna.

Ihm fiel dessen Reaktion wieder ein, als er ihn wiedererkannt hatte. Seine verächtliche Ironie hatte ihn in Rage gebracht. Und ihn daran gehindert, etwas zu bemerken, was er erst jetzt, mit kühlem Kopf, verstand. Colonna kaschierte seine Besorgnis, ihn hier zu sehen. Als wäre schon die bloße Tatsache, ihn an Bonifatius' Hof zu wissen, gefährlich für ihn. Gleichwohl hatte er gezeigt, dass er Dantes Werke kannte, und er dürfte auch um Dantes Einstellung zu dem simonischen Papst wissen: Das Echo seiner Reden im Stadtrat von Florenz war sicherlich bis nach Rom gedrungen. Nein, Dante zählte gewiss nicht zu Colonnas Feinden.

Was also durfte er in dieser Festung nicht sehen? In Gedanken ging er nochmals alle Merkwürdigkeiten durch, die ihm aufgefallen waren. Vor allem zwei Dinge beschäftigten ihn: Bonifatius' Feinde vereint in einem Kreuzzug, der ausgerechnet von einem engen Vertrauten des Papstes angeführt wurde, und die geringe Zahl der Soldaten. Natürlich hatte man ihm für beides eine Erklärung gegeben, doch die hatte ihn nicht befriedigen können.

Draußen näherte sich ein gleichmäßiger Schritt. Das Geräusch setzte vor seiner Tür aus und erklang kurz darauf erneut. Das musste die nächtliche Wache auf ihrem Rundgang gewesen sein. Er war also nicht nur eingesperrt, sondern wurde auch noch bewacht!

Sofort überkam ihn der Drang, von diesem feindlich gewordenen Ort zu fliehen. Er raffte hastig seine Schriften zusammen und stopfte sie zusammengefaltet in die Innentasche seines Oberkleids. Dann ging er zur Schießscharte und lehnte sich so weit wie möglich hinaus. Sein Körper passte knapp durch die enge Öffnung. In dieser Haltung konnte er einen Teil des Hofs überblicken, wo die Feuer inzwischen erloschen waren und man die dunklen Gestalten der unter ihren Decken schlafenden Männer sah.

Etwa ein Dutzend Ellen unter sich erblickte er das Ziegeldach des Wohnbereichs der Festung. Nicht weit von seinem Guckloch entfernt verlief eine Regenrinne. Wenn es ihm gelang, sie zu erreichen, konnte er bis auf den Boden hinunterklettern und vielleicht entdecken, was man vor ihm verbergen wollte. Doch dieser Versuch war riskant: Nur ein schmales Gesims trennte ihn von einem verhängnisvollen Absturz, und er hatte keinerlei Gewähr dafür, dass die Ziegel, aus denen es bestand, auch hielten.

Er schätzte gerade den Schwung ab, den er benötigte, um sein Ziel zu erreichen, als eine Bewegung auf dem Hof seine Aufmerksamkeit erregte. An den Zelten glitt verstohlen ein Schatten vorüber, dessen weißschimmernder Umhang im Wind flatterte. Dantes Herz tat einen Sprung.

Er glaubte, die gewandten Bewegungen Fiammas wiedererkannt zu haben. Doch wenn das stimmte, warum hatte der Senator ihm nicht erzählt, dass sie da war? Und was tat sie mitten unter den kampierenden Soldaten? Für einen kurzen Moment klammerte er sich an den Gedanken, es könnte sich um jemand anderes handeln, vielleicht um eine Dirne auf der Suche nach Kundschaft.

Die Frau schien nach etwas Ausschau zu halten. Er sah sie noch einige Schritte weitereilen. Hinter ihr tauchte ein zweiter, größerer und kräftigerer Schatten auf. Ein Mann, der sie am Arm packte und an sich zog.

Zwischen den beiden gab es offenbar einen schnellen Wortwechsel, von dem nur einige gedämpfte und unverständliche Fetzen zu Dante hinaufdrangen. Plötzlich wollte die Frau sich energisch losreißen und sich aus dem Griff befreien, mit dem der Mann sie an den Handgelenken hielt, während er versuchte, sie zu küssen.

In dem lautlosen Kampf rutschte ihr die Kapuze vom Kopf auf die Schultern. Erschauernd erkannte Dante das im Mondschein schimmernde rabenschwarze Haar Fiammas.

Er spürte einen Stich in der Brust. Und zugleich Zorn. Er war sich sicher, dass dieser Mann niemand anders als Sciarra Colonna war. Wie auch immer das Verhältnis zwischen den beiden sein mochte, war immerhin offensichtlich, dass die Frau versuchte, sich seiner plumpen, schamlosen Gewalt zu entziehen. Ohne noch länger zu zögern, sprang Dante hinaus, ließ sich auf das Gesims fallen und glitt hart an der Mauer entlang bis zur Regenrinne. Die Wut, die ihn gepackt hatte, ließ ihn tollkühn werden: Er klammerte sich an den tönernen Abfluss, ohne auch nur daran gedacht zu haben, zuvor dessen Festigkeit zu prüfen, und ließ sich auf das Dach hinunter, wobei er mit den Füßen gegen die Wand trat, um seine Abwärtsbewegung abzubremsen.

Nach einem letzten Abprall erreichte er das Dach und schaute sich nach den beiden Schatten um. Der Mann und die Frau schienen nichts bemerkt zu haben: Sciarra umklammerte noch immer Fiammas Handgelenke und war in sein vulgäres Lachen ausgebrochen. Dante hatte seinen Dolch ergriffen und setzte schon zum letzten Sprung auf den Hof an, als das Gelächter in einen Schmerzensschrei überging. Fiamma hatte den Mann in die Hand gebissen und sich so befreien können. Dante sah sie zurückspringen und hinter einer Mauerecke verschwinden.

Sciarra Colonna führte die verletzte Hand zum Mund und stieß einen Fluch zwischen den Zähnen hervor. »Verdammte Hure!« bekam der Dichter zu hören. »Verfluchtes Miststück!«

Dante hatte sich inzwischen über den Rand des Daches geschwungen und ließ sich von dort herabhängen. Mit einem letzten Sprung landete er auf dem Steinpflaster, gerade noch rechtzeitig, um zu sehen, wie Sciarra Colonna davonlief, in der Fiammas entgegengesetzten Richtung, und in der Tür zum Hauptturm verschwand.

Er hastete ihm nach, um ihn anzugreifen. Colonna war jünger und kräftiger als er, aber Dantes Wut über das Vorgefallene und sein Rachedurst waren so stark, dass er keine Gefahr mehr scheute.

Doch als er die Tür erreicht hatte, legte sich seine Wut schlagartig. Als hätte sich sein Willen in Luft aufgelöst: Wofür wollte er sich rächen, an einem Mann, der ihm das Leben gerettet hatte? Leitete ihn nicht nur die Eifersucht eines enttäuschten Liebhabers, der die ihm unbekannten Beziehungen seiner Angebeteten entdeckt hatte?

Was ihn so traf, war, dass Fiamma seinem scharfen Verstand zwei breite Schultern vorziehen könnte. Eine *verdammte Hure*, hatte Colonna sie genannt. Mochte sie das also auch für ihn sein, dachte er erbost und steckte den Dolch zurück in die geheime Innentasche.

Ringsumher herrschte tiefer Frieden, niemand schien den Vorfall bemerkt zu haben. Nur vereinzeltes Gemurmel drang aus den Zelten und hin und wieder ein stärkeres Schnarchen. Von einem Zweifel erfasst, schlich sich Dante zum nächstgelegenen Zelt und lugte hinein.

Es war leer. So wie auch viele andere leer waren, wie er nach einer raschen lautlosen Überprüfung verblüfft feststellte. Wo waren die Männer, die sich darin hätten aufhalten müssen? Hatten sie sich zum Kai begeben, wo nach Auskunft des Senators schon die übrigen warteten? Und warum?

Jener mysteriöse Ort weckte zunehmend seine Neugier. Rasch schaute er sich um. Es gab nur zwei auf ihre Lanzen gestützte Wachposten, die ihm lediglich einen flüchtigen Blick zuwarfen, bevor sie wieder in ihren Halbschlaf verfielen.

Vielleicht hatten sie ihn bei seiner Ankunft in Begleitung des Senators gesehen. Oder die Männer fühlten sich im Schutz des Sumpfgebiets absolut sicher. Da jede Reaktion ausblieb, nutzte Dante die Gelegenheit, um sich mit betont gleichgültiger Miene dem Tor der Festung zu nähern.

Während er sich für den nächtlichen Ausflug noch eine Rechtfertigung zurechtlegte, entdeckte er erstaunt, dass auch das Tor nicht bewacht war und man die Zugbrücke herabgelassen hatte. Er ging weiter und überquerte ohne Eile die Holzbretter. Soviel Unbekümmertheit mochte auf die Anwesenheit weiterer Männer außerhalb der Mauern zurückzuführen sein, von der der Senator gesprochen hatte. Doch auch als er die Festung hinter sich gelassen hatte, sah er dafür keinerlei Anzeichen.

Trajans Hafen konnte nicht weit sein, doch wo war er? Die Wolken waren ein wenig aufgerissen, und der Mond schien auf eine trostlose Landschaft, in der es keinen Anhaltspunkt gab. Er hatte nur eine ungefähre Vorstellung davon, wo sich die Küste befand, irgendwo im Westen. Ein Weg führte in diese Richtung zu dunklen Hügeln in der Ferne: offenbar Mauern und kleinere Anhöhen, die ihm weitgehend den Blick versperrten. Er beschloss, sich dorthin zu wenden.

Nach etwa tausend Schritt spürte er wieder eine Pflasterstraße unter seinen Füßen. Ringsumher waren immer höhere Mauerreste aufgetaucht und die Ruinen von immer größeren Bauwerken. Die Landstraße musste in die Hauptstraße einer antiken Stadt übergegangen sein, deren Plätze von Säulen eingefasst waren, die teils noch standen, zumeist jedoch zerbrochen am Boden lagen. Dazu Statuen, die noch ihre Arme zum Himmel erhoben, und die Trümmer von Brunnen und Torbögen. Er gelangte an die Kurve eines großen Gebäudes, das auf soliden Pfeilern stand. Er ging daran entlang, bis er auf eine Lichtung mit einigen wildwachsenden Sträuchern und Bäumen trat.

Er war in das Orchester eines großen Theaters geraten. Hinter ihm erhob sich die Szenerie noch in ihrer ganzen Pracht: die Fassade eines kaiserlichen Palastes mit blinden Fenstern und unzähligen Säulen, vor der früher wohl die Schauspiele der Menschen und Götter aufgeführt worden waren.

In einem Eingang des Theaters glaubte Dante ein Licht brennen zu sehen. Vorsichtig näherte er sich, die Hand fest am Griff seines Dolches. Als er die Stelle erreicht hatte, beruhigte er sich.

Ein kleiner Raum war zur Wohnung einer Familie umgebaut worden. An einem Tisch aus grobem Holz saßen ein Mann und eine Frau, und ungeachtet des antiken Glanzes, der sie beherbergte, spielten zwei Kinder Haschen zwischen den Tischbeinen. Als der Mann ihn erblickte, sprang er alarmiert auf, doch Dante beschwichtigte ihn sogleich, indem er zum Zeichen des Friedens die Arme ausbreitete.

»Ich bin fremd hier und suche den antiken Hafen Roms.«

Der Mann musterte ihn argwöhnisch, während die Frau hinter dem Tisch hastig die Kinder an sich zog.

Offenbar irritiert vom sonderbaren Aussehen seines Gesprächspartners, zögerte der Mann eine Weile mit seiner Antwort. Dann raffte er sich auf. »Da vorn ist kein Hafen«, sagte er mit einem ungehobelten, kaum verständlichen Akzent.

»Kein Hafen?« wiederholte Dante erstaunt. »Ich meine den Ort, wo die Flotte ausgerüstet wird, im alten Ostia.«

»Hinter diesem Hügel ist gar nichts, Signore. Nur der Sumpf, bis zum Meer, sagt man. Aber ich habe ihn nie gesehen. Dort verschwinden die Lebenden. Geht nicht hinter diesen Hügel, Signore, dort endet die christliche Welt«, fügte der Mann hinzu und zog den Kopf zwischen die Schultern, als wäre ihm kalt. »Hinter dem Fosso di Galeria liegt nur noch die Festung von Papst Gregor. Doch seit der Pest ist dort niemand mehr, auch die Soldaten sind aus La Rocca geflohen«, sagte er und bekreuzigte sich rasch.

»Aber es gibt hier einen Hafen! Den Hafen Kaiser Trajans! Von dem wirst du doch gehört haben!« erwiderte der Dichter, verärgert über die Widerspenstigkeit des Landmanns.

»Keinen Hafen. Nur den Teufelspfuhl, flussaufwärts.«

»Den Teufelspfuhl? Was ist das?«

»Ein sternförmiger See. Dort fiel der Stein herunter, der Luzifers Stirn schmückte, heißt es.«

»Ein See? Kannst du mir den Weg dorthin zeigen?«

»Dazu muss man über den Fluss. Es ist Nacht, und dieser Ort ist verhext«, antwortete der Mann kopfschüttelnd.

Dante kramte in der Tasche seines Gewandes und zog eine Silbermünze hervor. Die Augen des Mannes blitzten auf. »Das ist für dich, wenn du mich hinführst«, sagte der Dichter und ließ das Geldstück in seiner Hand hüpfen.

Der Mann zauderte noch einen Moment, schien dann aber kurzerhand eine Entscheidung zu treffen. »Kommt«, sagte er, »wir nehmen mein Boot.«

Er warf sich einen Umhang über die Schultern und schlug einen Weg durch die Ruinen ein, ohne auf die verstörten Bitten seiner Frau zu achten, die vergeblich versuchte, ihn zurückzuhalten.

Bis zum Fluss waren es etwa einhundert Schritt. Der Mann bat ihn, in sein kleines Boot zu steigen, das scheinbar aus nur einem Baumstamm gefertigt war und so niedrige Seitenwände hatte, dass ihr Rand gefährlich dicht an der Oberfläche des vom Regen angeschwollenen Flusses lag. Er stemmte sich gegen eine Stange und begann, gegen den Strom zu rudern, wobei er sich nahe am Ufer hielt.

Büsche und Schilfrohr streiften ihre Köpfe, während sie ihren Weg dicht an Land fortsetzten. Weiter vorn teilte sich der Fluss. Der Mann ruderte nun stärker und hielt quer über das Wasser auf die Abzweigung zu. Je weiter sie vorankamen, um so reißender wurde die Strömung, und das Boot drohte zu kentern. Doch der Mann schien sich gut mit dem Fluss und seinen Tücken auszukennen, mit jedem Ruderschlag legte er, wenn auch langsam, einige Ellen in der gewünschten Richtung zurück, bis er in den Seitenarm einbiegen konnte.

Dieser Flussarm sah ungewöhnlich aus, dachte Dante. Er war schmaler, weniger reißend und strömte so gleichmäßig zum Meer, dass dies kaum ein Werk der Natur sein konnte. Vielleicht war es ein Kanal, den man einst angelegt hatte, um den Tiber mit dem Hafen zu verbinden. Das, was er suchte, konnte nicht weit sein.

Das Boot fuhr wieder ans Ufer. »Dort ist nur die Stadt der Toten«, sagte der Fährmann und streckte dem an Land springenden Dichter fordernd die Hand entgegen. Dante zeigte ihm das Geldstück noch einmal, behielt es jedoch in der Faust. »Warte hier auf mich. Du bekommst es erst, wenn ich zurück bin.«

Er kletterte den steilen Abhang hinauf, um eine gemauerte Fläche zu erreichen, die zwischen den Sträuchern zu sehen war. Auch die Böschung war gepflastert, als wäre hier früher eine Auffahrtsrampe gewesen. Die Aussage des Landmanns bestätigte sich offensichtlich, denn während des mühsamen Aufstiegs zerbröckelte unter Dantes Füßen das Pflaster zunehmend. Die Steine wurden spärlicher, es wucherte immer mehr Gras zwischen ihnen, bis sie streckenweise ganz verschwanden.

Oben war ein Pinienhain. Zwischen den Bäumen hindurch konnte er seinen Blick ungehindert über den verbleibenden Weg bis zum Meer schweifen lassen, das einige Meilen entfernt glitzerte, halb verborgen von der dichten Sumpfvegetation. Etwa einhundert Schritt vor sich sah er wieder unregelmäßige Ruinen und einen großen dunklen Fleck. Der Weg führte dort hinab und verlor sich zwischen den ersten Pfützen.

Dante bahnte sich einen Weg durch die Sträucher, um zu den Bauten zu gelangen, die zwischen den Pinien zu erkennen waren. Schließlich kam er zu einem langen, überdachten Laubengang mit zwei Reihen korinthischer Säulen, die sich in der Ferne verloren.

Die Decke war an mehreren Stellen eingestürzt, bedrängt von der Zeit und den üppigen Kletterpflanzen, die durch das Gewölbe herunterrankten und die Sicht versperrten. Dahinter ertönte Froschgequake, das nach der bisherigen Stille nahezu ohrenbetäubend war. Er schob das Laubwerk beiseite.

Vor seinen Augen erstreckte sich in Form eines makellosen Sechsecks eine spiegelglatte Wasserfläche, die fast vollständig mit Algen und anderen Wasserpflanzen bedeckt war. Ein riesengroßes Becken, das von ähnlichen Säulengängen wie dem gerade durchquerten gesäumt war. Und wie dieser waren auch sie von Pflanzen überwuchert und an mehreren Stellen eingefallen. An den Kais des antiken Hafens waren noch die Ansätze der abfallenden Rampen für die Trieren zu sehen, die Reste der Speicher und die Ruine des Leuchtturms an der Kanaleinfahrt.

Für einen kurzen Moment wurde das Bild dieses Zerfalls von der *virtus imaginativa* ausgelöscht, über die der große Boethius geschrieben hatte: Längst in der Tiefe verschwundene Geisterschiffe tauchten mit ihren prächtigen Segeln und Farben auf, Stimmengewirr übertönte das Froschquaken, und der herbe Geruch von Waren und Gewürzen stach Dante in die Nase. Er sah die Herrlichkeit des einstigen Hafens des Imperiums vor sich, ein kolossales Bauwerk, das an weitere Herrlichkeiten erinnerte: Karthago mit seinem brennenden Hafen, Babylon mit seinen niedergerissenen Türmen, die sich zu den Göttern emporheben wollten. Ein wirres Brummen in seinem Kopf überwältigte ihn, und er spürte, wie seine Beine unter seinem Gewicht nachgaben. Er fiel auf die Knie, von Müdigkeit übermannt, doch mehr noch von der Heftigkeit des Traums.

Er wusste nicht, wieviel Zeit vergangen war. Die Wolken hatten sich zusammengeballt, der Himmel war vollkommen bedeckt. Es regnete wieder. Dante raffte sich auf und erhob sich mühsam. Die Vision hatte sich aufgelöst, die antike Herrlichkeit war der lähmenden Gegenwart gewichen, und das spiegelglatte Wasser bot wieder sein vorheriges Bild. Dante hielt Ausschau nach den Landeplätzen, an denen die Flotte der Kreuzfahrer ausgerüstet wurde.

Doch da war nichts, nur von der Zeit zerfressene Mauerreste und Marmortrümmer. Keine Spur von den Vorbereitungen, die doch in vollem Gang hätten sein müssen. Er stellte fieberhaft Vermutungen an. Allmählich fügten sich Einzelheiten in seiner Erinnerung zusammen, und auf einmal ging ihm ein Licht auf.

Das alles war eine Täuschung. Eine Attrappe, eine Stoffkulisse wie der Bühnenhintergrund eines Gauklertheaters. Er hatte nicht gesehen, was er die ganze Zeit vor Augen gehabt hatte, so absolut klar wie die Wahrheit selbst.

Entmutigt warf er noch einen letzten Blick in die Runde. Der dichte, eisige Regen kräuselte wieder das Wasser des Hafenbeckens. Was noch kurz zuvor ein regloser Spiegel gewesen war, in dem die Kais wie ein Rahmen reflektiert wurden, wirkte nur noch wie eine große Schlammpfütze.

Er griff sich an die Schläfen, um den stechenden Schmerz zu verjagen, der ihm erneut zusetzte. Er war allein, mindestens fünfzehn

Meilen von der Stadt entfernt und ohne irgendeine Möglichkeit, sie rechtzeitig zu erreichen. Bevor …

Bevor was? In seiner fiebrigen Phantasie fügten sich die Mosaiksteinchen des Rätsels zu einem scheinbar logischen Bild zusammen. Doch dieses erwies sich als sinnlos. Und den Beweis dafür hatte er nun in dieser Ödnis vor sich. Er hatte die Spur einer religiösen Obsession, einer fanatischen Rache verfolgt. Doch die grausame Ermordung der unschuldigen Frauen schien nur der sichtbare Teil eines Geflechts heimlicher Machenschaften zu sein … wie alles in dieser verfluchten Stadt! Wo die Häfen nicht einmal die vorgesehenen Schiffe aufnahmen, und wo die Reliquie der Päpstin auch nur eine weitere makabre Inszenierung war.

Er musste den Senator warnen, so schnell wie möglich. Den einzigen, der vielleicht noch genug Macht hatte, um die Sache in die Hand zu nehmen und die Gefahr abzuwenden, wie immer sie auch aussehen mochte. Nun bereute er, sich wie ein Dieb aus der Festung geschlichen zu haben: Er musste umgehend dorthin zurück, musste ihn benachrichtigen, dass sein guter Wille überlistet worden war und man keinen seiner Befehle ausgeführt hatte. Dass seine Männer vergebens auf eine Einschiffung warteten, die niemals stattfinden würde.

Jemand hatte das Geld für den Kreuzzug unterschlagen und das Holz für die Flotte weiterverkauft. Jemand, der dem Senator nahestand und dem er vertraute. Und nun würde er das nächste Opfer sein, das verschwinden musste, damit dieser riesige Schwindel nicht ans Licht kam. Vielleicht war sein Mörder bereits kurz davor zuzuschlagen, verborgen unter den in La Rocca kampierenden Soldaten, mit dem Schwert schon fest in der Hand. So würde Senator Saturniano seinen Traum von der Erlösung Roms und seine wahnwitzige Ambition, sich an die Stelle der göttlichen Vorsehung zu setzen, um eine Größe wiederherzustellen, die doch gerade durch den Willen Gottes vernichtet worden war, mit dem Leben bezahlen.

Dante ließ sich auf einen Säulenstumpf fallen und achtete nicht auf den Regen, der seine Kleider durchnässte und ihm den Rücken hinunterrann. Betrübt schüttelte er den Kopf, als er daran dachte, welcher Schmerz Saturnianos Tochter bevorstand, die der Untergang ihres Vaters schwer treffen würde. Und an ihre edle Stimme, die von der Natur dazu bestimmt war, sich wie ein Adler in den Kristallhimmel der gelehrten Geister aufzuschwingen, die jedoch im Dunkel irgendeines Klosters traurig verstummen würde, lebendig eingemauert, um für die Schande des Vaters zu büßen.

Eine Anwandlung von Zorn ließ seine Kräfte wiedererwachen. Vielleicht blieb noch Zeit, um ihn zu warnen.

Er schlug den Weg ein, den er gekommen war, und versuchte, sich in dem unübersichtlichen Sumpfgebiet zurechtzufinden, bis er die Stelle erreichte, wo er an Land gegangen war.

Sein Begleiter war noch da und wartete auf ihn. Er warf ihm das Geldstück zu, das der Mann gierig auffing.

Die Festung des Borgo Gregoriano wirkte sonderbar ruhig. Nur eine einzelne Feuerstelle brannte auf einem der Türme und verbreitete ein schwaches rötliches Licht. Die Zugbrücke über dem Graben war herabgelassen, und das Tor stand, anscheinend noch immer unbewacht, sperrangelweit offen. Dante legte das letzte Stück Weg im Laufschritt zurück, so dass seine Füße auf den Holzbrettern wie die Trommeln einer angreifenden Armee dröhnten, und gelangte atemlos in den Hof.

Der Regen hatte den schlecht gepflasterten Hof in einen glitschigen Morast verwandelt. Während Dante mit den Armen ruderte, um auf den Beinen zu bleiben, hörte er über sich ein Geräusch. Am oberen Ende der schmalen Steintreppe, die zum Wehrgang hinaufführte, hatte sich knarrend eine Tür geöffnet, und ein Kopf schaute heraus.

»Was suchst du, Fremder?« hörte er jemanden rufen, hatte jedoch Mühe, den ungehobelten Dialekt zu verstehen, den er mittlerweile dieser Gegend zuordnen konnte.

»Die Männer des Kreuzzugs! Senator Spada! Wo sind sie?«

»Kreuzzug? Ich weiß nicht, was du meinst«, gab der Mann zurück, der sich noch ein Stückchen weiter aus der Tür lehnte und eine lange Lanze sehen ließ. »Falls du ein Pilger bist – bis Rom ist es noch weit: Mach dich gleich auf den Weg, hier gibt es keine Unterkunft für dich. Dies ist das Gebiet der Colonna, sie wollen kein Lumpenpack in ihren Häusern!«

Der Mann gebärdete sich nun drohend, da er sich inzwischen davon überzeugt hatte, dass Dante allein war. Doch erschöpft vom Lauf durch die Sümpfe und irritiert von dem dort Gesehenen, achtete der Dichter nicht weiter darauf. »Senator Spada! Wo ist er?« wiederholte er müde.

Der Regen war noch stärker geworden, doch er spürte ihn nicht. Der Mann trat, erneut mit der Lanze fuchtelnd, noch einen Schritt vor. Nun konnte er ihn deutlich erkennen, ein Greis mit langem grauem Haar, einem ungepflegten Bart und in grober Bauernkleidung. Doch mit noch kräftigen Armen und fest auf den Beinen.

»Sie sind alle fort nach Rom! Mach auch du, dass du wegkommst, sonst wirst du es bereuen!«

»Nach Rom?« murmelte Dante verblüfft. »Aber warum … wollte er denn nicht den Hafen inspizieren?«

»Sie sind alle nach Rom unterwegs, sage ich dir. Jetzt verschwinde!«

»Ich brauche ein Pferd. Ich bezahle es dir!«

»Hier gibt es keine Pferde! Verschwinde, habe ich gesagt!«

In diesem Augenblick zuckte in der Nähe ein Blitz auf und tauchte den Hof kurz in ein grelles Licht. Unmittelbar darauf zerriss ein gewaltiger Donner die Luft und erschütterte die ganze Umgebung. Auf dieses Krachen folgte ein ängstliches Wiehern, das die Worte des Mannes Lügen strafte. Dante fuhr herum, zu einem Gittertor auf der entgegengesetzten Hofseite, von wo das Geräusch gekommen zu sein schien. Sogleich bestätigte ihm ein zweites, stärkeres Wiehern, dass der Mann gelogen hatte. Unverzüglich stürzte er auf das Tor zu.

Als er es erreicht hatte und schon fieberhaft versuchte, den Strick zu lösen, mit dem es verschlossen war, hörte er die ungestümen Schritte des Mannes hinter sich, der die Treppe hinuntergeeilt war und nun mit gesenkter Lanze auf ihn zulief.

»Verschwinde, du Dieb!« schrie der Mann und stürzte sich auf ihn. Dante, der immer noch damit beschäftigt war, das Tor zu öffnen, konnte gerade noch rechtzeitig beiseite springen, um der Spitze auszuweichen, die seine Hüfte streifte und sich kraftvoll ins Holz bohrte. Während der Alte an der Lanze zerrte, um sie herauszuziehen, packte Dante sie mit aller Kraft und versuchte, sie in dieser harmlosen Stellung zu halten. Dann versetzte er dem Mann einen Fußtritt in die Seite, so dass er winselnd in die Knie ging.

»Ich brauche dieses Pferd!« rief er energisch. Er zog die Lanze heraus, zerbrach sie über dem Knie und warf die Reste weit von sich. Nach einem weiteren Blick auf den nach Luft schnappenden Greis machte er sich wieder an dem Strick zu schaffen und konnte das Tor endlich öffnen. Im Stall stand auf alter Streu nur ein rotbrauner Klepper, der Stroh aus einem Sack kaute.

Dante schaute sich um. Es gab nicht einen Sattel, nur altes Zaumzeug, das über einem Balkenende hing. Er warf dem Pferd eine Decke über, die in einer Ecke gelegen hatte, nahm ihm den Futtersack ab und war im Begriff, ihm die Zügel anzulegen, als er mit einem brutalen Stoß zu Boden geschleudert wurde.

Keuchend wollte er aufstehen, doch der Greis war ihm auf den Rücken gesprungen und versuchte, ihn in der Streu zu ersticken. Dante rang nach Atem, und sein weit aufgerissener Mund füllte sich mit stinkendem, mit Pferdemist durchtränktem Stroh. Während er sich bemühte, sich aus dem Würgegriff des Mannes zu befreien, schnellte er mit einem verzweifelten Hüftschwung herum. Die Fingernägel des Alten zerfetzten ihm die Haut, und Dantes Blick trübte sich, aber er kämpfte erbittert weiter. Er biss seinem

Gegner ein Ohr blutig und zwang ihn so, den Griff zu lockern, doch da er immer noch von ihm umklammert wurde, rollte er in einem Knäuel aus Armen und Beinen mit ihm zur Tür hinaus.

Draußen rissen ihn der peitschende Regen und das harte Steinpflaster, das ihm die Knie aufschürfte, aus seiner Betäubung. Blindlings packte er seinen Gegner an der Kehle, so dass dieser wie ein angestochenes Tier aufschrie, und schlug ihn mehrmals heftig gegen die Steine, bis seine Wehklagen matter wurden und seine Muskeln erschlafften. Mit einem plötzlichen Erschauern ließ er den Hals des Mannes los, der unter seinen Fingern nun reglos wie ein nasser Lappen war.

Keuchend stand er auf, am ganzen Körper zitternd. Die blinde Bestie in seinen Schläfen war aufheulend wiedererwacht und setzte ihm mit ihren schmerzhaften Stichen zu. Er brachte es nicht über sich, noch einen Blick auf den unbeweglichen Körper zu werfen, sprang aufs Pferd und machte sich auf den Weg nach Rom.

14

16. NOVEMBER, AM MORGEN

Wie im Taumel legte er die Meilen bis zur Stadt zurück, während sein Fieber stieg und ihn in plötzlichen Anfällen schüttelte. Vom Regen und von den Pfützen behindert, die immer häufiger den Weg versperrten, schnaubte und wieherte das Pferd unter den unablässigen Stößen seiner Fersen.

Nachdem er auf dem letzten Stück der Via Portuense die niedrigen Hügel hinter sich gelassen hatte, erblickte er in der Ferne wie im Traum endlich die Stadtmauer von Rom und die Porta Portese. Jenseits des Flusses war die regenblasse Spitze der großen, weißen Marmorpyramide zu sehen, wie ein Meilenstein, den die Hand eines Gottes dorthin gesetzt hatte, dachte er und atmete tief die feuchte Luft ein. Unaufhörliche Hustenanfälle zerrissen ihm die Brust, und eine immer heftigere Atemnot quälte ihn.

Dunkle Wolken lasteten auf den Mauern. Als er näher kam, stach ihm ein beißender Brandgeruch in die Nase. Das Haupttor war verschlossen, und niemand war zu sehen, nicht einmal auf dem Wehrgang der Wachen. Dann hasteten ihm mit Bündeln beladene Menschen entgegen. Immer wieder schauten sie sich beim Laufen ängstlich um, als drohte eine unsichtbare Gefahr.

»Der Fluss! Er steigt!« hörte er es rufen, und sogleich wandten sich wieder alle nach der fernen Bedrohung um In der Eile war eine kleine Nebentür in dem Eichentor offengeblieben. Dante sprang vom Pferd, passierte die Tür und tauchte in das Labyrinth der Gassen ein.

Entsetzt schaute er in die Runde.

Die gesamte Gegend schien in Flammen zu stehen, mit schwarzen Rauchsäulen, die an mehreren Stellen trotz des Regens hoch in den Himmel stiegen. Besonders an einem Punkt schien der Brand unbezähmbar zu sein. Dante fürchtete, es könnte sich um das Haus der Witwe handeln und mit der Wohnung könnten auch seine Schriften in Rauch und Flammen aufgehen. In panischer Hektik stürzte er darauf zu.

Nach etwa einhundert Schritt stieß er auf die Brandursache: Das Feuer verschlang die Synagoge, und eine kleine Menschenmenge, die eine lange Eimerkette bis hinunter zum Tiber gebildet hatte, kämpfte vergeblich dagegen an. Von der Hitze überwältigt und verzweifelt über ihre nutzlosen Anstrengungen, stoben die Männer und Frauen aus der Kette gerade auseinander, als er näher kam. Unter ihnen erkannte Dante den kleinen Bruder des toten Mädchens.

»Was ist geschehen?« rief er ihm durch die beißenden Rauchschwaden zu, die ihn zu ersticken drohten.

»Die Hölle ist losgebrochen, Messer Alighieri!« antwortete der Junge, während er sich mit dem Handrücken die Tränen abwischte. »Schurken haben das Viertel überfallen und die Häuser der Juden in Brand gesteckt! Dann haben sie die Synagoge angezündet!«

»Wer? Bonifatius' Männer?«

»Nein, Leute aus dem Volk, sie kamen von der Brücke an der Tiberinsel. Wir wissen nicht, warum sie das tun, sie schreien, alle Götzenbilder müssten zerstört werden ...«

»Und wo ist der Rabbiner?«

»Meister Manoello hat sich eingeschlossen, vielleicht versucht er gerade, die kultischen Geräte und die Thorarollen in Sicherheit zu bringen. Er hat die Gemeinde angewiesen, ans andere Flussufer zu fliehen, zur Torre Argentina. Dort wohnen schon einige Glaubensbrüder, vielleicht können sie die Flüchtlinge aufnehmen. An diesem Tiberufer wird es nun keine Juden mehr geben, wer weiß wie lange nicht ...«

»Auch du musst fliehen, und zwar schnell!« rief Dante, während er vor der Hitze zurückwich. »Der Fluss tritt überall über die Ufer, und womöglich wird seine Gewalt diesmal auch die Brücken von Isola aus ihren Fundamenten reißen. Vielleicht wird sich sogar das ganze Schiff der Tiberinsel von seiner Verankerung loslösen und die seit ewigen Zeiten unterbrochene Fahrt zur Mündung fortsetzen.«

In diesem Moment loderte das Innere der kleinen Synagogenkuppel auf und schleuderte eine funkensprühende Wolke in den Himmel wie eine Kerze, die noch einmal aufflackerte, bevor sie ihr letztes Licht aussandte. Die Stützbögen gaben nach, das ganze brennende Gewölbe stürzte in sich zusammen und ließ nur einen hohlen, von innen zerfressenen Turm zurück.

»Helft mir, den Rabbiner zu retten, Messere!« flehte der Junge ihn an, ergriff seine Hand und zog ihn zu einer kleinen, ans Mauerwerk der Synagoge gelehnten Behausung, die bisher wie durch ein Wunder von den Flammen verschont geblieben war.

Die Tür war verriegelt. Dante klopfte ungestüm an, und als von innen keine Antwort kam, stieß er die altersschwache Tür energisch mit der Schulter auf.

Seinen Augen bot sich ein unglaubliches Bild: Manoello stand in den zeremoniellen Gewändern, in denen ihn der Dichter bereits auf dem Kapitol gesehen hatte, mit zum Himmel erhobenen Händen in der Mitte eines kleinen Raumes und hatte in seiner altertümlichen Sprache einen Gesang angestimmt. Reglos zu seinen Füßen lag, wie im Todesschlaf erstarrt, eine menschliche Gestalt.

Es war ein schwärzliches, glitschiges Wesen. Dante hielt es für ein verkohltes Brandopfer, für das der Rabbiner ein Totenritual abhielt. Er trat näher, doch Manoello fuhr in seinem Gesang fort, ohne ihn zu beachten. Die Gestalt war kein Leichnam: Sie schien vielmehr eine plumpe, aus dem Schlamm des Flusses geformte Figur zu sein, das Werk eines amateurhaften Bildhauers, der einen menschlichen Körper nachbilden wollte.

Der Rabbiner hatte seinen Gesang beendet. Dante sah, wie er

sich über die feuchte Masse beugte, die wohl der Kopf sein sollte, und sie mit einigen unverständlichen Zeichen versah.

»Lebe!« rief Manoello. Er sank auf die Knie und berührte den Schlammklumpen mit seiner Stirn, wobei er mit trauriger Stimme wiederholte: »Lebe! Lebe!«

Verblüfft schaute Dante ihm zu. Er stellte sich neben ihn und packte ihn fest an der Schulter.

»Manoello, was tut Ihr hier?« rief er. »Ihr müsst Euch in Sicherheit bringen, das Feuer steht vor der Tür!«

»Er wird leben ... Es steht geschrieben ... Er wird uns helfen ...«

Dante schüttelte ihn heftig. »Die Synagoge steht in Flammen, in Kürze wird auch dieses Haus brennen! Ihr müsst zu Eurem Volk, es braucht Eure Führung! Es flieht ans andere Tiberufer, Ihr müsst mit ihm gehen!«

Der Rabbiner bewegte sich ziellos durch den kleinen, bereits von Rauch durchzogenen Raum. Unvermittelt führte er seine Hände zum Mund und biss sie blutig. »Mein Glaube ist schwach, er genügt nicht, um dem Golem Leben einzuhauchen! Gott straft mich, und mit mir auch mein Volk!«

Die mit Regen vermischte Asche hatte sich in einen klebrigen Matsch verwandelt, der an den Wänden der ärmlichen Häuser herabrann und sich in den Straßen sammelte. Dante und der Junge hasteten zum Fluss, während hinter ihnen das brennende Skelett der Synagoge endgültig zusammenbrach und Funken und glühende Balkenteile in die Umgebung schleuderte.

»Junge, geh zu deiner Mutter«, sagte der Dichter. »Sie braucht dich nun noch mehr.«

»Und Ihr, Herr Gesandter, was werdet Ihr tun?«

»Ich ... Ich weiß es nicht. Noch nicht. Zunächst muss ich Senator Spada finden. Ihn vor dem warnen, was gerade geschieht. Jemand zettelt ...«

Fieberhaft überlegte Dante, was er tun sollte. Nachdem der

Junge sich auf den Weg gemacht hatte, tauchte plötzlich eine hohe Gestalt vor Dante auf, von Kopf bis Fuß in einen Umhang gehüllt und einen Zipfel als Schutz vor dem Rauch auf den Mund pressend.

»Messer Martino!« rief er, als er ihn erkannte. »Auch Ihr seid hier?«

»Ich habe Euch gesucht, Alighieri.«

»Mich?«

»Ich habe eine Nachricht für Euch. Die letzte, bevor ich die Stadt verlasse.«

»Ihr reist ab? Ihr auch?«

Martino machte eine unbestimmte Handbewegung. »Venedig weiß bereits alles Nötige, um seine Regierungsgeschäfte entsprechend einzurichten. Heute morgen kam ein Bote mit Anweisungen für mich. Und auch mit Nachrichten aus anderen Gebieten Italiens.«

Dante lief ein Schauer über den Rücken. Doch bevor er etwas sagen konnte, sprach Martino weiter. »Er kam über Florenz, wie Ihr Euch denken könnt.«

»Was geht in meiner Heimatstadt vor?«

»Das, was Ihr befürchtet. Corso Donati hat mit Hilfe der Franzosen die Partei der Weißen zu Fall gebracht, jetzt herrschen seine Leute und nehmen Rache. Sie plündern die Häuser ihrer Gegner.«

»Meine Frau ... die Kinder ...«, murmelte Dante.

»Zur Stunde sind sie noch in Sicherheit. Die Racheakte haben bei den Ärmsten begonnen, den Wehrlosesten. Karl von Valois gibt zwar vor, zwischen den Parteien zu vermitteln, und hält ein Minimum an Ordnung aufrecht. Doch es ist nur noch eine Frage der Zeit, bis er seine Maske fallenlässt und das Startsignal für Prozesse und Verbannungen gibt. Geri Spini, Betto Brunelleschi, die Buondalmonti, die Agli und die Tornaquinci wetzen schon ihre Krallen. Kehrt umgehend zurück und versucht, Euer Hab und Gut zu retten. Der Partei der Weißen fehlt es an Führern. Vieri Cerchi, ihr Oberhaupt, ist ein Hasenfuß und wird bestenfalls einen Kompromiss anstreben, um sich und seinen Besitz zu retten. Seid auf der Hut, Messer Alighieri«, fügte Martino hinzu. Er hatte seine übliche Gelassenheit unversehens aufgegeben. Seine Stimme, in der nun ein bekümmerter Ton mitschwang, klang für Dante erstmals aufrichtig. »Bonifatius schickt sich an, auch gegen Euch vorzugehen. Flieht! Er weiß noch nicht, dass seine Pläne in Florenz erfolgreich waren, die päpstlichen Boten sind noch auf dem Weg. Doch in wenigen Stunden, wenn ihn die Nachricht erreicht haben wird und er Gewissheit hat, wird er sein wahres Gesicht zeigen, und Rom wird Euer Gefängnis! Flieht, ich bitte Euch!«

»Ich kann nicht, Martino«, sagte der Dichter leise. »Ich habe mein Werk noch nicht vollendet.«

»Euer Werk? Aber Ihr könnt Eure Verse überall schreiben! Jede Stadt Italiens wäre stolz darauf, Euch Zuflucht zu gewähren, sobald Ihr darum bittet! Kommt mit nach Venedig, ich stelle Euch unter den Schutz der Stadtrepublik!«

Dante schüttelte den Kopf. »Es geht mir nicht um meine Verse. Sondern um die Gerechtigkeit, für die ich sorgen soll und die ich noch nicht durchsetzen konnte. Außerdem muss ich den Senator vor den Machenschaften warnen, die sich hinter seinem Rücken abspielen: Er ist ein rechtschaffener Mann und muss erfahren ...«

»Machenschaften ... hinter seinem Rücken?« wiederholte der Alte zweifelnd.

»Der Kreuzzug, den er vorbereitet ... da ist etwas, was er nicht weiß. Was ihm womöglich entgeht.«

»Senator Spada weiß alles«, erklärte der Venezianer überraschend.

Dante sah ihn erstaunt an. »Alles? Auch das, was in Trajans Hafen vor sich geht?«

»Ihm entgeht nichts. Es sei denn, er selbst richtet es so ein«, erwiderte der Alte geheimnisvoll. »Ich rate Euch, flieht!«

»Ich habe eine Vereinbarung mit ihm. Ich kann ihn nicht im Stich lassen«, sagte Dante leise. Doch während er diese Worte sprach, wusste er, dass er log, dass er nicht nur den Venezianer, sondern vor allem sich selbst belog. Fiamma war es, die ihn noch an diesem Ort hielt, das Verlangen, sie noch einmal wiederzusehen.

»Ihr habt Euch entschieden, möge es also zum Besten sein. Es gibt vieles, was uns trennt«, sprach der Alte weiter, während er vortrat und Dantes Arme ergriff. »Doch es kann sein, dass es etwas gibt, was uns verbindet, etwas Stärkeres, die Liebe zur Wissenschaft. Ich bin sicher, dass sich unsere Wege noch einmal kreuzen würden, wenn ich noch ein langes Leben vor mir hätte. Und wie zwei Wanderer auf einem unbekannten Weg würden wir das wenige aus unseren Quersäcken teilen, und es würde genügen, um für eine Nacht Licht in die Dunkelheit der Wüste zu bringen. Doch auf meinen Schultern lastet fast ein ganzes Jahrhundert: Ich habe den Ruhm von Kaiser Friedrich gesehen, werde jedoch nicht mehr erleben, wie Ihr Euren Ruhm zu seinem hinzufügen könnt.«

Bewegt ließ sich Dante in die Arme des Venezianers fallen. Dann löste sich der Alte sanft aus der Umarmung und verschwand hinter einer Straßenecke.

Fliehen. Doch wohin? Wenn das, was Martino ihm erzählt hatte, stimmte, wartete man in seiner Heimatstadt nur darauf, ihn in Ketten zu legen. Und Bonifatius würde diese Ketten mit seiner ganzen Feindseligkeit festschmieden. Vielleicht konnte nur Saturniano Spada ihm noch helfen, falls der Senator überhaupt noch am Leben war. Aber konnte er ihm trauen, einem von Bonifatius' Männern? Wie weit würde sich der Senator vorwagen, wenn es darum ging, sich dem Willen seines Herrn zu widersetzen?

Er dachte an die edlen Gesichtszüge dieses Mannes, an seine wohlgesetzten Worte. War es möglich, dass er nur ein Heuchler war, bereit, ihn zu verraten? Und welche anderen Hoffnungen blieben ihm, Dante, sonst noch?

Rasch entschied er, was zu tun war: Er musste den Senator finden, bevor die Befehle des Papstes eintrafen, und ihn um sicheres Geleit nach Viterbo bitten. Von dort aus wollte er toskanisches Gebiet erreichen und sich in Siena eine Zuflucht suchen, um die weiteren Ereignisse abzuwarten.

Doch wo konnte der Senator sein? Sicherlich hatte die kritische Lage in der Stadt eine Senatsversammlung erforderlich gemacht, der Spada unmöglich fernbleiben konnte. Er würde ihn auf dem Kapitol suchen, überlegte er, während er sich entschlossen zur Brücke von Isola wandte.

Als er in strömendem Regen am Fluss ankam, erwartete ihn ein unerfreulicher Anblick: Der Tiber war über die Ufer getreten, und das Wasser reichte bereits bis an die Türen der ersten Häuser am Fluss. Der letzte Brückenbogen des Ponte Cestio stand unter Wasser, und die schlammigen Fluten umspülten das geschlossene Tor des Wachturms. Dante watete durch das knöcheltiefe Wasser auf das Tor zu und versuchte, die Aufmerksamkeit der Wachen zu erregen, die unter dem Wetterdach Zuflucht gesucht hatten.

»Macht auf! Lasst mich durch, ich bin der Gesandte von Florenz!« schrie er, so laut er konnte.

»Hier herrscht der Caetani!« antwortete ihm einer der Männer von oben, wobei er sich nur wenig vorbeugte. »Der Zugang ist gesperrt.«

»Ich habe eine dringende Botschaft für Senator Spada. Öffnet, oder seine Strafe ist Euch gewiss!«

Der Name des Senators schien Eindruck gemacht zu haben, denn nach wenigen Augenblicken hörte er Ketten rasseln, und das Fallgitter hob sich gerade so viel, dass man hindurchschlüpfen konnte. In dem Bogen, der den Turm in seiner ganzen Länge durchschnitt, standen mit der Waffe in der Hand drei Männer, die auf der Brust die Doppelwelle des päpstlichen Wappens trugen. Sie musterten Dante misstrauisch, traten jedoch beiseite, als sie sahen, dass er unbewaffnet war.

»Ihr habt richtig gehandelt«, sagte der Dichter. »Wo ist der Senator? Auf dem Kapitol?«

Die drei wechselten schnell einen zweifelnden Blick, dann breitete der älteste von ihnen die Arme aus. »Woher sollen wir das wissen, Fremder? Wir haben den Befehl erhalten, das Tor zu schließen, vielleicht um zu verhindern, dass im Fall einer Überschwemmung das ganze Lumpengesindel aus Trastevere auf die andere Seite der Stadt strömt. Eine Schar Juden, die hier passieren wollte, haben wir schon verjagt, doch Ihr scheint ein anständiger Christ zu sein. Es heißt, dass ghibellinische Truppen an der Porta San Paolo durchgebrochen sind und dass am Kolosseum gekämpft wird. Wir bleiben hier und warten auf weitere Befehle aus der Engelsburg.«

»Hoffen wir, dass sie früher kommen als der Tiber!« rief ein jüngerer Mann aus und wies auf das Wasser, das bereits durch das Tor schwappte.

»Ich bleibe nicht hier, um den Cappucci Rossi zu Arbeit zu verhelfen«, sagte der dritte aufgebracht. »Und du, mach dass du weiterkommst!«

Dante schlüpfte unter dem Gitter hindurch, das unmittelbar hinter ihm wieder herabfiel, so dass das Wasser nach allen Seiten spritzte.

»Ihr wollt den Tiber doch nicht etwa mit diesen Brettern aufhalten?« fragte der Dichter, als er den überdachten Durchgang passierte.

»Nichts kann den Fluss aufhalten, Fremder«, erwiderte hinter ihm düster der Alte.

Der Turm der Caetani auf der anderen Seite der Insel schien verlassen zu sein. Ungehindert ging Dante über die zweite Brücke. Doch am anderen Ufer wurde ihm plötzlich bewusst, wie wenig er sich in Rom auskannte. Er versuchte verzweifelt, einen Plan der Stadt zu rekonstruieren, indem er die ihm bekannten Orte in Gedanken miteinander verband. Seine Vorstellungskraft brachte jedoch nur eine

Art Flickenteppich zustande, in dem sich die meisten Bauwerke chaotisch zusammenfügten. Wo befanden sich von seinem Standort aus nun das Kapitol und das Kolosseum? Die Engelsburg und die großen Säulen, die er gesehen hatte? Er wusste nur noch, dass er auf dem Weg zum Sitz des Senats durch ein dichtbewohntes Gebiet gekommen war und die Serpentinen eines anmutigen Hügels mit vielen Gärten und schönen Bauten erklommen hatte. Dieser Weg hatte den großen Felsen des Kapitolinischen Hügels wie in einer Umarmung umschlungen.

»Wo entlang geht es zum Kapitol?« rief er einem Mann zu, der, unter einem riesigen Lumpenbündel verborgen, vorüberging. Der Mann warf ihm wegen seines fremdländischen Aussehens einen argwöhnischen Blick zu, dachte aber wohl, dass Dante nur einer der vielen Pilger war. »Geht auf dieser Straße bis zum Marcellus-Theater und biegt dann nach links ab. So gelangt Ihr an die Treppe zur Kirche Santa Maria in Aracoeli, von dort aus könnt Ihr das Kapitol sehen. Doch seid vorsichtig«, rief er dem Dichter nach, als dieser sich schon in der genannten Richtung entfernte. »Der Tiber schwillt an, geht nicht nach Campo Marzio!«

Dante folgte der Wegbeschreibung und kam am Tarpejischen Felsen vorüber. Am Ende der Steigung waren die deutlichen Spuren eines Kampfes zu sehen: Mehrere Wagen lagen umgestürzt auf der Straße, umringt von Bewaffneten, die auf etwas zu warten schienen. Hier und dort tauchte das päpstliche Wappen auf, zusammen mit den roten und gelben Fahnen des Senats. Auch am Fuß der Treppe zur Aracoeli-Kirche gab es Kampfspuren, und oben auf dem Kirchplatz befanden sich weitere Soldaten, die offenbar den Hügel besetzt hatten.

Dante hielt einen Hauptmann an, der eilig herunterkam, und erkundigte sich nach Senator Spada.

»Im Palast ist niemand. Der Senat ist aufgelöst!«

»Saturniano Spada? Wo ist er?« fragte der besorgte Dichter noch einmal.

»Die Kurie hat alle Senatoren angewiesen, vorerst in ihren Häusern zu bleiben. Er wird in seiner Villa sein.«

»Seine Villa … wie komme ich dorthin?«

Der Hauptmann zuckte mit den Achseln und setzte seinen Lauf wer weiß wohin fort. Dante schaute sich um. Zwischen den Resten des Trosses trabte langsam ein ausgemergeltes Pferd umher. Es hinkte, da es an einem Bein eine schwere Wunde hatte, an der geronnenes Blut klebte. Offenbar war es jemandem entlaufen, vielleicht einem Pilgerzug, dem schäbigen Sattel und dem abgenutzten Zaumzeug nach zu urteilen. Doch in Dantes Augen war es in diesem Moment der größte Schatz überhaupt. Mit einem Satz war er bei ihm und packte es an der Mähne, um es anzuhalten. Ohne auf sein schmerzerfülltes Wiehern zu achten, umklammerte er dessen Hals und sprang mit einem Satz in den Sattel.

Er gab dem Pferd heftig die Sporen, lenkte es auf die Straße und galoppierte auf einen kleinen, tiefer gelegenen Platz zu, der sich an einer zerstörten *insula* auftat. Dort sah er endlich die Trajanssäule und die Straße, die ihn zum Haus des Senators führen würde.

Am Fuß der Säule waren noch immer Kämpfe im Gange. Ein Dutzend Männer mit Stöcken und anderen provisorischen Waffen hatten drei oder vier von Bonifatius' Wachen umzingelt und drängten sie gegen eine Hauswand, unempfindlich für ihre Hilferufe und Bitten um Erbarmen.

Dante wich ihnen aus, indem er durch eine menschenleere Quergasse galoppierte und kurz darauf wieder in die gerade, sich am Horizont verlierende Straße bog, die zur weit entfernten Porta Flaminia führte. Mit Rufen bahnte er sich einen Weg durch die Menge der Fußgänger und Karren, die ihm hektisch entgegenströmte. Die Hufe seines Pferdes tauchten spritzend in das gelbliche Wasser, das bereits mindestens eine Handbreit hoch in der Straße stand, und drohten jeden Augenblick auszugleiten.

Nach einigen hundert Schritt verbreiterte sich die Straße zu einem Platz, auf dem links eine zweite Säule aufragte, ebenso riesig wie die auf dem Forum. Er wandte sich zur entgegengesetzten Seite, folgte mit dem Blick der dort kreuzenden Straße und entdeckte die Anhöhe, auf der die Villa des Senators stand. Mit einem Ruck an den Zügeln lenkte er das Pferd in diese Richtung.

Nachdem er die Via Lata verlassen hatte, ritt er den Hügel hinauf, der Campo Marzio überragte.

Endlich tauchte hinter einem letzten Hain mit kleinen Obstbäumen sein Ziel auf. Er hatte die Mauer der Villa fast erreicht, als das Pferd unter ihm mit ersticktem Wiehern taumelte. Obgleich Dante ihm die Sporen gab, blieb es abrupt stehen, dann gaben seine Hinterbeine nach. Dante konnte sich gerade noch am Hals des zu Boden stürzenden Tieres festhalten und mit einem Sprung verhindern, vom Rumpf des zu Tode erschöpften Pferdes zerquetscht zu werden.

Mühsam stand er auf und versuchte, das starke Schwindelgefühl loszuwerden. Er wankte auf den Eingang der Villa zu.

Weit und breit war kein Mensch zu sehen. Rasch ging er über den Hof bis zum Impluvium. Er rief laut, doch von den prunkvoll geschmückten Wänden hallte nur das Echo seiner Stimme zurück. Er betrat den ersten Raum und dann die folgenden, so dass er immer weiter ins Innere vordrang. Vage erinnerte er sich an die Anordnung der Zimmer, die wie in einer unendlichen Flucht ineinander übergingen.

Die Einrichtung der Räume veränderte sich, je näher er den Gemächern des Senators und seiner Tochter kam. Schwächeres Licht drang nun durch die Fenster, abgeschirmt von kostbaren Vorhängen.

Auf einmal wurde ihm bewusst, dass er sich verirrt hatte. Er überquerte einen kleineren Innenhof, von dem weitere Räume abgingen und dessen Wände mit kostbarem Onyx verkleidet waren. Er konnte sich nicht erinnern, ihn schon einmal gesehen zu haben.

Hektisch lief er von einem Zimmer ins nächste, ohne sie jedoch wiederzuerkennen. Die letzte Tür führte in einen größeren Raum, dessen Wände mit zierlichen Vögeln bemalt waren. Ihre Schnäbel schienen im Flug zärtliche Küsse zu tauschen. Doch vielleicht waren sie auch in einen tödlichen Kampf verstrickt, dachte Dante beklommen.

In der Mitte des Raumes stand ein steinerner Thron. Und darauf saß reglos Fiamma, in kostbare Gewänder gehüllt und mit einer sonderbaren Tiara auf dem Kopf. Das Mädchen starrte unverwandt zur Tür, reagierte bei seinem Eintritt jedoch nicht, so als würde es ihn gar nicht sehen. Sein Blick war leer und verträumt.

Dante blieb überrascht stehen, während ihm eine Erinnerung durch den Kopf ging. Das Mädchen trug das gleiche über und über mit Edelsteinen besetzte Gewand, das er auch auf dem kleinen Gemälde in der Taverne gesehen hatte. Das gleiche Gewand, das auch die verschleierte Frau in dem Gewölbe getragen hatte, als sie ihren Ritus zelebrierte. Ihm war, als hörte er erneut das Rasseln der Sistren und das Stimmengemurmel, die sie während der Prozession durch die unterirdischen Gänge begleitet hatten. Auch die Kopfbedeckung war die gleiche, ein großer silberner Kreis, eingerahmt von zwei Mondsicheln. Und es hielt etwas auf den Knien, so wie die Statue der Frau ihr Kind gehalten hatte.

Es war ein Gefäß aus milchigem Glas, wie aus feinstem Alabaster, das in seiner Form Ähnlichkeit mit der Ampulle aus dem Sarkophag der Päpstin hatte. Doch abgesehen von der Vollkommenheit des Materials gab es noch einen weiteren Unterschied. Der obere Teil war nicht der von Meister Antonio gefertigte simple Verschluss, sondern eine kunstvolle Skulptur, die ein ungewöhnliches dämonisches Wesen darstellte, die verzerrte Nachbildung eines menschlichen Gesichts, als hätte eine diabolische Hand die ursprünglich nach dem Bild Gottes geformte Gestalt verderben und sie schamlos dem Gespött aussetzen wollen.

Dante erinnerte sich, was der Glasbläser ihm über den sonderbaren Auftrag seines mysteriösen Kunden erzählt hatte. War dies das Modell, das ihn so verstört hatte? »Was ist das?« fragte er leise und streckte die Hand nach dem Gefäß aus.

Nun erst schien das Mädchen seine Anwesenheit zu bemerken. »Ihr seid hier ... Ihr seid gekommen. Ihr wisst, welche Aufgabe Euch erwartet. Ist Eure Stimme bereit, um das kundzutun, was nun geschehen wird? Die Rückkehr ...«

»Es wird keinen Kreuzzug geben«, sagte der Dichter so sanft wie möglich, um die Erregung des Mädchens nicht noch zu steigern. Sie presste das Fläschchen an die Brust und streichelte es wie ein Kind. Es schien wieder in seine seltsame Teilnahmslosigkeit gefallen zu sein und lauschte auf unhörbare Stimmen.

»Was ist das?« wiederholte Dante und trat so dicht an das Mädchen heran, dass er es beinahe berührte. Er spürte den berauschenden Duft seines lockigen Haars, das unter den Bändern der Tiara hervorschaute, sah die Spuren der Salbe, mit der es durchtränkt war, auf den zarten Wangen bis hinunter zu seinem schlanken Hals.

»Dies wird das Grab des unwürdigen Teils von mir«, gab es überraschend zur Antwort. »Wenn die Seele vom Körper befreit ist und leichter als eine Feder zum letzten Gericht geht. Dann wird die Mutter Gefallen an mir finden, und ich werde bis in alle Ewigkeit in ihren Räumen wohnen.«

»Die Mutter? Die Jungfrau Maria?«

Ein Lächeln erschien auf Fiammas Lippen. »Die große Allmutter. Die Göttin Isis, die Göttin mit den tausend Gesichtern, die in mir spricht.«

Dann deklamierte sie etwas mit einer allmählich lauter werdenden Stimme, wie um von jemandem gehört zu werden, der sich immer mehr entfernte.

Die Worte strömten von den Lippen des jungen Mädchens wie ein feierlicher Gesang. Bisweilen verfiel Fiamma bei einzelnen Worten und ganzen Sätzen in die altägyptische Sprache, als könnte der Dichter sie verstehen. Doch vermutlich kümmerte sie sich gar nicht um ihn und wandte sich ausschließlich an die mysteriöse Gottheit, von der sie erzählt hatte, und nur sie und deren Gericht waren wichtig für sie. Wieder starrte sie mit gläsernem Blick ins Leere, dem Blick des Wahnsinns.

Er hatte dieses trübe Licht schon öfter gesehen. In der Ekstase entrückter Mönche, in den Krämpfen der von Dämonen Besessenen. In den Augen eines Fälschers, den man zum Scheiterhaufen schleifte. Nun glomm es im Gesicht der Schönheit selbst; einer Seele, erloschen in der Anbetung einer fernen Göttin, die seit Jahrhunderten unter dem Wüstensand begraben war. Und dieses engelsgleiche Gesicht wurde von der Erinnerung an das schamlose Gewirr ineinander verschlungener Körper überlagert, erhitzt durch den Gesang in jenem Gewölbe. Das Gesicht einer Frau, die vom Himmel herabgestiegen zu sein schien, jedoch aus der Hölle kam.

Trostlosigkeit befiel ihn. Er ließ die Arme hängen und schwieg. Fiamma war verstummt und streichelte unruhig die Ampulle. »Ich werde nicht sterben!« rief sie unversehens und warf den Kopf zurück, so dass sich ihr Duft erneut in der Luft verbreitete.

Dante fiel ihr zu Füßen und umfasste ihre Knie. »Man hat Euren Vater verraten, ich muss ihn warnen!« rief er verzweifelt. »Wo ist er?«

»Ich werde nicht sterben!« wiederholte das Mädchen und sprang auf. Es starrte auf das kleine Fenster, als suchte es etwas. »Es ist an der Zeit! Mein Vater erwartet mich.«

Es riss sich von Dante los. Mit schnellen Schritten wandte es sich zur Tür, wobei es ihn streifte, doch er hielt es nicht auf.

Erst als es hinter der Schwelle verschwunden war, fand er die Kraft, ihm zu folgen. Von dem angrenzenden Zimmer gingen zwei Türen ab: Er zögerte kurz, dann entschied er sich für die, hinter der er das Geräusch sich entfernender Schritte zu hören glaubte. Doch hinter dieser Tür war niemand, nur weitere Türen und weitere Zimmer, menschenleer.

Er war allein. Er musste den Ausgang finden, konnte sich jedoch nicht an den verschlungenen Weg erinnern, auf dem er in diesen Raum gekommen war: Wieder ging er einen Schritt auf eine Tür zu, kehrte aber unschlüssig um. Kurzzeitig spielte er mit dem Gedanken, der Müdigkeit nachzugeben und sich dort, wo er war, fallenzulassen und ohne einen weiteren Gedanken der Dinge zu harren, die da kommen mochten.

Er presste seine Hände gegen die Schläfen und fühlte sich vollkommen leer. Alles war ihm misslungen. Ihm kamen die Gesichter seiner Landsleute in den Sinn, die darauf gehofft hatten, dass er die Herrschaftsansprüche des Papstes gegen Florenz abwehrte. Was sollte er sagen, wenn er unverrichteter Dinge zurückkehrte? Verfolgt von Bonifatius' Machtspruch und verdächtigt von der Inquisition? Und was sollte er der Witwe sagen, die von ihm Gerechtigkeit für ihre ermordete Tochter erhoffte?

Er nahm sich zusammen und zwang sich, seinen Weg fortzusetzen. Irgendwie würde er hier schon herausfinden, sagte er sich, als er die nächste Tür passierte und den benachbarten Raum betrat. Offenbar befand er sich nun in einer Art Vorzimmer zu Fiammas Gemächern: In der Dunkelheit sah er einige Strohsäcke auf dem Boden, womöglich die Nachtlager ihrer Mägde. Er stieg über einen nach dem anderen, um zur Tür auf der gegenüberliegenden Seite zu gelangen.

Als er sie fast erreicht hatte, blieb er plötzlich mit gegrätschten Beinen über einem der Säcke stehen. Ein Knirschen unter seinen Schuhen, so als wäre unter seinem Gewicht etwas zerbröckelt, hatte seine Aufmerksamkeit erregt. Es schienen Glassplitter zu sein.

Dann sah er ihn. Was er in der Finsternis für einen Strohsack gehalten hatte, war ein menschlicher Körper, vollkommen mit einem blutbefleckten Seidenmantel bedeckt. Auf dem dünnen Stoff zeichnete sich das Gesicht ab wie unter einem Schweißtuch. Deutlich war das Profil einer markanten Nase zu erkennen. Dante bückte sich rasch, ergriff einen Zipfel des Mantels und hob ihn an. Zum

Vorschein kam das Gesicht Kansbars, erstarrt in den Zügen des Todes. Der untere Teil des Gesichts war eine Maske aus Blut, das in großer Menge aus seinem Mund geflossen und dann in den vom Todeskampf verwirrten Locken des Bartes geronnen war. Die edle Stirn und die noch offenen Augen schienen indessen sonderbar ungerührt vom erlittenen Grauen zu sein. Seine weiten Pupillen glichen zwei schwarzen Seen, umgeben von einem dünnen sandfarbenen Ring, als hätte der Tod den Unglücklichen mit einem Zeichen der Wüste versehen wollen, aus der dieser gekommen war. Im leeren Blick lag noch alles Erstaunen, mit dem der Perser seinem Schicksal begegnet sein musste.

Dante riss den Mantel ganz weg, der in seinen Händen den blutigen Gesichtsabdruck wie eine Art grässliches Schweißtuch der Veronika bewahrte. Der Griff eines fast bis ans Heft eingedrungenen Dolches ragte aus Kansbars Brust: Es hatte seine Lunge getroffen, so dass er an seinem Blut erstickt war.

Von einer plötzlichen Kaltblütigkeit erfasst, ließ Dante den Mantel fallen. Es war, als hätte seine Vernunft nun über die Bestürzung gesiegt, die seine vegetative Seele erschüttert hatte. Er zog den Dolch aus der Wunde und führte ihn in dem spärlichen Licht dicht an seine Augen: eine lange Waffe, dünn wie die Zunge einer Schlange und aus einem so starken, harten Damaszener Stahl gefertigt, dass das Blut, ohne zu gerinnen, auf seiner Oberfläche perlte wie Öl auf Glas. Er ähnelte einer großen Nadel, einer tödlichen Variante des Haarschmucks aus Holz, den er häufig in den Flechtfrisuren der Frauen in Florenz gesehen hatte. Nur wenig Blut klebte an ihm. Das Metall war kalt, doch war der Perser mit Sicherheit erst vor kaum einer Stunde ermordet worden.

Er kniete sich hin und tastete den Leichnam auf der Suche nach einer Erklärung für diesen Tod ab. Kansbars Geldbeutel hing noch am Gürtel. Rasch durchwühlte er ihn, ohne auf mehr zu stoßen als auf ein paar Münzen und den Messingschlüssel zu dem Kästchen mit dem wunderbaren Mechanismus. War Kansbar deswegen ermordet worden? Damit man ihm einen Schatz rauben konnte? Er suchte rings um den Leichnam weiter: Das Ebenholzkästchen war in der Nähe zu Boden gefallen und lag hinter dem nächsten Strohlager. Eine Ecke war beschädigt, sicherlich durch den Aufprall. Auch ein Zeiger war abgefallen, doch ansonsten schien es unversehrt zu sein. Der Mörder konnte es unmöglich übersehen haben, also musste es ein anderes Motiv geben.

Ihn schauderte, als er daran dachte, aus welchem Grund Kansbar gekommen war. Vielleicht hing auch sein Tod mit den dunklen Machenschaften zusammen, die hinter dem falschen Kreuzzug steckten. Vielleicht hatte auch er die ganze Inszenierung aufgedeckt. Und er war getötet worden, damit er den Verrat nicht seinem Herrscher melden konnte, der in Persien vertrauensvoll auf das Signal zum gemeinsamen Angriff mit dem christlichen Heer wartete. Einem Angriff, den es nie geben würde, da in Trajans Hafen nicht die Spur einer Flotte war.

Also war nun auch der Senator in Lebensgefahr. Und ebenso seine Tochter, die zwar in ihrem religiösen Wahn gefangen war, doch nach wie vor an den Kreuzzug glaubte.

Sciarra Colonnas Raubtiergesicht kam ihm in den Sinn. War seine Fratze das letzte gewesen, was diese erloschenen Augen gesehen hatten? Sciarra, den Raufbold, der nur vorgetäuscht hatte, für die Pläne des Senators und des Papstes zur Verfügung zu stehen, um statt dessen seine eigenen heimlichen Rachepläne zu verfolgen. Oder hatte er es nur auf die Kasse voll Gold abgesehen? Und wollte er, um sich ihrer zu bemächtigen, dass das gesamte Vorhaben in den Wirren eines Kriegs aller gegen alle scheiterte? Damit seine Verbrechen verdeckt wurden sollte sich ganz Rom in ein Dickicht von Freveltaten verwandeln?

Er hatte den Gesandten des Mongolen ermordet, um das Bündnis zu vergiften. Als nächstes würde er Saturniano Spada töten, der ihm noch immer vertraute. Und Fiamma! Sollte auch sie bald zur traurigen Schar der ermordeten Frauen gehören?

Tränen traten ihm in die Augen, und er ballte verzweifelt die Fäuste. Er dachte an ihre naive Entschlossenheit, an den religiösen Wahn, den sie unvermittelt offenbart hatte. An ihr blindes Vertrauen in jenen antiken Irrglauben. Wer würde sie beschützen, wer würde sie vor der verräterischen Klinge retten? Oder vor dem Scheiterhaufen, falls die Inquisition ihre Ansichten entdeckte?

Er musste ihr folgen, sie aufhalten, bevor es zu spät war. Doch er wollte sich noch nicht vom Leichnam des Persers trennen. Als sagte er ihm etwas, was er nicht verstand. So wie ein Reisender in einem fernen Land die Stimmen der fremden Stadt zwar hört, doch statt der Worte nur Gefühle wahrnimmt, Freude und Zorn oder auch ein Lied.

Ja, es war merkwürdig. Kansbar war von vorn erstochen worden, mit einer Waffe, die sich von den breiteren und dickeren unterschied, die normalerweise verwendet wurden. Und er hatte nicht den geringsten Versuch unternommen, sich zu verteidigen, überlegte er weiter, als er den kurzen Krummsäbel bemerkte, der noch in der Scheide an der Seidenschärpe steckte, die Kansbar um die Taille trug.

Nicht hinterrücks getötet, sondern verräterisch. Von jemandem, dem er vertraut hatte, von dem er nichts befürchtet hatte. Andernfalls hätte dem starken, wuchtigen Perser seine bloße Hand genügt, um die Waffe zu packen und den Angriff abzulenken, wobei er wohl verletzt worden wäre, doch gewiss nicht diesen Todesstoß davongetragen hätte. Seine Hände schienen jedoch unversehrt zu sein, ohne die Spur eines Schnittes oder Kratzers. Er war dem Tod seelenruhig begegnet.

Oder ungläubig. Und nun endlich war die Stimme, die Dante fortwährend im Kopf dröhnte, zu verstehen. Sie rief Fiammas Namen.

Ein heftiges Schwindelgefühl packte ihn, und seine Augen füllten sich erneut mit Tränen. Dann unterbrach der Trost einer vertrauten

Stimme die Stille, und die Worte eines antiken Vorfahren erklangen in seinem Kopf:

Ipse ignotus, egens, Libyae deserta peragro,
Europa atque Asia pulsus.

Die Klage des Aeneas, verbannt aus Europa und Asien, einsam in der Wüste. Vergils Dichtung richtete ihn wieder auf. Sein Lehrer, der von allen edlen Seelen geliebte Dichter. Und die von seiner göttlichen Hand geschriebenen Verse waren hier, in diesem Haus!

Neue Kraft belebte ihn. Wo war Saturnianos Bibliothek? Bevor er dieses Haus für immer verließ, wollte er jene Schriftrollen noch einmal sehen und mit seinen Fingern über den uralten Papyrus streichen, der von seinem Meister beschrieben worden war. Er sprang auf und stürzte aus dem Raum.

Aufs Geratewohl wanderte er durch die leeren Zimmer. Hektisch betrat und verließ er sie, doch der Raum mit den Büchern schien verschwunden zu sein. Endlich stieß er am Ende eines Ganges, an den er sich nicht mehr erinnern konnte, auf die Tür zur Bibliothek.

Von dort aus, dachte er erleichtert, würde er den Weg zum Ausgang wiederfinden. Während er weiterging, konnte er der Versuchung nicht widerstehen, einen letzten Blick auf die Schätze zu werfen, die ordentlich in den Regalen lagen. Dabei entdeckte er etwas Unerwartetes. Zwischen zwei Stapeln von Schriftrollen standen drei Gefäße aus alabasterweißem Glas wie das, das er in Fiammas Händen gesehen hatte.

Die gleiche erlesene Verarbeitung, die gleiche Feinheit in den Konturen der Skulpturen, die ihren Verschluss schmückten. Und nur in diesem unterschieden sie sich: mit anderen Ungeheuern, mit anderen Zerrbildern. Aus dem Dunkel des Bücherregals starrten ihn drei Dämonen an.

Beklommen nahm er eine der Ampullen und öffnete sie, wobei er seinen Abscheu vor der grässlichen Gestalt überwinden musste, die in seinen Händen zum Leben zu erwachen schien. Das Gefäß war leer: Es verströmte nur leicht einen herben Geruch unbekannter Essenzen.

Warum waren diese Gefäße so wichtig für Fiamma? Und warum hatte der Senator allem Anschein nach zahlreiche Kopien davon in Auftrag gegeben? Auch das Licht im Grab der Päpstin besaß ihre Form. Hatte Kansbar sein Geheimnis aus dem Orient mitgebracht, wohin es Manoello zufolge nach der Plünderung Jerusalems gelangt war? Und war der Perser ermordet worden, damit dieses Geheimnis bewahrt blieb?

Neben der dritten Ampulle lag, wie es schien, eine weitere Papyrusrolle: Voller Neugier entrollte er sie.

Zum Vorschein kam eine Reihe winziger, unergründlicher Zeichen. Einige stellten erkennbare Dinge dar, Augen, Tiere, kleine menschliche Figuren, Boote, die Wellen überwanden, Gefäße … doch andere schienen sich auf nichts Bekanntes zu beziehen. Die kleinen Zeichen, mit einer dunklen, im Lauf der Zeit verblassten Tinte gemalt, rahmten größere Figuren ein, die in kräftigen Farben gehalten waren: rote, grüne, blaue. Sie zeigten Szenen eines weit entfernten Lebens, halbnackte Menschen bei sonderbaren Beschäftigungen: Manche schienen im Chor zu beten, andere schleppten große, mit menschlichen Gesichtern bemalte Kisten. Wieder andere drängten sich um liegende Leichname und schwangen Geräte, die an kleine Sicheln erinnerten, während hinter ihnen übermenschlich große Wesen, geschmückt mit ungewöhnlichen Vogel- und Hundeköpfen, ihre Bewegungen mit aufmerksamen Blicken zu überwachen schienen.

Dante schaute genauer hin: Eine der kleinen Figuren beugte sich über die Brust eines Leichnams und … entfernte dessen Eingeweide! Das war es also, sie reinigten die Körper, um sie einzubalsamieren! Die Schriftrolle zeigte den Ritus, mit dem die alten Ägypter ihre geheimnisvollen Mumien angefertigt hatten. Und gewiss beschrieb die unergründliche Schrift die komplizierten Prozeduren, durch die die Körper der Pharaonen, wie es hieß, bis ins Zeitalter des Christentums unversehrt erhalten geblieben waren …

Erst jetzt bemerkte er in einer Ecke eine kleine Tür. Er drückte aufs Geratewohl auf die Klinke und zog die Tür zu sich heran. Vor ihm erschien das Ende einer schmalen, nach unten führenden Steintreppe. Nach wenigen Stufen verschwand sie in der Dunkelheit.

Er warf einen schnellen Blick in die Runde. Auf dem Schreibtisch stand eine Öllampe. Er zog den Wachstuchbeutel, in dem er seinen Feuerstahl aufbewahrte, aus seiner Tasche am Gürtel und schlug den Feuerstein rasch dagegen. Zum Glück war der Zunder durch das Wachstuch vor dem Regen geschützt worden: Nach wenigen Schlägen sprühten die ersten Funken und entzündeten den Docht.

Die Lampe vor sich haltend, ging er auf die Treppe zu. Die Stufen führten steil hinab. Unter der Villa musste noch ein anderes Bauwerk liegen, denn der Raum, in den er nach seinem Abstieg gelangte, war sehr groß. Er gehörte zu einem älteren Bau, dessen große Bogenstrukturen nun als Fundament dienten.

Der Raum war so gut wie leer, abgesehen von einigen Holzkisten und einem großen Steinbecken in seiner Mitte. Ein starker Gestank verschlug Dante den Atem. Als hätte ihn ein großes, im Dunkel verstecktes Tier angefaucht, hüllte ihn ein unbekannter Geruch nach Fäulnis ein.

Er ging zu dem Becken. Es war mit einem weißlichen, salzähnlichen Material gefüllt. Auf den Kisten daneben weitere Glasgefäße, wieder Nachbildungen der kostbaren Ampullen aus der Bibliothek. Doch diese hier schienen etwas zu enthalten: Durch das milchige Glas waren die undeutlichen Formen einer dunklen Masse zu erkennen.

Er wollte gerade eines der Gefäße öffnen, als er etwas aus der Salzmasse ragen sah. Er streckte die Hand danach aus und wollte es herausziehen.

Der Gegenstand widerstand seinen Bemühungen, als hielte ihn die Masse, in der er lag, mit aller Gewalt fest. Dante zog heftiger. In der Masse gab etwas nach und bewegte sich.

Mit einem Schrei des Entsetzens ließ er los. Aus dem Salz waren die Finger einer Hand und dann ein Arm zum Vorschein gekommen, wie die eines Schwimmers, der nach einem Sprung in die Tiefen des Ozeans wieder auftauchte. Dann erschien sprudelnd ein Kopf, nicht mehr als eine skelettartige Maske, deren schwarze Augenhöhlen bis tief in den Schädel reichten. An der faltigen Haut, die noch einen Teil der Stirn bedeckte, hing langes schwarzes Haar, das vom Salz strohig geworden war.

Dante wurden die Knie weich, und er glitt zu Boden. Er keuchte, sein Herz schlug zum Zerspringen, und ihm war, als kämpften all seine Lebensgeister gegeneinander, bereit, sich von der Knechtschaft seines Körpers zu befreien.

Dann fasste er sich allmählich wieder, während sein Verstand endlich begann, all die Schatten, mit denen er sich bis dahin herumgeschlagen hatte, in einen Zusammenhang zu bringen. Wie viele weitere Tote, wie viele weitere Schrecken mochten wohl in dem Becken verborgen sein?

Er packte eines der Gläser und warf es zu Boden. Zwischen den Splittern breitete sich auf dem Steinpflaster eine bräunliche Masse aus, die sich wie eine Schlange entrollte. Er biss sich auf die Lippen, als er erkannte, dass es sich um die Gedärme einer der unglücklichen Frauen handelte, von der Hand des Mörders aus dem Bauch gerissen, als noch ein Rest Leben in ihnen zuckte.

Erneut warf er einen Blick auf das grausige Becken. Ein Experiment, das war es also gewesen. Wie auch bei den anderen. Experimente, um jene ruchlose Perfektion zu erlangen, die im Papyrus der Dämonen beschrieben war, die perfekte Mumie, die jeden täuschen sollte, selbst die Inquisition. Wie viele Leben mochte die fürchterliche Inszenierung der falschen Päpstin Johanna gekostet haben?

Jetzt stand ihm der Plan des Senators, in dessen ganzem Wahnsinn, klar vor Augen. Und seine Worte wirkten nun wie eine Vorwarnung. Er wollte eine zweite Ära der antiken Religion einleiten, auf der die Größe Roms wiedererstehen sollte, das durch die Botschaft Jesu Christi bis in seine Grundfesten erschüttert worden war.

War das sein Plan? Seine Tochter zur anerkannten Priesterin der antiken Isis zu erheben? Ihre Naivität auszunutzen, nachdem er sie an den Rand des Wahnsinns gebracht hatte, und sie dem römischen Volk als Führerin zu präsentieren, nachdem er den Beweis erbracht hatte, dass schon einmal eine Frau in das höchste Priesteramt aufgestiegen war? Oder sie womöglich mit seinen Anhängern als die Reinkarnation von Isis selbst einzuführen, rings um sie den Aberglauben des Pöbels anzufachen und die eigene Macht darauf aufzubauen?

Dante traute seinen Gedanken nicht. Nur der blindeste Wahn hätte einen solchen Plan erdenken können. Wie konnte Saturniano Spada nur annehmen, dass er sich gegen die Waffen des Papstes durchsetzen könnte, gegen seine über die ganze Stadt verteilten Festungen, gegen die uneinnehmbare Engelsburg? Nahm er wirklich an, dass eine wahnwitzige Regung volkstümlicher Leichtgläubigkeit über einen jahrhundertealten tiefen Glauben siegen konnte und über die Lehren großer Geister, die an die Existenz einer göttlichen Ordnung, an einen Sinn in der Geschichte geglaubt hatten?

Wieder schaute er sich um und betrachtete die Anzeichen dieses Wahnsinns. Wie viele Unschuldige hatten dafür bezahlt? Und wie viele würden wohl noch ins Verderben gestürzt werden, wenn Bonifatius' Hand all jene Unglücklichen den Flammen der Inquisition übergab, die diese vergebliche Himmelserstürmung versuchten?

Saturniano würde für seine Verbrechen büßen müssen. Doch seine Tochter, dieser junge Geist voller Träume? War sie nicht allein schon wegen ihres Alters und ihrer Anmut frei von Schuld, auch wenn sie vom Weg des Heils abgekommen war?

Bei diesem Gedanken gab er sich einen Ruck. Er musste sie retten, falls noch Zeit dazu war. Sie hatte gesagt, ihr Vater erwarte sie: doch wo? Er wollte ihr nacheilen, doch außerhalb dieser Mauern erstreckte sich die unermessliche Wüste Roms: War sie in den Tempel ihres Glaubens zurückgekehrt? Wie sollte er dorthin finden? Oder wurden die Ränke anderswo geschmiedet, womöglich in San Giovanni oder direkt im Vatikan?

Ohne weiter nachzudenken, stürzte er die Treppe hinauf und lief durch die zahllosen Zimmer der Villa, bis er auf den Säulenhof mit dem Impluvium gelangte. Dort brachte ihn der strömende Regen zur Besinnung: Wo immer sie auch sein mochten, er war sich sicher, dass er sie irgendwo im bewohnten Stadtzentrum finden würde, irgendwo in Campo Marzio.

Aufgewühlt lief er die Treppen des Hügels hinunter in Richtung Via Lata. Dort sah er, wie unter der zugesperrten Porta Flaminia heftig das Wasser hervorsprudelte, was darauf hindeutete, dass das Umland inzwischen überschwemmt war und die Fluten gegen die Aurelianische Mauer drückten. Seine Füße platschten durch die Pfützen, während die immer stärker werdenden Regengüsse Schlammbäche erzeugten.

Es sah aus, als zerfiele die gesamte Collina degli Orti in eine riesige Masse aus Schlamm und Geröll, so dass der Hügel auf das Wohnviertel zu rutschen und es zu zerstören drohte wie eine letzte Invasion der Barbaren.

Von unten drangen immer wieder Geschrei und Waffenlärm zu Dante herauf. In der ganzen Stadt herrschte Aufruhr, und er sah an mehreren Orten trotz des Regens Rauchsäulen zum Himmel steigen.

15

Eine Gruppe Bewaffneter, die auf der Straße Kisten und anderen Hausrat aus den umliegenden Läden um einen umgestürzten Wagen häuften, versperrte ihm den Weg. Alarmiert blieb er stehen und suchte nach einem Erkennungszeichen, um herauszufinden, wer sie waren. Ein zerschlissenes Banner, das auf einer Seite hing, war durch den Regen unkenntlich geworden. Einen Moment lang überlegte er, ob dies die Männer von Colonna sein konnten, die von Castel di Guido gekommen waren, um ihre wahre Mission zu erfüllen.

»Florentiner!« hörte er es von der Barrikade rufen. Ein Mann löste sich aus der Schar und lief mit dem Schwert in der Hand auf ihn zu. Er erkannte den Dekurio und zögerte. Mastro Canapa rückte ihm zu Leibe und setzte ihm die Klinge an die Kehle, wobei er ihn argwöhnisch musterte. »Was hast du hier zu suchen? Haben deine Landsleute bei diesem Aufstand ihre Finger im Spiel?«

Dante schob das Schwert resolut beiseite. »Was für ein Aufstand? Florenz hat mich entsandt, um Frieden auszuhandeln und nicht Krieg. Was geht hier vor?«

Angesichts dieser energischen Reaktion wurde der Dekurio unsicher. Er ließ das Schwert sinken und wies damit auf einen unbestimmten Punkt hinter der Barrikade. »Rom scheint verrückt geworden zu sein! Bestimmt hat dieses Lumpenpack von Pilgern die Tumulte ausgelöst. Von allen Seiten kommen Nachrichten von Überfällen und Feuersbrünsten, der Papst hat sich in der Engelsburg verschanzt und nach Verstärkung von der Stadtmauer geschickt. Die Wachen des Senats haben rings um Aracoeli Stellung bezogen, und wir haben die Torre delle Milizie alarmiert. Sämtliche Tore sind geschlossen, niemand kann herein oder hinaus. Du hättest besser daran getan, dich aus dem Staub zu machen wie deine Spießgesellen, wenn du wirklich nichts mit dieser Teufelei zu schaffen hast. Denn hinter dieser Sache steckt der Teufel!«

»Der Teufel?«

»Eine Schar Besessener, die wir einige Straßen entfernt von hier zurückgeschlagen haben. Sie haben uns angegriffen und dabei Loblieder auf eine neue Göttin gesungen, soll die Pest sie holen! Welche neue Göttin! Hier gibt es nur Christus und Bonifatius. Oder meinen die etwa die Heilige Jungfrau?« fügte er plötzlich zweifelnd hinzu. »Und dieser verdammte Regen! Können sie denn nicht im Frühling rebellieren wie sonst immer?«

»Mastro Canapa!« rief Dante und packte ihn an der Brust. »Wo ist der Herd des Aufruhrs?«

»Unten am Fluss, an der Engelsbrücke! Von dort kommen Meldungen von den blutigsten Zusammenstößen, doch hol's der Teufel, wenn einer schlau daraus wird!«

Dante dachte fieberhaft nach. Plötzlich verspürte er Kälte an den Beinen und schaute zu Boden. Die enge Straße hatte sich in einen reißenden Fluss verwandelt, in dem sich bereits die ersten Strudel bildeten. Auch die anderen Männer hatten die Gefahr bemerkt und schrien aufgeregt durcheinander.

»Der Fluss! Er hat die Dämme durchbrochen!«

Der Dekurio schaute mit besorgter Miene in Richtung Tiber. »Das Hochwasser der Regenperiode. Das fehlte gerade noch!« stieß er zwischen den Zähnen hervor. »Doch wenigstens wird das Wasser dieses ganze Gesindel fortspülen. Es wäre nicht das erste Mal, dass der Fluss das erregte Gemüt einiger Hitzköpfe beruhigt. Wenn das Volk seine Kinder und seine Lumpen in Sicherheit bringen muss, hört es auf, an Aufstände zu denken«, sagte er zynisch.

Aus einer Querstraße kam atemlos ein Bewaffneter gelaufen. Suchend musterte er die Gesichter seiner Gefährten, dann stürzte er auf den Dekurio zu. »Mastro Canapa, der Fluss überflutet die Wohnviertel!«

»Das sehe ich selbst, du Rindvieh!« erwiderte der Dekurio herablassend und stampfte mit dem Fuß auf, so dass das mittlerweile wadenhohe Wasser aufspritzte. »Wir werden diese Stellung noch ein Weilchen halten, bevor wir uns auf die Collina degli Orti zurückziehen und den Tiber sein Werk vollenden lassen!«

»Dekurio, die Lage ist ernst! Ich komme vom Fluss, die Flutwelle kann jeden Augenblick hier sein! Das Unwetter der letzten Nacht scheint weiter flussaufwärts Bäume entwurzelt zu haben, denn in der Biegung an der Engelsburg stauen sich unzählige Stämme. Das Wasser kann nicht abfließen! Auch der Hafen ist überschwemmt, und sämtliche Einwohner von Campo Marzio sind auf der Flucht!«

Der Dekurio packte den Mann wütend am Kragen und schüttelte ihn. »Was für Baumstämme? Was erzählst du da?«

»An der Engelsbrücke! Sämtliche Brückenbögen sind blockiert, ich sage Euch, diesmal wird ganz Rom untergehen!«

Mastro Canapa stieß den Mann von sich und wandte sich zum Tiber. »Das sehe ich mir selbst an, ihr dummen Hosenscheißer!«

»Ich komme mit Euch«, sagte Dante entschieden und heftete sich an seine Fersen.

Inzwischen stand das Wasser hüfthoch. Es war unmöglich voranzukommen, doch zu ihrer Rechten konnten sie zwischen zwei Häusern, deren Türen bereits vom Wasser fortgerissen worden waren, ein breites Stück des Flusses sehen. Wie der Soldat berichtet hatte, staute sich eine beträchtliche Zahl von Baumstämmen an den Brückenbögen und blockierte sie. Immer mehr Stämme trieben in der reißenden Strömung heran und verstärkten das Hindernis. Der Hafen von Ripetta war ganz unter den Fluten verschwunden, und mit unzähligen Sturzbächen und Kaskaden brach das Wasser durch die Lücken zwischen den kläglichen Uferbauten.

Dante sah, wie sich der Dekurio mit beiden Händen an den Kopf griff. Zum erstenmal erlebte er diesen Mann ohne seinen Panzer aus

Gleichgültigkeit, so als hätte Mastro Canapa erst jetzt das ganze Ausmaß dessen erfasst, was da vor sich ging. In seinem vierschrötigen Gesicht war Angst zu lesen.

Der Dichter packte ihn am Arm und zerrte ihn weiter. Nach kurzem Zögern setzte sich der Dekurio in Bewegung. Sie kämpften sich durch das reißende Wasser, diese schlammige Masse, die sich an ihre Kleider zu heften und sie hinabzuziehen schien, und begegneten Gruppen von verwirrten Menschen, die schreiend und weinend in die entgegengesetzte Richtung strebten und Zuflucht in den höher gelegenen Gebieten suchten. Das Wasser hatte die Fundamente der Umgebungsmauer der Engelsburg erreicht und schäumte durch die Bögen der Engelsbrücke, die sich in die Klauen eines großen, aus der Tiefe aufgetauchten Seeungeheuers verwandelt hatten.

Hier zeigte sich das Desaster in seiner ganzen Deutlichkeit. An den Stützpfeilern der Brücke türmten sich die Baumstämme, vermischt mit Laubwerk, Tierkadavern und den Trümmern großer und kleiner Boote, die durch die Gewalt des Hochwassers mitgerissen worden waren. Dante sah auch ein großes Mühlrad am Ufer liegen, das sich in der Strömung weiterdrehen zu wollen schien.

»Was zum Teufel … wie ist das möglich …«, hörte er den Dekurio stammeln. »Der Fluss muss ja einen ganzen Wald weggerissen haben …«

»Die Bäume sind nicht entwurzelt worden«, antwortete Dante, der das schreckliche Bild aufmerksam betrachtete. »Seht Euch die Stämme an, den glatten Schnitt an ihrem Ende! Das ist das Holz, das Senator Spada für den Bau der Flotte angehäuft hatte. Jemand muss das alles in den Fluss geworfen haben!«

»Wer war dieser Verfluchte … ich werde sämtliche Holzfäller des Umlands aufknüpfen lassen … ich werde sie eigenhändig erwürgen«, fluchte der Dekurio, als er sah, dass Dante recht hatte. »So ein Schauspiel, wie ich es veranstalten werde, hat Rom noch nicht gesehen, ich werde sie an alle Tore der Stadt nageln lassen …«

»Falls es nach dieser Sintflut überhaupt noch eine Stadt gibt! Seht!« rief Dante und deutete auf einen fernen Punkt flussaufwärts. Im Norden war dort, wo eine Windung des Tibers bis an die Stadtmauer heranreichte, ein dunkler Fleck aufgetaucht, der sich in der Strömung springend auf sie zubewegte wie ein riesiger Delphinschwarm. Eine weitere Ladung Baumstämme näherte sich und drohte ebenfalls gegen die Barriere zu prallen.

»Wir sind verloren ...«, konnte der leichenblasse Dekurio nur noch stammeln. Auch Dante war entsetzt bei diesem Anblick und bei dem Gedanken an das, was sich da zusammenbraute. Er wollte sich schon umdrehen und fliehen, als etwas am anderen Flussufer seine Aufmerksamkeit erregte. Unterhalb der Bastionen der Engelsburg war auf dem fast schon vom Wasser umspülten oberen Rand des Festungsgrabens ein Heer von Bewaffneten erschienen.

Es sah ganz so aus, als wollten die etwa einhundert Mann die Mauern der Festung erstürmen. Doch dieses Unterfangen schien in keinem Verhältnis zu ihren Kräften zu stehen. Die Katastrophe schien sie zu aberwitzigen Taten zu verleiten, falls sie wirklich vorhatten, auf diese Weise die Bastion anzugreifen. Nicht einmal eine Belagerungsmaschine, ein Mauerbrecher oder ein Katapult waren zu sehen. Vor dem riesigen Rundbau der Festung wirkten die kleinen, dunklen Gestalten so harmlos wie eine Handvoll Puppen, die ein zerstreuter Gott in einem rätselhaften Spiel ans Flussufer geworfen hatte.

Über ihren Köpfen flatterten Fahnen, die Dante auf diese Entfernung jedoch nicht erkennen konnte. »Colonnas Männer!« rief der Dekurio, dessen Augen offenbar schärfer waren als Dantes.

»Die Colonna? Diese Männer dort?«

»Sie sind aus der Campagna zurückgekehrt wie Ratten aus ihren stinkenden Löchern!«

Plötzlich fiel Dante die kleine Armee wieder ein, die er in der Festung von Ostia gesehen hatte. Das also war das eigentliche Ziel des Kreuzzugs! Während er noch fieberhaft nach einem Sinn für all das suchte, was er in den letzten Stunden entdeckt hatte, fiel sein Blick auf ein kleines Boot in der Mitte des Flusses, das dem anderen Ufer entgegenstrebte und dessen vier Ruder sich auf dem Wasser wie Flügel bewegten. Aufrecht und mit einer hohen Kopfbedeckung stand eine hochgewachsene weiße Gestalt darin, als wollte sie der vorrückenden Flut von Baumstämmen trotzen. Eine Göttin der Unterwelt auf den Fluten, die die Lebenden von den Toten trennten.

Fiammas Bild blitzte in ihm auf. Er wurde von dem unwiderstehlichen Drang gepackt, zu ihr zu gelangen. Auf der verzweifelten Suche nach einem Fahrzeug, mit dem er den Fluss überqueren konnte, schaute er sich um. Er erwog, zur Brücke zu hasten, in der Hoffnung, das antike Bauwerk könnte dem Druck des Wassers noch so lange standhalten, bis er es überquert hätte. Doch auch dann würde er in der Zwischenzeit jede Spur des Mädchens verloren haben.

Da sah er einen Kahn auf ihr Ufer zusteuern. An Bord waren zwei Männer in den ihm wohlbekannten scharlachroten Kutten. Die beiden Mönche der Bruderschaft suchten offenbar das Wasser nach Beute ab.

»Befehlt diesen Männern herzukommen!« rief er dem Dekurio zu. Dieser zögerte verblüfft. Er schien zunächst etwas entgegnen zu wollen, doch Dantes energischer Ton verschlug ihm die Sprache. Mit einer herrischen Geste und laut rufend winkte er das Boot heran.

»Wollt Ihr Euch damit in Sicherheit bringen?« fragte er Dante, während die Mönche näher kamen.

»Ich will auf die andere Seite des Flusses!«

»Was wollt Ihr denn dort?« fragte der Dekurio erstaunt. »In Kürze wird hier alles überschwemmt sein, bis zu den Wiesen des Vatikans. Und seht Ihr Colonnas Leute nicht? Wollt Ihr etwa in ihren Fängen enden? Oder steckt Ihr mit denen unter einer Decke?« fügte er sogleich argwöhnisch hinzu.

Dante zuckte nur mit den Schultern und achtete nicht weiter auf ihn. Seine ganze Aufmerksamkeit galt der schlanken weißen Gestalt in dem anderen Boot, das nun das gegenüberliegende Ufer fast erreicht hatte.

Inzwischen war der Kahn der Cappucci Rossi bis auf wenige Armlängen herangekommen. Die beiden Männer an Bord verneigten sich ehrerbietig vor dem Dekurio, während sie Dante nur einen misstrauischen Blick zuwarfen. Ohne ein weiteres Wort bewegte sich Dante auf sie zu, wobei er bis zur Brust im trüben Wasser versank, und griff mit einer Hand nach dem Rand des Bootes.

»Bringt mich auf die andere Seite!« sagte er gebieterisch.

Der Mann am Bug schaute den Dekurio fragend an. Doch als er sah, dass dieser nur mit den Schultern zuckte, stand er auf und rammte energisch das Ruder in den schlammigen Grund. »Du hast wohl den Verstand verloren, Fremder. Siehst du denn die Baumstämme in der Strömung nicht? Sie werden in wenigen Augenblicken hier sein!«

Statt zu antworten, klammerte sich Dante an das Boot, stemmte sich hoch und hievte sich an Bord. Durch diese Bewegung schaukelte es heftig, neigte sich unter Dantes Gewicht auf eine Seite und wäre beinahe umgeschlagen. Der verdutzte Mann am Bug verlor das Gleichgewicht. Mit den Armen fuchtelnd, versuchte er, sich am Ruder festzuhalten, plumpste jedoch ins Wasser, während der Dichter an seinen Platz glitt. »Ein Goldflorin, wenn du mich übersetzt!« rief er dem anderen Mann zu und ließ seinen Geldbeutel klingeln.

Gier blitzte in den Augen des Cappuccio auf und verdrängte die Besorgnis, mit der er die heranstürzenden dunklen Massen betrachtete. An seiner Lippe nagend, schätzte er die Gefahr ab, ohne einen Entschluss zu fassen.

Hektisch suchte Dante zwischen den bescheidenen Kupfermünzen in seiner Börse nach dem einzigen Florin, den er besaß. Er nahm das Goldstück heraus und hielt es dem Mann mit ausgestrecktem Arm entgegen.

»Sieh dir den Täufer an! So einen wirst du in deinem ganzen Leben nicht noch einmal zu sehen bekommen!«

Unterdessen tastete er in der Tasche seines Gewands nach dem Griff seines Dolchs, gewillt, ihn zu gebrauchen, falls der Mann nicht auf den Handel einging. Doch der schnappte sich nach einem letzten Zaudern das Geldstück und verstaute es in seiner Kutte. Mit einem Kopfnicken willigte er ein, wandte sich zum Heck, stand auf und stach mit dem Ruder in den Grund. Sein Gefährte war hinter ihm mit dem Kopf aus dem Wasser aufgetaucht und hatte das Ende ihrer Verhandlungen mitverfolgt. Er schrie ihnen etwas zu, um auf sich aufmerksam zu machen. Für Dante war der Dialekt des Mannes nahezu unverständlich, doch er erriet, dass dieser an dem Geschäft beteiligt werden wollte.

Sein Kumpan schlug ihm als Antwort heftig mit dem Ruder auf den Kopf. Gurgelnd ging der Mann unter, während sich der andere mit einem raubtierhaften Grinsen an den Dichter wandte, wobei er zwei Reihen abgebrochener Zähne sehen ließ. »Wir haben keine Zeit zu verlieren, Messere. Bleibt sitzen und lasst mich machen.«

Dante ballte die Fäuste, während das Boot unter den Ruderstößen in Fahrt kam. Kaum hatten sie das Ufer verlassen, spürte er die sofort stärker werdende Strömung unter sich.

Mit dem Rücken zum Bug legte sich der Mann am Ruder ordentlich ins Zeug, ohne auf den heftigen Regen zu achten, der den Boden des Bootes überschwemmte. Dante, dem das Wasser schon bis zu den Knöcheln reichte, wollte ihn gerade auf die Gefahr aufmerksam machen, als er merkte, dass der Mann ihn aus der Tiefe seiner Kapuze mit einem verdächtigen Blick ansah.

Nachdem sie etwa die Mitte des Flusses erreicht hatten, drang seine Stimme durch den Regen zu ihm. »Ein Florin reicht nicht!« rief er Dante zu und zog das Ruder aus dem Wasser. Er hielt es auf halber Höhe und zielte damit auf Dante. »Es ist gefährlich, wie du siehst. Ich will mehr!«

»Wieviel?«

»Alles!« schrie er, während er unversehens das Ruder hob, um ihm mit aller Gewalt einen Schlag zu versetzen.

Dante rollte mit einem Hüftschwung zur Seite. Das Ruder streifte seinen Kopf und ging mit einem bösen Krachen neben der Dolle auf dem Bootsrand nieder. Sogleich hob der Cappuccio es wieder hoch, doch bevor er erneut zuschlagen konnte, hatte der Dichter das Ruder gepackt und hielt es mit der Kraft der Verzweiflung fest. Dann schleuderte er den Mann mit einem heftigen Stoß von sich.

Überrascht von Dantes Widerstand wich er mit einer leichten Verzögerung zurück, bis er mit den Beinen gegen die Bootsseitenwand stieß. In dem Versuch, sein Gleichgewicht wiederzufinden, ließ er das Ruder los und fuchtelte haltsuchend mit den Armen. Der Dichter nutzte die Gelegenheit, um ihn mit dem Ruder, das er noch in den Händen hielt, an der Brust zu treffen. Der Mann wich unter diesem Hieb noch weiter zurück und fiel platschend in das strudelnde Wasser.

Dante sah, wie er in der Nähe des Bootes noch einige Augenblicke mit den Armen ruderte und vergebens versuchte, sich an der vom Regen schlüpfrigen Bordwand festzuhalten. Dann riss ihn die Strömung in einen Wirbel hinein, wo sein Hilferuf verklang.

Der Dichter stand auf und rang nach Luft. Doch bevor er wieder vollends zu sich kam, erschütterte ein heftiger Stoß das Boot.

Er schreckte hoch und schaute auf den Fluss. Ein neuer Schub von Baumstämmen trieb ihm entgegen. Angestrengt versuchte er, sich auf den Beinen zu halten und das Boot mit dem Ruder an eine Stelle zu manövrieren, wo keine Stämme im Strom schwammen.

Mehr durch Glück als durch Geschicklichkeit sah er endlich das gegenüberliegende Ufer näher kommen. Doch als er nach einem geeigneten Anlegeplatz Ausschau hielt, riss ihm eine neue Erschütterung den Boden unter den Füßen fort.

Ein riesiger Baumstamm hatte den Bug gestreift und das Boot abgedrängt, so dass es stärker gegen das Ufer gedrückt wurde. Dante griff verzweifelt nach den Schilfbüscheln, die aus den Wellen ragten, und zog das Boot in Richtung Land.

Die scharfkantigen Pflanzen schnitten ihm in die Hände, doch er achtete nicht auf den Schmerz und zog sich Stück für Stück ans Ufer, bis das Boot auf etwas Festes stieß. An dieser Stelle konnte das Wasser nicht mehr tief sein, und so sprang er in die eiskalten Fluten, wo er bis zur Taille versank.

Eine Weile war er im Schlamm gefangen, während eine neue Flutwelle sich rings um ihn auftürmte. Schließlich gelang es ihm mit einem Ruck, seine Füße zu befreien und weiterzuwaten.

Er war oberhalb der Engelsburg gelandet. Von hier aus sah er die Spitze der Remus-Pyramide und weiter hinten das Bollwerk der Festung, von Wasser umspült wie eine riesige Galeere. Der Lärm und die Schreie eines Kampfes drangen zu ihm herüber. Sich am Schilf festhaltend, bahnte er sich einen Weg durch die Reste einer Mühle, die das Hochwasser mitgerissen hatte, und ging an Land. An der Pyramide hatte sich eine Schar Bewaffneter verschanzt und suchte Schutz vor den Pfeilen und den Steinen, die von den Wehrgängen der Engelsburg geschleudert wurden. Zwischen ihnen entdeckte er mit einem Schaudern die hochgewachsene Gestalt des Senators in einem roten Gewand und in seinem Arm Fiamma in ihrer sonderbaren Tracht. Die beiden betrachteten das Gefecht mit der Gelassenheit einer römischen Statue, als ginge sie das Kampfgetümmel nichts an.

Ungeachtet der Geschosse, die um seinen Kopf zischten, hastete Dante zur Pyramide. Mit letzter Kraft erreichte er sie. Als er wieder zu Atem gekommen war, ging er auf den Senator zu und tippte ihm von hinten auf die Schulter. Spada drehte sich langsam um, und ein

Aufflackern in seinen Augen verriet, dass er aus seiner Teilnahmslosigkeit erwachte, als hätte ihn die Berührung in die Wirklichkeit zurückgeholt.

»Messer Alighieri, endlich! Nach Eurem Verschwinden aus der Festung fürchtete ich schon, Ihr hättet uns im Stich gelassen …«, sagte er vorwurfsvoll. »Doch ich wusste, dass Ihr kommt«, fügte er sogleich kopfschüttelnd hinzu. »Dass Ihr während des Unternehmens an meiner Seite sein würdet. Zu guter Letzt. Ich brauche Eure Dichtkunst!«

Dante schaute kurz zum Wehrgang hinauf, von dem es weiter Steine hagelte. In diesem Moment schlug ein Felsbrocken gegen die Pyramide, so dass eine große Travertinplatte aus der Verkleidung gerissen wurde und nicht weit von ihnen zerschellte. Der Dichter bezwang seine Angst und heftete seinen Blick wieder auf den Senator. »Euer Unternehmen ist das eines Mörders. Wie könnt Ihr verlangen, dass es der Stimme der Poesie, die vor allem die Stimme der Liebe ist, Nahrung gibt?«

Er hatte voller Wut gesprochen. Doch seine Erregung legte sich sogleich, als er das klare, von unglaublicher Anmut strahlende Gesicht des Mädchens anschaute, das sich eng an den Vater schmiegte.

»Eines Mörders?« fragte der Senator betroffen. Er wirkte ehrlich erstaunt.

»Ich habe gesehen, was in Eurem Haus vor sich geht. Die toten Körper der unschuldigen Frauen, die Ihr für Euer Blendwerk geopfert habt. Für Euren Wahnsinn. Ihr wart es, der den Leichnam der Päpstin fälschte, um das gemeine Volk zu verwirren und es in Aufruhr zu versetzen. Doch was wollt Ihr damit erreichen, dass Ihr die Stadt des heiligen Petrus ins Verderben stürzt?«

»Petri Thron! Auf ihm wird meine Tochter sitzen.«

Dante riss die Augen auf. Diese Worte dröhnten so stark in seinem Kopf, dass sie jedes Kampfgetöse auslöschten.

»Ihr seid wahnsinnig! Das Kardinalskollegium wird niemals eine Frau als Bischof von Rom anerkennen! Schon unser Glauben verbietet das! Die Völker der Welt, ihre Herrscher! Der Kaiser und König Europas! Wer von ihnen würde je einen so teuflischen Plan unterstützen? Wer würde seinen Namen mit einer Tat verbinden wollen, die derart ketzerisch ist, dass sie für Jahrhunderte Schande über ihn brächte! Euer Vorhaben wird in Blut und Staub enden, so wie es auch begonnen hat!«

»Wenn Bonifatius gestürzt ist und seine Kardinäle auf der Flucht sind, wird das römische Volk meine Tochter als seine Führerin bejubeln. Die mir treu ergebenen Truppen der römischen Adelsfamilien, die Ihr hier seht, und noch weitere aus dem Umland werden ihre erste Stütze sein. Das Konzil, das dann im Geist der Verehrung der Großen Mutter in der Stadt abgehalten wird, soll die neue Glaubenswahrheit besiegeln. Meine Tochter wird unter dem Schutz der Göttin regieren. Und ihr Zeitalter wird ein neues Zeitalter der Gerechtigkeit und der Liebe sein, wie schon Vergil es besang und wie Eure Stimme es mit der Kraft des Donners wiederholen wird. Rom wird in seiner antiken Größe wiedererstehen, man wird seine Tempel wiederaufbauen, und ausgelöscht sein wird die Schande der falschen Prophezeiungen und der falschen Lehren!«

Dante hatte entsetzt zugehört. Wieder betrachtete er Fiamma und ihren feierlichen Aufzug. Dies waren nicht die Gewänder eines christlichen Bischofs, sondern wesentlich ältere, wie er sie auf den Abbildungen der Papyrusrolle im Zimmer des Todes gesehen hatte. Er stellte sich Fiamma mit einem Sistrum in der Hand vor, wie sie in einer Prozession zwischen ihren lobpreisenden Glaubensgefährten zu Gesängen, die in einer unverständlichen Sprache erklangen, voranschritt. »Ihr wollt Eure Tochter nicht nur auf dem Thron Petri«, stammelte er. »Das wäre nur Wahnsinn, die Verwirrung eines von Dämonen verblendeten Geistes. Ihr wollt, dass Eure Tochter Gott selbst wird!«

Der Senator nickte. In seinen Augen funkelte die Entschlossenheit eines Menschen, der mit Gewissheit voraussieht, was kommen wird, als wäre der Schleier der Zukunft vor ihm aufgerissen. Das gleiche Funkeln hatte Dante bei Menschen gesehen, die man zum Scheiterhaufen führte. Vom Aufprall eines neuen Felsblocks erschreckt, der gegen die Pyramide geschleudert worden war, fuhr er zusammen.

»Doch Bonifatius ist weit von einer Niederlage entfernt«, rief er und wies mit erhobenem Arm auf die massive Burg, die drohend über ihnen thronte. »Seine Festung ist uneinnehmbar, Ihr stürzt Euer Fleisch und Blut ins Verderben und auch Eure Komplizen! Was Ihr tut, ist aussichtslos!«

»Wartet ab, wie sich mein Plan entwickelt, Messer Alighieri. Und achtet auf die Vorkehrungen, die bereits getroffen wurden!« antwortete der Senator und wies auf das trübe Tiberwasser, das den Umgebungswall umspülte. »Während wir hier reden und die Verteidiger der Engelsburg noch immer vergeblich versuchen, uns zurückzuschlagen, ist die Flutwelle in den Hohlraum des Grabes der falschen Päpstin eingedrungen, genau unter dem Fundament des Eckturms. Sie drückt mit unermesslicher Kraft gegen das Erdreich, das ihn hält, und das wird zu seinem Einsturz führen.«

»Deshalb habt Ihr flussaufwärts die Baumstämme in den Tiber geworfen! Damit sie sich an der Engelsbrücke stauen und gerade dort den Wasserstand erhöhen!«

»Ja, das war alles so geplant. Ich habe Euch ja gesagt, dass der November der günstigste Monat ist: Denn in dieser Zeit versinkt Latium im Regen, und der Fluss führt für gewöhnlich Hochwasser.«

»Aber damit habt Ihr die Zerstörung der ganzen Stadt besiegelt!«

Der Senator blieb ungerührt. Dante wollte insistieren, doch ein Schrei des Mädchens hielt ihn zurück. »Sieh nur, Vater! Die Mauer!«

Auf der glatten Oberfläche der Umgebungsmauer hatte sich dort, wo sie sich in die Ecke des Wachturms einfügte, eine dünne dunkle Linie gebildet, aus der rötliche Staubwölkchen traten. Die

Ziegelsteine zerbarsten, während die Linie immer größer wurde und sich in einen deutlichen Riss verwandelte. Dann stürzte mit lautem Getöse ein ganzer Mauerabschnitt ein und riss einige schreiende Männer und ein Katapult mit, das zu einem Trümmerhaufen zusammenfiel.

Ein Jubelschrei aus den Reihen der Belagerer begrüßte den Einsturz. Auch der Senator hatte aufgeschrien und seine Tochter begeistert an sich gedrückt. Dann löste er sich aus der Umarmung und wies mit seinem Schwert auf die Bresche.

»Der Weg zum Sieg ist frei! Auf, in Bonifatius' Höhle, unsere Zeit ist gekommen!« rief Saturniano.

Da die nach diesem Schlag verwirrten Verteidiger auf den Wehrgängen ihre Steinwürfe zunächst eingestellt hatten, nutzten Colonnas Männer die Gelegenheit und stürzten begeistert auf die Mauer zu. Auch der Senator war nach einem letzten zärtlichen Blick auf seine Tochter losgelaufen. Fiamma schaute ihm mit leuchtenden Augen nach und wollte sich kurz darauf ebenfalls furchtlos unter die vorstürmenden Männer mischen.

Dante ergriff ihre Hand, um sie zurückzuhalten. Doch sie riss sich los und hastete davon. Nach wenigen Schritten war sie in der ersten Reihe der Angreifer und bei ihrem Vater, der inzwischen die Bresche erreicht hatte. Ohne nachzudenken, stürzte nun auch der Dichter vorwärts und bahnte sich einen Weg durch die schreienden Soldaten.

Die Lücke in der Mauer war nicht mehr als ein paar Ellen breit, so dass nur wenige Männer sie gleichzeitig passieren konnten. Dante fand sich in der Menge eingezwängt zwischen Rüstungen und Lanzen wieder. Einen Moment fürchtete er, zerquetscht zu werden, doch dann wurde er im Gedränge durch die schmale Öffnung geschoben. Schmerzhaft prallte er mit der Stirn gegen die eingerissene Mauer, so dass er beinahe ohnmächtig wurde. Er fand sich auf der Stiege wieder, die steil in den Innenhof hinabführte. Vor ihm ragte der gewaltige Tuffsteinzylinder in den Himmel, unempfindlich wie ein Riese gegen die Schläge, mit denen die Männer nun das große bogenförmige Tor angriffen, das ins Innere der Festung führte.

Er sah den Senator und das Mädchen vor dem Tor. Spada feuerte die Angreifer an und hieb selbst mit dem Schwert auf die mächtigen Eichenbretter ein, die unter den Schlägen zwar knarrten und oberflächlich splitterten, jedoch nicht nachgaben.

»Schnell! Schnell!« hörte er den Senator rufen. »Fürchtet euch nicht! Gleich wird das Wasser auch die Fundamente der Burg unterspülen! Sie wird sich vor uns öffnen wie die Pforten des Paradieses!«

Die Männer setzten ihre Attacken fort. Doch in diesem Augenblick stürzte ein Felsblock herab, schlug vor dem Tor auf und traf einige Männer, die versucht hatten, es auszuhebeln. Der Dichter glaubte zunächst, die Prophezeiung des Senators hätte sich erfüllt und der unterspülte Zentralbau der Engelsburg stürzte ein.

Doch als er nach oben schaute, stellte er fest, dass die Verteidiger nach ihrer ersten Verwirrung wieder begonnen hatten, sie unter Beschuss zu nehmen. Er sah, wie sich die Klappen der Falltüren öffneten und ein zweiter Felsen, begleitet von einem weiteren Steinhagel, niederging. Auch die Bewaffneten, die auf der Umgebungsmauer geblieben waren, hatten neuen Mut gefasst und beschossen die Angreifer mit Pfeilen.

Der Senator spornte seine Männer weiter an. Das Tor schien langsam nachzugeben, ein Brett war bereits herausgerissen. Die Schläge konzentrierten sich nun auf die Verriegelung.

Da stieß ein Mann von der Bresche her atemlos zu der Truppe. Hastig sah er sich zwischen den Kämpfern um und lief dann zu Sciarra Colonna. »Ich komme von der Tiberinsel! Die Stämme geben nach, offenbar kann das Wasser wieder abfließen!«

Colonna wandte sich aufgeregt an den Senator. »Ihr habt gesagt, die Engelsburg würde einstürzen!«

»Schlagt weiter auf das Tor ein und vertraut mir!« antwortete

Saturniano Spada unbeirrt. »Schaut, ob sich der Fluss nicht so verhält, wie ich es vorhergesagt habe!«

Durch die Bresche in der Mauer drang ein schlammiger Strom und überschwemmte den tiefer liegenden Hof, der sich in einen sumpfigen Graben verwandelte. Wieder ging ein Felsbrocken in der Nähe nieder, der diesmal eine Schlammwelle aufspritzen ließ.

Bedrängt von den Geschossen von oben und vom Fluss, der unter ihren Füßen anschwoll, verstärkten die Angreifer ihre Bemühungen. Schließlich gab eine Angel des Tores nach, und unter dem Druck Dutzender Hände und lautem Geschrei neigte sich der ganze Türflügel und fiel krachend in den Hof.

In dem Dunkel, das sich vor ihnen auftat, sah Dante die undeutlichen Schatten einiger sich hastig zurückziehender Gestalten und den Beginn eines breiten Ganges, der in einer Kurve am Rundbau entlang zur Festung aufstieg.

»Vorwärts!« schrie der Senator und stürzte voran, gefolgt von Colonna und den Männern, die dem Eingang am nächsten waren. Dante drängte sich neben Fiamma, die mit vor Erregung glänzenden Augen in ihrem weißen Gewand unbeirrt mit ihnen lief.

Er dachte an das erste Mal, da er sie gesehen hatte, als sie erhitzt von der Jagd zurückgekehrt war. Es schien, als wäre das Mädchen auch jetzt auf einer Jagd, bei der nun jedoch ihr eigenes Leben auf dem Spiel stand. Ihre Lippen waren geöffnet, denn sie atmete schwer, und auf ihrer Stirn unter der prunkvollen Tiara standen Schweißperlen. Schnell schob er sich vor sie, um sie mit seinem Körper gegen die unzähligen Pfeile abzuschirmen, die durch den Gang schossen. Er hob einen herrenlosen Schild auf und hielt ihn vor sich. Er musste Fiamma vor diesem Wahnsinn schützen: Es konnte nicht sein, dass sie eine eingeweihte Komplizin ihres Vaters war, sie musste, geblendet durch ihre Jugend, in die Sache hineingezogen worden sein.

Er nahm das Mädchen an die Hand und folgte der Schar der Kämpfer, die wie besessen aufwärts stürmten. Einige hatten Fackeln angezündet, und Lichtblitze zuckten hier und dort an der Mauer des fensterlosen Ganges auf, während die Verteidiger in der Dunkelheit zurückwichen und sie dabei unablässig beschossen. Dante hörte das Zischen der Pfeile über ihren Köpfen und das dumpfe Krachen, wenn sie gegen den Tuffstein prallten. Und auch die Schreie, die erklangen, wenn jemand getroffen wurde und unter den Tritten der Nachdrängenden zurückrollte.

Er hatte schon einige Gefechte erlebt, doch noch nie hatte er einen Kampf gesehen, der so unvorhersehbar und zugleich mit einer so maßlosen Leidenschaft geführt worden war. Alle Männer um ihn her schienen von blindem Hass erfüllt, von einer Zerstörungswut, die sich nicht um die Gefahren scherte.

Auch Dante rückte, von den Ereignissen mitgerissen, aufs Geratewohl vor. Plötzlich prallte er gegen seine Vordermänner, die abrupt stehengeblieben waren.

Von der Rampe her hörte er wütende Rufe. Er reckte den Hals, um zu sehen, was da vor sich ging, und entdeckte mitten auf dem Weg eine unüberwindliche Grube. Vielleicht ein alter Brunnen, der ausgehoben worden war, als man die Engelsburg gebaut hatte, oder eine Verteidigungsvorrichtung aus der Zeit, als das Mausoleum in eine Festung verwandelt worden war. Ein Mann aus der Vorhut, der seinen Schwung nicht mehr hatte bremsen können, war in den Abgrund gefallen, und sein verzweifelter Schrei verklang erst nach einem schier endlosen Sturz.

»Sie haben die Falltür geöffnet!« rief der Senator. »Holt die Leitern, schnell!«

Dante wurde heftig gegen die Steinwand gestoßen und von den Männern hinter ihm weggedrängt, die lange Stangen herbeischleppten.

Der Dichter rückte beiseite, um die Männer mit den Leitern vorbeizulassen. Im Nu hatten die Angreifer einen Steg über den Abgrund gelegt, und die ersten stürmten auf dem improvisierten Übergang bereits voran. Auf der anderen Seite hatten sich die Verteidiger hinter der hochgezogenen Zugbrücke verschanzt und spannten ihre Armbrüste. Als die ersten zwei Männer die gegenüberliegende Seite fast erreicht hatten, wurde der Trupp von einem Pfeilhagel empfangen, der die Schutzlosesten durchbohrte.

Dante spürte den harten Aufprall eines Pfeils, der seinen Schild nur wenige Zoll neben seinem Kopf durchschlug. Er ließ sich auf die Knie fallen und zog auch Fiamma hinunter, um sie hinter den schützenden Schild zu zwingen. Doch das Mädchen wehrte sich und wollte stehenbleiben, um sich die Schlacht anzusehen. Es schien zunehmend berauscht von den Kämpfen und trotzte den Gefahren, als wäre es sich des Beistands seiner Götter gewiss.

Die ersten, die sich auf den Steg gewagt hatten, waren direkt getroffen worden und schreiend in die Tiefe gestürzt. Sogleich hatte sich eine neue Schar aufgemacht, ihren Platz einzunehmen, doch während der kurzen Verwirrung der Angreifer nach der unvorhergesehenen Reaktion hatten die Verteidiger ihre Deckung verlassen und waren zum Ende der Leitern gestürmt, die sie nun mit aller Kraft zurückschoben.

Der Steg war durch das Gewicht der Männer schwer beladen und widerstand den Anstrengungen der Verteidiger. Doch diese rüttelten verzweifelt daran und versuchten mit bloßen Händen und mit den als Hebel eingesetzten Lanzen, die Leitern wegzustoßen. Mit Schreien zwischen Wut und Angst geriet die Menschentraube auf dem Steg ins Schleudern.

Zwischen sich widersprechenden Befehlen und Rufen begannen die vordersten Angreifer aus Furcht vor dem bevorstehenden Absturz auf dem Steg zurückzuweichen, während ihre Gefährten hinter ihnen in die entgegengesetzte Richtung drängten, um ihr Heil in der Flucht nach vorn zu suchen. Ohne an die eigene Sicherheit zu denken, sprang Dante hinter seinem Schild auf, da er das sich anbahnende Unglück kommen sah. Die inzwischen kopflos gewordenen Männer auf dem Steg bekämpften sich nun gegenseitig, als wäre der Feind in ihre Reihen gedrungen und als könnten sie in den Männern, die noch einen Augenblick zuvor an ihrer Seite gekämpft hatten, nicht mehr die eigenen Gefährten erkennen.

»Haltet ein!« schrie er und lief auf die Leitern zu. »Ordnet eure Reihen, oder ihr seid verloren!«

Ihm stand der Spuk der Schlacht von Montaperti wieder vor Augen, die unzählige Male von den Greisen in Florenz geschildert worden war: Auf das Zeichen des Verräters Bocca degli Abati hin waren die hinterhältig bei den Florentinern eingedrungenen Ghibellinen aus ihren Verstecken gesprungen, um ein Blutbad unter den Feinden anzurichten. Blind von der Sonne und vom Staub hatte keiner der Männer mehr den eigenen Gefährten erkannt, und alle hatten sich in ein grauenvolles, sinnloses Gemetzel gestürzt. Nun stand ihm diese Szene, die er nur aus Erzählungen kannte, real vor Augen, und ihm wurde die ganze entsetzliche Ohnmacht bewusst, die in der Hitze des Gefechts zuweilen jede Vernunft auslöscht.

Während des kurzen Aufblitzens dieser fernen Erinnerung war die Tragödie auch schon geschehen. Dante erreichte den Rand des Abgrunds, als der Steg nach einem letzten kräftigen Stoß in die Tiefe stürzte und die schreienden Menschen mitriss. Er sah, wie der letzte dieser Schar auf der Suche nach einem Halt verzweifelt die Arme ausstreckte. Mit einem Satz war Dante bei ihm und packte ihn am Handgelenk. Unter dem Einsatz all seiner Kräfte gelang es ihm, diese Last zu halten, so dass der Mann sich über dem Abgrund drehen konnte und den steinernen Rand zu fassen bekam.

Erst jetzt bemerkte Dante, dass das verzerrte Gesicht, das ihn aus der Tiefe des Schlundes wie das eines dem Grab entstiegenen Toten ansah, das Gesicht Sciarra Colonnas war. In diesem von der Anstrengung hochroten Gesicht und in den angstgeweiteten Augen war nichts mehr von Colonnas Hochmut zu erkennen. Mit einem weiteren Ruck half Dante ihm auf das Steinpflaster des Ganges, wobei sich ihre Blicke erneut kreuzten.

»Ich begleiche meine Schuld nach der Rettung im Sumpf«,

keuchte der Dichter, während Colonna sich noch bemühte, wieder auf die Beine zu kommen. Eine nach dem Jubel und den entsetzten Schreien der Angreifer unwirklich erscheinende Stille hatte sich herabgesenkt. Sciarra Colonna zeigte kaum mehr als ein kaltschnäuziges Grinsen und ließ den Blick über seine noch verbliebenen Männer schweifen. Nachdem er rasch die Verluste des Absturzes abgeschätzt hatte, verzog er das Gesicht und wandte sich an den Senator, der ebenfalls neben dem Abgrund stand. »Ihr habt versprochen, dass die Festung einstürzt, doch statt dessen habt Ihr uns in einen Hinterhalt geführt!«

Er fletschte die Zähne wie ein Raubtier im Käfig. Seine Männer schauten ihn unschlüssig an, mit dem Rücken an der Steinwand, auf der Suche nach einem Ausweg und in Erwartung eines Befehls. Colonna spuckte auf den Boden, während ringsumher ein neuer Pfeilhagel niederging, der jedoch keinen Schaden anrichtete. Zufrieden mit ihrem Erfolg zielten die Verteidiger der Burg nun offenbar nicht mehr so genau.

»Fort von hier!« rief der junge Mann. »Das Unternehmen ist gescheitert, es war irrsinnig von uns, auf diesen Verräter zu hören«, fügte er hinzu und schlug dem Senator mit seiner eisengepanzerten Hand ins Gesicht. Er wollte ihn erneut schlagen, doch Dante hielt ihn am Handgelenk fest. Vielleicht spürte Sciarra in diesem Griff die gleiche Kraft, die ihn vor dem Tod bewahrt hatte, denn er senkte den Blick, als könnte er dem des Dichters nicht standhalten. Mit einem heftigen Ruck riss er sich los, wich rasch zurück und machte den Weg für die Flucht seiner Männer frei, die sich nun hinter ihm auf dem abschüssigen Weg drängten.

»Wo willst du hin, du Feigling!« schrie Dante ihm nach und tat einen Schritt in seine Richtung. Doch die Menge der sich zurückziehenden Männer hatte sich schon zwischen sie geschoben. Er konnte ihm nur noch einen letzten giftigen Fluch nachschicken, bevor er ihn hinter der steinernen Biegung verschwinden sah.

Es herrschte eine lastende Stille. Dante umklammerte die Hand Fiammas und zog sie mit sich fort. Mit einem Wink bedeutete er dem Senator, gleichfalls umzukehren. Doch Spada schien ihn nicht zu sehen.

Von der Wunde an der Augenbraue, die Colonna ihm zugefügt hatte, war sein Gesicht blutüberströmt. Langsam führte er seine Hand zur Wange und zog sie dunkelrot gefärbt wieder zurück. Dicke Blutstropfen waren zu seinen Füßen auf das Steinpflaster gefallen.

»Saturniano Spada«, sagte Dante. »So weit nun hat Euch der Wunsch gebracht, die Gesetze Gottes zu übertreten. Es gibt eine Gerechtigkeit in den Dingen. Der müsst Ihr Euch jetzt stellen.«

Der Senator starrte wie gebannt auf die Blutflecken. Er zeigte mit dem Finger darauf. »Das ist das Bild der Zukunft«, flüsterte er.

Dante schaute auf die Stelle, auf die Saturniano wies. Zunächst verstand er nicht, was der Senator meinte. Diese Flecken waren das sichtbare Zeichen seines Scheiterns. Welche Zukunft konnte es für ihn noch geben? Eine unstete Flucht ins Exil, geächtet und verfolgt von Bonifatius? Oder dass er sich selbst dem Henker auslieferte?

Dann plötzlich begriff er. Das Muster, das das Blut des Senators bildete, war ein Abbild der gematrischen Werte, die sein Schicksal verkündeten.

»In dem, was Ihr da lest, liegt keinerlei Zukunft«, sagte Dante und fasste ihn an der Schulter. »Euer Plan ist gescheitert. Und ich habe zu spät begriffen, warum ihr die Pforten zur Hölle geöffnet habt«, fuhr er bitter fort.

Der Senator schaute zu ihm auf. »Nun wisst ihr es also«, sagte er niedergeschlagen. »Mein Traum! Die Rettung des neuen Roms!«

Dante schüttelte ihn wütend. »Die Absetzung von Bonifatius! Dafür hättet Ihr die Zustimmung und die Unterstützung aller rechtschaffenen Menschen Italiens erhalten! Doch die Offenbarung auszulöschen und falsche, trügerische Götter wiedereinzuführen! Eure

Tochter als Priesterin der neuen Religion einzusetzen! Sie glauben zu lassen, sie wäre würdig, Petri Thron zu besteigen, ja, diesen sogar abzuschaffen, um im Vatikan statt des mit dem Blut Christi benetzten Kreuzes Isis' Schleifenkreuz durchzusetzen!«

In den Augen des Senators lag ein irrer Glanz. »Ja ...«, sagte er leise. »Und Ihr werdet all dies besingen ...«

»Der Mord an so vielen unschuldigen Frauen, nur um mit ihren gepeinigten Körpern die Reliquie einer Päpstin zu fälschen! Um beim Pöbel die Hoffnung auf eine Retterin zu wecken, eine Führerin des christlichen Volkes, wie es bereits eine gegeben hatte!«

Wieder stimmte der Senator zu. »Ja ... und Ihr werdet dies mit Eurem geschliffenen Wort besingen«, flehte er erneut und hob die Arme.

»Nein.«

Die Hände des Senators fielen herab, als wäre alle Kraft aus seinem Körper gewichen. Dann schnellte seine rechte Hand wieder hoch, die nun ein blitzendes, wie aus dem Nichts aufgetauchtes Messer umklammerte. Er führte es zum Hals, und noch bevor Dante reagieren konnte, schnitt er sich entschlossen die Kehle durch. Blut spritzte aus der Wunde auf Dantes Gesicht und auf die Flecken auf dem Pflaster.

Nun gab es wirklich keine Zukunft mehr für Saturniano Spada. Der Mann fiel röchelnd zu Boden, ohne dass der Dichter ihn halten konnte.

Dante ließ den Kopf des Senators in die Blutlache zurücksinken. Dann drehte er sich suchend nach Fiamma um. Sie hatte die Szene mit weit aufgerissenen Augen, reglos wie eine Statue, mit angesehen. An der Kurve des Ganges weiter oben begannen die Verteidiger über den Abgrund zu klettern. Andere ließen die Zugbrücke herunter, so dass sie binnen kurzem bei ihnen sein würden. Für eine Flucht blieb nur noch wenig Zeit. Doch wie betäubt starrte das Mädchen unverwandt auf den Leichnam seines Vaters. Die Tiara war ihm vom Kopf gerutscht und in die Blutlache gefallen. Unter seinem Gewand zog es ein kleines Bronzeinstrument hervor und begann es langsam zu schütteln.

Ein metallisches Rasseln erfüllte die Luft so zart wie ein Duft.

Fiamma hatte kraftlos begonnen, mit den Fingern ihr Haar zu ordnen, das wie das einer klassischen Statue frisiert war und von einem scharlachroten Band um die Stirn zusammengehalten wurde. Es glänzte wie mit Balsam durchtränkt. Mechanisch fuhr sie in ihrem Tun fort: Sie schien sich auf der spiegelnden Rückseite ihres kleinen Bronzeinstruments zu betrachten, als wollte sie mit ihrem leeren Blick das Ergebnis ihrer Bemühungen überprüfen. Doch in Wahrheit schaute sie sich nicht an: Ihr Blick glitt hinter die glänzende Fläche, als suchte sie etwas jenseits des Spiegelbilds, etwas, was in einem geheimen Zwischenraum verborgen war und was nur sie erkennen konnte.

»Hört auf mich, ich bitte Euch!« rief der Dichter.

»Mein Tempel, ich muss zurück zu meinem Tempel. Dort werde ich die Göttin sehen, und wir werden uns in ihren Armen wiederfinden«, sagte sie mit einem letzten Blick auf den toten Senator. »Sie wird seine in der Dunkelheit umherirrende Seele suchen und sie wieder mit seinem Körper vereinigen, wie sie es auch mit ihrem geliebten Osiris tat.« Zu ihren Füßen lag die Tiara. Ungeachtet der Blutflecken hob sie sie auf und setzte sie sich wieder auf den Kopf.

Erneut schüttelte sie das Sistrum, dann lauschte sie, als versuchte sie Isis' Aufmerksamkeit zu erregen, und wartete auf die Stimme der Göttin.

»Nach dem Tod werdet Ihr das Gericht des wahren Gottes kennenlernen, der in Christus Fleisch geworden ist«, flüsterte ihr Dante ins Ohr. »Und seine Donnerstimme wird die letzte Predigt sprechen und über Gut und Böse entscheiden. Er und seine Engel und nicht die Larven afrikanischer Götter, die tot und im Sand der Wüste begraben sind! Wir müssen fliehen. Oder es wird zu spät sein!«

Seine Stimme, seine schmerzerfüllten Worte dröhnten ihm im

Ohr. So als kämen sie von einem anderen. In ihm wuchs eine quälende Sorge. Von welchem Gott redete er da? Gab es überhaupt noch einen Gott, der über die Geschicke der Menschen wachte wie ein gütiger Vater? Hatte es ihn je gegeben? Oder war die Schöpfung lediglich ein blinder, stummer Abgrund, in dem die armselige Erde wie Staub unter anderem Staub kreiste, ein Kosmos aus den Namen antiker Götter, so tot, wie auch sie tot waren?

Sie antwortete nicht, ließ ihre Hand jedoch in der Dantes. Er wandte sich zum unteren Ende des Ganges und zog das Mädchen in der Hoffnung, dass ein Rückweg noch möglich war, bis zu den Knien ins Wasser.

Da packte ihn die Verzweiflung. Das Wasser stand inzwischen fast mannshoch und hatte den Eingang offenbar vollständig überflutet. Jeder Fluchtweg war abgeschnitten, sie waren in der Burg gefangen, die sich wieder in das Grabmal verwandelt hatte, das sie ursprünglich gewesen war.

Ohne sich dessen bewusst zu sein, hatte er Fiammas Hand losgelassen. Das Mädchen, das noch immer mit dem Sistrum rasselte, bewegte sich einige Schritte vorwärts, bis ihm das Wasser bis zu den Hüften reichte. In seinen Traum versunken, schien es die Kälte des Wassers überhaupt nicht zu spüren.

Dante wollte es zurückziehen, als ein tiefes Dröhnen von der Kurve des überfluteten Ganges ertönte. Das Wasser brodelte heftig, als tauchte ein riesiges Seeungeheuer zu ihnen herauf. Der Schaum stieg so hoch, dass er Fiamma bis zur Brust reichte.

»Kehrt um!« rief Dante und packte sie erneut am Handgelenk. »Die Flut steigt wieder!«

In diesem Augenblick wich das Wasser mit einem fürchterlichen Sog zurück. Während Dante sich vorstreckte, um das Mädchen in der Strömung festzuhalten, schossen ihm wieder die Worte des Mannes durch den Kopf, der Colonna gewarnt hatte: Die Sperre an der Tiberinsel hatte offensichtlich nachgegeben und der Fluss konnte wieder ungehindert fließen.

Er klammerte sich mit der ganzen Kraft seiner rechten Hand an einen Tuffsteinvorsprung, um nicht weggerissen zu werden, während er mit der Linken versuchte, Fiamma festzuhalten. Er spürte ihre nasse Haut, die seinen Fingern entglitt. Verzweifelt verstärkte er seinen Griff und rief ihr zu, sie möge durchhalten. Doch ihre Hand verschwand, und seine Finger griffen ins Leere. Ihm war, als hörte er das Mädchen rufen, doch seine Worte gingen im Rauschen des heftig zurückströmenden Wassers unter.

Für kurze Zeit sah er Fiammas Körper noch als einen weißen Fleck, dann verschwand sie in den Strudeln, während die Wellen ihr die Tiara vom Kopf rissen. Diese trieb noch einen Augenblick auf dem Wasser, begann dann, von einem Wirbel erfasst, zu kreiseln und versank ebenfalls in der Tiefe.

Dante sank weinend auf die Knie. Wie die Seufzer von Orpheus am Tor zur Unterwelt verhallten auch seine Klagen in dem Gang ungehört, wo für einen Moment eine Göttin erschienen war und wieder verschwand.

Den abfließenden Fluten folgend, kämpfte sich Dante den breiten Gang hinunter. Das brodelnde Wasser wich mit dem Gebrüll eines riesigen, verwundeten Tiers zurück: So musste es im Wal gedröhnt haben, der den Propheten Jonas verschlungen hatte, dachte Dante, während seine Blicke auf der Suche nach Fiamma über den Weg schweiften, der langsam wieder passierbar wurde. Vielleicht hatte das Wasser sie verschont, vielleicht hatte ihr schreckliches Vertrauen in die Unsterblichkeit tatsächlich eine Göttin herbeigerufen, die sie beschützte.

Doch bis zum Eingangstor entdeckte er keine Spur von ihr. Das Portal ragte nur wenige Fuß aus dem Wasser, gerade so viel, dass sich ein Mensch durchzwängen konnte. Zögernd hielt er inne. Er war nie ein guter Schwimmer gewesen und hatte schon in jungen Jahren die Wettkämpfe der Florentiner im Arno stets gemieden. Doch die Bewaffneten aus der Engelsburg kamen nun ebenfalls den

Gang herunter, und ihre Stimmen ertönten drohend hinter ihm. Nach einem tiefen Atemzug warf er sich in das kalte, stinkende Wasser und durchpflügte es mit wilden Schwimmstößen.

Er erreichte das Tor, hielt sich an den Überresten der Tür fest, um Atem zu schöpfen, und schlüpfte mit einem energischen Stoß unter der engen Bogenöffnung hindurch ins Freie.

Draußen stach ihm das Licht in die Augen und blendete ihn. Als er wieder sehen konnte, glaubte er zu träumen. Er schien mitten in einem grenzenlosen Meer zu treiben, aus dem in der Ferne Inseln mit Bauwerken aufragten.

Rings um ihn her nichts als Wasser und die Anhäufungen von Baumstämmen, entwurzelten Sträuchern und Trümmern aller Art. Über ihm erhob sich die wuchtige Burg. Einen Augenblick dachte er daran, dorthin zurückzuschwimmen, um sich in Sicherheit zu bringen, doch schon wurde er von der starken Strömung erfasst und auf den Fluss hinausgetrieben. Er versuchte dagegen anzukämpfen, indem er unkontrolliert mit den Armen ruderte, doch er landete mit dem Kopf unter Wasser und verschluckte sich an der widerlichen Schlammbrühe. Als hätten seine Bewegungen es aus der Tiefe heraufgerufen, tauchte mit einem Gurgeln eine Art Seeungeheuer neben ihm auf. Er schauderte vor Entsetzen, bevor er gewahr wurde, dass es sich nur um den aufgeblähten Kadaver einer ertrunkenen Kuh handelte. Vor Schreck schwanden ihm die Kräfte, und seine nassen, schweren Kleider zogen ihn unaufhaltsam nach unten.

Dann spürte er einen schmerzhaften Stoß in den Rücken und ging erneut unter. Nur mit Mühe tauchte er wieder auf und fand sich keuchend und spuckend neben einem lädierten Boot wieder. Er sah eine Dolle vorüberziehen und klammerte sich verzweifelt daran. Mit letzter Kraft hievte er sich ins Boot und ließ sich ermattet in dem steuerlosen Fahrzeug treiben.

Während er versuchte, wieder zu Kräften zu kommen, glitt das Boot unter heftigen Erschütterungen, die es jeden Augenblick zum

Kentern bringen konnten, durch die Strudel und Wirbel des Flusses. Die Strömung hatte sich ungewöhnlich beschleunigt, so als wäre unterhalb der Engelsburg ein Damm gebrochen und die Wassermassen hätten einen plötzlichen Abfluss gefunden. In der Ferne hörte Dante das Rauschen von Stromschnellen, das klang, als hätte sich ein Wasserfall in das Flussbett gegraben.

Ein starker Aufprall setzte der Fahrt ein Ende und schleuderte ihn gegen den Bug. Das Boot hatte sich in Höhe des Ponte Cestio in den Wurzeln eines dicken Baumstamms verfangen, der seinerseits am Fuß des Wachturms hängengeblieben war. Dante rappelte sich mit Mühe von dem unter Wasser stehenden Boden auf und suchte nach einer Möglichkeit, an Land zu kommen.

Vom Ende der Brücke aus rief ihn jemand.

Dante sah nach oben: Der Sohn der Witwe streckte ihm einen Arm entgegen, damit er sich festhalten konnte. Dante ergriff seine Hand.

Wie betäubt stieg er aus dem Boot und stützte sich auf die Schulter des Jungen, während er sich hinter ihm zu seiner Unterkunft schleppte. Das Hochwasser floss nun langsam ab, so dass seine Füße auf der schlammigen Straße wie in einem Sumpf versanken. Endlich erreichten sie das Haus: Dante hatte gerade noch die Kraft, sich auf eine Holzbank sinken zu lassen, dann fiel er in einen Zustand tiefer Bewusstlosigkeit.

Als er wieder zu sich kam, spürte er sogleich die Behaglichkeit eines Feuers, das im Herd entfacht worden war.

»Was werdet Ihr jetzt tun, Messere?« erkundigte sich der Junge und reichte ihm höflich einen Becher Glühwein. Dante nahm ihn mit zitternden Händen entgegen. Der Junge legte ihm eine trockene Decke um die Schultern. Die Wärme um seinen Körper und der Trank in seinem Bauch ließen ihn langsam wieder zu Kräften kommen. Auch das Zittern seiner Muskeln ließ allmählich nach.

Sein Verstand war nun wieder klar. Mit seiner Geisteskraft

kehrte jedoch auch die Verzweiflung zurück. Er öffnete mehrmals den Mund, um etwas zu sagen, doch die Worte kamen ihm nicht über die Lippen, als machte sich ein Dämon in ihm einen Spaß daraus, sie zurückzuhalten. »Ich werde versuchen, in Siena zu den Leuten meiner Partei zu stoßen«, stammelte er schließlich. »Falls sich die Lage zugespitzt hat, sind sie sicherlich dorthin geflohen. Ich habe einige Freunde unter ihnen. Vielleicht«, fügte er sogleich mit einem Anflug von Bitterkeit hinzu.

Er wandte den Kopf und sah, dass der Junge fort war. Er seufzte. Auch er verließ ihn also. Doch was hatte er im Grunde auch für ihn und seine alte Mutter getan? Was konnte es nützen, ihnen den Namen des Mörders ihrer Tochter und Schwester zu sagen? Eines Mörders, der sich der Gerechtigkeit entzogen hatte und dem vielleicht ausgerechnet er geholfen hatte zu entfliehen.

Der Junge kam ins Zimmer zurück. In der Hand hielt er den Holzzylinder mit den Schnitzereien, den er Dante zuvorkommend reichte. »Ich dachte, das ist gewiss etwas Kostbares. Ich habe es versteckt, als unser Viertel überfallen wurde. Während Ihr den Mörder meiner Schwester suchtet. Habt Ihr ihn gefunden?« setzte er mit hoffnungsvoller Stimme hinzu.

»Ja. Doch er kann nicht mehr bestraft werden. Sein Name wird unbekannt bleiben.«

Der Junge nickte traurig. Dann hob er den Kopf. »Das ist nicht von Bedeutung, Gott kennt ihn. Nun kann meine Mutter in Ruhe sterben. Sie wird meine Schwester im Paradies wiedersehen, denn dorthin kommen doch die Unschuldigen, nicht wahr?«

»Ja. Dorthin kommen sie«, antwortete Dante mechanisch, ohne Anstalten zu machen, den Zylinder an sich zu nehmen. War er noch würdig, das Werk dieses großen Mannes zu berühren? Wenn Gott doch nur noch einmal zu ihm sprechen würde. Wenn es doch nur einen Weg zurück gäbe, und wenn er ihn doch nur finden könnte …

Aus seinem Gewand zog er die Seiten hervor, die er in der Festung von Ostia geschrieben hatte und die vom Wasser in eine nahezu unförmige Masse verwandelt worden waren. Er faltete sie nacheinander vorsichtig auseinander. Das Wasser hatte die Tinte ausgewaschen, so dass die Zeilen zu einer unergründlichen Prozession von Spukgestalten geworden waren. Unter dem erstaunten Blick des Jungen zerriss er die Schrift langsam in winzige Stücke und warf sie fort. Es musste einen Weg geben. Für die geistig Armen und für alle. Er würde ihn finden.

Er streckte die Hand nach dem Zylinder aus, den der Junge ihm reichte. Seine Finger schlossen sich so fest um das Holz, dass es unter seinem ungestümen Griff knackte.

»Ja, dorthin kommen die Unschuldigen«, wiederholte er und schaute auf zu den Sternen.

TEXTNACHWEIS

Apuleius: *Die Metamorphosen oder Der Goldene Esel.* Übersetzt von August Rode. Neu bearb. v. Hanns Floerke. München/Leipzig: Georg Müller 1909.

Dante: *Die Gedichte.* Übersetzt von Hertha Federmann. Köln: Hegner 1966.

Dante: *Die Göttliche Komödie.* Übersetzt von Friedrich Freiherrn von Falkenhausen. Frankfurt: Insel 1974 [1937].

Vergils Äneide. Übersetzt von Johann Heinrich Voß, neu hrsg. von Otto Güthling. Leipzig: Reclam [ca. 1885].

Vergils Ländliche Gedichte. Übersetzt von Johann Heinrich Voß. Neu hrsg. von Otto Güthling. Leipzig: Reclam [1886].

Ritter, Albert (Hg.): *Der unbekannte Dante.* Mit 16 Vollbildern in Kupferdruck. Übertr. von Aug. Wilh. Schlegel, Karl Förster, Karl Ludwig Kannegießer und Albert Ritter. Berlin: Grosser 1922.

GIULIO LEONI
IM PAUL ZSOLNAY VERLAG

Dante und das Mosaik des Todes

336 Seiten. Roman, 2006

Florenz um 1300: eine unruhige und unheimliche Stadt. Dante Alighieri, der spätere Dichter der *Göttlichen Komödie,* hochmütig und aufbrausend, wird nachts in die Kirche gerufen, wo ein berühmter Mosaikkünstler auf grausame Weise ums Leben gekommen ist. Zunächst fällt sein Verdacht auf Freunde des Toten, die in geheimer Mission nach Florenz gekommen sind. Als aber der nächste aus dem Kreis des »Dritten Himmels« ermordet wird, wird klar, dass das Motiv des geheimen Mosaiks den Weg zur Lösung weist.

»Indem Leoni die *Göttliche Komödie* um eine fiktive, aber höchst amüsante Vorgeschichte erweitert – grandios ist die Fortschreibung der Schilderung der Fahrten des Ulysses im 26. Gesang des Inferno –, beschert er den Liebhabern von Dantes Dichtung das Vergnügen des Wiedererkennens. Und all die bedauernswerten Geschöpfe, denen die nähere Bekanntschaft mit dem bedeutendsten Epos der werdenden europäischen Moderne bislang versagt blieb, könnte Leonis Thriller zur nachholenden Lektüre verführen.« *Süddeutsche Zeitung*

»Der Autor Leoni zeichnet ein präzises, lebendiges Bild des mittelalterlichen Florenz. … Ein Genuss für Leser, die einen historischen Krimi voller Debattierlust, Magie und Analyse schätzen.« *Tages-Anzeiger Zürich*

»Ein Lesevergnügen.« *Brigitte*